As Minas de Prata

1a e 2a partes

José de Alencar

As Minas de Prata

First Published in Great Britain in 2016 by Jiahu Books – part of Richardson-Prachai Solutions Ltd, 434 Whaddon Way, MK3 7LB
ISBN: 978-1-78435-154-0

A CIP catalogue record for this book is available from the British Library
Visit us at: jiahubooks.co.uk

Primeira Parte

Segunda Parte

Primeira Parte: Capítulo I
Em que se faz conhecimento com dois mancebos de boas prendas

Raiava o ano de 1609.

A primeira manhã de janeiro, esfolhando a luz serena pelos horizontes puros e diáfanos, dourava o cabeço dos montes que cingem a linda Bahia do Salvador, e desenhava sobre o matiz de opala e púrpura o soberbo panorama da antiga capital do Brasil.

A cidade nascente apenas, mas louçã e gentil, elevando aos ares as grimpas de suas torres, olhando o mar que se alisava a seus pés como uma alcatifa de veludo, era então, pelo direito da beleza e pela razão da progenitura, a rainha do império selvagem que dormia ainda no seio das virgens florestas.

A natureza preparara no grupo de outeiros apinhados um trono de relva sobre o qual a linda cidade dominava o oceano, sorrindo ao nauta que da extrema do horizonte a saudava com um olhar amigo, para dar-lhe o bom-dia se chegava, e enviar-lhe o último adeus quando se partia.

Despertando com os primeiros raios da alvorada, a população baiana recobrava a atividade depois do repouso. As casas se abriam para receber o ar e a luz da manhã; a pouco e pouco os mil rumores do dia, que são a voz das cidades, iam enchendo o espaço antes ocupado pelo silêncio e pelas trevas.

Os mesteirais e vilãos já percorriam as ruas, não com a calma e regularidade de homens que vão ao trabalho ou ao cumprimento da obrigação diária, mas com a agitação doce e a jovial sofreguidão de quem busca o prazer e corre após uma alegre esperança.

Vestidos com maior apuro do que punham nos trajes domingueiros, homens e mulheres saudavam-se entre si com tal efusão, desejando as boas saídas e estreias de ano; apertavam as mãos com tamanha cordialidade, que percebia-se na disposição geral dos ânimos a doce influência de um motivo qualquer de regozijo público.

Com efeito não era a festa do Ano-Bom a causa única da jovial expansão; outra havia. Aquele dia estava marcado para os festejos com que a Bahia desejava solenizar a chegada do novo Governador-Geral do Estado do Brasil, D. Diogo de Menezes e Siqueira, que depois de haver permanecido um ano na Capitania de Pernambuco para dispor sobre coisas da administração, aportara finalmente à capital no dia 17 de dezembro de 1608.

Não havia exemplo de semelhantes demonstrações em uma cidade onde os governadores e capitães-generais, revestidos de poderes absolutos, eram recebidos com desconfiança, e muitas vezes despedidos com alegria. Mas D. Diogo de Menezes, depois Conde da Ericeira, e um dos abalizados varões que governaram o Estado do Brasil, merecia pelo seu nobre caráter e espírito superior uma demonstração especial da parte dos baianos.

Contudo, essa única circunstância não bastara para excitar na classe rica o desejo de receber o novo governador com festas públicas, se o interesse, primeira lei das ações humanas, não inspirasse o mesmo pensamento como um hábil expediente de política colonial.

Durante o tempo que se demorara em Pernambuco, D. Diogo de Menezes tinha revelado sua força de vontade, e mostrara o firme propósito de repelir a intervenção que o Bispo D. Constantino Barradas e a Companhia de Jesus exerciam anteriormente sobre o governo temporal. A luta se travara com uma questão de etiqueta e precedência, a que dera lugar a procissão do Corpo de Deus celebrada em Olinda.

Justamente nessa época os senhores de engenho, que formavam a classe nobre e rica da Bahia, sustentavam contra os jesuítas a grande questão da servidão dos índios, e compreendiam a vantagem de ter de seu lado um homem como D. Diogo de Menezes, cujo voto autorizado devia pesar nas decisões do Conselho da Índia e no ânimo de El-Rei D. Filipe III.

Por isso, chegado que foi o governador, se concertaram para fazer-lhe uma recepção brilhante. Em quatorze dias estavam concluídos todos os preparativos e aprestos necessários para solenizar com a entrada do ano os benefícios do novo governo.

O programa do festejo primava pela variedade e boa escolha. Depois da missa cantada, seguida de *Te Deum*, havia alardo da gente de guerra e companhias de ordenanças em frente aos paços; à tarde devia correr-se no Terreiro do Colégio uma luzida cavalhada com a qual se dariam jogos, torneios e alcanzias; à noite danças pelas ruas e arcos de luminárias concertados com palmeiras ou festões de flores na Praça do Governador.

Não era preciso tanto para excitar a imaginação viva da mocidade baiana e fazer girar como corrupios todas as comadres devotas e mexeriqueiras, de que a metrópole brasileira já naquele tempo estava abundantemente provida.

A Bahia não passava então de uma pequena cidade habitada por cerca de mil e quinhentas almas; mas seus vizinhos eram abastados e gostavam do luxo; havia muitos colonos ricos de fazendas de raiz, peças de prata e ouro, jaezes de cavalo e alfaias de casa; alguns tinham o melhor de cinco mil cruzados de renda, e diz Gabriel Soares, "tratavam suas pessoas mui honradamente com muitos cavalos, criados e escravos".

Esses cabedais que atualmente parecem mesquinhos, eram naquele tempo avultados; a facilidade com que se adquiriam e o gênio natural da população inclinada ao fausto e prodigalidade alimentavam na Bahia e Pernambuco um luxo superior ao de Lisboa, e entretinham o gosto pelas festas e divertimentos.

Não há pois admirar se a Capital do Brasil despertou quinta-feira, 1.º de janeiro de 1609, possuída do alvoroto agradável que produz uma esperança prestes a realizar-se, e precede a satisfação de um desejo afagado de nossa alma.

Às seis horas o sino pequeno da Sé, tangido rapidamente, soltou os alegres repiques, que pelo som argentino parecem as vozes travessas dos anjos do Senhor, chamando os fiéis; os ecos vibrando no ar foram apressar as palpitações de muito coração que os esperava com impaciência.
Quase ao mesmo tempo o carrilhão do Colégio dos Jesuítas retroando pelo espaço acompanhava o canto matutino da torre episcopal; suas notas graves, sombrias e plangentes, unindo-se aos repiques das outras igrejas, formavam o concerto majestoso com que a religião da luz e da verdade saúda o nascimento do dia. Apenas a primeira badalada do sino repercutiu nos ares e a larga portada da Sé abriu de par em par, o grupo de velhas beatas, que tinham amanhecido no adro da igreja, envoltas em longas mantilhas de rebuço, esgueirou-se pela teia das naves e lá foi tomar lugar no cruzeiro.
Em pouco as lájeas do vasto pavimento se iam cobrindo daquelas trouxas negras ou pardas de seda e burel, que nem longes tinham de vulto humano; da massa enorme elevou-se um sussurro, a princípio imperceptível, e foi crescendo, como se um enxame de vespas esvoaçasse pelo âmbito da igreja.
Nesse momento invadiu o altar uma corporação, que hoje tem perdido muito da sua primitiva importância social, mas que no século XVII representava um papel distinto em todas as carolices e galhofas da época; doze meninos do coro, metidos em sacos de lã vermelha, espalharam-se pelo corpo da igreja armados do competente acendedor.
Foi um rebuliço: os rapazes travessos, rindo como perdidos, pisavam de propósito os vestidos das velhas devotas, que se conchegavam resmoneando uma ladainha de imprecações; a mocidade imprudente não respeitava a velhice; os ânimos se exacerbavam, o sangue fervia; afinal, esgotado de parte a parte o rosário das injúrias consagradas pelo estilo, os dois campos lançaram mutuamente o último e o mais terrível dos insultos.
Os rapazes soltaram a palavra infamante de *barata*, a que as velhas retorquiram com o epíteto não menos afrontoso de *formigão*: e depois disso, como não havia despique possível de tão grande provocação, a não serem as vias de fato que o respeito do lugar impedia, cada uma das duas hostes inimigas retraiu-se e voltou silenciosamente a suas ocupações.
Era tempo; porque a igreja enchia-se de fiéis, e no adro viam-se já as cadeirinhas e palanquins que traziam à missa as donas e filhas dos ricos senhores da Bahia.
Tinham parado na calçada dois moços, ambos na flor da idade, ambos elegantes e bem parecidos, mas tão dessemelhantes no trajar, como no molde da beleza varonil.
O mais velho, que teria vinte e dois anos, era moreno. A fisionomia franca e aberta, as cores frescas e rosadas, o porte firme e direito sobre uma estatura regular, mostravam compleição vigorosa; mas sua expressão ressumbrava tanta graça, o sorriso que lhe brincava nos lábios era tão faceiro, havia tal donaire nos seus movimentos, que a força muscular desaparecia sob a flor da feliz organização, como a robustez do tronco sob a virente folha.

Vestia gibão de gorgorão cor de pérola guarnecido na orla por delgado fio de ouro com que eram igualmente tecidos os passamanes, e calção de veludo turqui debruado nas costuras por fino cairel de prata. Torçal de seda escarlate suspendia-lhe ao flanco esquerdo o florete; o boné de veludo azul com um broche de rubi cingia os anéis dos cabelos negros; a meia cor de pinhão debuxava a perna bem contornada, e o sapato raso com espora afilada calçava um pé fino e aristocrático.
Naquele tempo em que a profusão de cores vivas e bordados era o toque da louçania, não se encontrara decerto um cavalheiro trajado com mais gentileza e primor; a riqueza apenas se mostrava, para não ofuscar o bom gosto na combinação artística das lindas cores, nem o esmero do corte e piques das roupas.
Também na Bahia não havia mancebo casquilho como Cristóvão de Garcia de Ávila, senhor de fazenda passante de cinquenta mil cruzados, e descendente de uma das famílias nobres que tinham vindo do Reino com Tomé de Sousa, em 1549.
Nesse momento, voltado para a Praça do Governador, ele enfiava o olhar pela rua que desembocava no Largo da Sé, e pela qual esperava despontasse alguma coisa, que visivelmente o interessava.
O outro moço contava apenas dezenove anos. Trajava tudo negro, de simplicidade extrema, mas de esquisita elegância. Um aljôfar isolado brilhava na touca de veludo preto; as preguilhas da mais fina lençaria de alvas deslumbravam; a espora ligeira que mordia o salto do borzeguim e a cruz da espada eram de aço, mas tão bem polido que cintilava como custosas pedrarias.
O cetim negro das vestes dava muito realce à sua bela cabeça erguida com meneio altivo, e à alvura rosada de sua tez. Os grandes olhos pardos tinham os raios profundos e reflexivos que desfere a inteligência nos momentos de repouso; o lábio superior, coberto pelo buço de seda que pungia, arqueava graciosamente com expressão grave; era de alta estatura, e tinha como seu companheiro o talhe esbelto, mão e pé de supremo esmero.
Mas o que especialmente o caracterizava, era uma sombra imperceptível, que às vezes deslizando pela fronte alta e inteligente, carregava ligeiramente as linhas do perfil e imprimia-lhe na fisionomia o cunho da vontade tenaz; nestes momentos sentia-se que a razão calma, firme, inflexível, dominaria, se preciso fosse, as expansões da mocidade.
Os dois cavalheiros continuavam a conversa começada quando se encontraram no adro da igreja.
— Perdes teu tempo, dizia Cristóvão de Ávila sem tirar os olhos do seu alvo predileto.
— Não sei em que melhor o possa empregar do que em praticar com um amigo, respondeu o cavalheiro sorrindo.
— Mal vais com disfarces que dalgo não servem, que de mais descobrir a verdade. Digo que perdes teu tempo, quando teimas que entre tantas damas

gentis não haja uma por quem desejes esta tarde tirar uma argolinha, ou correr um passe d'armas.
— E para ti há alguma? perguntou o outro desviando de si a alusão.
— Bem sabes que sim. Não sou de segredos; tão santa coisa é o amor que Deus nos pôs n'alma, que não me peja de trazê-lo no rosto e à face de todos.
— Assim deve ser para quem é nobre e rico, e não teme repulsa; mas outros há que não têm direito de erguer a vista, embora mais alto que ela tragam o coração.
As últimas palavras foram pronunciadas com ligeiro assomo de orgulho ofendido, que imediatamente sufocado esvaeceu em sorriso melancólico.
— À fé que não te compreendo, Estácio. Tão nobre és, como os melhores, e rico; porque a ninguém mais que a ti, devem de pertencer as terras que teu avô Diogo Álvares conquistou ao gentio para El-Rei, de quem as houvemos nós e nossos pais.
O moço ia replicar, quando uma cadeirinha de cúpula dourada, que vinha das bandas do Terreiro do Colégio, carregada por dois negros vestidos à mourisca, com aljubas de lã escarlate, excitou vivamente sua atenção.
Cristóvão simulou não perceber o estremecimento de prazer que teve seu companheiro, e voltou o rosto sorrindo.
Nem um nem outro reparou em certa dama que nesse instante e acerca deles passava para a igreja, acompanhada por uma velha aia. Estava ela completamente velada com o espesso crepe da mantilha, de modo que era impossível distinguir feições. Vendo o gesto de Estácio, lançou rápido e furtivo olhar para descobrir a causa de sua emoção, e entrou na Sé murmurando consigo:
— É já rendido de amores!

Capítulo II
Como outrora rezavam na missa duas beatinhas baianas

Apenas a cadeirinha parou no adro da igreja, as cortinas de damasco verde franjadas abriram-se, e a ponta do escarpim de veludo que escondia um pé de menina pousou de leve na calçada, como a asa de uma gaivota quando roça a flor d'água no voo rápido.
Um homem de meia idade e compleição robusta, que acompanhava a cadeirinha, estendeu o braço para receber a mão afilada e transparente, que apenas tocou o veludo da manga, como se receasse magoar-se ao contato da macia pelúcia.
Logo assomou o vulto delicado de uma moça vestida com o faceiro e gracioso traje das andaluzas; vasquinha de seda azul bastante curta para mostrar a nascente da perna divina, e véu bastante longo para ocultar o rosto e seio, deixando apenas ver a cor de leite e a luz de dois olhos, que brilhavam mais que os diamantes do colar.
O cavalheiro que trajava vestes pretas tirou o gorro e corando inclinou-se,

quando a moça passava diante dele para entrar na igreja. Recebeu em troca um olhar rápido e profundo, dos que vêm do íntimo e se desprendem, como chispas d'alma.

— Bem certo é o anexim, que o mal e o bem à face vêm; disse Cristóvão gracejando.

— Nem sempre!

— Segredos são escravos rebeldes, que mais amiúde se tornam senhores; por mais fundos que os tragas, eles sobem à tona quando mal pensas; se lhes cerras os lábios, falam pelos olhos.

— Aos olhos de um amigo.

— De todos. Mais val não os ter; e com isso dou-me às maravilhas.

— Se tivesses de lutar com a fortuna que é inconstante e com os homens que são maus, respondeu o moço gravemente, terias outro falar, Cristóvão.

— Digo-te que não.

— Tu vês o mundo como bom e jovial companheiro, de quem não hás mister ocultar teus sonhos de prazer; aqueles que têm nele um inimigo, esses nunca lhe esconderão demais sua alma.

Nisto, um mancebo que trazia com certo garbo vaidoso as luzidas galas de suas roupas de veludo e seda carmesim, aproximou-se e cortejou risonho os dois mancebos.

— Trajais de negro em dia como estes, Senhor Estácio Correia? disse ele com volubilidade.

— Trago luto por meu pai e por minha mãe, respondeu o cavalheiro com certo vexame.

— Vai para quatro anos que morreu uma, e o outro deixou-vos no berço. Não cuidei que levásseis a piedade tão longe.

— Desavisado fui, Senhor D. Fernando de Ataíde, em não consultar vosso calendário para saber que tempo duraria meu sentimento; quando vier à estampa vossa pragmática, regularei por ela meu traje. Até lá a cada um seu gosto e modo de viver.

Estácio acompanhou o dito com um sorriso de ironia.

— Pesa-me que vos enfadasse tão inocente reparo; não foi mais que simples curiosidade. Ouvi dizer algures que pretendíeis abraçar a vida eclesiástica e entrar na Companhia de Jesus, razão por que conjeturei que a gravidade do futuro estado vos obrigava já a trazer vestes sombrias.

Uma faísca cintilou no olhar de Estácio; pareceu-lhe que a desculpa de Fernando ocultava um motejo; mas a expressão de bonomia que viu no semblante do moço conteve a palavra provocadora que os lábios iam soltar.

— Enganou-vos quem tal disse, respondeu friamente.

— Oh! Aí chega D. Elvira de Paiva e sua mãe! Já me não admira ver-vos tão apurado, Senhor D. Cristóvão d'Ávila!

Esta exclamação jovial partiu dos lábios de um cavalheiro que se acercara do grupo; era homem que orçava pelos vinte e cinco anos, de mediana estatura e com certo desplante militar no porte arrogante; o rosto, cuja alvura

primitiva desaparecera sob os raios do sol tropical que lhe queimara a tez, apresentava fisionomia espanhola, a que dava realce o bigode retorcido e a pera afilada.
O gibão e as calças de tufos eram amarelos golpeados sobre veludo preto; uma capa negra forrada de seda da mesma cor das roupas caía-lhe sobre o ombro esquerdo, mostrando no canto as armas de Portugal bordadas a retrós, o que indicava que o cavalheiro pertencia à milícia; tinha um chapéu de feltro branco, e meias botas de couro alourado com rendas no canhão.
Cristóvão durante a conversa distraíra-se em seguir com os olhos uma liteira que passava pela frente da Santa Casa da Misericórdia; ao ouvir a exclamação voltou-se para o cavalheiro sorrindo:
— Achais que mal empregue meu cuidado, senhor alferes? perguntou o moço com afabilidade.
— Por Deus, que não! Tão formosa dama não pisou ainda esta terra de gentio. Aposto cinquenta cruzados em um lanço de dados, que não me mostram, nem mais airosa, nem mais prendada.
— Esqueceis vossa irmã, D. José! retrucou Fernando de Ataíde.
— Oh! não vos tinha visto, Dom Paladino! exclamou o alferes rindo; mas se com isso vos ofendi, estou pronto a aceitar-vos a requesta.
Dizendo estas palavras, D. José apertou amistosamente a mão de Fernando; e cortejou com um modo frio e soberbo a Estácio. Este empalidecera ouvindo as últimas frases e desviou-se do grupo.
Um quinto mancebo, que trajava também à milícia, batera familiarmente no ombro do alferes.
— Aceito a aposta, contanto que sejais vós mesmo o árbitro, D. José!
— Oh! Padilha!... Por quem parais então, amigo?
— Por uns maganos d'olhos negros que luzem através de certa rótula de sobrado na Rua da Palma!
— Olhem o taful!...
— Ah! ah!... Então o nosso alferes também adora as sotas de carne e osso! exclamou Cristóvão rindo.
— Caluda, senhores! acudiu D. José com um sério-cômico; isto por enquanto está em segredo. Não espantemos a caça, que é arisca!
E os mancebos a rir, como se ri nessa idade feliz.
A liteira tinha parado; vinham nela duas senhoras.
Uma teria quarenta anos de idade; bela ruína em que o tempo, deixando impressa a sua passagem, respeitara a obra primitiva da natureza. Os cabelos haviam embranquecido, a tez perdera os toques rosados e murchara ao fogo do sangue que a escaldava outrora; o frescor dos traços desaparecera com o sopro ardente dos prazeres; mas aquele busto descorado debuxava ainda sob a máscara da velhice prematura as formas de um belo tipo da raça hebraica – Judite ou Madalena.
A boca, embora crestada na flor dos lábios, dizia quanta paixão e quanto amor devia ter ela desfolhado nas carícias lascivas, nos sorrisos sedutores e

nas palavras ardentes, que semeara pelo caminho da vida; o seio branco, como o mármore de um túmulo, frio como ele, servia de urna às cinzas do coração que outrora o fizera arfar com os ímpetos de desejos irresistíveis; os olhos, esses brilhavam como nos dias da juventude, e pareciam o clarão da chama interna que consumira lentamente a seiva daquele corpo, como o óleo de uma lâmpada.

Ao seu aspecto adivinhava-se que essa mulher devia ter amado muito na sua vida e abandonado ao prazer uma alma ardente e insaciável. Agora, que a beleza fugira e os sentidos se acalmavam, tinha ela necessidade ainda de algum sentimento profundo e veemente que desse expansão às energias da natureza criada para a paixão.

Esse sentimento era a religião; todas as faculdades que outrora o amor absorvera, voltavam-se para a nova preocupação, e se entregavam a ela com igual ardor e afã: a mulher apaixonada e voluptuosa transformara-se na devota fanática; em face de Deus, como diante dos homens, foi sempre a mesma: foi o verbo das almas cujo destino na terra se resume em uma só palavra – amar – sublime encarnação do anjo feito mulher.

A moça que a acompanhava era sua imagem, mas perfumada pela mocidade, iluminada pelos raios da vida que desponta, colorida pelos reflexos de sangue tépido e puro que circula sob a cútis transparente, animada pela doce confiança que naquela idade abre os límpidos horizontes da existência e solta o voo à imaginação ávida.

O mesmo fogo da paixão, a mesma voluptuosidade do prazer, que deixara uma sombra de suas erupções no rosto envelhecido da mãe, brilhava nos olhos pretos e fúlgidos, no sorriso lânguido e no requebro gracioso da filha; mas a inocência e pureza d'alma vendavam ainda essas irradiações com a expressão modesta e ingênua, que as tornava mais perigosas.

D. Luísa de Paiva e sua filha desceram do palanquim, e recebendo as saudações dos cavalheiros que estavam parados no adro, dirigiram-se à capela-mor onde já estavam as almofadas de veludo roxo, que então as damas faziam conduzir à igreja por pajens escravos.

Chegada à porta que abria da sacristia para a capela, Elvira lançou um olhar em volta do pavimento já quase inteiramente ocupado pelas damas, e viu a sua almofada colocada no centro ao pé de uma menina que tinha o véu descido, a mesma que poucos antes tanto havia excitado a atenção de Estácio Correia.

Imediatamente a moça, roçagando a vasquinha curta, deu um passo para tomar o seu lugar.

— Fiquemos ali, disse D. Luísa mostrando o estrado.

— Tenho a minha almofada perto de Inesita, respondeu Elvira voltando-se.

— Bem; não te esqueças!...

— Oh! não; tenho-a de cor, disse a moça com um sorriso malicioso.

E atravessando por entre as outras damas, foi ajoelhar-se ao lado de Inesita, que embebida na sua oração tinha os olhos baixos e as pálpebras descidas.

— Por quem roga a minha santinha com tanta devoção? perguntou Elvira baixinho.
A menina sobressaltando-se corou através do véu; depois sorriu à sua amiga.
— Vieste tão tarde! disse ela em tom de queixa.
— É que não tinha alguém que me esperasse com seu olhar todo melancólico.
— Cala-te; estão nos olhando, balbuciou a moça.
— Se nos olham, menina, é que nos querem, respondeu a amiga sorrindo.
Estácio e Cristóvão tinham entrado pouco havia; colocados junto à grade que dividia a capela do corpo da igreja, não perdiam nenhum dos movimentos das duas meninas.
— Tua mãe?... perguntou Inesita.
— Não a vês na frente, bem próxima ao altar? Dela não há susto, continuou a moça gracejando; enquanto não desfiar a última conta do rosário e não recitar todas as orações do livro dominical, não dá por coisa alguma.
— Pois desce o véu, não te voltes, e podemos conversar enquanto não principia a missa; pensarão, vendo-nos falar, que dizemos nossas rezas.
— Sonsinha que és!... exclamou Elvira com um sorriso. Não queres que me volte para não ver onde vão presos esses olhos.
— Vão a Deus.
— A Deus no céu, e a ele na terra.
— Minha tentação, queres sossegar?
— Não me deixeis cair em tentação!... continuou Elvira com ar de malícia e fingindo que orava.
— Com as palavras sagradas não se brinca!... É pecado! disse Inesita séria.
— A quem o dizes? A mim que sei todas as rezas! Minha mãe tem tido o cuidado de mas ensinar; ainda hoje, sabes a penitência que me deu? De recitar uma ladainha maior do que a Rua dos Mercadores!
— E foi isto que te demorou?
— Não, Inesita, respondeu a moça perdendo de repente o seu ar faceiro e entristecendo, foi coisa pior... Oh! muito pior!
— O quê?
— Chorei toda a noite.
— Ele te...
— Ele não, mas por causa dele. Minha mãe não quer ir hoje à festa.
Inesita teve um triste sobressalto, e emudeceu buscando no espírito um meio de amparar a amiga:
— Se pedir-lhe eu?
— É escusado; quando lhe metem alguma coisa de religião na cabeça, não há volta; disseram-lhe que não está bem a uma dama devota ver folguedos do mundo.
— E tu perdes tão lindas coisas?
— Hão de estar galantes as corridas, não é verdade? Depois me contarás?
— Sem faltar nada. Mas ninguém dirá, ao ver-te tão prazenteira, que hajas

chorado toda a noite.

— Que queres? Quando cheguei esqueci tudo, para só me lembrar que estava perto de ti.

— De ti!... disse Inesita inclinando imperceptivelmente a cabeça para o lado da grade, sem contudo erguer os olhos.

Elvira reparou no movimento da amiga e quis tirar sua desforra.

— Bem sei, respondeu ela travessamente, que estar perto de uma é estar perto do outro; a sombra acompanha o corpo.

— Vamos rezar, menina, acudiu Inesita meio enfadada.

— Vamos. Sabes tu as *Obras de Misericórdia?*

— Que pergunta!

— Não as sabes, não; porque elas mandam consolar os aflitos; e ali está uma alma penando por tua causa à espera de um só olhar teu.

Inesita corou inclinando ainda mais a fronte; porém os cílios de seda, que roçavam as faces, se ergueram e cerraram logo, deixando coar um olhar doce e aveludado, que foi tremulando embeber-se no rosto de Estácio.

— Agora sim cumpriste tua devoção!

— Elvira!... Cuidas que também eu não reparo no que fazes?

As duas meninas continuaram o alegre colóquio, cujo matiz gracioso não se pode desenhar; porque há gestos feiticeiros e inflexões harmoniosas, que só os lábios e a gentileza de uma mulher sabem dar às palavras mais simples.

Naquele tempo, como hoje, como sempre, duas moças amigas que se encontravam, tinham tanto que dizer entre si, e estavam tão cheias de segredos e confidências, que o lábio rosado não emudecia, enquanto não destilava todo o mel que havia nos favos delicados do coração, toda a fragrância que respiravam as rosas d'alma em botão.

A mulher é sempre mulher; mudam os usos, as modas, os costumes e as línguas; mudam os tempos e com eles nós os homens, porém o anjo frágil e delicado que Deus prendeu à terra é a fênix moral, que renovando-se em todos os séculos e em todas as eras, remoça a humanidade, e a purifica.

Assim, quem ouvisse aquelas duas beatinhas dos começos do século dezessete, conversando tão travessa e profanamente sob a aparência do mais profundo recolhimento, esquecendo o traje e o lugar, julgaria escutar as falas de duas moças dos nossos dias, trocando no seu jardim as confidências de uma véspera de baile.

D. Luísa às vezes lançava à filha uma vista rápida e severa, que retirava satisfeita para fitá-la de novo no resplendor das imagens; de feito Elvira e Inesita com o véu baixo, as mãos cruzadas, as frontes inclinadas e os lábios a moverem frouxamente, tinham um tal ar de compunção, que ninguém suspeitaria o mais leve pecadilho sob aquele beático recolho.

Entretanto elas ainda falavam de mil coisas; não tinham dito nem metade da mútua confissão.

Capítulo III
Em que mestre Bartolomeu revela seus dotes para a solfa cantada

A igreja estava apinhada.

A nave sepultada em meia obscuridade servia de moldura ao retábulo da capela, a qual cintilava com a luz dos círios e os reflexos metálicos das alfaias e galas que cobriam os altares.

No centro da esfera luminosa, nublada pela fumaça do incenso, que exalava da caçoula de prata lentamente embalançada pelo turiferário, destacava a cruz negra do martírio, de onde a imagem do Cristo dominava a multidão curvada e respeitosa.

Eram sete horas e meia quando soaram os atabales do terço postado no largo.

Chegava o Governador D. Diogo de Menezes, conduzido debaixo de pálio pelos juízes e vereadores do conselho, e acompanhado por D. Diogo de Campos, sargento-mor do Estado do Brasil, pelo Alcaide-Mor da Bahia, Álvaro de Carvalho, provedor da fazenda, o Desembargador Baltasar Ferraz, ouvidor, escrivão dos contos e mais gente do serviço de El-Rei.

O cabido saiu fora a recebê-lo com as etiquetas do formulário, e o conduziu ao setial colocado do lado do evangelho; no mesmo plano estava o assento forrado de damasco branco dos oficiais da Câmara; vinham depois o ouvidor, alcaide, provedor e os outros ministros.

Do outro lado via-se a poltrona episcopal, vaga pela ausência de D. Constantino Barradas, que se achava de visita na Capitania de Pernambuco; seguiam-se as dignidades da Sé e o coro dos cônegos; no fim havia um banco de veludo roxo que devia ser ocupado pelo provincial dos jesuítas à direita do dom abade de São Bento e do custódio dos franciscanos.

D. Diogo de Menezes era um verdadeiro fidalgo no porte senhoril como no caráter egrégio; achava-se então no vigor da idade, no período de transição dos quarenta para os cinquenta anos, em que então os homens daquela têmpera chegavam ao perfeito desenvolvimento de sua organização, e adquiriam a robusta virilidade, que ilustrou a história de tantos feitos brilhantes.

O grave parecer esclarecido por um espírito superior era o documento do passado honroso e o prenúncio da carreira ilustre que ainda tinha a percorrer; a severidade não excluía a afabilidade das maneiras e a polidez do trato, que caracterizavam o fino cavalheiro.

Homem de governo, escravo do dever, para quem a lei era religião, e a honra culto; conhecia-se contudo que ele compreendia, e talvez mesmo sentisse ainda, o entusiasmo heroico e cavalheiresco, que iluminara as lendas e os romances da Média Idade, e já então apenas lançava os frouxos clarões da luz que bruxuleia ao extinguir-se.

Apenas o governador, fazendo uma cortesia geral, sentou-se na cadeira alcatifada, ouviu-se o temperado de garganta sonoro e clássico do mestre de

capela, que do alto de seu trono regia a orquestra; quase imediatamente a larga tira de papel pautado, tangida pelo braço robusto, assentou no respaldo da grade do coro a palmada estridente e simbólica.
Era o sinal para começar a missa cantada; primeira pancada de compasso que abria o solfejo de velho in-fólio colocado sobre uma estante.
O mestre de capela, cheio de sua importância, meneava aquela tira de papel pautada com a galhardia de um general brandindo a espada vitoriosa em frente ao seu exército no momento da batalha.
Os meninos do coro tomaram seu lugar; uma exígua figura, coberta de longa capa de raso preto, saiu do esvão da torre, e dirigiu-se lenta e compassadamente para o teclado do órgão, sobre o qual estava aberto um grosso alfarrábio das solfas do P. Manuel Mendes.
A cor lívida, os olhos profundos e cingidos de uma orla de bistre, as faces encovadas, davam àquele semblante um aspecto triste e lúgubre; os cabelos grisalhos e revoltos caíam sobre a testa vasta e proeminente; o hábito do estudo lhe acurvara o corpo emagrecido, diminuindo aparentemente a estatura raquítica, que pouco excedia de cinco palmos craveiros.
Tal era o licenciado Vaz Caminha, o mais sábio letrado da cidade do Salvador, que apesar de suas elucubrações forenses e da gravidade do ofício, fazia ao mestre de capela a mercê de tocar órgão na Sé, por ocasião de grandes festividades, mediante a espórtula de um tostão em prata e o jantar na mesa do senhor bispo, quando este se achava na Bahia.
O discípulo de Bártolo e Scoto endireitou a tripeça, sentou-se traçando as perninhas em forma de cruz grega, e apoiando o queixo sobre o polegar da mão esquerda, sestro que lhe era familiar, esperou o segundo sinal.
— Sua senhoria acaba de chegar, disse o mestre de capela. Podemos dar começo, se vos praz, senhor licenciado.
— Por mim não se espere, mestre Bartolomeu.
— Atenção! exclamou o chefe da orquestra, voltando-se para os meninos do coro. Atacar o *ut* com presteza, *subito*, compasso quaternário.
E erguendo a braço hercúleo, e volvendo uma última vista em torno, assentou com o rolo de música um segundo estalo, que foi o prelúdio da mais tremenda algazarra jamais ouvida em templo cristão.
Os gritos agudos e esganiçados dos meninos do coro, impelidos com toda a força dos pulmões feriam o ouvido como o estrídulo metálico do canto da uiraponga; no meio do alarido troava, mugia, a voz de baixo profundo do mestre Bartolomeu, que com uma só nota enchia o vasto âmbito da catedral.
O monstruoso concerto durou cinco minutos em formidável *crescendo*; baixando afinal de tono em tono, reboando pelas altas abóbadas, expirou como o trovão que rola ao longe pelas nuvens, ou o oceano encapelado quando geme sob a refega do vento.
No entanto o licenciado Pero de Campos, deão, que oficiava na ausência do bispo, revestido dos guisamentos sacerdotais, subia ao altar acompanhado dos dois acólitos; e o cantochão desafinado dos cônegos respondeu

dignamente ao desafio musical da orquestra.

O mestre de capela, à guisa de alguns cantores modernos desempenhava ao mesmo tempo dois papéis, o de baixo e o de contralto; cerrando pois as largas queixadas, expeliu pelo nariz uma voz de tiple, fanhosa e esguichada, que meteria inveja ao mais alentado eunuco da Capela Sistina; era um *alegro* predileto do grande solfista.

Assim, apenas terminou, ainda com as bochechas insufladas e o suor a correr-lhe pela touta, voltou-se para Vaz Caminha que feria as teclas com a mesma gravidade que teria, se estivesse consultando um texto do*Corpus Juris* ou arrazoando um agravo para a Casa da Suplicação.

— Que dizeis deste solo, senhor licenciado? É solfa deste vosso servo.

— *Optime!* respondeu o letrado cortesmente.

Era a vigésima vez que o bom do Bartolomeu cantava aquele trecho e terminava pela pergunta referida, à qual o advogado com a regularidade dos homens sisudos e pensadores respondia pelo mesmo advérbio.

A ponto que isto passava no coro, e a missa cantada prosseguia, muitos sentimentos diversos e bem estranhos à cerimônia sagrada agitavam os atores principais da cena.

D. Diogo de Menezes vendo a cadeira do provincial dos jesuítas vaga, sorrira de um modo significativo; compreendera que a ausência não motivada, no dia em que celebravam a sua chegada, era um primeiro manifesto de guerra que lhe lançavam os aliados do Bispo D. Constantino.

Embora fosse toda mental e íntima a reflexão, o fidalgo ergueu a cabeça com expressão de energia, como se aceitasse o desafio e se preparasse para a luta; depois lembrando-se onde estava inclinou diante de Deus a fronte que trazia sempre alta em face dos homens.

Mais longe, as duas meninas, logo que começara o sacrifício, haviam cessado a conversa e emudecido no santo respeito que lhes inspirava o sublime mistério da religião cristã; mas o espírito de Elvira, rebelde e tenaz, voltava às suas preocupações, apesar de todos os esforços que ela fazia para afastá-lo de tais ideias e trazê-lo à oração que os lábios balbuciavam automaticamente.

A donzela lembrava-se das festas que deviam ter lugar à tarde, festas que a haviam feito sonhar tantas horas, e iam passar enfim sem que as gozasse; sua fantasia revoava por todas aquelas imagens brilhantes e esquecia a realidade para viver ainda alguns instantes de esperança; mas a ilusão desvanecia-se breve e tornava ainda mais pungente a decepção.

Às vezes em sua cólera infantil, a inocente fazia protestos de querer mal à sua mãe por causa da crueldade com que a condenava à solidão no momento em que todos haviam folgar e rir; eram ímpetos passageiros, como as faúlhas que saltam das chamas e se apagam no ar.

Por fim acabava pedindo à Virgem perdão para o mau pensamento que tivera; e resignada à sua desventura, enfiava por entre o véu um olhar longo e apaixonado, que penetrava até o coração de Cristóvão, e voltava de lá mais sereno e consolado.

Inesita, essa estava inteiramente absorvida pela oração; o espírito de Deus a dominava; e só de espaço em espaço, nos momentos em que a alma saindo da meditação lembra-se que tem um corpo, a tímida menina sentia-se viver pela recordação do lugar onde estava e da proximidade de Estácio; então sem ver, adivinhava que o olhar do moço a envolvia em um raio de amor, e estremecia com a sensação de gozo inexprimível.

Mas o que ela não podia adivinhar era a angústia que confrangia a alma do moço, ajoelhado junto à grade e tão pálido, que o oval de seu rosto iluminado por uma réstia de sol, destacava entre as roupas negras como um relevo de alabastro em medalha de ébano.

Estácio descobrira a alguns passos D. Fernando de Ataíde, que não tirava os olhos da menina; bastou para que uma suspeita cruel entrasse em sua alma; lembrou-se que talvez o olhar de Inesita fosse dirigido a seu rival, e desejou até que ela não erguesse mais a vista, nem se voltasse de seu lado.

O moço era pobre e modesto; aqueles que como ele amaram um dia, compreenderão o martírio que sentiu pensando que D. Fernando de Ataíde, nobre e rico, podia depor aos pés de sua amada um belo nome e soberbas prendas, enquanto que ele apenas tinha um coração leal a oferecer.

A dama desconhecida e velada não tirava os olhos de Estácio, senão para volvê-los a Inesita. Por vezes inclinara-se para a gorducha de sua companheira, como se lhe quisesse falar e disfarçava; até que afinal a palavra retida escapou-lhe dos lábios:

— Sabeis, Brásia, quem seja aquele cavalheiro que agora ajoelha perto à grade, bem em frente a nós?...

— Vejo dois, D. Marina, tão gentil um como outro! De qual falais?

— Do que traja negro.

— Não sei, não, dona; mas não faltará quem o saiba.

— Pois indagai, e onde mora.

A velha estabeleceu logo um cochicho que percorreu toda a longa fila de beatas estendida pela nave da catedral.

A festa prosseguia, o coro e o cantochão continuavam alternando, quando foi ouvido na porta da igreja um ligeiro rumor causado por muitas pessoas, que voltavam o rosto para ver alguma coisa que estava passando fora.

O objeto que tanto excitava a curiosidade, a ponto de distrair assim a atenção do ofício divino, era um navio de alto porte que encoberto pelas sombras da noite se avizinhara de terra, e aos raios do sol nascente aparecia à entrada do porto com as velas enfunadas pela fresca viração da manhã.

D. Diogo acenou ao capitão de sua guarda:

— Manuel de Melo, inquiri da razão deste rumor! disse-lhe à puridade.

Nesse tempo ainda não se tinha desmoronado o tabuleiro que ficava em frente da Sé, a pique da montanha, com uma vista soberba para o mar; por isso daquela posição distinguia-se já perfeitamente o navio que velejava demandando o porto, e o casco, e a mastreação, e a bandeira espanhola a flutuar na popa. A não escassear o vento, era natural que em menos de duas horas estivesse fundeado.

A notícia transmitiu-se rapidamente. Há uma espécie de corrente elétrica nas grandes massas de povo; dois minutos depois de ouvir-se o rumor na porta da igreja ninguém já ignorava a grande nova.

— É uma fragata espanhola, ao que parece procedente do reino, que entra a barra, informou ao governador o capitão da guarda.

Este fato que hoje não tem muita importância pela sua frequência, naquele tempo de raras e difíceis comunicações entre o Brasil e a metrópole, era um acontecimento do maior interesse. Para os governadores e empregados no serviço real queria dizer a solução de altas questões da administração do novo Estado; para o povo exprimia talvez o deferimento aos pedidos das Câmaras sobre redução de impostos, extinção dos estancos e servidão dos índios; para os mercadores de grosso trato significava o recebimento de cabedais ou de gêneros de tráfego; para os particulares era o provimento da mercê que haviam requerido, ou a reforma da sentença de que tinham agravado; para as mulheres, além da parte que tomavam no que dizia respeito a seus pais, irmãos e maridos, havia a curiosidade, sentimento poderoso em todas as filhas de Eva.

Já se vê pois, que desde o Governador D. Diogo de Menezes até a última das beatas escondida em algum canto, todas as pessoas, que se achavam na igreja, desejaram intimamente ver acabada a missa; os cônegos acordando salmeavam o cantochão como se cantassem um solau; o licenciado apressara o compasso; o deão saltara por engano uma página do missal; as velhas correram duas contas por cada padre-nosso.

No meio da geral preocupação só ficaram estranhos, Elvira e Inesita, que continuavam as suas orações; Cristóvão, Estácio e Fernando, para os quais o mundo se resumia nas duas meninas; D. Luísa de Paiva, imóvel em seu êxtase religioso; finalmente o mestre de capela, que apesar dos cônegos, do salto da página, do toque do órgão, apesar de tudo, solfejava um andante com imperturbável sangue-frio, sem engolir uma nota ou falhar uma pausa.

Capítulo IV
Em que vem à lume um papel velho

A cerimônia religiosa terminou por volta de nove horas.

Em pouco tempo a multidão deixou a igreja quase solitária e foi apinhar-se à beira do terreiro, para ver a fragata que distava do porto cerca de um tiro de canhão.

Elvira e sua amiga dirigiram-se à pia de mármore branco colocada à porta, como de costume; a alguma distância seguiam D. Luísa de Paiva conversando com o pai de Inesita. Era este, D. Francisco de Aguilar, nobre castelhano, senhor do engenho de Paripe, homem principal, como se dizia naquele tempo.

Alto, robusto, ainda verde e bem conservado, D. Francisco era o verdadeiro tipo do *hidalgo* andaluz. Orgulhoso de seu sangue, de sua pátria e de seus cabedais, altivo no trato dos que julgava inferiores, seco nas maneiras, tinha contudo a verdadeira nobreza, que a educação e o hábito podem apurar, mas não é o privilégio dos brasões, pois a dá o coração; sabia ser grande e generoso quando os prejuízos de fidalguia não se opunham aos impulsos de sua alma.

Elvira e Inesita apressando o passo chegaram à pia, onde os dois amigos já as esperavam; mas D. Fernando aproximara-se no mesmo momento, e tomando água na palma ofereceu-a cortesmente às duas meninas.

Inesita hesitou; tímida como era, não teve ânimo de recusar; embebendo a pontinha dos dedos alvos e delicados, ia levá-los à fronte, quando viu o olhar de Estácio; a pobre menina estremeceu e sem saber o que fazia, deixou cair o braço desfalecido.

Quanto a Elvira, mais animosa, voltou-se para Cristóvão. O cavalheiro encorajando-se com esse movimento adiantou-se, e apresentou-lhe a mão onde brincavam algumas gotas d'água; depois de benzer-se, a menina umedeceu de novo os dedos e com um movimento rápido lançou de longe um borrifo na fronte do mancebo.

— Para que sejais esta tarde bem feliz, disse ela enrubescendo.

— Basta que desejeis para que o seja, respondeu o mancebo não se contendo de alegria e felicidade. Que o vosso olhar me acompanhe...

— O olhar, não, que é impossível; o pensamento, sim, respondeu Elvira com uma expressão melancólica.

— Por quê? Lá não estareis? perguntou o moço em sobressalto.

— Não; minha mãe...

A aproximação de D. Luísa e Aguilar cortou a conversa; as duas meninas saíram da igreja, Elvira satisfeita porque ao menos consolara Cristóvão de sua ausência; Inesita zangada consigo mesma porque não tivera coragem de recusar o oferecimento de Fernando, e com Estácio, porque depois do seu movimento em vez de apresentar-lhe a mão voltara-se triste e desaparecera; de modo que ela foi obrigada, para benzer-se, a molhar os dedos na pia.

Quanto a Ataíde, como todos os homens que têm plena confiança em sua riqueza, não percebera nem a indecisão da menina e o movimento que produziu o olhar de Estácio, nem o disfarce com que Inesita molhara de novo os dedos na pia. Radiante sob o gibão de veludo carmesim acompanhou o fidalgo castelhano.

No adro e por ocasião de despedir-se, Inesita voltou-se para D. Francisco:

— Meu pai, instai com D. Luísa para que leve esta tarde Elvira às festas do Terreiro do Colégio.

— Vosso pedido tem mais valia do que o meu, mas se o quereis...

— Impossível, Senhor D. Francisco. Fiz voto de não assistir a festas profanas; e quebrar um voto, disse-me o Padre Luís Figueira, é incorrer em

excomunhão *latae sententiae.*
O castelhano, ouvindo o texto, voltou-se para trocar um sorriso com Fernando.
— Mas, acudiu Inesita, Elvira que não fez voto podia ir comigo!
— Não lhe está bem aparecer em lugares de folia sem sua mãe, menina. É prova de descomedimento, que não assenta em donzela recatada.
O tom severo destas palavras, mais de repreensão que de resposta, desconcertou Inesita, que não soube o que replicar; despediu-se de sua amiga, e entrou na cadeirinha lançando um olhar a furto em busca de Estácio.
Este depois que desaparecera, tomando pelo corredor lateral, encostara-se à portada de onde observara toda a cena anterior, e seguira com os olhos a cadeirinha, cujas cortinas ao longe lhe pareciam entreabertas por uma mãozinha mimosa.
Era o tempo que o palanquim de D. Luísa sumia-se também, e Cristóvão saía da igreja. Estácio foi-lhe ao encontro.
— Julgava-te longe, disse Cristóvão; vi-te sair pouco há.
— Mas não tive a força de ir-me, embora fosse o melhor, respondeu o moço com um sorriso triste.
— Que te aconteceu?
— Nada. Dize-me: tens desejo de primar esta tarde sobre todos, para merecer o olhar dela, não é verdade?
— Acertaste, menos em um ponto, Estácio; desejo vencer nos torneios e jogos porque ela lá não estará, e assim farei que não tenham outras, o que só merece a mais bela.
— E contas ganhar todos os preços? perguntou Estácio com intenção.
— Todos os que não quiseres para ti.
— Por que não os outros?
— Porque nem quero medir-me contigo, nem que o quisesse, o poderia com vantagem.
— Não digas tal!
— Não o diria a outro, ainda que sentisse a sua espada na gorja; digo-o a ti com a mão no coração.
— Pois ouve, acudiu Estácio; também a mim repugna-me roubar um prêmio que te pode pertencer; toma-os todos, mas cede-me uma só coisa.
— Qual, Estácio?
— Cede-me teu lugar na primeira corrida.
— Meu lugar!... Mas diriam que tive medo!
— Não receies tal; a confusão da partida impedirá ver; demais não lucras na troca. D. José de Aguilar é dos mais aguerridos campeões que entrarão em liça.
— Ah! compreendo; não te queres bater com o irmão de D. Inês!
— É um dos motivos; o outro saberás depois.
— Pois está dito; mas por isso não te deixes vencer por minha causa.

Lembra-te que também te olham. Adeus; vou-me com pressa.

— Em pouco irei ter contigo.

Os dois moços apertaram-se as mãos; e separaram-se tomando direção oposta.

Terna e sincera amizade os ligava. O modo singular porque nascera essa afeição anunciou logo a têmpera daquelas duas almas, ainda não batidas na incude do mundo.

Costumavam os filhos das principais famílias, quando por tarde saíam a passeio acompanhados de seus aios, reunirem-se na Praça do Governador onde estava assentada uma bateria a pique da Ribeira. Aí entretinham-se em galhofas e folguedos próprios da infância.

Uma vez acertou Estácio de passar por ali tornando da casa de Vaz Caminha, onde tinha escola de pueris. Um gibão rapado, de mangas tão justas que o crucificavam, barrete que de machucado já tinha virado carapuça, e calções com remendos davam ao rapazinho um aspecto realmente grotesco. Os meninos o receberam com tremenda algazarra que o acompanhou até sumir-se do lado oposto.

Percebendo que a mofa era com ele, Estácio parou e voltou face aos rapazes, afrontando-os com o olhar e gesto. Desde então o discípulo e afilhado de Vaz Caminha teve para si, que fora cobardia escolher outro caminho. Todas as tardes ali passava, embora para isso fizesse uma volta. Os meninos o atropelavam como da primeira vez com vaias e apupos. Ele passava impávido e calmo, empertigando-se em sua pobreza e desafiando-os a todos.

Cristóvão que era da roda, soube afinal quem fosse o tal rapazito; e uma tarde quando ele passava, deixou muito zangado os companheiros e botou-se de carreira ao filho de Robério Dias.

Esperou-o a pé firme Estácio, julgando que o outro vinha brigar. Deitando ao chão um maço de cadernos, arregaçou as mangas.

— Não venho para brigarmos, senão para nos conhecermos, pois somos parentes! disse Cristóvão sorrindo e com um modo afável.

Passada a primeira surpresa de ver aquela fala e modo em um menino tão bem trajado e que parecia de família rica e principal, o escolar respondeu altivo:

— Não tenho parentes mais que uma tia!

— Pois não sois filho de Robério Dias?

— Que vos importa isso?...

— Eu sou filho de Garcia de Ávila!

— Não vos conheço!...

— Que val, se temos o mesmo sangue! Perguntai a vossa tia.

— É escusado!... Sei eu que não tenho parentesco com gente de vossa qualidade; sou pobre!...

Dizendo essa palavra com orgulhosa arrogância, o escolar foi seu caminho sem mais palavras. Nos dias seguintes, por espaço de duas semanas, todas as tardes Cristóvão fazia parar Estácio para convencê-lo do seu mútuo

parentesco, e a todas as instâncias respondia este com uma orgulhosa esquivança. Não se enganava Cristóvão. Seu terceiro avô, Garcia de Ávila, também terceiro de nome, tivera uma filha natural, Isabel Garcia, casada em segundas núpcias com Diogo Dias, neto do Caramuru e segundo avô de Estácio; donde vinha entrelaçamento de afinidade entre as duas famílias.
Uma tarde, Cristóvão perdeu a paciência, e disse para Estácio:
— Ou me reconheceis por vosso parente ou brigo convosco.
— Briguemos; é melhor.
Atracaram-se ali mesmo; mas o aio de Cristóvão correu a separá-los, e o fez maltratando Estácio. O menino afastou-se indignado.
— Eu te castigarei, maroto!
Cristóvão irado arrancou a vergasta que o aio trazia e com ela o fustigou.
No dia seguinte muito cedo esperava por Estácio à porta de Vaz Caminha para lhe comunicar que o criado fora expulso de seu serviço e de sua casa.
Desde essa manhã ficaram camaradas; os anos vieram fazê-los amigos e afinal irmãos.
Tornemos à Sé.
Estácio seguiu para as bandas de Santo Antônio. A alguns passos encontrou Vaz Caminha, que atravessava gravemente o largo com a cabeça baixa, e entregue a funda meditação.
Logo que terminara a missa, o licenciado recebera do mestre de capela a competente moeda de prata; mergulhando-a na comprida bolsa presa ao ilhós do calção, esgueirou-se pela escadinha do coro, e foi acompanhando a chusma de curiosos ver o navio que entrava na barra.
Depois de alguns minutos de observação, conhecendo que em menos de uma hora não se poderia haver notícias do reino, resolveu ir confortar o estômago, e nesta intenção louvável dirigia-se ao modesto tugúrio, quando foi encontrado por Estácio.
— Bom-dia, mestre, disse o moço quando o velhinho passava. Tão embebido ides em vossas reflexões, que não vedes os amigos?
O licenciado ergueu a cabeça de chofre, e os olhos pequeninos pestanejaram com vivacidade jovial.
— Bem aparecido, pequeno! Há bons quatro dias que não vos ponho olhos. Bem diz o ditado: "que para os moços são as festas e para os velhos as crestas".
— Me levais a mal, que tome parte nos brincos e jogos de cavaleiros?
— Ao contrário, filho. Lograi a vossa mocidade, que perto vem o tempo dos cuidados; e bem aziago é quando não se tem nos maus dias uma boa lembrança para consolar o espírito.
— Acho-vos hoje mais triste que de costume, mestre; alguma coisa vos amofina?
— É próprio da velhice; quando a idade é muita e a saúde pouca, sobram os enfados e mínguam as esperanças. Mas não semeemos flores em cinzas, que não brotam; dizei-me antes, se estais contente e satisfeito, se contais que

ninguém vos dispute hoje na galhardia e boas manhas?
— Farei o que em mim estiver; e ajudando Deus, espero dar-vos algum prazer.
— E as roupas estão ao vosso agrado? Ajustam-vos bem? São de fino estofo? perguntou o velho com terna solicitude.
— Ricas não podem ser, bem o sabeis; mas também não desmerecem em um cavalheiro: talhou-as o melhor algibebe da cidade, mestre Cosme.
— Ainda bem; dais-me com isso mais gosto do que pensais; porém – acrescentou o licenciado fitando o olhar no semblante do moço – alguma coisa ainda vos resta que me dizer?
— O que, mestre?
— Aquelas galas devem ter sido bem apreçadas, e do pouco que possuo sempre há para vos não deixar à mercê de fanqueiros e algibebes.
Estácio apertou com efusão a mão seca e mirrada do velho, cuja oferta tão delicada como generosa lhe tocara o coração.
— Obrigado, mestre; lembrastes que de feito me faltava referir-vos alguma coisa, que esta manhã tinha em mente, e passou-me na missa; mas não é o que pensais. Graças à minha mãe que me deixou um saquitel com algumas dobras, poucas é verdade, pude enroupar-me; sem isso não o faria; pobre como sou, gasto do meu, não uso do alheio. São vossas lições.
— Que bem aproveitaram; mas não é alheio, filho, o que pertence àqueles que nos amam; porque esse está como depósito em outras mãos, e para ser nosso basta querermos.
— Outra vez obrigado, mestre; felizmente não careço despir-vos do vosso necessário para satisfazer fantasias de rapaz.
— Assim não haveis precisão de nada?
— De vossos conselhos, muita; e tanto que, se me dais licença, vou recorrer a eles.
— É verdade; o caso que tínheis em mente?
— Dele mesmo é que vos quero falar.
— Estamos à soleira, melhor é entrarmos.
— Como vos parecer.
Conversando, Estácio e Vaz Caminha tinham tomado por detrás da Sé; seguindo por uma rua estreita e solitária, quebraram em um beco apenas guarnecido por algumas habitações, que se destacavam a espaços entre as linhas de cercas cobertas de melão-de-são-caetano.
O beco descia em ladeira, e formava no centro uma espécie de vala por onde corriam as águas da chuva; junto das cercas serpejavam dois trilhos que serviam de caminho, e iam dar à entrada das casas, para as quais subia-se por alguns degraus feitos de tijolo. Um monturo, que servia de despejo às casinhas da vizinhança, ardia lentamente fazendo grande fumaceira.
A casa do licenciado era a segunda; pouca diferença tinha das outras. Baixa, com duas gelosias e uma porta, paredes caiadas de branco e beiradas saídas, o edifício dava perfeita ideia da arquitetura do tempo. Ao lado esquerdo via-

se o quintal coberto de mamona e beldros, com touças de bananeiras; encostados ao oitão, o galinheiro, e uma espécie de horto onde cresciam alguns pés de arruda, hortelã, manjericão e perpétuas.

Uma velhinha com saia de ganga amarela e manta escura de rebuço, que lhe cobria a cabeça como um capuz de freira, de volta da missa entrara no poleiro, e fizera uma revolução; as frangas cacarejavam, os galos batiam as asas, os pintos pipilavam, quando felizmente para o povo galináceo o licenciado chegou a casa.

Apesar de serem nove horas do dia, a porta exterior estava fechada, como se usava então, que não se tinha inventado a polícia, e cada um era obrigado a velar na segurança própria; Vaz Caminha chegou ao canto da casa, e erguendo-se nas pontas dos pés para ver por sobre a cerca do quintal, chamou a caseira.

— Euquéria! Abride, filha!

A velhinha correu tanto quanto o permitiam suas pernas curtas e trôpegas; decorrido um momento, o licenciado entrava em seu cartório acompanhado de Estácio.

Duas altas estantes de livros, um telônio cheio de autos e papéis, um bufete e alguns tamboretes rasos, eram os móveis que ornavam o gabinete, onde a luz filtrava amortecida pelos vidros das janelas, cobertas da mesma poeira clássica que jazia sobre os grandes alfarrábios, e das veneráveis teias de aranha suspensas ao teto.

— Vossa colação aí está sobre o bufete, senhor licenciado. Se não precisais de mim vou-me aos pintainhos, que estão morrendo do mal triste.

— Ide, filha; eu cá me aviarei.

— Jesus! exclamou a caseira voltando a correr com as mãos na cabeça.

— Hein!... já pela manhã vos começam a aparecer as almas do outro mundo? disse Vaz Caminha para a velha.

— Que Deus, Nosso Senhor, nos livre e guarde! Ai! só de falar já estou tremendo, minha Virgem Santíssima! Mas vai, senhor licenciado, que por um triz não me escorrega ainda hoje de vos dizer!... E três dias há que o trago mesmo aqui na ponta da língua! Quando digo que estou já com esta cabeça varrida, não querem acreditar! Pois é assim!

— No fim das contas, o que há, Euquéria? Dizei-o de uma feita.

— É o vosso vinho, que está por um dedal. Daqueles dois odres que se encheram pela Assunção, um encarquilhou que nem, com o devido respeito, o roquete do senhor deão; o outro que aí tendes, bem escorropichado, muito dará, se der, um meio pichel.

— Bem, filha; havemos de prover ao necessário. Ide com Deus.

Vaz Caminha tirou o barrete e arrastou dois mochos para junto do bufete, onde havia sobre o mantém de algodão grosso, porém de alvura deslumbrante, uma escudela com três ovos escalfados, uma cestinha com bananas passadas, uma regueifa de pão e um pichel de estanho polido como prata.

— Sentai-vos, pequeno, e refazei com o que há; não chega para regalo, mas basta para quebrar o jejum.
— Não tenho fome, mestre; almoçai vós, eu esperarei.
— Por quê?... Os ouvidos nada têm com o estômago; se quereis, falai, que vos presto atenção, e se não, fazei como vos aprouver.
Durante isto, o licenciado sentava-se ao bufete arregaçando as mangas, escorria no canjirão o resto de vinho do odre pendurado por detrás de uma das estantes, e começava seu parco almoço. Estácio de pé encostado ao telônio deixava que ele satisfizesse o apetite para começar.
— Então? disse Vaz Caminha erguendo os olhos.
— Não é coisa de grande monta, replicou Estácio. Ontem pedi à tia o cofre que me deixou minha mãe quando faleceu, para tirar algumas dobras guardadas numa bolsa, e deparou-me o acaso com um papel do qual nunca tive notícia. Talvez me possais explicar o sentido.
— De qual papel falais?
— De uma carta escrita a minha mãe, há cerca de quatro anos. Por sinal que ainda se achava selada, disse o moço tirando do seio do gibão um papel dobrado e já amarelento.
— Lede essa carta.
Estácio desdobrou o papel e leu:
A D. Clara Dias Correia

Senhora

Para em minhas mãos um papel de mor valia que pertenceu a vosso falecido marido Robério Dias; como seja demais precioso para sujeitá-lo a perda na remessa, mandareis havê-lo por pessoa de confiança.

Em São Sebastião, aos 28 de setembro de 1604.

D. Diogo de Mariz.

Vaz Caminha perturbou-se de tal maneira ao ouvir as primeiras palavras, que levou a naca de pão ao nariz, e ficou de boca aberta sem poder proferir uma palavra.

Capítulo V
Quem era o licenciado Vaz Caminha, aliás doutor de capelo

Vaz Caminha era natural da vila de Arraiolos, em Portugal, e descendente de uma família de aldeões, para quem o mundo não existia além do estreito horizonte em que se debuxava o campanário da igreja paroquial.
O futuro legista estava pois condenado a vegetar nos labores campestres, se a natureza deserdando-o da robustez e vigor proverbial na família, não o

houvesse predestinado para uma vida espiritual e meditativa: nascera de sete meses e mostrara desde logo que pouco desenvolvimento teria sua organização acanhada.

Os pais sentiam profundo anojo de ver aquele menino raquítico e débil, que tiritando de frio e encolhido a um canto, acompanhava com a vista, nas longas tardes de inverno, os brincos de dois rapagões fortes e rosados a saltarem no eirado da granja.

A mãe especialmente tinha tomado tal desgosto a esse fruto imaturo de suas entranhas, que a não ser a solicitude de uma irmã, o menino não teria decerto sobrevivido à indiferença e abandono em que ela o deixava; mas a Providência parece colocar sempre ao lado das criaturas fracas e desamparadas um coração que as proteja e abrigue; é a folha para a larva do inseto.

Felizmente um monge do Convento dos Loios tomou o menino sob sua proteção, e depois de o haver feito aprender as pueris e gramaticais, mandou-o ouvir na Universidade de Coimbra as aulas maiores de degredos; porém, o moço estudante preferiu dedicar-se à jurisprudência, e seu protetor atendendo às boas disposições que mostrava, não o contrariou.

Vaz Caminha cursou todas as cadeiras, das quais fez exame privado. Defendendo sucessivamente as conclusões magnas exigidas pelo Estatuto da Universidade, tomou um após outro os graus que então havia de bacharel, mestre, licenciado e doutor; e ganhou na sábia congregação de Coimbra a fama de um dos mais profundos romanistas do tempo.

O legista recolheu-se então à sua vila natal; aí, entregue às lides forenses, teve a nobre ambição de ilustrar seu nome obscuro; aproveitando os momentos que lhe deixavam os clientes, como depois fez Lobão, empreendeu escrever um *Comentário às Ordenações Manuelinas*, obra de plano vasto, em que se investigavam as verdadeiras fontes daquele código do direito português.

Correram os anos. Vaz Caminha concluiu sua obra, limou-a conforme o preceito de Horácio, e sentiu o desejo muito natural de trazer à luz o fruto de suas longas vigílias; mas então a imprensa era um luxo dispendioso, e as cópias em pergaminho, a que se recorria na falta daquele agente da circulação, não custavam menos.

Ora, o foro de Arraiolos era escasso; o advogado poucas economias tinha feito, apesar da parcimônia com que vivia; de modo que a obra estava condenada a jazer na arca de papéis e autos, se um acontecimento imprevisto não viesse dar a seu autor uma esperança de obter a fazenda necessária para a realização de seu grande desejo.

Criara-se em 1588 uma Relação na Bahia; desde que o tribunal começasse a funcionar, o número das demandas aumentaria infalivelmente; no Brasil, terra abundante de ouro e balda de letrados, os provarás e embargos deviam ser pagos por bom preço; um advogado pois que se fosse ali estabelecer tinha todas as probabilidades de adquirir rápida abastança.

Foi esse o raciocínio de Vaz Caminha, e devemos confessar que não pecava contra a lógica; assim embalando-se na ideia risonha de poder realizar o sonho de sua vida, resolveu definitivamente embarcar-se para a cidade do Salvador; deixou algumas economias à irmã que velara sobre sua infância e ainda o acompanhava, e partiu para Lisboa.

Um navio estava a fazer-se de vela, e nele ia um dos desembargadores da nova Relação, Baltasar Ferraz, que encontramos feito provedor-mor da fazenda; o nosso advogado aproveitou o ensejo, e obtendo uma passagem, deixou as terras da pátria, para ir procurar longe os meios de dar-lhe uma prova do seu amor, e de erguer um monumento à sua glória.

Com feliz travessia chegou ele à Bahia, e foi assentar os seus penates, isto é, suas estantes, seus livros, seu telônio, seu manuscrito e a velha Euquéria naquela mesma casinha por detrás da Sé; imediatamente os demandistas recorreram à experiência do novo jurisconsulto, a quem o povo, ignorante das distinções acadêmicas, chamava geralmente — *o senhor licenciado.*

Vaz Caminha, modesto como era, nenhum caso fez; mas não deixou de lhe causar impressão o caráter especial do foro baiano. O advogado era apenas um conciliador de partes; afora essa tarefa de nada servia; porque os embargos, os agravos e recursos tinham sido substituídos por uma exceção peremptória não consignada no formulário dos praxistas — a adaga ou o arcabuz.

Começavam-se muitos pleitos, porém todos eram decididos extrajudicialmente; os físicos vendiam alguns récipes e os boticários as suas mezinhas; os padres ganhavam frequentes encomendações; mas ao advogado nada rendia esse modo expedito de terminar os processos. Assim Vaz Caminha compreendeu que antes da chegada da Relação nada se podia fazer.

Desde então principiou um hábito que ele ainda conservava na ocasião em que o encontramos; todos os dias ao raiar da alvorada saía de casa, e no seu passeio matutino dirigia-se ao Largo da Sé, de onde se descortinava toda a baía. Ali ficava cerca de uma hora com os olhos engolfados no horizonte a ver se enfim surgia o galeão, em que vinha a desejada Relação.

Ora, esse galeão partira em meado de 1588 de Lisboa, tendo a seu bordo o Governador Francisco Giraldes donatário dos Ilhéus, e os desembargadores nomeados para instalarem o novo tribunal; sucedendo arribar duas vezes, os passageiros tomaram isso como aviso do céu e deixaram-se ficar em Portugal.

Nem mais novas houve da Relação. Vaz Caminha resignou-se e continuou a magra advocacia que pouco mais lhe rendia que em Arraiolos; então lembrando-se de algumas lições de cravo que tomara em sua mocidade, aceitou o lugar de organista da Sé, o que lhe deixava no fim do ano algumas patacas.

A gente que se ocupa da vida alheia chamava-o de avarento; mas ignorava que sublimes sentimentos ocultava aquela restrita economia: não sabia que dos modestos lucros ele mandava dar uma pensão em Portugal à irmã que lhe servira de mãe, e o resto destinava para a publicação de sua obra, o maior serviço que podia prestar ao seu país.

Quando os rapazes que passavam para a escola, vendo-o que se dirigia para o Largo da Sé triste e cabisbaixo, o perseguiam com risos e galhofas gritando — *vais? vais, Caminha?* — mal pensavam que aquele homem que durante vinte anos, chovesse ou fizesse sol, ia todas as manhãs olhar o mar e o horizonte, não se iludia já com a esperança vã e ridícula de ver chegar o navio que trazia a Relação.

O que o levava lá era a saudade da pátria, a sublime nostalgia do velho que sente o corpo vergar para uma terra, que não é a sua, e em cujo seio talvez descansarão suas cinzas, entre gente estranha, longe do berço; o que ele ia ver não era nem o mar, nem os navios, era sim o horizonte imenso, no fundo do qual os olhos d'alma lhe mostravam o modesto painel de sua aldeia natal.

Que lhe importava que o mundo risse? As dores profundas e grandes se escondem nos refolhos do coração, aí vivem, aí morrem, sem que a compaixão pública as profane; só Deus lhes sabe o segredo, e lhes manda às vezes uma doce consolação na terra, ou lhes guarda um prêmio no céu.

Para o licenciado essa consolação fora um menino.

Três anos depois que chegara à Bahia, em 1590, conheceu Robério Dias, o célebre possuidor do segredo das *minas de prata*. Corria que voltava da Espanha descontente, porque Filipe II lhe recusara o título de Marquês das Minas, que pedira como prêmio da descoberta, e o nomeara apenas administrador. Viera ele esperar na cidade do Salvador o novo Governador-Geral D. Francisco de Sousa, aproveitando o ensejo para passar algum tempo com sua mulher, de quem andava ausente havia bom par de anos.

Robério sofrera uma grande decepção e era infeliz; não há laço que mais prenda e solde duas almas do que a desgraça; tendo necessidade de consultar o advogado para deixar os seus negócios em boa ordem, achou nele um conselheiro, que breve tornou-se amigo; estabeleceu-se a intimidade, a tal ponto que, partindo para o sertão com o governador, Robério, a quem um pressentimento cerrava o coração, abriu-se completamente com Vaz Caminha e deixou-lhe o cuidado de velar sobre sua mulher e o filho que ela ainda trazia no ventre.

O pequeno Estácio veio a ser um consolo para o legista, a quem a sorte negara o doce sentimento da paternidade; esse menino e sua mãe criaram para o seu coração virgem uma família espiritual, em cujo seio ia esquecer as saudades de sua boa irmã e as lembranças de seu velho Portugal.

Um ano não era decorrido, quando Robério Dias adoeceu e morreu no sertão sem haver revelado o segredo das *minas de prata*; este fato deixando órfã e ao desamparo aquela criança, ainda ligou-a mais ao licenciado, que sentia necessidade de repartir com uma criatura humana a afeição que votara aos seus queridos alfarrábios.

Cuidar da educação de Estácio foi imenso prazer para ele; ensinou ao menino as humanidades; depois, modesto como era, e desejando dar-lhe uma instrução acabada, entregou-o a mestres de primeira força; na idade de quinze anos o moço começou a frequentar as aulas do Colégio dos Jesuítas, na qual tivera tais adiantamentos, que os padres instavam para que ele entrasse na ordem.

Este projeto porém encontrou séria oposição da parte de Álvaro de Carvalho, que se associara a Vaz Caminha na educação do moço e se incumbira de ensinar-lhe as artes da cavalaria. O velho alcaide sonhava para seu protegido um mais brilhante futuro, que o da roupeta.

Eis como se achavam as coisas no momento em que Estácio, acabando de ler a carta dirigida a sua mãe por D. Diogo de Mariz, dobrava-a tranquilamente sem reparar na alteração de fisionomia e na posição grotesca de Vaz Caminha.

— Podeis dizer-me, mestre, que papel é esse de mor valia, pertencente a meu falecido pai?

O licenciado conseguiu restabelecer-se do abalo que sofrera; atirando-se a Estácio, arrancou-lhe das mãos o papel e leu-o de novo, enquanto o moço olhava-o admirado da singular excitação que pela primeira vez quebrava a pausada e fria gravidade do advogado.

Quando acabou de ler, segurando o papel nos dedos trêmulos, voltou-se para o estudante:

— Não sabeis a história de vosso pai?

— Sei dela o que me tem ensinado a tradição popular; contam que meu pai conhecia o segredo de grandes minas de prata, que recusou descobrir por lhe haver El-Rei negado a recompensa que pedia.

— A tradição mente, filho; Robério era incapaz de uma tal vilania; depois de haver prometido cumpria.

— Mas então por que ainda hoje é desconhecido o segredo?

— Ouvide, filho; o que vou referir-vos foi dito há dezenove anos por Dias na véspera de partir-se para o sertão, de onde um pressentimento lhe advertia que não devia voltar; desde então ficou sepultado em mim, e só agora sai de meus lábios para vossa alma. Assim, é como se vosso pai vos falasse do seu túmulo.

Capítulo VI
Que dá uma versão da história do célebre Robério Dias

O velho recolheu-se um instante.

Estácio comovido, preparava-se para escutá-lo.

— Estas famosas *minas de prata* do Brasil, que tanto mal têm feito, excitando a cobiça de uns e causando a desgraça de outros, fazendo que reis esqueçam seus povos e sacerdotes sua divina missão, foram achadas em 1587 por vosso avô, o Moribeca, de uma maneira que ainda hoje se ignora.

— Ah! não foi meu pai!

— Para não esquecer o lugar e direção em que demoravam, deixou no tronco das árvores em todo seu trajeto certos golpes que deviam orientá-lo em uma segunda jornada. Infelizmente não a pôde levar a cabo; enfermou quando ordenava os aprestos dela, e na hora derradeira chamou o filho e lhe comunicou sua descoberta.
Robério cuidou logo em fazer a jornada para aviventar os rumos e marcos apostos por vosso avô, antes que o tempo e os acidentes os destruíssem. Partiu quase escoteiro, seguindo as pegadas do pai e chegou ao lugar indicado.
— Quando isso? perguntou o moço.
— Em fins desse mesmo ano de 1587, ainda eu não estava no Brasil. Vosso pai, por prudência e para não dar rebate aos garimpeiros que o acompanhavam, saiu do rancho como para caçar. Seguindo as indicações, deu com a entrada da caverna; achou-se em uma longa crasta subterrânea; havia escuridão profunda; mas com pouco o luar enfiando pelas fendas da pedra, deu em cheio sobre aquelas paredes alvas e brilhantes; vosso pai admirado julgou ver um palácio encantado no qual o pórtico, a fachada, as colunas, tudo era de prata.
— E voltou carregado de riquezas?
— Não trouxe nem uma oitava de metal; seria revelar o segredo e expor as minas à ambição de todos que o acompanhavam, tanto mais quando de repente foi surpreendido pelas vozes de alguns que se aproximavam. Resistiu à tentação e voltou como fora. De volta à Bahia, caso de maravilhar, encontrou na voz do povo, e assoalhada por toda a cidade, a nova da descoberta. Disse-me Robério que atribuía esses boatos à muita cópia de prata em alfaias que vosso avô havia mercado, logo após sua chegada do sertão; e de feito, casa alguma rica da Bahia competia com a vossa, Estácio, em baixela e copa.
— Agora come-se nela em escudela de pau, e bebe-se em pichel de estanho!
— É a lei deste mundo, filho; devemos nos resignar. Vosso pai tivera o cuidado de substituir os primeiros sinais por outros de mais dura, bem como de escrever a rota da jornada de modo a poder em qualquer tempo ir com segurança e presteza às minas.
— Ah! é esse roteiro que D. Diogo de Mariz anuncia?... exclamou Estácio.
— Esperai! acudiu o licenciado interrompendo-o com brandura. Era o primeiro intento de Robério empreender por si mesmo a exploração das minas; mas os boatos que começaram de correr, como vos disse, o fizeram mudar de parecer.
— Foi então que passou às Espanhas?
— Sim; refletiu, e julgou que melhor era seguir rumo direito; embarcou-se para o reino; levava o roteiro dentro de uma bolsa de couro que nunca o deixava. Por infelicidade precedia-o a fama do que ia fazer; depois de oferecer o segredo das minas a Filipe II, que lhe prometeu de seu moto próprio o título de marquês, quando abriu a bolsa para entregar o

manuscrito, não o achou; tinham-no roubado.
— Ah!... balbuciou Estácio cujos olhos brilharam de indignação.
— El-Rei, desconfiado como era, não conhecendo o caráter do homem que com ele tratava, suspeitou um embuste; voltou atrás; e proveu D. Francisco de Sousa no governo para vir ao descobrimento das minas, nomeando vosso pai simples administrador.
— Apesar de perdido o roteiro?
— Robério afirmou ao rei, que sua memória supriria o papel; e Filipe II receando que outrem lograsse o tesouro, tomou aquela resolução. Robério veio então para esta cidade esperar o governador, e aqui durante dezoito meses de estada tive eu a dita de conhecê-lo; um ano depois partia para não tornar, deixando a meu cuidado vossa mãe que vos trazia ainda no ventre.
— Terminai!... exclamou o moço.
— O resto sabeis: são as desgraças que enlutaram vosso berço, filho. Robério confiou demais da sua memória, na qual cinco anos de cuidados e tributações tinham apagado a reminiscência da primeira jornada; por fim, depois de esforços baldados, tido como falso e embusteiro, ele, a honradez em pessoa, foi preso de uma febre maligna, e finou-se no delírio que lhe mostrava ainda uma vez a visão daquela tarde, em que entrara nas minas. O Governador D. Francisco de Sousa dera conta a El-Rei do que passara, e sobre as cinzas ainda quentes de vosso pai executava-se a sentença de confiscação que vos reduziu à extrema pobreza.
O moço enxugou a lágrima que tremulou em seus olhos límpidos; e beijou com ternura e respeito filial as mãos secas do velho.
— Depois vós me servistes de pai, e quando, vai para cinco anos, minha mãe deixou-me para ir-se aonde a chamava seu esposo, fostes vós ainda que tomastes o lugar que ela ocupava neste mundo.
— Não falemos disto, disse o licenciado passando a manga pelos olhos; o passado é dos velhos, pequeno; aos mancebos deu Deus o futuro. Ele vos pertence; podeis realizar a obra de vosso pai. O papel de que fala esta carta é o roteiro de Robério; não pode ser outro.
— Assim, eu sou rico! disse o moço como acordando de um sonho.
— Rico é o menos; tendes em vossas mãos um grande poder; o ponto é saberdes usá-lo.
— Me guiareis com a vossa experiência; ensinareis a gozar da riqueza àquele a quem ensinastes a suportar a pobreza.
— Em tempo praticaremos sobre isso; hoje tendes o espírito todo empregado em folguedos e festas.
— É verdade! respondeu Estácio lembrando-se de Inesita; agora mal vos escutaria.
— Ide, ide, pequeno, onde vai o vosso pensamento; não vos demoro. Somente lembrai-vos que esta carta é mais que a vossa felicidade, é a reabilitação da memória de vosso pai.
— Não o esquecerei nunca, mestre.

— Guardai-a, e o segredo que ela encerra, como um arcano; tirai exemplo da desgraça de Robério.

— Não pode estar melhor do que em vossas mãos, respondeu o moço entregando-lhe o papel.

— Não, filho, um velho fraco e inerme, é má guarda de tesouro tamanho, a alma é impenetrável, mas o corpo facilmente se quebra. Sois moço e valente cavalheiro; a riqueza mudou-vos de repente a carreira; habituai-vos desde já a trazer a vossa fortuna, como a vossa honra, na ponta de vossa espada.

— Então vossos projetos?...

— A Providência acaba de destruí-los.

Mais estabelecidos das comoções por que tinham passado, o velho voltou ao seu almoço, e Estácio escondendo no seio o papel, dispôs-se a partir.

— Uma coisa porém me parece obscura ainda.

— Apontai-a, filho, que vo-la explicarei podendo.

— Por que esta carta que continha tão importante revelação estava ainda fechada com o fio preto que a selava? Por que nunca minha mãe falou-me dela? Quem a entregou?

— O escrito traz a data de 28 de setembro de 1604; que no mesmo dia partisse de São Sebastião, devia chegar aqui meado de outubro; vossa mãe já estava sacramentada; uma semana depois rezávamos por sua alma; a carta que lhe trouxeram ficou pois na caixinha onde guardava suas alfaias, tal como a tinham entregado. Quanto ao mensageiro, decerto algum colono que passou ao reino ou a esta capitania.

— E esse homem não devassaria o segredo? disse Estácio tomado de súbita inquietação.

— É claro que não, respondeu o licenciado com o acento da convicção.

— Como o afirmais?

— Se ele soubesse o conteúdo da carta, não a entregaria, e por si, ou por terceiro, se apresentaria a D. Diogo de Mariz para receber o papel.

— Tendes razão. E estais informado da pessoa que é esse D. Diogo?

— É o provedor-mor da Fazenda de São Sebastião; bom português, fidalgo às direitas, descendente da casa dos Marizes, uma das melhores do tempo do Senhor D. Afonso Henriques, que Deus tem. É filho de D. Antônio de Mariz, que prestou grandes serviços no governo do Sr. D. Antônio Salema, e há anos correu ter perecido às mãos do gentio aimoré.

— Julgais então que durante os quatro anos que passaram, ele tenha fielmente guardado o roteiro?

— Não conheceis um português, Estácio! Com esta sede de ouro que traz ao Brasil tantos aventureiros, os costumes dos nossos maiores se perderam; mas entre estes ainda há cavalheiros que sabem o que devem à sua honra e aos seus brios. D. Diogo de Mariz é um dos poucos dessa raça que lá se vai com o seu tempo; o roteiro, se o não roubaram, ainda está em seu poder e intato.

— Quando assentais que deva partir? perguntou o moço com certa

vivacidade.
— Devagar, filho; depois trataremos disso. *Festina lente.*
A citação latina anunciou ao moço que Vaz Caminha ia apresentar-se sob um aspecto que já conhecemos.
Com efeito havia naquela exótica figura três homens diversos.
Um era o homem de sentimento e efusão, que só a Estácio se revelava nos momentos de intimidade: uma bela alma fechada num corpo grotesco; uma pérola fina escondida em casca rude e grosseira.
O outro era o homem do foro, o advogado seco e dogmático, inflexível no raciocínio, recheado de textos romanos, armado com o *ergo* formidável que acentuava as conclusões de sua lógica de aço; a necessidade de ganhar os meios de subsistência tinha criado essa personalidade, que sendo a menos verdadeira, era a que a todos se manifestava.
O terceiro homem, que havia dentro daquela organização raquítica, era o homem de talento, o autor ainda desconhecido de uma obra concebida e realizada durante muitos anos de trabalho e longas noites de insônia. Espírito vivendo no futuro, alimentado pelo fogo íntimo que queima lentamente, absorvido na gestação de um pensamento grande, ninguém o compreendia; a ninguém se revelava nessa última fase de sua vida. Era um mistério entre ele, a candeia que o alumiava e Deus que o encorajava.
Os três elementos dessa organização tinham constituído uma vida à parte; cada uma das fases da tríplice existência tinha seu órgão diverso e sua esfera distinta.
No primeiro homem funcionava o coração; no segundo a vontade; no terceiro a inteligência.
Pai espiritual e amigo pela necessidade de amar; advogado pela obrigação de se alimentar e socorrer sua irmã; autor pela febre d'alma que excita o espírito a criar alguma coisa, e deixar durante a rápida passagem neste mundo seu nome impresso e seu pensamento materializado em algum objeto.
Ora, Estácio amava seu mestre; mas respeitando o advogado, sentia uma certa dissonância entre seu caráter leal e a lógica forense que arma-se muitas vezes do sofisma para escurecer a verdade; por isso apenas Vaz Caminha anunciou com o primeiro texto latino que o jurisconsulto ia aparecer, o mancebo apertando-lhe a mão, partiu.
Ia seu caminho bem preocupado com os pensamentos que lhe suscitara a revelação de seu padrinho, e por isso não ouvia que o chamavam.
— Psiu!... Psiu!... Senhor cavalheiro!
Brásia corria após ele e o alcançou.
— Fazei a mercê de esperar, meu rico senhor!
— Que desejais, mulher?
— Certa dama que vos viu na missa está tão rendida de vosso gentil parecer, que ansiosamente deseja falar-vos um instante que seja.
Estácio ficou surpreso e passado; não era mancebo de aventuras; nunca as

tivera, nem mesmo as sonhara. Ficou pois a olhar mui sério, para a aia, sem lhe ocorrer alguma resposta.

— Que lhe hei de eu levar à formosa dama, meu rico senhor?

— Dir-lhe-eis que este seu servo não merece seu agrado, e nem já se pertence, pois rendeu-se cativo de outros encantos, tornou Estácio gravemente.

A Brásia titubeou; mas logo espevitada acudiu:

— Mas, gentil namorado, não me entendestes ou eu não me expliquei assaz... Não sou correio de Cupido, que bem diversa é a incumbência que trago!... A dama, sabendo da vossa bizarria, quer valer-se dela, para seu amparo!

— Ah! então carece ela de mim?

— Pois que tão apressada me mandou...

— Onde a posso eu encontrar?

— Esta mesma noite de hoje, ao escurecer. Ficai parado no adro de Santa Luzia, olhando fito para as bandas do mar.

— Esta noite não poderei, pois devo estar no torneio.

— É verdade, mas em acabando ele?

— Lá estarei, se for por instantes, pois devo voltar para o sarau.

— Pois sim, disse a Brásia esgueirando-se.

Entretanto o legista terminava tranquilamente seu almoço, e se dispunha a sair de novo, quando o vultozinho da tia Euquéria assomou à porta.

— O pequeno já se foi, senhor licenciado? perguntou ela.

— Agora mesmo saiu; ainda não dobrou o canto. Por quê?

— É pena que se fosse; podia dar-me uma demão para cortar lá no horto um cachinho de bananas que estão a cair de maduras! Faz gosto ver!

— Pois Euquéria, disse Vaz com ar severo, é essa incumbência que quereis dar a um moço cavalheiro?

— Ai!... tal não me lembrou, Senhor Vaz; mas não leveis a mal, que me arrependo, e dos arrependidos é o reino do céu. Como ele foi quase criado aqui...

— Contudo já é um homem...

— Um rapaz, resmungou a velha; para homem ainda lhe falta muito. Porém as frutinhas? Ficam perdidas? Mete dó! Já estão sorvando!

— Não vos amofineis, Euquéria, há de se arranjar.

— Como, é que eu não sei, porque o cacho não é lá muito baixo, e nem vós mesmo, senhor licenciado, com serdes de boa altura, podeis deitar-lhe a mão.

Com efeito Vaz Caminha tinha mais meia polegada que a sua caseira.

— Talvez por aí venha logo mestre Bartolomeu, disse Vaz Caminha.

— Esse sim! Era um achado! Mas virá ele?

— É natural.

— Pois vou preparar meu tabuleiro para pô-las à seca. Não gostastes dessas passas que vos servi na colação?

— Não desgostei, não; estavam tenras.

— Sabem, assim assim, com os nossos figos de Arraiolos, não é verdade, Senhor Vaz? Se nós os tivéssemos cá? Que de anos não lhes tomo o gosto! Fazem bem pela Páscoa...

E a velhinha começou de fazer a conta.

O licenciado deixou-a nessa profunda elucubração; tomando o barrete e sua cana de Bengala, ganhou a rua e seguiu para as bandas do Colégio dos Jesuítas.

Capítulo VII
Que trata das novas do reino e do mais que seguiu-se

A poucos passos de casa, o advogado encontrou o desembargador Baltazar Ferraz, seu antigo companheiro de viagem, que como ele, esperara debalde pela encantada Relação, e afinal se consolara de sua inércia forense nas lidas financeiras do cargo de provedor-mor da Fazenda.

O magistrado voltava de palácio, onde deixara o governador ocupado com a leitura dos despachos reservados que vinham do reino.

— Então, *doctor*, não foi ainda desta vez!... Nada de Relação.

— Virá quando Deus for servido, e El-Rei o ordenar, senhor desembargador. Quais novas do reino? Boas?

— Não sei, se boas, se más; sei que são importantes. El-Rei houve por bem dividir outra vez seu Estado do Brasil em dois governos, separando as capitanias do Sul.

— El-Rei terá razão de assim proceder, Senhor Baltasar Ferraz; mas não é menos certo que pouco avança, quem não segue rumo direito. Ainda em 1577 se uniam os dois governos, e já os dividem!

— Pensais com acerto, Doutor Vaz Caminha. Porém não pensam assim os vossos amigos, que tão certo como ser hoje quinta-feira, foram os motores disso.

— Falais dos padres, senhor desembargador?

— Falo dos da Companhia de Jesus, que bem conheceis.

— *Ubi effectus, ibi causa.* Que interesse podem ter eles na divisão?

— O de vingar-se de D. Diogo de Menezes, pela audácia de lembrar-lhes o texto das Santas Escrituras. Os filhos de Jesus costumam esquecer que seu reino *non est de hoc mundo.*

— Estou que vos enganais, senhor provedor.

— O tempo vos abrirá os olhos, Senhor Vaz Caminha.

— Sabe-se já quem foi o provido no governo do Sul?

— D. Francisco de Sousa há muito o estava por carta régia de 2 de janeiro passado.

— D. Francisco de Sousa!... É o que veio há anos em cata das minas de prata de Robério Dias?

— O mesmo, e desta vez traz não só o provimento de governador, como a superintendência das minas, com regalia de conceder foro de fidalgo e

hábitos nas três ordens, passando por morte a sucessão a seu filho, independente da confirmação de El-Rei.
— Julgais então que os padres da Companhia para humilhar D. Diogo de Menezes obtiveram tudo isto?
— É fora de dúvida. Quem, se não eles, obteriam prerrogativas, como governador algum ainda as teve?
O licenciado abanou a cabeça.
— Afora estas, não há outras novas?
— Conta o sargento-mor que os desembargadores nomeados ficavam a partir para virem instalar nesta cidade a nova Relação; mas tantas vezes nos tem chegado a mesma notícia, que já não há crer nela.
— Chegarão quando menos os esperarem. E passageiros? Muitos?
— Algumas famílias de Ilhéus para a colonização das terras, e um padre da Companhia.
— Só um? perguntou Vaz Caminha.
— Achais que são poucos os que já existem em sua casa do Terreiro? Orçam por noventa e tantos!
— Não é isso que me causou estranheza, senhor desembargador; poucos ou muitos, nada tenho com o número; é natural que onde sobra o trabalho das reduções e apostolados, mais se empenhem as forças da Companhia. Por outro motivo pareceu-me singular a vinda do padre.
— Por que, doutor? Não andam eles sempre de arribação?
— Sim; mas não se manda um soldado para aumentar a guarnição de uma praça, senhor provedor.
— O que se manda então?
— Manda-se um bom cabo de guerra para defendê- la; ou um mensageiro para levar-lhe instruções superiores.
— É possível que assim aconteça. O que for soará, respondeu o provedor despedindo-se.
O licenciado continuou seu caminho refletindo sobre a conversa que tivera com o Desembargador Baltasar Ferraz.
Não era que o seu espírito andasse ocupado com as questões da governança da terra; em sua posição modesta e com seu gênio, nunca aspirara a fazer o papel de político; e até recusara em 1562 representar a vila de Arraiolos em Cortes, desviando de si os votos do Conselho, e fazendo nomear outro procurador.
Mas os homens de inteligência, habituados ao estudo e meditação, não se podem conservar indiferentes aos fatos de importância que passam sob seus olhos: embora não lhes interessem de perto, sentem eles a necessidade de os apreciar. A inteligência é ímã também; atrai o que entra em sua atmosfera.
Estranhava que o governo espanhol em vez de conservar a unidade da administração colonial, imagem da unidade da monarquia, voltasse ao antigo sistema da divisão que pouco havia fora condenado; não acreditava que uma simples vingançazinha dos jesuítas desse causa àquela

mudança repentina e impolítica.
No meio dessas reflexões uma ideia passou-lhe de relance pelo espírito.
A lembrança da cena que há pouco tivera lugar em sua casa entre ele e Estácio; a coincidência de ser o novo Governador D. Francisco de Sousa, o mesmo que em 1591 viera com Robério Dias ao descobrimento das minas de prata; o fato da existência do roteiro que se julgava perdido; todas essas circunstâncias, apresentando-se de repente e conjuntas a um espírito sagaz e profundo como o seu, deviam impressionar.
A ambição insaciável dos reis de Espanha, os quais desde a descoberta do Novo Mundo, sugavam o sangue da América para arrancar do seio dessa terra o ouro e as pedras preciosas que a natureza aí depositara; o desejo de obter as famosas minas de prata, cuja abundância e riqueza a tradição popular havia engrandecido, explicariam perfeitamente a nova política e a nomeação de outro governador e superintendente.
Também não deixava de causar certo reparo ao nosso advogado a chegada do jesuíta, que naturalmente, como fizera sentir ao provedor, vinha incumbido de alguma missão importante; qual ela fosse, é o que ele não podia adivinhar. Isso o inquietava involuntariamente. Um quer que seja lhe fazia recear que o segredo de Estácio se achasse envolvido em todos esses acontecimentos.
— Cuidemos de sondar os ânimos! disse entre si.
Assim pensativo atravessava o doutor o Largo da Sé, quando lhe ocorreu a advertência da tia Euquéria, de que a sua provisão de vinho das Canárias já estava exausta, e pois carecia nova para o dia seguinte. Quebrou na primeira travessa em busca de uma taverna muito afreguesada, que havia ali perto, servida por um tal Brás Judengo.
A varanda da taverna ainda estava deserta e a porta cerrada; porém Vaz Caminha, como freguês antigo, penetrou no interior. Já ele vinha do fundo desenganado de encontrar viva alma com quem falasse, um murmúrio de vozes abafadas feriu-lhe o ouvido. O advogado sondou com o olhar os cantos escuros do aposento.
Viu no fundo uma fresta triangular interiormente esclarecida por uma candeia.
— Bom! pensou Vaz Caminha. Está justamente na adega.
De fato, a fresta dava para o vão subterrâneo de uma escada onde o bodegueiro havia construído a cava dos vinhos. Enfiando o olhar pela abertura, o advogado pôde ver e ouvir distintamente o que passava no interior.
Na estreita área ladrilhada, que formava o fundo da adega, estavam dois homens sentados em face de um e outro lado da quartola, cujo tampo lhes servia de mesa; outros barrilotes deitados faziam as vezes de tamboretes.
A candeia, colocada sobre um tijolo saliente da parede, projetava a luz de chapa sobre o meio perfil dos dois companheiros.
Um deles era um negro, moço e robusto, cuja tez escura refletia os raios da

luz, como o lustro do jacarandá polido. Tinha a feição comprimida peculiar à sua raça: o olhar pesado e torvo; nos lábios grossos, o sorriso carnal da animalidade africana. Com os cotovelos apoiados sobre o arco da quartola acompanhava os movimentos do outro.

Era esse o taverneiro, o Brás Judengo, como o chamava o vulgo; homem de estatura meã, entre gordo e magro, de cabelo preto corrido e barba ruiva encarapinhada; espécie de ecletismo vivo no moral como no físico; alma anfíbia, habitando no vício tão bem como na virtude.

Não professava religião alguma, porém usava de todas: era ao mesmo tempo pelos padres da Companhia e pelos senhores de engenho, a favor e contra a liberdade dos índios; vivia bem com o alcaide e com os ratoneiros; acoutava negros fugidos e também os entregava aos donos quando lhe davam pingue espórtula.

Seu verdadeiro nome era Joaquim Brás; pelo menos assim foi dado o rol na Câmara, quando se tratara do assentamento dos moradores e vizinhos do Conselho. Desse nome usava ele sempre que traficava com os mercadores judeus. Neste caso pronunciava *Baraz* e escrevia *Joakim* com *k* em vez de *q*; isso dava à assinatura certo cheiro de velho testamento, bastante para conciliar a benevolência dos vendedores, e não tanto que comprometesse.

Se vivera nos tempos modernos, o Sr. Brás (Joaquim) ou Joakim Baraz faria um importante papel na política; e primaria sem dúvida entre os mestres de certa escola, que aceita todos os princípios e apoia todos os governos.

O Brás naquele momento acabava de riscar a giz sobre o chantel do barrilote diversos traços que figuravam a tosca planta do interior de um edifício.

— Pronto! exclamou ele largando o giz e enchendo na mesma quartola, que lhe servia de mesa, uma caneca de vinho.

E continuou, depois de beber:

— O dinheiro está por baixo do oratório, não é?

O negro acenou com a cabeça:

— Aqui, respondeu assentando a ponta do dedo sobre um dos traços de giz.

— Então, replicou o Brás, bem vês, Lucas, que tenho razão: é melhor cavar dentro da casa. Anda mais lesto e vai-se pela certa!

— Não! disse o negro com a palavra breve e decidida. Dentro não se pode; há de ser por fora.

— Mas vem cá, filho! Devagar, que é o meio de apressar.

O bodegueiro designou a planta.

— Se o oratório está aqui, temos que para lá chegar, carece atravessar a recâmera da dona. Ora, cavar tudo isto por baixo da terra, não é cavar um queijo do Alentejo.

— Gimbo muito! Paga a pena, retorquiu o negro.

— E a dona não há de ouvir, quando estiverem a cavar por baixo da cama dela?

— É não fazer barulho.

— Custa pouco a dizer: Beba, mas não engula! O som do ferro no chão, por

força que se há de ouvir, filho de São Benedito!
— Pois a querer, é assim! disse o negro, que se ergueu resolutamente e bateu com a palma da mão no barrilote. Dentro da casa ninguém entra, que não deixo eu!
— Está bem! acudiu o bodegueiro, não vai a zangar. Tudo se arranja.
O advogado apenas teve tempo de ganhar a varanda, antes que os dois interlocutores assomassem no topo da escada subterrânea.
— Ó de casa! disse Vaz Caminha batendo com a bengala no ladrilho. Não há quem acuda aos fregueses?
— Já se vai! Já se vai! gritou o Judengo, supondo que batiam à porta da rua.
— Ora sejais bem aparecido, sô taverneiro! Tarde madrugais, para que vos Deus ajude.
— O senhor licenciado!... Cá dentro?... Por onde entrou sua mercê? exclamou o taverneiro arregalando os olhos.
— Não está má! Pela porta! Queríeis que entrasse pela janela?
— Mas se a porta estava fechada!
— Tanto não estava, que por ela entrei eu!
E como o Brás embatucasse, continuou o advogado rindo maliciosamente:
— A isto chama-se no digesto, mestre Brás, provar *in continenti* pela vista dos olhos, *aspectu.*
O bodegueiro disparatou afinal:
— Já sei! Foi aquele maldito que se pôs ao fresco e deixou-me às escâncaras, em risco de me limparem a casa!... Martim! Martim! Diabrete, filhote do demo, com perdão de sua mercê, senhor licenciado! Anda por aí de bródio! Não tem que ver!... Deixa estar, cão, que eu te guardarei boa pitança.
Quando o bodegueiro acabou de vociferar e acalmou o furor que o tomara por ver a porta aberta, Vaz Caminha apreçou o vinho e continuou seu itinerário. Mal tinha ele dado uns trinta passos na rua, o negro, que o seguira de longe, entregou-lhe uma carta.
Vinha na capa o seguinte endereço:
Para o Sr. Vaz Caminha, letrado da Bahia, que mora por detrás da Sé.
— Quem te manda? perguntou o advogado reconhecendo no portador o companheiro de Brás na adega.
— O papel diz, respondeu Lucas.
O advogado rompeu o selo, augurando mal daquela estranha missiva; a carta continha estas palavras:
Pessoa que tem razão de segredo, muito deseja aconselhar-se com o senhor licenciado. Não permitindo seu sexo e posição que o procure ela, pede para vir à sua casa esta mesma noite de hoje, depois do sino de recolher. Um escravo fiel acompanhará sua mercê.
— Senhor vai? perguntou Lucas, vendo o advogado dobrar lentamente o papel.
Vaz Caminha fitou os olhos vivos na face do negro; sentiu um ligeiro estremecimento, recordando a cena misteriosa da adega; não obstante

respondeu com a voz clara, ainda que um tanto baixa:
— Irei, filho, irei!
— Depois do sino?
— Onde te encontrarei?
— Na bodega, respondeu Lucas.
— Aqui serei a ponto.
Não foi sem inquietação, sem medo, digamos francamente, que Vaz Caminha se meteu naquela arriscada aventura; porém o advogado tinha, em falta da coragem física, a coragem moral dos homens de vontade firme. De mais, que interesse havia em atentar contra sua vida, que a ninguém prejudicava?
Tomando pela Rua dos Mercadores, o licenciado foi sair no Terreiro, junto ao Colégio dos Jesuítas, vasto e belo edifício que ocupava uma das faces do largo, com a frente voltada para o nascente.
No meio do Terreiro via-se armada em vasto círculo uma paliçada, que abria para o lado do convento e rematava nos cantos com palanques alcatifados de rases e lambéis de cores vivas. Nas ruas próximas e no largo havia profusão de folhas aromáticas que serviam de tapete; as escadas e os estrados porém estavam cobertos de lindos panos de Flandres com vistosas ramagens.
Muitos oficiais mecânicos, carpinteiros e capelistas, trabalhavam ainda nos preparativos dos festejos da tarde; os primeiros erguiam as colunas e arcos que tinham de servir aos diversos jogos; os segundos pregavam as telas, e armavam sobre os assentos preparados para as damas os ligeiros toldos de tafetá, que deviam resguardar os formosos rostos dos raios do sol.
O licenciado deu uma vista indiferente àqueles trabalhos, e atravessando o Terreiro, entrou a larga portaria do convento, aberta pelo Irmão Bernardo, que se desfez em mesuras ao visitante.
— *Servus servorum!*
— De Deus, de quem todos o somos, Irmão Bernardo. Como vai o vosso achaque?
— Sempre na mesma, senhor licenciado! Um cansaço... Ah!... que nem posso com este corpo.
O achaque do irmão porteiro era a preguiça, que ele diagnosticara — afrontação.
No rés do chão do edifício ficavam, de um lado as vastas salas do refeitório e a rouparia, do outro o pátio, nome que davam os jesuítas às aulas de latim e mais estudos menores; no fundo viam-se por entre as grades das janelas o horto e a grande cerca do convento, a qual ia ter ao mar.
Enquanto Vaz Caminha subia os primeiros degraus da escada de pedra, que conduzia aos aposentos superiores, assomou no topo a figura de um frade já quebrado pelos anos, o qual tendo visto pela janela entrar o advogado, fora cortesmente ao seu encontro.
— *Ave, doctor, semper amabilis!* disse o jesuíta com a expressão da mais viva cordialidade.
— *Gratia vobis, pater provincialis,* respondeu o legista com igual expressão.

E acabando de subir, apertou a mão que lhe estendia o Provincial Fernão Cardim.
— É de mister que Deus mande um dia de ano-bom, para que os seus servos possam ter-vos nesta sua casa.
— Tão poucas não são as festas do ano, padre provincial; e elas não passam sem me ver sentado à mesa deste convento, onde a vossa amizade me acolhe com verdadeiras mostras de bondade.
— Não é razão, *carissime doctor*, para nos privar de vossa companhia nos dias não santificados; se eu fora vosso confessor, vos daria essa penitência por algum pecadozinho que deveis ter cometido na mocidade.
— Não era preciso ir tão longe; hoje mesmo, padre provincial. Sou homem, e o salmista o disse: *Homo, natus de muliere, repletur multis miseriis...*
— Livre-nos Deus de ofender vossa modéstia. Mas passando a assunto profano, vindes disposto a jogar nossa partida do costume?
— Decerto, e por sinal que me deveis uma desforra da última vez. Preparastes um lance que me desorientou bastante.
— É verdade! respondeu o provincial, esfregando as mãos com visível satisfação. Avancei um peão defendido por um castelo; xaqueei o rei, e antes que pudésseis defender-vos, dei-vos o mate com o delfim!... Belo lance!... Tinha-o estudado.
— Também eu havia preparado um, mas tínheis o jogo tão cerrado, que me desfizestes todas as combinações.
— Deveras!... Não me havíeis dito tal.
— Pensais que fica-se de ânimo sereno, quando se perde uma partida de honra? Porque, se vos lembrais, era um desafio!...
— Lembro-me! Lembro-me!... exclamou o frade não cabendo em si de contente; fazei por tomar hoje a desforra.
— Neste propósito venho eu; e já vos advirto que custareis a levá-la!
— Melhor! Gosto da vitória disputada.
— A propósito, sabeis novas do reino? A Relação virá? perguntou o licenciado com um ar de perfeita ingenuidade.
— Breve deve estar por aí; já El-Rei tinha provido os desembargadores, respondeu o provincial não podendo esconder um sorriso. Quanto às novas, de grande monta são para este estado.
O jesuíta repetiu então o que Baltasar Ferraz já havia contado ao licenciado, sem contudo fazer nenhuma observação sobre as causas que tinham motivado a resolução de Filipe III.
— Quem não há de receber isso de rosto alegre sei eu, disse Vaz Caminha.
— O Senhor D. Diogo de Menezes!... Não se pode queixar senão de si!
— Ele mesmo o procurou com suas mãos!... E o novo governador veio na fragata? perguntou o advogado.
— Não; mas já deve estar em Pernambuco, de onde seguirá direito para o Rio de Janeiro.
— Então ninguém de vulto chegou?

— De vulto, não; chegou-nos um irmão que vem fazer residência nesta casa por ordem do Geral.
— Bem-vindo seja, que nesta terra de gentio nunca serão demais os missionários de Cristo. Pena é que fosse um somente, acrescentou o licenciado.
— Com o tempo virão outros, doutor, respondeu o provincial risonho. Mas entrai, entrai!...
Esta conversa tivera lugar no topo da escada, onde os dois velhos amigos se haviam encontrado.
Ao convite do jesuíta, Vaz Caminha o seguiu pelo corredor que dividia os dormitórios, e entraram ambos na biblioteca.
Esta parte do convento, uma das mais importantes depois da secretaria, estava colocada ao lado do sul; era uma vasta sala, com janelas rasgadas, das quais se gozava de uma vista admirável sobre o mar. Grandes estantes de livros cobriam as paredes de alto a baixo; no fundo pendia um grande retrato a óleo de Santo Inácio de Loiola, o fundador da Companhia; o artista espanhol que desenhara esse quadro tinha reproduzido com fino colorido a expressão sublime do soldado de Navarra, coberto com a roupeta do monge.
Ao longo da sala estava uma mesa comprida, carregada de instrumentos astronômicos e matemáticos, de tinteiros, livros e papéis; aí, sentados, diversos religiosos aproveitavam a manhã para realizarem os trabalhos de paciência e estudo, que são o mais precioso legado deixado por essa Ordem à civilização moderna.
Muitos copiavam manuscritos de história; outros traduziam em guarani as orações cristãs para uso dos indígenas; estes se entregavam a estudos de botânica e classificavam uma planta brasileira ainda desconhecida; aqueles tiravam a limpo suas observações astronômicas; alguns escreviam crônicas das religiões, ou cartas sobre o estado das reduções.
Quem visse esses homens, assim ocupados em marcarem com o selo de sua inteligência todos os conhecimentos, em ligar seu nome, não já à religião, mas à história, à geografia, à política, à filosofia e até às artes, não se admiraria que, unidos pelo mesmo pensamento e dirigidos por uma só vontade, houvessem criado a Ordem poderosa que, espalhando-se pelo mundo, dominou os tronos, curvou os reis, e lutou com os governos das nações mais fortes.
Um frade, que nesse momento entrou na sala, avistando o advogado, encaminhou-se logo a ele para o saudar. Vaz Caminha respondeu à cortesia com sinais de respeito e acatamento que não tivera, mesmo falando ao provincial.
Quem era pois esse jesuíta, e que elevado grau ocupava na Companhia?
Era o P. Inácio de Louriçal, um simples professo, de todo alheio aos negócios secretos, a que nenhuma importância ligava; e por isso o menos qualificado do grau. Mas bastava olhar aquele meigo semblante de velho, coroado de nívea auréola de cãs, para ver ali estampado o evangelho da bondade.

Quando passavam os outros professos, cujo voto pesava nos negócios da Companhia, a gente melhor desbarretava-se; para o P. Inácio ninguém se arredava, pois quase o não percebiam; mas o povo, que via esgueirar-se furtivamente o modesto frade encolhido na roupeta, murmurava baixinho: Santo homem!...

Vaz Caminha respeitava-o como a um príncipe da Igreja; e sempre que o via, beijava-lhe mau grado a manga do hábito, que o frade esforçava por esquivar.

— Então, doutor, o nosso estudante trocou hoje os estudos pelas gritas e torneios?...

— Bom é, P. Inácio, que conheça o mundo para saber o que abandona... Bem entendido... Se tal for seu gosto e vontade!

— Sem dúvida!... Pois o contrário seria fazer de um bom mancebo um mau padre. Não lhe parece, padre provincial?

Um sorriso fugiu pelos lábios finos de Fernão Cardim:

— Demos hoje sueto aos negócios em atenção ao dia que é.

A sineta tocou chamando a comunidade à refeição.

Era a ponto de meio-dia.

Quando Fernão Cardim e o licenciado iam descer a escada, o irmão despenseiro chegou-se a eles e dirigiu-se ao superior com o costumado respeito.

— O P. Gusmão de Molina pede a Vossa Reverendíssima, que o dispense por hoje de comparecer ao refeitório.

— O dia da chegada é sempre concedido ao repouso; dizei ao nosso irmão que se restabeleça das fadigas da travessia; melhor cumprirá depois os deveres do nosso Instituto.

Com pouco, a comunidade, rodeando a longa mesa de jantar, murmurava a prece do ritual.

Capítulo VIII
Como o padre provincial deu xaque ao rei e foi xaqueado

Deu uma hora da tarde.

Na vasta sala da biblioteca, pouco antes deserta, andava um frade, que percorria o aposento a passos vagarosos, com o movimento automático e maquinal do homem absorvido em funda meditação.

Às vezes parava em face do quadro de Santo Inácio de Loiola; erigia então a alta estatura, fitava no retrato o olhar ardente, e rastreando na tela as linhas das feições nobres e expressivas, trocava com a imagem inanimada um sorriso de orgulho.

Quem o observasse nesse momento, compreenderia o que passava em sua alma.

Aquela fronte larga e proeminente, cobrindo como uma abóbada de mármore os olhos fundos, onde a pupila negra brilhava na sombra com reflexos de um fogo vulcânico nas trevas da noite; o oval do rosto que terminava na ponta de uma barba saliente, o nariz aquilino, as faces longas, a boca fina e cerrada; todos esses traços enérgicos pareciam cinzelados pelo molde do busto, que o artista havia desenhado no quadro suspenso em um dos panos da biblioteca.

Era tal a semelhança, que à primeira vista se julgaria que o vulto do fundador da Ordem de Jesus destacara da moldura, e encarnando-se, passeava pela sala deserta, a revolver na mente os destinos futuros da poderosa criação de seu espírito, esse apostolado que devia conduzir a humanidade dos umbrais da Idade Média ao pórtico da civilização moderna.

Mas passada essa primeira ilusão, conhecia-se que entre aqueles dois homens, o que revivia no quadro e o que contemplava, havia mais de um século: separava-os o túmulo de duas gerações; um nascera com a descoberta do Novo Mundo, em 1491; o outro apenas contava trinta anos de idade.

Não era portanto um retrato em face do original, como a princípio parecia; era sim uma recordação, um tipo conservado pelo artista, que a natureza por uma misteriosa coincidência caprichara em reproduzir, e que talvez o artifício inspirado por oculto pensamento tratara de aperfeiçoar.

Depois de rever-se um momento naquela imagem, como em um espelho moral, onde se reproduziam as suas ideias, o frade continuava seu passeio, perlongando o aposento.

Então já não era o mesmo homem; o talhe acurvava-se; a cabeça inclinando obscurecia os traços da fisionomia; os olhos afundavam quase ocultos pelo cenho carregado; as faces se contraíam, e a boca ainda mais cerrada, repuxando os músculos faciais, abria rugas precoces naquele rosto que antes parecia expandir-se em toda a robustez da idade.

Nessa ocasião representava mais dez anos; era quase um velho, gasto pelas vigílias e macerações de uma prática ascética, arrastando com o passo já meio trêmulo uma existência atribulada, expiando talvez no jejum e penitência os erros da mocidade desregrada.

Qual dos dois homens era o verdadeiro? Qual das duas fisionomias era a máscara que disfarçava a outra?

A mocidade não se finge; o fogo do sangue, que borbulha nas veias e ferve no coração, depois que os anos o gelam, não há mais aquecê-lo; essa expansão da vida no momento de sua florescência, uma vez passada, nada a faz voltar.

Se pois havia máscara na fisionomia desse homem, era a velhice prematura, que desaparecia quando o espírito distraído por algum pensamento grave esquecia a matéria que ele escravizava, deixando o corpo, livre da pressão, reivindicar sua atividade e desenvolver-se de repente com o impulso da vigorosa constituição.

Havia apenas três horas que o P. Gusmão de Molina desembarcara e achava-se no convento; ninguém sabia ao certo o que o trazia ao Brasil e quem o enviava; mas era natural que tocado do mesmo fervor de Nóbrega e

Anchieta, viesse apostolar entre os selvagens e plantar a cruz nos desertos, cingindo-a com as palmas do martírio.

Assim pensavam todos e o mesmo provincial, a quem o recém-chegado nada comunicara a respeito de sua viagem: apenas no momento de beijar-lhe a mão, dera-lhe o toque simbólico do grau de *professo*, e tanto bastou para que o superior não lhe dirigisse uma só pergunta e o acolhesse como filho da casa.

Rodeado pela comunidade que estava ansiosa por saber notícias da Europa, Molina satisfez a todos e ao mesmo tempo informou-se do estado das coisas no Brasil; daí a uma hora ficou ao corrente das questões importantes da Ordem, na Bahia; não porque lhe houvessem os padres revelado segredos que ignoravam, mas porque a sua perspicácia lera a verdade nas notícias vagas que lhe ministravam.

Quando a sineta do refeitório tocou, o recém-chegado, que desejava estar só, mandara pedir dispensa ao provincial; e depois de tomar na cela uma açorda confortante e um cálice de vinho de relego, dirigiu-se à biblioteca então completamente deserta.

Aí, seu primeiro cuidado foi passar um exame minucioso nos papéis que os padres haviam deixado sobre a mesa na ocasião de irem à refeição; leu um trecho ou uma página de cada um destes trabalhos, e fez o seu juízo a respeito da capacidade de seus autores; pela escolha das matérias deduziu observações que deviam servir-lhe para conhecer o caráter daqueles homens.

Depois de ter assim interrogado esses objetos e lido em seu aspecto tudo que eles exprimiam, como pouco antes havia lido no espírito dos frades, Molina deixou-se levar pelos pensamentos que de tropel lhe assaltavam o espírito e o transportavam a outras regiões.

É nessa ocasião que o encontramos medindo a passos lentos a sala da livraria, até que a comunidade voltando da refeição o veio interromper em suas elucubrações.

Fernão Cardim e Vaz Caminha entraram em último lugar. O provincial tinha o rosto ainda mais prazenteiro e o gesto ainda mais vivo e animado. O licenciado conservava o sério imperturbável que nunca o abandonou; a ventura lhe negara uma das expressões características da fisionomia humana; seu lábio não sabia sorrir.

Atravessando a sala os dois encontraram-se com o P. Gusmão de Molina, que continuava seu passeio:

— V. Paternidade já repousou dos incômodos da travessia? perguntou Fernão Cardim.

— Quanto basta para cumprir as ordens de V. Reverência, disse Molina com humildade.

— As ordens do nosso Instituto, P. Molina, replicou Fernão Cardim. Mas para isso ainda é cedo; mal chegastes, e ninguém conheceis na cidade do Salvador.

— É verdade; ninguém que eu saiba.

— Pois quero que vosso primeiro conhecimento seja o melhor. Aqui está o Doutor Vaz Caminha, principal advogado da terra, homem de boas letras e melhores virtudes, com quem gostareis de praticar.

O frade e o licenciado cortejaram-se cerimoniosamente.

— Agradeço a V. Reverência o favor que me depara; porém receio que pessoa de tanto saber não se desagrade da companhia de um pobre servo de Deus, ignorante nas coisas que deleitam o espírito.

— V. Paternidade bem sabe, respondeu mansamente o doutor, que as aves de altanaria antes de erguer o voo rastejam com o chão para desentorpecerem as asas; aos homens de grande engenho sucede o mesmo, descem muito para subirem mais.

O frade lançou um olhar rápido sobre o velhinho. Adivinhou ele que essa crosta rude e grosseira cobria delicada polpa e um espírito elevado?

O provincial tinha-se afastado alguns passos para inspecionar o serviço de um donato que preparava o jogo de xadrez, colocado junto à janela sobre um bufete; vendo todas as peças enfileiradas em seu lugar, voltara-se para o licenciado.

— Não façamos esperar aos *reis*, doutor! disse Fernão Cardim apontando para as figurinhas chinesas e sorrindo de seu trocadilho.

— Não sou capaz de tal descortesia; aqui me tendes.

Fazendo uma reverência ao P. Gusmão, o licenciado foi tomar o seu lugar à direita do bufete e defronte do provincial; este esquecendo o mundo concentrava sua atenção no tabuleiro, cujas casas pretas e brancas se lhe afiguravam posições estratégicas de dois exércitos inimigos no começo de uma grande batalha.

— Toca-vos a mão, Vaz Caminha, disse o provincial depois de tirar a sorte.

— É justo, replicou o letrado; aqui são os peões que primeiro saem.

E dizendo isto empurrou um trebelho, que fez o jesuíta erguer a cabeça e olhá-lo espantado.

— Que é isto, doutor! Jogais o peão do roque?

— *Omnis variatio delectat*, padre provincial. Quero experimentar jogo novo.

— Não creio que vos deis bem com a lembrança.

— A experiência mostrará.

Fernão Cardim desconcertado em seus planos com a saída do parceiro, levou o anelar à testa e refletiu profundamente no lance, até que ao cabo de cinco minutos resolveu-se a fazer a primeira jogada.

A biblioteca a pouco e pouco ficara deserta; os padres acabando o trabalho, desciam à cerca do convento, e aí à sombra das árvores prosseguiam na leitura de alguma obra; outros saíam ao cumprimento de seus deveres religiosos e apesar de ser o dia de festa iam, como confessores que eram de diversas casas, à cura das almas.

Entretanto a partida de xadrez se travara; o provincial completamente absorvido não dava fé de coisa alguma; porém Vaz Caminha dividia a atenção entre o jogo e os importantes acontecimentos daquela manhã,que

vieram perturbar a calma e doce monotonia de sua existência.
Não lhe saía da memória a carta que Estácio lhe mostrara; quanto mais refletia, maior vulto tomava a suspeita de que as últimas novidades políticas do reino tivessem alguma conexão com o destino de seu pupilo. A estas preocupações vinha ligar-se a lembrança do misterioso emprazamento daquela dama desconhecida que dizia precisar do seu conselho.
Também não deixava de impressioná-lo a presença do jesuíta recém-chegado, que continuava a passear de um canto a outro da sala.
O ar de excessiva humildade do P. Molina não o tinha iludido; adivinhara que sob aquela aparência enganadora se escondia o superior, o qual não tardaria a revelar-se.
Nisto o jesuíta aproximou-se do bufete e esteve alguns instantes a contemplar o jogo, que se complicara em suas variadas evoluções. Segurava então o provincial uma das peças, e assentando-a de chapa na próxima casa exclamou com ar de triunfo:
— Xaque ao rei!
O licenciado era um hábil jogador; com um volver d'olhos apreciava a posição do parceiro, e opunha uma defesa invencível, ou preparava um ataque decisivo; descobria todas as manhãs do adversário e previa os mais bem combinados lances.
Ele tinha porém estudado o parceiro e conhecido seu fraco; por isso como homem que sabia viver, perdia sempre, e sacrificava a gloríola de jogador de xadrez à vantagem real e positiva de conservar um amigo, que lhe podia servir de muito em caso de necessidade.
Assim quando o provincial, pensando que ia ganhar a partida, soltou o primeiro grito de triunfo, já o seu parceiro, que desejava ainda por algum tempo disputar a vitória, tinha prevenido o ataque e inutilizado todo o plano, cobrindo o rei com um cavalo.
— Ah! tínheis esse cavaleiro à mão! disse Fernão Cardim desconcertado.
— Se V. Reverendíssima em vez de xaquear de longe aproximasse sua dama do rei, não sucederia isso, disse o P. Molina, em tom condoído; e na segunda jogada daria mate.
O provincial mordeu os beiços de despeito:
— Não sabia que V. Paternidade era forte no xadrez.
— Pouco entendo deste, como de outros jogos.
— Entretanto tem avisos prudentes que não são de principiante, mas de mestre.
P. Gusmão sorriu:
— Tais avisos não os aprendi nesse tabuleiro de sessenta e quatro casas, porém em outro maior a que chamam o mundo, padre provincial. Se eu quisesse atacar um governador, digo, um rei, não o ameaçaria de longe para que ele se prevenisse; aproximar-me-ia ao contrário para conhecer-lhe o fraco, e dar mais certeiro o golpe.
O licenciado volveu a furto os olhinhos para o frade e admirou a expressão

de energia que realçava a inteligente fisionomia; o provincial embebido em novos cálculos não deu atenção ao incidente.

Ouviu-se no Terreiro a música das charamelas, adufes e pífaros em concerto com o vozear alegre da multidão.

O P. Molina dirigiu-se a uma das janelas que abria sobre a praça; por entre as rótulas pretas enfiou o olhar rápido e incisivo do homem observador.

Entretanto os dois enxadristas continuavam impassíveis. O convento poderia tombar sobre suas cabeças, que o estrondo da queda não perturbaria o provincial na elucubração profunda do xaque-mate, e o paciente doutor no quilo do jantar e das ideias que ruminava desde a sua chegada.

Si fractus illabatur orbis,
Impavidum ferient ruinae.

Capítulo IX
Fica bem averiguado que o latim é uma língua bárbara

Os prelúdios da música anunciavam que a festa ia começar. Esplêndido e magnífico era o espetáculo que apresentava o Terreiro do Colégio. A multidão, que enchia a praça, ondulava marchetando-se das cores vivas e brilhantes dos trajes e atavios.

Pelas janelas das casas pendiam vistosas colchas da Índia com franjas e lavores de preço; uma infinidade de bandeirolas, flâmulas e galhardetes esvoaçava ao sopro da brisa do mar, formando um íris móbil e volante.

A claridade do sol, batendo de chapa sobre a imensa alcatifa de sedas e veludos, fazia cintilar as facetas das pedrarias, o polimento das armas e o lustro dos arneses, cujos reflexos brilhantes esguichavam como espadanas de uma cascata de ouro.

Na sombra que projetavam os toldos de seda, outro quadro se desenhava menos vivo, porém mais delicado. Em volta das arquibancadas do circo, como colar de pérolas, ou festão de rosas, estavam as mais formosas damas da Bahia, desfolhando o sorriso na ponta do lábio travesso, vertendo cores e feitiços das faces rosadas.

Ao primeiro lanço d'olhos, o painel se mostrava confuso e enredado, como os mosaicos chineses e os arabescos mouros.

Logo após a multidão que se agitava na praça figurava um dragão de mil cores, a enroscar em anéis o dorso de escamas prateadas. Afinal quando a vista se fitava, os objetos tornavam-se distintos, as formas várias destacavam; podia-se então apreciar a disposição da cena.

O circo ainda completamente deserto abria-se no centro mesmo da praça.

Corriam em volta duas teias: a primeira que servia de estacada era de gradil verde; a segunda que separava a multidão estava coberta de raso vermelho; entre ambas havia um passeio estreito, no qual já apareciam alguns cavalheiros.

Pela cinta exterior se elevavam de espaço a espaço compridas lanças com suas divisas listradas; ao longo delas estavam postados os soldados do terço da Fortaleza de Santo Antônio da Barra, com as couras amarelas e as alabardas afiadas, prontos a manter a multidão em respeito e sossego.
A meio do círculo, em face uma da outra, tinham armado duas tendas verdes, a primeira destinada para os aventureiros; assim chamavam naquele tempo os cavalheiros que tomavam parte nos vários jogos e sortes. A segunda era reservada para os mantenedores.
Fronteiro à entrada da liça e mais elevado, erguia-se um gracioso pavilhão de damasco branco dividido em três arcos: o do centro mais largo fora adereçado com finas alcatifas e lindos coxins de veludo para o governador e as famílias por ele convidadas; os das extremidades para os oficiais da Câmara e ministros de Justiça, Fazenda e Guerra.
Uma escadaria tapetada descia para um largo estrado, que ficava sobranceiro à liça; aí viam-se as três cadeiras dos juízes em torno de uma mesa coberta de veludo com a salva de prata, onde se guardavam as joias e objetos de primor, que deviam ser dados em preço de valor e galhardia aos cavalheiros que se avantajassem nos jogos.
Pela beira do estrado passeava com um ar de importância a fazer inveja ao mais pedante desembargador da casa da suplicação, nosso conhecido mestre Bartolomeu, que pelo seu porte atlético e pela entonação majestosa de sua voz, fora escolhido para desempenhar as funções de arauto. O cantor da capela tinha um aspecto soberbo sob suas vestes de cerimônia; mirava-se com ufania na cota d'armas que lhe cobria o peito, no jubão roxo com morenilhos de retrós, e no brasão que trazia do lado esquerdo.
Sobre o arco central que sustentava a cúpula do pavilhão tinham pintado as armas que Tomé de Sousa dera à cidade do Salvador quando a fundara; eram essas uma rola branca sobre campo verde, tendo no bico um ramo de oliveira com o seguinte dístico em letras de ouro: *Sic illa ad arcam reversa est.*
Esse emblema recordava a tradição bíblica. A rola simbolizava a mensageira de Deus que viera anunciar ao Brasil a aurora da civilização, como no começo do mundo anunciara ao gênero humano a bonança depois do dilúvio; a arca era a cidade onde num futuro bem próximo se devia salvar a colônia da invasão estrangeira.
Sob o dossel do pavilhão já se achava D. Diogo de Menezes, o qual nesse momento esquecia seu elevado cargo, para lembrar-se como cavalheiro do que devia às damas das mais nobres e ricas famílias, que por convite especial ocupavam os lugares distintos, e formavam por assim dizer a pequena corte do governador.
Entre todas, uma linda menina atraía os olhares dos cavalheiros, que em sua ardente admiração a proclamavam rainha da beleza.
Era Inesita.
O longo véu, que de manhã na missa lhe ocultava o rosto e disfarçava o talhe,

desaparecera; agora o traje de gala deixava contemplar em seu brilho as graças da encantadora criação, que a natureza concebera em algum momento de enlevo e cristalizara com um beijo de mãe.

Tudo era mimoso e delicado no corpo gentil que palpitava de esperança e amor, ondulando no requebro suave, desatando nos movimentos faceiros como se a alma lhe vertesse dos lábios, para embebê-la de luz e envolvê-la toda em um só e único sorriso.

A coifa de fios de ouro, colhendo as tranças negras em volta da cabeça, ia terminar em coração na fronte pura, onde os cabelos riçados anelavam-se como espiras de um diadema, lembrando o gracioso penteado, a que uma rainha infeliz dera seu nome.

As sobrancelhas arqueavam como traços fugitivos de um pincel embebido em nanquim; e as pálpebras ligeiras, ou cerravam-se beijando as faces com os longos cílios e azulando a tez com as tênues sombras, ou deslaçavam como folhas de rosa nadando em gotas de leite.

Nesses rápidos instantes via-se a limpidez e a perfeição de seus grandes olhos; a pupila negra, engolfada no cristalino úmido e transparente, coalhava em glóbulos de luz branda e serena; o olhar não era visão, sim reflexo da irradiação íntima, doce fulgor de inocência e candidez.

Aljôfar diáfano enrubescendo aos raios do sol; alva lençaria corando ao reflexo de fitas escarlates; fino esmalte onde o branço e o carmim se cambiam; nem uma dessas imagens pode dar uma ideia da cútis mimosa, que aveludava-se aos toques da luz.

Brincava-lhe o coração nos lábios rosados, que enflorava o meigo sorriso, abrindo nas faces duas covinhas graciosas, ninhos feiticeiros, onde se incubavam desejos de amor estreme; porém às vezes uma expressão séria colhia esse deslace das feições gentis, e traçava em toda a pureza as linhas harmoniosas, que, desenhando o colo flexível, torneavam as espáduas e iam fugindo perder-se na volta de um colarinho de renda.

O corpilho de lhama de ouro, atufando-se para debuxar o relevo de dois seios de virgem, depois estreitando para moldar o talhe esbelto e senhoril, cerrava a cintura de menina, e abria as asas sobre as amplas dobras da saia de raso branco, que arfava com o influxo das formas sedutoras.

Das largas mangas de volante, apanhadas por um broche, escapavam os lindos braços cujos contornos divinos pareciam talhados no mais cândido alabastro; as mãos pequenas e melindrosas, uma machucava a cambraia rendada de um lenço de Valência, a outra brincava no regaço, alisando distraidamente os rofos do cetim.

Trazia gargantilha e pulseira de rubis; o cinto de veludo azul era broslado de ouro e cravejado de gemas preciosas; dois lindos diamantes engastados nos pingentes das arrecadas tremulavam suspensos à pontinha da orelha, como gotas de orvalho pendurando-se das pétalas de uma flor ou borbulhando nos lábios de uma concha nacarada.

Tinha a cabeça recostada no espaldo do coxim de veludo, e deixava os olhos vagarem incertos pela cena que se desdobrava em face, acompanhando o fluxo e refluxo da multidão alegre e pressurosa.

Eis que súbito rubor acende-lhe a cor mimosa das faces; e ligeiro estremecimento, de sensitiva que se arrufa, corre-lhe pelos ombros delicados.

As pálpebras cerraram; o sorriso que ia desabrochar fugiu dos lábios; a mãozinha buliçosa descaiu-lhe imóvel; a fronte inclinou timidamente; o seio ofegou, comprimido por uma sensação estranha.

Vira dois cavaleiros que atravessavam pelo fundo da praça; um deles fazendo estacar o fogoso ginete, procurava de longe com os olhos algum objeto querido; a donzela reconhecera Estácio, e foi presa do sentimento vago que se apodera da virgem na presença do homem amado.

Que sentimento é esse? Misto indefinível de pudor e vaidade, de inefáveis alegrias e misteriosos pressentimentos; vaga alternativa de receio e confiança, de inquietação e serenidade.

Estácio vestia saio e calças de cetim azul guarnecido de alvo torçal; as armas eram pretas com lavores dourados; o talabarte e cinto, de couro negro pespontado de branco com espiguilha de prata. Do capacete rematando em longo velilho flutuante sobre as ancas do animal, escapava-se a alva pluma que enroscando em volta do pescoço, ia beijar a face afogueada pelo sol; montava com elegância um soberbo cavalo negro, que estremecia de ardor e impaciência sob o freio coberto de espuma; na mão direita trazia a lança com manga de seda azul; na esquerda tinha passado o escudo sobre o qual via-se a letra: *Amor vincit omnia.*

O outro cavaleiro era Cristóvão; trajava, como seu amigo, roupas do mesmo molde e das mesmas cores. Cavalgava um ginete tordilho arreado com primor; sela coberta com teliz de veludo, e jaezes de aço tauxiado com frisos de ouro; na tarja via-se por timbre uma estrela brilhando entre nuvens em campo azul com a legenda latina: *Me videt, ducit me.*

Um instante Inesita, pálida e trêmula, esteve sob a influência magnética do olhar de Estácio, como sentindo aquele raio luminoso deslizar-lhe pelo rosto e abrasar-lhe as faces: até que as pálpebras ergueram-se a medo. De um volver ela viu o gesto de admiração ardente que se pintava no semblante do moço.

Ergueu a cabeça desvanecida: o sorriso de adoração, que adejava nos lábios de Estácio, acabava de refletir como um espelho sua beleza deslumbrante.

Seu olhar envolveu amorosamente as feições do moço em ondas de luz; depois fitou-se no escudo, e procurou decifrar com o coração, mais do que com o espírito, o enigma da divisa. Um quer que seja lhe dizia que ali havia uma palavra para ela; na impossibilidade de traduzir, soletrava decorando uma a uma as letras.

Nisto D. Diogo de Menezes, aproximando-se pela frente do pavilhão, tomou-lhe a vista. A menina, mau grado seu, não se pôde conter; deixou escapar um movimento de contrariedade tão vivo que fez o governador sorrir.

— Bem vejo que o sol queima a quem lhe faz sombra! disse D. Diogo motejando.
Inesita arrependeu-se da sua imprudência.
— Não é assim?
— Que sei eu! balbuciou ela confusa.
— Sabem esses lindos olhos, que me estão deitando quebranto, porque...
— Por quê?...
— Porque lhes roubei um olhar que andava enleado, Deus sabe onde.
— Oh! não! exclamou a donzela muito corada. Eu digo o que era.
— Algum guapo cavaleiro?
Estácio e Cristóvão tinham desaparecido na entrada da rua; Inesita, conseguindo encobrir sua perturbação, graças à inata dissimulação das mulheres, abanou a cabeça com um arzinho de malícia.
— Eram aquelas tenções dos escudos, que estavam me aborrecendo! disse ela meio arrufada.
— Ah! as divisas em latim!... exclamou o governador rindo.
— Não é mal feito escreverem numa língua que não se entende?
— Certo que parece falta de galanteria; mas assim usaram nossos pais.
— É que as damas então sabiam muito! replicou a moça.
— Menos que hoje, e os próprios cavaleiros mal soletravam essas palavras; isso porém não impedia que as trouxessem gravadas no coração, mais do que no escudo.
— Melhor fora que as compreendessem; o que se guarda no espírito vai-se; o que sentimos n'alma, fica para sempre.
— Oh! que as sentiam! Bebiam com o primeiro leite e só as perdiam com o último suspiro.
— Embora! Antes as queria na língua que falamos.
— Já vejo que vos enfada não poder entendê-las; não seja isso razão de quererdes mal aos nossos cavaleiros; em vindo eles vos traduzirei as letras dos seus escudos.
— Todas sem faltar uma? acudiu a menina contente.
— Desde a primeira até a última.
— Que bom é saber! disse Inesita sorrindo.
Os três juízes do campo, Álvaro de Carvalho, D. Francisco de Aguilar e Baltasar Ferraz, dirigiram-se ao governador pedindo-lhe vênia para começar a festa, e voltaram logo a ocupar seus lugares. Imediatamente tocaram de novo as charamelas e adufes, cujos sons se confundiram ao longe com o tropel dos cavalos.
Daí a instantes uma cavalgata brilhante e luzida apareceu no canto da rua, e fazendo sua entrada na liça deu volta à teia; saudou o governador e as damas com airosos meneios e giros das lanças, e foi colocar-se à direita.
Conduzia-a D. Fernando de Ataíde, que vinha ataviado com aprimorado luxo; vestia saio e calças de cetim carmesim acairelado de galão de ouro; de preto, com a longa pluma, eram os pespontes e orla do cinto e talim; armas

brancas, lança com manga escarlate, e no escudo a letra — *Voe qui percutiant illum!*
D. José de Aguilar, irmão de Inesita, era o segundo; tanto ele como os outros cavaleiros em número de vinte trajavam irmãos; e do mesmo modo que Fernando, suas cores eram preto e escarlate.
Com pouco a segunda quadrilha, conduzida por Cristóvão, e composta também de vinte cavaleiros trajando azul e branco, entre os quais distinguia-se pelo seu garbo e gentileza Estácio Correia, assomou à entrada da liça e desfilando com igual solenidade, foi postar-se à esquerda.
Então Inesita impaciente olhou travessamente para o governador.
— Quereis lembrar-me que o prometido é devido! disse D. Diogo com amabilidade. Por onde começaremos?
— Pelo céu, respondeu Inesita sorrindo. Aquela estrela?
Era um disfarce inocente para não se trair perguntando pelo que mais a interessava; era também um meio de aproximar-se de seu fim, porque Estácio estava logo depois do amigo.
D. Diogo correu os olhos pelos cavaleiros.
— É de Cristóvão de Ávila?... Tem a letra: *Ela me vê e me guia...*
— Ah! que linda é! exclamou Inesita lembrando-se de Elvira.
— Não é menos a do outro cavaleiro que não conheço. Sabeis quem seja?
A menina enrubesceu e só pôde fazer um gesto negativo; porque a voz prendeu-se-lhe nos lábios.
— Tem um nobre parecer, continuou o fidalgo; sua divisa é o verso de um grande poeta romano.
— Mas a primeira palavra não é latim! acudiu Inesita com vivacidade.
— Tem as mesmas letras e o mesmo sentido: diverge porém na pronúncia; diz-se, *ámor.*
— Ora! Nas falas portuguesas é mais doce! respondeu a menina ingenuamente.
— E também nos corações portugueses! replicou o governador galanteando.
— E a significação do verso?
— Tendes razão. Ei-la: *O amor tudo vence.* Que vos parece? Não é gentil, e sobretudo verdadeira?
— Quem sabe! murmurou a donzela tornando-se melancólica de repente.
— Oh! lá está D. Fernando de Ataíde que traz um moto a fazer inveja aos mais esforçados lidadores dos tempos da cavalaria: *Desgraçados dos que baterem no seu escudo.*
Inesita sorriu com desdém.
— Vosso irmão é que foi lacônico: *Ære!* Disse muito em uma palavra: seu escudo é de bronze.
Esse mote do alferes era uma travessura inocente de Fr. Carlos da Luz, confessor da casa. Na dúbia significação daquela palavra latina tinha ele reunido as duas faces mais salientes do caráter de fidalgo: *aere,* fortaleza de bronze; *oere,* cupidez de moeda.

D. Diogo continuou a traduzir as divisas mais engenhosas dos diversos cavaleiros; esse doce entretenimento distraía seu espírito das graves preocupações que lhe trouxeram os importantes despachos chegados do reino naquela manhã.
Seu orgulho sofrera com a separação do governo do Sul; mas para não dar aos inimigos e sobretudo ao partido dos jesuítas o prazer de se regozijarem com sua mortificação, o fidalgo como hábil político tinha o semblante tão prazenteiro e risonho, que não parecia o mesmo homem de aspecto frio e severo.
Inesita já não prestava atenção a D. Diogo; tendo sabido o que desejava, seus olhos foram-se presos no semblante do moço e o espírito começou a revoar como falena ou silfo em torno das palavras escritas no escudo do cavaleiro.
Tênue sombra de melancolia anuviara o rosto mimoso; a frase entusiasta que Estácio pedira ao poeta para exprimir a energia de seu amor e a nobre ambição de sua alma, lhe acordara no coração um pensamento triste, antes acalentado com os murmúrios da festa.
De repente a menina estremeceu; notara o lugar em que se achava Estácio; observou que ele tinha de bater-se com seu irmão. Embora não passasse de um jogo o combate, apertou-se-lhe o coração com essa ideia. Ver assim em luta duas afeições, e não saber qual delas preferir, era cruel: desejava que o homem a quem amava vencesse, mas não queria seu irmão vencido.

Capítulo X
De como se correu segunda lança

Volvam-se os olhos a outro ponto da cena.
Sobre o telhado de uma casa térrea próxima à liça, estava desde cedo trepada uma súcia de galopins de todas as cores, começando no mais retinto focinho africano ou no vermelho acobreado do caboclo, e acabando no branco ruivo do pequeno ilhéu do Faial.
O princípio da obediência é uma lei essencial de toda a associação, ainda mesmo efêmera. Reuni duas criaturas; uma obedece infalivelmente à outra; senão, brigam ambas para saber qual terá a primazia. A república dos galopins, que se estabelecera provisoriamente com território no telhado da casa, não podia eximir-se à regra constitucional da sociedade: tinha um chefe, a quem obedecia.
Era este um caboclinho de doze a treze anos, a quem seus camaradas chamavam Martim. Não tinha ele coisa alguma saliente, que não fosse sua excessiva fealdade. Era realmente seu rosto o cunho de um desconcerto completo da fisionomia humana; o nariz usurpara o molde do queixo; a testa era cabeluda; o pescoço começava na boca; as orelhas comiam as bochechas; os olhos, como os do caranguejo, projetavam-se fora das órbitas, ou recolhiam-se dentro.
Qual fosse o título a que devia Martim o mando sobre seus camaradas, será

difícil atinar. Não era ele o mais esperto, embora não lhe faltasse certa agudeza; não era o mais forte também; muitos dos que ali estavam obedecendo a seu aceno, tinham mais coragem e dupla robustez. Quanto à posição, a do bicho da taberna de mestre Brás era somenos à do estúpido moleque ou do galeguinho mais imundo da ribeira.

Essa grande questão social, do direito e razão dos que sobem e paciência dos que descem, é um problema que por muitos séculos há de esperar solução. Acaso e felicidade — responde a voz geral quando interrogada a respeito de semelhante anomalia. Penso eu porém que é isso um sintoma da degradação da consciência pública. Só a ignorância aceita, e o indiferentismo tolera o reinado das mediocridades.

Aquelas crianças ali estavam no Terreiro do Colégio, desde o começo da festa; submergidas na multidão, privadas absolutamente de ver o que passava na liça, agitavam-se insôfregas de um para outro lado. A necessidade as reuniu em frente de uma casa térrea, cujo telhado as estava do alto convidando a verem a gosto os folguedos e jogos. Difícil, mas não impossível, era a escalada; e qualquer da roda já a teria praticado, se não fosse o receio de que o dono da casa, um velho remendão, levando a coisa a mal, aplicasse algumas lambadas de tirapé ao intrometido.

Neste comenos, Martim escapo das garras do taberneiro, chegou e foi logo metendo-se na súcia. Ninguém lhe deu atenção; continuaram os outros a mirar o telhado com olhos compridos e a tentarem uma investida, de que recuavam logo pela razão sabida do tirapé. O caboclinho tinha já perdido o pudor do castigo; acostumado ao regime do bodegueiro que diariamente o moía de pancadas à vista da gente toda que enchia a taberna, era coisa de pouca monta para ele uma lambada de mais ou de menos. Arrostou pois impávido o tirapé do remendão; e em dois saltos encarapitou-se na beira do telhado. Cessou a indecisão; todos os outros, com exceção de alguns medrosos, o imitaram.

Eis por que se achou Martim feito chefe da súcia. Quanta gente deve como ele a posição elevada que alcança, a ter perdido o pudor do castigo que inflige a opinião pública?

Subido ao seu improvisado palanque, avistou o caboclinho na teia os pajens que circulavam a liça, prontos a acudir ao sinal dos vários cavaleiros a quem serviam. Entre esses chamou especialmente a atenção de Martim um rapazito pouco mais velho que ele, trajado em corpo, com pelote de belbute cor-de-rosa. Apenas o lobrigou, entregou-se a um trabalho tal de gesticulação que parecia um telégrafo em caso de perigo. Afinal como de nada lhe valessem os respectivos sinais, levou as mãos à boca em forma de buzina e gritou:

— Gil!...

O coro respondeu:

—...il, il, il!...

O pajenzito voltou-se para o telhado, e dando com o caboclinho, levou a mão aberta à boca: com o dedo anular fez o gesto de silêncio e com a palma o de espera. Tudo isto com certo empertigamento casquilho, que bem mostrava quanto o pajenzito tomava ao sério suas funções.

— Bico! disse Martim para os outros. Não me piem!

— Nada de barulho!... acudiram alguns.

O resto calou-se; e arregalou os olhos porque a corrida estava próxima.

O sinal da investida soou na liça.

As duas quadrilhas, de lança em reste, arremeteram à desfilada uma contra a outra, e esbarraram no meio da estacada, como as trombas d'água que embatem no oceano pulverizando-se. Os cavalos, de chofre estacados no ardor da carreira, empinaram, topando peito com peito; as lanças romperam nos escudos, que retiniram ferindo-se; os justadores, com o ímpeto da peleja, dobrando sobre os contos, se enovelaram no turbilhão.

Um instante foi impossível distinguir entre os vórtices daquele torvelinho de homens o que passara; os espectadores mudos e suspensos esperavam cheios de curiosidade; Inesita pálida e sem respiração sentia paralisadas no seio as pulsações que há pouco o faziam intumescer-se brandamente; o próprio D. Diogo, em quem revivera a imagem, desmaiada já, das esperanças e glórias da mocidade, reanimou-se com o choque dos cavaleiros.

Rápido e fugace passou esse momento de ansiedade: foi como pausa imperceptível no meio da lufa-lufa do combate.

Os cavalos arcando, arrancaram afinal em nova desfilada, nitrindo, aspirando o ar pelas narinas dilatadas, atirando ao vento as crinas esparsas.

As duas quadrilhas, deslaçando-se como fios de uma meada, atravessaram a arena e foram de novo alinhar-se na extremidade oposta àquela de onde tinham partido.

Então pôde-se apreciar o resultado da justa, e ver os destroços que a onda de cavaleiros em seu furor havia deixado sobre o campo; ginetes estropiados, campeões desarmados, lanças rompidas, capacetes e jaezes rolando pelo chão, e um justador desmontado, tendo a seus pés o escudo que lhe saltara do braço.

Inesita conseguiu abafar o grito de prazer, que expirou nos lábios e perdeu-se na ruidosa aclamação do povo saudando o vencedor.

O cavaleiro desmontado era D. Fernando de Ataíde; de cabeça baixa e desfigurado, o moço corria-se de vergonha diante dos olhares da multidão; a custo ergueu o escudo que deixara cair, cavalgou de novo, e foi colocar-se à direita de sua quadrilha.

Uma tremenda surriada o acompanhou durante o curto trajeto.

O pajenzito vendo por terra D. Fernando, voltara-se para o telhado, e sem que o percebessem, introduzira na boca dois dedos, fazendo o gesto de assobiar. Martim compreendeu e transmitiu a senha aos sócios; imediatamente a vaia estrugiu pelos ares.

— Caiu!...

— Fiau, fiau, fiau!

Do outro lado da liça Estácio apertava sorrindo a mão de Cristóvão; laivos do nobre orgulho, que é reflexo das almas superiores, brilhavam no semblante do moço, a quem o fervor da peleja avivara o cunho de energia, que a natureza lhe imprimira na feição.

Entre todos os espectadores Inesita unicamente viu e compreendeu o aperto de mão dos dois amigos; para os outros não passaria de uma felicitação; para ela a quem nada escapara, era um agradecimento.

Só o olhar da mulher que ama, olhar que vê com coração e adivinha com os pressentimentos, podia acompanhar no meio do turbilhão da investida daqueles cavaleiros, e reconhecê-lo entre tantos outros ataviados com as mesmas cores.

Ainda com o ânimo partilhado entre os dois sentimentos que a dominavam, Inesita ouvira o sinal; mas quando os cavaleiros chegaram as esporas aos flancos dos fogosos animais que saltaram com o ímpeto da dor, o grito do coração, mais forte, sopitou a voz do sangue.

Durante um segundo a menina só viveu naquele olhar que protegia seu amante.

Viu Estácio, que estava à esquerda de Cristóvão, tomar rapidamente a destra na ocasião da partida. Seguira o moço por entre a lufa-lufa, até que a sua lança batendo em cheio no escudo de D. Fernando, saltou em estilhaços. Vira o negro corcel retrair-se de um salto, devorar a terra e estacar na teia, onde chegavam ao mesmo tempo os outros cavaleiros.

O que porém a menina não tinha visto, porque seu olhar se condensara todo para envolver Estácio, fora que a lança impelida com a força da carreira obrigara D. Fernando de Ataíde a vergar sobre as ancas da cavalgadura, perdendo a sela e caindo por terra desmontado.

Quando pois as duas quadrilhas separando-se deixaram a descoberto o centro da estacada, ela soltara aquele grito de triunfo e gratidão ao mesmo tempo; meneou a cabeça altiva com o orgulho sublime da mulher que se enobrece pela glória do homem amado, e agradeceu a Estácio do fundo do coração a delicadeza de respeitá-la na pessoa do irmão.

Seu olhar encontrou o olhar do moço e estremeceu; mas não fugiu sem vazar n'alma de Estácio um raio de luz, desses que ficam eternamente, e douram os sonhos azuis do amor puro e as ilusões diáfanas que alvorecem na manhã da vida.

Entretanto os espectadores admiravam Cristóvão, a quem naturalmente atribuíam a façanha; alguns, é verdade, que julgavam ter visto na confusão da peleja justar com D. Fernando de Ataíde um campeão que montava ginete preto; mas não deram a isso grande atenção.

Ao passo que os juízes consultavam, Inesita curiosa e inquieta não se podia conter.

— A quem caberá o preço? disse ela como falando consigo, mas bastante alto para ser ouvida pelo governador.

— Sem dúvida que a D. Cristóvão de Ávila, que bem o mereceu, disse D.

Diogo. Melhor lança não a tem El-Rei em seus Estados do Brasil.
— Que fez ele? perguntou a menina surpresa.
— Não vistes? Desmontou o mais brilhante cavaleiro da quadrilha escarlate, D. Fernando de Ataíde, que lá está cobrando novos brios para tomar sua desforra.
— Cuida o senhor governador que fosse ele?
— Tenho como certo, menina. Era o primeiro.
— Antes de partir, disse Inesita com vivacidade.
— E no recontro ainda o era, como agora.
— Não! Eu bem vi!...
— O quê? perguntou D. Diogo.
Inesita balbuciou; ia trair-se, mas dissimulou a tempo.
— O cavaleiro que correu com D. Fernando não montava um cavalo preto?
— Com efeito, quer-me parecer que assim era! acudiu D. Diogo pondo os olhos no tordilho de Cristóvão. Mas seguramente que foi engano...
— Tão verdade como ser azul meu cinto! disse a donzela em tom de profunda convicção.
— Pode ser... Mas eis o que vai tirar-nos da dúvida, respondeu o governador mostrando com um aceno a mesa onde se sentavam os três juízes.
O arauto fazendo uma profunda cortesia aos três cavalheiros, chegou-se à beira da rampa. Aí desempenando o corpo e correndo um olhar pela multidão, soltou a voz sonora e enfática no meio de profundo silêncio:
— Em nome de Sua Senhoria, o Senhor D. Diogo de Menezes e Siqueira, fidalgo de Foro Grande, governador e Capitão-general deste Estado do Brasil por Sua Majestade D. Filipe III, que Deus guarde...
Aqui mestre Bartolomeu inclinou-se; temperou a garganta, e tomando a respiração, continuou:
— Os Cavalheiros Álvaro de Carvalho, alcaide-mor da Bahia, Baltasar Ferraz, provedor da Fazenda, e D. Francisco de Aguilar, Senhor de Paripe, juízes nomeados pelo mesmo senhor governador para decidirem dos jogos e torneios dados em honra sua e satisfação de sua chegada pelos homens bons desta cidade, nobres e mercadores; mandam proclamar em praça, por arauto e passavante, ao som e toque de caixa, o nome do campeão que por suas boas partes e gentilezas houve o preço da justa; e outrossim ordenam que o mesmo se afixe por edital na entrada da liça.
Houve uma curta pausa, durante a qual mestre Bartolomeu gozou da sofreguidão geral. Os espectadores suspensos esperavam de sua boca a aclamação do vencedor, a quem aliás todos já conheciam; o nome soou por fim na estacada.
— O Cavalheiro D. Cristóvão de Garcia de Ávila!
O despeito que sentiu Inesita foi tal, que uma lágrima borbulhou em seus límpidos olhos e empanou-os. Doeu-lhe aquela injustiça, e doeu-lhe sobretudo que o voto de seu pai a tivesse confirmado; nesse momento quis mal a Cristóvão, a quem ela estimava por ser amigo de Estácio, e a Elvira,

porque o amava.
— Bem vedes que foi engano vosso, menina, disse o governador recostando-se na poltrona de veludo.
— Sou capaz de jurá-lo ainda sobre a cruz, senhor governador; foram eles que se enganaram.
Cristóvão, mal o arauto pronunciou seu nome disparou o animal apesar do movimento que fez Estácio para retê-lo; esbarrando em frente ao pavilhão, levantou o capacete com um movimento gracioso:
— Por desleal e cobarde me haveria eu, e daria a todos direito para como tal me tratarem, se recebesse por prêmio de valor o que a outrem pertence. O preço desta justa, se alguém o houve, foi decerto o cavaleiro que de um bote da sua lança atirou por terra o contrário, e o desarmou.
— E não sois vós esse cavaleiro? perguntou Álvaro de Carvalho.
— Não, senhores! E o declaro alto e bom som: foi Estácio Correia!
O povo, que simpatiza com tudo que é grande e nobre, admirou a ação dos dois amigos: a modéstia e heroísmo de um, a franqueza e lealdade do outro; nos seus aplausos e vivas entusiásticos ligou os nomes de ambos, como se foram ambos vencedores.
Martim encolheu-se todo para expelir do franzino corpo o grito estridente, como se espreme e escorropicha de um odre todo o vinho que ele contém. Apertando os joelhos contra o ventre, gania que era um desespero:
— Vi... i... i... i... va!...
As damas agitavam os lenços, e sentiam lá no fundo do coração uma voz doce a dizer-lhes baixinho que elas amariam qualquer um daqueles dois moços, ou mesmo ambos, se fosse possível, somente por prêmio e honra de tão bela ação.
As mulheres naquele tempo tinham dessas nobres inspirações; não sabiam tanto calcular com os sentimentos; conheciam a santidade de sua missão neste mundo, e não havia glória ou virtude que elas não dourassem com um raio de amor.
A alegria de Inesita foi imensa; sua alma expandiu-se; o olhar úmido e fagueiro agradecia a Cristóvão, às damas, ao povo, ao último dos galopins trepados nas esquinas das ruas, a glória de Estácio; essa glória lhe pertencia também pela santa comunhão que o amor cria logo entre duas almas.
Quanto a D. Diogo, habituado a estudar os homens, tinha conhecido por aquele traço o caráter dos dois amigos; eram valentes espadas e braços leais com quem a todo o tempo poderia contar.
No meio dos generosos sentimentos que despertara a imprevista declaração de Cristóvão, havia três homens que se conservavam frios e impassíveis: eram os juízes. Compenetrados dos deveres de sua posição, tão severos e rigorosos em pontos de honra, como se tratassem de decidir da vida e fazenda alheia, consultavam sobre o caso; uma decisão injusta nesse objeto os infamaria tanto, como a suspeita de suborno em uma causa importante.
Os jogos militares daquele tempo tinham no meio da aparente futilidade um

pensamento sério e de longo alcance; serviam de exemplo e escola à mocidade, que se amestrava para as verdadeiras lutas, e bem cedo adquiria esforço e brios. Eram estímulo para nutrir na população o espírito guerreiro necessário em épocas de conquista. Por isso os reis e governadores os tinham em tanto apreço.
Explicada a troca que se dera entre os combatentes, os três juízes dividiram-se nas opiniões: Álvaro de Carvalho entendeu que o prêmio era de Estácio, pois o caso nada influía na decisão; Baltasar Ferraz porém foi de voto que o fato da troca do lugar, sendo uma irregularidade, anulava o ato posterior; e citou imediatamente boa cópia de textos latinos para confirmar seu parecer.
— Não se trata agora de decidir pleitos, nem demandas, senhor desembargador, replicou Álvaro de Carvalho com firmeza. Em negócios de armas tenho por melhor lição a minha velha experiência do que todos os textos e alfarrábios da vossa livraria.
— Ninguém vos tolhe o alvitre; dei o meu voto e disse.
— Voto de togado! murmurou o velho alcaide. E vós, Senhor D. Francisco de Aguilar, como vos parece?
— Estou com o Senhor Baltasar Ferraz; o preço não foi ganho.
— Pois então fazei o que vos aprouver, exclamou Álvaro de Carvalho batendo com o punho fechado sobre a mesa; mas declarai que tal decisão não teve o meu conselho.
Soltando estas palavras arrebatadas, o velho, forte e vigoroso apesar dos seus setenta anos, subiu os degraus do pavilhão; os olhos brilhavam com fogo juvenil, e a mão trêmula de cólera repuxava com impaciência as pontas retorcidas do longo bigode branco.
— Onde ides tão açodado, Álvaro? Que vespa vos mordeu? perguntou sorrindo o governador, que conhecia o gênio do soldado.
— Vou em busca de um homem, que tenha o arrojo de dizer-me, a mim, Álvaro de Carvalho, que minto, quando afirmo que gente de beca e traficantes de açúcar entendem tanto de justas, como eu de trapaças e rabulices.
— Que sucedeu?
— Não acabam eles de decidir que aquele valente mancebo, Estácio Correia, não deve ganhar o preço, porque fez virar de cambalhotas a D. Fernando, em vez do vosso alferes?
— E agora o que contam fazer?
— Não o sei eu; eles que a desatem.
O arauto publicou então a decisão dos juízes, que mandavam Estácio correr nova lança com o seu contrário, D. José de Aguilar, a fim de que o preço fosse conferido em regra.
— Está vendo, Sua Senhoria! exclamou Álvaro de Carvalho. Tem isso algum jeito? É ou não rabulice?
— Sossegai, Álvaro, não desarrazoeis por nonadas. Respeitai a opinião dos outros, para que respeitem a vossa.

— Porém, se é uma injustiça! acudiu Inesita inquieta. O senhor governador não devia consentir.
— Que posso eu, menina? perguntou D. Diogo.
— Não fostes vós que os nomeastes? Tendes direito de ordenar-lhes que emendem seu erro!...
— Reparai, D. Inês, disse o fidalgo sorrindo, que censurais gravemente vosso pai!
A menina caiu em si:
— Não podia ter tal pensamento; mas ele foi severo demais, não é verdade?
— Foi injusto! exclamou o alcaide. E Deus queira, não se arrependa ele! Estácio é capaz de fazer a vosso irmão pior do que a D. Fernando. Eu conheço aquele rapaz!...
— Vamos, Álvaro, não desamparai o vosso posto, disse D. Diogo. Ide e sede menos arrebatado, meu velho soldado; nem tudo se leva à ponta de espada.
O alcaide desceu lentamente a escadaria.
— Oh! impedi este combate, senhor governador, disse Inesita inquieta.
— Por que vos assustais? perguntou D. Diogo com bondade.
— Tenho medo! murmurou a menina.
— Mas não passa de um jogo! Deixai que brilhe vosso irmão!
As caixas rufaram anunciando o combate; os dois cavaleiros tomaram praça, e esperaram o sinal da partida.

Capítulo XI
O que tem de ser sempre é

A curiosidade pública estava excitada ao último ponto.
Todas as simpatias eram por Estácio, privado injustamente do preço que havia ganho com a tão brilhante mostra de seu esforço e perícia; assim a esperança de vê-lo sair vencedor da segunda prova a que o submetiam, trazia suspensa a máxima parte dos espectadores.
Entretanto Inesita, que instantes havia, saudara com tamanha efusão a vitória do moço e sentira orgulho em amar o homem que todos admiravam, agora tinha medo só de pensar que ele podia humilhar seu irmão, e expô-lo à irrisão pública.
Mas desejaria que D. José de Aguilar derrotasse o galhardo cavaleiro há pouco aplaudido com entusiasmo? Não; dentro de sua alma pedia a Deus que tal não sucedesse; queria o impossível, que ambos vencessem, e nenhum fosse vencido.
Mil vezes arrependida de ter vindo a essa festa que devia causar-lhe tantas e tão cruéis emoções, a donzela invejava a solidão de Elvira que a essa hora acompanhava de longe e com o pensamento a seu amante, sem curtir as aflições por que ela estava agora passando.
Nisso encontrou os olhos de Estácio e sem compreender por que sentiu renascer-lhe no seio a esperança; mais corajosa, porém inquieta sempre e

palpitando, pôde contemplar a cena que ia começar.
Os dois cavaleiros partiram ao sinal; levavam ambos após si as vistas ardentes e curiosas da multidão; mas todos os votos e desejos acompanhavam Estácio unicamente.
Vencendo rápidos a distância que os separava, os dois campeões toparam no meio da arena. O choque foi tão violento que os animais abriram; mas, com admiração geral, só um escudo feriu-se, só uma lança rompeu-se.
Estácio, resolvido a não se medir com o irmão de Inesita, em vez de levar a lança no reste, terçava-a na destra; na ocasião do encontro, fincando-a no chão, recebeu sem vergar o arremesso do adversário.
O povo cheio de pasmo viu tudo isto, a princípio sem compreender; depois por uma rápida intuição conheceu que o mancebo não tinha querido de propósito bater o contrário; mas a razão ninguém a podia adivinhar; geralmente atribuíram ao orgulho ofendido pelo voto dos juízes. O povo deu-lhe razão.
Até D. Diogo de Menezes voltou-se para Inesita e disse:
— Vosso irmão teve a melhor; porém juro-vos que antes me queria vencido com o feito de Estácio, do que vencedor como D. José.
— Por que então? perguntou a donzela ainda branca e desmaiada como a espiguilha de seu lenço de Valência.
— Não podeis compreender isto, menina; só quem está habituado a jogar uma lança, sabe quanto esforço é preciso para receber em cheio e sem toscanejar o arremesso de um cavaleiro à disparada.
— Entretanto o preço será de outrem? disse Inesita esquecendo no entusiasmo do amor que se tratava de seu irmão.
— É a regra da cavalaria: houve-se como herói, mas herói vencido.
De feito, o colar de ouro, preço da justa, foi conferido a D. José de Aguilar, o qual brindou com ele a primeira dama que avistou na galeria.
Entretanto o alferes não estava satisfeito com sua vitória; o ato de Estácio revelava desdém que o ofendia. Se ele houvesse adivinhado a verdadeira causa, ainda mais ofendido se julgara em seu orgulho, com o amor da irmã pelo filho de Robério Dias, réu de traição, que era, diz a Ordenação, "o mais grave e feio caso que um homem pode cometer".
Quanto a Inesita, corou vendo seu irmão aceitar prêmio que lhe não pertencia. Um assomo de cólera fez borbulhar o puro sangue andaluz que lhe circulava nas veias. Nesse instante a menina jurou em sua alma, que vingaria Estácio da injustiça dos mais.
Há quem entenda esse composto inexprimível de fraqueza e força, de susto e heroísmo que forma o caráter da mulher?
Tímida em face da sociedade, corando com um olhar, estremecendo com a farfalha da seda de suas próprias vestes, desmaiando ao menor choque, de repente essa criatura frágil e nervosa tira de seu coração a energia necessária para lutar com o mundo, e defender contra todos e contra tudo o homem a quem ama.

A menina esquiva, que não tem a coragem sequer de sorrir a seu amante, receando mostrar nos lábios o segredo de sua alma, breve, já é capaz de todos os sacrifícios para proteger na desgraça o escolhido de seu coração.

No entanto os cavaleiros tinham atirado os troços das lanças quebradas, e recebido dos pajens umas hásteas longas e delgadas, cobertas de seda de vários matizes.

Terçando-as como piques, atacaram-se com evoluções rápidas, caprichando cada um em mostrar mais destreza e agilidade.

Era a isso que então chamavam jogo das canas.

Estácio, fiel à sua palavra, apenas defendia-se, e como só ele podia disputar a primazia a Cristóvão, cujos volteios graciosos eram de todos admirados, coube o preço a esse último; o moço o escondeu no peito da véstia com bastante pesar de algumas damas que julgavam-se com direito à prenda.

Seguiu-se o jogo das argolinhas.

Tinham passado um torçal de seda, que prendendo-se ao teto agudo das tendas, dividia a meio a estacada; no centro, presos por um fio de retrós, pendiam vinte anéis de ouro, que balouçavam com o sopro da aragem; os raios do sol no ocaso, tremulando sobre as argolinhas, ainda as tornavam mais vacilantes ao olhar.

As duas alas de cavaleiros, empunhando lanças muito mais longas e maneiras que as de combate, alinharam-se em suas primeiras posições, uma à direita, outra à esquerda: ao som da música deviam partir ambas à rédea solta, e dando meia volta à teia, unirem-se na entrada da liça, a fim de correrem direito à argolinha contra o pavilhão do governador.

Assim tinham os cavaleiros de passar sucessivamente dois a dois, um da ala azul, outro da ala escarlate; afastando-se depois, circulariam de novo a teia continuando sem interrupção o jogo, que só terminaria tirado o último anel.

De todos os jogos era talvez o mais apreciado dos mancebos gentis e namorados; porque além do preço de ligeireza e agilidade, tinham direito de oferecer as argolinhas que enfiassem com a ponta da lança, a qualquer das damas presentes, que em retribuição da galanteria os prendavam com dixes e mimos.

A música tocou uma marcha rápida; a cavalhada partiu.

Os primeiros cavaleiros eram Cristóvão de Ávila e Fernando de Ataíde par a par; seguiam-se logo Estácio e D. José de Aguilar; vinha após o resto dos campeões.

Cristóvão enfiou a primeira argolinha, e passou; mas em vez de oferecê-la, guardou, como já tinha feito com o bracelete que recebera em preço; Fernando de Ataíde e D. José nem roçaram os anéis; Estácio atirou a lança por cima do cordel, e foi apanhá-la no ar muitos passos além.

— É altivo aquele mancebo! disse o governador. Como lhe negaram o primeiro preço, desdenha os mais.

— E no seu caso, o senhor governador não faria o mesmo? replicou Inesita.

— Talvez! respondeu o fidalgo sorrindo.

A corrida continuara; só restava uma argolinha; as outras tinham sido tiradas, muitas por Cristóvão, algumas por D. José e outros cavaleiros; Fernando não conseguira enfiar uma só.

Estácio estava satisfeito e contente, como se tivera ganho todos os prêmios; para ele a grande recompensa não eram nem as joias dadas pelos juízes, nem os aplausos do povo; era a humilhação de seu rival diante de Inesita; essa tinha-a já conseguido de uma maneira estrondosa.

Restava porém uma argolinha; Cristóvão falhou-a; e Fernando, que moderara o galope do cavalo, ia com a lança direita enfiá-la; percebendo isto, o sangue afluiu ao coração de Estácio; pareceu-lhe que via já o cavaleiro oferecendo o anel a Inesita e recebendo em troca uma prenda.

O moço fincou as esporas nos flancos do nobre corcel que saltou, e alongando-se como uma flecha, devorou o espaço. No momento em que Ataíde ia tocar a argolinha, o cavaleiro passou envolto em uma nuvem de poeira. Foi como uma águia que voasse, arrebatando a presa no bico adunco.

A celeuma do povo saudou esse admirável esforço de agilidade. Inesita não pôde conter-se, e bateu as palmas das mãos com o prazer infantil das crianças; as damas agitaram os lenços; Álvaro de Carvalho, esquecendo sua imparcialidade de juiz, soltou uma exclamação entusiasta.

Estácio, ao ver a argolinha de ouro tremular na ponta de sua lança, sorrira; mas foi logo tomado de um receio; parou indeciso. Afinal vencendo a timidez e o acanhamento, chegou defronte do pavilhão, e apresentou corando o troféu de sua vitória a Inesita.

O cavaleiro tinha os olhos baixos; o coração saltava-lhe aos ímpetos; a mão tão firme no combate, tão segura e certeira no golpe, tremia como a de um velho já inválido, ou de uma criança débil.

A menina também corou, mas impelida pela coragem que despertara a luta por que passara, tomou na ponta dos dedos rosados o fino aro de ouro; e reparando que a lança de Estácio perdera na corrida a manga de seda, por um movimento rápido atou na hástea seu lencinho de renda.

Quando Estácio no retirar da lança viu flutuar a alva e fina tela, que durante toda a festa se perfumara ao contato das mãos da menina e aquecera-se com o seu hálito, a felicidade inundou-lhe os seios d'alma; tomou o lenço, como se fora relíquia, e beijou-o à face de todos.

Estas cenas de galanteria eram usuais nos jogos e festas do tempo; a ninguém pois causavam estranheza; as damas pensavam que o mesmo fariam por seu cavaleiro; os moços invejavam a fortuna de Estácio; quanto ao povo, esse achava a coisa mais natural que um garção tão guapo e uma cachopa tão airosa se amassem com extremos.

D. Diogo de Menezes acompanhou os movimentos de Inesita com o ar de bondade paternal, que adoçava a seriedade habitual de sua nobre fisionomia.

— Por isso dizem que não há homem atilado a quem a menina mais simples não cegue com seu ar de santinha!

— Ainda está para ser o primeiro que eu cegasse, tornou-lhe Inesita maliciosamente.
— Já me não admira, continuou o fidalgo levantando-se, das gentilezas de certo cavaleiro. Quem tinha para animá-lo tão feiticeiro sorriso, se não fizesse proezas, nunca mais devera cingir uma espada.
— Os governadores também fazem madrigais? perguntou a donzela faceirando.
— Não; mas fazem traduções, respondeu o governador amimando-lhe a face.
Houve um intervalo no divertimento.
Os cavaleiros apeando foram cortejar as damas, e depois, mudar de roupas e armas para as novas justas; formaram-se os círculos de conversação, onde se discutiam os feitos dos diversos campeões, a graça com que uns meneavam seu ginete, o garbo com que outros traziam a lança.
Duas pessoas, porém, havia ali para quem a cena muda entre Estácio e Inesita não passara despercebida; não a tinham essas visto com os mesmos olhos complacentes.
Uma era Fernando de Ataíde que duas vezes batido por Estácio e conhecendo agora a causa, ardia em desejos de vingança; a outra era D. José que também adivinhara o motivo por que o moço se esquivara de medir-se com ele; ambos estavam ofendidos em seu orgulho, e numa esperança que partilhavam.
O alferes protegia a afeição de seu amigo por Inesita; embora sua irmã mostrasse completa esquivança a D. Fernando, atribuía isso à timidez da menina, e acreditava que afinal o amor conseguiria vencer o recato.
Conhecendo porém que se iludira, e suspeitando agora que sua irmã amava outro homem, sentira despeito profundo; sobretudo sendo esse um moço obscuro e pobre, como Estácio, o qual embora nobre, tinha em seu nome a nódoa, que deixara a condenação do pai.
Orgulhoso e de gênio arrebatado, D. José não podia sofrer semelhante afronta. Resolveu imediatamente castigá-la, antes mesmo que Fernando de Ataíde pedisse ao moço satisfação pelo modo descortês por que se houvera.
Enquanto os dois amigos passeavam na volta da teia conversando sobre o que passara, Álvaro de Carvalho indo ao encontro de Estácio, o abraçou com efusão e guiou ao pavilhão para apresentá-lo ao governador.
— Aqui trago a Sua Senhoria o nosso herói! Poucos anos, porém muitos brios.
— Isso mostra que na escola de um velho lidador de vossa têmpera, Álvaro de Carvalho, a experiência vem mais depressa que a idade! respondeu o governador unindo em um só elogio a perícia do mestre e o valor do discípulo.
— Sua Senhoria engana-se! retrucou o alcaide com a habitual rudez e batendo familiarmente no ombro do moço. Homens desta estofa, não se fazem aqui embaixo, vêm já feitos.
— Não creia, Sua Senhoria, atalhou Estácio corando; o pouco que sou, devo-o

a dois homens que Deus me deu em troca da família que levou-me bem cedo: o Senhor Álvaro de Carvalho que me ensinou a trazer esta espada para um dia servir ao meu rei; e um santo homem que preso e estimo como meu pai, porque dele recebi tanto ou mais que daquele que me deu o ser.

— Pois trataremos de acabar a obra de ambos dando-vos campo mais vasto do que esta liça, disse D. Diogo. Não é justo que tão valente lança se embote em folguedos, quando o serviço de El-Rei e a causa da religião tanto carecem de bons defensores.

O governador afastou-se com o velho alcaide, e Estácio voltando-se viu de longe Inesita.

Estava recostada a um dos arcos do pavilhão e procurava o amante com os olhos por entre a multidão: mal sabia que o moço estava tão perto dela.

Mas de repente o seu coração, palpitando com violência, anunciou-lhe a aproximação de Estácio: por súbita e instantânea revelação, que não se explica, ela sentiu a força de um ímã que atraía toda sua alma.

Volveu os olhos e deu com o mancebo.

Violenta comoção abalou o corpo delicado, que estremeceu como se o envolveram ondas de fluido magnético; o sangue fugiu-lhe das faces, queimando o coração. Murchara nos lábios a flor do sorriso. Assim uma planta delicada, oculta na sombra, enlanguesce quando um raio ardente do sol vem súbito aquecê-la. As folhas desmaiam, inclina-se a haste, as flores abrocham; até que a luz filtra nos poros, e a seiva, correndo pelas fibras, reanima a vegetação e a expande mais brilhante.

Passado aquele deslumbramento, a menina surgiu dentre a esplêndida auréola de sua beleza. No sorriso, aveludado pela inefável doçura do coração feliz, a alma exalava perfume suave de rosa mística, voando para o céu azul dos castos amores.

Também Estácio sentia o doce enlevo do coração, ainda não desflorado de esperança: bebia vida e eternidade no sorrir de Inesita.

Depois de um instante de muda contemplação, em que essas duas almas vazando uma na outra, desviveram em si para renascerem anjos no puro e santo afeto que as unia, Estácio quis falar: a voz evaporou-se em tênue suspiro:

— D. Inês!...

A doçura do seu nome, balbuciado pelos lábios do mancebo, afagou-a, como a melodia de um canto celeste; igual só houvera na terra uma harmonia: era a do nome de Estácio, que lhe adejava no sorriso, e já ressoava intimamente nas cordas d'alma.

Mas foi um grito de espanto que lhe escapou.

A menina vira D. José, parado diante dela, lívido de cólera, mordendo o beiço e cobrindo Estácio com a vista odienta.

Este, no encantamento da presença de Inesita, não o percebera.

— Não parece bem que uma moça se desacompanhe das outras damas, minha irmã. Tomai o vosso lugar, disse o alferes com um modo brusco e

descortês.
Estácio voltou-se friamente para D. José.
O alferes acompanhou a irmã até que a viu sentar-se trêmula e pálida no coxim; então dirigiu a palavra ao mancebo.
— Só agora posso agradecer ao senhor estudante a generosidade que há pouco houve para comigo, e o preço de que me fez mercê! disse o alferes com um tom de chasco bem visível.
— Nada tendes que me agradecer, senhor alferes, nada me deveis, respondeu o moço com uma polidez glacial.
— Oh! que vos devo! Mais do que pensais, porém conto breve pagar e com usura. Não pretendeis tomar parte no torneio?
— A pergunta é escusada.
— Não tanto como parece; porque careço de avisar o senhor estudante de uma coisa, continuou o fidalgo com o mesmo ar de ironia. Não trago roupeta, sigo a milícia: quando tiro a minha espada, ou se trate de jogos ou de combates, tenho sempre que é negócio a valer. Será um defeito; mas já não estou em idade de aprender.
Estácio não respondeu.
— Assim trate cada um de defender-se às veras, continuou D. José. Bem pode suceder que brincando mesmo, tenha o profundo desgosto de passar a minha espada pelo corpo de alguém.
— É tudo quanto me tínheis a dizer, senhor alferes? perguntou Estácio com a maior calma e dignidade.
— Tudo; e agora que está de aviso o senhor estudante, se por acaso escolhesse outro campeão, seriam capazes de dizer que tinha medo!
— E não errariam, Senhor D. José, realmente tenho medo.
— Ah! exclamou o alferes.
— Tenho medo de matar-vos; porém por felicidade vossa e minha, sei me dominar.
Estácio voltou as costas ao alferes, e encontrou fito nele o olhar de Inesita. Esse olhar era uma interrogação e uma súplica.
A menina de longe não escutara as palavras, mas vira a expressão de D. José, e presa de cruéis pressentimentos procurava ler no semblante do moço a confirmação dos seus receios, pedindo-lhe ao mesmo tempo indulgência para seu irmão.
Estácio sorriu-lhe; sorriso triste, acerbo e pungente, úlcera d'alma cicatrizando nos lábios.

Capítulo XII
Da sábia controvérsia de dois canonistas sobre casos de consciência bem escabrosos

O burburinho de festa, que enchia o Terreiro do Colégio, e o entusiasmo da população baiana iam quebrar-se de encontro à mudez austera e sombrio

aspecto do Convento dos Jesuítas.
Grave e silencioso, como o espírito que o dominava, o vasto edifício quedava no meio da alegria e contentamento, que fizera sorrir todas as habitações vizinhas, guarnecidas de colchas e alcatifas. Assim grave e recolhido, se julgaria estranho ao espetáculo representado em face dele.
Tal não era: por detrás da grade que vestia uma das janelas, dois frades, enfiando os olhos pelas frestas, seguiam desde o começo os incidentes do festejo, praticando em voz baixa, para não perturbarem o provincial e o licenciado Vaz Caminha, que continuavam a partida de xadrez, valentemente disputada de parte a parte.
— V. Paternidade conhece sem dúvida aquela donzela com quem fala o governador neste momento? perguntou o P. Molina.
— É D. Inês, filha de D. Francisco de Aguilar, um dos mais ricos senhores de engenho da Bahia.
— Quem é o confessor da casa?
— Fr. Carlos da Luz, do Patriarca São Bento.
— Como! Deixaram que nos preterissem?
— Não ignora V. Paternidade, que os senhores de engenho nos são adversos, por causa do negócio da servidão dos índios.
— Embora! Há sempre meios de insinuar-se. E tenho para mim como um grande erro que cometeram, abandonarem a outros a direção da consciência daquela menina.
— Por que motivo assim pensa o P. Molina?
— Li algures, P. Inácio, que as mulheres governam metade dos homens; e essa metade governa a outra. Quem tivesse o poder de dirigir a consciência desse ente frágil, dominaria o mundo!
— É possível que tenha razão!
— Diga-me; essa menina já não tem mãe?
— Tem-na; porém enferma de uma paralisia.
— É filha única?
— Não; ali está o irmão, D. José de Aguilar; é o segundo cavaleiro de escarlate.
— Vejo! A casta de homem que é esse D. José?
— Dizem ser dado ao jogo e perdulário. Segue a milícia; é alferes do piquete do governador.
— Despachado por D. Diogo de Menezes?
— Pelo próprio.
— Ah! murmurou o P. Molina.
— De que se admira?
— De coisa alguma. Repare o P. Inácio quanto o governador se enleva com a prática daquela menina.
— Quase não dá atenção ao mais.
— Quer saber V. Paternidade o que me está passando pela ideia?
— Diga o P. Molina. De tão agudo engenho nunca serão demais os avisos.

— V. Paternidade me acanha... É bondade extrema para o mínimo dos servos de Cristo. O que disse não passa de humilde reparo.
— Não é razão para privar-me dele.
— Ora pense o P. Inácio... Não seria bem possível que a mão frágil de uma donzela quebrasse a soberbia do governador poderoso, que pretendem ser de tão rija têmpera? Tem-se visto destes milagres. Davi matou Golias, e bastou para tanto uma pequena pedra.
— Faz mau juízo de D. Inês o P. Molina: é donzela de muito recato que estimam quantos a conhecem pelas prendas e virtudes.
— Nem digo o contrário; mas o P. Inácio há de concordar comigo que no fundo do coração da mulher mais virtuosa, lá existe um átomo de vaidade, como brasa em borralho. Um sopro, e verão a chama atear-se.
— Quer com isto dizer que a julga capaz de galanteios tais!
— Quero dizer que o confessor de D. Inês seria um mau servo de Deus, se dentro em quinze dias não tivesse o governador em sua mão.
— E a virtude dessa donzela, P. Molina, não a leva em conta?
— Que entende V. Paternidade por virtude?
O frade embatucou com a pergunta; fitou os olhos surpresos no companheiro, que sorria com a maior beatitude:
— A prática do justo ainda com sacrifício do bem-estar, o cumprimento dos deveres que se resumem todos no amor de Deus, não será a virtude?
— Não decerto, P. Molina.
— Pois decida entre estas qual seja a virtude de mais preço. A virtude de Susana, esposa de Joaquim, que resistiu aos juízes de Babilônia somente para não pecar diante do Senhor, *in conspectu domini*; e a virtude de Judite, que Deus abençoou na sua força para vencer os inimigos de Israel?
— O caso é difícil. Segundo o voto do P. Molina é a última dessas virtudes a mais agradável ao senhor?
— Segundo o voto dos mestres, em cuja lição nos devemos formar, P. Inácio. A virtude é robustez do ânimo: a beleza da mulher, como a força do homem, são instrumentos na mão do operário de Cristo.
P. Inácio curvou a cabeça diante daquela filosofia perigosa, que assentava a religião sobre as ruínas de todas as crenças e dos sãos princípios da moral; havia nessa argumentação tal cunho de energia e tom de convicção profunda, que subjugava a seu pesar o espírito do jesuíta.
— Não consta que aquela menina ame algum cavalheiro? perguntou de repente o P. Gusmão.
— Não curo das coisas mundanas, P. Molina. O que soa é que seu irmão D. José de Aguilar protege os afetos de um Fernando de Ataíde, de quem é amigo.
— Esse Fernando é o primeiro cavaleiro à direita do alferes?
— Justamente.
Nesse momento soaram as trombetas anunciando a investida; os dois jesuítas continuaram este exame, trocando de vez em quando as suas

observações, até a ocasião em que a voz do arauto publicou a sentença dos juízes, e Cristóvão de Ávila proclamou Estácio Correia como o vencedor da justa.
Ouvindo o nome de seu discípulo, repetido pelas aclamações entusiásticas do povo, o licenciado sentiu uma comoção violenta, que paralisou-lhe os movimentos: a mão direita, que havia tomado o rei, com a intenção do rocar, parou suspensa sobre o tabuleiro. Assim ficou um instante, com o ouvido atento e a alma dilatada para receber os ecos da ovação que saudava o moço cavalheiro.
Por fim voltando ao jogo e vendo que tinha ainda suspensa a peça que devia mover, sem reparo colocou-a quatro ou cinco casas além. O provincial, estremecendo com o caso nunca visto, deu um salto no tamborete; logo um grito de dor partiu dos lábios pálidos e convulsos de Fernão Cardim.
Catástrofe horrível, capaz de enlouquecer um enxadrista, provocara o grito. Os joelhos do jesuíta, movendo-se imprudentemente na ocasião do seu espanto, tinham virado o bufete e atirado no meio da sala o tabuleiro com as peças, que ainda rolavam no soalho, perseguidas pelo licenciado, cujas perninhas custavam a alcançá-las.
O provincial, de braços cruzados, cabeça caída e cãs em desordem, contemplava os destroços da partida de honra. Mário sobre as ruínas de Cartago não tinha decerto nem mais eloquência na expressão, nem mais tristeza no olhar, do que Fernão Cardim nesse instante solene.
Mas não eram quaisquer enxadristas os dois parceiros que disputavam havia duas horas a mais renhida batalha que tenham pelejado os trebelhos chineses; o licenciado tomando imediatamente a resolução pronta que exigia o caso, ergueu o tabuleiro, e começou a reconstruir de memória o seu jogo tal como ele se achava na ocasião do desastre.
— Que fazeis, doutor? perguntou o provincial com a voz trêmula.
— Não vedes? Ponho as coisas no estado em que se achavam *ante bellum.*
— E podeis lembrar-vos? acudiu o frade desanuviando o rosto.
— Do meu jogo perfeitamente, como vos deveis recordar do vosso.
— Oh! estou vendo-o como se ainda aí estivesse! Sou capaz de refazê-lo a olhos fechados.
Os dois parceiros puseram mãos à obra; em breve a partida foi restabelecida; não afiançamos que o frade não aproveitasse o ensejo para melhorar a sua posição; e que o licenciado se visse abarbado com algum xaque improvisado ameaçando de novo o seu rei. Como porém nenhuma das partes beligerantes pôs a menor dúvida sobre a posição estratégica do inimigo, o jogo continuou, e sem mais acidente.
No entanto a conversa prosseguia entre os dois jesuítas.
— É esforçado aquele cavaleiro, dizia o P. Molina; como se chama?
— Estácio Dias Correia; é filho do célebre Robério Dias, possuidor do segredo das minas de prata.
— Tem bela presença! Deve ser capaz de grandes coisas, se tiver bom

conselho!
— Não lhe falta; o licenciado Vaz Caminha que V. Paternidade já conhece, é seu pai espiritual; e o Alcaide-Mor Álvaro de Carvalho, que ali está entre os juízes, o estima em muito; e ele o merece, posso assegurar.
O P. Inácio do Louriçal lia durante o tempo que passava na Bahia uma cadeira de Ética. A ele encarregara Vaz Caminha a direção de Estácio, logo que o menino, então na idade de quinze anos, começara de cursar as aulas do colégio. O velho sacerdote se afeiçoara a seu aluno, em quem descobria muitas qualidades, mas nenhuma inclinação para a vida claustral.
Tornou o P. Molina:
— Que faz ele?
— Deve acabar este ano os estudos neste colégio; pelo desejo do doutor, professaria; porém o alcaide opõe-se com todas suas forças e espera que se lhe depare ocasião de seguir a carreira das armas.
— E os haveres? Poucos?
— Nenhuns; é pobre como Jó.
— Ignora o segredo de seu pai?
— Robério Dias morreu com ele.
— É o que reza a tradição; mas podia ser boato para adormecer a vigilância dos governadores.
— Sabe V. Paternidade alguma coisa a este respeito? perguntou o P. Inácio com vivacidade.
— O que se repete; ouvi contar uma vez essa história, e quer-me parecer que tais minas nunca existiram.
— Estou que se engana o P. Molina.
— Pode ser. Tem razões para pensar o contrário, P. Inácio?
— Talvez.
O P. Molina sorriu:
— Ainda vive a mulher de Robério Dias?
— É morta há cinco anos.
— Com quem vive o filho?
— Com uma tia velha, D. Mência.
— P. Inácio é confessor da dama?
— De que tira essa conjetura?
— É dela naturalmente que houve certeza da existência das minas de prata, respondeu o frade.
O P. Inácio perturbou-se:
— Errado vai o P. Molina: não abuso do segredo da penitência. O que ouço no confessionário entrego-o a Deus, e só trago comigo a satisfação de ter ajudado a remir da culpa uma alma arrependida.
— Mas suponha que um penitente revela um crime que vai cometer-se, homicídio, *verbi gratia*: deixaria que se consumasse podendo prevenir?
— Suplicaria ao Senhor que iluminasse o espírito desse homem; mas não trairia o segredo da confissão.

— E julga que o Senhor exalce a súplica de uma alma criminosa, porque o era, participando com o seu silêncio ao crime que ia perpetrar-se?
— Tem uma lógica terrível, P. Molina.
— Quanto sei, digo-o a V. Paternidade, aprendi dos que durante dois séculos engrandeceram a nossa ordem *para a maior glória de Deus*. Eles me ensinaram, P. Inácio, que os companheiros de Jesus desde que prestam voto de obediência passiva aos superiores, não têm vontade sua.
O frade encarou com o companheiro, como para ver se era o mesmo homem que lhe falava, tão grave lhe pareceu a entonação daquela voz há pouco doce e insinuante; mas o P. Molina já não lhe dava atenção e estava completamente embebido em ver a festa.
Houve uma pequena pausa durante que o P. Molina contemplava a festa, e o P. Inácio contemplava seu estranho companheiro.
O mais velho dos dois jesuítas estava surpreendido do caráter audaz e do espírito arguto que revelara nesta conversa o frade chegado aquela manhã de Espanha.
O tom humilde e tímido com que às vezes falava o P. Molina indicava o homem habituado à obediência; outras vezes a sua voz acentuava a palavra com energia e firmeza, e o seu olhar caía incisivo e penetrante.
Decorreu algum tempo ainda; de repente ouviu- se a vozinha frautada do provincial, gritando:
— Xaque-mate!
— Tinha de ser vossa a partida! acudiu o licenciado com ar contrito.
— Xaque-mate! repetiu Fernão Cardim triunfante. Custou-me! Mas enfim... Oh! podeis gabar-vos de que me destes que fazer, doutor.
— É o que me consola, padre provincial; há derrotas que honram aqueles que as dão, e também os que as sofrem.
— Para quando a desforra?
— Domingo; tantas vezes hei de perder, que uma virá em que lograrei a melhor.
O licenciado dispôs-se a partir, deixando Fernão Cardim ainda enlevado diante do lance admirável com que terminara a partida; lance que Vaz Caminha tinha previsto, e não evitara por ser tempo de dar fim ao jogo.
— Já nos deixa o senhor doutor? perguntou o P. Molina com amabilidade.
— São horas, padre-mestre; *ruit nox*, respondeu o licenciado mostrando o sol que se escondia no horizonte.
Despedindo-se do provincial e dos dois jesuítas, Vaz Caminha ia transpor a porta da livraria, quando a voz do P. Molina o fez voltar.
— Doutor, olhai que vos esqueceu a bengala!
— É verdade! disse o licenciado mordendo os beiços; ia tão distraído.
Tomando a bengala e despedindo-se de novo, o velhinho desceu enfim a escadaria do convento; o P. Inácio tinha-se retirado à sua cela. Ficando só com Fernão Cardim, o P. Gusmão de Molina deu uma volta pela sala deserta, sondando com o olhar os escuros recantos, e parou junto do bufete, onde o

provincial estava ocupado em recolher as peças do jogo.
— Fareis reunir esta noite o capítulo, padre provincial! disse em voz baixa, examinando um dos trebelhos de marfim.
— O capítulo? replicou Fernão Cardim como homem que não compreende o que se lhe diz.
— O capítulo, sim, padre provincial, respondeu o jesuíta sorrindo.
— P. Molina, chegastes hoje; isso releva a falta que acabais de cometer. Talvez nas outras províncias se pratique de maneira diversa, embora tal não me conste; mas nesta governo eu, e não admito que nenhum irmão, ainda mesmo professo, se ingira nas minhas atribuições.
O provincial tinha perdido a sua bonomia habitual e revestira-se da rigidez e dignidade própria do superior, quando se quer fazer respeitar.
— V. Reverência à vista disto não está resolvido a reunir o capítulo esta noite? disse o P. Gusmão friamente.
— Não, P. Molina, reunirei quando me aprouver.
— Neste caso alguém o convocará.
— Quem? E com que autoridade?
— Breve o saberá V. Reverência.
A noite caía, como dissera o advogado citando Horácio; o sol mergulhava no oceano, coroado de luz e majestade, sempre rei, no ocaso como no momento da ascensão.
As sombras do crepúsculo desdobravam-se já e vestiam a natureza; o silêncio plainando no espaço, descia lentamente sobre a cidade há pouco tão agitada e ruidosa; todos sentiam a influência da hora mística, breve pausa entre a luz e a treva, imagem da vida oscilando entre berço e túmulo.
Soavam trindades.

Capítulo XIII
Dos combates que houve em honra da princesa moura

O largo apresentava novo aspecto; as tochas acessas em volta e as luminárias suspensas nas janelas das casas, derramavam sobre as alcatifas cobertas de lantejoulas a claridade das luzes, menos brilhante que a do sol, porém mais suave e fascinante.
A um lado da teia, junto à tenda destinada aos mantenedores, tinham preparado um coxim com dossel; dois cavalheiros, D. José de Aguilar e Fernando de Ataíde, de pé no último degrau, pareciam esperar a pessoa que devia ocupar aquele trono oriental.
Tocaram os anafis na entrada da liça; todos os olhos voltaram-se para ver o novo espetáculo que se apresentava.
Vinha na frente um truão coberto de guizos, fazendo esgares e trejeitos que provocavam o riso da multidão; seguiam dois mouros arrastando as curvas cimitarras; outros dois caminhavam ao lado de um palanquim conduzido por negros vestidos como eunucos, sobre o qual vinha sentada uma

mulatinha de dezoito anos.
Era um tipo brasileiro, cruzamento de três raças; americano nas formas, africano no sangue, europeu na gentileza. O moreno suave das faces, os grandes olhos negros e rasgados, os dentes alvos engastados no sorriso lascivo, o requebro lânguido e sensual do porte sedutor sob o traje oriental, davam-lhe ares de verdadeira sultana.
Véu branco e transparente, preso ao airão dourado, descia-lhe sobre o rosto, avivando mais o brilho dos olhos e o carmim dos lábios; as calças largas de tafetá, cerrando no artelho de uma perna bem torneada, deixavam admirar o pé delgado por entre o bordado da alparca de seda; o saiote de cassa da Índia, preso ao justilho de renda, desaparecia sob a cabaia amarela, semeada de aresta de prata, que lhe caía dos ombros.
Acompanhavam o palanquim oito moças vestidas igualmente à oriental; essas não tinham capa e traziam passados à cintura uns xales de lã de cores vivas; vinham duas a duas, dando as mãos e formando graciosas figuras de dança, que realçavam as formas esbeltas. Fechava a marcha a banda de música que tocava os anafis e outros instrumentos mouros.
Chegando junto do estrado onde se achavam os dois cavalheiros, os eunucos pousaram em terra o palanquim. A princesa moura no meio de suas escravas, ajoelhou sobre o tapete, que estendera um dos guerreiros do séquito.
— Ilustres cavalheiros, disse ela. Eu sou a Princesa Alzira, filha d'El-Rei da Pérsia, que trazida pelo grande esplendor de vossa fama e nomeada de vosso valor, venho pedir-vos amparo e proteção contra o mau fado que me persegue; pois tendo aceitado o esposo que meu pai me destinara, sou agora maltratada da sorte e havida como perjura por um príncipe que me queria.
Parece que a rapariga não recitou exatamente seu papel de comédia; porque D. José, surpreso, murmurou-lhe ao ouvido:
— Que me perseguia!
A princesa deu um muxoxo, e fingindo enxugar duas lágrimas rebeldes, que nem sequer umedeceram o canto dos olhos negros, abaixou a cabeça para esconder o riso brejeiro que frisava a ponta do lábio.
— Erguei-vos, formosa princesa, que não de joelhos, mas sobre um trono, deveis mandar a vossos leais cavalheiros. E secai esses belos olhos, que com fervor de Deus e vosso amparo, breve haveremos fronta e desagravo de vossa injúria.
Estas palavras foram proferidas por D. Fernando de Ataíde; e logo erguendo com toda a galanteria a fingida princesa, a fez sentar no coxim preparado sobre o estrado.
A odalisca deu sinal a suas escravas; estas imediatamente trançaram novas danças, ainda mais graciosas e originais que as primeiras; nos intervalos o histrião mouro divertia o povo com visagens e truanices.
Esta espécie de auto que acabavam de representar era naquele tempo o prólogo necessário do torneio; lembrava as tradições da cavalaria andante,

que apesar da sátira homérica de Miguel Cervantes, ainda viviam no Amadis de Gaula, no Palmerim da Inglaterra, e na imaginação dos cavalheiros de vinte anos ou das meninas namoradas.

D. Fernando e D. José se haviam recolhido à tenda, onde se armavam para manterem a liça contra os aventureiros que a viessem disputar. Mal terminaram as danças, um arauto foi pregar no meio do campo, sobre a haste de uma lança, o cartel de desafio, que era assim concebido:

Os dois cavaleiros, escolhidos pela formosa Princesa Alzira para defenderem sua causa, dizem e farão conhecer a todos os que aceitarem seu gaje, e lhes provarão a três botes de pique e outros tantos de espada, que é justo que uma dama aceite de preferência o esposo que seu pai e senhor lhe destinou.

Como mestre Bartolomeu terminava o proclamo do cartel, lançando no meio da arena as manoplas, gaje do combate, os mantenedores saíram da tenda; ao mesmo tempo apareceram na extrema da estacada dois cavaleiros de armadura branca e morrião preto.

Traziam a viseira caída; era impossível conhecê-los; ambos adiantaram-se lentamente até o centro da liça; erguendo o gaje dos mantenedores em sinal de que aceitavam o desafio, descalçaram os guantes e os arremessaram aos pés dos adversários.

Os juízes deram o sinal; os justadores tomaram campo.

— Bem vedes, Sr. D. José, que sou dos primeiros! disse um dos cavaleiros de armas brancas colocando-se em face do alferes.

— Ah! em bem o resolvestes! respondeu o moço cujos olhos lampejavam.

— Descortesia grande seria não responder a tão gracioso invite, retrucou o outro com desdém.

Inesita, que reconhecera nos dois aventureiros Estácio e Cristóvão, sentiu renascerem os sustos, vendo seu amante colocar-se em frente de seu irmão; porém o mancebo pareceu adivinhar o que passava em seu espírito, porque antes de arrancar, pousou a mão aberta sobre a cruz da espada.

Compreendeu ela o misterioso juramento? Talvez; um quer que seja serenara o soçobro de sua alma.

O combate começara; rotos os piques sem vitória decisiva de parte a parte, os cavaleiros desembainharam as espadas, e atacaram-se de novo.

D. José tinha cumprido sua palavra; desde o princípio do combate procurava por todos os meios fazer do jogo um duelo; porém a sua arma encontrava sempre a arma de Estácio, que defendia-se com o maior sangue-frio, resolvido a não tomar a ofensiva, nem derramar uma gota do sangue que para ele era sagrado, porque era o de Inesita.

O moço alferes, a pouco e pouco se ia enraivecendo com aquela resistência fria e invencível, que não esperava encontrar em um estudante; ignorava que as lições de Álvaro de Carvalho tinham criado um discípulo, digno do mestre na perícia, superior pela robustez do braço e pela calma inalterável do espírito.

O despeito o tomou a ponto que perdeu a prudência; precipitou-se sobre o contendor com tal sanha, que a multidão, surpresa da animosidade, excitada mais por estímulo de vingança que por brios de cavaleiros, fitou pasma esperando a peripécia do combate.

Então foi a vez de Inesita estremecer pela vida de Estácio, ameaçada a cada momento por seu irmão, cuja espada brilhando à luz das tochas semelhava nos rápidos volteios uma língua de fogo, e parecia, ora embeber-se no peito do moço, ora lamber-lhe o rosto.

Estácio não se alterou:

— Guardai-vos melhor, sr. alferes! dizia ele ao adversário desviando-lhe os botes.

— Curai de vós e não de mim, respondeu D. José, furioso.

— Pois me dais mais cuidado em não ferir-vos, que em defender-me, como quereis que faça? Pareceis ter antes em mente matar-vos a vós, que a mim mesmo!

De repente a espada do alferes, retraindo-se como uma cobra, distendeu-se com velocidade espantosa, e ia tocar o coração do seu adversário, quando a lâmina de Estácio vibrou com o rasgo que lhe imprimiu a mão ágil, e enleou-se na outra, atirando-a ao longe, e deixando desarmado o alferes que rugia de raiva e humilhação.

O moço ergueu a arma; tomando-a pela ponta, apresentou- a de novo a D. José; mas os juízes interpuseram sua autoridade, e mandaram dar fim ao combate.

— Ficará para melhor ensejo, disse o alferes embainhando a espada; quando não haja testemunhas que nos olhem, e juízes que nos estorvem.

Estácio inclinou-se, e procurou o olhar de Inesita, para dizer-lhe que tinha cumprido seu juramento; nesse instante Cristóvão conseguia também desarmar o adversário. Os dois amigos, senhores do campo, mantiveram a liça contra os outros aventureiros que se apresentaram, até que por volta de oito horas fechou-se o torneio.

D. Diogo de Menezes e seus convidados recolheram-se a palácio, cujas salas estavam preparadas para um esplêndido sarau que devia pôr termo aos festejos do dia.

Diferentes danças e mascaradas começaram então a percorrer as ruas, armadas de uma extremidade à outra com arcos de luminárias e alamedas de coqueiros, de cujas palmas pendiam lampiões de várias cores.

Entre as ondas de povo, que enxameava na praça do Palácio, distinguia-se o vulto atlético de Bartolomeu Pires, que dominava a multidão com a estatura e com a voz. O mestre de capela, apesar de seus cinquenta anos puxados, não era de todo insensível ao efeito que produzia o seu vistoso traje de arauto sobre alguns mantéus que o cercavam nesse momento.

— Que ancho está mestre Bartolomeu! Nem dá pelos pobres! disse uma voz feminina.

O cantor voltou-se e viu a alguns passos uma comadre alta e esgrouvinhada, rastejando já pelos sessenta.

— Como queria que a visse, tia Eufrásia, no meio desta balborda? respondeu o mestre de capela, torcendo entre os dedos as falripas que lhe pendiam pelas faces rubicundas.
— Cruz! Que é uma confusão de dia de juízo! continuou a tia Eufrásia. Nunca me vi em semelhante entaladela! E para que, minha Mãe Santíssima? Para não ver nada, mesmo nada!
— Pois inda agora chega? perguntou mestre Bartolomeu.
— Prouvera que assim fosse, que não andaria por aí há boas duas horas aos empuxões! Que gentinha tão pífia! Credo!... Não há tir-te nem guar-te com ela! E se uma criatura solta um arre lá, engrifam-se todos! Olhe, mestre Bartolomeu, que se não fosse porque, fazia hoje uma estralada!...
E a matrona, fincando as mãos nos quadris e alongando a belfa, bamboleou o corpo, desafiando a peonagem.
— Alguma lhe aconteceu, que está assim tão arrenegada? disse o mestre de capela admirado daquele desempenho marcial.
— Pudera não! retorquiu a tia Eufrásia. Pois não vejam estes peralvilhos a faltarem com o respeito à gente para se derreterem com a bruxa da alfeloeira!...
— Quem? A Joaninha?
— Ela mesma. Quem mais há de ser senão a enjeitada da parteira, que a leve o demo? Porque fez de princesa moura, não se cuida já uma dona! Nanja eu, que com ser uma adela, com minha tenda afreguesada, me tenho em tamanha conta como aquela bisbilhoteira. Mas a culpa, fique com esta que lhe digo, é de quem lhe meteu um par de caraminholas na cabeça.
Nessa ocasião ouviram-se os assobios e apupos do poviléu:
— A bruxa!... Olha a bruxa!
— Avó torta de Satanás!...
— Pede ao teu louro que te estique a pele, engelhada do demo!...
A causa dessa vozeria era uma velha mulher coberta de andrajos, que mostrava todas as aparências de mendiga; mas o povo a tinha em conta de feiticeira.
A sua fisionomia provocava a atenção por uma singularidade incompreensível; a fronte coroada de cabelos grisalhos e revoltos era surcada de rugas profundas que lhe sarjavam também as faces crestadas de nódoas e cosidas de cicatrizes; o nariz disforme tinha as vermelhas protuberâncias que revelam o longo uso da embriaguez. Entretanto nesse semblante decrépito e corroído pelos anos e pelo vício, os olhos e a boca estavam respirando mocidade. Ninguém pode fazer uma ideia do aspecto repulsivo que tinha essa pupila negra nadando em leite, e esse lábio rosado sorrindo sobre alvos dentes, no meio daquela horrenda máscara.
Fugindo diante dos apupos, deixando na mão dos rapazes os farrapos de seus andrajos, a mendiga acertou de encaminhar-se para o lugar onde praticavam mestre Bartolomeu e a adela:
— Não deis ouvidos ao que ela diz, mestre Bartolomeu, é uma má mulher!

gritou a bruxa.
— Sai-te, mendiga!
— Antes mendiga que ladra!... Cuidas tu, cadela, que és, e não adela, que te fazes... Cuidas tu que não se sabe do teu comércio danado com o judengo? E da tavolagem que dás no fundo da tenda? E do mais que por aí vai?...
— Vamo-nos daqui, mestre Bartolomeu, que hoje parece anda o diabo solto. Dia de festa é sempre isto!... Muito beberrico, por força que hão de vomitar quanta blasfêmia há!
— Vai, vai, cadela, para a pocilga, mas ouve o que te digo!... Estes olhos, que a terra há de comer, não se fechem sem que te vejam pendurada no Largo do Rosário de súcia com teu bonifrate!
Depois dessa praga a feiticeira perdeu-se outra vez na multidão, e deixou que a adela continuasse seu colóquio com o mestre de capela, que seguia um tanto ressabiado do que ouvira e desejoso de ver-se livre da companheira.
De repente soou a voz do licenciado Vaz Caminha; rompendo o cardume de povo que o submergia, conseguira ele afinal surgir na espécie de esteiro, que o Pires ocupava no meio das vagas revoltas desse mar agitado.
O mestre de capela, apenas o descobriu, estendeu- lhe sua proteção, afastando com um vigoroso arranco dos ombros a mó de gente que ameaçava esmagar o exíguo talhe do jurista.
— Que ideia foi a vossa de deixar-vos ficar neste aperto, senhor licenciado? Fazia-vos a esta hora em casa bem sossegado.
— Um dia não são dias, mestre Bartolomeu, respondeu Vaz Caminha sorrindo.
— Assim é, mas na vossa idade...
— Os velhos gostam às vezes de lembrar-se de seu tempo. Partia-me do Colégio, como principiava o torneio, e influí-me para ver o menino...
— Vistes então como ele desarmou o alferes! Que bote, heim!
— E não lhe achastes um belo parecer? perguntou o advogado satisfeito.
— Com perdão de Sua Mercê, acudiu a tia Eufrásia fazendo uma mesura ao doutor. Era o cavaleiro mais guapo de quantos se presentaram; eu sei de alguns cujos que se ralavam de inveja.
— Porém o melhor foi na cavalhada, disse o mestre de capela. Não assististes?
— Não, respondeu o licenciado.
— Pois eu vos conto.
— E a da argolinha? retorquiu a matrona.
Tomando seu ar grave e solene das grandes ocasiões, Bartolomeu Pires começou a narrar em voz de cantochão a cena, que passara por causa da distribuição do primeiro preço, e na qual ele representara o importante papel de pregoeiro.
Mal tinha concluído o exórdio, quando a tia Eufrásia, que o escutava com atenção religiosa, descrevendo uma elipse, veio-lhe de encontro ao abdome volumoso e proeminente que repercutiu como um adufe.

— Jesus! Valei-me!...

O mestre de capela acompanhou este grito da matrona com um grunhido surdo, arrancado pela dor que sentira e o obrigara a dobrar a respeitável corpulência.

O acidente desagradável, que atalhara de um modo tão desastroso a eloquência de mestre Bartolomeu, era produzido por uma revolução súbita que se operava na multidão. Em meio da praça fora ouvido um clamor; de repente um torvelinho de homens, deslocando as massas de povo, precipitou para as extremidades, esmagando quanto se opunha à sua passagem.

O coro de lamentações e gemidos, o choro do mulherio que se encomendava a todos os santos do calendário, as imprecações e juras do poviléu, e algumas vozes de ameaça que destacavam-se na confusão geral, formavam o ruído da torrente impetuosa, que transbordava de seu leito, escoando pelas ruas adjacentes.

Passado o primeiro momento de entalamento, mestre Bartolomeu percebendo o que sucedia, endireitou-se; filou pela gola da garnacha o licenciado que já garrava arrastado pelo turbilhão, e dispôs-se a resistir ao combate furioso das ondas do povo que se encapelavam umas sobre outras. Firme e impávido como rocha, com a tia Eufrásia que lhe agarrava as panturrilhas, e o licenciado metido embaixo do braço, jogando ao mesmo tempo os ombros hercúleos e a pesada manopla habituada a bater o compasso do fabordão, opondo à enxurrada que o envolvia, as formidáveis ancas, mestre Bartolomeu Pires oferecia um grupo digno de uma estátua, que não teria inveja à de Laocoonte.

Com pouco a multidão rarefez-se; no centro da praça, via-se uma pinha de gente, que falava a um tempo e aos empuxões como para descobrir alguma coisa que passava no meio do ajuntamento; entre a vozeria e o burburinho que fervia sobre tantas cabeças encandecidas, distinguia-se um rugido, que parecia antes de fera que de homem.

O mestre de capela tinha-se aproximado, seguido pelo licenciado sempre calmo e sereno e pela matrona, que já restabelecida do susto estava com a curiosidade aguçada ao último ponto, tanto que foi metendo o nariz pela primeira aberta que o acaso lhe deparou.

Ia-lhe custando caro a sofreguidão, porque sem o socorro de Bartolomeu, que ainda desta vez lhe valeu, era muito provável ficasse de menos com a rodilha do toucado, que se embaraçara nos colchetes de um gibão; mas o cantor, vendo-a naquelas aflições, quase de rastos, com a melena esticada sobre o occipício, recorreu a um meio sumaríssimo: livrou-a, arrancando o colchete e com ele um punhado dos cabelos grisalhos da tia, que estrebuchou de dor.

Vaz Caminha voltava-se então:

— Mestre Bartolomeu, acudi se é tempo, que talvez poupeis algumas vidas! disse o advogado. Sinto não ter forças para ajudar-vos.

— Como quereis que afaste este poder de gente? Não vedes que estou a

esforçar tanto há?
— Por isso não; meios nunca faltam, respondeu Vaz Caminha com sua mansidão ordinária.
— Pois se o sabeis, servi-me com o vosso conselho.
O licenciado chegou-se ainda mais ao grupo, e alçando a voz, bradou:
— O alcaide e seus homens!
Imediatamente, como por uma influência mágica daquelas palavras, o grupo se abriu, e os espectadores voltaram-se, interrogando com os olhos e com a fala, para saber onde apareciam as personagens anunciadas, a quem competia velar sobre a segurança pública.
Aproveitando a primeira aberta, o advogado barafustou por entre o povo; após ele o mestre de capela e a matrona em quem a curiosidade podia mais do que o receio de uma segunda descabelação; porém os três pararam diante do espetáculo horrível que se apresentou às suas vistas.
Um mariola trigueiro, com a fisionomia decomposta pela raiva, a fronte golpeada, os cabelos em desordem e o olhar inflamado, brandia na mão direita uma larga adaga já escorrendo sangue, e com o braço esquerdo cingia pelo talhe uma pobre moça, que ele meneava como um escudo, contra aqueles que o atacavam; mantendo assim imóvel, ou pelo receio de ser ferida ou pelo receio de ferir a rapariga, a multidão que o cercava.
Apesar disto, porém, tinha em frente um competidor que não lhe deixava um momento de repouso.
Era homem ainda moço, de pequena estatura, mas de uma construção vigorosa; tinha pescoço de touro, ombros largos e quadrados como o plinto de uma coluna, braços curtos e grossos, quase sem formas, terminando em duas manoplas formidáveis, cujo peso bastaria para vergar o infeliz sobre quem se abatessem.
Vestia escarlata grosseira; na cinta de couro branco que apertava o pelote ao corpo, via-se um largo manchil de carniceiro, que indicava a sua profissão de magarefe ou cortador de reses nos açougues.
Desprezando aquela arma temível e servindo-se dos braços nus, parecia cuidar unicamente de arrancar das mãos do seu adversário a rapariga, que se debatia já quase a desfalecer. Insensível às feridas que rasgavam-lhe o ombro e o pescoço, indiferente ao sangue que lhe escorria pelas vestes, o carniceiro não toscanejava; toda sua atenção estava concentrada na luta e todos os seus esforços eram para livrar a vítima do conflito, sem contudo ofendê-la. Depois de conseguido esse fim, quando já o não tolhesse o receio de tocar com sua arma o corpo delicado da moça, então ninguém sabe o que aconteceria.
Vendo este combate do primeiro lanço de olhos, a tia Eufrásia vacilou sobre os joelhos, levando as mãos às repas e bradando misericórdia:
— Filho! Anselmo!... Quem me acode!... Ai! meu Jesus de minha alma!
Vaz Caminha com risco iminente de vida adiantou-se erguendo a cana de Bengala, ao passo que mestre Bartolomeu procurava tomar de esguelha o

filho da tia Eufrásia, que arrastava a rapariga, e facilmente se conhecia ser o causador da desordem.

Percebeu isto o Anselmo; afastou a tia Eufrásia e fez girar a adaga com tal força e agilidade, que obrigou a multidão a recuar.

— Arredo! gritou ele. Arredo!...

Então foi horrível a confusão; o povo que em princípio, impelido com o pânico, escoara pelas ruas vizinhas, voltava excitado pelo desejo de conhecer a causa do tumulto. De novo arremessando-se para o centro da praça, como fluxo de maré, comprimindo o estreito círculo do combate, enovelou espectadores e adversário num só remoinho.

Capítulo XIV
Que reza de magarefes e alfeloeiras

Uma espada volteou no ar; houve um grito abafado e o tumulto serenou de chofre.

Era o tempo, em que o alcaide-pequeno com os seus quadrilheiros armados de lanças desembocava pela Rua da Sé, e varava entre o povo para aproximar-se do lugar do conflito e prender os delinquentes, que transgrediam a Ordenação do Livro Quinto, levantando volta e assuada.

Mas já o tumulto fora apaziguado; da luta renhida e encarniçada apenas restava o morno silêncio que sucede aos grandes clamores, como às grandes borrascas.

Inesperada intervenção pusera termo ao combate; quando Anselmo impelido com a pressão da onda popular, amiudava os golpes, surgiram dentre a multidão Estácio e Cristóvão; fora a espada do primeiro dos cavalheiros que batendo de prancha, fizera voar a adaga da mão do lutador.

Estácio, ao sair do torneio, correra a casa a tomar suas roupas de gala, para ir-se ao sarau.

Na volta parou como prometera no adro de Santa Luzia, olhando para o mar. Sentiu logo o contato macio de mão que apertava-lhe docemente o braço, e as falas de uma voz maviosa, como o canto do saí.

A dama velada estava em face dele:

— Deus vos recompensará, cavalheiro, a graça de acudir tão pronto ao meu rogo.

— Ordenai, senhora, em que vos possa eu ser agradável.

— Esta que vos fala é uma dama infeliz e ao desamparo dos homens, sem outro apoio mais que Deus. Em sua angústia inspirou-lhe ele que se valesse do vosso braço, e venho em seu nome pedir-vos proteção contra a desventura. Me recusareis?

— Não a pode recusar um cristão ao próximo, nem um cavalheiro às damas.

— Bem me dizia o coração que esperasse tudo de vossa generosidade. Não é porém chegado ainda o momento de recorrer ao vosso esforço; em ele chegando vos mandarei aviso. Até lá permiti que me conserve velada e

desconhecida.
— Não preciso conhecer-vos para servir-vos; basta que me assegureis que vossa causa é boa e justa.
— Eu vo-lo juro!
— Então só careço de conhecer vosso inimigo.
— Heis de conhecê-lo em tempo. Não vos quero deter mais. Sei que vos esperam no sarau.
A voz teve um ligeiro estremecimento.
— É a hora de lá estar, disse Estácio.
— Dai-me vosso braço; deixar-me-eis em caminho.
A dama seguiu com passo demorado ao flanco de Estácio, fazendo-lhe perguntas sobre as justas e o torneio. A pouca distância um vulto aproximou-se deles e com voz lacrimosa solfejou:
— Esmola pelo amor de Deus!...
— Não trago moeda comigo! murmurou a dama.
Estácio tirou da cinta a bolsa esquia, e se não fosse a escuridão, sua companheira veria o rubor que lhe acendeu as faces. Com doce violência, cheia de faceirice, ela arrebatou-lhe a bolsa das mãos, exclamando:
— Quero dar-lhe eu mesma! Depois voltarei o que ficar-vos a dever.
Tirou da bolsa algumas pequenas moedas de prata, resto dos dobrões deixados pela mãe de Estácio, e deu-as à mulher que implorara a caridade e logo sumiu-se. Então os seus dedos nevados, com uma graça irresistível, repuseram a bolsa à cinta do cavalheiro.
— Ora vos deixo, cavalheiro. Ide-vos, aonde já revoam vossos pensamentos.
Desprendeu-se do braço de Estácio e afastou-se, lentamente, como se desejasse ser retida; mas ele ficou olhando-a alguns instantes, e encaminhou-se à casa de Cristóvão que já o esperava.
Juntos se dirigiam a palácio, quando o burburinho dos curiosos, os gritos dos adversários, o fluxo e refluxo da multidão, os atraíram ao lugar do conflito.
O primeiro cuidado dos cavalheiros foi livrar das mãos de Anselmo a rapariga que parecia causa e vítima da briga. Ela tinha desmaiado com o susto que sofrera; apenas livre cobrou os espíritos, e Cristóvão reconheceu, apesar das vestes rotas e ensanguentadas, o rostinho brejeiro e petulante da princesa moura, não alindado como há pouco, senão pálido, amortecido e velado pelos cabelos em desordem.
— Então, formosa princesa, disse o moço sorrindo, não te contentas que senhores e cavalheiros justem por tua beleza, e ainda vens dar torneio na praça pública?
— Por minha mãe vos juro, senhor cavalheiro, que não é culpa minha, replicou a rapariga abaixando as pálpebras rosadas.
— É minha, aposto! acudiu o mancebo gracejando.
— É de quem Deus perdoe o muito mal que me queria fazer, respondeu a princesa. Como saía do torneio, seguiram-me estes dois que aí vedes, e tanto se travaram de razões, que por fim vieram às últimas. E eu inocente que

pague as custas.

— Estás ferida? perguntou Estácio.

— De ferro não, que antes o fora que da fama. Que não dirão de mim?

— Sossega, Joaninha, acudiu Cristóvão, mal não pode vir a quem mal não obrou.

— Sabes o que deves fazer? disse Estácio para a rapariga.

— Agora mo direis, senhor cavalheiro, respondeu ela fazendo uma mesura graciosa.

— Pois que esta noite tens foros de princesa, escolhe destes dois paladinos teus, cujo queres ser a dama dos pensamentos.

— Justo! exclamou Cristóvão. É o meio de terminar a contenda. Qual preferes?

— Nenhum, disse a alfeloeira com desdém.

— Queres mostrar esquivança que não sentes; fala.

— Quem eu escolheria, talvez me não quisesse a mim, ou me não soubesse querer, murmurou Joaninha com uma sombra de melancolia. Mais val que ninguém o saiba.

— E se eu te disser que sei? tornou Cristóvão.

— Voto a Deus que não!

— Não será este mariola que te defendia contra o outro, e agora esquece o sangue que lhe corre das feridas para não tirar os olhos de ti?

— Tiburcino!... exclamou a mulatinha fazendo um muxoxo. Ele sabe que não; tanta vez lho tenho dito, que não há conta já. Se continua a querer-me, mal de si.

— E nem dó tens de o ver naquele estado por tua causa? disse Estácio.

— Oh! que sim! Dó, muito! Como o sangue lhe corre! exclamou Joaninha.

Rasgando uma tira de tafetá de seu manto de princesa já esgarçado, chegou-se para o carniceiro e tratou de estancar-lhe o sangue.

Um estremecimento de prazer abalou o corpo robusto de Tiburcino, quando sentiu o tato das mãos da alfeloeira; a fisionomia que a dor contraíra achatou-se com um riso alvar.

Chegavam então os homens do alcaide. Os respeitáveis quadrilheiros daquela época já cultivavam, como seus dignos sucessores da polícia moderna, o velho axioma do "mais val tarde que nunca". Não vinham a tempo de aplacar o tumulto, mas sempre conseguiram empolgar o mariola, que incorrera na pena da Ordenação.

Anselmo, apenas desarmado pelos dois cavalheiros, fora subjugado por mestre Bartolomeu, apesar das súplicas da mãe, cujas lamúrias e choradeiras eram entremeadas de baldões contra a pobre rapariga, que excitara a ojeriza da tia Eufrásia.

Cristóvão obtivera da autoridade a soltura de Tiburcino, que outra culpa não tinha senão a de querer obstar a violência feita a Joaninha. Os quadrilheiros conduziram unicamente Anselmo, que foi-se, lançando sobre a cena que deixava, um olhar torvo e mau.

Anunciando a música em palácio o começo do sarau, os dois amigos iam partir, quando Estácio percebeu o Doutor Vaz Caminha, a quem não tinha visto, pelo cuidado com que o advogado se ocultava atrás de mestre Bartolomeu.
— Estáveis aqui? perguntou o moço com solicitude e reparando nas vestes amarrotadas do licenciado. Nada vos sucedeu neste tumulto?
— Nada, nada; podeis tranquilizar-vos, filho. Saí quite por um rasgão na capa; mas não é coisa que valha a pena.
— Vinde, deveis estar farto de ver povo e luminárias; vou conduzir-vos a casa, para que não fiqueis sujeito a alguma pior.
— Há tamanha confusão! disse Cristóvão.
— Não vos inquieteis, outra vez vos digo. Ide-vos ao sarau; eu fico por aqui.
— Tanto gostais da festa? admira-me isso!
— *Nihil mirari,* filho, é o preceito do sábio, bem o sabeis.
— Mas não podeis andar só, no meio desta vilanagem, replicara Cristóvão.
— Deixai-me vosso pajem, Estácio; ele me basta.
— Gil! disse Estácio alteando a voz.
Um menino de quatorze anos, vivo e esperto, que acompanhara os cavalheiros e se conservava a alguma distância, chacoteando e rindo com outros da sua idade, aproximou-se.
— Segue o senhor doutor; tu me respondes pelo que lhe acontecer.
— Não tem dúvida, Senhor Estácio! respondeu o pajem com certa galhardia, levando a mão a uma pequena adaga que trazia à cinta, e perfilando o talhe franzino.
Os dois cavalheiros e o doutor sorriram do recacho cavalheiresco de Gil.
— Já vedes que estou em boa guarda; parti-vos tranquilos; não esperdiceis os momentos de prazer, que tão raros vêm e tão cedo vão.
Estácio e seu amigo deixando o licenciado, atravessavam para palácio. Antes de lá chegarem, a mendiga que os vira passar correu a eles:
— Não quereis ouvir a *buena-dicha*, cavalheiros? disse ela com voz submissa e volvendo em torno olhares suspeitosos.
— Se adivinha és, como te inculcas, dize-nos primeiro onde dançarás um dia, na corda ou na fogueira?
— Não quereis então que vos tire a sina?
— Para quê?... retorquiu Ávila. Se boa for, não acreditaremos na sorte; se ruim, melhor é não a saber.
A bruxa enristou-se, chocando com um olhar perverso os dois mancebos que passavam diante dela ricos de mocidade e esperança.
— Pois heis de sabê-la! resmungou ela. Ouvi bem e guardai!
Deu à voz uma entonação sarcástica:
— Sois tão amigos, gentis cavalheiros, tão unidinhos do coração, que ao cabo desejareis trincá-lo um ao outro!...
E soltou uma risada.
Estas palavras e o relincho sardônico que as envolveu, vibraram tristemente

na alma de Cristóvão. Não que fosse supersticioso; porém a amizade que votava a Estácio era sensível e nervosa, como a afeição de uma dama. Voltou-se para a feiticeira.

— Vinde cá, mulher! Tomai...

Apalpou o cinto e sorriu; lembrara-se de aplacar as iras da Sibila das ruas, e conheceu que não tinha moeda.

— Trazes bolsa, Estácio?

— Que significa isto?... exclamara o outro.

O estudante, tirando da cinta a bolsa para dá-la ao amigo, ficou surpreso porque não era a sua, mas outra primorosamente bordada a fio de prata e pérolas. Abrindo-a viu que estava cheia de meias dobras. As mãos lhe queimavam como se brincasse com brasas ardentes; parecia-lhe que os olhos de toda a multidão o perseguiam como o receptador do alheio.

Cristóvão também admirado replicou:

— Estás mais rico do que esperavas?

— Esta bolsa não me pertence!

— E como se acha em teu poder?

— Não sei!...

A bruxa resmungou a rir:

— Fortuna de quem empresta às damas caridosas!...

Estácio lembrou-se de repente da dama velada.

— Ah! agora entendo! Vem, que te contarei...

— Empresta-me primeiro uma moeda para dar a esta pobre. Aí tendes, mulher; rogai pela ventura de uma boa e santa amizade!

— Rogarei, bom cavalheiro!

E sumiu-se.

Ouvindo o nome de Gil, Joaninha que ligava as feridas de Tiburcino, voltou o rosto; seu olhar afetuoso envolveu o menino. Depois, quando os cavalheiros se afastaram, disse-lhe sorrindo:

— Adeus, Gil; não me falas?

— Deus te dê boa-noite, Joaninha; à fé que te não tinha visto.

— Vem cá, onde vais?

— Vou meu caminho, respondeu o menino tomando a direção em que ia o licenciado.

A alfeloeira acabou de curar o magarefe. Este durante todo aquele tempo não proferira uma palavra, tão absorto ficara em devorar com os olhos as formas sedutoras da moça. Estava como embriagado; temia que sua voz quebrasse o encanto, em que o tinha preso o toque suave das mãos mimosas.

— Agora podeis ir-vos a casa repousar. As feridas não vos doerão tanto, disse Joaninha.

— Não são estas as que mais me doem; outra tenho, e bem funda, que sangra como nenhuma.

— Para essa não lhe sei o remédio, replicou a rapariga sorrindo.

— Sabeis-lo; mas não quereis dá-lo!

— Que o quisesse, não podia.
— Basta já de negaças, Joaninha. Tanto há que me trazeis assim neste embeleco! Por São Tibúrcio, meu divino patrono, que se não pondes termo a isto, a coisa acaba mal.
— Escutai cá, Tiburcino. Já vos disse o que podia dizer, não mais. Tenho eu culpa de me quererdes mau grado meu?... Fazei o que vos aprouver; porém mal aconselhado anda quem pensa ganhar a vontade de alguém com tais abafas.
— Não vos enquizileis, por quem sois, Joaninha de minha alma! Ninguém me tira de que sou um néscio e um sandeu! Não sei que faço; mas tende dó de mim; dizei-me ao menos que se me não dais esperança, também a outro...
— Oh! lá isso é demais, sô Tiburcino! Cada um tem seu segredo; nunca perguntei o vosso, deixai o meu em santa paz.
— Por Deus, que atinarei! exclamou o carniceiro batendo com o punho no peito amplo e vigoroso. Então ist'há de virar, ou eu não me chamo mais Tiburcino!
— Que haveis de fazer? perguntou a rapariga medindo-o com os olhos.
— Inda perguntais-lo! É pouco roubar-me tudo? E eu que cruze os braços? E não me desforre?...
— Pois então desforrai-vos em mim; pois lhe quero a ele, sem que ele o saiba; ouvis?
— Calai-vos que me ensandeceis!
— Para que me fazeis falar?
— Se me tendes dito isso há um'hora quand'ele queria levar-vos, aqui ficaríamos os três!
— De quem cuidais? De Anselmo? Como vos enganais.
— É ele mesmo! Outra não me escapará.
— Pois bem, ficai-vos com essa; mas sempre vos digo, que se armardes brigas, não achareis mais cavalheiros que vos livrem da gaiola.
— Ouvide, Joaninha.
— Não quero ouvir nada. Deixai-me sossegada; estou cansada de aturar magarefes!
Tiburcino quis segui-la, mas debalde: a mulatinha tinha-se perdido na turbamulta. Então o tomou tal acesso de raiva e ira contra si mesmo, que aferrando um punhado de cabelos, arrancou-o com desespero.
Estava escrito, que a tia Eufrásia passaria nessa noite por todas as provanças; tendo-se aproximado para ouvir a conversa de Joaninha, que lhe devia dar tema vasto de murmurações, acertou que a mão de Tiburcino, com o movimento brusco que ele fizera, deu tal repelão nas ventas da matrona que a estendeu a fio comprido.
— Aqui d'El-Rei!... Que me matam!
O amante infeliz de Joaninha, preocupado com seu infortúnio, nenhum caso fez do acidente; maldizendo-se do seu caiporismo, foi afogar as mágoas com um trago de vinho de Caparica na bodega do Brás Judengo.

A retirada porém não o salvou da ladainha de epítetos afrontosos, que a adela cantou em todos os tons, e com as várias modulações da voz fanhosa e esganiçada.

— Magarefe dum demo! Cão tinhoso! Coisa ruim! Bargante! Alma danada!... Pragas te consumam, cascarreia de mouro! Judengo! Marrano!... Tu ma pagarás com língua de palmo!

A tia Eufrásia continuaria a glosar este mote pelo resto da noite, se um dos quadrilheiros, que o alcaide deixara entre a multidão para evitar novos distúrbios, não a interrompesse.

— Arre lá também! Cala-te, boca praguenta! Se não queres ir pelo mesmo caminho que Anselmo...

A adela tragou o muito que ainda tinha a vomitar; e tratou de recolher antes que lhe sucedesse mais alguma catástrofe nessa noite, que para outros fora tão cheia de folgares e alegrias, para ela tão farta de amarguras.

Ao tempo que isto tinha lugar, Joaninha perdida entre o povo, corria inquieta e sôfrega de um a outro ponto; desde que deixara Tiburcino parecia procurar entre a multidão uma pessoa; mas todos os seus esforços eram inúteis, e a levavam de decepção em decepção.

A vida dessa rapariga tinha a sua crônica misteriosa.

Ninguém sabia de seus pais; mas quase toda a gente a conhecia por causa de sua profissão de alfeloeira ou mercadora de doces e confeitos, que ela vendia pelas ruas numa cestinha de palha; neste mister ocupava todo o dia, percorrendo de uma extrema à outra a cidade do Salvador; às vezes, quando sentia-se fatigada ou quando o sol estava a pino, sentava-se na portada da Sé ou no cruzeiro do Colégio. Divertia-se então em trançar palha de várias cores, com que tecia lindos cabazes e os mais vistosos abanos que ver-se podiam.

Estes dois ramos de negócio sobravam para sua subsistência. Ninguém a via desalinhada, senão mui composta e bem trajada. A beleza e graça natural davam-lhe o sentimento de faceirice inseparável de toda a mulher, que conhece o poder de seus encantos e deseja ostentá-lo, ainda que por simples e inocente vaidade.

A propósito da alfeloeira, um reparo.

Há pequenas indústrias que por sua natureza são próprias da mulher, e formam a sua especialidade na grande oficina do trabalho social. Exercê-las o homem, a parte robusta e livre, parece além de efeminação, injustiça ao sexo frágil e delicado, cuja atividade não é só restringida pela natureza, mas acanhada pelos usos e costumes.

Sentiram os antigos legisladores a necessidade de garantir a mulher contra a indecorosa concorrência do homem na exploração dessas indústrias, femininas por sua natureza. A ordenação do livro 1.º tít. 101 proibia que houvesse alfeloeiros e obreeiros; porém acrescentava "se algumas mulheres quiserem vender alféloas e obreias, assim nas ruas e praças, como em suas casas, podê-lo-ão fazer sem pena".

Por que não será aproveitada na legislação moderna tão salutar disposição? A liberdade do trabalho tem limites; e nenhum mais justo e sagrado do que a proteção devida pela sociedade às órfãs do século e pupilas da lei. Se a especulação do homem não disputasse à mulher o seu direito ao trabalho, quem sabe quantas misérias não seriam remidas do vício? O pão amassado com o suor é acerbo alguma vez; o pão amassado com lágrimas amarga sempre.

Voltemos a Joaninha.

Corriam sobre seu nascimento dizeres cuja origem aliás ninguém conhecia. Contavam que em certa noite aparecera na rua uma criança envolta nas faixas; ali fora achada por uma parteira já idosa, a comadre Brites, que voltava de assistir certa dama. A boa mulher recolhera a criança e a educara. Diziam mais que na toalha da menina vinha cosida uma carta na qual se pedia à pessoa que a encontrasse, tivesse dela cuidado até a idade de vinte anos, em que seus pais a reconheceriam, recompensando largamente a alma caridosa que a houvesse recolhido. Daqui tiravam mil comentários; e não faltava quem dissesse que este mistério ocultava um alto nascimento.

É a sorte dos enjeitados darem tema às fábulas fantasiadas pela imaginação popular, sempre disposta a acreditar no maravilhoso. O que havia de certo a respeito de Joaninha era ter sido ela criada pela velha parteira a quem pagava a educação que lhe dera com muito amor e o melhor dos ganhos de sua indústria. A princípio a tia Brites ajudara com seu escasso mealheiro o pequeno negócio; mas em pouco a freguesia tornou-se tão numerosa, as alféloas de Joaninha começaram a ser tão cobiçadas pelas bocas mimosas das meninas baianas, os seus abanos tão desejados pelas fidalgas, o seu gentil sorriso tão admirado pelos cavalheiros, que logo colheu os frutos do seu trabalho. À uma confessavam todos que na cidade do Salvador não havia nem mais feliz, nem mais formosa alfeloeira.

O desamparo de sua vida livre, bem como a ausência de família, junto à pobreza e ignorância do estado, fez supor aos rapazes namorados que seria uma conquista fácil; mas Joaninha, que já tinha ganho pela formosura e jovialidade a admiração geral, ganhou com uma virtude austera e uma esquivança constante, a estima e respeito da boa gente. Acabaram por confessar que ela não era só a mais gentil, senão a mais honesta de todas as alfeloeiras dos dois reinos de Portugal e Algarves.

Em verdade, nessa existência vagabunda não havia fato por pequeno que fosse, do qual pudesse nascer a mínima suspeita contra a honestidade de Joaninha; não se sabia, nem sequer desconfiava, de um rapaz ou mesmo senhor a quem ela tivesse dado mostra de bem-querer. Entretanto essa pessoa existia, pois a rapariga o confessara na conversa com Tiburcino; mas o nome estava guardado tão dentro do coração, que nem olhos de rivais, sempre alerta, tinham podido ver na sombra desse mistério. Seria seu amor mal pago? Assim parecia à primeira vista; pois a alma feliz é flor a desabrochar: tem um perfume que recende.

Mas custaria a admitir semelhante conjetura quem vira a expressão travessa e viva de seu olhar, o sorriso malicioso, e a faceirice do gesto galante. Amores tristes e mal afortunados não vivem em crisálida assim dourada e brilhante. Que houvesse completa felicidade, também não era provável. Em certas horas, mais frequentes quando estava só e ninguém a via, a expansão de contentamento desvanecia: anuviava-lhe o rosto sombra fugace de melancolia, recordo ou pressentimento de mágoas.
E porque, em assunto de amores, "essa dor é tão palreira, diz o nosso João de Barros, que logo descobre o que sente o coração", a crença geral decidia-se pela absoluta isenção da feiticeira mulatinha.
Entretanto a alfeloeira continuava a correr em todas as direções sem achar o que procurava. Não se podendo ter já de fatigada, sentara-se na soleira de uma porta; e começou de cantarolar um vilancete, olhando de longe para as janelas iluminadas do palácio.
O que Joaninha cantava a meia voz, era, se a crônica não mente, uma trova de Gil Vicente, em compasso de lundu:
Quem quereis que veja olhinhos,
Que se não perca por eles
Lá por uns jeitinhos lindos
Que vos metem em caminhos;
E não há caminhos neles,
Senão espinhos infindos.

Houve momento em que a alfeloeira suspirou; sentiu cobrir-lhe o coração uma das nuvens de melancolia que às vezes passavam no céu dos seus pensamentos. Breve rarefez-se a névoa, pois ainda no fundo de sua alma ingênua e pura não estancara a fonte das alegrias inefáveis da juventude, que o mundo, vasto areal, a pouco e pouco vai sorvendo, até que a exaure.
Quem a visse então, acompanhando a música do sarau com a voz e as inflexões da cabeça, traçando com a ponta do pé figuras e passos de dança, e dando estalinhos de castanhola nos dedos, não julgara possível esconder aquele sereno júbilo da mocidade um pesar oculto.
Passavam Bartolomeu Pires e Vaz Caminha. O licenciado oferecera ao mestre de capela uma vez de vinho; nessa intenção dirigiram-se à bodega do Brás. Gil, cumprindo à risca a ordem de Estácio, acompanhava o licenciado; caminhava arremedando com a sua figurinha de pajem o andar solene e magistral do ex-arauto.
Mal descobriu o menino que seguia sem vê-la, Joaninha ergueu-se de um salto, e cobriu os olhos do pajem com as palmas das mãos.
Ele não se mostrou surpreso da travessura.
— Cuidas que não te conheço as mãos? Tanta alféloa tenho manjado amassada por elas!...
— Também! Não se doam mais elas das que amassarem para ti! respondeu Joaninha despeitada.

— Por que então? Algum mal te fiz eu!
— Inda agorinha? Quase nem me falaste.
— Não viste o cavalheiro mandar que seguisse o senhor licenciado?... Lá dobram o canto! Vou-me após eles.
— Espera!
— Que me queres?
A alfeloeira hesitou corando.
— O Senhor Estácio está no sarau? perguntou depois de uma pausa.
— Pois que para lá foi; lá deve estar.
— Que lindas que são aquelas danças! disse ela suspirando, com os olhos voltados para o palácio. Não te fazem inveja? Não estimarias também ter a tua dama, Gil?
— Ixe! Eu cá penso nisto! disse o travesso pajem afastando-se.
— Até amanhã!... gritou a alfeloeira.
— Guardas-me alguma coisa?
— Vê-lo-ás.
— Pois sim.
Gil correu a alcançar o licenciado que de fato quebrara a esquina; Joaninha voltando-se deu com Tiburcino.
O magarefe estava sombrio e torvo como uma borrasca prestes a desabar; a testa breve e estreita desaparecia franzindo e caía-lhe sobre os olhos pequenos mas vivos; os beiços grossos, fendia-os uma coisa entre carranca e riso, arreganho de dentes, que gelava a medula dos ossos.
Fitando na moça a vista ameaçadora, arrancou a custo da garganta voz surda e cava, antes rugido de fera:
— Sabe-se já por quem vos morreis de amores!
— Quem? perguntou a alfeloeira pálida e trêmula.
— O Senhor Estácio! disse Tiburcino, como se aquele nome lhe queimasse os beiços.
Joaninha soltou uma gargalhada e desapareceu.

Capítulo XV
Da malga que se bebia na taberna do judengo

O ramo de louro, antes graveto de tão seco e preto que era já, suspenso à porta, indicava a taberna do Brás.
As vendas, que ainda hoje se encontram, viajando-se as províncias do sul, dão boa amostra do que era ela. O principal repartimento consistia numa espécie de varanda em quadra, primitivamente aberta e agora fechada com tabiques. Fazia as vezes de balcão uma janela bastante larga e rasgada na parede do fundo; ali repimpava-se o judengo no seu trono báquico, feito de um tonel, através de uma cortina de botelhas, almotolias e canjirões.
Sobre a tez vetusta e denegrida que geralmente apresentavam todos esses objetos desde o edifício até a frasca, espontava aqui e ali um ou outro ponto

que tinha ar de frescura e novidade. Eram melhorias introduzidas por mestre Brás depois de sua viagem ao reino.

De ordinário só havia na varanda uma grande mesa esquinada, posta no centro e ao comprido; naquela noite porém, como essa não bastasse para a gente da festa, mestre Brás, sempre fértil em recursos, engendrara modos de satisfazer a sua numerosa freguesia. Uma tábua passada da janela a um cavalete, e barris ou quartolas voltados de borco, faziam bom suplemento de mesas, estreitas sim, mas suficientes para o pratel e a malga.

O popular enchia a taberna, e o fluxo e refluxo dos que entravam e saíam agitava a multidão. Um caboclinho de doze anos de idade acudia aos fregueses e ia de um a outro canto, já saltando por cima das mesas com uma agilidade de saltimbanco, já mergulhando como um peixe por entre as gâmbias dos bebedores. Havia na fisionomia desse menino, como em toda a sua compleição, ares de tristeza e abatimento. Na ligeireza de seus movimentos não aparecia a vivacidade alegre própria da infância, mas um certo movimento ríspido e frio como o de um autômato.

Era Martim, o bicho da taberna, e já nosso conhecido.

Mestre Brás, de costume sempre alerta aos menores gestos dos fregueses, estava nessa noite preso de uma preocupação qualquer. Bem profunda e grave devia de ser ela; o giz esquecido na mão inerte já não marcava na folha carunchosa da janela o rol da despesa feita por cada freguês; e coisa ainda mais estupenda, a paga escorregava pelos dedos frouxos, sem o infalível contado e recontado. Se a gente que ali estava a beber e vozear tivesse tempo de reparar nestes sintomas assustadores, acreditara por seguro que o demo dera volta ao miolo do taberneiro.

Afinal, depois de bom esperar, os olhinhos pardos que o judengo tinha pregados na porta, fisgaram-se como dois croques em um sujeito que entrava. O recém-chegado trazia com efeito uma cara de caso. Era homem da plebe, de má catadura e piores obras; parara na penumbra da parte de fora, e apenas viu enfiar-se pelo seu o olhar interrogador e assustado de mestre Brás, levantou a mão direita à altura da face, cerrando-a logo após com o gesto de quem fecha alguma coisa na palma.

O taberneiro pulou no fundo da quartola que lhe servia de tamborete, como se fosse de borracha. Alongou o pescoço por entre os garrafões, e os beiços moveram-se mudamente como soletrando, sem pronunciá-la, uma palavra:

— Filado?...

O sujeito parece que traduziu a palavra pelo simples movimento labial, pois a confirmou com uma flexão de cabeça; e ao mesmo tempo designou com um olhar a Praça do Palácio. Mestre Brás bufou de raiva, armando um murro ao demo; o caboclinho que se achegava na ocasião o recebeu em cheio no estômago e revirou de cambalhota, sem força de soltar um gemido.

— Toma, enguiço de Belzebu, é para o teu tabaco!... Já!... Salta daí! berrou o judengo atirando à criança um pontapé; vai dizer àquele tiro de azêmolas... àquele que ali está restolhando dês trindades, que se ponha ao vento!... Basta de beberrico! A freguesia está farta e refarta de esperar! Deixem a malga aos outros, que também a querem!

— Bem falado, mestre Brás! exclamaram alguns fregueses que estavam de pé.

— É mesmo! acudiram outros. A cada qual sua vez.

Os quatro latagões da camarada, que o taberneiro em sua linguagem pitoresca chamara de tiro de azêmolas, levantaram a orelha; mas ao avesso do que se devera esperar de gente de tal laia, foram de manso desocupando a mesa a que estavam agarrados desde o começo da noite, e esgueirando-se pela porta. No momento em que se aproximaram do balcão, fingindo pagar o escote ao taberneiro, este disse-lhes rápido e em voz quase imperceptível:

— Fila d'Anselmo!... Ide sem detença!

O sujeito do sinal parece que só esperava pela camarada, pois foi-se com ela. Ao sair cochicharam os cinco entre si, e logo separaram-se em direções opostas por entre os grupos de festeiros e populares. Com pouco o murmúrio, que plaina sempre sobre a multidão como o zumbir das colmeias, se fora elevando; vozes soltas soaram mais alto; o popular fervilhou; um primeiro indivíduo correu para a extremidade da rua; depois segundo, logo terceiro; e afinal a turbamulta precipitou-se em cheio.

De envolta com o estrupido dos pés ouvia-se um vozear múltiplo e confuso que parecia dizer:

— Briga na Praça outra vez!...

A onda de povo, que alastrara pelas ruas adjacentes logo depois da briga de Tiburcino com Anselmo, condensando-se agora, de novo refluía compelida pela curiosidade de assistir a outro espetáculo. Quando ela desembocava na praça, ainda se notava um cordão de gente desdobrando-se para o lado oriental, onde se erguia o edifício do Senado da Câmara com a cadeia do conselho. Eram os quadrilheiros que conduziam o Anselmo quase de rastos, e esforçavam havia bom quarto de hora para atravessar o pequeno espaço que medeava entre o lugar da briga e a porta da cadeia. Mas os dignos alguazis da Câmara, além de bisonhos no ofício, tinham de lutar com os repelões do robusto rapaz e com a resistência da turba de curiosos aglomerada na passagem.

Os que formavam a cabeça da serpente popular, e não eram outros senão os cinco homens do Brás, em vez de correr direito ao ajuntamento, resvalaram rente com as casas, de modo a passarem entre a cadeia e os quadrilheiros. A turba coleou e, como eles tinham previsto, veio bater de frente contra o outro grupo, enovelando-se com ele. Houve grande confusão; ouviram-se alguns clamores; e quando a multidão rareou e a ordem se restabeleceu, o Anselmo havia desaparecido.

Mestre Brás ignorava ainda o sucedido, no momento em que o Doutor Vaz Caminha e seu companheiro entravam na taverna; por isso não se há de estranhar que deixasse de festejar, como costumava, a boa-vinda à sua casa de pessoas tão conspícuas. Com efeito o taberneiro cada vez mais preocupado saíra do balcão para vir recostar-se à janela; e aí, todo ouvido e todo olhar para a rua, nem sequer vira entrar o advogado.

Bartolomeu porém, que não desempenhava debalde, e com tanta bizarria, o ofício de mestre de cerimônias, chamou o judengo aos seus deveres de cortesia e hospedagem, do modo o mais expedito. Lobrigando no vão da janela a figura meã do taberneiro que lhe voltava as costas, o cantor estendeu o braço, espalmando a larga manopla sobre a cabeça do mísero, que pensou lhe desabara o teto da casa. Então apertando-lhe o crânio entre o polegar e o índex, e torcendo-o pouco mais ou menos como uma cravelha de rabecão, trouxe-o assim à presença do paciente advogado, que modestamente esperava à porta.

— Não vedes o senhor licenciado que vos faz a honra de entrar em vossa pocilga, mestre cão?

— Deixai! Deixai, amigo Bartolomeu!

— O senhor licenciado!... Mas por Deus que o não tinha visto!... Meu melhor freguês! Bem fizestes de mo advertir, mestre Bartolomeu... Senhor Bartolomeu Pires... Esta minha cabeça... Também é uma algazarra...

Isto dizia o taberneiro desfazendo-se em zumbaias à direita e à esquerda, e encolhendo-se o mais que podia, a ver se fazia-se tão baixo que o não alcançasse segunda vez a formidável manopla do mestre de capela.

— Bom! bom!... Não nos azoineis com o vosso falsete! Segui adiante, e trazei-nos do melhor, que é o senhor licenciado quem bebe, e eu quem paga. Ouvides!

O advogado quis contestar.

— Então, homem! gritou o cantor com a sua mais cheia voz de baixo profundo. Ainda me estais aí feito um estafermo?... Presto!... Em três tempos!

Bartolomeu levantou dois dedos sós para bater o compasso ternário. O Brás eclipsou-se como um relâmpago, e voltou logo com uma candeia na mão direita, pichéis na esquerda e duas botelhas sobraçadas. Abrindo a porta do corredor guiou os dois fregueses a um camarim reservado para as pessoas de condição que não gostassem de se misturar com a gentalha. O taberneiro deitou sobre a mesa as garrafas e os pichéis, feito o que desapareceu pela porta em três profundas reverências.

A espessa crosta de pó e as grossas teias de aranhas de que estavam cobertas as duas garrafas, atestavam sua respeitável idade. Quando mestre Bartolomeu Pires, com a delicadeza e antegosto de exímio bebedor que era, limpava docemente o gargalo para sacar a rolha, o advogado suspirou e esteve algum tempo embevecido a olhar a poeira que se dissipava no ar; alguma porção lhe caiu na manga da garnacha, que o estremeceu com íntimo e recôndito sentimento.

A botelha viera de seu velho Portugal; quem sabia se aquele pó não era ainda da terra natal!

— É do superior! dizia entretanto o mestre de capela dando na língua o estalo clássico. Tão boa tivesse o excomungado do taberneiro a alma, como

tem a adega!
O advogado tomou uma prova no pichel:
— Ótimo! disse ele, e melhor ainda mestre Bartolomeu, porque vem do nosso Minho!
— É verdade, senhor licenciado! Se tornaremos lá ainda?
— A mim espero que praza a Deus deixar que me vá restituir o pó destes ossos à terra de que foram amassados; mas a vós bem difícil me parece que lá torneis já agora.
— Por que então, Senhor Vaz Caminha! Cuidais que me não apertem a mim também as lembranças?...
— Oh! que não!... Alma sã e reta vos sei eu, amigo; e nas almas assim a pátria vive sempre presente, ainda que apartado o corpo. Porém esta também é já pátria vossa, por sê-lo de vossa mulher e filhos. Pensais que sejam laços esses para romperem-se?
— Se todos iremos!...
— Eles... E os parentes e a gente deles, e a terra em que nasceram, também irão convosco?... Levareis uns pedaços do coração, mestre Bartolomeu; outros cá ficarão, como nos ficaram a nós lá dalém mar.
— Mas quando falo de ir, não crede que seja por uma feita, não. É negócio de matar saudade e tornar.
O doutor um instante absorvido em suas recordações, reatou logo a conversa, já menos enternecido.
— E vosso ofício? E vosso estabelecimento da ilha? Haveis de sacrificar a um sentimento outro não menos sagrado? Porque desejais como bom filho rever o nosso Portugal, esquecereis como pai a herança de vossa família?
Mestre Bartolomeu era dono da Ilha da Maré; e Gabriel Soares que o conhecera vinte e dois anos antes, deixou notícia dele e de seu engenho.
— Tendes sobras de razão. Mas supondo que já por esse tempo tenha a gente posto de parte algum cabedal, que direis então?
— Se contais com isso, é outro o caso. Ao que parece as pescarias vos têm ido de feição?
— Assim, assim! Sempre deixam alguns reais!
— E quem dirá, que vivendo nesta terra há cerca de vinte anos, ainda não vi a vossa ilha, mestre Bartolomeu!
— Porque não haveis querido. Tantas vezes pedi já debalde, que afinal desenganei. Ainda por São João, que passou.
— É certo; vezes que não têm conta; bem sabeis porém quanto custa na minha idade estar um dia fora de casa. Demais, nunca fui amigo de andar sobre a água.
— Falta-vos o costume. Se uma vez vos dispusésseis, veríeis que é mais cômodo do que andar na terra firme. E tão perto que é! Da ribeira lá com bom vento não gasto eu tanto como numa caminhada a Vitória.
— E tendes vós embarcações seguras em que a gente se possa fiar?
— Que dúvida! Os meus barcos de pescaria. Ninguém os tem melhores.

— Contudo, se o mar estiver agitado?
— Que tem?
— Não haverá perigo?
— Nenhum, vos afianço eu! Ainda que o tempo seja de borrasca, podeis aí estar tão sossegado como em vossa casa.
— Verdade é, dizia Vaz Caminha, que tenho ouvido andarem batelões muitas léguas pelo mar alto, e mesmo virem a este porto alguns de Pernambuco. Mas não anda aí exageração?
— Pois se estão chegando todos os dias de Porto Seguro e Alagoas! E como são esses? Podres e abertos que é um milagre não irem ao fundo.
— Os vossos são fortes?
— Os meus?... São de tapinhoã; e concerto-os cada ano que Deus dá!
— Visto que me segurais a viagem, quero desobrigar-me para convosco de tão repetidas instâncias, aceitando um dia a vossa hospedagem.
O mestre de capela cheio dos vapores do vinho e do júbilo que acendera a promessa do advogado, desandou na porta que lhe ficava ao alcance do longo braço, uma tremenda palmada, que serviu de acompanhamento ao nome do taberneiro solfejado nas sete notas da clave.
— Mais duas!... gritou o cantor apenas sentiu no corredor os passos do taberneiro.
Brás apareceu instantes depois com duas botelhas, como as primeiras, encanecidas pelo pó. Enchendo os dois pichéis do generoso vinho, mestre Bartolomeu alçou a mão com a solenidade das grandes festas da Sé, e saudou o advogado:
— À satisfação da vossa tão esperada e mais desejada visita, Doutor Vaz Caminha!
— Ao hospedeiro amigo! tornou o bom velhinho com sincera expansão.
— Só peço a Deus que cedo nos mande o dia abençoado! acrescentou Pires deitando sobre a mesa o pichel completamente enxuto.
— Breve será. E mais, dizei: quando pretendeis lá ir?
— Domingo, depois da missa.
— Bem pode ser que me tenhais de companhia. Não é certo ainda... Havemos de concertar até lá.
O advogado, começando a prática sob a impressão do momento, a dirigira com a agudeza dos engenhos superiores ao fim que tinha em mira quando convidara o mestre de capela para, de companhia, esvaziarem uma botelha de vinho. De onde provinha o súbito interesse do doutor pela Ilha da Maré, e pelos batelões e pescarias de Bartolomeu Pires, não sei eu. É de crer que ele tivesse suas razões e das melhores, pois era homem que sabia pesar as coisas; mas tão matreiro, que fora difícil ao mais esperto penetrar-lhe as intenções.
Os velhos amigos continuaram a prática, que se prolongou pela noite adiante. Enquanto eles assim discursavam de vários assuntos, outros incidentes ocorreram na taberna.

Voltando de servir o advogado e o mestre de capela, viu Brás postado na porta o mesmo sujeito que pouco antes lhe trouxera a notícia da prisão de Anselmo; mais longe, na rua, apareciam os vultos dos quatro da camarada, tão bruscamente enxotada da taberna. O judengo, do primeiro lanço d'olhos leu boa nova naquela cara espalmada de riso e satisfação. À interrogação muda da fisionomia do taberneiro respondeu o sujeito olhando para o teto. A casa do judengo tinha uma trapeira, e ele sabia que bons serviços pode prestar essa espécie de porta escusa, aberta sobre os telhados vizinhos. Escapando-se pelo interior, foi abrir a janelinha ao Anselmo, que usurpava essa noite o domínio dos gatos.

— Sempre vos meteis em boas!... disse o taberneiro, a modo de consolação. Até que um dia vos leve o demo à breca.

— Deixai-me cá!... tornou o outro carrancudo. Cada qual tem seu embeleco; e o meu é aquela maldita rapariga!...

— Ah! o caso é esse?... Cuidei mais sério! E perder-se uma noite como esta que veio mesmo ao pintar!... Podia já estar o negócio adiantado...

— Não digo que não; mas ainda se pode remediar.

— Pode, pode, se não houver detença. Aí tendes com que matar a sede e forrar o estômago. Aviai e a caminho! O negro deve estar mais que farto de esperar.

Anselmo estava soturno, lembrando o que lhe acontecera; tinha poucas palavras e nenhuma fome. Virou a malga de vinho, e tomando a um canto o arcabuz de mestre Brás e um punhal, disse:

— Dai aviso aos outros; por mim estou aviado.

— Onde achais que vos esperem?

— No adro de Santa Luzia.

O mariola sumiu-se de novo pela trapeira, e ganhando os telhados até o fim do quarteirão, saltou na rua, escura e deserta nessa passagem; depois dando uma grande volta por detrás da Câmara, foi sair em Santa Luzia.

O judengo desceu à varanda.

Na sua ausência o caboclinho, acudindo afinal aos repetidos sinais que lhe fazia Gil desde a chegada, correu à janela. Ligava essas duas crianças um sentimento, que era gratidão da parte do índio e dó da parte do pajem.

— Que tens tu hoje, Martim, que me torces as ventas quando te chamo? E com que má cara estás! Foi mau-olhado que te deitou a bruxa da velha Eufrásia, aquela arrenegada?...

— Mau-olhado!... mau-olhado!... murmurou o índio. Se o fora!... Bom esmurrar!

— Esmurrou-te?... Ele, o cão do judengo, o focinho de caititu?

— Agora mesmo... Quase me desancou... Tenho todo o corpo moído de pancada... E queres que traga cara de riso, Gil?...

Os meninos ficaram a olhar em silêncio um para o outro. Nisso o taberneiro chegando à porta bispou Martim, e caindo sobre ele como ave de rapina, fisgou-lhe a orelha. Lá foi o pobrezinho de rastros, batendo por bancos e

mesas, até o balcão onde o judengo o arremessou como um fardo.
Gil sacara do punhal; saltou na ombreira da janela para correr sus ao taberneiro; o menino ia cego de ira; ninguém sabe o que seria do Brás, se um dos companheiros do Anselmo que viu o movimento do pajem, não lhe obstasse o intento.
— Que é isso agora?... Franguinho já de esporão!... Salta, pirralho!
O sujeito que proferira estas palavras tentou agarrar o braço de Gil, mas este correu-lhe a punhalada tão rápido que ainda arranhou-lhe a mão apesar da ligeireza com que fugira.
— Encolha a munheca, sô barbaças! disse o petulante menino, engrilando o franzino talhe.
Naturalmente o barbaças ia retorquir-lhe a fineza com alguma punhada ou tapa, quando chamado pelos companheiros reuniu-se a eles e seguiram os cinco rua abaixo. Durante a briga de Gil, o taberneiro havia segredado ao ouvido do espia o que fora combinado com o Anselmo na trapeira. Os cinco da camarada iam pois encontrar-se com o carpinteiro no adro de Santa Luzia.
Depois que partiram, mestre Brás mais sossegado e já prazenteiro, voltou ao estado normal, à sua consciência de taberneiro. Cada grupo de fregueses mereceu um sorriso e uma reverência aferida pela soma provável de escote. O giz começou de trabalhar com a costumada presteza e segurança; e os olhinhos vivos e pequeninos, saltando de mesa em mesa, não viram mais senão as escudelas e pichéis que se esvaziavam, e as bocas que se enchiam. Estava escrito porém que essa noite seria de tributações também para mestre Brás. Outro susto ainda rapou ele, embora passageiro. Foi o caso que mal começou de ser tangido o sino de recolher, assomou na entrada da taberna o negro Lucas. Brás supunha-o àquela hora bem longe daí com o Anselmo e os outros; a inesperada aparição o fez estremecer, pensando que estivesse o caldo entornado. Entretanto o africano, com a calma bruta que lhe era habitual, passeou o olhar pela varanda, e não vendo o que buscava, endireitou para o balcão.
— Que houve? perguntou rápido o taberneiro.
— Nada!
— A que vieste então?
— À festa!... respondeu o negro, cuja face achatou-se com um riso largo.
O judengo teve ímpetos de quebrar uma garrafa na cabeça do negro; mas era homem de suma prudência; reprimiu esse inconsiderado movimento, e consolou-se em coçar a orelha, à maneira de gato; com a diferença de que o gato coça a orelha de satisfeito, mestre Brás coçava de arrenegado. Lucas deu-lhe as costas e foi sentar-se no poial da janela onde chupitou a golo e golo um martelinho de aguardente.
Por esse tempo ressonava de bruços sobre a mesa mestre Bartolomeu Pires, com um ronco de prima de rabecão. Vítimas desse beático sono, jaziam atiradas ao canto as quatro garrafas cujo líquido, com exceção de um pichel

que bebera o advogado, passara todo pela musical laringe do mestre de capela ao seu vasto estômago.

Vaz Caminha, do outro lado da mesa, com o cotovelo fincado na perna e o queixo apoiado no polegar da mão esquerda, resumia mentalmente os acontecimentos daquele dia e as longas e laboriosas meditações que eles haviam sugerido ao seu espírito.

Havia muito já que o sino emudecera, deixando nos ares a longa e triste vibração do bronze, que trespassou como um gemido plangente o festivo burburinho da praça. Lembrando-se do emprazamento que tomara pela manhã e que tivera todo o dia presente à memória, o advogado ergueu-se afinal e seguiu ao longo do corredor. Saído à varanda lobrigou o negro que tinha nele cravado o olhar acerado. Vaz Caminha depois de pagar a escote e encomendar o digno mestre de capela aos cuidados do taberneiro, ganhou a rua. Lucas desaparecera; mas o doutor viu-o a alguns passos de distância, que o esperava para servir-lhe de guia.

Ia tomar naquela direção quando Gil, que os espreitava do vão de uma porta fronteira, saiu-lhe ao encontro. O doutor o havia esquecido; habituado a andar sem acostado ou servo, não sentira a falta do menino, e nem lhe ocorrera durante a noite a ordem que Estácio dera a seu pajem.

O primeiro pensamento do doutor, vendo-o, foi que estava sem cear a hora tão adiantada, e culpou-se a si daquela crueldade.

— Ainda estais aqui, Gil?

— Se foi a ordem do Senhor Estácio!

— Tendes razão, rapaz; cumpristes com o que vos mandaram, não eu com o que devia. Vinde cá, mestre Brás vos dará a ceia; depois ide à casa recolher. Não hei precisão de vós.

— Com perdão de V.M.[cê], senhor licenciado, livre-me Deus de tocar coisa de comer e beber em que este excomungado taberneiro pôs o gadanho. Quanto ele vende é mal agourado, e não me mataria a fome a mim.

— É que a fome não é grande, filho; senão faríeis como os outros. Visto isto, já ceastes?

— Se vos digo que não! Mas não vos dê cuidado, que eu tenho aqui quanto basta para não dormir pagão.

E o menino mostrou uma naca de pão que trazia no bolso, e na qual havia dado uma ou duas dentadas. O licenciado tranquilo por este lado, bem que admirado da sobriedade do menino, que preferia aos guisados e covilhetes de mestre Brás a pada seca e dura, continuou seu caminho. Lucas, seguia adiante guardando a mesma distância.

Dirigiram-se até a extrema sul da cidade, então conhecida por porta de São Bento, em memória das antigas muralhas erguidas por Tomé de Sousa.

Capítulo XVI
Do que são rosas e mais amores

Estácio e Cristóvão deixando a bruxa tinham entrado em palácio.

O sarau começara.

As danças figuradas e graciosas do tempo faziam voltear pelo salão as damas, e também os cavalheiros que tinham tanto garbo em executar um passo airoso de pantomima ou fazer um batão e uma floreta, como no exceder-se pelas armas e feitos guerreiros.

A dança não era então como atualmente desfastio ou pretexto de conversa, mas uma arte que se cultivava com esmero, e dava ao corpo a flexibilidade das formas e o donaire dos gestos e maneiras; qualidades estas indispensáveis em uma época em que o vestuário elegante e garrido obrigava o homem, sob pena de ridículo, a ter a perna bem torneada, o talhe esbelto, e a rasgar uma cortesia exatamente copiada dos mais belos modelos da corte de D. João II.

No momento em que os dois amigos entravam, dançava-se um bailo de machatins.

Essa linda composição coregráfica, inspiração de um artista de talento, cujo nome a história ingrata deixou no silêncio, fora inventada em 1603 na Vila Viçosa por ocasião das grandes festas que se fizeram com o casamento de D. Teodósio II, Duque de Bragança. Apesar de seis anos de existência era ainda nos saraus a novidade ou, como hoje diríamos, a última moda dos casquilhos da Bahia e Pernambuco.

Inesita fazia uma das figuras do bailado, e esquecia- se no abandono d'alma, entregue toda ao inocente prazer.

Quando a flor desfolha vai-se o aroma, vem o fruto. Há na mulher enquanto a maternidade a não santifica, um quer que seja de frívolo e infantil, perfume de puerice, que exala de toda a sua pessoa. Ainda o estame não abriu.

Assim, naquele instante era Inesita uma criança: de moça se tornara menina; brincava entre os braços de seu cavalheiro, como outrora folgara no regaço materno. Nem já lembravam-lhe as justas, os enlevos e sustos que sentira. Seu mundo ali estava no bailo: dançava.

Sua beleza em repouso era para a deslumbrante formosura que lhe dava a agitação e movimento do bailo, como a sombra para a luz: cintilava. Na ondulação das formas, na flexibilidade do talhe e no gesto que desatava em meneios graciosos, havia irradiações esplêndidas.

Estácio aproximou-se, e ela não o viu.

O moço tinha espinhos a pungir-lhe dentro d'alma.

O cavalheiro de Inesita era Fernando de Ataíde. Cada vez que o dançarino, executando a figura do bailo, travava da mão da menina ou enlaçava-lhe a cintura, Estácio sentia dor violenta a morder-lhe o coração.

Junto praticavam alegremente das festas e do bailo vários convidados; mas ele nada ouvia: os ritornelos da música de envolta com o burburinho da sala ressoavam a seu ouvido como golpes de um malho, que lhe trabalhasse no cérebro. De repente o nome de Inesita, proferido perto, foi um raio que atravessou a tormenta.

— Então casa D. Inês de Aguilar? dizia um convidado.

— Com D. Fernando de Ataíde? perguntou outro.

— São novas para mim! acudiu terceiro.

— Como para os mais. Se D. Francisco mal acaba de anunciá-lo ao senhor governador!

Fez-se n'alma de Estácio uma grande treva e maior silêncio. Quanto tempo durou esta noite do espírito, nunca ele o soube; houvera uma solução de continuidade em sua vida: ficou-lhe um vácuo no passado.

Quando voltou a si, estava ao relento, num campo escuro. Quem o trouxera ali? Como viera? Sente-se muitas vezes nas grandes aflições uma necessidade invencível de agitação; o homem parece que forceja por escapar a si mesmo e à dor que o possui; move-se e caminha, vai sem destino, fugindo ao que vê.

Assim chegara o moço àquele sítio.

Viu que tinha nas mãos um objeto; sentiu que esse objeto estava úmido. Era o lenço de Inesita que tinham molhado suas lágrimas. Não se lembrava de haver chorado; nem sabia como a prenda da menina saíra do seio onde a tinha guardada.

— Valia a pena defender contra o ódio de seu irmão esta vida que era dela? murmurava-lhe uma voz dentro d'alma.

Por misteriosa associação de ideias desembainhou a espada: dobrou-a no joelho; a lâmina partiu-se.

Olhou ele um instante os pedaços, como olharia na outra vida, precito já, seu espojo mortal. Rojou-os de si e serenou logo. A dor não se extinguira, não; mas agora a sentia como em distância, longe, bem longe do coração; cercava-o uma névoa espessa; estava em um mundo estranho e novo.

Para este da terra, acabava ele de finar-se. Quebrando a espada, sua defesa, morrera; sepultara-se atirando os pedaços ao chão. Sombra apenas, não já vivente, errava ainda, penando como os duendes dos contos populares.

Após esta, veio outra alucinação. Pareceu-lhe que mão de ferro, gelada e fria, pousava no peito de seu cadáver, e arrancava fora o coração, e fugia pela treva. E ele pôs-se a seguir essa mão, caminhando sem sentir.

Tirou-o desse pesadelo uma voz infantil, que lhe falava. Era a voz de Gil, parado em face dele, com um cavalo à destra.

— O senhor licenciado mandou-me esperar o cavalheiro, pois já não havia precisão de mim. Como estivesse aqui à mão o cavalo fui buscá-lo, e bem fiz, que já é tarde muito! Cuidei que não acabava mais hoje de esperar!...

Estácio não ouvia o pajem. Escutava o rumor das palavras; reconhecera o menino, mas só a pouco e pouco foi voltando à realidade, de que escapara por tantas horas. Volveu o olhar pelo sítio onde se achava; era a calçada do palácio, à qual viera como dela se fora, sem consciência.

Então lembrou-se do que sucedera. Via diante um abismo negro e imenso, no qual ele se afogara e surgira enfim. Na margem de além a sua felicidade perdida; aquém, na outra margem, ele transido e extinto.
Que tempo levara a debater-se no abismo antes de transpô-lo? Quantas horas ou quantos anos aturara essa agonia? Que passara durante no mundo a que pertencera, e na cidade onde habitara?
Fitou Gil; observou a fachada dos edifícios. Procurava ele com este exame ver se o menino tinha envelhecido ou as construções desmoronado em ruína?
— O sarau?... exclamou afinal.
Nesta interrogação havia um poema inteiro, uma elegia. Era a história de seu amor, cujo triste epílogo fora aquele sarau; era o casamento de Inesita aí anunciado; era a ventura de seu rival escarnecendo do infortúnio dele, Estácio; era o passado e o futuro.
— O sarau?... respondeu Gil. Quanto há que de lá partimos! Ainda era em ontem!
— Serão que horas?
— É noite alta. Se os galos já cantaram a primeira vez!...
O moço deu alguns passos maquinalmente; o pajem ouviu-lhe palavras soltas, murmuradas consigo.
— Ao romper d'alva... Lá serei.
Voltou para o menino.
— Viste quando se partiram do sarau os convidados?
— Eu que chegava e eles que começavam de ir-se.
— Reparaste...
Estácio hesitou.
— Dos primeiros, acudiu o pajem disfarçando, foi o fidalgo que fez de juiz, sem ser o desembargador.
— D. Francisco?
— Isso mesmo. Foi-se com a doninha e o outro... o alferes.
— E ninguém mais? perguntou Estácio engolindo as palavras.
— Mais não vi eu, tornou o menino sem titubear.
E acrescentou consigo:
"Deus me perdoe."
— Não ia também D. Fernando de Ataíde?
— Bem pode ser que me escapasse.
— Qual caminho tomaram? Lembras-te? Foram logo direito ao engenho?
— Quer me parecer que não. Vi tomarem para as bandas de Nazaré. Não têm casa aí? Têm-na, que lá vai a Joaninha, a alfeloeira. O Senhor Estácio não sabe? Aquela da briga do Tiburcino?... A Joaninha é uma boa rapariga! Ela conhece esta gente toda: não há casa em que não entre a mulatinha. É um furão!
Já Estácio não o ouvia: revolvia na mente outros pensamentos.
— Gil, nós vamos a Nazaré.

— Vamos, Senhor Estácio.
— Sabes a que vamos?
— É o mesmo. Lá chegaremos com o favor de Deus.
E o pajem, puxando o cavalo, segurou o estribo.
Estácio pousou a mão sobre a sela, mas em vez de montar reclinou sobre o pescoço do animal para falar ao ouvido do menino.
— Tenho um desafio com o alferes, Gil.
— Um desafio?
— Se ele trespassar-me, meterás a mão no peito de meu gibão, aqui, acrescentou o moço tomando a mão do pajem. Não sentes? É um lenço. Há de estar cortado pelo ferro e tinto do meu sangue. Jura que o entregarás... a D. Inês, de minha parte.
— Mas... ia dizendo o pajem.
— Ouve! Dir-lhe-ás somente este recado, guarda-o bem guardado: "Que lhe restituo quanto era dela; o mais tem-no a terra". Juras-me, Gil?
— Mas ele não há de ferir-vos, Senhor Estácio! Por essa fico eu. Quem joga as armas como o cavalheiro, teme-se lá de qualquer alferes? Em já hoje ele não viu a amostra do pano?
— Ninguém sabe o que pode suceder. Jura sempre!
— Pois o quereis, juro por alma de minha santa mãe e por Deus que a tem! Mas são juras em vão; heis de ensinar o alferes para vosso e meu contentamento. Já eu estou saltando!...
— Digo-te eu, Gil, que sua espada me há de transpassar.
— Não repita estas palavras, Senhor Estácio. Dá-me gana de chorar.
— Tens pena de mim, Gil?
— Pena? respondeu o pajem. Também a tenho; porém mais é a raiva só de pensar que vos possam fazer mal!
O moço cingiu a cabeça do menino e a teve algum tempo sobre o coração; depois montou rápido a cavalo; tomou o pajem de garupa, e lançou-se a galope.
Entretanto Gil, impressionado pelo que acabava de comunicar-lhe o cavalheiro, inquieto com a ideia do próximo combate, sentia-se mais tranquilo, lembrando as provas de esforço e valor, que dera o moço estudante, na tarde daquele mesmo dia.
Retratava na memória infantil os feitos recentes do torneio, as brilhaturas de Estácio e sua galhardia no manejo das armas. Insensivelmente o menino procurou no flanco do cavalheiro os punhos da espada leal, sua guarda e defesa: tinha necessidade de acariciá-la. A carícia é uma maneira de sentir das crianças e das mulheres; é também um estilo para a língua que fala o coração.
Afagar os punhos da espada, era para Gil um meio de dizer que punha nela toda a confiança, e um modo de pedir-lhe que transmitisse à sua alma a coragem e a esperança. Valia tanto como beijar a mão do cavalheiro, tocar dos lábios o ferro que essa mão valente enobrecera.

Nos copos da espada havia uma cruz; diante dessa cruz a alma do menino, bafejada pela fé sublime do cristianismo, ajoelhava aos pés do Senhor, e votava sua eterna salvação pela existência do único protetor e amigo que tinha na terra.

O pajem estremeceu encontrando unicamente a bainha da espada, viúva do ferro, que a acompanhava:

— Vossa espada, Senhor Estácio?... balbuciou Gil assustado.

— Perdi-a!... respondeu o moço breve e ríspido.

— E sem ela como há de ser, pois que vos ides a um desafio?

A voz de Estácio era grave proferindo estas palavras:

— Para morrer já não careço dela!

— Então, acudiu o pajem com um soluço, quereis mesmo que ele vos mate!

— Não é ele que me há de matar, Gil. Morto já fui eu, não de ferro; mas de pena, como nunca a sintas!

Nesse momento iam os dois cavalgando perto do lugar, onde o caminho estreito cortava a Rua de Santa Luzia. Viram em distância dois vultos que atravessavam, um após outro, como amo e criado.

Estácio reconheceu no primeiro seu mestre e padrinho, Vaz Caminha; logo parou o cavalo e apeando rijo, voltou para o pajem:

— Guarda-te daí, enquanto torno!

O menino deixou-se ficar esmagando nos olhos as lágrimas que lhe saltavam aos punhos. O cavalheiro apressou a marcha para alcançar o advogado:

— Agora vos recolheis, mestre?

— Agora filho; e vós, que vos traz a horas mortas por estes sítios? Fazia-vos no sarau.

— No sarau?... Má hora, má e aziaga, mestre, em que a ele fui!

Estácio apertando a mão do velho, vergara a cabeça abatida pela dor; as palavras que proferira vieram travando a fel; afogaram-se em lágrimas.

O licenciado esteve a observá-lo bastante tempo; depois, erguendo-lhe a fronte com ternura, impondo a mão sobre o coração opresso do moço, murmurou-lhe ao ouvido:

— Cedo fostes homem, filho, para sofrer. Amores são rosas de todo o ano; breves folhas, muitos espinhos. Pior é regá-las de lágrimas que mais nunca secarão.

— Secarão, secarão, mestre! Bem secas já estão nesta alma, onde nem goivos quero eu que vinguem já!

O estudante tornou mais calmo:

— Abraçai-me, mestre! É tarde; careceis de recolher-vos.

— Até amanhã. Ireis ter comigo logo cedo?... É preciso para o muito que tenho de comunicar-vos.

Vaz Caminha abraçou o afilhado; este estreitou-o nos braços com visível emoção.

— Ides de ânimo mais sereno? perguntou o velho com terna solicitude.

— Para onde vou, mestre, respondeu o moço docemente, a serenidade me

espera.
O advogado seguiu seu caminho para a casa da dama desconhecida. O outro vulto que o acompanhava era o negro Lucas.
Se Vaz Caminha não viesse tão preocupado dos sucessos dessa noite e de coisas futuras relativas ao próprio Estácio, não deixaria por certo de notar que a torva serenidade do moço, ao despedir-se, ocultava como a onda do rio, uma profundeza sinistra.
Reunindo-se ao pajem, Estácio antes de montar disse para o menino:
— Gil, junto do lenço encontrarás também um papel. Este, hás de levá-lo ao doutor com estas palavras minhas: "que lembre-se de meu pai e de ti".
O cavalo, arrancando a galope, desapareceu nas trevas.

Capítulo XVII
Que fazia Elvira enquanto Inesita bailava os machatins

Cristóvão apenas quis mostrar-se no sarau, para que sua ausência não desse motivo a reparo: logo se retirou.
Embuçado no manto ganhou a Rua de Santa Luzia, estugando o passo do cavalo, como quem tinha pressa de chegar.
Essa parte da cidade, embora fossem oito horas apenas, estava completamente escura e deserta; não se via porta aberta, nem janela alumiada. Toda a população tinha-se aglomerado na Praça do Governador e Rua do Colégio, onde gozava dos prazeres e folias da noite, até que fosse tangido o sino de recolher.
O moço não deu atenção a esta circunstância, como quem tinha outros pensamentos que o ocupavam todo; continuou seu caminho; nem a escuridão da noite o fazia hesitar; adiante quebrou numa esquina, passou junto da Igreja de Nossa Senhora da Ajuda, e atravessando uma pequena ribeira, tomou a rua que seguia aclive.
Ao longe o Mosteiro de São Bento estampava no céu de azul-ferrete a larga claustra e os vastos dormitórios; à direita corriam as cercas das roças plantadas de mangueiras, coqueiros e outro arvoredo frutífero.
Estava tudo em sossego; apenas se ouvia o ramalhar da aragem nas folhas e o borbulhar da ribeira fugindo pela charneca; de quando em quando uns longes rumores da festa passavam como rajadas e entravam no silêncio do ermo.
Cristóvão parou à beira de um fundo e largo valado, cheio pela recente enxurrada; resfolgando da batida em que viera, enfiou os olhos pela ramagem.
Havia defronte uma cancela; e mais longe erguia-se a casa, destacando confusamente na sombra do arvoredo. Alva cinta de luz coava entre os bambolins de uma janela e resvalava trêmula pela folhagem, que agitava a viração da noite. O resto da habitação envolto nas trevas repousava da lida diurna.

Uma prancha, que servia de ponte sobre o valo, fora retirada da parte de dentro; de modo que a entrada do terreiro da casa tornava-se difícil e perigosa.
O cavalheiro volveu em torno olhar rápido e escrutador para certificar-se de que ninguém ali se achava oculto pelas árvores que pudesse espreitá-lo; feito o que apeou-se, ajustou as armas ao corpo, atirou a capa sobre o ombro esquerdo, e procurando um lugar favorável ao seu intento, conseguiu transpor o valo, graças a alguns ramos inclinados que lhe serviram de apoio.
Meteu-se então por entre as árvores, onde a ramagem era mais basta, evitando que os raios da luz que filtravam da janela caíssem-lhe sobre.
Tanta precaução indicava grande receio de ser descoberto; de feito, às vezes o moço parava irresoluto se devia prosseguir no seu primeiro intento, ou retroceder enquanto era tempo; mas depois de curta hesitação, sondando de novo as trevas e certo de que tudo estava tranquilo e sossegado, cobrava afoiteza e ia por diante.
Cristóvão era um destemido cavalheiro, valente como as armas, bravo como os filhos da raça ibérica, em cujas veias girava ainda a pura mescla do sangue godo e árabe; não fora pois o receio de um perigo, por maior que se lhe afigurasse, motivo para influir no seu ânimo tal indecisão.
Era sim receio de escândalo.
Seu amor e caráter ousado o tinham lançado naquela aventura noturna; durante a festa a ausência de Elvira o contristara a tal ponto, que decidira ver a moça naquela mesma noite, para oferecer-lhe com a sua alma e vida as joias que tinham premiado sua destreza e galhardia.
Sem refletir na possibilidade de realizar esse propósito, saíra do sarau, e achava-se em face da janela de Elvira; mas aí foi que a razão lhe começou de apresentar à mente quanto havia de extravagante e desusado no passo que pretendia dar sem consentimento da moça, nem certeza de que ela levasse em bem semelhante temeridade.
Estando assim com o espírito tomado por mil pensamentos contrários, e com os olhos na janela, a luz vacilou; uma sombra ligeira debuxou-se docemente na atmosfera esclarecida, esfumando os contornos suaves e puros de um busto encantador.
Cristóvão estremeceu; porém já de prazer, não de susto.
Deu por bem paga a imprudência, pois ao menos gozava a ventura de ver a imagem da imagem que trazia n'alma. Para ele a sombra vivia e animava-se; houve momento em que lhe pareceu que ela o olhava e sorria; até chegou a acreditar, com a superstição natural do coração amante, que à força de contemplá-la, talvez Elvira recebesse a refração dos raios de tão ardente afeto.
Mas o coração é insaciável; o que a princípio lhe basta para a completa felicidade, logo serve apenas de aguçar o desejo. Sucedeu assim com o moço; a sombra de sua amante em vez de lhe dar prazer, já o torturava com a ideia de não vê-la, a ela própria, estando tão perto, que podia ouvir-lhe a voz terna

e amorosa.
Mas essa voz emudeceu em seus lábios trêmulos; pois o esmorecia a só lembrança de ofender a moça e perturbá-la em seu casto repouso. Tanto bastava para quedá-lo mudo e estático em frente do balcão da janela, elevado do chão na altura de uma lança.
Se ao menos pudesse devassar com a vista o interior!...
O aposento esclarecido formava uma pequena recâmera forrada com rás simples e ornada no gosto o mais apurado da época. A um lado estava o leito de madeira embutida com relevos de metal; em volta esfraldavam-se as cortinas de seda azul suspensas do esparavel dourado; aos pés um tapete da Índia; junto da cabeceira, contra a parede, o escabelo, traste característico dos tempos de fé sã e robusta.
Do lado oposto, no estrado baixo que então fazia as vezes dos sofás e conversadeiras de moderna invenção, estava Elvira sentada; tinha o corpo escaído em frouxa atitude, os braços distendidos, as mãos cruzadas sobre os joelhos, a cabeça reclinada um tanto, os olhos fitos no relógio d'água colocado em cima do trumó, sobre o qual ardia uma vela de cera, eschamejando-se na face lisa e polida do espelho.
Os cabelos desatados pelas espáduas nuas ensombravam o perfil, amortecendo-lhe a cor; mas deixavam imergidas na claridade as evolutas suaves do colo soberbo, e dos seios que moldava o linho transparente. Traçando a curva graciosa de uma perna admirável, a roupa roçagante de fina beatilha frangia na orla, por onde escapava o pezinho nu, aninhado em um pantufo de veludo roxo.
Doce enlevo, ideal sublime de suave melancolia ou de vago cismar, quando a alma engolfada no silêncio e na soidão, partida entre as recordações que voltam e as esperanças que fogem, dói-se com a ausência do bem que fruiu, e enleva-se revivendo no gozo passado! Voluptuosidade inexprimível de mágoas doces e agros prazeres para o coração que sofre com o isolamento e praz-se nele! Hino sublime que o lábio português canta em uma só palavra — saudade!
Corriam os minutos; e ela não mudava de posição.
Os raios de luz brincavam com as gotas do róseo licor que estilavam a uma e uma do globo superior da ampulheta; a claridade decompondo-se nos rubis líquidos, formava um prisma brilhante em cujas irradiações se estereotipava a miríade de pensamentos que esvoaçavam na mente de Elvira. Cada gota era um instante que fugia, e com ele um feixe de esperanças.
Em que podia ela pensar a não ser nas festas a que não assistira, e em Cristóvão por quem mais sentia, que por ela, a privação daquele prazer? Toda a tarde estivera triste e aborrida; chorava pensando que o lindo cavalheiro que a estremecia, pudesse no meio dos folgares ter um pensamento, um olhar, uma lembrança que não fosse dela. Cada vez que as aclamações entusiastas do povo, saudando o vencedor, mandavam-lhe um eco dos alegres arruídos, afogava-se-lhe o coração em lágrimas, que a seu

pesar vinham rorejar as faces.
Mas um olhar severo de sua mãe recalcava-lhe a dor no fundo d'alma, até que depois da prece da noite, recolhendo à sua alcova, pôde desabafar a mágoa comprimida; ou antes pôde entregar-se livremente a novos pesares que lhe assaltaram o espírito. A princípio esteve numa impaciência mortal; volvia de um para outro lado, chegava à janela sôfrega e inquieta, inclinava o ouvido, e reprimia as palpitações do coração; por fim, como isto em vez de acalmá-la, a exasperava ainda mais, sentara-se no estrado e contava com ansiedade os minutos da hora que faltava para acabar o seu suplício.
A última gota vazou da ampulheta; Elvira ergueu-se de salto e correu à janela.
No horizonte, entre a escuridão profunda que plainava sobre a cidade, brilhava um frouxo clarão que ia a pouco e pouco desmaiando; sinal de que as luminárias começavam a extinguir-se. Não se ouvia mais o barbarizo que exala das grandes massas da plebe. O primeiro dobre do toque de recolher acabava de soar.
A festa popular estava terminada; mas uma branda lufada de vento trouxe uns alegres tangeres de música, como para dizer a Elvira que o sarau ainda durava e com ele seu tormento e aflição.
A pobre donzela suspirou.
— Nem mais se lembra de mim! balbuciou com a voz repassada de lágrimas.
De repente a moça, que se recostara ao balcão estremeceu.
Julgou ouvir a brisa murmurar seu nome; o primeiro movimento, depois do susto, foi recolher-se e fechar a janela; mas uma atração invencível a fez voltar; ainda trêmula e fria, teve coragem de se debruçar ao balcão para ver entre as árvores.
Quando já mais animosa inclinava a crer que tudo fora uma ilusão dos sentidos e um receio infundado, os olhos caíram sobre um vulto, que saindo dentre as sombras, foi súbito ferido pela luz da vela.
Ela quis sufocar, mas tarde, o grito de júbilo e surpresa que lhe escapou dos lábios; porque tinha reconhecido Cristóvão.
O moço adiantou-se, murmurando o doce nome de Elvira; mas ela em quem o receio tinha vindo de pronto perturbar a alegria inefável da presença do cavalheiro, suplicou-lhe com o gesto que se calasse, e foi ao corredor que passava pelo fundo da câmera, para assegurar-se de que ninguém velava na casa. Mais sossegada com a tranquilidade que reinava no interior, fechou devagarinho a porta, e voltou-se no momento em que já Cristóvão saltava pelo balcão da janela.
A moça recuou cruzando os braços sobre o seio, com sublime gesto de pudor.
— Oh! não! disse ela suplicante.
Cristóvão arrependeu-se do que tinha feito.
— Perdoai-me, Elvira! respondeu ele com respeito. O muito que vos amo fez-me esquecer o muito que vos devo. Com a mente de falar-vos, e dizer-vos

quanto sofri pela vossa ausência, não me lembrei que este asilo me era vedado; mas crede-me, que não entraria em templo, com recato maior do que entrei aqui.

A moça, presa dos lábios de seu amante, comovida de tanto amar, mal sabia o que fizesse; já não era o receio que a retinha, sim o pejo.

— Bem penso, continuou o moço, que errei; sede porém benigna para esse erro de que só fostes a causa. Trouxe o que por vós e para vós ganhei; e vou-me por onde vim, para que não vos deixe maior aflição da que levo em deixar-vos.

Dizendo isto, o moço deitou sobre o toucador uma bolsa que tirou do peito do gibão, e na qual brilhavam entre as malhas de seda as joias que tivera em preço dos jogos; após fitando um longo e ardente olhar na sua amada, foi para sair.

Elvira não se conteve mais; lançou pelo colo uma manta de seda e correu à janela, ao tempo em que o moço ia saltar o balcão.

— Não ides magoado comigo, não? disse ela pousando-lhe as mãos sobre os ombros e sorrindo.

— Bem sabeis que não, Elvira minha, alma de minha alma! exclamou o cavalheiro ajoelhando a seus pés e beijando-lhe a fímbria do vestido.

— Pois então antes de partir contai-me como vos foram as festas sem mim; e se vos deslembrastes de quem não passou um instante, que não estivesse convosco em pensamento.

Cristóvão apontou para a tarja do escudo que trazia bordada no peito do saio:

— Perguntai-o à minha estrela que nunca me desacompanhou ou a estas joias que o são menos do que sois de minha vida. Elas ficam; e eu me parto.

— Não; que me haveis de dizer como as ganhastes; pague-me esse prazer tão grandes penas quais passei.

— Ah? e não me contareis que penas foram essas?

— Quando souber tudo que fizestes. Vinde; mas falai baixinho que não vos ouça minha mãe.

Elvira fez Cristóvão sentar-se no estrado, e escutando, se tudo estava em silêncio, foi sentar-se junto dele.

— Oh! que lindas galanterias! exclamou ela soltando no regaço as joias da bolsa. Que tão cobiçadas não haviam de ser pelas damas que lá estavam!... Mas quisestes guardá-las para quem menos as merecia!

— Para quem elas menos merecem, senhora minha.

— Mas falai; que não me posso já com o desejo de saber quanto fizestes!

— Não quereis que cerre aquela janela? Podem ver a luz a estas horas mortas, disse o moço erguendo-se.

Elvira corou.

Lembrou-se que estava só com seu amante, à noite calada, e na sua câmera de donzela recatada; pareceu-lhe que fechando a janela, o isolamento ainda se tornava maior; porém sua alma era tão cândida e o amor de Cristóvão tão

respeitoso, que se acusou a si mesma daquele seu receio.
— Cerrai! tornou com um sorriso encantador. Não ficamos sós.
— Quem mais está aqui? perguntou Cristóvão admirado.
— Deus! disse ela apontando para o crucifixo que pendia da parede.
— Deus, vossa virtude e minha honra, Elvira! replicou o moço em tom solene, e estendendo a mão, como se fizera um juramento.
A janela cerrou-se ocultando a luz que derramava sobre a folhagem das árvores.
A fachada do edifício ficou em completa escuridão; porém minutos não eram passados que uma luz interior bruxuleou; aparecendo e desaparecendo, percorreu quase toda a casa até parar em uma sala que deitava para o nascente.
Algum tempo depois ouviu-se o ranger de uma porta baixa que abriam; um vulto embuçado apareceu no terreiro, e avançou a passo e passo como quem procurava alguma coisa.
A última badalada do sino de recolher ressoava ainda pelo espaço.

Capítulo XVIII
Em que os argueiros parecem cavaleiros

Já tinham rezado completas no Colégio dos Jesuítas.
Os frades se retiraram aos seus cubículos; os vastos salões ficaram completamente desertos e às escuras; reinava em toda a casa profundo silêncio.
Os rumores da festa que ainda enchiam a cidade batiam contra os altos muros externos do claustro; mas nenhum eco do mundo penetrava já no templo do Senhor.
Decorreu uma boa meia-hora.
Cinco vultos negros, esgueirando-se pelo comprido corredor que separava os vastos dormitórios, entraram a um e um na sala da biblioteca, e depois de trocarem mesmo no escuro um toque simbólico, agruparam-se defronte da pesada porta de vinhático que dava entrada para o cartório. Era este o lugar reservado onde se guardavam os papéis de importância, a escrituração mercantil e o cofre da comunidade, cujos rendimentos cresciam anualmente, aumentados pelas doações régias e deixas particulares.
Os religiosos que esperavam à porta do cartório eram o P. Nunes, reitor; o P. Inácio do Louriçal, que vimos conversar à janela do convento, enquanto duraram as festas, com o jesuíta chegado naquela manhã; o P. Luís Figueira, autor da gramática da língua tupi, o qual em 1607 tinha escapado ao martírio entre os selvagens da Serra da Ibiapaba, na Capitania do Ceará; o P. Domingos Rodrigues, ardente missionário, que havia seis anos reduzira os ferozes Aimorés da capitania e o P. Manuel Soares, cronista e autor de importantes manuscritos, que infelizmente não chegaram aos pósteros para bem de sua fama.

Havia alguns instantes que os jesuítas esperavam sem trocar uma palavra, quando ouviu-se o roçar de sandálias, e ao frouxo clarão de uma lanterna surda apareceu o provincial Fernão Cardim acompanhado pelo P. Gusmão de Molina.

Os jesuítas não se admiraram de ver entre eles o novo irmão que sabiam ser professo; mas conhecendo a política da ordem, pressentiram que sua vinda ocultava algum negócio grave; o provincial, tirando a chave que trazia à cinta, abriu a porta, que fechou interiormente, enquanto um dos outros irmãos acendia a grande alâmpada de prata suspensa ao teto do aposento.

Figure-se um gabinete pouco espaçoso, entre quatro paredes guarnecidas por largos armários que subiam até a abóbada, alcatifado de alto a baixo com uma fazenda espessa que forrava também o soalho, tendo uma só porta, e fronteira a esta uma janela revestida de gradil de ferro; e se fará ideia exata desse aposento, no qual o som da voz ou dos passos por mais forte que fosse morria abafado e não transpirava.

Na larga banca de jacarandá de forma oval via-se o tinteiro, a poeira e a campainha, tudo de prata de lei e de proporções desmesuradas. À cabeceira, que ficava do lado da janela, estava a seda ou cadeira presidencial que ocupava de ordinário o superior da comunidade, quando não se achava presente o provincial; aos lados haviam assentos rasos destinados aos simples conselheiros.

Era nesse lugar que os principais da Companhia de Jesus, incumbidos do governo da Província do Brasil, faziam as suas conferências secretas, nas quais só eram admitidos os irmãos do quarto voto, geralmente chamados os professos; únicos de toda a numerosa associação, que tinham conhecimento das altas questões políticas que interessavam a Ordem.

Os outros membros, coadjutores, estudantes e noviços, condenados pelo instituto do fundador à oboedientia coeca, nem sequer penetravam naquele santuário, onde muitas vezes decidiam da sua sorte; máquinas animadas, autômatos vivos, moviam-se conforme a impulsão que lhes dava a inteligência superior que os dominava: Perinde ac cadaver.

Quando a mesa achou-se ocupada pelos jesuítas, o provincial voltou-se para o novo irmão:

— O capítulo está reunido: V. Paternidade pode falar.

Por toda resposta o P. Molina inclinou-se e apresentando a Fernão Cardim um pergaminho dobrado, que tirou da manga, disse-lhe com a habitual humildade:

— Faça a mercê de ler, padre provincial.

O superior ergueu-se com uma ligeira comoção, que logo dominou; beijou a mutra, e fez a leitura, que foi ouvida em respeitoso silêncio pelos jesuítas.

Era um breve do Geral assim concebido:

AD MAJOREM DEI GLORIAM

Nós, Cláudio Aquaviva, pela autoridade da Santa Sé Apostólica e voto da Congregação, Superior Geral da Companhia de Jesus, nomeamos o Reverendo P. Gusmão de Molina Visitador e Assistente na Província do Brasil, e mandamos a todos os nossos irmãos, assim religiosos como seculares, por tal o reconheçam e lhe prestem obediência plena.

Em nome do Padre, do Filho, e do Espírito Santo, amém.

Dado em Roma na Casa da Companhia, aos 5 de agosto de 1608.

Cláudio Aquaviva

Ao lado esquerdo do pergaminho via-se o selo chão em lacre preto com a mutra do anel que usava o Geral; logo abaixo a nota do registro feito na secretaria da Ordem.

Quando o provincial, terminada a leitura, pronunciou pela segunda vez o nome do homem que a mil léguas de distância fazia estremecer todos esses velhos encanecidos e provados nas vicissitudes da vida, os olhares dos jesuítas cruzando-se caíram sobre o rosto do P. Gusmão de Molina, como para lhe arrancarem da fisionomia o motivo da nomeação secreta e do poder imenso de que se achava revestido.

O assistente ou visitador era um dos mais altos cargos da Companhia; só tinha superior em hierarquia o Geral, de quem era delegado e representante. Dentro da nação ou da província a que era enviado, governava como soberano até o momento em que o poder supremo, que o tinha elevado, o quebrasse de repente como um torrão de argila.

Depois do P. Inácio de Azevedo, morto em 1569 às mãos dos corsários huguenotes, que capturaram a frota, em que vinha ele com sessenta religiosos e o Governador D. Luís de Vasconcelos, nomeado para suceder a Mem de Sá, nenhum outro assistente fora mandado ao Brasil. Quarenta anos durante o Geral deixara a direção dessa província entregue ao prelado ordinário.

Era natural pois que os padres ficassem surpresos; essa nomeação secreta, que não lhes fora comunicada, nem de Portugal, nem da Espanha, indicava um acontecimento de grande alcance, ou uma reforma no governo da província; qualquer desses dois pontos interessava altamente os professos da Bahia, para que eles se apressassem em conhecer as intenções com que vinha o P. Molina.

Mas a fisionomia deste não respondeu aos olhares interrogadores.

Calmo e frio, o assistente acompanhara a leitura do breve; seu rosto não tinha expressão, ou se a tinha, era indefinível; não se podia distinguir, que sentimento dominava naquele semblante imóbil, se a indiferença e a bonomia, ou a severidade gélida e impassível. Os olhos em vez de projetar os raios visuais, pareciam voltá-los interiormente, deixando a pupila baça e

pasma como um vidro a que o vapor houvesse empanado o cristal.
Sem dar mostras de aperceber-se da investigação profunda que as vistas perscrutadoras dos jesuítas faziam sobre sua fisionomia, o P. Molina dirigiu-se ao provincial, que partilhava a desconfiança geral e conservava ainda nas mãos o pergaminho que acabara de ler.
— Queira V. Paternidade passar aos nossos irmãos.
Fernão Cardim entregou o breve ao reitor, o qual o deu ao P. Inácio; assim passou de mão em mão até o último. Este, depois de examinar minuciosamente a letra e o selo, como tinham feito os outros, apresentou-o ao assistente, que o recusou com um gesto.
— Julgam que esteja conforme? perguntou ele.
Os seis jesuítas inclinaram-se em sinal de assentimento.
— Registem-no então.
O P. Molina esperou que o reitor copiasse no livro próprio a carta de sua nomeação, terminado o que, dobrou-a de novo e guardou no peito da roupeta; arrastando a cadeira de espaldar colocada à cabeceira da mesa, sentou-se acenando aos outros que o imitassem.
Um instante volveu o olhar pasmo e sem brilho pelos seis frades recolhidos na aparência, mas interiormente suspensos de seus lábios e ansiosos pela palavra que devia esclarecer o enigma; por fim apoiou os braços à borda da mesa, e deixou cair as frases a uma e uma como se as tivera composto e decorado com antecedência.
— Não preciso dizer-vos eu, pois o adivinhais, que me trouxe ao Brasil missão importante. Trata-se de objeto que interessa mais que muito à Companhia. Sabeis que El-Rei de França permitiu tacitamente há cinco anos que de novo entrássemos em seus estados; tal concessão foi-nos de grande valia, porém muito nos resta ainda por alcançar. Enquanto o Edito de Nantes não for revogado, seremos tolerados, mas não admitidos; a Companhia não poderá criar naquele país uma influência bem sólida. Quanto é isso necessário, bem o conheceis: mas por que meio o obteremos?...
O jesuíta parou deixando a pergunta suspensa; e como não tivesse resposta continuou:
— Um meio há, e pronto, e infalível. O dinheiro, que tudo vence, fará em uma hora maior conversão, do que têm feito tantos anos de apostolado. As guerras atrasaram as finanças da França e o protestantismo de El-Rei Henrique IV não será tão intolerante, que repila algum forte subsídio, unicamente porque lhe é oferecido por mão católica. A Companhia precisa pois de soma avultada, que não lhe pode ser fornecida senão pelas nossas províncias de Ásia e América. Eis a que mandou-me a vontade soberana a quem devemos obediência: espero me ajudareis com o vosso avisado parecer.
Concluindo sua exposição oratória, o P. Molina bem percebeu que nenhum dos seus ouvintes tinha acreditado uma palavra só do que ele acabava de dizer.

Com efeito os padres, sabidos e ousados na arte da dissimulação em que primavam os jesuítas, conhecedores de todas as sutilezas e disfarces que tinham costume empregar nas altas negociações, compreenderam que o P. Molina havia realizado o preceito dos mestres da Ordem, os quais ensinavam que — "a palavra era o melhor meio de ocultar o pensamento".

Essa fábula do Edito de Nantes, quando por muitos outros motivos não parecesse inverossímil aos membros do capítulo, tinha contra si uma razão de grande peso; era que, se fosse verdadeira, o assistente não a confiaria tão facilmente e sem necessidade a homens cuja discrição não conhecia, e que podiam contrariá-lo nesse plano de exaurir o tesouro da província em benefício de Roma e dos estrangeiros.

Todos eles ficaram portanto firmemente convencidos que o P. Molina tinha preparado aquela história para iludir a sua curiosidade, com o fim de poder depois livremente tratar do verdadeiro objeto da missão e obter deles os esclarecimentos e informações de que necessitava. Mas escarneceram interiormente daquele ardil tão comum e vulgar, que depunha contra a perspicácia do assistente; e redobraram de atenção para apanhar no meio da discussão a menor palavra, o mais simples gesto que denunciasse o segredo.

Ao P. Gusmão, porém, não escapara a suspeita dos seis conselheiros.

— Que pensa a respeito o P. Provincial? Será possível obtermos alguma parte da soma precisa?

— A falar verdade, devo confessar a V. Reverência que não julgo a coisa fácil. A terra é rica, porém os haveres vão-se mais em luxo e prazeres da carne, do que em esmolas e deixas pias. Quanto aos bens da Companhia, são poucos por ora, e seu rendimento apenas arrecadado é logo remetido a Portugal. Contudo não esmoreço; e como é em serviço da religião, dela tiraremos forças para levar a cabo tamanha empresa.

— E o P. Reitor, que aviso nos dá? perguntou o assistente, mostrando-se contrariado.

— Meu voto é de bem pouca monta; mas ajudando Deus, creio que poderei auxiliar V. Paternidade no cumprimento de sua tarefa.

— Vejamos o como.

— Vive nesta cidade uma dama espanhola ainda moça, a quem parece que um grande infortúnio desgostou do mundo.

— Diz que parece, P. Reitor? perguntou o assistente com um sorriso inexprimível.

— V. Reverência admira-se?... Também eu; porém por maiores esforços que tenha feito, ainda não consegui dela ouvi-la de confissão. Deve de ser um caso grave para que resista a todas as admoestações, e mesmo ao terror da condenação eterna!

— E em que nos pode servir essa mulher?

— É possuidora de imensa riqueza, que de seu pai herdou, e não está longe de, mesmo em vida, fazer doação dela à Companhia.

— Bem, veremos a sua penitente, padre reitor. Em quanto lhe avalia os

teres?
— Ela própria não lhes sabe o valor. Deixou-os seu pai num cofre enterrado em certo lugar; a filha com o seu desapego às coisas mundanas nem sequer teve ainda a curiosidade de o ver.
— Pensa então que esse tesouro esteja no mesmo lugar? disse o P. Molina com seu fino sorriso.
— Não há razão para que duvide: ninguém mais afora ela sabe do segredo.
— Quem enterrou o ouro?
— O pai só e durante a noite, pouco tempo antes de finar-se.
— E essa dama chama-se?
— Tem nome pouco vulgar, que me parece suposto. Chama-se D. Marina de Peña.
Uma plica imperceptível traçou rapidamente a vasta fronte do assistente; mas desfez-se logo, e fora impossível distingui-la da sombra tênue e móbil que projetavam em seu rosto os trêmulos clarões da alâmpada, coando entre os cabelos revoltos.
— Ainda assim, não lhe tenho o segredo por muito seguro. Devem de haver serviçais na casa.
— Há uma aia que tomou logo que chegou da Espanha, e mais um escravo. Esses, se alguma coisa soubessem, já se teriam aproveitado, e não ficariam decerto ao seu serviço.
— Contudo! O ouro é como a luz de que tem a cor e o brilho; ainda no seio da terra surde.
— O que for se há de conhecer, disse o reitor um tanto despeitado.
— Certo! Nestes casos as suposições nada valem. Trabalhemos na esperança do sucesso; e a seu tempo a verdade aparecerá. Entretanto já temos por onde começar, e o nosso irmão P. Inácio, naturalmente vai propor-nos algum outro alvitre.
— Se o tivesse, não esperaria que mo pedisse, padre assistente; porém curo mais dos bens d'alma, do que dos bens terrestres.
— V. Paternidade procede sabiamente, disse o P. Molina amaciando a voz; somente digo que se todos assim procedessem, a Companhia não teria forças para vencer tantos inimigos, que a perseguem, nem meios de empregar-se no serviço da religião. Uma coisa não exclui outra, P. Inácio; curemos d'alma, arrostemos o martírio se necessário for, para plantar a fé entre os selvagens; mas não esqueçamos que é preciso combater o mundo com suas próprias armas. Esta roupeta que nos veste, não é nem de melhor fazenda, nem de mais custo, do que o hábito de qualquer outra ordem; mas ela representa a milícia do Cristo e o poder imenso da Companhia; por isso abre todas as portas, e vê em todas as consciências. Dispa-a, e suas palavras, embora ungidas pelo Senhor, cairão em terra sáfara.
O P. Inácio abaixou a cabeça e não respondeu.
— Também pensa do mesmo modo o P. Figueira? perguntou o assistente a outro jesuíta.

— Penso que V. Reverendíssima tem razão; e pesa-me que, sobrando a vontade, falte-me a força de servir à Companhia em objeto de tamanho alcance; mas se uma esperança pode ser de alguma utilidade...
— Uma esperança é já alguma coisa; quando a cultiva mão tão hábil, é flor que sempre vinga e dá seu fruto.
O padre corou modestamente com o elogio do superior: encolheu-se na capa, como um homem que não se pode eximir de certo acanhamento e timidez falando a pessoas autorizadas.
— Tomou-me há tempos por seu confessor, disse ele, a Senhora D. Luísa de Paiva, viúva já idosa e muito conhecida nesta cidade pelo seu avultado cabedal. Faleceu-lhe o marido há seis anos deixando uma filha única, que está hoje moça. É senhora de muita virtude; mas tem ainda restos de sangue impuro...
— Ah! é de raça judaica! exclamou o P. Molina.
— Infelizmente assim é, respondeu o P. Figueira.
— Devem ter passado ao Brasil muitos desses cristãos-novos, depois de levantada a proibição? replicou o assistente pregando os olhos no teto.
— De feito não é pequeno o número dos que têm vindo.
— Para isso compraram tão caro o direito a El-Rei, que não soube o que vendia.
Os jesuítas tinham levantado a orelha, apenas o P. Molina fizera o primeiro movimento de surpresa, e acompanharam o curto diálogo com atenção disfarçada. Pareceu-lhes ter entrevisto o fim secreto da missão do assistente.
Em 1601, os pobres judeus, a quem era proibido pela lei de 30 de junho de 1567 passar às colônias, ofereceram a soma de 200.000 cruzados pela revogação do interdito; semelhante transação que bem revelava os lucros avultados que essa raça industriosa e mercantil tirava do comércio da Índia e do Brasil, ofendia os interesses da Companhia. Desde então não cessara ela de insistir pela revogação da lei de 30 de julho de 1601.
Nada mais natural portanto do que tratar agora a poderosa associação de afastar os competidores que lhe disputavam boa parte das riquezas do Novo Mundo. Para tamanha empresa fora mister um homem hábil que excitasse nas populações o espírito de intolerância religiosa, bem intenso ainda no século XVII, coagindo assim El-Rei a voltar à antiga proibição de passarem judeus às colônias.
E esse homem não seria o visitador?
Simultaneamente luziu a centelha no espírito dos cinco jesuítas. O sorriso sutil que mal rugou os lábios mostrava a satisfação íntima da inteligência que alcançara resolver um problema difícil.
Entretanto o P. Molina, a quem não escapara o efeito produzido pela sua pergunta, reatava o fio à narração interrompida.
— Mas isso não nos interessa agora. Dizia V. Paternidade?...
— Que D. Luísa de Paiva é descendente de uma família de judeus; e pois, embora sua fé seja robustíssima, remorde-lhe aquela mácula. Estou que seu

zelo bem aconselhado não duvidará remir a culpa, fazendo esmola de todos seus cabedais a uma casa de oração que possa bem empregá-los no esplendor do culto divino.
— Se não me engano, ouvi que tinha uma filha?
— Não se engana V. Reverência, não, respondeu o P. Figueira sorrindo; tem uma filha; porém essa menina, se já não sente, é natural que venha a sentir breve, irresistível vocação para o claustro; e então...
— Compreendo! A mãe poderá dispor livremente de seus haveres.
— E satisfazer as pias intenções da sua alma devota.
— Nenhum destes auxílios é para desprezar-se, replicou o P. Molina; mas não são de pronto resultado; e para o fim que é de pouco servem. Cumpre recorrer a meios mais rápidos e...
— Se V. Reverência permite?... atalhou um frade gordo que ainda não tinha proferido palavra.
— Pode falar o P. Manuel Soares. Estamos aqui para ouvir, disse o assistente.
— Talvez pareça ousadia querer eu decidir ponto em que nossos irmãos se acharam embaraçados; mas cada um deve ocupar-se do que lhe é ordenado; e aquele não merece mais, que só cumpre o seu dever.
— Então, V. Paternidade julga ter descoberto o meio de dar à Companhia a soma de que ela precisa?
— Julgo que poderei dar à Companhia, não três milhões, porém cinquenta, respondeu o P. Soares.
— Como? perguntou o assistente com vivacidade.
— V. Reverência conhece a história das minas de prata de Robério Dias?
— Ah!...
Esta exclamação indefinível e o riso de ironia que esclareceu o rosto pálido e severo do assistente, não produziram a menor impressão no P. Soares; calmo e plácido, como quem sustenta convicção profunda e inabalável, o frade contentou-se com encolher os ombros.
— Quer V. Reverência prestar-me atenção?
— Sem dúvida; V. Paternidade diga, que o escutamos.

Capítulo XIX
Quanto ingrato já era no século XVII o mister de escritor

O Padre Soares ergueu-se, foi ao canto, abriu uma arca de que tinha a chave, tirou um grosso in-fólio, que deitou sobre a mesa, a qual gemeu com o peso do respeitável bacamarte.
Os outros jesuítas, que partilhavam a incredulidade fingida ou sincera do assistente, estremeceram vendo-se ameaçados com a leitura de algum capítulo da obra, e trocaram um olhar de espanto e medo. Só o P. Inácio conservara-se indiferente a tudo; apenas algumas vezes seus lábios finos comprimiam-se como para reter uma palavra que iam pronunciar.
Enquanto o padre-mestre espanava o pó da capa de pergaminho do velho

alfarrábio, o assistente fazendo uma cara de aborrecimento, parecia revestir-se de boa dose de paciência: preparava-se para cumprir dignamente o seu penoso encargo de superior, obrigado a ouvir todos os pareceres, e a não desprezar nenhuma informação que pudesse favorecer os interesses da Companhia.

Sacudido o pó, o P. Soares alisou os raros fios de cabelos da imensa calva, encheu as bochechas, afinou a garganta, e retraindo o corpo, levou a mão à capa do livro com a emoção do autor que revê depois de muito tempo o fruto de seu trabalho e o filho de suas elucubrações.

O conclave estremeceu de novo; pressentiu que a borrasca ia desabar na forma de algum prólogo monstruoso, recheado de textos e citações; e os há tão longos que usurpam o espaço necessário ao desenvolvimento da obra, e tão insulsos que fazem perder o gosto do livro antes de o ler.

Enganaram-se porém.

O autor no abrir a capa do alfarrábio, voltou atrás e deixou-a cair.

— V. Reverência talvez não saiba a história deste livro?

— Não, padre-mestre, não sei. Pois tem uma história? perguntou o assistente com resignação evangélica.

— Tem-na, como tudo neste mundo.

— Bem pensado, P. Soares!

Os jesuítas olharam-se com desespero mudo e concentrado; em vez do prólogo escrito, que talvez só fora adiado, tinham um proêmio oral.

O P. Soares começou:

— Quando chegou a Madrid em 1593 a notícia de ter Robério Dias morrido sem indicar o lugar onde jazem as minas de prata, levantaram-se diversos boatos. No dizer de uns, Robério despeitado porque El-Rei não lhe dera o título de marquês, vingara-se levando desta vida o segredo. Acreditavam outros que ele estava de boa-fé, e nada revelara por se ter desencaminhado um roteiro que seu pai fizera no descobrimento. Queriam muitos finalmente que tais minas só tinham existido na voz pública, *in voce populi.*

— E há de concordar que era essa a opinião mais acertada, disse o P. Molina bocejando.

— Foi a que mais correu entre a gente douta, replicou o imperturbável cronista. O sumo prelado da Companhia entendeu porém que não se devia desprezar, antes cumpria estudar o assunto com a necessária atenção. Procurou-se homem a quem encarregar de tão árdua tarefa; a escolha recaiu no menos digno. Fui mandado a esta província, e tirando forças dos bons desejos, cumpri a vontade soberana do Geral. Aqui tem V. Reverência a resulta de quatorze anos de pesquisas e trabalhos: creio eu que não foram perdidos.

— Descobriu V. Paternidade as minas pelo que vejo! acudiu o assistente com ar de mofa.

— Não, Reverendíssimo; mas achei o modo de descobri-las.

Voltando então a capa do alfarrábio, o P. Soares leu o gordo título da obra,

escrito, com tinta vermelha, em bastardinho floreado.
O título rezava:

Memória circunstanciada

Que

A respeito das famosas Minas de Prata
de Jacobina
escreveu o Padre Manuel Soares,
da Companhia de Jesus, Religioso Professo,
e Cronista da Província do
Brasil,
Seguida de notas críticas e explicativas para
melhor inteligência do texto.
Cidade do Salvador. — Ano MDCVI.

Não se achava muito desenvolvido naquela época o espírito de associação literária, nem se tinham inventado ainda institutos e academias de toda a espécie; pois é natural que o Reverendo P. Manuel Soares não se esquecesse de comemorar no frontispício do livro, à guisa de alguns autores modernos, os seus diplomas científicos.

Os olhos já apertados dos jesuítas começaram a toscanejar de uma maneira significativa.

— Tem esta memória duas partes. Na primeira trata-se de saber que destino teve o roteiro de Robério Dias. Na segunda procura-se conhecer aproximativamente o lugar onde existam as minas. Vou ler.

— Tudo isso, P. Soares? exclamou o assistente em cujo rosto pintou-se o pavor que lhe inspirava semelhante leitura.

O cronista sorriu:

— O texto é pequeno e escrito em bastardinho; o que avultam são as notas, e estas V. Reverência consultará depois.

— Contudo, não será melhor amanhã?

— Amanhã?... Ninguém sabe o que pode acontecer.

— Está bem, leia, P. Soares, disse o assistente recostando-se no espaldar da poltrona.

A imparcialidade de historiador nos põe o dever de protestar contra a injusta prevenção do respeitável capítulo sobre a prosa do Reverendo Manuel Soares.

O ilustre cronista da Província do Brasil, como Cervantes, havia pressentido já no século XVII a invenção da escola romântica, à qual deve a literatura moderna tantos primores e maiores extravagâncias literárias. A sua narrativa tinha a forma dramática do poema antigo e a simplicidade do conto da Média Idade. O estilo chão e fluente desmerecia talvez pela falta do nervo e concisão da frase, mas compensava este senão com a naturalidade e

singeleza da expressão.
É pena que esse livro precioso se tenha perdido, pois sem contar a descoberta importante de que tratava, daria à história que ora escrevemos um testemunho irrecusável de sua veracidade.
O jesuíta abriu o alfarrábio com muita solenidade, e dispôs-se a começar a leitura no meio do mais profundo silêncio, pois era o silêncio da modorra. De feito o capítulo, com exceção do P. Inácio absorvido em suas meditações, sofria naquele momento a ação soporífera que sobre ele exercia a crônica das minas de prata; mas o autor, com a consciência do merecimento de sua obra, não via senão o recolho de quem se preparava à audição.
Não há notícia do que leu nessa noite o Reverendo Manuel Soares, cronista da Província do Brasil; porque ainda é duvidoso que algum dos respeitáveis conselheiros que compunham seu auditório o ouvisse. Antes que o leitor chegasse ao fim da primeira parte, a grande alâmpada, falta de óleo, crepitou e a luz extinguiu-se.
Esse caso imprevisto dissolveu o capítulo com verdadeira satisfação dos reverendos professos, que foram acabar no leito o primeiro sono interrompido. O último a retirar-se foi o provincial, que depois de fechar as arcas e armários com a costumada prudência, entregou a correia de chaves ao assistente, como superior da casa.
Já o silêncio se restabelecera nas vastas salas e corredores do convento; todo o claustro parecia entregue ao repouso, quando de novo a luz mortiça de uma lanterna alvejou nas trevas, e veio caminhando na direção do cartório. A chave rangeu na fechadura, e o P. Gusmão de Molina, pois era ele, penetrou no gabinete e fechou-se por dentro. Aí demorou-se o resto da noite, lendo o grosso in-fólio do P. Manuel Soares com ardente curiosidade. Alguma vez parava para refletir, mas prosseguia logo com maior afã a interrompida leitura.
Afinal encontrou ele o que procurava. Leu e releu uma e muitas vezes a página; acabou arrancando-a sutilmente do ventre do alfarrábio. Dobrou-a e escondeu no bolso interno do hábito; restituindo o manuscrito à arca onde jazia, tornou com o mesmo mistério à cela que lhe haviam destinado.
O dúbio palor que precede a alvorada descorava o oriente, quando o visitador entrou na cela. Ainda uma vez absorveu-se na leitura da folha arrancada ao manuscrito, como se a quisesse decorar; depois abrindo o missal, copiou em cifra, de que só ele tinha a chave, o contexto da página. Então a chama da luz que o esclarecia devorou lentamente a folha do manuscrito, cuja cinza pulverizou a mão prudente do jesuíta.
O P. Gusmão abriu o postigo da janela; a fresca brisa que impelia o pirajá da Ponta do Padrão refrescou-lhe a fronte abrasada pela vigília e por fundas meditações.
Longe recortavam no escuro do horizonte as colinas de Itaparica; sobre a polida face do mar passavam, como frouxos reflexos das estrelas, as velas dos barcos pescadores, que já se aproximavam de terra.

Nem mais burburinho de festa, nem mais rumores do mundo.
A cidade repousava fatigada das emoções da véspera, enquanto a natureza plácida se preparava para a festa serena do nascer do dia.
Interrompeu a meditação do visitador uma forte pancada vibrada na porta larga do convento por mão robusta e insôfrega. O jesuíta debruçando-se à janela viu parado no pórtico um vulto armado; poucos instantes passados ouviu o diálogo que trocava o irmão porteiro com o desconhecido.
— Quem vai lá por tais desoras?
— Um servo de Deus, Irmão Bernardo.
— Um servo de Deus! resmoneou o porteiro. Todos o são quando lhes faz conta.
— Pois não me conheceis? Manuel Batista, escudeiro da Senhora D. Luísa de Paiva?
— Bem me queria parecer que já vos tinha ouvido a voz algures... Com que então sois Manuel Batista?
— Sim, Manuel Batista.
— O escudeiro da Senhora D. Luísa de Paiva?
— O próprio sem tirar nem pôr.
— Da Senhora D. Luísa, viúva do mercador...
— Isso mesmo, Irmão Bernardo. Mas com o favor de Deus abri, que já me tendes aqui há bom credo!
— Lá se vai, lá se vai, irmão. Com que então sois o escudeiro da Senhora D. Luísa, daquela que mora além dos Padres Bentos? Estais bem certo disso?
O escudeiro mordeu nos beiços uma jura bem pouco cortês e desabafou abalando a portada com um murro furioso.
— Quereis fazer a mercê de abrir?
— Esperai com Deus, Irmão Batista. A impaciência é um pecado; e já agora fareis penitência dele.
— Irmão Bernardo, Irmão Bernardo! retrucou Batista: tendes muitas palavras para leigo, e pouca diligência para um porteiro. Queira Deus que a Senhora D. Luísa não faça disto sabedor o Reverendo P. Figueira, que certo o levará ao P. Provincial.
O argumento calou no ânimo do leigo, que resolveu enfim alumiar a candeia.
— Hum! Hum! hum!... Mas, enfim, dizei duma feita a que vindes.
— Venho procurar o Reverendo P. Figueira da parte da dona.
— E que tamanha estreita é esta? Já se acha ela *in extremis?*
A portada abriu-se; o escudeiro como quem era conhecedor da casa barafustou pela escadaria em direção aos dormitórios.
O P. Molina chegava à porta da cela para inquirir de Batista o motivo de tão pressuroso chamado que enviava D. Luísa ao seu confessor, quando encontrou-se face a face com o P. Inácio do Louriçal. Trocadas as saudações com a costumada humildade evangélica, o visitador esperou que o religioso lhe comunicasse o assunto de visita tão matutina.
— Venho pedir a V. Reverência uma graça.

— Diga, P. Inácio; e seja ela tal que eu possa satisfazer a V. Paternidade sem prejuízo do serviço de Deus.
— Não pode ser em prejuízo do serviço de Deus, pois é para seu maior serviço. Venho pedir a V. Reverência que me deixe ir apostolar no sertão, entre os selvagens que tanto carecem da palavra divina, da qual nunca seremos pródigos em demasia, nós, os ministros do Senhor.
— De quando é essa meritória inspiração?... Seria a nossa chegada a esta casa que tanto afervorou o zelo de V. Paternidade?
E como o jesuíta não respondesse, o visitador continuou em tom de severidade.
— P. Inácio, P. Inácio, o orgulho é mau conselheiro. *Initium omnis peccati est superbia,* disse o Eclesiástico. Ontem fui de contrário aviso ao seu, na maneira de entender o nosso santo ministério; e o fui por dever, que não por mundana vaidade de primar sobre o próximo. Doeu- lhe a contrariedade; por isso quer já evitar a nossa presença. Não pode ser bem aceita a Deus a oblação que vem do mau pensamento.
— Humilho-me diante de V. Reverência como um grande pecador que sou, mas de orgulho não me acusa a consciência, padre visitador. O apostolado foi sempre o meu constante desejo; agora mais do que nunca. Entre o gentio, um sacerdote ignorante e simples será sempre agradável ao Senhor ensinando o Evangelho; enquanto que nas cidades, as obras são de vulto e os casos difíceis. As forças me falecem para tamanha empresa.
— Recaiu em culpa e pena, P. Inácio; essa fingida humildade é soberba ainda. Amesquinha o apostolado; mas está se vendo que sua intenção foi exaltá-lo, desdenhando daqueles que se ocupam com outros deveres, também árduos, do nosso Santo Instituto. Parece que a obediência de V. Paternidade repugna com eles.
— A minha obediência é sem limites, padre visitador, mas a minha inteligência é acanhada. V. Reverência me ensinou ontem que há deveres que não sei compreender; confesso a minha fraqueza; temo que a minha rudez não me torne tíbio e irresoluto. É receio de pecar por ignorância, padre visitador; não falta de zelo, menos soberba.
— Bem; não comece pelo rigor o uso do pleno poder que o sumo prelado da Companhia nos confiou para governo desta Província: vá apostolar o P. Inácio. Quando V. Paternidade se achar só com a sua consciência, conhecerá que tínhamos razão; estou que nos virá então de ânimo contrito. Saiba porém que o maior martírio que levamos em oferenda ao Senhor não é o martírio da carne, que nos tinge de vermelho a túnica e macera este pó de que fomos amassados. Oh! que não! Há mais cru e de maior angústia. É o martírio d'alma, cheia de caridade e crivada das dores que afligem a pobre humanidade; é a coroa de espinhos do apóstolo mandado para resgatar o homem do pecado com as lágrimas e sofrimentos do próximo. Esse sim é martírio; não de sangue, mas do espírito.
Nesse momento o P. Figueira acompanhado do escudeiro de D. Luísa

aparecia na extrema do corredor.

O escudeiro penetrando no convento, correra direito à cela do confessor de sua ama, e sem dar-lhe tempo de vestir a capa, anunciara a que vinha:

— Padre-mestre! Padre-mestre! Trago recado da dona para que sem perda de tempo a vá socorrer com seu adjutório.

— O que houve por lá?

— Saberá o Reverendíssimo que ignoro. A dona só me disse para trazer, que o caso era intrincado e ninguém mais lhe podia valer, senão o padre-mestre.

— Isto foi o que mandaram dizer; diga agora o que sabe, respondeu o jesuíta envergando o hábito.

— O que sei? Mas eu não sei nada, Reverendíssimo!

— Manuel Batista, você não está em estado de graça. Hoje é sexta-feira: vou ouvi-lo de confissão, antes de partirmos.

— Não é preciso, padre-mestre.

O escudeiro pôs-se na ponta dos pés e segredou no ouvido do religioso, em cujo rosto pintou-se o assombro do que ouvia.

— A filha!... A menina Elvira?... exclamou o frade.

— A menos que não sejam coisas do Tinhoso!... *Vade Retro!*

— Bom, bom! Vamo-nos sem detença. Remiu sua culpa, Manuel Batista. De caminho rezará em voz alta três credos; é a penitência que lhe dou. Para outra vez a terá anoveada.

Encontrando o visitador, o P. Figueira tomou-o de parte para comunicar-lhe o motivo de sua diligência. Pouco se demorou; logo descendo a larga escadaria de pedra, transpôs o limiar e cortou a passo miúdo, mas rápido, na direção dos beneditinos.

Seguia-o de perto o Manuel Batista, o qual em cumprimento da penitência, declamava no tom da verdadeira compunção o Creio em Deus Padre.

O sol já vinha despontando; seus primeiros raios douravam os cimos das verdes colinas grupadas em pedestal à cidade, e iam carminar as orlas das brancas nuvens esgarçadas pelo azul do céu.

O pirajá que durante a noite se desfizera sobre a cidade, umedecera o arvoredo, que ainda nesse tempo entrava pelo recente povoado, recortando as ruas e praças e dando à cidade uma feição campestre de amena singeleza. As aves silvestres atitavam na ponta dos telhados cobertos de parasitas; o gado mugindo alegremente retouçava à beira do caminho.

Era uma fresca manhã das que vigoram o corpo nos países tropicais, e lavam o peito com os acres perfumes das plantas; manhã que já não se pode hoje gozar senão longe da cidades, *procul negotiis.*

Capítulo XX
Por que o irmão Bernardo não acabou o sono da madrugada

Enquanto o P. Figueira, seguido pelo seu penitente acólito, vai lesto galgando a estreita vereda que serpeja pelo vale na direção dos beneditinos, o

compilador destas velhas memórias irá em busca de Cristóvão, que ficou em ação de contar a Elvira as festas do Terreiro do Colégio.
O vulto que a desoras aparecera no pátio da casa de D. Luísa de Paiva e se adiantara manso e manso, era o caseiro e homem de confiança da rica viúva; melhor diríamos mordomo, se este cargo não fora privativo das casas de primeira nobreza.
Quando Elvira, reconhecendo Cristóvão embaixo de sua janela, soltou a imprudente exclamação do júbilo que lhe causava a presença de seu amante, o caseiro não dormia. Privado da festa pelas práticas severas da viúva, que impunha o seu beatismo aos próprios fâmulos, Manuel Batista consolava-se com alguns restos da adega do falecido mercador, e preparava-se por meio de uma ceia fria e suculenta para o jejum da sexta-feira.
Ouvindo o estranho grito, o caseiro passou a cabeça pelo postigo; viu um vulto galgar a janela de Elvira, e desaparecer no interior. O doce murmúrio de vozes abafadas, que lhe trouxe a brisa daquele lado, fez-lhe compreender o que passava, e colocou-o em sério embaraço.
Se o desconhecido fosse um malfeitor, o negócio era simples. Batista tinha no canto armas de boa têmpera, e sempre pronto um braço robusto e ágil.
Mas era outro o caso; a menina levaria decerto a mal qualquer ato de violência contra seu namorado; e o prudente caseiro não se julgava habilitado a obrar, sem ordem expressa da dona.
Firme nessa resolução, fechou o postigo, fez desaparecer os vestígios da ceia, foi direito à câmara da aia, a quem mandou acordar a viúva. Esta pressentindo um acontecimento extraordinário, se ergueu e compôs logo.
— Que há, Batista?
O caseiro contou quanto sabia.
— Julgais que ele ainda ali esteja? perguntou a dama depois de ouvi-lo friamente.
— A não ter saído enquanto vim prevenir-vos.
— Pois ide e guardai a janela. Dizeis que não é um ladrão; é um ladrão, vos afirmo eu, ladrão de minha honra e sossego! Tratai-o como tal!
Batista voltou; D. Luísa tomando uma adaga na antiga armadura de seu marido, erguida ao lado da sala, dirigiu-se, ela só, para o quarto de sua filha.
Elvira e Cristóvão sentados no estrado repetiam ainda uma vez as juras e doces protestos de eterno amor, quando a menina viu pelo espelho do trumó o lado oposto da tapeçaria que afastavam, e o vulto de sua mãe que surgia lívido e ameaçador, brandindo na mão convulsa o punhal meio oculto pelas dobras da roupagem.
Ela via, pasma de grande terror, o vulto crescer e caminhar com passo hirto, abafado pelo tapete; Cristóvão sem aperceber-se da mudança de seu semblante murmurava as ternas falas que ela já não escutava. Mas quando o punhal, vibrado pela mão nervosa, cintilou aos reflexos da luz, rápida como o pensamento, Elvira soltou um grito convulso, e envolvendo o corpo de seu amante, furtou-o ao golpe mortal. A ponta do ferro ainda rasgou a cambraia

da anágua, esfrolando a cútis cetim da mimosa espádua.
Houve grande silêncio; as três personagens desta cena formavam um belo grupo.
Cristóvão, que se erguera surpreso, estava imóvel, de cabeça baixa; em face D. Luísa, muda e sombria, com o colo distendido, parecia espreitar a presa; Elvira, de cabelos desgrenhados, lábio trêmulo, roupas espedaçadas e rubras de sangue, era sublime na ferocidade do seu amor. Debruçada toda sobre o cavalheiro, que ela defendia com o corpo, voltando o rosto sobre a espádua para fitar sua mãe, com uma das mãos estreitava o amante ao seio, e com a outra tocava o cabo do punhal na cinta de Cristóvão.
E assim, mãe e filha afrontavam-se, uma nos seus instintos de cruel vingança, a outra no heroísmo de sua veemente paixão. Mas era sobre-humano o esforço: não podia durar. D. Luísa deixou cair o punhal da mão; Elvira desmaiou nos braços de Cristóvão.
O moço pousou sobre o estrado o corpo inanimado de sua amante e foi ajoelhar aos pés da dama.
— Fugide à minha vista! gritou D. Luísa sufocada pela cólera.
— Grande foi meu crime, senhora; seja grande vosso castigo. Se me julgais indigno do amor de Elvira e de vosso perdão, pereça eu pela mão que ultrajei, mas quisera beijar como filho.
Cristóvão proferiu estas palavras apresentando o punhal que erguera dos pés da dama. D. Luísa hesitou um instante; afinal mostrando a janela com um gesto enérgico, exclamou de novo:
— Saíde! Não insulteis esta casa com a vossa presença! Saíde!
O moço conheceu que não havia lutar contra tão violenta cólera; dirigindo-se à janela, saltou no pátio.
A mãe de Elvira correu imediatamente para espreitar o que passava fora; viu cinco vultos botarem-se ao cavalheiro apenas ele tocou o chão. Soou logo o estrupido dos pés que batiam como se a luta andasse travada entre adversários; após o tinir de armas que esgrimiam.
Elvira saiu do desmaio, como por estranha impulsão. Ergueu a cabeça e inclinou o ouvido para receber os ligeiros rumores que vinham de fora. Quando distinguiu a natureza do som áspero e metálico, que lhe erriçara os cabelos, surgiu de um salto, ofegante e esvairada.
Sua mãe, vendo-a precipitar-se para a porta entreaberta, apenas teve tempo de gritar-lhe:
— Elvira, onde ides?
— Morrer com ele!... exclamou a menina sumindo-se pelo corredor.
Instantes depois uma branca sombra atravessou veloz pelas trevas da noite, passou entre as espadas nuas, e foi cair nos braços de Cristóvão. O moço reconheceu a sua Elvira querida, e julgou-se feliz de poder apertá-la ao seio ainda uma vez antes de morrer.
As armas abaixaram-se diante da donzela, que se voltara para os agressores dizendo-lhes:

— Matai-me primeiro a mim!
Batista que capitaneava os acostados, não sabia como desatar este nó, quando para desencargo seu, D. Luísa apareceu no pátio.
— Fugi! Eu vo-lo suplico! disse rapidamente Elvira ao ouvido de Cristóvão.
E como ele hesitasse:
— Salvai-vos por mim, e para mim!
— E vós, Elvira?
— Não temais. É bárbara, mas é mãe.
Súbito, uma voz possante cortou o silêncio do ermo, e elevou-se cheia e sonora, modulando ao longe uma chacota popular da época:

Santo Antônio de Argoim
Sentou praça de soldado;
Tem capa de cramesim,
Ganha de soldo um cruzado,
Santo Antônio de Argoim.

Cristóvão escutava com alegre sobressalto esse descante a horas mortas, quando depois de breve pausa a voz atacou a segunda copla:
Cachopa de Matoim,
Dá-me praça em teu cuidado
Por capa a fralda cetim,
De soldo um riso lavado,
Cachopa de Matoim.

O leitor curioso de conhecer a crônica de Santo Antônio de Argoim, a quem deu El-Rei em prêmio de seus bons serviços praça de soldado raso na Fortaleza da Barra e o soldo correspondente, pode ler as memórias do tempo; basta-lhe saber para melhor inteligência desta história, que Santo Antônio de Argoim era então o santo mais milagroso da Bahia, como tal celebrado nas cantigas do popular; e bem assim que as cachopinhas da ribeira de Matoim traziam de canto chorado os seus adoradores.
Cristóvão tinha, antes que terminasse a segunda copla, levado as mãos à boca; e soltara pela expulsão do ar comprimido um desses assobios longos e agudíssimos, como se ouvem nas assuadas da plebe. Havia porém uma modulação especial no aviso do cavalheiro; depois do sibilo vivo e prolongado que subiu ao último tom da gama, sentiu-se como um tremulho de aspiração, e por fim o pizicato de três notas soltas e destacadas.
Era visivelmente um sinal que mandava Cristóvão a alguém através da distância que os separava; mal expirou o eco entre os murmúrios da noite, um assobio inteiramente semelhante respondeu longe; daí a um instante, mais perto e rápido, talvez pedindo a direção do sítio donde partira o aviso.
— Tranquilizai-vos, Elvira minha. Estou salvo! disse o moço depois de ter dado a réplica ao misterioso diálogo.

Era tempo, porque D. Luísa chegando travara do braço da filha e procurava arredá-la do lugar da luta. Elvira quis resistir ainda; mas um gesto cheio de confiança de seu amante e um novo sinal muito próximo que anunciava o pronto socorro, a persuadiram. Seguiu lentamente a mãe até o meio do pátio; aí foi necessário que a aia a tomasse ao colo para fazê-la entrar à força. Retirando-se, a viúva voltou-se para Batista, e atirou-lhe estas palavras em tom breve e ríspido:

— Aí o tendes!

O caseiro, visivelmente preocupado com o singular diálogo de Cristóvão, sondava as trevas em torno, julgando ver surgir a cada momento dentre a ramagem alguma quadrilha de alguazis ou gente armada. Obedecendo porém ao pensamento, mais que às palavras da dona, fez um sinal aos acostados, e avançaram em linha contra o cavalheiro já preparado para recebê-los.

O combate continuou.

Cristóvão já ferido defendia-se com a espada na mão direita, e na esquerda um forte bastão que improvisara de um galho seco. Mas o que o salvava ainda, era a ligeireza do salto, que não permitia aos agressores cercá-lo e feri-lo pelas costas.

Contudo a posição do cavalheiro empiorava a cada instante. Recuando aproximara-se do largo e fundo valado que cercava o pátio da casa; a estreiteza do espaço já não lhe permitia as livres e rápidas evoluções com que resistira à grande superioridade do inimigo.

Nisto assomou da outra banda uma figura de homem seca e pernalta, que avançava com passo tardo e desgarrado.

Nesse andar preguiçoso vencia o sujeito mais distância que o melhor caminheiro a todo o estirão; mas também quando ele abria o largo compasso das pernas, e assentava a chanca espalmada num soco de couro cru, parecia que se escarranchava no chão para surdir de novo e de novo mergulhar na passada desmedida. A estatura descia então mais de palmo; os braços abanados e já longos de si rastejavam quase; e o enorme tamanco deixava no chão um surco profundo.

Era uma ridícula figura!

Trazia, atirado para as costas e preso ao pescoço por um rosário de coco, um grande chanfalho de folha larga e fornida, semelhante aos que ainda hoje usam alguns sertanejos, e servem ao mesmo tempo de faca, de espada, de cavador e foice a quem anda habitualmente pelos matos virgens. Um comprido varapau com pontas de ferro, atravessado por baixo dos braços ao través do lombo, completava o equipamento guerreiro do grotesco personagem.

Chegando à beira do valado aprumou o talhe e mostrou um instante a descomunal elevação da estatura; mas logo, vergando como um arco sobre o fosso, o olhar felino perscrutou as sombras e viu o que passava do lado oposto.

Cristóvão também o vira e reconhecera, pois o chamou pelo nome:
— João Fogaça!...
— Tente com eles, Cristovinho: três botes ainda, enquanto engambito este valo de mil demônios!
— Avia, amigo, se não tarde chegarás! respondeu o cavalheiro.
— Seria a primeira vez que tal me acontecesse, rapaz! Ai, neste jeito, não me deixas nenhum dos malandros, para que eu tenha o gosto de tosar-lhe a pele.
Cristóvão com efeito acabava de prostrar um dos adversários; mas ainda restavam quatro contra ele ferido e debilitado com a perda de sangue; quatro assassinos excitados pela resistência heroica, pela ambição do salário, e o receio do novo e fresco inimigo que se aproximava.
— Espera, corja de biltres; eu já te dou a amostra do pano. Vais ver de que massa é feito João Fogaça, o capitão de mato.
E fincando os pés na borda, colheu as curvas elásticas, para saltar de um pulo temerário toda a largura do fosso: mas um obstáculo imprevisto sobreveio.
Duas mãos robustas pesaram-lhe sobre os ombros, quando ele já desenvolvia o salto:
— Alto lá, camarada! proferiu voz estranha.
O capitão de mato, sentindo falhar-lhe o primeiro impulso pela brusca intervenção, teve apenas o tempo de saltar para trás, e pôr-se em defesa contra a agressão inesperada. Achou-se então cercado por seis homens que chegavam sobre seus passos.
Um deles, que parecia ter sobre os outros certa proeminência de chefe, fora quem retivera o capitão de mato no momento em que este ia saltar o fosso.
— Peai-me já este sendeiro manhoso, vós outros, disse ele para os companheiros.
E adiantou-se para o valo:
— Que é isso lá? gritou para a outra banda.
— É um homem que assassinam covardemente! disse Cristóvão.
— Olé, Anselmo! exclamou Batista. Foi Deus que vos trouxe por essas bandas para dar-nos uma demão cá neste negócio.
— O negócio é vosso, mano; o meu ainda não sei qual seja, respondeu Anselmo.
— Também já está a concluir, acudiu o caseiro; basta que tenhais filado, um credo só, esse encazinado capitão de mato!...
— Há de se ver isso!...
O Anselmo voltou-se para conhecer a causa do rumor que ia entre os seus e João Fogaça; sentindo as costas guardadas, continuou a conversa:
— Antes de correr o dado olha-se a parada, amigo Batista. Ainda não sei como fala esse cavalheiro, que vende a vida mais caro do que desejais. Vede!... quase estroncou-vos o braço!... Se ele tem a bolsa tão pesada, quanto o bote que vos atirou, estou apostando que não lhe levareis a melhor.
— São vossas dez moedas! exclamou Cristóvão animado de súbita

esperança.
— As falas são boas, retrucou Anselmo. O que falta saber é se as obras correspondem.
O salteador armou o arcabuz:
— Eh lá, amigo Batista! Arredo, se não quereis que vos faça um fricassé dos miolos. Paz, enquanto me entendo cá com o fidalgo.
— Mas, Anselmo, esta é uma ação má que praticais, e de que vos heis de arrepender cedo ou tarde!
— Tendes mais de dez moedas para picar o páreo?
— Quando as tivesse, não seríeis vós que lhe havíeis de pôr o gadanho, burlão!
— Pois não me obrigueis a fazer em vez de má, uma boa ação, mandando-vos direitinho para as caldeiras do compadre Botelho. Arredo, vos digo eu!
Batista, diante da boca do arcabuz voltada para ele, cedeu bem contra a vontade, e recuou com os seus companheiros a uma pequena distância.
— Mais! Mais!... Sois madraço, mano, mas não me embaçais! Bom! Agora, meu fidalgo, contai as dez moedas, atirai cá a bolsa, e dou-vos carta de seguro até a porta. Até se quereis, podemos preparar para vosso divertimento um sarapatel desses quatro borregos que aí estão tanto há para matar um homem. Quanto ao Maneco, eu lhe apararei as orelhas para doutra feita ouvir melhor!
Cristóvão desgraçadamente não tinha bolsa consigo; a que ele trouxera, vinha cheia das prendas que dera a Elvira. Pressentindo porém que o desconhecido não lhe prestaria o prometido auxílio sem palpar as moedas, o cavalheiro assentou de ganhar tempo, fingindo procurar um objeto que ele sabia ausente.
— Muito custam a desatar os cordões de vossa bolsa, meu fidalgo, disse Anselmo já desconfiado da demora. Tão leve a trazeis, que não sentis onde vos pesa.
O moço tinha ao menos conseguido descansar algum tempo; fingiu pois que de novo procurava, e aproximando-se do fosso, respondeu a meia voz:
— Sem dúvida caiu-me a bolsa na luta; mas com isso nada perdeis. Hoje mesmo vos contarei não dez, senão vinte moedas. Palavra de cavalheiro!
— Ai! meu fidalgote de sólia! Cuidei que tínheis outro metal de voz! O vosso não tine, nem mesmo a prata velha!
— Chega-te mais perto que eu te farei tinir no costado outro metal de melhor cunho! retrucou o moço sentindo revoltarem-se os brios.
— Estais assim com essa pressa de esticar a canela? Pois faça-se a vossa vontade. Vou tirar-vos esse gosto, manos!
E de feito apontava o arcabuz para Cristóvão.
Enquanto isto passava à beira do fosso, outro incidente tivera lugar ali perto. Os cinco desconhecidos obedecendo à ordem do chefe, tinham corrido sus a João Fogaça para segurá-lo; mas o capitão de mato sempre impassível inteiriçou a perna esquerda, e levantando a direita horizontalmente, girou

sobre si mesmo com velocidade incrível. Por onde passou o dúplice corrupio do varapau e do enorme tamanco ferrado, se encontrou braço, estroncou, se bateu em cabeça rachou.

— Ainda faltam seis para a minha conta! disse o capitão de mato contando os adversários colocados em respeitosa distância e bem maltratados do primeiro ataque.

João Fogaça ruminava nos meios de socorrer Cristóvão, quando as coisas tomaram melhor aspecto com o oferecimento das dez moedas. Sempre alerta acompanhou os incidentes da cena: se os seus adversários faziam o menor movimento para atacá-lo, o compasso da perna abria-se como para mostrar o raio de círculo que não podiam transpor; e tanto bastava para que eles recuassem logo.

Mal Cristóvão declarou ter perdido a bolsa, o capitão de mato pressentindo o desfecho, tomou a sua posição de ataque; mas dessa vez o corrupio avançando rechaçou os cinco bandidos para os lados, e aproximou-se do fosso no momento em que Anselmo levava o arcabuz à face.

De um revés do pé, o capitão de mato atirou com o salteador no fundo do valado. Já os outros porém estavam com ele, e o impediam pela necessidade da defesa, de tentar o salto difícil senão impossível do largo fosso.

Cristóvão estava prestes a sucumbir sob as espadas que o ameaçavam de novo, depois da curta trégua. Cansado da heroica defesa, perdida já toda a esperança, atirara-se com raiva e desespero sobre os agressores. Mais um caiu sob o fio de sua espada; porém restavam três, e por cúmulo de infelicidade acabava de receber na curva um golpe, que o forçara a ajoelhar.

Nessa situação extrema, o que o sustinha ainda, não era já o instinto da conservação, mas sede de vingança somente. Queria antes de morrer matar mais um, todos se pudesse, de seus vis assassinos.

Que fazia entretanto Elvira?

Morria e revivia para tornar a morrer de mil mortes, que lhe dava a cruel angústia. Com o ouvido à escuta, absorvida toda em sua aflição, ajoelhada aos pés do crucifixo, queria orar e não podia. A alma ia-se de Deus ao triste amante.

Capítulo XXI
Como se achou o capitão de mato tão a ponto de socorrer seu colaço

Em vida do pai de Cristóvão, morava nas terras de seu engenho Garcia, um roceiro pobre, casado em segundas núpcias.

Sua primeira mulher, que servira de ama a Cristóvão, deixara um filho de sete anos, feio menino e desengraçado sim, mas de excelente índole. A madrasta foi má para o enteado, como sempre sucede, e escorraçou a pobre criança.

O menino fugia de casa para evitar os maus tratos, e escondia-se na próxima capoeira. Aí passava o dia entretido em ver as formigas carreando a areia do buraco, em armar arapuca às rolas e sabiás, ou trepar nas árvores para dar caça aos ninhos. A princípio ainda recolhia a casa nas horas de refeição; depois só para cear e dormir. Os frutos silvestres lhe sabiam melhor do que a broa, que o pranto amargava.

Quando voltava do mato, já lusco-fusco, era raro que não trouxesse, escondidos no seio da camisa, algum ninho de ave, uma fruta, ou bonitos passarinhos que dividia entre o seu colaço e uma menina do lugar, filha do vizinho. Eram esses dois entes seus carinhos e sua maior consolação.

As vezes e bem frequentes, que a madrasta o castigava barbaramente sem arrancar-lhe um gemido dos lábios cerrados ou uma lágrima dos olhos secos, era no seio de sua camarada de infância, que a vítima desafogava o coração. Mariquinhas chorava também; pranto copioso vertia dos olhos de ambos. Então o menino arrependia-se da mágoa que causava à sua amiga, e inventava algum folguedo para alegrá-la.

De lastimando-se que estavam, logo começavam de rir e folgar. Abençoadas lágrimas da infância, doce linfa que mana o coração, enquanto puro e virgem, como límpidos orvalhos da manhã da vida! Não conhecessem os olhos que as vertem, aquele outro pranto amargurado, que sangra mais tarde da alma ulcerada!

Veio a adolescência.

João habituado já à solidão e feito com os acidentes do campo, se arriscara até a mata-virgem, e breve soube-lhe dos mais recônditos mistérios.

Ninguém melhor que ele seguia a pista do animal, ninguém melhor imitava o silvo da cobra, o assobio da anta, o canto de todos os pássaros. Muitas vezes atraíra o iludido animal, que lhe acudia como ao terno companheiro.

A gente do lugar chamava-o caiporinha, de uma palavra tupi que significa — habitante da floresta; e com efeito o apelido quadrava perfeitamente, porque vindo a falecer-lhe o pai, ele abandonara de maneira a casa paterna, e aí não pôs mais os pés, desde o dia em que saiu órfão. Arranjou então uma miserável palhoça à beira da mata; e ainda essa parecia luxo; sua verdadeira moradia continuou a ser a floresta, onde cada árvore lhe dava abrigo durante a noite.

Por esse tempo, Cristóvão, cinco anos mais moço do que o seu colaço, já se afoitava a travessuras maiores de sua idade, e frequentes vezes acompanhava o caiporinha nas excursões pelo mato.

Quando sucedia separarem-se no escuro da floresta, o menino sentia-se tomado de um estranho pavor; para animá-lo e indicar-lhe o seu ponto, tinha o João um modo de assobiar mui particular, e de tal força que atravessava os rumores da mata sem confundir-se neles.

O costume fez que este assobio se tornasse com o tempo um sinal de aviso em todos os incidentes de sua vida comum. Queria João comunicar a Cristóvão alguma caçada de jacus, a que pretendia ir à boca da noite? Assobiava de longe; e o seu colaço fazia uma escapula de casa para vir falar-lhe. Carecia Cristóvão do companheiro alguma vez para irem-se de camarada

ao banho ou ao passeio? Não tinha mais do que pôr-se ao vento da palhoça e soltar o assobio: João com pouco ali estava rente.
Fora igual aviso que dera Cristóvão quando, no transe em que se achou, ouviu a cantiga predileta do capitão de mato; o mesmo foi reconhecer-lhe a voz que lembrar-se dos folguedos de sua infância tão presentes à memória. Depois daqueles tempos felizes e descuidosos muitos e muitos acontecimentos haviam passado que são de saber. Cristóvão chegara a mancebo e cavalheiro; João alcançara uma patente de capitão de mato para o que tinha muita propensão.
Naquela época em que a floresta confrontava com a cidade e quase lhe invadia os quintais, oferecendo ao crime como ao vício couto seguro e asilo contra a vindita da lei, o capitão de mato foi ofício de importância. Era quem melhor policiava o estado, e ia aos desertos sertões trazer o réu à justiça, o escravo ao senhor, e perseguir as hordas selvagens quando infestavam a vizinhança dos povoados.
João Fogaça porém não seria capitão de mato se não fora sua má estrela.
A menina, que lhe dera os primeiros amores, estava já moça, e guapa e formosa. Era conhecida pela Mariquinhas dos Cachos. Viera-lhe o nome das lindas tranças pretas aneladas que brincavam sobre as espáduas torneadas. Quando ela vestia aos domingos, para ir à missa da capela, sua vasquinha de belbute azul com saiote de seda, não havia em toda aquela ribeira quem não suspirasse pela gentil cachopa. João a amava desde a primeira infância. Se com os anos vieram a timidez, o recato, a esquivança, por outra parte o sentimento criara raízes mais profundas, como as túbaras, que medram no seio da terra, embora tenham a rama crestada do sol.
Assim os dois já não brincavam com a antiga efusão; mas em compensação viviam mais um do outro.
A melhor porção da vida de João era da moça. Sua lembrança amiga o acompanhava nas correrias através das matas. Quanto colhia de gracioso e delicado, flor, ave, ou fruto, era para ela; quanto via de bom e lindo, misturava-se logo em seu espírito com a imagem dela. Mariquinhas de seu lado seguia com o pensamento o jovem caçador, estremecendo à ideia dos perigos que porventura corresse. Ao cair da noite o esperava ansiosa entre as moitas do quintal, junto à cerca, onde costumava falar-lhe todas as tardes. O coração soçobrava em alegria e susto ao mesmo tempo, quando ouvia longe o descante que anunciava próxima a chegada do amigo.
Amavam-se, mas nem sabiam dizê-lo um ao outro; nem conhecê-lo. Entrecriam e duvidavam de sua mútua afeição, e esperavam ambos a confissão que nenhum ousava fazer, e talvez ambos temiam em sua impaciência. Até que o dia chegou da explicação; antes não viera!
Uma bela manhã, por meio do almoço, o pai de Mariquinhas virou de supetão a cara para a mulher e lhe disse à queima-roupa, em tom que não admitia réplica:
— O José Tendeiro casa com a Maricas. É preciso ver modos de arranjar-lhe

o enxoval. Coisa que ande em pouco!
O primeiro movimento da moça foi de espanto; logo após quando ficou só a angústia encheu-lhe os seios d'alma e transbordou nas lágrimas e soluços. Regalou-se de chorar; e bom foi porque afinal de contas achou-se mais serena. Uma coisa, como a fresca sombra da árvore nas ardentes soalheiras do sertão, foi-se derramando por sua alma crestada e aflita. Horas passadas, a mãe a viu alegre e prazenteira, cantando umas cantigas mui do coração, acordadas com o ponto ligeiro da agulha. Enquanto isso, dizia a menina lá entre si:
— Quando eu contar a João!... Estou para ver que ele ainda me esconda o muito bem que me quer!... O pai que faça lá sua conta, eu lhe tirarei a prova. Esta noite mesmo, Deus sabe onde me irei eu.
Tanto que foi por tarde, Mariquinhas largou da costura, fez às pressas uma trouxa de roupa domingueira, e disfarçando para que a mãe não visse, foi escondê-la junto à cerca onde costumava falar com João. Depois, às trindades, acabada que foi a reza, tomou a bênção à sua mãe, e saiu de casa, onde ela pensava que não voltaria mais senão noiva recebida de seu querido João.
O rapaz chegou com escuro.
Vinha com o passo lento e o coração a saltar-lhe, porque também ele tinha o quer que fosse. Naquela mesma manhã lhe ocorrera um engenhoso expediente para arrancar de Mariquinhas a confissão por que tanto ansiava. O alcaide, a pedido de Cristóvão, e pelas boas partes que lhe conhecia, o propusera a capitão de mato. Nunca a João passara pela ideia aceitar o ofício e apartar-se do seu torrão onde via quanto ele mais queria neste mundo. Mas esse mesmo receio de tão cruel apartamento lhe serviu de inspiração. Pensou que fingindo a próxima partida e para tão longes e arriscadas paragens, a menina não se poderia ter que não mostrasse o que trazia no sentido a respeito dele. Se fosse amizade somente, ele partiria, e sabe Deus se para não tornar; porém um certo bate-bate do coração estava lhe dizendo que não era amizade, mas amor do melhor quilate, o sentimento de Mariquinhas.
Indo ao encontro da moça dizia ele com os seus alamares:
— Chego; digo-lhe adeus, como quem se parte para tão longe, donde sabe Deus se tornará.
Aqui sorria-se do susto de Mariquinhas:
— Ela se debulha toda em choro e salta-me ao pescoço... Então entre dois engulhos sai-lhe afinal de dentro o feitiço de que se morre por mim, como me eu morro por ela. Arrenega-se, quer por tudo quanto há ir comigo por montes e vales. No fim das contas ficamos aqui bem sossegados de nossa vida e amarradinhos...
Do mais longe que avistou o amigo, Mariquinhas acenou-lhe que apressasse, e ele já corria mal divisara o vulto da rapariga entre as sombras e folhas do arvoredo.

— Chega, João, saberás a nova que te guardei! disse a moça com o coração nos lábios.
— Vai dizendo, Mariquinhas! Também eu trago-te uma por que não esperas, respondeu o rapaz mui prazenteiro.
— Pois ouve lá! O pai quer-me para mulher do José Tendeiro!... Sabes? o remendão!
Dizendo isto o riso argentino desfolhava rosas nos frescos lábios da rapariga.
João enfiou.
— Então coseram-te a língua? Nem dizes que te parece do meu futuro!...
— Eu, Mariquinhas!... balbuciou João. Eu... que queres que diga, senão que o José Tendeiro há de ser bom marido... É arranjado e bem visto da gente...
— Achas isso, João? perguntou a moça descorando.
— Acho, sim, Mariquinhas. Só me pesa não estar aqui para as bodas, que vou-me ao sertão. Vinha mesmo para te dizer adeus. Saio pela alvorada.
— Pois era essa a nova que me trazias?
— Que outra podia ser? Querem-me para capitão de mato. Não te parece um bom mister para mim que não tenho outro, e a falar verdade para nenhum presto?
— É muito bom, João; e mais tu que tanto gostas de viver no mato. Bem escolheste.
— Como tu, Mariquinhas.
A torvação dos espíritos, mais do que a escuridade da noite, os cegava a ambos, de modo que não se apercebiam do que passava no outro, tão ocupados estavam de si. E entretanto a voz de João enrouquecera; a fala de Mariquinhas tremia com os soluços. Depois de breve pausa a moça tornou:
— Então é esta madrugada, João?
— Se Deus não mandar o contrário. E tu, quando te casas?
— Breve, breve, mas não tanto como esperei!
— Adeus. Fica-te na paz do Senhor e felicidade que eu sempre te roguei, Mariquinhas.
— Adeus, João. Os anjos te acompanhem, e Nosso Senhor te leve e traga a salvamento.
João abalara bruscamente às últimas palavras; e Mariquinhas caiu de joelhos por trás da moita onde escondera a pequena trouxa. Nenhum viu o pranto que lavava o rosto do outro; nenhum ouviu os soluços que rompiam do seio opresso do infeliz amigo.
O elo que unia aquelas duas existências se partira.
No dia seguinte, por madrugada, João Fogaça partia para a cidade a receber a patente de capitão de mato, e nessa mesma semana fez-se na volta do sertão.
Um mês depois a moça era noiva recebida do José Tendeiro e trocava por este o seu gracioso apelido de Mariquinhas dos Cachos.
Seis anos eram decorridos.
A amizade dos dois companheiros de infância, longe de enlanguescer com o tempo, robustecera ao contrário com os vaivéns da fortuna, no que mostrava

sua boa têmpera. Quando João tivera uma grande enfermidade que o levara às portas da morte, Mariquinhas, a mais honesta mulher que se sabia, pediu licença a seu marido, que lha deu, e foi velar vinte dias com vinte noites à cabeceira do enfermo. Também quando os selvagens assaltaram uma vez a engenhoca do José Tendeiro, aonde ele então se achava, mal chegou a notícia à cidade, houve um homem e esse foi João Fogaça que cometeu a temeridade de ir, ele só, arrancar das mãos dos canibais o marido de Mariquinhas. Coberto de feridas embora, trouxe-o são e salvo à mulher, sem lembrar-se de que por ele a perdera, e para sempre.
Como que a vida do José Tendeiro só tinha um fim neste mundo, qual o de pôr à prova a sublime abnegação do capitão de mato; realizado que fosse, extinguiu-se de repente. Mariquinhas ficara viúva. Havia isso já muito mais de ano; no entanto a situação relativa dos dois amigos e companheiros de infância, pouca ou nenhuma alteração sofreu com aquele acontecimento. Quando João Fogaça voltava das suas correrias, ainda coberto de pó e lama, a primeira porta a que batia, era a de Mariquinhas, a primeira pessoa a quem dirigia a palavra, era a viúva do Tendeiro. A moça preparava-lhe a refeição, inquiria de sua saúde, espanava-lhe o fato. Só depois de cumprida a devoção dessa visita, o capitão de mato ia dar conta de suas obrigações.
Realmente essa amizade já era uma parte da sua rude e simples religião. Ele, o homem das brenhas, costumado a orar ao Senhor no templo aberto da criação, tinha para si que nunca melhor cumpria seus deveres de cristão do que amparando a viúva.
Enquanto se demorava na cidade, todos os dias que Deus dava, o serão ia passá-lo em casa de Mariquinhas. Chegados à janela do oitão, ou sentados ao pé da mesa onde ela à luz da candeia fiava, conversavam como dois amigos velhos do seu bom tempo que passara, até a hora em que a frugal ceia fumegando sobre o alvo mantém, os convidava à refeição. Havia porém um ponto em que nenhum se animava a tocar: página do coração que cerrara para não mais abrir. Era a tarde que decidira de seu mútuo destino.
Amavam-se ainda?
Era de pensar que não; pelo menos nenhum deles acreditava possível já agora, o que não fora outrora na flor dos anos seus. Viviam na doce confiança de uma terna e pura amizade. Se alguma suave esperança, das que brotaram na primavera do coração, ainda reverdecia às vezes na monotonia do presente, breve se finava no silêncio de suas almas já ermas de amor.
Naquela noite de ano-bom, fadada para tantos acontecimentos desta história, a primeira luminária a luzir entre os coqueiros e João Fogaça que galgava a ladeira de Nazaré para entrar na cidade, depois de uma ausência de dois meses gastos em correria pelo sertão. O capitão de mato deixou o seu bando arranchado no recôncavo, e demandando a cidade, tomou o caminho tão trilhado da casa da viúva do José Tendeiro, que morava para as bandas de Santa Luzia.
Mariquinhas esperava-o. Partindo, João lhe dissera:

— Guardai-me as janeiras, Mariquinhas!

E ela cumpriu com o prometido. Apesar da festa, deixou-se ficar em casa à espera do amigo. João achou já posta a mesa da ceia com dois talheres. No que lhe era destinado estava um pequeno saquitel de seda escarlate cobrindo uma relíquia, a que o vulgo dava o nome de bentinho e atribuía a virtude de salvar de todo o perigo quem o trazia com fé e devoção. O relicário da moça era preso a um cordão de ouro e continha um pedaço do santo lenho da Cruz, envolto em cabelos seus.

Mas a natureza desse invólucro não se via, nem se havia de saber. Era segredo dela para Deus. Não valiam aqueles fios como prenda ou mimo a João, senão como satisfação que se dava a si própria, fazendo que uma porção, mínima embora de sua pessoa, acompanhasse o amigo nas longas ausências pelos ásperos sertões.

A noite passara como as outras, se não fora que o capitão de mato se deixou ficar além da hora costumada. Ao toque de recolher ainda estavam à mesa da ceia: o viandante trouxera bom apetite do último estirão de caminho que forçara para alcançar a cidade; e portanto a refeição prolongou-se. Avisando afinal que era tarde, saiu para seu rancho, levando ao pescoço o relicário.

A prenda de Mariquinhas a roçar-lhe o peito, o contato de uma coisa que saíra tão tocada das suas mãos, lhe despertara não sei que doces estremecimentos d'alma. Sentiu-se como afrontado de suspiros alegres e tristes, de saudades travadas de esperanças; e sem pensar, os lábios entreabriram-se e o seio desafogou no descante predileto. Bem anos havia que o não entoava senão lá no seio profundo das florestas virgens, onde não chegava o rumor de gente. No povoado temia acordar os ecos dormidos de um passado morto.

Dez braças não andara, quando ao terminar a primeira copla, alguma coisa o ressabiou. Apesar de preocupado, os sentidos estavam alerta. A vida do deserto, o costume de bater o mato dia e noite, faz desses homens assim. Há neles como uma espécie de sonoridade íntima; o menor rumor, o mais leve estrídulo, repercute dentro, estejam embora com a atenção voltada a outra parte. Isso neles é já independente da vontade: o sentido vibra, como vibra a outra ponta do fio de arame levemente percusso na oposta extremidade.

O que ressoou ao ouvido de João Fogaça que assim o ressabiou, foi surda percussão na terra, que se ouvia ali próximo; coisa por certo imperceptível para outro que não o capitão de mato, mas clara e distinta para ouças tão finas e exercidas como as suas. O som lhe vinha do mais basto de um arvoredo que ficava à direita, cobrindo o flanco de um edifício. Era a mesma casa para onde se dirigia com tamanho mistério o nosso bom Doutor Vaz Caminha.

Sondando a ramagem com o varapau ferrado e o olhar, nada descobriu de suspeito o capitão de mato; o rumor de todo cessara. Não julgando necessária à segurança de sua pessoa maior investigação, pôs-se de novo a caminho atacando a segunda copla. Foi então que lhe chegou o primeiro

aviso de Cristóvão.
Viera ele repassando na mente todo esse feliz tempo de sua descuidosa infância. Aquele assobio especial, sinal de folgares e caçadas, era como um eco vivo dessas recordações, ali espertado de repente no ermo silêncio da noite. Estacou, e levado de um impulso mais forte e rápido que o seu querer, respondeu ao aviso. Que o assobio vinha de Cristóvão, seu colaço, tinha ele plena certeza; ninguém mais o daria com aquela perfeição. O difícil era conhecer-lhe a tenção. Seria brinco apenas, ou algum caso sério e urgente? A instância com que repetia-se o aviso, e uma certa sofreguidão no sopro, talvez por sair de um seio opresso, indicaram ao sagaz forasteiro que seu colaço estava em mau passo e havia dele mister.
— Deve de ser além do mosteiro!... disse orientando-se.
Voltou sobre os passos e onde acabava o muro da casa que ia ladeando, cortou rumo direito na direção que lhe dera o sinal.
"Quem anda aos porcos tudo lhe ronca", diz o anexim. Ora a Anselmo e seus companheiros que ali estavam escondidos no arvoredo, cavando uma mina lá para os seus planos concertados com mestre Brás e o negro Lucas, não escaparam os feitos do capitão de mato. Eles o descobriram quando sondava a ramagem, escabreado com a pancada surda do cavador, ouviram-no que trocava um sinal com alguém ao longe, e não fizeram reparo donde primeiro partira; enfim o viram sumir-se varando direito pelo matagal fora, como quem tinha pressa de chegar, ou afogo de escapar.
Afigurou-se a Anselmo que tal assobio podia bem ser a senha de quem os estivesse espreitando; e como Joaninha aí não estava para o despejar de toda a prudência, resolveu tirar as coisas a limpo. Deu fala aos cinco, e todos um após outro, se foram na pista do capitão de mato, agachados pelo capim.
Eis como chegara João Fogaça à borda do valado, e infelizmente para Cristóvão, seguido da vil quadrilha do Anselmo, que mais complicaria a já de si tão difícil posição do moço cavalheiro.
As coisas estavam ainda no ponto em que as deixamos. O Anselmo caído no fosso, mas esforçando com unhas e dentes para galgar a borda;
Cristóvão sobre um joelho, mas resistindo sempre, e amedrontando ainda os três cobardes assassinos, que não ousavam afrontá-lo de perto e esperavam ensejo de feri-lo de revés e à traição; João Fogaça impedido pelos companheiros de Anselmo de saltar o valo e levar socorro ao seu colaço.
— Vocês me conhecem, corja de biltres? disse o capitão de mato para os cinco bandidos. Pois eu vou saltar este valado já; se quando achegar-me da beira e olhar para trás, ainda vos enxergar aqui, prometo-vos, palavra de João Fogaça, que de cinco que sois vos porei em dez!
E o capitão de mato deu-lhes as costas e caminhou com imperturbável serenidade para a borda do fosso. Os aventureiros se dispunham a dar de pernas, com medo da ameaça, quando a voz do Anselmo, que decididamente tinha sobre eles grande ascendente, restituiu-lhes a coragem.
— Não façais tal! gritara o cigano do fundo do valo. Picai-o à faca, e o mais

depressa é o melhor, para me safardes daqui.
Os cinco avançaram. Então João Fogaça foi tomado de uma raiva tremenda. O ímpeto só com que travou do largo chanfalho, fez tiritar o coração aos aventureiros; o seu primeiro passo deu-lhes asas; de modo que arremetendo contra eles, já não achou homem para o bote que levava feito. Todos haviam desaparecido.
Volver de uma corrida, desenvolver o pulo e saltar o fosso, foi para o capitão de mato negócio de um jato. Mas em mofina hora o fez; porque a esse tempo já o Anselmo conseguira segurar-se à borda fronteira. Quando pois João Fogaça bateu com as pesadas chancas na beira mesmo do terreiro, sentiu que o mariola lhe travava das mãos ambas o tornozelo esquerdo. Felizmente conseguiu agarrar-se a um ramo de árvore, mas foi preciso para isso largar a farrusca.
Assim suspenso por um pé à borda do valo, resistindo no outro aos esforços repetidos do Anselmo que trabalhava por derrubá-lo, sentindo estalar o ramo que vergava com seu peso, João Fogaça via com desespero Cristóvão a morrer ali a seus olhos, quase ao alcance do braço, sem poder valer-lhe. Debalde abaixava-se para alcançar o espadão; era vão intento.
Nisto reboou no silêncio da noite o estrupido cadente de rápido galope.
A voz do capitão de mato, aquela voz possante e sonora, ecoou quase uníssona, lançando duas vezes a pequeno intervalo o grito de socorro:
— Aqui!... De Deus e de El-Rei!...
Quando o som da voz se dissipou no ar, tudo voltara ao silêncio; já não se ouvia o galope do cavalo. Mas a ansiedade foi curta. O som das patas do animal repercutiu de novo e mais próximo; logo depois uma voz:
— Quem vai lá?
— Cristão e português, prestes a morrer às mãos de seis assassinos! respondeu João.
— Estácio!... balbuciou Cristóvão sucumbindo afinal.
Era de feito Estácio Correia.
Deixando Vaz Caminha, corria um galope desesperado sobre Nazaré. Por cima de barrancas e corcovos, através balsas e matagais, lá se ia o cavaleiro com seu pajem na garupa. Essa corrida louca e esvairada como que lhe acalentava o sofrimento. Gil seguro à cintura do moço, fechava os olhos para não ver; ele tremia, é certo, mas uma ideia o consolava. Pensava que se o cavalo arrebentasse nalgum estrepe, ficariam bem magoados sem dúvida, mas o amo não iria fazer-se traspassar pelo alferes.
Quando reboou o primeiro grito, Estácio não o ouviu, tão alheio estava de tudo que não era a sua dor íntima e funda. Gil porém o advertiu:
— Não ouvides, senhor cavalheiro? Bradam socorro.
Estácio era generoso o caritativo; esse reclamo extremo que invocava auxílio não só em nome de El-Rei, como em nome de Deus, ecoou em seu nobre coração. Mas é força confessar; colhendo as rédeas para governar o cavalo na direção do clamor, o seu pensamento e sua palavra não eram de compaixão.

— Talvez matem-me eles mais breve do que esperava eu.
E precipitou a corrida para a cerca de D. Luísa, onde chegou justamente a tempo de ouvir de envolta com seu nome, o último gemido da vítima.
— Cristóvão!... gritou reconhecendo na voz moribunda a fala do amigo.
Quando a exclamação terminara, já as patas do cavalo, que juntara com o golpe rijo dos acicates, batiam o terreiro e já Estácio saltava da sela e corria ao amigo. Achou-o, corpo inanimado, nos braços do capitão de mato:
— Cristóvão, amigo, fala-me, dizia ele sentindo correrem as lágrimas que supunha estanques.
— Ainda vive!... acudiu João. Já, senhor! Eia, sem perca de tempo, a ver se o salvamos.
— Que pretendeis?
— Levá-lo aonde seja possível pensar-lhe as feridas. Morais acerca daqui?
— Oh! que não! Junto da Ribeira...
— Mais próximo acharemos gasalhado e socorro para ele... Deixai que o carregue! Não é peso para mim.
João Fogaça tomou Cristóvão nos braços, como se fora um filho pequeno, e partiu com o precioso fardo. Seguiram atrás Estácio e Gil mudos e cabisbaixos, acompanhando o corpo do valente cavalheiro. No terreiro, somente ficaram os feridos que lograram a vida escapa, graças a ter o capitão de mato o cuidado todo empregado na salvação de seu colaço. Os assassinos, estes se tinham evadido por detrás da casa perseguidos pelo destemido pajem. O Anselmo também foi cuidando em pôr-se a bom recado, logo que pressentiu que a chegada de Estácio ia afinal decidir o pleito.
Fora poucos instantes depois desse desfecho, que D. Luísa de Paiva despachara o seu caseiro Manuel Batista com recado ao Reverendo P. Figueira. Do como desempenhou-se ele dessa incumbência já se viu anteriormente; e ainda mais agora que o jesuíta seguido sempre do seu penitente acólito, entra já a cancela do terreiro.
A viúva esperava com ânsia o seu capelão. Apenas o avistou de longe correu a recebê-lo no patamar.
Encerraram-se ambos no gabinete, e tiveram aí larga conferência; do que nela acordaram não se soube; mas logo que foi terminada, o Manuel Batista partiu apressado para a cidade em busca de um mecânico, oficial de serralheiro.

Capítulo XXII
Que há males que vêm para bem

Deixando o terreiro de D. Luísa, o capitão de mato acompanhado de Estácio e Gil, dirigiu-se rápido à casa de Mariquinhas dos Cachos, por ser esse o mais próximo albergue a que podia conduzir o corpo de Cristóvão a fim de acudir-lhe com os primeiros socorros.
A moça já estava recolhida desde muito; mas entendendo daquele bater

apressado e tão fora de horas, que era caso de aperto, e conhecendo a voz de João Fogaça que a chamava, consertou de afogadilho as roupas de dormir e embuçada na sua mantilha correu a abrir.

Em poucas palavras lhe comunicou João o que o trazia assim de surpresa; e ela, vendo-lhe nos braços o corpo desfalecido do cavalheiro, ficou tão enleada que não sabia o que fizesse.

Seu primeiro impulso foi levar o capitão de mato à alcova; mas lembrou-se que sua cama estava desfeita e ainda quente de seu calor; e a lembrança de que João a pudesse ver assim, queimou-lhe as faces de pejo.

— Move-te daí; e dá-me uma cama, ou uma enxerga ao menos, para deitar este mísero, que está a despedir-se da vida se não lhe acudimos já.

Estas palavras do capitão de mato fizeram a moça esquecer-se de si para só pensar na salvação de Cristóvão. Correu à sua alcova, e ajudou João a deitar em sua cama o corpo inanimado do cavalheiro.

Na cidade do Salvador e sua redondeza não havia então físico ou algebrista que chegasse ao capitão de mato na arte de pensar feridas, consertar ossos e conhecer os simples; nem mesmo o mestre Cabral, de todos os mata-sanos da Bahia o mais afamado.

Aprendera dos selvagens entre quem passava uma boa parte de sua nômade existência.

Lavando os golpes e sondando-os, conheceu ele que, profundos e em grande número, não tinham embora ofendido algum órgão vital; a perda de sangue, sim, fora muita e debilitara em excesso o enfermo. Posto o aparelho, o cavalheiro recuperou os sentidos, mas para cair em nova e frequente síncope, que trazia a todos assustados.

João Fogaça resolvido a não arredar pé um instante da alcova enquanto não visse o seu colaço livre de todo o perigo, chamou Gil para mandá-lo a sua casa buscar um cordial que ele mesmo compusera de bálsamo de embaíba.

O pajem, depois de ouvir o recado do capitão de mato, tomou Estácio de parte para dizer-lhe:

— Ides amofinar-vos comigo, sr. cavalheiro, mas paciência. Jurei à minha alma que não vos deixaria um instante só.

— E por que motivo não me queres tu deixar, Gil?

— Se nada posso por vós, dai-me ao menos que seja convosco até o último instante.

— Vai em paz. Eu te prometo que na hora derradeira te terei junto a mim, pois lembra-te o que de ti espero que lhe digas a ela.

Gil, consolado com esta promessa, partiu a correr; e antes de uma hora estava de volta.

O resto da noite correu entre os frouxos lumes da esperança, que logo se apagavam, para lampejarem de novo. Foi somente lá para a madrugada que os efeitos do curativo dissiparam os sintomas assustadores. Voltou o calor à epiderme gelada, a luz aos olhos baços; e o espírito animou outra vez aquele corpo hirto. Cristóvão quis falar; mas as forças não lhe chegaram senão para sorrir aos amigos que rodeavam o leito. Depois desse esforço, caiu em profundo letargo.

Até então pessoa alguma ocupara-se de outra coisa que não fossem desvelos e sustos pela sorte do enfermo. Com os olhos pregados no belo semblante pálido de Cristóvão, espiavam todos, reclinados sobre a cama, os vislumbres daquela existência que semelhante ao clarão da lâmpada bruxuleava prestes a extinguir-se de todo.

Mal o sorriso despontou nos lábios descorados do cavalheiro, derramou-se por todos os semblantes como se fosse contagioso. Ouviu-se então o respirar profundo daqueles peitos por tanto tempo opressos; e a alegria de todos se difundiu em um mesmo grito:

— Está salvo!

João Fogaça então voltou-se para Estácio Correia:

— Não vos conhecia de pessoa; e não sei mesmo se vos conhecia de nome, ainda que o ouvisse proferir por vezes. Comecei porém a conhecer-vos pelo coração, que é de ouro fino. Se algum dia precisardes de um braço pesado, um pé ligeiro, e uma cabeça dura, é esta figura desengonçada que aqui vedes, João Fogaça, capitão de mato, para vos servir e respeitar.

Estácio apertou a mão ao sertanista.

— Eu já vos conhecia pela conversação de Cristóvão, e tanto que vos adivinhei logo que nos encontramos. Sei pois quanto vale o que tão graciosamente me ofereceis, e do que é capaz vosso esforço e diligência para as maiores empresas; mas acima de tudo agradeço-vos a salvação deste irmão; ainda que não o fizestes senão por ele, é como se o fizésseis a mim mesmo.

— Mas não, pois fostes quem o salvou e não só a ele, senão também a mim de um banho no fosso. Quando chegastes tão a ponto, estava eu, cai não cai. Figurai-vos um homem com um cão filado ao calcanhar!... Mas eu lhe farei as contas e boas, ao tal Anselmo e aos outros. Bastou vossa presença para que se moscassem!... E nem espada trazíeis!...

Continuaram a praticar os dois, que se tinham passado à varanda para não perturbar o sono do enfermo. João Fogaça contou o que vira desde o momento de sua chegada; Estácio adivinhou o resto pelo que já sabia dos amores do amigo.

Pela madrugada Mariquinhas veio ter com eles:

— Espertou agora mesmo, disse a moça; deixei-o mais calmo da dor, mas não do ânimo.

Os dois amigos voltaram à recâmara, onde encontraram o ferido já outro, embora ainda bastante abatido. Assim que os viu, Cristóvão tomou-lhes das mãos, para os chamar a si:

— Que isto não se assoalhe, amigos. Se me quereis, dai-me esta prova. Seu recato é bem mais precioso, do que esta vida salva por vós.

Resolveram que se guardasse segredo impenetrável. Estácio respondia pelo pajem; os facínoras, esses de seu lado teriam cuidado de não se denunciarem. A mãe de Cristóvão morava no engenho a quatro léguas; portanto podia ficar na ignorância dos ferimentos, se durante a cura houvesse cuidado de mandar regularmente notícias. Afonso, o escudeiro de Ávila, que apenas avisado por Gil acudira à pressa, foi incumbido da execução desse plano.

— Ainda vos tenho que pedir, disse o ferido.

— Falai, amigo! tornou Estácio.

— Falai, porém o menos possível a fim de não enfraquecer-vos ainda mais.

— Para meu sossego, careço de saber dela... Como a tratou sua mãe, depois que a arrebatou de mim... Sobretudo não me enganai!

— Estou que por aí nada há que temer.

— Ah! que muito! Tenho um pressentimento...

— Pois vou-me deste passo cumprir o vosso desejo e não esperareis muito, que não torne com boas-novas, disse Estácio. Mas ficai certo que se forem más, não as esconderei; pois bem sei eu o que custam depois os desenganos.

A última frase, Estácio a soltara sem querer e com uma voz abafada que só do amigo foi entendida. Este viu-lhe no rosto o luto d'alma, e ainda que nada sabia, suspeitou uma grande mágoa:

— Não, Estácio, replicou Ávila. Guardo-vos para coisa mais difícil; esta diligência, dou-a ao meu colaço, como pessoa menos conhecida.

— Pronto, Cristovinho! De que se trata?

— Esperai, que me sinto fatigado.

— Bem que vos recomendei!

— Quereis que lhe explique? perguntou Estácio.

Cristóvão fez sinal afirmativo.

— Trata-se de ir à casa de D. Luísa. Sabeis? A mesma desta noite...

— Sei, sei; lá contava ir eu hoje logo que amanhecesse à busca do meu varapau, e para tirar certa devassa do caso...

— João, por quem sois, não façais espalhafato!

— Convém todo o disfarce e prudência para o bom êxito da empresa, acudiu Estácio. Ides lá unicamente saber o que houve com D. Elvira da parte da mãe.

— Mas bem entendido, observou Cristóvão, que não fareis ruído, nem algazarra.

— Está direito! Mas pergunto-vos eu, se pilhar de jeito algum dos cães desta noite, posso torcer-lhe o gasnete.

— Não! Não! exclamou Cristóvão.

— Devagarinho, sem rumor?

— Por Deus, João! Se ides com tais tenções, melhor é deixar-vos ficar. Estácio me fará esta esmola!

— Bem, bem; não se matará nem uma pulga, pois que sois tão avaro do sangue alheio, quanto pródigo do vosso.

— Não é do sangue que ele é avaro, mas do crédito e virtude dela. Porventura nunca vos bateu o coração por alguma mulher, Sr. João Fogaça? perguntou Estácio.

Os olhos do capitão de mato brilharam como uma chama que rompe do borralho, e apagaram-se logo sob a expressão de um riso desconsolado.
— Não sei! Se isso foi, há tanto tempo já, que não me lembra.
Mariquinhas voltou-se para abafar um suspiro, que ninguém ouviu.
— Pois volvei a esse tempo, tornou Estácio; e suponde que por uma indiscrição vossa, iam dizer amanhã que essa a quem adorais faltou ao recato de donzela e aos ditames da honra!... Pensai que desgosto não seria o vosso.
— Basta; não careceis de me dizer mais nada. Ficai tranquilo, Cristovinho!
O capitão de mato advertiu Mariquinhas do que lhe cumpria fazer, e foi-se, tendo antes o cuidado de examinar o aparelho da ferida.
Ficando só com o amigo, a primeira palavra de Ávila foi:
— Que vos aconteceu, Estácio? Dizei-mo, amigo.
— Falemos antes do que me quereis incumbir, Cristóvão.
— A incumbência é nenhuma, foi mero pretexto para não vos distrair de vossos cuidados com os meus, pois vejo que os tendes bem negros e pesados.
— Engano vosso.
— Que val negardes?... Não estou vendo eu que se a mim cortaram as carnes a ferro, a vós lancearam o coração quem sabe de que dor. E todavia eu vos acreditava tão feliz!
— Também eu!... É sempre assim, primeiro o mel, depois o fel, para que mais amargo saiba.
— E agora, ainda o negareis?
— Quereis saber? Suspeito que os amores de D. Fernando são bem acolhidos.
— Donde e por que o suspeitais?
— Não poderei dizer-vos; tenho essa desconfiança.
— Ah! já vejo que não passam de sombras más vossas tristezas. Desterrai esse mau pensar; Inesita vos ama; não o viu ontem na cavalhada quem não quis ver.
Estácio pôde a muito esforço disfarçar a sua dor e ocultar a certeza de sua desventura, para não magoar o amigo. Calou-se pois dando mostras de consolado.
Sobreveio com pouco novo sono ao enfermo. Estácio contemplou um instante o amigo adormecido, e afastando carinhosamente os anéis de cabelos, beijou-o na fronte.
Gil alerta ouviu os passos do cavalheiro, e dispôs-se logo a acompanhá-lo. Partiram ambos sem despedirem-se da Mariquinhas dos Cachos.
— Vamos a Nazaré, Sr. Estácio? perguntou o pajem.
O mancebo respondeu com um gesto afirmativo.
— E o vosso cavalo?
— Não é preciso.
Rompia então a alvorada. As lindas colinas que formavam naquele tempo a

cintura da cidade, debuxavam-se no horizonte aos toques da luz matutina. Dos campos e dos bosques se elevava esse jubileu sublime, que anuncia em nossa terra o nascer do sol.
Estácio, submergido em sua consciência, não se apercebia desses esplendores da natureza tropical. O projeto sinistro que ele formara na véspera ao sair do sarau, e do qual o distraíra a aflição de ver Cristóvão malferido, de novo se tinha apoderado de seu espírito.
Mas, neste momento, aplacado o primeiro ímpeto da paixão, o mancebo tinha a calma necessária para refletir.
O recente perigo de Cristóvão lembrou-lhe que tinha um amigo, um irmão, a quem sua vida ainda podia servir outra vez, como servira aquela noite.
Depois pensou no desgosto que sua morte causaria ao bom Vaz Caminha, a quem pagaria com a ingratidão o amor e benefícios que dele recebera.
Finalmente recordou-se do empenho sagrado que na véspera contraíra com a memória venerada de seu pai, injustamente condenado.
E foi assim que o desastre acontecido a Cristóvão de Ávila trouxe esse bem de salvar a vida de Estácio Correia, impedindo-o de correr ao desafio com o alferes, para trespassar-se na sua espada.
Contudo ainda o mancebo esteve em risco de tornar à sua ideia, quando ouviu ao longe um alegre descante, resto das folias da noite. Este eco das festas, que para ele haviam sido tão desventuradas, veio avivar-lhe todas as recordações que apenas começavam a adormecer.
Entretanto João Fogaça tratava de desempenhar-se da incumbência que recebera.
A advertência de Estácio e o pedido de Cristóvão o tornaram prudente e o demoveram da ideia em que estava de ir ao terreiro de D. Luísa buscar seu varapau e com ele por desfastio escovar o pelo a algum dos mariolas da casa, se o apanhasse desgarrado. Adiando para mais tarde este gosto, fez-se na volta de Nazaré.
Daquelas bandas ficava o pouso onde costumava arranchar sua companhia composta de cem índios, e onde a deixara na véspera sob as ordens de Antão Pereira, seu cabo, quando entrou na cidade para acudir ao emprazamento da ceia em casa da Mariquinhas.
Fogaça não era homem de palavras, nem de reflexões; sua força estava na ação. Essa era pronta, decidida e inspirada pelas circunstâncias do momento; então um instinto maravilhoso guiava-lhe o pensamento e o braço. Se fosse general, só ganharia batalhas à Marengo.
Sem inquietar-se dos meios de que ia servir-se para chegar ao resultado, curou unicamente de armar-se dos instrumentos necessários à empresa. Era isso o que o levava ao rancho.
Entre os selvagens de sua companhia, havia três que formavam seu estado-maior, porque sempre e em qualquer empresa que cometesse, os trazia a seu lado.
Um deles via de dia ou de noite um inseto voar em distância onde qualquer

outro de vista regular não descobriria um pássaro. João Fogaça o chamava pura e simplesmente Olho, e com razão, porque era o único órgão inteligente que se distinguia nessa natureza bruta.

O segundo selvagem ouvia na distância de dez passos o roer da lagarta na folha da imbaúba, e distinguia no vasto rumor da mata-virgem a qualidade e a distância de todos os sons que formavam o surdo concerto das selvas. Pela mesma razão que o outro, esse foi apelidado Ouvido.

O terceiro porém era ainda mais admirável; bastava-lhe pôr o nariz ao vento e aspirar uma baforada de ar, para conhecer que pessoas ou coisas estavam naquele momento dentro do largo círculo de seu olfato, ou por aí tinham passado nos dias anteriores. Se lhe dessem a cheirar um molho da relva pisada por animal, ele diria incontinenti a espécie, se bruto, e qual a família; se homem, qual a raça, europeia, africana ou brasileira; e precisaria o tempo em que por aquele lugar passara. Esse acudia ao nome de Faro.

Coletivamente João Fogaça os chamava seus três sentidos de sobressalente.

Chegado ao rancho o capitão de mato, entendeu-se previamente com seu capataz, sujeito que formava com ele perfeito contraste; tanto tinha um de avolumado, quanto o outro de exíguo. Aquele era a pachorra caracterizada; este tinha azougue na medula.

— Careço de estar estes tempos na cidade, Antão; deixo-vos pois a gente bem recomendada.

— Este que aqui está, João Fogaça, já aguentou o arranco de uma maruja insubordinada!... Se vísseis como a tenteei à força de calabrote! Nem piava!...

— Bem sei com quem lido; e por isso não vos dou mais jurisdição, do que a de amarrar o que mal proceder; o mais fica por minha conta.

— Torno a dizer-vos, Fogaça, poupais muito o pelo a esses malditos caboclos!

— Pudera não; se é esse pelo que me cobre a pele!...

— Por isso mesmo; é bom trazê-lo escovado.

— Sobre isto basta. Vamos agora a certa combinação necessária. É bem possível que eu tenha necessidade de comunicar-me convosco de um momento para outro; de caminho irei postando a distância os escutas para que no caso de necessidade o aviso vos chegue sem tardança. Esse aviso será além dos mais que já sabeis: ou que preciso de vós em pessoa, ou que preciso de um, dois, até os cem caboclos. No primeiro caso ouvireis gritar a saracura.

E o capitão de mato imitou o grito da ave; depois deu ao grito uma modulação imperceptível para distingui-lo do primeiro, e significar conforme a sua repetição o número de homens. Finalmente o canto cheio do pássaro equivaleria a dez!

— Portanto, concluiu o capitão de mato, se ouvirdes a saracura cantar assim dez vezes, correi todos em meu socorro.

— Estamos cientes! disse Antão.

João Fogaça voltou à cidade com os seus três sentidos de sobressalente e mais alguns índios, que foi deixando pelo caminho, na distância de muitas braças um do outro. Chegando defronte da casa de D. Luísa, parou fazendo um sinal aos três índios para que se aproximassem; as três cabeças inclinaram logo, cada uma de seu modo a fim de aproximarem do senhor a parte mais nobre e inteligente; a de Olho, direita, encarando em frente; a de Ouvido, pendida para escutar; a de Faro, empinada ao vento.

— Estão vendo aquela casa?... Quero saber tudo que se passar dentro dela e ao redor!... Ora, pois, à noite cá voltarei!...

As três figuras de quadrúmanos afastaram-se, tomando cada uma forma diversa; uma grimpou ao cimo da árvore mais alterosa do circuito; as duas outras, pondo-se a barlavento da habitação, uma embolou-se entre as moitas como um tatu, a outra escorregou de galho em galho como uma preguiça.

Capítulo XXIII
Cavalarias altas do Doutor Vaz Caminha

Ao separar-se de Estácio na Rua de Santa Luzia, o licenciado seguiu para a casa da dama desconhecida, guiado pelo negro Lucas.

Passada a porta de São Bento, havia à beira do caminho uma casa que tinha de um e outro lado grande quintal, coberto de vasto arvoredo. As ramas das goiabeiras tinham invadido as duas extremidades do alpendre, de modo que não se via senão duas janelas de rótulas no centro.

A porta principal da casa, que ficava a um dos lados, parecia condenada desde muito, pois estava oculta pela ramada e coberta de limo. De feito, muitos anos havia que não se tinha aberto para pessoa alguma; o serviço da casa fazia-se pela entrada interior, que do quintal comunicava com a rua por uma cancela.

Como essa cancela ficava muito distante do oitão, e abria-se no meio de uma cerca bastante extensa, não era fácil conhecer se dava entrada para a casa misteriosa, que parecia abandonada, ou para alguma outra que houvesse dentro do quintal.

Lucas, deixando o doutor no alpendre, abriu a cancela e dirigiu-se à casa por um caminho tortuoso e estreito, que passava entre o arvoredo copado e as toiças de bananeiras.

O Doutor Vaz Caminha, desde que saíra da taverna do Brás Judengo, vinha parafusando, já no mistério deste chamado, já na conversa que surpreendera na adega entre o negro e o taberneiro. Ainda que o primeiro ponto devia ocupar muito mais seu espírito, como aquele que diretamente o interessava, ele não podia arredar o pensamento do plano concertado para o roubo do tesouro enterrado; e cogitava se não estaria involuntariamente envolvido nessa trama.

Agora, parado ali no alpendre da casa, onde provavelmente jazia o tesouro, aquelas preocupações voltavam, e com maior intensidade; pelo que o doutor examinava o edifício e seus arredores com uma atenção minuciosa. Pareceu-lhe distinguir uns vultos que se esgueiraram pela cancela, logo depois da passagem de Lucas; e erguendo-se na pontinha dos pés, tentou ver através da cerca a direção que tomavam.

Neste momento porém a chave rangeu na porta grande da entrada, e volveu à direita e à esquerda, mas debalde; a ferrugem tornara perra a fechadura. Depois de grande esforço a porta abriu-se afinal e correu sobre os gonzos gemendo; algumas víboras escaparam-se das fendas carunchosas, e a luz interior coou mortiça através das folhagens.

Vaz Caminha penetrou na casa; e a Brásia, que lhe abrira a porta, o conduziu a uma sala outrora ricamente adereçada, mas já então usada pelo tempo e desbotada do antigo luzimento.

Uma dama erguera-se do coxim a que estava recostada para vir ao meio da sala receber o doutor. O traje era de viúva; a beleza deslumbrante. Quem lhe via a mimosa e gentil feição, a julgava na primeira flor da juventude; mas reparando, descobria-se uma névoa ou sombra, como nas imagens de santas, a embotar o viço da formosura.

Naquele tempo havia destas flores de claustro, floridas sem brisa, nem sol; mas esta, não a desmaiara o gélido crepúsculo das naves, senão talvez que a crestara o sopro ardente do mundo.

Este constante volver d'alma para dentro de si mesma, quem já o exprimiu? Quem sabe o que há aí, no âmago, que assim confrange a vida? Será um santo êxtase de amor e fé, e também pode ser o acre prurido de úlcera profunda.

A dama, depois que saudou o advogado, indicou-lhe uma cadeira de espaldar que estava fronteira; junto ao coxim havia sobre o velador da Índia uma bolsa cheia de ouro, posta em salva de prata.

— Desculpai-me o desarranjo que vos causei, meu senhor, e a mesquinhez da paga. Outra de mais valia vos guardarei eternamente em meu coração pela generosidade que houvestes com uma dama desconhecida.

Ao proferir destas palavras com a voz trêmula e leve acento castelhano, a dona tomara a salva do velador e a pouco e pouco, resvalando pelo coxim, estava de joelhos sobre a almofada no momento de oferecer ao advogado a espórtula dos bons ofícios que dele esperava.

Nunca remuneração de um serviço foi mais generosa, nem com mais delicadeza oferecida. O doutor confuso ergueu a dama e deitou a salva em cima da banquinha.

— Não fiz mais que o meu dever, senhora minha, e dou-me por bem pago com prestar-vos tão pequeno serviço.

— Sois rico e muito de saber, sr. licenciado, mas se não me enganaram, reduzido nos bens da fortuna que o acaso acumulou em minhas mãos. Demais, tendes com quem repartir, enquanto que eu estou só no mundo.

— Quem tenho eu, senão uma pobre irmã, que de bem pouco precisa para encher os últimos dias?

— E um afilhado e discípulo a quem estimais como filho.

— Estácio?... Ah! esse é como outro eu!
— Tanto o prezais!... Pois recebei para ele o que para vós recusais. Trocando uma parte mínima de sua abastança por toda a vossa opulência de saber, é esta vossa serva quem ainda vos fica restando.
— Basta, senhora minha; vejo que vossa generosidade é das que não se deixam vencer da recusa, antes dobram e avultam com ela. Recebo a tão fidalga retribuição; mas como letrado somente. Se outra foi vossa ideia chamando-me, dizei-o logo, para que me retire.
— Ah! não... podeis ficar sem receio.
O advogado não hesitou mais e beijou a mão da dama; esta prosseguira:
— Haveis de escusar, senhor doutor, a hora e estranheza deste emprazamento, tão fora dos vossos hábitos; mas além de que tinha razão de segredo, como vos adverti no meu recado, acresce que sou espiada. Sabereis logo por quem, e qual o motivo. Assim não achei melhor ensejo para falar-vos do que esta noite de folguedos, em que todos andam distraídos com a festa.
— Vejo que se vosso caso é grave, senhora, vossa discrição está na medida dele. Podeis expô-lo.
A dama recolheu em si e parecia agora no momento de abrir os refolhos de sua alma, presa de um enleio que lhe tolhia a palavra. Era o pudor de uma angústia, ainda não desflorada pela curiosidade ou mesmo pela compaixão de estranhos, mas até então recatada nas profundezas d'alma.
— Quando vos aprouver, senhora, estou pronto para ouvir-vos, disse o velho animando-a.
A dama começou trêmula:
— O para que vos roguei, sr. licenciado, é em verdade mais do que uma consulta, pois é uma confissão. O que espero de vós, não é só conselho, senão também amparo e proteção ao meu desvalimento. Isto bem sei que não se paga com ouro, mas suplico eu como esmola.
— Proteção, dar-vo-la-ei, senhora, não minha; mas a da lei e justiças de El-Rei. Quanto ao mais podeis falar; meu ministério é um sacerdócio também.
— Não esperava menos de vossa bondade.
— Contudo de uma coisa devo prevenir-vos. Se com a vossa revelação tendes em vista antes um conforto para o espírito, do que um remédio a agravos dos homens, melhor vos serviria um ministro da religião, do que um ministro da lei. Tão seca e áspera é a palavra deste, como a daquele suave, branda e insinuante.
— Nunca!... Deles nada quero! exclamou a dama com um gesto de horror, que surpreendeu o velho advogado.
— Teríeis a desgraça de não ser cristã, senhora? perguntou o velho com um tom compassivo.
— Mas ouvide esta desventurada, senhor meu, que tudo entendereis. Cristã nasci e... e sou ainda.
Passado um instante, em que a dama recobrou-se da comoção que sofrera,

dirigiu-se de novo ao advogado.
— Talvez tenha chegado à vossa notícia o nome de meu pai, D. Ramon Salas?
— Castelhano?
— De Andaluzia. Fazem nove anos que nos passamos ao Brasil. Logo depois de nossa chegada, meu pai fez uma entrada no sertão, donde trouxe avultado cabedal em pedrarias de diamante, que ocultou em lugar seguro. Para mim o destinava ele, que para si não queria mais felicidade do que a de sua filha!... Pobre pai! Finou-se sem ver o termo de minhas desditas!... Eu que tanto esperava dessa riqueza, não sei agora como use dela! E às vezes já me cansa defendê-la contra a cobiça alheia.
— Alguém é sabedor dela, pois a cobiça?
— Foi público e notório o lucro que meu pai tirou de suas explorações no sertão. Parece que também esta nova chegou ao Colégio dos Padres, pois o reitor não tem cessado de instar comigo para fazer esmola ao seu Instituto dos cabedais que herdei. Deixai que vos diga; sinto por tudo quanto veste o hábito negro da Companhia um ódio entranhado; mas ele também é jesuíta!...
— Ele?... interrogou o doutor.
A moça calou-se de novo, absorvida em suas mágoas. O velho contemplava-a perscrutando-lhe o pensamento na expressão da fisionomia. De repente ergueu a fronte, surpreso. Inclinando o ouvido à escuta, percebeu um surdo rumor que saía do chão e parecia vir do lado a que dava ele as costas. Voltando-se, percorreu de um olhar rápido essa face interior da sala. Rasgavam a parede três portas; uma pela qual entrara, à direita; outra, à esquerda, velada por um reposteiro; a do centro mais larga, em ogiva, rematando em uma cruz de madeira embutida no cimento.
Circulando o aposento, observou mais o doutor que a parede, onde encostava o camarim, abria janelas para o oitão da casa, justamente do lado da cancela, por onde vira pouco antes esgueirarem-se os vultos suspeitos. Este rápido exame da topografia do edifício confirmou o advogado nas suspeitas que o tinham assaltado em caminho. A conversa que pela manhã ouvira na adega do Brás Judengo; a circunstância de ser Lucas escravo da dama; os avultados cabedais que Ramon havia trazido do sertão em diamantes, e que ocultara em lugar seguro, como pouco antes referira a filha; tudo se combinava agora.
— Não há duvidar!... pensou Vaz Caminha. Aí está o oratório no centro; o camarim da senhora, aqui, no oitão... O Brás foi expedito; não quis perder tempo. Aqueles vultos, que lobriguei na cerca ao chegar, são os acólitos do Judengo, encarregados de fazer a mina. Este rumor subterrâneo é eles que estão cavando.
O advogado teve um impulso de revelar imediatamente à dona o perigo em que estava o seu tesouro, mas lembrando-se que não era possível abrir em uma só noite a mina precisa para chegar ao oratório, conteve-se para não assustar a dama; e propôs-se a ruminar mais tarde o caso, na esperança de

descobrir algum meio de burlar os ladrões sem dar rebate de seu projeto.
A voz da moça interrompeu-lhe a cogitação:
— É tempo de contar-vos a minha história, e dizer-vos que infortúnio é o meu, tão cruel como talvez nenhuma outra mulher o tenha sofrido; pois ver morrer o esposo, não é decerto tão duro golpe como aquele que a sorte mofina me reservou, de ver-me viúva, não o sendo, e proibida de amar aquele que me pertence, porque Deus, que mo deu, o tomou para si.
Vaz caminha recolheu-se atento, e esperou que a dama lhe explicasse o enigma daquelas palavras.

FIM DA PRIMEIRA PARTE

Segunda Parte: Capítulo I
Quando as uvas são mais saborosas que os beijos

Palos é uma pequena cidade da Espanha, sobre o Atlântico, na embocadura do Tinto.
Se nasceste nas plagas da América, esta *magna parem* dos rios gigantes, das montanhas titânicas e das florestas seculares; se a aurora da vida foi para ti iluminada pelas esplêndidas magnificências do sol tropical; vem, irmão, ajoelha nesta plaga estrangeira!
Foi aqui o berço primeiro da civilização para a tua pátria americana.
Deste pequeno porto, aos 3 de agosto de 1492 se partiu Cristóvão Colombo, rumo do desconhecido. Levava três navios apenas; mas levava-o a ele seu gênio. Errou setenta dias, devassando a imensidade dos mares, lutando contra o poder dos elementos conspirados e a maldade dos homens descrentes.
Deus o tinha sagrado ao martírio da glória. Aos 12 de outubro de 1492 dava Colombo um mundo ao mundo.
Mais de três séculos depois, na mesma data 12 de outubro de 1822, devia outro herói, D. Pedro I, dar um império à América.
Essas duas datas memoráveis se olham na história do Novo Mundo, como acaso se contemplariam de longe as estátuas colossais dos dois heróis, eretas sobre gigantesco pedestal, a norte e sul do vasto continente americano.
Vês tu, além, sobre o painel eriçado da pequena cidade, aquelas ruínas monumentais, que veste a recente fábrica, qual sudário a cobrir um esqueleto carcomido pelos vermes?
É o antigo Convento da *Rapita*, aonde retirou-se Cristóvão Colombo, miserável na opulência do seu gênio, rebotalho da incredulidade, tragando escárnio e fel. Aí amparado pela fortaleza d'alma e pela fé robusta em sua ideia, esperava.
Esperava, sim, que houvesse rei de alguma nesga estéril de terra europeia para se dignar de aceitar o mundo que ele andava oferecendo em vão!

Oito anos esperou.
Já o tinham repelido Gênova, sua pátria, e Portugal, a moderna Fenícia. Espanha o acolhera friamente, e mais por espírito de rivalidade. Tarde, e só quando viu o leopardo inglês estirar sobre as futuras Índias Ocidentais as garras que depois fisgaram as orientais, resolveu ela aceitar de má vontade a mais suntuosa conquista, que povo algum já realizou.
Depois do convento dilatam-se as veigas e os vales amenos que aformoseiam essa parte da Espanha.
Vamos pelas margens pitorescas do Tinto, que desce dos cimos de *Sierra Morena* regando os frondosos vinhedos. De espaço a espaço entre as cortinas das parreiras assomam os alvos casais e as granjearias: a vida ali é calma e serena como a correnteza do rio, onde se espelha o céu azul da formosa Andaluzia.
Em um dos casalinhos que bordavam a margem esquerda, vivia em 1595 um pobre vinhateiro. Ramon era descendente de uma família de escudeiros nobres; mas preferira a vida independente e tranquila do campo; tinha pouca família, mulher e filha, nenhuma ambição. A jeira de terra, que herdara, bastava à modesta subsistência; e nos bons anos lá entravam para o modesto mealheiro alguns reais destinados ao dote de D. Dulce.
Era Dulcita uma formosa menina de quinze anos, pura flor andaluza: olhos grandes, de negro aveludado, olhos de gazela; o lábio vermelho como os bagos doces das romãs de Granada; na tez a rósea pubescência dos pêssegos de Almeria; o porte de sultana, e a trança opulenta como a crina virgem do corcel árabe.
O relancear de uns lindos olhos que vos raptam os espíritos e os enleiam num contínuo viver e desviver; os tentadores *olhos furtados*, como lhes chamou Camões, feiticeiro requebro que os castelhanos dizem melhor com uma só e breve palavra, *ojear*; esse condão, ninguém o teve jamais, como ela o tinha. Na sua pálpebra rosada, como na fímbria do oriente, fazia-se o dia e a noite; havia ali para a alma de quem a adorava, auroras resplandecentes e suaves crepúsculos.
Se Djezir, o mavioso poeta árabe, a vira sorrir, acreditara que as mais finas pérolas de Ofir rolavam entre cascatas de rubins de Golconda; ou que todas as rosas odoríferas de Gulistan se desfolhavam em cascatas dos lábios da huri mais mimosa do profeta.
Como as princesas encantadas das *Mil e Uma Noites*, Dulcita esperava o seu príncipe andante. Ele veio a propósito, disfarçado em moço de almocreve. O incógnito por certo pudera ser mais gentil.
Isso foi por uma bela tarde dos últimos dias de abril, tépida e perfumada, como são as tardes da primavera sob o céu da Andaluzia, nos vales ensombrados de laranjeiras em flor. A brisa suspirava a medo, o rio lambia as margens, como lambe o cordeiro os brancos velos da ovelha adormecida. Um rouxinol preludiava a canção maviosa no espesso e florido rosal. Longe tinia o som argentino de uma campainha, que tangia o passo tardo das

mulas de carga trilhando caminho da cidade.
Dulcita, retirada a um canto do pomar, à beira do rio, dava os últimos pontos a uma linda mantilha que destinara à função da maia. Enquanto as agulhas ligeiras passavam e repassavam cerrando as estreitas malhas do torçal, estavam já a revoar-lhe no pensamento as danças e os alegres folgares, e os lindos descantes da próxima festa. Já se via admirada e perseguida pelos rapazes que disputavam a ventura de bailar com ela a primeira cachucha. E de nenhum se agradava, senão que a todos os rejeitava.
Nisto aparecia um lindo *majo*, formoso como um anjo e nobre como um infanção, tão bem composto das feições gentis, e tão alindado das luzidas galas, que era um gosto vê-lo. Chegando lhe deitara os olhos, cativos já; e veio para ela, e veio bailando, e atirou-lhe o desafio. Dulcita estremecia e corava, de pejo também, porém mais de prazer. O pé mimoso e sutil já lhe titilava no chapim broslado e os dedos insofridos estalavam as castanholas. Ai dor!... De tão enlevada que a tinham os ledos pensamentos, se esquecera de si, e começou não de pensamento, senão de verdade, a estalar nos dedos as sonhadas castanholas. Eis que as agulhas resvalando pelo regaço, saltaram do terrado e foram cair no rio. Com elas se afundaram também as ingênuas alegrias de tão meigas cismas.
Dulcita enfiou de aflição.
Como poria ela agora remate ao seu lindo véu? E sem o seu lindo véu, tão malfadado, como ousaria ela, mofina e desconsolada, aparecer na festa entre as outras *majas* tão aprimoradas no traje?
Vão-se-lhe os olhos magoados pela correnteza das águas e com eles as lágrimas a desfiar pelas faces como orvalho da noite rorejando as pálidas boninas que o sol desbotou.
Quem vos dera, sonhado mancebo e gentil príncipe, serdes ali presente para enxugar o dorido pranto e remir com todo o vosso puro sangue castelhano uma só daquelas raras pérolas de Ceilão!
Embebida em seus enlevos, a sonhar da festa, não vira Dulcita aproximar-se da beira do rio, por entre o arvoredo basto, um rapazito que tocava três mulas de carga. Havia aí um bebedouro. Enquanto matavam a sede e resfolgavam os animais fatigados da caminhada, o moço recoveiro lavara o rosto e as mãos cobertas de pó, e se recostara no tronco derreado de um velho salgueiro. Para amenizar o descanso, sacara do alforje um alfarrábio sovado e roído nas pontas, e prosseguiu na leitura já começada. Era a obra, que assim lhe prendia a atenção um volume truncado dos muitos que deixou Lope da Vega sob o título de *Autos Sacramentales.*
Lia o rapazito quando os estalinhos que dava a menina, imaginando repinicar as castanholas, o fizeram erguer olhos para o pomar. Julgou ver ali uma das virgens dos painéis de Navarreto, *el mudo*, o mais gracioso dos pintores daquele tempo. Esteve contemplando-a até o momento em que as agulhas caíram.
O recoveiro ergueu-se devagarinho; tinha na fisionomia a astúcia do gato.

— O que dará a *niña* a quem lhe achar suas agulhas?

Dulce soltou um pequeno grito de espanto vendo o rapazito; quis fugir, mas logo acudiu-lhe uma ideia risonha.

— É *usted* que as tem?

— Não as tenho não, porém as terei querendo Deus.

— Verdade, verdade? exclamou a menina não cabendo em si de contente.

— Tão verdade, que as estou vendo daqui. Mire!

De feito o moço, da posição em que estava, via brilhar sobre a branca areia no raso d'água cristalina, iluminada pelas réstias do sol, as duas agulhas de aço; bastou-lhe mergulhar a mão para que as apanhasse. Feito o que, agitou-as no ar, como um troféu.

— Traga! Traga! exclamava a menina desfeita em risos.

— Que me dará a menina?

— Tudo e mais se o tivera eu; *pero* não tenho nada.

— Tem, tem!

A menina ficou suspensa, entre contente e pesarosa, com os olhos fitos no rapaz. Só então reparou ela na formosura do alvo semblante, que realçavam as vestes de lã cor de pinhão. Tinha o moço o corpo esbelto, e em toda sua pessoa a arrogância castelhana, que perfumavam ares de muita graça e gentileza.

Dulcita lembrou-se do seu *majo* e sorriu:

— Se você me dá minhas agulhas, para acabar minha mantilha, para compor meu trajo, para me ir à festa da maia, para dançar a cachucha... Que lhe darei eu?

— Sim, que me dará você?

— Darei... Darei que seja meu cavalheiro!

E dizendo isto, sorriu ainda. Ela sabia, a vaidosa, pesar da ingênua inocência, que essa palavra abria o céu ao feliz mortal que a recebesse. Como não ficou quando viu que o rapazito, em vez de cair de joelhos a seus pés e render-lhe mil vidas, abanava a cabeça com mostras de indiferente!

— Serei seu cavalheiro, sim. *Pero* não basta! disse o moço.

Dulcita inclinou a fronte melancólica, murmurando:

— Que mais posso eu dar?

— Veja a menina, respondeu o rapazito.

Novo raio de luz, desta vez aceso em rubor, cintilou no rosto da andaluzita:

— Ah! sei já! Darei... Darei...

— O quê?

— Darei que me beije a mão.

— Também quero; mas é pouco.

— Deus Santo! Não acaba hoje de querer?

— São duas as agulhas! Serve à *chiquita* uma só?

— Não! As duas! Quero as duas!

— Então?

Dulcita bateu o pé com impaciência. Teve ímpetos de recolher-se. Mas o seu

véu por acabar? E a função da maia tão sonhada?
O sangue espanhol borbulhou no coração de quinze anos.
Avançou a cabeça com certa petulância, pousando a ponta do dedo sobre uma das rosas que abrira em cada face. Nos lábios, que frisava o despeito, espontava um beijo; no olhar havia um ponto de interrogação vivo e instante.
O *muchacho* sorriu à graciosa pantomima.
— Sim! respondeu ele.
— Está contente enfim? balbuciou a menina.
— Ainda não.
— Ai! que você é mui mau!
— Eis o pago que me dá por ter achado o que estava perdido! acudiu o rapaz.
— Diga pois duma vez: o que quer?
— Digo mesmo!
— Diga sem medo!
— Jura a menina que não me recusará?
Dulce estremeceu, presa de vago terror; estremeceu, como a sensitiva, sem ver do que; mas era andaluza; pôs os olhos no céu e o pensamento em Deus.
— Juro! disse a voz breve e decidida.
— Mui bem! A *chiquita* terá suas agulhas, se por cima da cachucha...
— Estou ouvindo!
— E por cima dos quatro...
— Quatro, senhor meu! Dois, não mais!...
— Um em cada mão, um em cada face...
— Mas não! Mas não!...
— Bem contados, dois e mais dois fazem quatro!
— Não darei senão um! Foi o prometido.
— Pois fique-se a menina com ele, e eu me vou com as minhas agulhas.
— Já que você o quer, sejam quatro embora! É só isto?
— Por cima disto há de dar a menina...
— Que coisa? diga logo!
— Esse cacho de uvas... que ali está... o maior!
A menina saltou como um passarinho; num fechar d'olhos cortou com a tesoura de costura o cacho de uvas, alegre de se ver quite por tal preço. Pobrezinha! Ainda tremia do susto que passara!...
— Aqui o tem!
O rapazito estendeu a mão.
— Mão para lá, mão para cá. Minhas agulhas?...
— Uma só; a outra quando vier o resto.
— Pois tome-lo já!
Não se fez rogar o *muchacho*; saltando no pomar, pregou dois beijos em cada mão e três em cada face da menina. Depois sentado no chão debulhou o cacho de uvas, enquanto Dulcita ainda vermelha como uma cereja, recuperava o tempo perdido trançando as malhas do véu.

De vez em quando a menina distraía-se a olhar o rosto de querubim do pequeno recoveiro, e nesses momentos suspirava. Quanto ao rapaz, erguia também os olhos, mas para comparar o cacho de uvas que devorava, com os outros que pendiam das parreiras.
— Como se chama você, cavalheiro? perguntou a menina.
— Vilarzito.
— Tem um nome mui gracioso.
— Se lhe gosta, tome-lo a menina para si.
— Ave-Maria! Para mim?
— Não faltam nomes. Deus os dá de graça aos pobres como aos ricos.
— Porém... Não vê? O nome de meu paizinho, só o posso trocar eu pelo de meu maridito!
— Não seja esta a dúvida! Serei eu seu maridito.
— Mil graças, cavalheiro! Meu marido, quem ele for, há de me suspirar um ano, me querer dois, e esperar três que lhe queira eu! Serve-lhe isto?
— Serve mui bem; pois casar, senhora minha, com perdão de você, o mais tarde é sempre o melhor! E antes disso tenho eu muito que fazer por este mundo!
— Pois vá-se por ele fora; aqui me quedarei eu. Não faltam cavalheiros em Andaluzia!
— E *chiquitas* formosas!... Em Castilha nascem elas como flores pelos caminhos.
— Ah! você é castelhano?
— Da velha Castilha. Sou de Burgos, a valente, sim, senhora! Sou da pátria do *Cid, el Campeador,*
"Que cingiu a velha espada
De Mudarra, o castelhano,
E foi-se a vingar a afronta
Do infame conde Lozano!"

O rapazito se tinha erguido; cantarolando a antiga trova popular de Castilha, alçava o talhe esbelto e meneava a cabeça com tão nobre galhardia, que a menina pôs-se ingenuamente a admirá-lo.
Talvez murmurasse ela em sua alma, como Dona Chimene, aquela doce palavra do romance, *mío Cid!*
No entanto Vilarzito chegara à cerca do pomar e chamava, com um sinal particular aos recoveiros, as mulas que já se iam afastando a retosar a verde relva da margem do rio.
— Você é almocreve, D. Vilarzito? perguntou a menina.
— Sou poeta ambulante, como meu mestre D. Miguel Cervantes de Saavedra! respondeu o rapaz com certa arrogância picaresca.
— Pois que você vai a pé tocando suas mulas em vez de cavalgá-las, cuidei!...
— Isto é para correr mundo. Fiz-me moço de um arrieiro, um *bribonazo*; porém não o sirvo eu, antes me serve ele a mim, pois me paga, mui mal, é

verdade. Quanto a ir eu a pé, me agrada mais. D. Rui de Bivar, meu compatriota, andava com seus pés; todo o bom castelhano deve fazer assim. Isto é que é nobre! A sela se fez para as mulheres, pois que são fraquinhas.

Houve uma pausa no interessante diálogo. Dulce suspirava trançando as malhas do véu; Vilarzito olhava a menina à sorrelfa, e seus olhos iam dela ao parreiral. Por fim o rapazito coçou a cabeça e pareceu refletir:

— Não esqueça a *chiquita* que me deve uma cachucha!

— Tenho palavra, eu, D. Vilarzito, ainda que não devera ter, pois já tomou mais que o devido!

— O passado, passado! Você me deve uma cachucha, eis o certo.

— Sem dúvida, e a pagarei.

— Quando?

— Porém!... Na festa da maia!

— Está longe ainda.

— Faltam só seis dias.

— Em seis dias fez Deus o mundo.

— Que pretende você com isto?

— Ninguém sabe o que pode suceder até lá! O melhor, quer a menina que lho diga?

— Fale, D. Vilarzito.

— Pois que a menina me deve uma cachucha, podemos cambiá-la já por mais dois só...

— Mais dois!... exclamara a menina, com as faces a arder em rubor.

— Senhora, sim; não é muito!

— Com os dez que já tomou você, fazem uma dúzia! Para o primeiro dia!...

— Porém não! Lembre-se a menina que não me deu mais que um, e não foi o maior.

— Ai! são cachos de uvas os dois?

— Então! Cuidava que eram beijos! Depois, não digo que não!

— E por uvas perde você de ser meu cavalheiro! disse a menina com enfado. Não é galante, D. Vilarzito.

— Não há homem galante em jejum, ainda quando ele seja um castelhano. Quisera ver no meu lugar um que tivesse almoçado um Padre-Nosso, e jantado cruzes na boca.

— Como! Está você ainda em jejum?

Sem esperar resposta, a menina saltou ligeira como a gazela dos campos nativas e desapareceu entre as cortinas de parreiras. Voltou logo trazendo sob o avental uma naca de queijo e pão.

— Aqui tem, D. Vilarzito; jante, que me dá nisso prazer.

— Não tenho fome já! respondeu o rapazito com soberba e desdém. Guarde a menina sua esmola para os perros que a peçam.

As lágrimas saltaram dos olhos da menina:

— Não se anoje comigo! É Deus que nos dá a todos o pão nosso de cada dia! Receba você dele, não de mim. Apenas serei eu sua servente!

Assim falando Dulcita se aproximara do moço; tinha ela mil carícias no olhar, e ainda maiores meiguices no gesto; a voz suspirava como um canto de sereia:
— Já não está anojado? Diga que não! Diga-o para sossego meu!
— Não o estou, não, pois que a menina não soube o mal que fez!
— Mui bem! Seja galante assim! Agora jante!
— Não o poderei, ainda que queira. As uvas comi-as eu, porque as ganhei com meu trabalho, não as mendiguei!
— É certo: porém, tão grande foi o serviço, que isto por cima não o paga ainda.
— Para não magoar a menina, guardarei para depois!
— Isso mesmo!
— E agora vou-me que é tarde!
— Já? Tão cedito!
— A noite aí chega; e eu ainda não cheguei à cidade.
— Quando verão agora estes meus olhos a seu senhor?
— Que lhe dera a menina para vê-lo?
— Quanto ele quisera!
— Os que faltam para completar a dúzia?
Dulcita fez um leve sinal com a cabeça, e cerrou corando as longas pálpebras: o rapazito posou não dois, mas uma cascata de beijos em cada face.
— San Tiago de Compostela! exclamou perto uma voz trêmula.
Era de uma velha que chegara a tempo de ver o que passava debaixo do parreiral.
— É sua mãezita? perguntou Vilarzito à menina em voz baixa.
— É a servente! murmurou ela envergonhada.
O rapaz voltou-se com ar imperioso.
— Vem cá, velha, acompanha a casa minha esposa.
— É possível? exclamou a aia.
— Adeus, querida! Até amanhã.
— E vai-se sem perguntar meu nome?
— Basta que o saiba o padre na igreja. Para mim será a doçura de minha alma.
— Sim; pois me chamo *Dulcita*, quero sê-la para quem agora somente sou.
Vilarzito beijou de novo as faces de sua amante às barbas mesmo da velha, e calcando o sombreiro na cabeça, partiu-se, altivo como um rei.

Capítulo II
Como as asas começam de crescer à mariposa

Era um gosto ver o menino *aguador* que em 1589 os passeadores de Burgos encontravam todas as tardes diante do Palácio Velasco; tão gentil se mostrava ele de sua pessoa, e tão prendado de sua graça infantil.

Chamava-se Vilarzito; tinha 12 anos; herdara o nome e o ofício do pai, que o deixara só no mundo. A mãe, essa nem lograra, mísera e mesquinha, beijar o filho que fora todos os seus extremos. Era mulher de muita religião e especial devota do grande São Inácio de Loiola. Sempre que ia à igreja, ficava horas e horas em doce arroubo dos sentidos diante de um grande quadro a óleo, onde tinham representado a imagem em pé, do Santo, ao vulto natural.
Quando Deus lhe destinou marido, ela não cessava de rogar ao céu um favor:
— Meu divino Santo Inácio, se de todo não vos desprezais desta serva indigna, e que por vossa intercessão Nosso Senhor Jesus Cristo me abençoe em o fruto das minhas entranhas, fazei que esse filho seja a cópia vossa humilde, assim na compostura das feições, como na vida e obras.
Se exalçara o céu esta prece fervorosa, quem o podia saber? Em tão verdes anos não era natural que se conjeturasse coisa certa sobre o menino. Inteligência e ambição foram sim precoces nele; tinha a nobreza do parecer; e estreou na vida, como o soldado de Pampelune, pelas armas.
Seu primeiro sonho fora o herói popular da sua pátria, o Cid campeador, tão celebrado nas lendas castelhanas: cantando as trovas do romanceiro, o menino sentiu borbulhar o sangue nas veias, e intumescer-lhe o seio de uma nobre emulação. Com os primeiros reais que apurou, mercando copos de água nevada, o *aguadorzito* comprou uma espada. Era esta de tamanho desmedido para um homem que fosse, quanto mais para um menino; e tão comida já de óxido, que o armeiro a tinha entre os ferros-velhos.
— Bem pode ser a espada de Mudarra, a velha espada ferrugenta! disse o menino consigo, e acariciou os punhos.
Nesse dia a calçada do Palácio Velasco não o viu, e as damas de Burgos notaram a falta do esperto e vivo rapazito que as divertia com seus repentes chistosos, e sabia oferecer um copo de água nevada com tão fino donaire para admirar em um menino de rua.
Vilarzito tivera mais que fazer. Escondido em um pardieiro, o futuro êmulo do Cid esgrimia e ferralhava a valer contra as velhas paredes. O entusiasmo lhe duplicava as forças; a ferrugenta espada coruscava no ar, ferindo fogo no cimento empedernido. Enfim o ardor guerreiro sucumbiu à fadiga; o rapazito caiu extenuado sobre a relva e dormiu ao sol, como os cameleões. Dormindo sonhou torneios e batalhas. Na seguinte manhã tornou à ocupação habitual; mas bem se via pelo nenhum cuidado que dava ao seu mister de aguador, que outro cuidado o tinha. As damas passavam e ele dantes tão pressuroso em servi-las, quase nem as olhava agora.
Decorreram dias. Era sobre tarde: Vilarzito cismava melancólico na calçada. Achegou-se um homem de guerra, munido de grandes bigodes.
— É servido você, cavalheiro, de um copo de água? Mais fresca não a há em *Sierra Nevada!* gritou o menino, com seu gesto mais amável, correndo para o soldado.
Este tinha sede e aceitou. Os espanhóis passavam então na Europa por grandes bebedores de água, pelo que incorreram no desprezo dos alemães.

Vilarzito examinava o cavalheiro enquanto ele bebia. Achou-lhe o porte desempenado, o talhe longo ainda que franzino, a barba espessa, e o arreganho marcial; porém mais que tudo o impressionara um gilvaz que debruava o rosto moreno desde o ângulo direito da fronte até o meio da face esquerda.
— Como se chama você, cavalheiro? perguntou afinal o menino.
— Pois não conheces o famoso Capitão D. Aníbal Aquiles de la Fuerte Espada, para as damas o gracioso *Acutilado*, e para os homens o terrível *Acutilador?*... Sou eu, o próprio que tens a honra de refrescar!... Oh! que é lá isso?... Não tremas, *chiquito!* És um pirralho, e mesmo que foras um homem, tão pouco! D. Aníbal só acutila os fortes! Aos fracos protege!
Vilarzito não tremia; ficara enlevado:
— Com que é você o grande Acutilador?
— O maior e mais ilustre de todas as Espanhas, o que val dizer do mundo inteiro. Não admira que conheças a minha fama, pois ela enche o universo.
— Já esteve você na guerra, cavalheiro?
— Caramba! Se estive eu na guerra?... Pois nasci nela! Minha mãe me gerou na batalha de São Quintino entre dois *cañonazos!*
Vilarzito, satisfeito com esta resposta, perfilou-se:
— Muito bem, cavalheiro! Você me serve.
— Que vem a dizer? Eu te sirvo... *Sangre de Cristo!* Estás varrido, pirralho?
— Escute sempre, homem! Ando eu à procura de um cavalheiro; pois não há pajem sem seu cavalheiro, e eu me quero pajem. Você é valente; digo-lhe eu que me serve!
D. Aníbal soltou uma gargalhada homérica.
— Caramba!... Sempre hei ouvido, que são os pajens os que servem aos amos!
— Alguma vez vai o mundo às avessas, cavalheiro!
— É picante o caso! Quanto ganharei eu por ser teu cavalheiro, pois que sou eu quem te servirei?
— Ganhará você a fortuna de me ter por seu pajem, e por cima o gosto de me trazer bem vestido e acontiado!...
— Não queres também uma bolsa recheada de duros, bargante?
— Dinheiro!... Não é isso que me come, mas a fama!
O cavalheiro soltou segunda gargalhada:
— Vejam só, uma formiga de catarro!
— Capitão D. Aníbal Aquiles de La Fuerte Espada!... exclamou o menino com modos de gente. Mire você... Se me afronta, me dará satisfação e desagravo!...
— *Sangre de Cristo!* Eis um pícaro que me agrada! És meu pajem. Eu te sirvo...
— Tu me serves, atalhou o menino. Nós nos servimos!
— Também sabes as gramaticais?
— Quanto basta para escrever às damas.
— Às mil maravilhas!

Uma semana depois Vilarzito, em figura de pajem, se partia de Burgos, cavalgando após o Capitão D. Aníbal um sendeiro choutão, em cujas ancas chocalhava a velha espada ferrugenta.
O primeiro dia de viagem acabou sem novidade; o segundo foi pelo mesmo teor. O esperto pajem à cata de aventuras entristeceu; às vezes conversando com os seus alamares (naquele tempo não se usavam botões), murmurava entre dentes:
— Isto não me quadra.
Veio o terceiro dia: deixaram a pousada ao romper d'alva. Trotando, o pajenzito empenava o talhe delgado, e afagava o punho desmedido da catana com a mão pequerrucha. Tinha o pescoço teso, o nariz ao vento; farejava uma aventura.
A meia légua da pousada cruzaram com os viajantes dois cavaleiros. Saudaram cortesmente ao passar. D. Aníbal respondeu à saudação; o pajem ao contrário calcou o sombreiro sobre os olhos com um modo soberbo, desdenhoso, olhando de través.
Ou não viram, ou não deram a isso importância os dois cavaleiros, e seguiram seu caminho. Vilarzito embaçou com a história, mas logo tomou uma resolução.
— Espere você um tantinho, cavalheiro, enquanto eu torno.
— Onde vais tu, pajem?
O pajem já não ouvia a pergunta, porque dando de rédea ao sendeiro e fincando-lhe as esporas, fora-se no encalço dos dois cavaleiros.
— Cavaleiros! Cavaleiros!... Queiram parar.
— Que nos queres tu?
— Saibam que meu amo, o mui nobre Senhor D. Aníbal Aquiles de la Fuerte Espada, por fama o *Acutilador*, que ali espera firme como o rochedo, me manda a suas mercês, para dizer-lhes que são uns pícaros...
— Caramba! Engole a palavra, pajem!
— Engolir, eu! Pois não! Vou repeti-la três, cem, mil vezes!
Aqui passando da voz ao grito, o menino clamou a pleno pulmão:
— Uns pícaros!... Uns grandes pícaros!... Uns grandíssimos picarões!...
Os cavalheiros não puderam deixar de rir.
— E por que, perguntou um deles, nos maltrata esse cavalheiro, teu amo?
— Porque você não o saudou...
— Não o saudei! Mal fiz em catar-lhe cortesia, a um vilão ruim qual ele é.
— Não o saudou como devia, apeando-se quando ele passava.
— Caramba! É ele o Santíssimo Sacramento? O perro! Apear-me eu quando ele passava!...
— É um bravo! Por isto e pelo mais pede ele desafronta da injúria que sofreu!
— Desafronta, quero eu!
— E eu primeiro!
Os dois cavalheiros picaram para D. Aníbal, desembainhando as espadas.

Vilarzito os seguiu, gritando:
— Ei-los, cavalheiro. Vamos ensinar-lhes as regras da cortesia.
Os desconhecidos não deram tempo a explicações; o que primeiro chegou arremeteu contra D. Aníbal que mal teve tempo de defender-se. O segundo fora mero espectador, se Vilarzito estacando defronte dele com a farrusca em punho, o não obrigasse a pôr-se de guarda.
— Queda-te, menino, se não queres que te corte cerce as orelhas!
— Antes que tal gana te venha, te arrancarei os dentes, perro! Defende-te! dizia o menino esgrimindo.
O cavalheiro foi obrigado a defender-se com efeito para não ser ferido; em dois botes conseguiu desarmar o fedelho, que caiu ferido no braço. Seu companheiro acabava do estender o bravo *Acutilador* que jazia desmaiado, com um segundo gilvaz na face direita.
Os desconhecidos foram seu caminho.
Vilarzito desprezando as dores com o estoicismo admirável das crianças travessas e pertinazes, pôs o braço de tipoia; e assim mesmo, conseguiu pensar as feridas de D. Aníbal que voltara do desmaio.
— Vê o que fizestes, diabrete?...
— Vai tudo às maravilhas, cavalheiro, respondeu o menino. Você subiu um ponto na estima das damas; de acutilado passou a acutiladíssimo! Quanto a mim já tenho nome de guerra. Sou Vilarzito, o maneta.
E o pajem mostrou com orgulho o braço na tipoia.
Fora preciso o talento de Cervantes para contar as aventuras do *pajem andante* e seu cavaleiro. Da amostra e feliz estreia que aí fica tirem o mais. Basta saber que Vilarzito se acompanhou cerca de três anos de D. Aníbal, fraco espírito que o astucioso menino dirigia a seu bel-prazer. Estiveram juntos na batalha de Groningen em 1596, onde Maurício de Nassau bateu os espanhóis. Vilarzito fez proezas o concluiu esta célebre jornada salvando o cavalheiro, que por prêmio de tão assinalado serviço o elevou de pajem a escudeiro.
Assim marchavam as coisas quando acertaram, amo e escudeiro, de passar por Sevilha. O antigo aguadorzito não tinha visto ainda a maravilha da Andaluzia, com seu alcáçar mourisco, sua majestosa catedral, e suas *calles* magníficas.
Na tarde em que eles entraram, um grande ajuntamento de povo impedia o trânsito. Pararam como os outros passantes, para ver o que tanto excitava a atenção popular. Era uma *botega* ou oficina de pintor: havia sobre o cavalete uma grande tela recentemente acabada; defronte, apoiado na penumbra da porta um mancebo, trajando negro, mostrava-se em uma atitude modesta. Francisco Pacheco, o criador da escola sevilhana e predecessor de Velasquez, Murilo e Zurbarán, terminara seu grande quadro de *São Miguel*. A multidão admirava com entusiasmo; os olhares iam da obra ao artista; e as saudações ruidosas que partiam de todos os pontos formavam um só grito:
— Divino!

Vilarzito admirou também, não o quadro, mas aquela admiração fervente de que era objeto o pintor. Nesse momento o menino sentiu fervilhar-lhe o sangue, mais ardente ainda do que o sentira outrora em Burgos, cantando o romanceiro do Cid.

— A glória!... murmurou ele. Em vão a hei buscado!... Está aqui!

Numa circunstância análoga Rafael Sanzio disse - *Anch'io son'pittore!* Era o grito da inspiração, a voz do gênio revelando uma vocação. No menino castelhano falou a vontade somente; seu grito era o da ambição precoce, intensa no querer, mas vaga ainda no objeto.

— Também serei pintor!

Significava isto: Também serei admirado assim, e por conseguinte famoso; também verei uma cidade grande, talvez uma nação, o mundo inteiro, agitar-se ao redor de mim, tendo na boca um só nome, o meu.

A custo conseguiu D. Aníbal que Vilarzito se apartasse daquela rua, para ir à próxima venda, onde contava pousar. O menino dormiu mal; se dormiu, teve sonhos brilhantes. Ao romper d'alva já ele estava de pé à beira do leito do cavalheiro, esperando que abrisse os olhos.

— Cavalheiro, venho apresentar-lhe minhas despedidas.

— Han!... Que dizes tu, escudeiro?... respondeu D. Aníbal bocejando ainda.

— Não sou mais escudeiro, pois me parto de sua companhia.

— Como! Queres deixar-me?

— Já o deixei, cavalheiro!

— Porém... estás sonhando! Ainda não acordaste bem.

— Acordei ontem, cavalheiro! E não dormi até agora!

Pedidos, promessas e ameaças, foi tudo baldado. Vilarzito partiu-se por uma vez da companhia do cavalheiro; tinha seu plano combinado. Dirigiu-se à oficina de Pacheco.

— Deus o salve, mestre!

— E lhe dê sua bênção, filho! respondeu o pintor.

— Não tem você, mestre, necessidade de um aprendiz?

— Aprendizes não faltam, porém resta saber se são capazes de aprender.

— Sinto eu que sou! Senti ontem vendo a sua obra, e admirando-a, mestre!

Vilarzito ficou na oficina como aprendiz. Cedo revelou seu talento; mas era esse unicamente para um gênero ainda não cultivado, a caricatura. Incapaz de uma obra séria, o menino estragava qualquer esboço que lhe davam a encher. O mestre arrenegava-se, e o aprendiz vingava-se caricaturando-o a carvão pelos muros da cidade. O mesmo fazia com todos os que lhe caíam no desagrado, fossem de qualquer categoria.

Um belo dia, em que ele escapulira da oficina em virtude de um forte repelão, desabafava conforme o costume a sua zanga pelas paredes. Nisso parou juntou um cavalheiro de 50 anos, na aparência homem de guerra, e bem maltratado dela:

— Que fazes tu aí, *muchacho?*

— Não tem olhos você, cavalheiro, para ver? Estou pintando; é bem claro!

— Bem vejo que estás borrando essa parede; porém te pergunto eu que pretendes tu que sejam estas figuras de animais com rosto de gente!

O menino encarou com o cavalheiro:

— Este gato é meu mestre, o grande Pacheco, quando lhe chegam a mostarda ao nariz; crescem-lhe as unhas, e bufa como se ficara espritado. Este ratinho que zomba do gato e lhe rói os bigodes, aqui o tem você em pessoa diante de si.

— És tu, maroto?

— D. Maroto, senhor cavalheiro, entre gente limpa assim se usa.

O cavalheiro riu de boa vontade. O menino prosseguiu, fitando-lhe as feições com um olhar, em que a atenção perspicaz era disfarçada sob uns ares de escarninha malícia.

— Mas ainda falta ao meu quadro para o completar, uma terceira figura, mui interessante. Quer vê-la você?

— Qual ela é?

— Espere um pouquito.

Em dois traços de carvão o menino desenhou no muro uma figura de jumento com um rosto que bem podia ser o do cavalheiro ali presente:

— Vê. É um asno com cara de perguntador! disse o menino dando um salto para trás.

Mas o cavalheiro, lesto e ágil apesar dos cinquenta, já o tinha filado pela orelha!

— Caramba! Vou te levar a teu mestre, grande pícaro, para que ele mire as tuas obras.

— Vejo bem que fiz mal em pintá-lo de asno, pois é um leão! disse o menino forcejando por escapulir.

— Tenho uma só mão, pequeno; mas desta nem o diabo te pode tirar. Sossega!

O cavalheiro seguiu com o menino para a oficina.

Bem se conhecia pela expressão de sua fisionomia aberta, que em vez de irritá-lo, a travessura de Vilarzito o divertia.

— Viva, mestre!... disse o cavalheiro entrando, D. Miguel de Cervantes Saavedra tem a honra de saudar o primeiro pintor de Sevilha, D. Francisco Pacheco.

O mestre inclinou-se:

— A honra é para D. Francisco Pacheco, pois recebe em sua casa o valeroso Capitão de Lepante, o mais glorioso poeta e escritor de todas as Espanhas.

— Aqui vos trago, mestre, o vosso aprendiz, que achei apresentando-vos em figura de gato e a mim de jumento.

— Não sei já o que faça, D. Miguel de Cervantes; a menos de lhe cortar pé e mão, não há poder com ele.

— Quereis vós um conselho, ainda que não pedido?

— Embora, será melhor agradecido.

— Deixai-o dar pasto ao seu gênio. Há de sair daí alguma coisa. Vossa arte, mestre, assim como tem os seus Virgílios e Horácios, por que não terá seus Plautos e Marciais?...

O imortal autor do *D. Quixote*, em que já ele trabalhava nessa época, tomou-se de simpatia por Vilarzito. O pequeno caricaturista a carvão também de sua parte começou a admirar o grande caricaturista a pena, que ia dar ao mundo a sua sátira-epopeia. O fel de ironia que vazava desse grande espírito, embebeu-se n'alma infantil e foi a pouco e pouco corroendo as suas doces ilusões. O menino descreu das glórias que sonhara; e acabou por imaginar que não havia maior do que aluí-las a todas pelo sarcasmo e escárnio.

Lá num certo dia, acordou com esta ideia:

— Vou-me a Salamanca!... Serei poeta satírico!

E de feito partiu-se e foi ter a Salamanca. Cursou as aulas de humanidades, como jogara espada e manejara os pincéis: com ardor febril, vontade firme, e superior engenho. Fez versos; encheu as paredes de sonetos e glosas escritas a carvão, como as caricaturas de Sevilha. Seria sem dúvida, poeta como Lope de Vega, Cervantes, Quevedo, se por infelicidade não sobreviesse novo acidente para dar outro curso aos ímpetos dessa impaciente ambição.

Começava de cursar a aula de cosmografia; a descoberta do Novo Mundo, recente de um século apenas, dava aos provectos tema vasto para eruditas e compendiosas dissertações. Vilarzito tinha ouvido falar da América, como terra de ouro, e de Cristóvão Colombo, como um piloto feliz.

Quando sua jovem inteligência, exercitando-se nas controvérsias de história e cosmografia, começou de entrever a parte que tivera o gênio naquela portentosa descoberta, seu entusiasmo pelas grandes coisas, que o espírito satírico amortecera, mas não extinguira, acendeu de novo, e talvez mais intenso. Se antes fora chama fugace, parecia agora ardente labareda de um incêndio. Deparou-lhe o destino uma vida de Cristóvão Colombo, escrita pelo filho Fernando. O moço escolar devorou o livro; quando o terminou, tinha na cabeça um vulcão de ideias; corriam lavas do cérebro em ebulição; dos olhos incendidos saltavam chispas de fogo. Esteve assim nessa febre d'alma um dia inteiro; saiu dela para exclamar com o tom de um inspirado:

— Por que não descobrirei eu também um mundo? Deve de haver um terceiro, ainda desconhecido, por essa imensidade dos mares!...

E tinha razão. Esse terceiro mundo existia; já ele começara então de surgir do infinito, filho do oceano de quem derivou o nome. Mas a glória de o descobrir, a providência não a reservara para o humilde aguador de Burgos, agora estudante em Salamanca. Não obstante, uma semana inteira andou aquele pensamento a tumultuar-lhe no cérebro. Ao cabo, parece que tomou uma resolução:

— Colombo se partiu de Palos. Vou-me eu também a Palos. À la ventura!

Vilarzito tinha dois meios de viajar; ou se oferecia por pajem a algum cavalheiro, ou tratava com os almocreves para lhes tocar as mulas de carga. Desta vez foi o último expediente o que mais pronto lhe apareceu; de recova em recova, topou afinal com uma que fazia o serviço entre Sevilha e Palos.

Sua tenção era embarcar aí como grumete do primeiro navio que o recebesse, e atirar-se à vida do mar. Um dia, não muito longe, havia de subir a sargento-mor e ter ao seu mando uma nau ou mesmo uma galé. Então se lançaria pela amplidão do oceano, e iria buscar o seu mundo, ainda que o ocultasse uma dobra do infinito.
Terminava ele sua viagem, quando a sorte o levou à margem do Tinto, na tarde de 25 de abril de 1597.
Ia descobrir um mundo; encontrou no caminho uma mulher.
Quantas coisas grandes da terra, quantas glórias e cometimentos ilustres, não nascem dos orvalhos que esparge um sorriso de amor? Mas também quantas ambições ardentes e nobres estímulos têm seu eclipse na luz de uns lindos olhos?

Capítulo III
Como o padre Cura aprende um caso, que lhe não ensinara seu leitor de teologia

É sol de maio, que já brilha pelas devesas floridas do Tinto.
Sob a cúpula diáfana de um céu de primavera, tudo é luz, graça e harmonia. Os esplendores da tarde douram as veigas e adiamantam as águas. Flores, sorrisos do prado, e sorrisos, flores dos lábios, desabrocham por toda a parte, e engastam-se onde quer que aparece um rosal perfumado ou um rosto mimoso. Vão de envolta nas asas da brisa, trinos das aves, rumores do campo, e os ledos descantes de rústico trovador.
Além, à sombra do florido laranjal, folgam os camponeses a festa da maia. As raparigas, conduzidas pelos seus bailarinos, correm à eira preparada para a dança. Ao som do bandolim estalam e crepitam as castanholas; o pé andaluz, que tem do colibri as asas e as sutilezas, voa sobre a relva; a vasquinha de seda rodopia na veloz pirueta, como a plumagem iriada da ave graciosa.
Dulce baila com seu querido Vilarzito. A ver o donoso par, os velhos admiram tal graça e formosura; os moços invejam o suave consórcio da beleza e juventude, que o amor celebrava na união dos namorados bailarinos.
Trazia Dulcita, bem onde abria o peito do justilho de veludo preto debruado de ouro, uma rosa do campo, que ali estava como enfiada das que o prazer abria nas faces da donzela; e por isso se escondia entre os alvos lírios do seio mais mimoso, que amor já palpitou. Girando rapidamente em volta da menina, o gentil muchacho no meio das graciosas floretas, tentava debalde arrebatar num passo gracioso a rosa do seio de Dulce. E como não o conseguisse, ia suplicante ajoelhar aos pés da menina.
Então Dulce olhava-o meiga e compassiva; sorria-lhe depois com certo disfarce, e saltando sobre a pontinha do pé garboso, reclinando e quase suspensa sobre a cabeça do seu gentil cavalheiro ajoelhado, pairava um instante, como a borboleta sobre as flores. O branco seio arqueando roçava

quase pelos lábios do moço a rosa prestes a escapar.
Mas ao menor gesto de Vilarzito, a menina furtava o corpo numa rápida pirueta; e lá se ia ela no seu voo de sílfide, entre mil requebros e negaças, trançar novas e mais graciosas figuras; até que Vilarzito vinha outra vez ajoelhar a seus pés; e a pantomina recomeçava.
Uma vez, acaso ou propósito, a rosa desprendeu-se do seio da bailarina, e caiu sobre a relva; Dulce correu a apanhá-la; porém no momento em que dobrando o talhe flexível, ia colher a flor, Vilarzito se interpunha: e em vez da rosa, a menina via o rosto brejeiro de seu dançarino.
Nisto um rapaz que estava entre os espectadores apanhou a flor, e guardou-a no peito do jaleco. Chamava-se ele Velez e tinha não sei que remoto parentesco com Dulcita.
Vilarzito erguera-se pronto, e caminhou direito ao impertinente.
— Dê-me você esta flor que não lhe pertence, disse o muchacho com sua natural arrogância.
— Sabe você quem sou eu para ma pedir? replicou Velez.
Vilarzito mediu-o de alto a baixo, e avançando mais, respondeu-lhe mesmo na face:
— Não é preciso saber, pois estou vendo que és um cão e te provarei agora mesmo.
— Ai! meu cutelo! exclamou o Velez dando um salto e desembainhando a adaga. Ele te fará engolir a palavra, birbante!
— Com esta te farei eu vomitar a peçonha, víbora! retrucou Vilarzito sacando também a sua navalha.
Ambos afastaram-se a passos largos do lugar da festa. Dulce quisera reter Vilarzito; mas este a repelira com uma palavra:
— Quer a menina amar um castelhano ou um perro?
A festa continuou, como se nada houvera acontecido de maior. O acidente passara desapercebido para a multidão; de resto era coisa tão comum um desafio nesses tempos, que por tal a gente não se abalava.
Para Dulce porém a festa estava acabada. As suas rosas de maio, como os seus risos de menina, desbotaram súbito. O vácuo que lhe deixaram n'alma os doces enlevos e as inefáveis alegrias, encheram logo as ânsias, as lágrimas e os tristes pressentimentos. Ela não pôde mais dançar sobre aquela relva; pareceu-lhe que dançaria sobre o túmulo de seu querido amigo.
Presa de viva inquietação, errava pelos campos sem tino, na esperança de encontrar Vilarzito; voltava à maia julgando ali achá-lo já; partia de novo e tornava, até que vindo a noite, foi-se a mísera ao seu humilde casalinho da margem do Tinto.
Recolhendo à camarinha, deu a moça com os olhos numa imagem de Nossa Senhora das Candeias, que então se venerava na sua Igreja de Sevilha.
Dulcita ajoelhou aos pés da Virgem e fez um voto pela vida de seu amante em perigo. Esteve ali grave e recolhida na súplica fervorosa um tempo esquecido.

Quando ergueu-se, era noite fechada; as estrelas brilhavam no céu; e pela gelosia aberta entrava a aragem fresca derramando agrestes perfumes. Esses frouxos raios de estrelas coados pelo azul do céu, de envolta com os aromas dos vinhedos e laranjais, traziam uns ressaibos de amor e tais delícias à alma, que Dulcita, apesar de sua mágoa, sentiu-se atraída pelas carícias daquela noite de maio.

Saiu fora, para que a noite com seus perfumes e mistérios a envolvesse toda e escondesse no materno regaço. Ela tremia e palpitava, já presa do susto, já travada de esperança.

De repente Vilarzito ergueu-se diante de seus olhos.

— Ah! querido!...

Dulcita exalou toda a sua alma nessa breve exclamação, e quedou-se extática diante do moço que a olhava sorrindo. Foi quando Vilarzito passando-lhe o braço pela cintura e chamando-a a si, prendeu no peito do justilho a malfadada rosa do baile, que a donzela cobrou os espíritos para devolvê-los logo no divino sorriso que voou dos lábios.

Apoiada ao ombro de Vilarzito, e erguendo-se nas pontas dos pés, a ingênua menina cobriu de beijos ardentes o rosto do amigo. Afinal um desses beijos foi colhido pela boca do moço. Dulcita estremeceu, suspensa ao lábio do amante; e cerrou as pálpebras suspirando.

As duas crianças não sabiam do amor senão o que haviam aprendido nas jácaras e seguidilhas. Amar era para eles uma festa da mocidade, como brincar fora uma festa da infância. Os beijos que se davam mutuamente não passavam de inocente travessura. No momento porém em que os seus lábios se uniram, um tremor súbito abalou-os interiormente, e uma chama intensa coou pelas veias. No meio desse deslumbramento, o santo pudor da inocência espontou no coração como um espinho.

Afastaram-se envergonhados. Dulcita ocultou o rosto na espádua com o gracioso movimento da rola que esconde a cabeça sob a asa para dormir; porém antes, a menina agastada atirara ao rapaz com certa petulância própria das crianças uma palavra dura:

— Mau! exclamou ela, acentuando a voz com o gesto da cabeça.

Vilarzito fez-lhe uma careta; voltou-lhe as costas; e começou a puxar os laços que enfeitavam o seu faceiro trajo de majo.

Nunca viram como dois ratinhos, que estranho rumor afugentara, voltam ao lugar onde brincavam? Eles deitam a cabeça fora da toca, espreitam, recolhem rápidos para surdir logo, arriscam um passo, hesitam, voltam, dão uma pequena corrida, cobram ânimo e encontram-se afinal. Assim tornaram uma à outra as duas crianças arrufadas.

Mas já não se beijaram.

Vilarzito contou à menina o seu duelo com Velez. No meio da luta falseara o pé do adversário, que fora de rojo à terra; o recoveiro atirou-se a ele, calcou-lhe o joelho aos peitos, e com o punhal erguido, obrigou-o a remir a vida restituindo a flor. O rapaz referiu isto com sua costumada fanfarrice, acrescentando que fora uma felicidade para o Velez cair, pois com certeza o matava, se continuasse a resistir.

Acabada a narrativa a menina ergueu-se com uma petulância andaluza:

— Para que nenhum se julgue mais com direito sobre mim, quero desde hoje pertencer-lhe, D. Vilarzito.

— Que pretende você, Dulcita?

— Espere!

Ela correu direito à varanda onde estavam reunidos seu pai, sua mãe e a servente. Entrou dançando, piruetou na sala com uma graça inimitável, e foi cobrir de carícias o rosto crestado do bom campônio.

— Pai, eu tenho quinze anos!

— Hás de fazê-los pelo Natal, filha, respondeu o campônio.

— Não importa, acudiu a menina, eu tenho quinze anos; preciso de um marido.

— Meu bento Jesus! exclamou a mãe. A menina perdeu o juízo!...

— Perdeu a mãe o seu quando casou com o pai? retrucou vivamente a chiquita.

— Bem respondido! disse o campônio abraçando a filha com ternura.

— Você mesmo é que a tem posto a perder! resmungou a velha.

— Então, continuou Ramon com bondade, queres um maridinho, Dulce?

— Quero, sim, pai do meu coração!

— Não te parece que é cedo ainda?

— Cedo!... Nunca é cedo para casar, pai; tarde, sim, costuma ser muitas vezes.

— Pois havemos de procurar um bom marido, um rapaz honrado e trabalhador...

— Não é preciso, acudiu Dulce. Eu tenho já.

— Um marido?

— Sim! um maridinho, e mui gentil! Quer ver, pai?

Antes de receber a resposta saiu aos pulinhos. A mãe voltara-se precipitadamente para a criada:

— Ouves servente?

— Ouço bem.

— Está espritada, Senhor Deus!

Dulce voltou trazendo Vilarzito pela mão.

— Venha, venha, D. Vilarzito! Aqui está o pai.

O rapaz cortejou.

— Então, disse o granjeiro, você pretende a *niña* em casamento?

— Não, Senhor!

— Como!... balbuciou Dulcita sentindo desfalecer-lhe o coração.

— Não pretendo coisa alguma, continuou o rapaz imperturbável. A *niña* quer muito casar comigo e eu para não desgostá-la, consinto!

— É isso mesmo! exclamou a menina batendo as mãos de contente.

— Então o moço faz à minha filha um favor casando com ela?

— Porém, sim; um grande favor.

— Um favor só!... acudiu Dulce. É a minha felicidade que ele fará.

— Quem é você, D. Vilarzito? perguntou o campônio.

— Sou D. Vilarzito.

— Pergunto que profissão tem.

— Nenhuma: isto é, todas as que eu quiser. Comecei por ser aguador, para servir às damas. Fui pajem, escudeiro, pintor, estudante e poeta, não por necessidade, mas por gosto. Ultimamente dei a um certo almocreve a honra de viajar em sua companhia; porque um homem deve conhecer mundo.

— Mas afinal o que é hoje o moço?

— Hoje sou aquele, atenda bem, que está para ser, ouça, o mais famoso e rico homem de todas as Espanhas.

O caseiro soltou uma gargalhada; as velhas benzeram-se; Dulcita teve um aperto de coração. Só o rapaz ficou impassível.

— Então você será o primeiro depois do rei!... disse Ramon chasqueando.

— Suba! retrucou o rapaz encolhendo os ombros.

— Será o próprio rei, pelo que vejo?

— Mais! disse Vilarzito breve e firme.

— Mais que o rei? gritaram à uma as três mulheres.

Até então fora possível supor no rapaz a arrogância picaresca, que se designou depois com o nome de *espanholada*. Não era raro naquele tempo ver a fanfarrice castelhana comparar um mendigo ao rei; mas pô-lo acima do rei, passava à loucura.

— Mais que o rei! repetiu o granjeiro, pensando que o moço perdera a cabeça.

— Sem dúvida, replicou este; pois que o rei é só das Espanhas; e eu o serei de um mundo inteiro.

— Do mundo da lua?

— Do terceiro mundo, que me vou a descobrir, como Cristóvão Colombo descobriu a América.

As duas velhas assombradas, de boca aberta, cobraram a fala afinal:

— É o Tinhoso, padrona! murmurou a servente fazendo cruzes no ar.

— Não te dizia eu que a *niña* estava espritada? Abrenúncio!...

O granjeiro disse para Dulce:

— Teu galante, filha, está varrido do juízo.

— Mas o coração é bom, pai!

— Não basta.

E voltou-se para o rapaz:

— Pois D. Vilarzito, vá você descobrir o seu mundo, e quando lhe apontar a barba no queixo e os reais na bolsa, volte.

— Homens desta massa, redarguiu o muchacho, não voltam nunca, avançam sempre. Saúdo a você e a demais companhia.

D. Vilarzito saiu como entrara, senhor de si, calmo e soberbo.

Dulcita seguiu-o com os olhos rasos de lágrimas; quando o rapaz transpôs o lumiar, o seio estalou com os soluços que borbotavam. O pai a consolou com a promessa de melhor noivo; a mãe ralhou, aspergindo-a com os borrifos de seu ramo bento de alecrim.

Com pouco a menina, disfarçando, recolheu ao interior do albergue. Mas apenas sentiu-se fora das vistas maternas, pareceu criar asas. Correu ao quarto, atirou uma mantilha aos ombros, e esgueirou-se pelo caminho que conduzia à cidade. A voz de Vilarzito, que caminhava cantarolando a sua trova do Cid, deu-lhe voos aos pezinhos andaluzes. Em um fechar d'olhos estava com ele.

— Venha, meu querido.

— Aonde?

— À casa do senhor cura! respondeu a menina tomando-lhe o braço e arrastando-o.

— Para que, doçura minha?

— Para nos casar, maridito.

— Já?

— Neste momento!

— Não é cedo?

— Queira Deus que não seja tarde.

Chegaram ofegantes da corrida à porta do velho cura. Depois entrou afoitamente, não já pelo braço do rapaz, e sim puxando-o pela aba do jaleco.

— Senhor cura, valha-me V. Reverendíssima! exclamou a menina caindo de joelhos aos pés do sacerdote.

— Que lhe há sucedido, filha?

— Uma desgraça, a maior desgraça!... Só Deus no céu, e o senhor cura que é seu ministro na terra, me podem valer! Ai, de mim! Mísera que sou!

As lágrimas rebentavam e a voz soluçava chorando também.

— Mas fale, filha. Para tudo há remédio no céu, que a misericórdia do Senhor é infinita.

— Este cavalheiro, que aqui está presente... Não o vê, senhor cura, como está envergonhado?... Este monstro, que cavalheiro não é quem falta à fé jurada!... Oh! não!... E ele há faltado, como um mouro que fora!...

O sacerdote começava a compreender:

— Este monstro, senhor cura, me desgraçou! exclama enfim a menina escondendo o rosto na mantilha. Se não acho proteção nesta casa de Deus, vou-me daqui lançar ao rio!... Como terei ânimo de me apresentar a meu pai, neste estado!

Seguiu-se uma severa admoestação do sacerdote; e um quarto de hora depois os dois meninos saíam casados da sacristia. À porta, Dulcita lembrou-se de alguma coisa, e voltou só, para falar com o cura.

— Senhor cura, esqueci-me de perguntar a V. Reverendíssima uma coisa!

— Dirá, filha.

— Eu fiz um voto a Nossa Senhora das Candeias... Um voto de quando me casasse com aquele que é meu marido, não o reconhecer como meu senhor, antes que ele fosse levar à Virgem uma vela de promessa! Mas eu não pensava que o casamento viesse tão cedo, como veio!... Queria saber... O voto vale?

— Decerto, filha; e ainda mais agora, porque é uma penitência que lhe dou.

— Penitência por que, senhor cura? É algum pecado casar?

— Não, mas é um pecado feio deixar a donzela que lhe roube seu noivo, o que só a esposa pode dar a seu marido!

— Porém, com perdão de V. Reverendíssima, ele não me tomou mais que o meu coração!

— Como, filha! Não disse você que ele a desgraçou!

— Pois sim, me desgraçou, porque me roubara o meu amor, e ia-se partir sem me dar sua mão e seu nome! Há maior desgraça no mundo, padre cura, para quem só vive de amar?

O sacerdote azoou; a rapariga desapareceu como uma sombra.

Caminhavam pelas margens do Tinto, de mãos dadas, os dois noivos. Dulcita desfeita em risos e meiguices, Vilarzito sério e pensativo.

O rapaz, cujo gênio aventuroso aceitara sem calcular este casamento, como uma das muitas fases de sua vária existência, com a mesma facilidade com que passara de um sonho a outro, e de pajem se fizera pintor ou poeta; o rapaz cogitava consigo nos embaraços que lhe podia acarretar essa paixão de menina. Quanto aos deveres conjugais e à gravidade do estado, pouco cuidado lhe davam: eram nós, que ele cortaria, quando não os pudesse desatar.

— O futuro é de Deus, o passado dos mortos. O presente é a vida.

Com essa reflexão filosófica pôs ele termo às suas cogitações. Envolveu a sua bela noiva em um olhar amoroso, e perguntou-lhe:

— Onde vamos nós, Dulcita?

— Para onde havemos de ir, se estamos no céu, bem meu; não queres que aí fiquemos? disse a menina sorrindo.

— Pois fiquemos, respondeu o moço. Estas laranjeiras em flor são tão perfumadas, que bem podem ser o céu de nosso amor!

Cingindo com o braço a cintura da donzela, afastou os pâmpanos que fechavam um bosque sombrio. Dulcita desprendeu-se ligeira e fugiu. Voltou depois, não já desfeita em carícias, mas revestida de uma meiga seriedade. Ela contou ao moço o voto que havia feito a Nossa Senhora das Candeias. Vilarzito insistiu, mas seu orgulho não lhe deixou que suplicasse.

— Não me queiras mal, Vilarzito! Por mim não é, mas pela felicidade do nosso amor! Tu és já meu senhor; e eu, que mais sou do que bem teu? Mais val esperar alguns dias, até que a Virgem abençoe para sempre a nossa felicidade e a torne em uma virtude, do que fazer um pecado, porque seremos punidos, e eu duas vezes, na tua e minha pessoa! Mas responde!... Se te enfadas comigo, mal de mim, que me perderei por ti, perdendo-te!...

— Adeus! disse Vilarzito.

— Onde vais? perguntou a menina espavorida.

— A Sevilha! Não é lá que devo cumprir a promessa?
— Sim... Mas queres partir já?
— Quanto mais cedo partir, mais cedo voltarei!
— É verdade!... murmurou a menina curvando a fronte já carregada de mágoas.
Vilarzito apertou-a ao seio, e teve-a algum tempo ali, enquanto seus olhos se engolfavam no horizonte. Que via ele ao longe, nessa névoa do espírito, que se chama pressentimento? Via a ambição, que batia asas d'ouro, prestes a desferir o voo; e sua alma, presa da vertigem, que se lançava a par, devassando mundos ignotos. Via o fantasma de sua imaginação que lhe gritava, avante, avante, e o atraía sempre, não lhe deixando sequer volver um olhar aquém.
Nesse momento o aleijão daquele coração, pressentindo que pela última vez palpitava sobre ele o coração amante da mísera virgem, teve um aperto, que espremeu nos olhos uma lágrima, talvez a última que umedeceu essas pálpebras, e nos lábios um escasso sorriso de ternura:
— Não te penes, amor meu, que me tiras a coragem de ir-me. É preciso, tu disseste, e eu parto-me com bem pesar de meu coração; fique-te ele, para que mais ligeiro torne a ti este corpo.
Dulcita sorriu entre as lágrimas:
— Vai, querido, vai. Tu levas a graça de minha alma; eu te guardarei, senhor meu, a flor desta pobre beleza minha.
Seu lábio embebeu-se no lábio do esposo; e ficou ali suspenso como um fruto que o bico lascivo do pássaro colheu na haste. Depois que libou o mel, o pássaro bate as asas, e o fruto pende murcho e eivado. Assim desfaleceu Dulcita, quando seu noivo precipitando a partida, arrancou-se ao beijo, e partiu. Ele levava-lhe o âmago de sua alma, o doce mel de sua felicidade, seu amor, sua vida.
Voltaria ele a restituir-lhe quanto levava?
Vilarzito não voltou o rosto, com receio de ceder à emoção; foi por diante trilhando as margens do rio, cantarolando qualquer seguidilha. A menina, seguindo-o de longe para ouvir algum tempo ainda a voz amiga, sentia minguar-lhe a vida à proporção que essa voz desfalecia com a distância. Afinal caiu extenuada à beira do caminho.
Era noite alta quando recolheu-se a casa, onde achou a aflição que causara o súbito desaparecimento. As velhas se lamentavam rezando; o pai mal entrara das caminhadas que dera em procura da filha querida.
Dulce contou com singeleza o sucedido, sem esconder a mínima circunstância. Que tinha a esconder ela na candura do seu amor? O pai depois de muito ralhar, feliz de ver a filha restituída à sua ternura, perdoou; a mãe benzeu-se, como costumava nas ocasiões solenes; e a família voltou à habitual tranquilidade.
Mas em Dulce uma revolução profunda se consumara. Uma hora só por cima dos seus quinze anos acabava de fazer da menina travessa uma dona séria e

prudente. Ela preparava-se já com certo orgulho para as inefáveis ternuras do amor conjugal e para o grave papel de esposa.

Essa primeira noite não dormiu, passou-a toda rezando à sua imagem de Nossa Senhora das Candeias, e conversando com a sombra de Vilarzito sobre sua felicidade. Às vezes receava que essa felicidade tamanha não pudesse caber naquela alcova tão acanhada, pois só com a lembrança dela sentia-se sufocar. Outras vezes corria os olhos pelos seus trastes singelos, e se alguma coisa não lhe parecia bem, saltava do leito e ia arranjá-la, para que não desagradasse aos olhos de Vilarzito.

Oito dias decorreram, nos quais Dulce, como a calhandra nos primeiros eflúvios da primavera, forrava de macia relva o caro ninho. À tarde do último dia ela sentou-se no terraço, com os olhos no horizonte, e esperou. Quando à meia-noite ergueu-se para recolher, seu lábio murmurou:

— Ele não me quer tanto, como eu a ele... Senão teria chegado!

Talvez que um obstáculo imprevisto demorasse o moço, pesar do seu desejo, não só um, porém mais dias: não havia motivo ainda para se afligir. Tamanha devia de ser a sua felicidade, que Deus, para que ela a não matasse, a preparava por uma maior prova.

Esperou. Deus sabe quantas lágrimas lhe custou; lágrimas que lhe empanaram o brilho dos lindos olhos, e desbotaram-lhe as faces.

Uma noite enfim Dulce sentiu um grande abalo; pareceu-lhe que o coração rompera dentro. Era a morte da esperança. A donzela ergueu-se lívida, para cair fulminada pela dor; o resto da noite foi um horrível sofrimento.

Pela manhã a menina vestiu-se de luto e foi ter com o granjeiro.

— Pai, meu esposo é morto a esta hora. Eu vou-me a Sevilha, para morrer junto dele.

Havia nessas palavras um abismo de dor, no fundo do qual, como nas gorjas da montanha, rolavam surdas torrentes; havia também a obstinação heroica das grandes paixões.

Ramon amava sua filha, com amor cego. Fez-lhe a vontade, abandonou o seu casal, e partiu. A cidade maravilha, a suntuosa Sevilha, só teve luto e dores para a inconsolável esposa.

Entretanto um raio de esperança luziu na treva que sepultava a mísera e mesquinha, noiva apenas, e já viúva. Desde o dia da chegada, as horas de alívio que tinha, eram as que passava carpindo e orando na Catedral, diante do altar onde se venerava a imagem de Nossa Senhora das Candeias. Um dia o velho sacristão, travado de piedade por aquela dor tamanha em tão poucos e tão belos anos, falou à infeliz, granjeando consolá-la. Dulce contou-lhe por alto a sua desdita.

— Mas!... acudiu o donato. Tempos há, e não muitos, que um rapaz aqui veio cumprir promessa igual! Seria talvez o vosso!

— Bendito sejais, meu Deus! disse a moça mal podendo ainda falar. Bendito e louvado em vossa infinita misericórdia, que assim mandais um raio de graça, a quem se julgava para sempre dela desamparada.

Com este dizer, que saía bem fundo d'alma, prostrou-se de novo aos pés do altar; santo fervor brotava-lhe do seio opresso. Arrastaram-na depois esperanças fagueiras e impacientes afogos aos joelhos do velho, que ela abraçou:

— Repeti! oh! repeti, santo homem, que o vistes, que vivo é, aquele que meus olhos não pensavam mais ver neste mundo das desventuras minhas! Dizei-me, bom donato, piedoso senhor, dizei-me onde se foi ele? Que má hora o levou? Onde o tem, longe da esposa, o mau fado meu?

Estas e outras falas de tão angustiado coração ficaram sem resposta. O velho nada mais sabia do que disse: nem a certa data, nem sinais do moço devoto, lhe ficaram na cansada reminiscência.

Dulce entrou mais triste, se é possível, do que saíra. O pai que de sua parte não se poupava à fadiga em cata de novas boas ou más do desaparecido, desenganado já, não tinha mais esperança, que lhe fosse conforto da dor.

A filha contou-lhe o que era passado. Correu ele ao sacristão, cuidando comprar com ouro, o que não tinham granjeado lágrimas e penas. Debalde foi, debalde vagou o resto do dia pela cidade, inquirindo, de quem encontrava, indícios de Vilarzito.

— Digo-te eu por seguro, filha, em que isto mais te aflija, quando não devera! Digo-te eu que o bandido mui de vontade sua te abandonou.

— Não, pai; morto é!

E prosseguia depois de silencioso pranto:

— Morto é! Tenho aqui dentro uma voz que mo está dizendo, e mais, que sua alma ainda não deixou este mundo.

— Abusões que te entraram!

— Não é abusão, pai! Se o céu ouvir os rogos meus, e deparar-me o lugar, onde jazem as cinzas de quem tanto amei, que nesta vida não acabarei de amá-lo!... Por seguro, pai, que estes olhos que a terra tem de comer, o verão uma vez ainda. Ele me aparecerá talvez para levar-me! Ah! prouvesse a Deus!

Dois meses passados, nesse contínuo desviver de tristura e angústias, volveram pai e filha ao pobre casalinho, já tão brincado e loução, ermo agora e viúvo de sua mal gorada alegria, e dos risos donosos, que o enchiam dantes quando a sua bela senhorita o encantava.

O desamparo de sua casa, os gastos de jornada e locandas, junto ao desânimo que o entrara com a desgraça, desarranjaram a vida ao infeliz granjeiro. O já de si escasso mealheiro, esvaziou de todo; minguaram as posses, foi-se a abastança; a miséria faminta e esfarrapada veio sentar à porta espreitando a sua hora de entrar.

Esse arreganho da miséria, de que ela fora a causa inocente, tirou Dulce do egoísmo de sua dor e deixou-lhe ver o sofrimento dos seus. Foi sublime então de coragem e abnegação, como o fora de amor! O trabalho de suas mãos, e mais que ele a força de sua alma salvaram a família da fome, senão da pobreza. No afã de uma lida sem cessar encontrava curtos repousos para sua pena rebelde ao esquecimento; na satisfação de sacrificar-se pelos seus,

libava seu coração, o consolo único, dos que o mundo pode dar às grandes dores.
Para mais apurar a fortaleza desta alma, mandou-lhe Deus nova provança; a mãe de Dulce finara-se, consumida pelos desgostos. O vácuo deixado n'alma por um ente querido, nada o enche, é certo; mas também sabem os que o sentiram, que esse vácuo permite que outra alma amiga se achegue mais, e toque e penetre o âmago da nossa.
Esses tristes corações de pai e filha conchegaram-se ainda mais; felizes eles formariam uma família; desgraçados eram mais do que isso; eram lousas ou túmulos vivos de uma só e eterna saudade.

Capítulo IV:
Em que o hábito faz o monge

Que era feito de Vilarzito?
Morto era, ou andava ainda à cata de aventuras por este mundo grande?
Deixando sua noiva nas margens do Tinto, o rapazito caminhou a Sevilha.
Como foi ele, não o sei eu; foi, e de caminho aquela ambição grande e ardente, que lhe fervia no seio, ia farejando no ar alguma aventura.
Como não lha deparasse o acaso, chegou afinal à grande cidade; tendo mercado a vela de cera, andou a cumprir o voto de Dulcita na Catedral. Era dia de grande festividade religiosa; o bispo devia oficiar em pontifical.
Enquanto o rapaz ajoelhado esperava que ardesse a vela no altar, aos pés de Nossa Senhora das Candeias, o povo fora invadindo o vasto recinto da igreja, e a cerimônia começara.
Era a primeira vez que o galopim das estradas se achava em face da majestade divina, revestida da pompa e esplendor do catolicismo. O espetáculo grandioso impressionou aquela imaginação vivaz. Ela ficou absorta no meio da harmonia grave do órgão concertando com as litanias sagradas, dos luminosos vapores do incenso que nublavam as imagens divinas e o venerando busto dos levitas cristãos, dando à cena aparências de visão.
De repente fez-se um grande silêncio: a fronte calva do pregador assomou no púlpito; a voz possante ainda, embora trêmula, encheu o vasto âmbito do templo. Sobre a multidão curva e respeitosa, a palavra inspirada do apóstolo de Cristo caiu como a chuva de fogo do Monte Sinai.
Esse homem só, esse velho débil, qual possante lutador, tinha a seus pés submissa e humilde a turba gigante, o leão-povo. A um gesto seu, o monstro estremecia; a frase impetuosa de sua eloquência inspirada flagelava como látego os flancos da fera, que nem gemia. Ele olhava, e as frontes orgulhosas dos grandes da terra se abatiam. Ele troava, e as lágrimas rolavam em silêncio pelas faces dos soberbos.
Uma hora durante, ele teve assim o dragão esmagado no pó sob a virga de sua eloquência, como o tivera o arcanjo sob as patas do corcel; uma hora

durante, o gládio de sua palavra retalhou o coração do réptil domado.
Enfim o sorriso iluminou o semblante severo e torvo; o fogo celeste dardejou ainda nos olhos fundos, não já chispas ardentes, senão ondas de luz branda e serena; daqueles lábios crispados, onde vibrara a maldição, mana em jorro o mel da graça, qual manara no deserto para o fugitivo povo do Senhor.
Seu hálito inspira nova e melhor vida ao gigante; ei-lo que de esmagado se ergue mais vigoroso, e vai coleando pelas ruas e praças da vasta cidade.
Quando Vilarzito voltou a si do arroubo em que ficara, a igreja estava deserta; volveu um olhar para a vela de promessa que ardia ainda, e apagou-a de um sopro.
— Quero ser pregador! Hei de sê-lo! murmurou.
Dois frades atravessaram pela nave; era um de exígua figura, minguada pela velhice, que já lhe acurvava a cabeça; a humildade evangélica estava em toda sua pessoa. Vilarzito não reconheceu, nem podia, naquela insignificante figura, o sublime pregador; os alumbramentos d'alma operavam nesse corpo mesquinho e encarquilhado uma transfiguração pasmosa e incrível. Era este o célebre pregador Fr. J. Corela, da Ordem dos Capuchinhos; florescera na Corte de Filipe II, e agora nos últimos dias da vida que devia extinguir-se com o século em 1599, os lumes que desferia a sua eloquência, eram raios ainda.
O outro frade tinha a mais bela estampa de homem, que ser podia. Velho também, mas de velhice robusta, o seu inverno era como primavera dos climas boreais. As cãs realçavam as cores do sangue vigoroso e sadio; trazia o talhe ereto; era nobre o gesto e o passo majestoso.
— Este é! disse consigo Vilarzito admirando-o. Nunca me lembrara eu como era a sua fisionomia, que me cegavam aqueles olhos em brasas! Mas agora sim, estou vendo-o ao próprio. Parece um rei. E mais que rei é!
Estas reflexões fazia o rapazito seguindo a alguma distância os dois frades.
Ao quebrar da primeira esquina o pregador separou-se, e seu bem apessoado companheiro continuou só. De caminho recebia ele a saudação respeitosa dos passantes, que lhe catavam cortesia, como à dignidade que era na religião.
Chegado à calçada de um suntuoso palácio, o religioso deixando a larga portaria, procurou na próxima viela uma portinha escusa, que naturalmente dava entrada reservada aos íntimos. Pondo o pé na soleira encontrou-se frente a frente com um cavalheiro que vinha de dentro, e saía, apressado sem dúvida de negócio urgente.
O religioso não demoveu o passo, antes firmou-o no batente com a solidez de seu porte majestoso; o cavalheiro, ou porque o não reconhecesse, ou porque não quisesse mesmo dar-lhe senhas do respeito, que nessa época se guardava aos ministros da religião, não recuou também. Assim ficaram medindo-se no limiar da estreita porta.
Por fim o moço, impaciente, estendeu a mão para abrir passagem:
— Fazei-me a mercê de arredar-vos, reverendo. Vou-me apressado!

O religioso ficou imóvel; com um gesto lento e soberbo desviou a mão do moço que lhe roçara o ombro:

— Mais respeito, mancebo! Não mancheis com vossa mão profana este santo hábito!

— Sabeis a quem falais, padre?... Sou fidalgo da casa de El-Rei, e vou em seu real serviço! Deixai-me passar!

O frade sorriu:

— São vossos títulos esses? Pois se vós sois fidalgo do rei, eu sou ministro daquele que tem em sua mão os reis da terra. A majestade que servis, já a tive eu de joelhos a estes pés. Bem vedes que a precedência me compete.

E arredando o cavalheiro, o frade passou altivo e sobranceiro.

Vilarzito não perdeu uma palavra do curto diálogo; sua imaginação já excitada mais se exaltou. Desde esse momento seu destino estava preso àquele frade que representava para ele a maior glória do mundo.

O rapaz sentou-se na calçada fronteira; e esperando que seu herói saísse do palácio, rilhava nos dentes uma naca de pão de rala de três dias.

O religioso era o P. Gusmão da Cunha, procurador do Colégio de Lisboa. Vinha de Madrid aonde fora solicitar perante a corte sobre negócios da casa.

Vilarzito avançou afouto e manifestou-lhe seus ardentes desejos de ser pregador. Tão decidida vocação não era para desprezar num século em que a Companhia de Jesus, com os olhos largos no futuro, colhia entre os povos a fina flor da mocidade para cultivá-la em suas vastas estudarias. Aspirava ela ser como o sol da inteligência naquela aurora da civilização moderna.

No seguinte dia tomaram caminho de Lisboa o frade e seu novo fâmulo, aspirante ao noviciado. Na viagem notou o rapaz que o religioso lia, mais que o breviário, um volume in-4.°, o qual trazia no rosto este título latino: *De liberi arbitrii cum gratia domini concordia. Ludovico Molina. Olisipone – MDLXXVIII.*

Ignorava Vilarzito o rumor que então fazia no orbe católico essa obra e sua doutrina, conhecida por *molinismo*, do nome do seu autor; porém bastava a preferência que dava o padre procurador ao livro, para levá-lo a formar a mais alta ideia dos méritos da obra. Aquele nome de Molina ficou-lhe na lembrança como de um dos famosos luzeiros da igreja e seus futuros modelos.

O rapaz tivera depois que deixara Sevilha, uma hora de desencantamento: e foi quando soube dos fâmulos que o sublime pregador da catedral não era o P. Cunha, e sim o velho capuchinho. Esteve muito tempo repartido entre a glória que abandonara, e essa que seguira, talvez falsa luz.

Nestas cogitações achou-se a sós com o religioso, uma tarde que tinham chegado à pousada:

— Releve V. Reverendíssima que eu lhe ponha uma questão.

— Quantas queiras, filho. Perguntar é próprio dos que desejam aprender.

— Diga-me então, padre-mestre, qual é a maior glória deste mundo?

— É a prática do justo em que se resume a lei de Deus.

— Essa é a glória celeste; pergunto eu, das glórias do mundo, qual avulta mais?

Como o religioso embatucasse, o rapaz prosseguiu:

— Qual preferia o padre-mestre, a do Cid por exemplo, o Aquiles castelhano, a de Lope de Vega, o maior poeta das Espanhas, a de Carlos V, imperador e rei, a do grande Pacheco, primeiro pintor do mundo, e outras muitas?...

— Prefiro aquela que vem do Senhor, filho, e nele se fortifica.

— Qual ela é?

— A do Geral da Companhia.

— Onde está ele, padre-mestre?

— Em Roma, que é a cabeça do orbe católico.

— Que faz ele?

— Move o mundo.

— É mais que El-Rei?

— É mais que o Papa, filho. Nele se inspiram os eleitores do sagrado colégio, quando escolhem o sucessor de São Pedro.

— E quem o escolhe a ele?

— A Companhia.

Desde então Vilarzito não hesitou mais; seu destino estava traçado pela Providência. Entrou em noviciado, com o nome de Gusmão, que lhe deu o procurador, no sacramento da crisma. Sabe-se que necessidade tinha ele dessa mudança; era preciso que Vilarzito, o marido de Dulce, morresse no século, aos umbrais do claustro. O apelido tirou-o ele do famoso escritor, como bom presságio de sua nova carreira.

Segundo o uso dos conventos, cada noviço era adjunto especialmente a um dos religiosos mais autorizados que lhe servisse de guia e exemplo vivo; assim desempenhava o moço ao mesmo tempo funções de discípulo e fâmulo. Vilarzito continuara sob a imediata inspeção do P. Procurador; sucedeu que um dia arrumando a cela do mestre, fez o rapazito uma descoberta.

O P. Cunha tinha a seu cargo os negócios do Brasil. Entre os vários maços arrumados uns sobre os outros na prateleira, leu o menino quando os virava para espanar, o seguinte rótulo sobre a encosta de papelão, em letras maiúsculas: NEGÓCIOS DAS MINAS DE PRATA.

Ouvira Vilarzito ainda muito criança falar dessas famosas minas de prata, cuja fábula enchera as Espanhas. Tomado pois de curiosidade, e aproveitando a ausência do P. Mestre que saíra para longe, desdeu os nós ao cadarço vermelho, e encontrou sob a capa de papelão uma série de cartas escritas da Bahia pelo nosso conhecido Rev. P. Manuel Soares, cronista daquela província e autor de certa memória.

A primeira carta trazia a data de 15 de novembro de 1595 e rezava assim:

Pax Christi. Aproveito portador seguro para dar conta a V. Reverendíssima das minhas diligências, sobre o objeto que de Roma me foi incumbido.

Logo que a esta cheguei, tive por primeiro cuidado, informar-me da mulher e filho de Robério Dias. Vivem pobremente para as bandas da Ribeira, em companhia e a expensas de uma velha tia, cuja é a casa.

D. Clara é uma santa mulher, que tudo faria pelo serviço da religião; mas infelizmente não sabe mais do que divulgou a voz pública; afirma que seu falecido esposo possuía o roteiro das minas e com ele se partiu para Espanha, onde, ou em caminho, lho roubaram. Quanto ao filho, o menino Estácio, que o pai deixou no berço, anda nos cinco anos de idade; se não falharem os prognósticos, deve de ser moço para se aproveitar.

Sobre a recomendação que trouxe, creio não haverá dificuldade, em chegando o tempo, de ganhá-lo para a ordem, metendo-o noviço neste colégio. O P. Inácio do Louriçal que é o confessor e cura da casa, já a tal respeito teve suas entradas com o Doutor Vaz Caminha, padrinho do menino, e grande amigo que foi de Robério.

Esse Doutor Vaz Caminha é pessoa doutíssima, de suma prudência e conselho. Tendo-o por nós, não há recear do bom sucesso da empresa. A mãe não tem outro voto senão o do advogado, o menino o quer por cima de tudo. O único obstáculo virá da parte do Alcaide-Mor Álvaro de Carvalho que é ainda afim da dona. Este é homem iroso, obstinado, antepondo a tudo sua militança, e tendo em nenhuma conta qualquer profissão que não seja a das armas; pode bem ser a queira seguida pelo moço, mas o advogado lhe porá as medidas e nos avisaremos.

Nada mais por ora, senão pedir a V. Reverendíssima que me tenha em sua graça quando orar a Deus por seus filhos, e me deite sua bênção.

"P. Manuel Soares."

Seguiam-se outras cartas sobre o mesmo assunto; todas devorou-as o rapazito com ardente curiosidade. Ele tinha a memória de César, Cromwell e Napoleão; o que uma vez penetrava em seu espírito, aí ficava gravado como relevo no mármore.
Durou dois anos o noviciado de Vilarzito; ao cabo deles professou no primeiro voto. Cursou como escolar todas as aulas da estudaria com tal aproveitamento, que admirou os mais sabedores dos mestres que liam na casa de Lisboa. Aprovado *cum laude* em todas as matérias, passou a coadjutor, tendo já ganho a fama de primeiro humanista do pátio, com que de dia em dia mais se avantajava em tão verdes anos.
Rastejava ele pelos vinte e cinco, se incluirmos o acréscimo de quatro, que fizera por sua conta entrando para o noviciado. Sua astúcia pressentira

desde logo quanto a velhice era para o comum dos homens certo abono de saber, prudência e siso; por isso foi tratando de adiantar-se em anos no livro dos assentamentos. Mais tarde, quando cursou as aulas de anatomia e química, a ciência lhe revelou segredos, que hábil e cautamente explorados, serviram para desbotar o viço da juventude.

Como não pudesse antes da oito anos ser admitido a professar no quarto voto, para o qual exigia o Instituto de Santo Inácio a idade de trinta e três, em memória de Jesus Cristo, e do fundador da Companhia, impetrou a graça de fazer durante esse tempo residência numa província do ultramar.

O P. Gusmão sabia que nas casas dessas províncias remotas, onde o número dos professos não era crescido, lhe seriam cometidos por carência de homem mais apto os negócios de ponderação, que no seu colégio de Madrid não se confiavam de um simples coadjutor.

Demais, ele pretendia granjear todos os títulos, para no momento dado pô-los ao serviço de sua ambição. Aos louros escolásticos de casuísta e sabedor, convinha engrinaldar as palmas apostólicas. Precisava para isso de teatro vasto, onde provasse a força de sua palavra já exercitada no púlpito.

Foi-lhe designada a Província do Brasil, e nela a casa do Rio de Janeiro. Partiu em 1600, caminho de Palos, a tomar navio que o transportasse. Perlongou depois de quatro anos as pitorescas margens do Tinto, onde se representara um ato do drama de sua vida. Não foi sem emoção que seus olhos procuraram o alvo casalinho, tão mudado do que era outrora. Estava ele já a esse tempo abandonado de seus antigos senhores, e possuído de estranhos.

Chegado à cidade o P. Gusmão apeou na primeira igreja que ficava em caminho, e entrou para fazer oração. Era manhã, depois da missa conventual; reinava no recinto o dúbio crepúsculo que é próprio dos templos góticos, e tanto convida ao santo recolho. Apenas duas largas réstias de luz, coadas pelas ogivas, cortavam o pavimento.

Quando o jesuíta fazia oração, uma das raras devotas que ainda estavam na igreja, dando com os olhos nele, caiu de bruços sobre a pedra. As outras não fizeram reparo, atribuindo o acidente a fervor de penitência, muito usual então; terminada a devoção foram-se à obrigação.

A penitente enfim ergueu a custo a fronte magoada da pedra; desvairou os olhos pela igreja; tornou a ver o frade e lembrou-se! Esteve a contemplá-lo até que ele voltou-se para sair. Aí, como tomada de uma força superior, a mulher ergueu-se e foi direita ao jesuíta; as pupilas desferiam raios entre a renda preta da mantilha que a vendava:

— Padre, fazei-me a esmola de ouvir de confissão a uma pobre pecadora! exclamou ela rojando-se aos pés do religioso e segurando-o pelo hábito.

O jesuíta voltou-se; no lugar onde estava, a réstia de luz batia em cheio sobre a sua cabeça, esclarecendo-a como um resplendor.

— Estais em pecado mortal? perguntou o religioso.

O som dessa voz penetrou o coração da moça, ao mesmo tempo que seus olhos erguendo-se cravaram no rosto do sacerdote. Ela soltou um grito de pavor:

— Meu marido!...

— Quem sois, mulher? interrogou o jesuíta recuando de espanto.

A devota ergueu-se de um ímpeto, atirando a mantilha para os ombros e descobrindo o formoso semblante. Os olhares de ambos cruzaram-se como dois dardos:

— Fui Dulce, hoje me chamam Marina de Peña, porque assim me fizestes! disse a moça no rancor da sua paixão. Tão mudada me têm os pesares, que não me reconheceis!

Mas já o P. Molina havia recobrado a sua impassibilidade:

— Como pudera reconhecer-vos, quem nunca vos conheceu?

— Conheço-vos eu e vos requero, que meu marido sois!... Os olhos que as lágrimas cegam poderão enganar-se; não este coração onde as vossas falas estão vivas como na noite em que me jurastes...

— Calai-vos, mulher! Vosso marido morreu! Este que vedes, humilde servo do Senhor, não é já deste mundo!

— Mentis! Deus que vos deu ao meu amor, não podia roubar-vos à sua criatura! Se o fizesse, não seria Deus...

— Não blasfemeis!

— Não! Oh! não seria! E eu lhe disputaria o que era meu e muito meu pelo sacramento e afeto que ele mesmo abençoou.

— Senhor! exclamou o P. Molina cruzando as mãos para o altar. Perdoai a esta mísera pecadora, a quem as más paixões mundanas escureceram os lumes da razão.

O religioso quis afastar-se, mas Dulce arrastando-se de joelhos, travou-lhe do hábito.

— Oh! por piedade, não me desampareis outra vez nesta solidão de minha alma, em que tenho vivido. Não quereis já ser meu; pertenceis ao Senhor? Pois eu virei adorar o Senhor a vossos pés. Me ensinareis a amá-lo, já que não me é dado mais amar-vos, a vós!...

— Cessai de desarrazoar, mulher, e largai-me do hábito!

— Não, não vos deixarei! Repelis-me?... Nem sequer uma palavra de compaixão?... Pois eu serei de agora em diante a sombra vossa! Por toda a parte vos seguirei como alma penada ou remorso vivo! Quando passardes, vos apontarei: "Esse que ali vedes, é meu marido, o qual mentiu a Deus e aos homens..."

Durante estas palavras, o P. Molina debalde esforçava por tirar o hábito das mãos crispadas da moça; mas ela se deixava ir de rastos sobre as lajes que lhe magoavam os joelhos. A dor por fim tornou-se tão aguda, que a mísera, não podendo já resistir, caiu desmaiada.

O frade desapareceu.

Logo após chegou Ramon em busca de Dulce. Muitos anos havia que ele tinha deixado para sempre o lindo casalinho. A miséria em parte forçara o campônio a vendê-lo, e em parte também as tristes e agras reminiscências de que estava tão cheio. Vieram então pai e filha habitar na cidade de Palos o quarto de um velho casarão, onde aposentava gente da terra e também colonos e forasteiros que embarcavam para as Américas ou de lá tornavam. Muitas vezes, tentado dos contos fabulosos que faziam os aventureiros e marujos, pensara Ramon em passar-se à colônia à busca de riquezas, com que supunha poder comprar para sua filha uma felicidade, em troca da outra, para sempre e sem remissão perdida.

Dulce porém, quando ele comunicara seu intento, recusou obstinadamente:

— Não, pai; nesta terra, onde ele repousa, quero eu também repousar. Teremos este mesmo frio leito, já que o céu negou-se a abençoar o outro para o nosso amor. De que me valem a mim riquezas? Vende acaso a terra o que roubou e já consumiu em pó?

A patroa da locanda era uma velha a quem a beleza de Dulcita ganhara logo os afetos e que não se cansava de admirá- la de mil desvelos e carinhos.

— Sabe a menina que tem um formoso nome e tão bem acertado, que mais não pudera ser! disse a velha logo no primeiro dia. Dona Dulce!... É como se lhe chamassem pelo seu lindo rosto de alcorce, e por esse riso que parece mesmo um torrão de açúcar!

— Enganou-vos quem vos disse de assim chamar-me.

— Mas se ouvi mesmo a vosso pai!

A moça pôs nela uns olhos fundos de dor, porém rasos de pranto:

— Não sou Dulce, mulher, inda que o fui já, se não *amara*, e bem *amara* de pena! Mais bem posto que nenhum me foi este nome por minha desventura, pois sou dela crismada.

Ou porque a velha não compreendesse o trocadilho que a moça fizera com o seu nome, e ao qual conservamos os termos castelhanos; ou o que é mais natural, por comprazer com a sua habitual tristura; o fato é que lhe respondeu por este teor:

— Bem, seja a menina D. Marina de Peña, e não Dulcita, pois assim quer ser chamada; mas fique com o que lhe digo, que dentro do meu coração será sempre doce.

De feito a velha daí em diante só a tratou por esse novo nome, cuja singularidade não escapara à finura e perspicácia do P. Reitor da Bahia. Ouvindo-se chamar daquele modo, Dulce sorria; não há admirar; os grandes pesares também têm seu júbilo, qual o de sentirem-se vivos e ardentes; nem há nada que mais se toque neste mundo do que seja o riso e o pranto, a alegria e a dor.

Capítulo V
Em que mestre Brás revela seu talento diplomático

Sete anos esteve o P. Molina residindo nos colégios de São Sebastião e São Vicente; e ao cabo deles recolheu à sua província de Portugal, onde se ia preparar para receber o quarto e último grau da ordem.

Embarcara no galeão Rosário, navio de licença, que partiu do Rio de Janeiro por fins de 1607, em demanda do porto de Lisboa. Tendo feito escala por Pernambuco, bordejava na altura da Assunção, às baforadas de uma fresca brisa que salteava a cada instante de um a outro ponto do quadrante.

Era noite escura e alta.

O frade, que estivera praticando no tombadilho com o comandante do galeão, agora absorto em cogitações largas, sentara-se em um rolo de calabre contra a amurada. Correu o tempo; entrara há pedaço o quarto da modorra. Ninguém mais, à exceção do jesuíta, havia àquela hora adiantada sobre o convés de popa.

Entre o coaxar das ondas batendo os flancos do navio e os estalos da armação, ouvia-se por momentos, trazido pela brisa, um murmúrio de vozes abafadas, que vinha de estibordo. Na posição do P. Molina, a sota-vento, as palavras embora proferidas em tom soturno, deveriam chegar bem perceptíveis; não as escutava ele porém, tão alheio estava de si naquele instante.

Uma exclamação mais viva perturbou porventura as cogitações do religioso, que aplicou o ouvido e conhecendo donde partia o murmúrio das vozes, aproximou-se manso e manso, tomado de alguma curiosidade, porém mais do desejo de qualquer preocupação que o arrancasse ao turbilhão de seus íntimos pensamentos.

Junto do mastro grande, no espaço deixado entre uns caixões servindo de galinheiros e gaiolas de animais, estavam sentados quatro sujeitos, apostados a quem esvaziara mais depressa uma grande escudela cogulada de chanfana e uma meia dúzia de botelhas, que surdiam dentre os massames de corda na ocasião precisa, e lá sumiam-se de novo depois de larga libação. Era essa uma medida de prudência para o caso de surpresa.

O acaso, o mais engenhoso dos fabricadores de dramas, juntara ali, na tolda de um navio perdido na imensidade do oceano, esses quatro indivíduos, que nunca anteriormente se tinham visto, e talvez não se reunissem mais nunca neste mundo, finda a jornada que os associara.

Um deles era o gajeiro, mestre Antão Gonçalo, que preferia fazer o seu quarto em boa companhia a vigiar só e desconsolado. Outro tinha ares de mariola de praça, e não passava dos seus vinte anos. O terceiro, grisalho já, mas bem fornido de bigodes e pera, retratava mui ao vivo um tipo daqueles tempos, que ainda hoje existe, mas profundamente modificado pelo espírito do século, o tipo do soldado aventureiro e mercenário, ao serviço de todas as empresas boas e más, conforme a paga; de menos as armas e de mais a trapaça, é o moderno cavalheiro de indústria. Finalmente completava o quadrado uma figura suína, que tinha todos os visos de mercador das colônias; era ele quem pagava o pato, e talvez por isso o que menos falava e menos consumia. Mastigava o seu dinheiro, isto é, a sua carne; de resto parecia bastante enjoado.

O bródio fora ajustado entre o marujo e o soldado. O colono deixara-se depenar, pensando granjear assim os bons ofícios do marujo a bordo, a proteção do soldado em terra, e a confiança do mariola.
O aventureiro vinha de São Sebastião; o mercador e o mariola, ambos da Bahia, tinham embarcado em Olinda, por não haver no porto do Salvador navio de licença a partir, nem ser tempo da frota.
Rolava a prática sobre o tema de ocasião, os trabalhos que esperavam a quem passava ao Brasil para tentar fortuna, os malogros de muitos e os avultados lucros de alguns. Cada qual contava como lhe fora a sorte, e todos tinham dela as queixas mais acerbas.
— É tal qual vos digo, Antão gajeiro! repetiu o espadachim. Aforrado como me vedes podia estar hoje nadando em ouro! Assim não fora eu mal-aventurado!
— Escapastes de fisgar o arpéu nalguma boa presa, capitão? perguntou o marujo.
— Não faltam elas naquela terra excomungada!... observou o rapaz.
— Não faltam, não, muchacho! O diabo é não haver justiças que guardem as costas de um homem!... tornou o soldado. Quando a gente é atacado pela frente e lealmente, o juiz é a espada; morre-se em boa guerra! Pero, isso de estar um cristão à mercê de gentio e outros que tais degradados, a tremelicar sem saber de que, vendo a hora que uma seta o manda desta para melhor!...
— É assim mesmo!
— Isso não é terra em que se viva! Melhores juízes lhe ponha El-Rei, se quiser que lá medre a boa gente de espada para o seu real serviço!
O aventureiro empinou a botelha e afogou o suspiro com uma formidável golpada.
— Deixai em paz esses urubus, D. Aníbal, disse o gajeiro, e dizei-nos como o caso foi. A gente cá do mar gosta de saber histórias...
— Qual caso?
— Do como... vos desarvorou a nau antes de entrar a bom porto. Não dissestes que a fortuna pregou-vos um logro?
— E grande. Ninguém me tira de que estive com a mão mesmo em cima daquelas maravilhosas minas de prata... Sabeis?
— Umm!... fez o rapaz a modo de exclamação.
O traficante que tinha pendido à direita com o balanço do navio, dera um estremeção.
— Orça! acudiu o marujo rindo.
— Sangre de Cristo! tornou o cavalheiro. Ainda me ferve o meu lembrando!...
Fora essa exclamação castelhana, que despertara o P. Molina. Quando ele, sem que o pressentissem, veio sentar-se por detrás de uma das caixas de pinho, o soldado já havia começado a narrativa.
— Foi um certo Fernão Aines, de São Sebastião, quem me pôs na pista... Mas primeiro devo referir... Certo dia apareceu morto na Ladeira do Castelo

um sujeito cosido a facadas, e a mulher pouco lhe faltava para isso com as três que alapardara. Muita gente foi ver o acontecido e até eu acertei de passar... A mulher só fazia engrolar uma ladainha com este dizer: "O papel!... o papel!..." Que ali havia rasca, suspeitei eu logo.

— É mesmo!... disse o gajeiro. Aí andava mouro na costa.

— Ele parece que sim!... acudiu o rapaz. Ainda eu não estava em São Sebastião quando isso foi, mas ouvi rosnar como coisa fresca.

— Pois a semana não estava acabada, quando veio valer-se de mim o tal dito cujo de Fernão Aines para fazer uma entrada no sertão. Estava ele de luto pelo finado, que era seu parente, ao que me disse. Cá para mim é negócio líquido que o amigo foi quem aviou o outro. Apesar de beato...

— São os piores!

— De pedaço a pedaço estava-me ele a rezar numa cruz grande de pau-santo que trazia ao rosário!... Um dia, já oito eram idos depois que nos partíramos de São Sebastião, o cujo desembuchou. A coisa era esta. Íamos à descoberta de umas minas de prata de que só ele sabia o rumo, por lho ter ensinado um índio manso. Era preciso que os companheiros não dessem pela coisa, o como carecia de um sócio, me escolhera a mim. Havíamos de deixar os outros em certa paragem, tirar o que se pudesse de metal, e escondê-lo longe do lugar, para depois fingir que o achávamos à toa.

— Pelo jeito, o mano não era nenhum sandeu!

— Fino era ele, como azougue; pero, a D. Aníbal, o diabo, seu mestre dele, não embaçaria. Aquela ladainha da mulher andava-me parafusando na cachola!... Sangre de Cristo! disse cá comigo! Não há dúvida! O papel... Tem-no o birbante, e nele está o segredo. Pois o tomarei eu à ponta da espada!

O traficante fez um gesto de susto e murmurou baixinho:

— Tomar per força!...

O aventureiro olhou fito o mercador, que embuchou o resto da frase; era uma simples alusão à Ord. do liv. 5.º, tít. 61, que punia o roubo.

— Alguns pícaros, continuou D. Aníbal, seriam capazes de chamar roubo a isso!... Não sabem os parvos, o que seja o direito de conquista. Os reis conquistam lá seus reinos, nós cavalheiros conquistamos os duros e os reales. Cá para mim, tudo que for necessário à vida, mulheres, pecúnia, boa pitança, tudo é despojo de guerra!

O mercador encolheu-se; os dois outros companheiros deram sua aprovação tácita à teoria conquistadora do cavalheiro.

— Decidido pois estava a oferecer combate leal ao amigo, quando chegamos a um pouso, onde devíamos falhar um dia para repousar. Maldita lembrança foi essa! Voltando à noite de uma caçada, retardados pela borrasca, que havíamos de achar?...

— Um bando de selvagens! disse o colono.

— Pior foi a desgraça. Um raio partira o pícaro do Fernão!...

— Um raio!...

— Desconfiei da história e vou-me a ele! Já estava morto e bem morto. Nas algibeiras, nada. Pero, a tal cruz estava atirada ao chão em pedaços!... Sangre de Cristo! Era oco o pau. O papel ali estava escondido.

— Ah!... fez o gajeiro! Era essa a devoção do marreco.

— Mas o papel que sumiço levou? perguntou o rapaz.

— Tinha-o levado um frade que confessara o tal.

— E o frade?

— O frade... Só se o não encontrar neste mundo, ou mesmo no outro. Ele mo pagará. O pícaro! Roubar-me o que tinha de ser meu, e com que sem-cerimônia!...

— Pois deixai que vos diga, replicou o rapaz, que mais perdi eu, senhor capitão.

— Calai-vos daí, rapaz, mais do que as maravilhosas minas de prata?

— Qual!... Se era possível, Anselmo? Vede bem!

— E se vos eu disser que estive no caminho da cidade encantada, onde as ruas são calçadas de prata e as casas de ouro?...

— Ah! então!...

— Como! Se ainda ninguém a achou?

— Menos aquele que deu a notícia dela.

— Esse, morto é.

— Morto será, que isso nada faz ao caso, se deixou a rota escrita, para lá ir quem a tiver, tornou o Anselmo.

— E esse escrito onde para?

— Sei-o eu?...

— Fazeis segredo disso?...

— Tanto não faço que vou-me a Madrid queixar-me a El-Rei de quem à força me privou do que muito meu era! Um letrado e bom letrado da Bahia, o licenciado Vaz Caminha... Heis de conhecê-lo, mestre Brás?

— Se o não conhecera eu!... Pois é freguesia minha! bocejou o mercador entre dois engulhos.

— Pois deu-me boa fiança de meu direito.

— Também eu pesco o meu tantinho da rabulice, acudiu o mercador. Se quereis, posso dizer-vos como me parece da vossa justiça.

— Os bons avisos nunca sobram, e com o vosso me fareis mercê. Conheceis um D. Diogo de Mariz, fidalgo, que é provedor-mor da fazenda em São Sebastião?

— Não me é estranho esse nome, mas que o conheça não digo.

— Conheço-o eu mui bem! disse D. Aníbal.

— E eu que até já fui portador de uma carta, que ele mandava à mulher do tal descobridor das vossas minas, senhor capitão! disse o marujo.

— A mulher de Robério Dias? perguntou o mercador. Uma D. Clara?...

— Por aí assim!...

— Essa dama já é falecida! observou Anselmo.

— Pelo menos estava para ir a pique, quando lhe fui levar a carta, que o comandante mandava. Recebeu-a um grumetezinho deste tope...

— Havia de ser o filho, o estudante, observou o mercador.
— Que se chama Estácio, cuido eu, concluiu o gajeiro.
— Pois esse D. Diogo de Mariz é o próprio da minha querela. Com ele fui há coisa de três anos, acostado à banda que levou para socorrer seu pai. O homem tinha sido atacado pelo gentio Aimoré, lá para as bandas de Paquequer, e o filho veio de rota batida em busca de gente. Chegado era eu a São Sebastião, para me passar a São Vicente. Falava-se tanto no ouro dos paulistas, que a fama me tentou.
— Esse ouro dos paulistas é como o da vossa cidade, muchacho! ponderou o capitão.
— Não duvidareis, quando ouvirdes tudo. Enquanto esperava, aproveitei o ensejo de ganhar boa paga e lá fomos. Trabalho perdido. O gentio arrasara tudo. Só encontramos as pedras da casa e gente queimada! Aí ficamos uns tantos dias para enterrar aquela carvoagem de ossos.
— Então o gentio pôs fogo ao redor da casa toda, que não puderam fugir?
— Assim parece.
— E os selvagens já tinham abalado?
— Nem notícia deles. Andando a pesquisar no mato que ficava pela redondeza, chegamos a uma clareira, onde sem dúvida tinham dado combate. Estavam ali duas filas de ossadas, que os urubus tinham limpado, e uns trapos de roupas. Espetando com a ponta da espada levantei uma coisa, à feição de cobra. Mas não era. Vedes esta cinta?
Dizendo isto o rapaz desatacou uma cinta que trazia, tecida com finas malhas de aço, formando interiormente duas bolsas. Os outros a examinaram.
— Pois era isso; com a diferença de estar recheada...
— De boas coroas?
— Hupa!... Tinha dentro umas folhas de pergaminho a modo de um livro de rol. Pus-me a olhar aquelas letras vermelhas graúdas, como boi para palácio, quando sinto uma voz dizer atrás de mim: Roteiro. Era D. Diogo; tomou-me o rolo, esteve lá resmungando, e acabou por guardá-lo no peito do jaleco.
— Que tal o mano! E era fidalgo!
— Não tínheis a vossa espada ao lado? disse o aventureiro.
O rapaz levantou os ombros:
— Um homem contra cinquenta!...
— Ainda que foram cem!
— Mas exigistes dele que vos restituísse?
— Sabeis com que me tornou? Que aquilo era um tesouro e devia ser restituído ao seu próprio dono.
— Bom modo de ficar-se com ele.
— E ficou-se; ainda que já em São Sebastião teimando eu que me voltasse o meu achado, disse-me que já avisara o dono para o vir receber. Mas isso não passava de uma história.
— Quem era o tal dono, não lho perguntastes?

— Fez-me orelha mouca!
— E deixou-vos tocando leques com bandurra!
— Sempre deu-me uns dez marcos de prata, como espórtula!
— Vejam que tal era a ganância!
— Mas então esse papel cuidais vós que fosse o roteiro?... disse o soldado.
— Da cidade encantada. Não podia ser outro.
— Também estou nisso! afirmou o gajeiro.
— Talvez não passasse de algum diário de descobertas! replicou D. Aníbal.
— Há muitos anos que isso foi?
— Três, se tanto. Seria pela Assunção.
— Dormistes no caso. Bem pode acontecer que já seja tarde.
— Que queríeis que fizesse? Faltava o melhor. Tornei à Bahia, e só agora ajuntamos, eu e a mãe, alguns reais para a jornada.
— Contanto que o cujo não tenha já evaporado a coisa.
— Que vos parece do caso agora, Senhor Brás? Não pensais que a justiça esteja toda de meu lado?
O mercador teve segundo estremecimento, de quem era arrancado ao valente cochilo:
— Hem!... Dizeis?...
O rapaz repetiu a pergunta.
— Ele não deixa de ser intrincado, continuou o mercador bocejando. Achastes uma botija de dinheiro...
— Estais sonhando?... Um papel, vos disse eu!
— Um papel, sim!
— Mestre Brás parece que está com o porão muito carregado; o leme não governa!
— Nada! É este balanço...
— Carga ao mar!
— Uhah!... uhah!...
O mercador estirou-se. Os outros foram tratando de recolher. Com pouco a sineta de bordo anunciou que entrava o quarto de prima.
O P. Molina ainda ficou no tombadilho. O vento rondara e o navio singrando rumo direito, corria agora ligeira bolina sobre o mar sereno. Como esse barco, o espírito do religioso enleado em cogitações, corria agora impelido pela ambição sobre um oceano de ideias. A lembrança apagada das cartas que lera na cela do P. Cunha avivara-se em sua mente.
No dia seguinte o jesuíta prolongando até a proa seu passeio habitual, engendrou um encontro casual com Anselmo. Trocadas as primeiras palavras, o rapaz o acompanhou até as amuras, onde tiveram longa prática. Carecia o sacerdote de um moço de serviço, e a propósito de informações sobre o procedimento fez-lhe uma infinidade de perguntas relativas, não só a ele, como a outras pessoas da cidade do Salvador.
Entrou enfim o galeão Rosário a barra de Lisboa.
Poucas horas depois de lançar o ferro no ancoradouro, o aventureiro D.

Aníbal e o mariola Anselmo foram presos por familiares do Santo Ofício em virtude de denúncias depostas na caixa secreta. O P. Molina interveio em favor do criado; mas tudo quanto obteve foi que ele voltasse imediatamente, em um navio que estava a levantar a âncora com destino à Bahia. A Santa Inquisição ainda tolerava os cristãos-novos nas colônias, terra para degredos; na metrópole por forma alguma.
Não ficou muito contrariado por isso o frade e consolou o rapaz, dando-lhe de conselho que não boquejasse mais sobre certo caso acontecido com D. Diogo de Mariz, pois era homem poderoso, e contava amigos por toda a parte. Partiu-se pois o Anselmo, inteiramente desabusado das cidades encantadas e dando graças à Providência que o livrara da Inquisição. Já Belém sumia-se pela popa do navio, quando D. Aníbal sofria perante os inquisidores do Santo Ofício o primeiro interrogatório.
Entretanto achava-se o P. Molina recolhido à sua casa de Lisboa, depois de oito anos de ausência. Ainda ali vivia o P. Mestre Cunha, que recebeu de braços abertos seu antigo discípulo e fâmulo; o gordo jesuíta estava muito acabado do reumatismo gotoso; e já não viçava na sua robusta pessoa aquela florente velhice, que tanto admirara Vilarzito em Sevilha. O recém-chegado não quis receber a hospitalidade de outro que não seu primeiro mestre, o qual de sua parte muito estimou tê-lo por companheiro de cela.
No primeiro momento favorável, Molina passou busca ao armário, onde outrora descobrira o maço relativo às minas de prata. Ainda ali estava ele, muito aumentado com a continuação da correspondência, porém atirado ao canto e desprezado, senão esquecido, a julgar pela espessa crosta de poeira que o cobria. Não nos é possível copiar a íntegra das cartas do P. Manuel Soares, apesar do muito bem lançado delas, pois ocupariam largo espaço. Basta dar aqui a suma da correspondência.
Quando o filho de Robério Dias chegou aos doze anos de idade, se aventou seriamente em família a questão de fazê-lo entrar para a Companhia de Jesus. Como contava o P. Manuel Soares, houve firme resistência da parte de Álvaro de Carvalho, apoiado na repugnância do menino pela carreira a que o destinavam. Vaz Caminha não se deixou mover pelos argumentos do soldado; mas as preces do afilhado enterneceram seu coração. Assegurou-lhe que ninguém, senão ele mesmo, Estácio, decidiria de sua sorte, esperariam pelos vinte anos, idade em que poderia conhecer a sua vocação, e decidir-se por um estado.
Com esta certeza entrou Estácio a cursar as aulas do Colégio como simples escolar. Os jesuítas tinham então a seu cargo a instrução primária, especialmente nas colônias, onde eram raros os mestres particulares; em remuneração de tal serviço, bem como da obra da catequese, recebiam eles do Real Erário uma côngrua de quatro mil cruzados.
Não agradou ao P. Manuel Soares o desfecho do negócio, e pois de combinação com o provincial tratou de solver a dificuldade inesperada. Recorreu à astúcia, tantas vezes empregada pela Companhia, com bom êxito.

Sob pretexto de tomarem a Estácio termo de matrícula nas aulas, lhe deram a assinar um auto de noviciado, que Álvaro de Carvalho em boa-fé subscreveu.

Seguiam-se outras cartas relativas à memória das minas de prata em que o P. Manuel Soares trabalhava com fervor; em cada missiva dava ele uma resenha de seus esforços e pesquisas no desempenho da importante tarefa que lhe fora cometida; em uma das últimas da coleção anunciava o infatigável cronista a importante descoberta que fizera de uma testemunha, cujo depoimento punha feliz remate à sua obra.

Sem dúvida não partilhavam os padres de Lisboa a fé que mostrava o Rev. Manuel Soares em suas laboriosas investigações, pois nada resolveram apesar das repetidas instâncias, e afinal deixaram sem resposta as suas cartas. Não desanimara contudo o denodado cronista, e de vez em quando dava cópia de si, reiterando ao provincial de Lisboa suas rogativas para que se tirasse o fruto dos esforços de tantos anos.

Como acabava Molina a interessante leitura, caiu a noite.

Tratou o jesuíta de acender a candeia na lâmpada do corredor; conservava ele ainda na mão a carta em que P. Manuel Soares falava da testemunha de vista que acompanhara o pai de Robério Dias na descoberta das minas de prata. Sem dúvida por inadvertência e distração, machucou-a e acendeu na lâmpada para transmitir a chama à candeia; quando deu por isso, estava o papel reduzido a cinza.

Nessa mesma noite, depois da reza, impetrou o P. Molina do provincial permissão para seguir sem demora a Roma, na pia intenção de beijar o anel de Sua Santidade e a mutra do vigário-geral da Ordem. Não desejava professar no 4.º voto, sem ter feito essa pia romagem.

Estava nessa ocasião agasalhado, ou melhor, homiziado, no Colégio de Lisboa, um fidalgo de nome D. Lopo de Velasco, comendador de Santo Ivo, a quem perseguiam as justiças de El-Rei por certo duelo muito extravagante. Amigo dos padres, e deles protegido, asilara-se o fidalgo na casa da Companhia; não pôde esta apesar de todo seu valimento obter o perdão completo do delito, porque o adversário morto pertencia a uma família poderosa; mas alcançou a comutação da pena em alguns anos de degredo.

A vice-rainha mandou ir ao Paço o comendador e ali fez-lhe sentir que seria muito conveniente uma viagem ao Brasil; observando-lhe o fidalgo que não possuía terras nas colônias, retorquiu a princesa, que devia comprar:

— Quando Sua Majestade D. Filipe III tanto se ocupa com suas possessões do ultramar, não é muito que o ajudem seus fidalgos a povoar aqueles domínios.

Em vésperas de partir, D. Lopo de Velasco aproveitou a recente chegada do P. Molina para colher informações seguras a respeito da terra. O fidalgo era grande caçador, e não se emendava; apesar de ter sido essa paixão a causa de achar-se em lance tão difícil, queria fixar sua residência na capitania mais abundante de caça.

Bem se vê que o fidalgo não conhecia o Brasil, onde, e especialmente naquele tempo, as matas regurgitavam de toda a espécie de monteria e os ares coalhavam-se de volateria. O P. Molina porém não hesitou em lhe aconselhar a cidade de São Sebastião, onde ele acharia reunidas boa gente e boa caça.

D. Lopo acedeu.

— Então aproveito o ensejo para escrever por algum criado de Vossa Mercê duas linhas a uma pessoa que me encarregou de certo negócio.

— Pois escreva, padre-mestre. Com muito gosto me farei eu mesmo portador de suas letras, respondeu o fidalgo.

No momento de partir entregou de feito o jesuíta a D. Lopo de Velasco uma carta assim sobrescritada: — Para S. Mercê o Sr. D. Diogo de Mariz, Provedor-Mor da Alfândega de São Sebastião.

O jesuíta, senhor agora de todo o segredo do roteiro das minas do Prata, e convencido de que o manuscrito ainda se achava no poder de D. Diogo de Mariz, só tinha um receio; era que Estácio, ou alguém em seu nome, se apresentasse a reclamá- lo antes que ele, P. Molina, tornasse a S. Sebastião. Para prevenir esse caso, escrevera o jesuíta a D. Diogo o seguinte:

Muito nobre senhor meu.

Fui encarregado pela pessoa que V.M.cê bem sabe, de receber o objeto de grande preço que se acha em seu poder. Motivos ponderosos me têm impedido de cumprir esse procuratório, de modo que só lá para o ano vindouro aí poderei estar.

Como porém se perdesse a carta de aviso que V.M.cê escreveu, e é possível com ela se apresente algum aventureiro burlão a reclamar o que lhe não pertence; por isso julgo prudente que esteja de prevenção, para não fazer a entrega senão a este que se assina,

de V.M.cê
o mais obediente servo

P. Gusmão de Molina.

Lisboa, aos 27 de outubro de 1607.

Quando voltava o jesuíta de acompanhar à Ribeira D. Lopo de Velasco, lobrigou de longe o matreiro do mestre Brás, seu companheiro de travessia, que muscava-se mui sorrateiramente de um belo palácio onde residia D. Francisco de Sousa.

Que fora ali fazer o mercador das colônias? Solicitar o poderoso fidalgo para patrono de algum requerimento? Dar conta de alguma incumbência das colônias?

Dias passados chouteava eclesiasticamente o P. Gusmão em mula de aluguel, caminho de Espanha. Na recova a que se juntara para fazer a jornada, ia também o Brás. Tratou logo o jesuíta de entabular conversação com o mercador; mas era impossível com semelhante criatura a menor prática. Não tinha agora o taberneiro o enjoo como a bordo do Rosário, mas em troca o terrível chouto da mula o amassava na sela como lêvedo de pão. Saltando com os solavancos da andadura e jogando de uma a outra banda, ia o judengo encolhido todo e agarrado ao gancho do selim. A ladainha de lamentações, que servia de acompanhamento ao trote da besta, era apenas interrompida pelos gritos de espanto, que soltava o taberneiro cuidando cair. Chegado ao pouso aquela massa inerte de carne e osso caía sobre a enxerga como uma pedra.

Em Sevilha perderam-se de vista os dois companheiros de viagem.

Quarenta dias depois entrava o P. Gusmão a cidade eterna, e alojava-se na casa da Companhia. Houve entre o humilde frade e o prepósito-geral, Cláudio Aquaviva, longa e secreta conferência. Ao cabo de três horas descia Molina as marmóreas escadas do grande consistório, escondendo na manga do hábito um pergaminho. Era a sua nomeação de visitador na Província do Brasil; trazia essa nomeação a data em branco, porque só depois de jurar o frade o quarto e último voto da ordem, podia ela ter efeito. A qualidade de professo e por conseguinte o assento em capítulo era, segundo o Instituto, condição essencial para a prelazia.

A tempo que isso passava em Roma, no mesmo dia e hora, a centenas de léguas, em outra capital europeia, na cidade de Amsterdam, mestre Brás batia à porta da casa onde habitava o cidadão Usselincx, e entregava uma carta coletiva de que era portador, dirigida pelos judeus da cidade do Salvador ao ilustre chefe do partido da guerra e um dos fundadores da Companhia das Índias Ocidentais.

A missiva hebraica foi o fomento da famosa guerra que durou vinte e tantos anos. Os judeus ameaçados pelo Santo Ofício, chamavam os holandeses, como outrora seus antepassados em Babilônia haviam chamado em suas preces Ciro, o conquistador, para libertá-los da escravidão. Os holandeses vieram, como o herói meda, não suscitados por Deus, mas açulados pela cobiça, poucos anos depois, em 1621.

Capítulo VI
Novas proezas da advocacia andante do Doutor Vaz Caminha

É tempo de tornar à cidade do Salvador, onde o nosso bom e velho amigo, o Doutor Vaz Caminha, refocila ainda no modesto catre, bem que alto já vai o sol.

De instante a instante a engelhadinha da Euquéria vem pé ante pé escutar à porta da camarinha. Ouvindo o calmo resfolgo da respiração sutil, torna de manso para não perturbar o sono de passarinho do bom do amo seu.

Quem soubesse do tarde que recolhera o advogado e do resfriado que vinha com a orvalhada da noite, não estranharia uma tal inversão nos seus hábitos madrugadores. Desde que estava no Brasil, não passara o letrado de Arraiolos outra noite de tributações como essa tão aziaga que lhe trouxera de janeiro o ano da graça de 1609.
Se bem nos lembramos, ficou o Doutor Vaz Caminha na casa misteriosa, preparando-se para ouvir a história da dama desconhecida.

Iluminava a fronte da bela senhora um reflexo vivo das paixões sublimes. Mas passou. Foi trêmula e receosa que ela dirigiu de novo a palavra ao advogado pensativo:
— Dizei-me pois, sr. doutor, se as leis dos homens me dão o direito de arrancar meu esposo e meu único bem aos votos que mo roubaram!... Porque senão, se justiça não há no céu que cansei de implorar, e na terra onde só tenho penado... Pois bem, eu me farei justiça por minhas mãos...
— Qual é o vosso intento, senhora?
— Meu intento... meu intento... Sei-o eu?... Reaver o que perdi... Sim; ainda que para isso seja preciso armar os maus contra os bons... profanar a casa do Senhor... Que importa!... Contanto que me restituam meu esposo... Irei de convento em convento, de portaria em portaria mendigar novas dele... Hei de encontrá-lo, e então...
— Basta, Dona Dulce! Bem vos dizia eu que vossa generosa retribuição era demasiada para o ofício do humilde letrado... Esqueci avisar-vos que fora nenhuma para o seu dever. Aqui vo-la deixo!
Vaz Caminha ergueu-se, deitando a bolsa sobre a banca:
— Em que vos ofendi eu? exclamou a dama travando-lhe das mãos.
— Vim ao vosso chamado para aconselhar-vos, não para vos dirigir no caminho do mal. Meu ministério, senhora, é da justiça e não das paixões, da lei e não da vingança!
A dama respondeu com uma nobreza repassada de profunda mágoa:
— Nunca sofrestes dores, como as que tenho aqui neste coração transido, senhor doutor; senão seríeis indulgente para estes desvarios, que me pungem mais a mim que a vós mesmo. Já vos não detenho; destes-me a última prova dos homens. Se dos nimiamente bons, como sois, recebo tão duras palavras, que esperar dos outros?...
— Senhora, mercê! Fui descortês, confesso minha culpa; não veio ela d'alma, senão da profissão que não me costumou a fazer salas. Vou satisfazer-vos no que de mim exigis.
— Ah! exclamou a dama. Falai!...
— As leis dos homens nada podem no vosso caso; mas podem tudo as leis divinas. Em Roma, aos pés de Sua Santidade, está o remédio à vossa desdita; porque lá está aquele a quem Deus disse: *Quodcumque alligaveris super terram...*
O advogado citava o texto, mas calou-se, advertindo que falava a uma dama.

Emendou a mão:
— A quem Deus disse: *"Quanto ligardes na terra, será ligado no céu; e quanto na terra solverdes, soluto estará no céu".*
Dulce ergueu as mãos súplices, exaltando ao céu sua alma arroubada num olhar de infinita gratidão. Depois esse mesmo olhar desceu a embeber-se no rosto pálido e mirrado do velho.
— Obrigada, senhor doutor! Salvastes-me de um grande pecado, dando remédio à minha dor!...
— Já não haveis mister de mim, Dona Dulce? perguntou o advogado.
— Hoje não: basta a esperança que me deixais. Outro dia próximo, terei necessidade de praticar convosco mais compridamente.
— Enviai-me aviso. Agora é tarde, dai que me recolha.
O doutor levantou-se para despedir-se:
— Antes que me retire, uma palavra.
O velho tomou galantemente a mão da dama, e conduzindo-a até o meio da sala, abaixou a voz para dizer-lhe:
— Pedistes-me um conselho, senhora; quero eu dar-vos um que não me pedistes.
— Mais por isso o agradecerei.
— Guardai melhor vosso ouro, e fiai menos de escravos. A terra esconde bem, é verdade, porém não há chave nem ferrolho que a feche, pelo que abre-se em qualquer parte.
— Deste lado estou segura. O segredo só eu o sei.
— Cuidais isso? E se vos eu disser que o tesouro está enterrado ali, no oratório...
— Quem vo-lo revelou?... perguntou Dulce espavorida.
— E que a esta hora estão abrindo uma mina por baixo da vossa recâmera pela qual se há de escoar o vosso ouro?
— Deus meu! Como sabeis tudo isto? Quem pode ter maquinado uma maldade igual, a não ser a gente maldita, que veio ao mundo para meu mal!...
— Não paguem inocentes por pecadores. Aplicai o sentido; não ouvis um bater surdo que vem do chão?
— Sim, agora ouço! Vem dali!
— Pois são eles que cavam.
— Eles quem?
— Disse-vos quanto é preciso para que vos acauteleis. O mais, crede-me, não aproveitaria ao vosso cabedal, e menos ao vosso sossego.
Nesse momento ouviram uma serenata de alguém que parava junto à cerca; o rumor cessou; momentos depois farfalharam as folhas do arvoredo. Vaz Caminha abrindo na janela uma estreita fresta, mostrou à dama seis indivíduos que surdiam a um e um do outão da casa e sumiam-se nas trevas.
— Bem longe me supunha eu de mais esse cuidado, para o qual confesso que já não me sobram espíritos, tanto os tenho, e tão inteiramente empregados, em mais alto pensamento. Se me não valeis ainda desta vez com o vosso

conselho, não sei o que vai ser de mim.
— Não é caso de esmorecer, ainda que demanda grande tino, muita prudência, e mais que tudo, segredo inviolável. Tendes pessoa de quem fieis tanto como de vós mesma?
— Ninguém tinha ontem, tal era meu desamparo, mais que um escravo fiel, o mesmo que vos guiou. Agora vos tenho a vós.
Vaz Caminha conservara-se impassível quando Dulce referiu-se ao negro, e correspondeu com uma reverência à prova de confiança da senhora.
— Enquanto ao escravo, digo-vos eu, senhora, com os meus sessenta e seis anos, que o bom tem a fidelidade do cão: descobre o dono farejando-lhe o rastro e o denuncia ladrando para festejá-lo. Enquanto a este vosso servo reverente, vos peço vênia para observar que se é nenhuma a confiança que se conta por dias e meses, o que será a que mal data de horas?
— Qual pessoa posso eu ter de mais fiança minha, do que aquela a quem se abriu esta alma cerrada ao mundo inteiro? Não fôsseis vós quem sois, Senhor Vaz Caminha, tão reputado de saber quanto de virtude, que esse título só de meu confessor ao mesmo tempo que letrado, vos faria senhor da minha fé.
— Uma coisa são infortúnios e contrariedades da vida; outra cabedais e riquezas. Se da primeira me encarreguei para vos aconselhar e dirigir, para a segunda, sinto que não sofrem as forças tamanho peso de responsabilidade.
— Cumpra-se então o último transe da minha desventura! Perdida com esse ouro e apagada a derradeira luz de esperança que ainda lampejava na escuridão de minha vida, acabará esta mísera uma vez de morrer!
— Mas por que desanimais, senhora?
— E mo perguntais? O único meio que me restava para alcançar o fim de uma vida inteira de martírio, posto em dúvida e risco! E vós mesmo, que me roubais esse conforto, não me dais remédio para o mal; ao contrário, a confiança que tinha no escravo, a dissipais; a que pus em vossa pessoa, recusais! Se essa era vossa tenção, para que avisar-me do mal... Melhor era deixar-me viver na minha antiga segurança, roubada fosse embora, do que matar-me assim lentamente neste repetido sobressalto e contínuo terror! Usastes comigo, senhor doutor, sem querer, de crueldade igual à que sofrem os condenados; prolongam-lhe com a vida a tortura. Não vos culpo, nem culpa há, senão desdita de quem em má hora nasceu para si e os seus.
O doutor ouvia com ar de bondade as palavras pungentes da moça; e tanto que acabou ela de falar, começou com um termo brando e meigo, pondo nela os olhos enternecidos.
— Razão alguma tendes, e fácil me fora provar, que por cumprir meu dever de cristão e homem discreto, não me obriguei a mais para convosco, nem a mais me obriga a lei como letrado, que me chamastes, e letrado vim. Mas que importa que não tenhais razão alguma, se toda vos quero eu dar? Ganharam-me vossos infortúnios; rendido me vedes. Uma coisa porém vos peço. Ides fiar de um estranho o segredo do grosso cabedal, capaz de excitar a cobiça, a

quem não a tem; não deveis ceder ao primeiro movimento, para que não venha depressa o arrependimento; pensai até amanhã: o caso não urge tanto, que o não permita.

— Se já sois senhor desse segredo, que arrisco em adiantar o que já sabeis?

— Sei parte dele, é certo; sei que vosso ouro foi enterrado no oratório; que esse oratório ali está, ao lado de vossa câmera. Mas o lugar do pavimento, a profundidade, isso ignoro, e quisera ignorar sempre. E quem vos diz que eu, que vim dar-vos aviso, não estou aqui fazendo as minhas partes, e vou colher as maduras, pelas verdes que lancei? Quem vos diz que aqueles que vistes não sejam meus sócios; ou que tendo aventado parte do seu projeto, eu trate de arrancar por vossas mãos o ouro das garras deles, para a minha bolsa?

Havia na fisionomia do velho advogado tal jeito de astúcia e manha, ao proferir destas frases, que Dulce não pôde deixar de estremecer; mas sua alma serenou logo.

— Diz-me o meu coração, que de vossa pessoa só conforto e alegria me há de vir. Ao toque das almas nobres como as vossas, o ouro é metal de vil quilate.

— Enfim, pensareis, senhora, e do resultado me dareis conta quando nos virmos, amanhã, sobre noite. Já sei o caminho; virei só, e portanto mais acompanhado do segredo e recato que é preciso.

— Mas eles? Me deixais assim em seu poder?

— Nada tendes que recear por enquanto; não vos deis por apercebida, nem mesmo quando estiverdes só. Dizem que as paredes têm ouvidos; têm olhos também. É preciso que eles continuem a cavar a mina, pensando que o ouro está no mesmo lugar; nesse tempo transportareis a outra parte, de maior segredo, o vosso tesouro.

— Não fora melhor fazê-los prender logo de uma vez? Se a justiça de El-Rei não serve para proteger uma pobre mulher, para que serve ela então?

— A justiça de El-Rei serve para punir os que infringem a lei; mas por isso cada um não está desobrigado de velar no seu interesse. O segredo do vosso ouro está descoberto; quem e quantos o conhecem a esta hora, não há saber. Falais em prender os malfeitores; basta que um escape, ou mesmo comunique com outros da prisão, para transmitir o projeto e pôr-vos em contínuo desassossego. Melhor é desnorteá-los. Ou pensem que mudastes o lugar, ou que outros mais felizes lograram o tesouro, podereis ficar tranquila; e então será tempo de fazer a prisão.

— E não se podia prender antes e mudar o lugar? Daria no mesmo, e me tiraria mais depressa do meu desassossego.

— Parece-vos, mas não é o mesmo. Agora, seguros do seu segredo, eles têm a atenção toda empregada na mina; já contam com o ouro; e só tratam de esconder-se. Presos alguns porém, os que ficassem, se poriam à espreita; e quem sabe se não penetrariam outra vez o segredo, como penetraram da primeira.

— Vejo que a vossa prudência tudo previne, e devo estar tranquila pondo-me sob sua guarda.

— Sob a guarda do Senhor vos deixo eu.

Dulce bateu as palmas, Lucas apareceu.

— Acompanha a casa o senhor doutor: e olha que nada lhe aconteça. À sua caseira entregarás essa bolsa.

Vaz Caminha partiu.

Deixemos que vá ruminando pelo caminho adiante as suas cogitações, para explicar uma coisa que era para notar: o ter ele ocultado de D. Dulce o modo por que chegara ao conhecimento da trama contra ela urdida, e sobretudo calado o nome do negro Lucas, em quem aliás a dona depositava muita confiança.

O doutor tivera para isso boas razões. Ele sabia o que são mulheres, e não conhecia D. Dulce; sem lhe fazer injúria, receou dela o comprometesse revelando o como surpreendera a conversa de Lucas com o Brás na adega da taberna, e excitando contra ele a vingança de qualquer dos dois. Ora, a prudência era a prenda mais cultivada do licenciado. Quanto ao negro, foi por compaixão para a dama, que assentou de calar-se. Imaginou qual suplício não seria dessa pobre senhora, ali naquela casa, vendo-se entregue a um escravo capaz de tudo para evitar o castigo severo de sua falta. Preferiu advertir indiretamente a dama como o fez, a denunciar positivamente a traição. Demais ele conhecia a força que tem no ânimo um sentimento ali enraizado: se o abalam fortemente, verga talvez, mas reage com força dobrada. Acusar o negro que Dulce tinha em conta de fiel, fora plantar no seu espírito a dúvida sobre a verdade da trama, e provocar talvez uma desconfiança contra ele, Vaz Caminha, que a queria salvar.

O doutor chegou enfim a casa, resfriado do sereno. Euquéria estava no seu quinto ou sexto rosário, sem contar os fragmentos do terço, da magnífica e da ladainha, e as repetidas invocações que ela ia entremeando. Na sua imaginação exaltada pelo medo das abentesmas já supunha o seu querido amo morto e bem morto. Quando bateram, e ela ouviu a voz do advogado, supôs que era a sua alma que a vinha buscar para o outro mundo.

Afinal Vaz Caminha falou-lhe de um modo que nada tinha de sobrenatural; muito humano ao contrário:

— Apressai, Euquéria, que já não posso comigo de cansaço!

Recolhido ao leito, onde o aqueceu o copo da sossega, o velho refocilou afinal o fatigado corpo. Eram 7 horas da manhã, quando espertou de todo repousado e na melhor disposição de espírito.

Só mais tarde chegou Estácio.

Capítulo VII
Um amor que nasceu mal-agourado

Vaz Caminha já refeito com a boa sonada recebeu o afilhado cheio de contentamento.

— O vosso cedo, filho, o é menos que o meu tarde. Desde as sete que vos

espero; mas sem dúvida pegou-vos o sono, que é valente nos moços.
— Parece-vos que estes olhos estejam inflamados de dormir, mestre?
O advogado já tinha reparado no aspecto decomposto do estudante, mas conheceu que era debalde querer arrancá-lo à oculta mágoa; e teve por mais acertado sondar logo a profundeza do golpe:
— Estácio, filho, não vos deslembreis que já não sois a esta hora o moço estudante sem cuidado e futuro que ontem éreis. A memória de vosso pai, primeiro, e vossa honra depois, sem contar com o que deveis à pátria, esperam de vós uma ser resgatada, e a outra mantida. Para tamanha empresa careceis de todas as vossas forças de espírito e corpo, e guarde Deus que todas elas acrescidas pelo brio que vos conheço, não bastem! Se tendes pois coisa que vos aflige, e tolhe o ânimo resoluto, dizei-o, filho, por que eu vos limpe dessa ferrugem da tristura, que rói mais o coração, que a outra o aço.
Sentiu Estácio alguma coisa que o impelia aos braços do velho, e abria o seu coração para vazá-lo naquele tão amigo seu, e mais de pai; porém quase logo outro movimento estranho refrangeu-lhe os folhos d'alma magoada, e os lábios emudeceram. Nada escapou a Vaz Caminha:
— Peja-vos de conversar amores com vosso velho mestre, ou temeis que estas cãs e rugas agourem mal vossos afetos, se os deixardes roçar por elas?
— Oh! não, mestre; tal pensamento nunca me entrara, bem o sabeis. Tanto vos estimo quanto vos respeito; e eis por que me falta o ânimo.
— Vinde cá! disse o velho tomando a mão do moço. A quem respeitamos mais que a Deus, Senhor nosso e Criador, e não é a ele que despimos todos os dias nossa alma e a pomos nua a seus pés, com as chagas dos pecados todas à mostra? Além de que resto pouco podeis acrescentar ao que estou lendo nesse semblante desfeito e nesses olhos fundos não dormidos e escaldados de lágrimas. Vosso coração espertou, filho, cedo demais para o vosso sossego; mas assim devera de ser com o fruto, pois a árvore foi precoce. Homem já pelas qualidades, não podíeis deixar de sê-lo para as paixões. Subistes vossos amores alto demais para vossa fortuna presente, não para o vosso merecimento; daí vos vem decerto a pena que sofreis neste momento. Vede, a suma é esta: o nome das pessoas, o lugar e as circunstâncias, sabem-no todos os curiosos e enredeiros da cidade, a quem nada escapa; eu os ignoro, porque não fazeis confiança em vosso velho mestre, que vos ficou neste mundo em lugar de pai e mãe.
Estácio não hesitou mais.
— Perdoai, mestre, perdoai se vos magoei. Tudo já vos digo.
O moço começou, enrubescendo, uma simples narrativa, a história de seus estranhos amores.
— Sem dúvida conheceis D. Francisco de Aguilar?
— De fama, muito; pouco, de trato.
Estácio balbuciou:
— É sua filha, D. Inês.

Como se o nome da moça fosse o único e mágico fecho que encerrava os ímpetos de seu afeto, e uma vez quebrado sua alma jorrasse em borbotões dos lábios, ele prosseguiu com desafogo e veemência:
— A vez que primeiro a vi foi há cerca de três anos, e em todo este tempo, mestre, não a tornei a ver mais que três sem contar o dia de ontem.
— Referi como isso aconteceu.
— Não imaginais quanto me deleita o mar. Houve tempo em que foi meu passatempo sulcar a baía na canoa de um rapaz da ribeira, que me conheceu de muito criança. Fazia-o às ocultas vossas e de minha boa mãe, pelo susto que vos poderia causar a ambos, do que agora me escusareis.
— Deus escreve direito por linhas tortas! interrompeu o advogado a meia voz e sorrindo.
— Dizeis?
— Prossegui, filho.
— Foi em dias de setembro, sobre tarde. Ventava rijo; as ondas andavam altas e cruzadas; a travessia inchando o seio à vela; e o barquinho a pular sobre o grosso marulho, como passarinho de ramo em ramo. Tudo isso era festa para mim, festa da natureza mais fermosa e gentil do que a fazem os homens.
"O canoeiro tinha a escota, eu o governo. Íamos fronteiros com a Graça, rumo da barra; eis que uma galeota apavesada de sedas luzidas, a todo o pano e voga arrancada, fez-se na volta da Escada e veio sobre nós fendendo as ondas galhardamente. Trazia suspensa a ponta do reposte de damasco azul; e ali, como em um canto do céu, estava, de menos as asas e de mais a gentileza, uma figura de anjo. O mesmo foi verem-na os olhos meus que cegarem logo. O realce da celeste visão enlevou-me em um só e rápido instante o espírito e a vontade; mas tanto bastou para que o mar nos arremessasse contra a soberba galeota. O frágil esquife espedaçou-se. Esteves cortou direito à praia; eu não sei por que fui-me no seguimento do barco que singrava os mares alterosos. Um cavalheiro, que soube depois ser D. José, irmão seu, saíra da tolda ao rumor produzido pelo soçobro da canoa. Descobrindo-me que nadava a poucas braças, voltou-se para os escravos da voga e intimou-lhes uma ordem em tom iroso e assoberbado:
"— Leva remos!... Um calabre àquele mariola!... Outro merecia ele para se não atravessar ao caminho da gente.
"Ainda agora, mestre, repetindo-vos esta palavra, sinto que ela me escalda o sangue; imaginai o que seria naquele instante. Minha vontade era poder ali mesmo desafrontar-me. Quanto a aceitar um socorro que me era atirado de envolta com o ultraje, se em tal pensasse, me teria por indigno e vil. Arrojei de mim com desprezo e mofa o cabo que me lançaram. Ainda que me considerei perdido havendo por impossível ganhar a praia tão distante, segui na esteira da galeota, onde o surco cavado na onda me ajudava.
"O anjo, que eu vira de relance para minha desventura, surgiu outro instante de longe, reclinado sobre a onda, olhando-me entre sentida e admirada.

Encomendei a ele minha alma, por que a levasse ao céu, quando deste mundo se partisse; e bem próximo estava, que as forças me faleciam, e o corpo hirto não respondia já ao aflito ânimo. Então lembrei-me de vós, mestre, e sepultei-me no fundo do mar. Entre o rumor das vagas que se abriram para tragar-me, ouvi como uma voz suave que já me acolhia na bem-aventurança:

"— Jesus!...

"Voltando à tona d'água, minha mão alcançou por proteção de Deus a corda de uma boia. O desespero restituiu-me alguma parte das forças, e com estas me volveram os espíritos. Bem recobrado da extrema fadiga, e livrando-me das roupas, ganhei a terra. Pisei-a com um grande contentamento, não só porque pensava não mais senti-la sob os meus pés, como porque a minha salvação, a devia a Deus unicamente."

— Bem, filho! exclamou o velho. Razão tive eu de inquirir o vosso coração, para ainda mais louvar-me da nobreza dele!...

Estácio continuou:

— Meses decorridos, deu-me o acaso, que a visse outro breve instante. Foi em Nazaré, na casa que aí tem seu pai. Acertei de passar por lá em ocasião de estar ela regando seus craveiros na janela mais alta do torreão. Vinha meu caminho, sem me aperceber de nada, quando as gotas d'água que me borrifaram o chapéu, fizeram que desviasse para o meio da estrada e erguesse a vista. As gelosias estavam entreabertas; e seu rosto me apareceu entre os dois vasos de porcelana da Índia postos sobre o balcão. Também ela reclinara para ver; mas dando com os olhos em mim, teve um forte sobressalto, talvez porque me julgava morto e pensou naquele instante ver meu vulto apenas. Com o movimento do susto, o braço dera em um dos vasos, que arremessado de toda a altura do balcão veio espedaçar-se a meus pés: uma linha mais e esmagado ali ficava eu. A morte roçara por mim tão perto, que eu sentira o seu calafrio.

— Depois?... perguntou o velho.

— As gelosias cerraram-se; e ninguém mais apareceu.

"Correu muito tempo. Já eu tivera tempo de esquecê-la: uma grande dor, vós sabeis, a perda de minha mãe, sepultara cedo a minha infância, e com essa toda lembrança do passado. Mas a imagem dela, de Inês, de novo presente a meus olhos, volveu a tomar posse de mim, e dessa vez creio eu, que para sempre.

"Vinha ela do engenho; e caçava eu por aquelas bandas. Vendo a comitiva que se aproximava, deixei-me ficar escondido na ramada espessa, onde estava espreitando uma codorna. O cavalo refugou, os pajens gritaram, e não lhes respondendo eu, talvez iludidos da cor das minhas roupas, me tomaram por um selvagem; um desfechou- me a carabina; a bala zuniu-me ao ouvido, chamuscando o pelo da lã do meu gibão. Com o estrondo do tiro e o voo sussurrante da ave, o cavalo disparou como um raio. Felizmente passou ao alcance de mim, que pude de um salto travar-lhe da brida e sofreá-lo.

"Seu pai chegava então, e já sabedor do que era passado, atirou-me a bolsa fornida de moedas. Rápido a apartei de mim com o pé, e voltando-lhe costas, sumi-me pelo mato. Em me lembrando disso, penso que me fiz mal a mim mesmo de ser tão altivo e ríspido na recusa; mas quando o quisesse, não acabaria comigo proceder de teor diverso. Essa esmola do pai tinha-me doído, ainda mais do que o insulto do irmão.
"Só então refleti na estranheza das minhas aventuras. Três vezes que a vira de relance, três a minha vida correra por ela iminente perigo. Significavam esses casos que sua influência me havia de ser fatal, e eram avisos do céu para que a fugisse? Outro bem diverso foi o pensamento que me acordou no íntimo, e tão poderoso que não havia resistir-lhe. Até ali não era eu que a tinha buscado, mas o acaso que ma trouxera: daquela hora em diante fui eu que a busquei debalde e o acaso que a furtou ao meu desejo e incessante esforço.
"Longo trato de dias e semanas corri após essa ardente esperança de encontrá-la. Quantas vezes cruzei os mares onde ela me aparecera primeiro, e quantas o caminho onde último a admirara de perto. Passei e repassei por baixo da janela, em que lograra um rápido instante a sua vista. Mas tudo debalde. Tanta decepção afinal irritou meu brio, mestre; jurei em minha alma que a havia de ver um olhar sequer, ainda quando esse olhar devesse custar-me a vida, três vezes já sobejo da morte.
"À hora dessa jura, que foi a da alvorada, tomei caminho de sua casa de Nazaré. Fronteiro ao balcão da janela há um coqueiro; encostei-me aí com os olhos pregados nas gelosias douradas, e o pensamento enleado nos modos de a ver. Batia-me o coração que ela estava ali naquela recâmera, onde me mostrara antes regando suas flores; e de a sentir tão perto d'alma, quanto mais longe dos olhos, o desejo se acendia em mim.
"As horas vieram umas após outras, trazendo-me o desânimo, pelas esperanças que me arrebatavam aos molhos. Era dia de fevereiro; o sol abrasava, e eu o curti ali todo; mas que muito, se não deixava sentir-lhe a calma o fogo que ardia dentro. Sobre tarde o tempo desconcertou-se; uma grande borrasca armou-se, que o vento rijo impelia sobre a cidade. Parte do céu ainda estava límpido e azul, que a outra era estofada de grossas nuvens. No bojo verde-negro os relâmpagos incendiavam-se a miúdo, e o trovão reboava com um estampido surdo.
"Haveis de lembrar-vos, mestre, desse medonho temporal do ano passado..."
— Que tantos estragos causou no mar, bem como em terra!
— Sabeis pois a parte que tive nele. Enquanto se formava a borrasca, o dia ia-se finando, já com a sombra da noite próxima, já com a escuridade das nuvens. Houve um momento em que tudo foi silêncio e placidez no céu e terra; a natureza com a respiração tomada, sufocava: mas logo, como se recobrara as forças ingentes, acrescidas pela angústia, desfechou o temporal horrível.
"Foi nesse instante, que o céu fez solene. Uma banda da gelosia abriu-se de

repente e fechou- se. Entre a luz dos relâmpagos vi deslumbrado a imagem de Inês. Pareceu que o céu se fendera para mostrar-me o seu anjo mais puro no seio da glória, nadando em luz. Fora acaso essa aparição, ou propósito, não o podia eu saber. Acreditei que Deus a enviava a mim, e desta vez para salvar-me, como vereis.

"Voltava já, mas com um andar lento, que me não roubasse de repente a janela da vista, quando a nuvem rasgou-se, e um raio listrando fogo, correu pelo tronco do coqueiro e embebeu-se na terra, que ainda conservava os vestígios de meus passos. Uma grande alegria se derramou dentro em mim com a luz desse raio. A fatalidade fora vencida. Inês já não podia ser funesta ao meu destino, pois era ela quem acabava de salvar-me, aparecendo ao balcão, para que eu me partisse.

"Desde então nunca mais a vi, senão foi ontem, embora, sempre que passava por sua casa e olhava as gelosias, era como se a tivera ali própria e viva diante de meus olhos. Minha alma sentia-se perto dela; e sabia, por um estremecimento íntimo, quando comunicava com a sua por um olhar invisível coado entre as frestas da gelosia. Até que um dia a casa apareceu deserta; tinham partido para o engenho.

"Quando ontem a encontrei na missa, por um olhar dela, mestre, acreditei que não me malqueria; à tarde nos jogos, pensei que viesse a merecer um dia o seu agrado. Mas o sarau tudo esvaneceu; é noiva de D. Fernando de Ataíde. Seu pai o publicou a todos em palácio; e antes disso, o conheci eu no modo por que dançavam ambos no baile."

O moço proferira essas últimas palavras açodado e com extrema aflição. Percebia-se que ele, ao tocar nas últimas recordações de seu afeto, doía-se como se estivessem ainda em carne viva; e por isso perpassava por elas rapidamente.

— Por que esta desventura, que tudo levou, ainda me deixou coração para amá-la, mestre?... Sinto que teria um grande consolo em aborrecê-la!...

Vaz Caminha saiu do recolho de espírito em que estivera escutando o afilhado, desde a sua última interrupção; erguendo-se com uns ares vivos e animados, bateu no ombro do moço:

— Ora vos desconheço, Estácio!... E não vos vejo o mesmo homem que fostes e deveis ser para as contrariedades!... Porque a sorte, a princípio avessa, vos faz negaças, parecendo roubar-vos a escolhida de vosso coração, já desanimais e vos rendeis aos pesares e desventuras?

— Que posso eu, mestre, contra a fatalidade?

— Tudo, ajudando o Senhor. Compenetrai-vos disto, Estácio, que um querer firme e constante, dirigido para o bem, praz sempre ao Criador, que fez o homem à sua imagem, inda que imperfeito.

Como se essa ideia esticasse fortemente em sua alma uma corda então flácida, restituindo-lhe o antigo vigor e vibrando-a sonora, Estácio ergueu-se de um ímpeto, transfigurado inteiramente do aspecto sombrio e desânimo que tinha há instantes. Agora a força inata de sua organização difundia-se no

olhar resoluto, no gesto sóbrio e pronto, na atitude calma, porém firme e enérgica.
— Falastes à minha alma, mestre, pois ela vos responde! Oh! que sim; abristes uns olhos cegos; sanastes este espírito enfermo. Lutarei!...
O licenciado sorriu de satisfeito.
— Tudo me diz que vosso afeto é recebido por aquela a quem o oferecestes. Na idade de Inês, os olhos são espelhos d'alma, e o recato a mais eloquente fala do coração. Embora seu pai a tenha destinado para outro, desde que vos apresentardes nobre e rico, podereis disputar com vantagem sua mão.
— Nobre e rico!... murmurou Estácio.
— Esquecestes acaso o roteiro?...
— Não o esqueci, não, mestre: aqui trago a carta. Mas quanto tempo não passará antes que me seja entregue esse depósito? E até lá não será tarde? Não estará Inês esposa já de outro e para sempre perdida de mim?
— Conforme a resolução e presteza com que vos houverdes na empresa. Podeis ir a São Sebastião e estar aqui de volta em dois meses. Ora, um casamento, e casamento de fidalgo, é negócio para três dobres.
— Quem sabe?... A pressa com que o anunciaram...
— Crede no que vos digo!... Seis meses, nunca menos! De mais, para tranquilizar-vos, fico-vos de fiador que Fernando de Ataíde não se casará com D. Inês de Aguilar, nem mesmo em um ano... e talvez nunca!
— Donde provém tamanha segurança?
— Depositai fé neste velho amigo, Estácio, e crede que bem longe de tratar de resto vossos amores, tem-nos como coisa sua do peito, porque são parte vossa. Quem melhor pode sentir vossas penas e tomar-lhes o peso que o amigo que vos traz, e a tudo que vos pertence, dentro do coração?
O mancebo estreitou o velho em seus braços.
— Assim, sede prestes a partir domingo!
— Já domingo!
— Concertei o plano de vossa viagem ontem à noite; não vo-lo comunico já para não carregar-vos o espírito com objeto triste: nos poucos dias que restam entregue-se ele todo aos doces cuidados. Na véspera sabereis: somente estai prestes e compenetrai-vos bem disto, que ides em busca de mui precioso tesouro, Estácio, pois ele representa a reabilitação de vosso pai, a honra de vosso nome, e a felicidade de vosso amor.
— Três coisas santas, por uma só das quais dera minha vida.
Momentos depois, Estácio deixava a casa de Vaz Caminha, e se encaminhava pensativo à Ribeira, onde morava em companhia de D. Mência, sua velha tia. Na altura da Sé, atravessou-lhe pelos raios do olhar empanado, um vulto de mulher que teve o poder de evocar seu espírito.
Era nada mais que a figura insignificante da comadre Brásia, embrulhada em sua mantilha rapada de serafina e saracoteando o corpo com o trote miúdo de uma cadela que anda ao faro de algum osso para roer. Sua vista lembrou ao mancebo o emprazamento da véspera no adro de Santa Luzia, com a

misteriosa dama que lhe trocara a bolsa. As faces arderam de rubor, com a lembrança dessa humilhação; deitou-se pois com veemência à covilheira, a qual já o tinha percebido, e disfarçada moderara o passo para ser alcançada. Afinal Estácio, obrigando-a a parar, tirou dos golpes do saio a bolsa e esvaziou as moedas:

— Mulher, levai este ouro àquela que vos mandou e que eu não conheço. Dir-lhe-eis que em troca do serviço que de mim espera, a sua paga é generosa demais para um aventureiro, e vilíssima para um cavalheiro!

— Por Cupido vos juro, senhor cavalheiro, que minha formosa dona não teve intenção de ofender-vos!

— Tanto disso estou convencido, que lhe restituo o ouro, mas guardo a bolsa como a única recompensa que desejo!...

— Mas sempre ouvi que não era desar receber um cavalheiro mimos de sua dama!... Nos tempos da cavalaria assim se usava!...

— Ah! esquecia-me advertir-vos; falta aí uma moeda. Dei-a ontem de esmola e não tenho outra para repor!...

— Pelo amor de Deus, cavalheiro!

— Vamos, tomai!

— Isso não! Sem ordem da dama!... Para que se amofine comigo e ralhe?... Desse cavalinho não caio eu!

— Pois não quereis a aprazimento, será a contragosto! Aí estão em vosso poder; fazei delas agora o que vos aprouver!

Dizendo o que, travara Estácio de uma ponta da mantilha da covilheira, e atando destramente as moedas em nó, afastou-se antes que a mulher caísse em si da surpresa.

Com uma cara de desconsolo, tornou a Brásia mais que depressa a casa para dar conta à dama do acontecido.

Capítulo VIII
Onde se prova a virtude das alféloas de Joaninha

Quem seguisse a margem exterior do largo fosso, que nessa época cercava a área da cidade e o arrabalde do Carmo, ao chegar à altura do Convento dos Franciscanos, dava com um pequeno casebre que aí havia. Encostado aos panos de muro, restos dos bastiões em ruínas, o exíguo albergue ameaçava de um dia ser esmagado pelo descalabro das antigas e aluídas construções. Na nesga do campo, que mediava entre as linhas de fortificações e a margem do fosso, não havia outra habitação; e como a vereda que serpejava entre o matagal até o arrabalde do Carmo era rodeio e não atalho, raros passantes atravessavam aquele ermo; o que sucedia de ordinário entre uma e quatro horas, quando era o caminho protegido do sol pela sombra da montanha.

Sexta-feira, seriam oito horas da manhã, andava no terreiro da casa a feiticeira Joaninha. Trocadas as vestes de princesa pelos trajes de rapariga do povo, já pela manhã voltara ao mister cotidiano. Volvia de um a outro lado, entrando ou saindo, com a graça e a sutileza de uma perdiz que fabrica o ninho. Fabricava ela também os confeitos e alcorças, donde tirava o pão de cada dia e a escassa reserva para os tempos difíceis.

Aqui estendia à seca em tabuleiro os doces já feitos, ou esfriava as fôrmas em vaso d'água; lá recortava flores na pasta de açúcar estendida sobre a mesa, ou batia o mel para dar-lhe a alvura deslumbrante do alfenim e dele esculpir figurinhas de frutos, árvores e animais. Enquanto porém os sentidos estavam todos à ocupação, parece que o pensamento andava longe, a julgar pelo tom submisso com que estava a cantarolar, tanto havia, a mesma letra de uma quadra, sempre e sempre repetida:

"Ele vai, ele vem,
Inda cá não chegou!...
Mal sabe onde seu bem,
Seu benzinho ficou."

Entanto, um rapazito desembocando da Rua de São Francisco, galgou de um salto o lombo da muralha em ruínas, e seguiu rápido com tanta segurança, como se andara sobre chão aberto; e estava ele ainda tonto do sono, e esfregava os olhos encandeados com a claridade do dia. Vinha apressado; de instante a instante sem parar enfiava pelas frestas dos dedos uma vista ao céu, para ver a altura em que andava o sol.

Chegando a cavaleiro da casa, avistou ele à rótula do sótão uma velha gorda, de cabelos brancos, que recortava à tesoura umas estrelinhas de pão de ouro e prata, naturalmente destinadas a enfeitar os confeitos da alfeloeira.

— Sua bênção, tia Brites!... disse o menino.

A velha levantou um pouco os grandes óculos de tartaruga que lhe armavam o nariz, e encarou com a pessoinha que falara.

— Deus vos abençoe, filho!... Ah! sois vós, Gil? Em casa estão todos em santa paz?

— Vai-se vivendo, assim como Deus manda. A Joaninha?

— Há de estar lá no terreiro às voltas com sua lida.

Gil prosseguiu pelo caminho aéreo até o outro lado da casa, onde ficava o terreiro. Aí como visse a Joaninha mui apurada nos doces, logo deixou-se escorregar mansinho pelo muro abaixo. Aproximou-se sutilmente da mesa, quando a alfeloeira recolhendo as aparas de açúcar, as deitava descuidosamente no tacho posto ao lado. Estender a mão ligeira, arrebatar dos dedos da rapariga um torrão, acompanhando o gesto com um miau perfeitamente imitado, foi para o rapaz coisa de um instante.

— Ai!... Gil!... Que tamanho susto me pregaste!...

E a mulatinha mostrava ainda no tremor da voz e desmaio das cores o soçobro que tivera.

— Pois estavas tão apurada!...

Ou desfalência das forças por causa do susto, ou languidez natural à sua

índole crioula, a rapariga reclinando apoiou-se docemente sobre o ombro do pajem e tomou-lhe a mão que apertou de encontro ao seio.
— Vê como ainda me bate o coração!
Sobre o mimoso seio que pulsava estofando o corpinho do vestido, a mão do pajem pousou inerte e fria; nenhuma chispa do intenso fogo que ardia ali, propagou-se por aquele sangue infantil.
— Bebe água, que isso passa. É santa coisa!... para susto e queda não há outra!...
— É a mezinha que tu me dás, Gil?...
— Essa não mata como a dos boticários.
— Oh! se mata! murmurou a mulatinha com um suspiro que lhe afogou o coração.
Gil não lhe deu atenção, ocupado como estava a raspar com a ponta da faca as pastas de açúcar estendidas sobre a tábua. Nesse movimento, que era distração apenas, a alfeloeira viu uma gulodice, e lembrou-se do que na véspera prometera a Gil.
— Ainda não perguntaste pelo que te guardei?
— Que foi?
— Adivinha!
— Que há de ser?... Por força um doce!
— Um doce, sim; mas que doce?
— Ora, dos que sabes fazer.
— Olha!... disse a rapariga tirando um objeto do avental.
Era um coração de alfenim, colocado no centro de um fartem apetitoso.
Gil arremessou-se a ele.
— Bravo!...
A mulatinha porém retirara a mão a tempo, e levantando o braço, e suspensa nas pontas dos pés ou girando sobre si, apresentava a Gil a gulosina que logo furtava para de novo oferecer-lhe. O apetite excitado, e também a contrariedade e a travessura, faziam o esperto pajem saltar de uma à outra banda para arrebatar o doce.
— Já agora não o pilhas, Gil!
— Assim não vale! exclamava o menino. Se foges...
— Não fujo, não; mas juro que o não hás de ter.
— Pois juro-te eu que o hei de tomar, custe o que custar.
Nesses movimentos desencontrados, nesses ímpetos infantis, quantas vezes o corpo gentil da mulatinha foi enlaçado pelos braços do pajem, quantas suas mãos se tocaram e suas faces roçaram uma na outra! Afinal desfalecida com a fadiga, Joaninha deixou-se cair sobre o banco, escondendo no seio o coração. Gil não hesitou; meteu a mão no talho do vestido e tirou o presente que agitou no ar em sinal de triunfo:
— Não te disse eu, que o havia de tomar?
— Se era teu já... Tanto há que to dei!... Esse que aí está, Gil, é o meu coração.
— Quantos tens então, Joaninha! Com este, andam pela dúzia os que já tenho

manjado; nenhum, é certo, tão gostoso como este!...

— Sabe-te ele bem?... Pois o mais gostoso, ainda tu não provaste.

— Qual ele é? Dá-mo cá!

— Dar-te, dava-te mesmo, se já não to dei; mas tu não gostarias dele!

Joaninha suspirou outra vez; e Gil, que depois de devorar o doce, lambia os beiços, ouvindo tanger o sino de São Francisco, estremeceu e demudou-se:

— Queres tu que te diga eu, Joaninha, uma coisa?... Teu doce embora feito por tuas bentas mãos, não me tirou o amargo da boca!

— Qual amargo, Gil!... Estarás tu mofino?

— Estou enquijilado de minha vida, Joaninha! Já me deu gana de chegar ao terreiro da Sé e deixar-me cair de lá, cabeça a baixo.

— Jesus! Cala essa boca, Gil! Não ofendas a Deus, que te ouve!

A mulatinha cingiu o menino ao colo como se o quisesse proteger contra o perigo.

— Que te traz assim tão azoado, pois transtornou-te o juízo?

— Em vindo tinha mesmo na tenção dizer-te a ti, que só és quem pode remediar tudo.

— Eu!... Joaninha? exclamou ela no alegre alvoroço de uma esperança a luzir.

— Tu mesma, em pessoa!

— Ora fala!... Depressa, Gil!...

— Acaso sabes o que sejam amores, Joaninha?

— Se o sei eu, Gil?... exclamou a mulatinha estremecida; levando a mão ao coração que afogava em um delíquio suave, prosseguiu:

— Se o sei eu, Gil?... Eu, que tenho deles crivado este coração, não saber o que sejam amores!...

— Roga a Deus então que te proteja, rapariga, para que não proves das angústias, em que ontem vi o Senhor Estácio!... Hás de crer, Joaninha... Mas olha lá, não passes a ninguém!... Hás de crer que ele se quis matar!

— Quem, o Senhor Estácio?

— Se não fora certa coisa, que não te posso referir, ninguém sabe a esta hora o que seria dele!... É o que te digo, rapariga! E tudo, adivinhas por quem?

— Pois não adivinhara!... Nem que o não visse andar tanto lá para as bandas de Nazaré!...

— E ontem à tarde no terreiro do Colégio?... Mas a coisa foi no sarau, donde saiu tão avesso do que lá entrou! O que houve, sabe Deus! Mas aí andou volta daquele bruxo, do tal que ele virou ontem de cambotas, o Fernando! Só se eu não crescer um dia, ele deixará de pagar-me!... Com que então, o Senhor Estácio teve um desafio com o irmão... Sabes?... o alferes. E que havia de fazer?... Queria jogar de si a espada, para que o outro o trespassasse!... E foi ele mesmo que mo disse com estas próprias palavras: — " Que no seu peito trespassado havia de achar um lenço cortado do ferro e tinto do seu sangue para o entregar a ela, a D. Inês, ajuntando que lhe tornava quanto era seu, pois o mais ficava na terra fria".

O menino enxugou as lágrimas, que borbulhavam, e continuou com a voz sufocada:

— Quando penso que isto possa acontecer, Joaninha, sinto em mim uma gana de morder o nariz ao excomungado do alferes, para que me ele mate a mim primeiro. Foi nesta aflição, que me lembrei de ti, para dar uma volta ao caso. Ninguém me tira, que uma palavra da doninha ao Senhor Estácio mudava tudo do preto para o branco!

Joaninha, que de princípio escutara o pajem no doce assomo da esperança, fora depois a pouco e pouco retraindo-se, até que afinal recolhidos inteiramente os espíritos, languesceu, frouxo o talhe esbelto, pendida a fronte e inertes os braços caídos. Melancólico abatimento oprimia agora a natureza vivace e travessa da rapariga.

— Eram pois os amores do Senhor Estácio que trazias na tenção, Gil? Só eles?

— Que mais querias que trouxesse, Joaninha?

A mulatinha hesitou antes de suspirar estas palavras:

— Os teus, Gil!

— Sai-te daí. Cuidas que estou para chascos hoje! Bem te enganas.

— Também eu não estou para palras e contos, que tenho mais em que cuidar! respondeu a mulatinha despeitada.

Nesse tempo soou perto um passo lento e pesado como bater de pilão. Joaninha estremeceu, e correndo ao pajem de um ímpeto, o empurrou até à cozinha.

— Não te mexas daí, Gil!

— Por que então?

Apenas teve ela tempo de fechar a porta, que do lado oposto, à boca da vereda cortada no matagal, apareceu o vulto de Tiburcino, o carniceiro. Vinha, como na véspera o deixara a alfeloeira, sinistro e carregado; mas a grande fúria estava agora como abafada por uma crosta espessa de tristura, que afulava a fisionomia taurina. Achegou-se do terreiro, volvendo a um e outro lado esgares torvos; e foi parar em face da rapariga, cravando nela os dois olhos de crocodilo.

Esta voltara à sua lida e continuava como se ninguém ali estivera, mas sem deixar de olho a porta, que fechara sobre o pajem. O magarefe depois de a estar encarando algum tempo, arrancou da larga peitada estas palavras receosas:

— O que vos disse ontem, Joaninha,... sobre o cavalheiro...

E concluiu com esforço:

— Dizei que não é verdade!... Dizei-o por vida vossa e minha, Joaninha, se não quereis ver-me endemoniado e às tontas aí pelas ruas. Pois dês aquele instante, tenho como um mourão a bater-me aqui no toutiço!

Joaninha que nesse dia não estava em seu costumado bom humor, voltou-se arrebatada, faiscando iras:

— Arre, que já perdi a paciência! Culpa tive eu de vos dar confiança; mas é preciso pôr cobro a isso!... Já daqui fora!... Deixai-me de uma vez e para sempre em paz... Segui vosso caminho!...

O magarefe curvou a cabeça ao peso daquela ira e murmurou timidamente:

— Misericórdia, Joaninha!...

— Ide-vos, com Deus!... E não me retorqui...

— Vou-me, vou-me, Joaninha, bem castigado... Mas, melhor merecia...

Tartamudeando estas palavras, Tiburcino sob a influência do olhar de Joaninha e do gesto imperativo que lhe mostrava o caminho, arrastou os passos vacilantes, volvendo o rosto a cada instante e cruzando ao peito as mãos súplices; afinal desapareceu entre os arbustos, e por muito tempo ouviu-se ressoar o chão com o eco de sua passada. Quando a mulatinha reconheceu que já ia longe, abriu a porta da varanda ao pajem e achou-o adormecido sobre a rede.

Sobressaltou-se e teve uma ideia que a fez sorrir; por duas ou três vezes aproximou seu rosto do pajem, talvez para examinar se realmente dormia; mas ao chegar perto, levantava rapidamente a cabeça com um susto, que a fazia de mil cores. O que isso vinha a ser, não sei eu; mas a verdade era que os lábios que desciam apinhados em botão de rosa, na volta se desfolhavam em desconsolado riso; perdiam a cor e a graça. A graciosa pantomima durara, se num dos movimentos ela não embalançara a rede, o que despertou o pajem.

Gil saltou sobre os pés, esfregando os olhos:

— Que vergonha!... Dormir com o sol nestas alturas! exclamou Joaninha meio alegre, meio sentida.

— Pegou-me outra vez, o maldito sono... Já esta manhã, antes de vir... Por isso cheguei tão tarde. Mas, Joaninha, todo o tempo é pouco. Sabes já a que vim. Não tens mais que ir a Nazaré e falar com a doninha. De caminho eu te contarei o resto.

— Que tenho eu com os amores alheios?... respondeu Joaninha tornando-se outra vez melancólica.

— Mas são do Senhor Estácio! Pois não te alegras de servir a um cavalheiro como aquele?

— E quem me servirá a mim, e aos meus amores, Gil?

— Eu, Joaninha. Em tudo que for, palavra de pajem.

— Isso dizes tu agora; mas em chegando a ocasião... Porque, olha, Gil, para servir e ajudar amores, é preciso tê-los sentido já por sua conta; sem o que o mesmo é falar deles que nada.

— Se assim é, já não te posso valer, rapariga, mas querendo tu, servirei para levar-te algum mimo ou recado!

— Não careço. Para curtir desenganos eu mesma me ajudarei da minha resignação!

— Mas afinal fazes o que te disse?

— Em negócios de senhores e gente fidalga não me meto, que já bastam cuidados meus, para ainda acrescentar outros por conta alheia.

— Nem por to pedir eu?

— Nem que mo pedissem os santos.

Gil enfiou de raiva:

— Também não se precisa de gente da tua laia!...

De um soco enterrou o barrete na cabeça, e caminhou terreiro fora; logo adiante, encontrando um tabuleiro de doces que estavam a secar, virou-o de trambolhão com um pontapé. Ao passar pela alfeloeira, olhou-a de través, e lançou-lhe como um dardo esta palavra:

— Gasguita!...

Joaninha soltou uma risada gostosa, e arremessou-se a ele, cingindo-o ao seio.

— Pois não vês tu que são brincos?... Queria meter-te figas!...

— Bem verdade?

— Vou-me já deste passo a Nazaré. Fazer o que, não sei ainda; mas como é para bem, o Espírito Santo me mandará alguma boa lembrança!

— Oh! se mandará, Joaninha! E então a ti, que nunca faltam! Vai a Nazaré, vai; que eu prometo beijar-te os pés quando voltares.

— Os pés, não quero eu!

— Pois a terra que eles pisarem.

— Também, não. Beijarás... beijarás...

— O que, dize?

— Adivinha!

— Que sei eu! Fala logo de uma feita!

— Pensa, enquanto torno. Se não acertares, te direi então.

— Pois sim. E onde te encontrarei para saber o que houver? Virei por ti?...

— Não! Quando for por meio-dia, esperar-me-ás na fonte do Gravatá, mais para cima, onde estão os cajueiros.

Joaninha fechou a porta por dentro, e chegando ao topo da escadinha do sótão, gritou:

— Madrinha, cá me vou! Olhai a rótula!

— Ide, filha, ide com Deus e a Virgem Maria.

— Amém, madrinha!

Com o balainho de doces na cabeça, outro de confeitos no braço, um maço de abanos já feitos e um molho de palha de vários matizes, a alfeloeira seguiu pela vereda que serpejava na margem do fosso. Gil a acompanhava, e de caminho contou- lhe mais de miúdo, o que na véspera ouvira de seu amo. No canto da Cadeia separaram-se, renovando o emprazamento para meio-dia.

Prosseguindo sozinha para Nazaré, a esperta mulatinha ia com o sentido todo empregado em seus cuidados, para poder pensar nos amores de Estácio. De vez em quando sorria-se, e sua alma como que batia asas; então apressava o passo gracioso e dava umas carreirinhas feiticeiras, como de lundu; depois corava, empalidecia, e alguma coisa lhe pesava a ponto de entorpecer a marcha viva e o gesto alerta. Assim, nessas vicissitudes, chegou a Nazaré.

Quando pisou a soleira da porta de D. Francisco, foi que lhe acudiu à mente o objeto que a trazia ali; repassou no espírito um momento as circunstâncias referidas por Gil e outras por ela dantes conhecidas. Joaninha sabia que Estácio gostava de Inesita, por ter muitas vezes encontrado o moço daquelas bandas, e algumas com os olhos pregados na janela do torreão. Suspeitava que Inesita não era de todo indiferente àquele afeto, pelo que vira nos jogos. Quanto ao mais, não fora difícil atinar com as causas. O desafio com o alferes era o resultado de ter este surpreendido o segredo do amor de sua irmã. A tristeza de Estácio era a dúvida de ser amado e o receio de que fosse D. Fernando o preferido; era enfim o pânico do coração aterrado ante a perda da felicidade sonhada.

Até aí o ocorrido; faltava o mais difícil, o que devia ela fazer para sossego do desconsolado amante. Cheia da mesma confiança com que partira, entregou-se ao azar e à sua natural malícia. Tirando da bolsa uma moeda, com ela bateu à porta.

Eram dez horas passadas.

Na casa de jantar estava àquela hora D. Ismênia de Aguilar, mãe de Inesita, cercada de muitas escravas, que bordavam e faziam rendas e costuras sobre um estrado coberto de rás. A senhora, tomada de uma paralisia, estava sentada em poltrona de couro à guisa de palanquim, com braços que serviam para transportá-la. Sua fisionomia, que era naturalmente risonha apesar da moléstia, estava nesse dia sisuda e desprazível.

Junto dela, sua formosa filha bordava em um pequeno tear de marfim uma faixa de seda azul; no modo por que o fazia, e no semblante que tinha, dava mostras bem claras do pesar profundo que a oprimia. Para ela igualmente as festas tinham vindo em má hora.

Ao entrar, Joaninha parafusou com um rápido olhar todos os cantos da sala, e logo conheceu que também na casa havia novidade. Começou então a recear que as coisas não estivessem mais embrulhadas do que a princípio supusera; e desde esse instante, sentindo-se abalada com a lembrança das penas de Estácio, não pensou mais senão em servir aos seus desventurados amores.

Avançou na sala, parando três vezes, para fazer a mesura graciosa, e foi ajoelhar junto à cadeira da dona. Beijou-lhe a mão, apresentando depois o balainho dos confeitos, com uns modos mui galantes ao passo que discretos. O semblante de D. Ismênia desanuviou-se.

— Então, moça, disse a senhora sorrindo, que tais foram as festas para ti? Gostaste de fazer figura de princesa?

— Ai, dona, que mal-agouradas festas! A quantos não trouxeram elas tristezas e cuidados.

— Não a mim, que as não gozei, nem sou já deste mundo, se não é para penar e nada mais!...

— Em hora má parece que veio este ano novo! Muitos ouvi eu se queixarem. Também para a dona foi mal estreado?

— Há seis, que todos o são; mas esse promete ser o pior.

— Espero em Deus que ele se troque ainda em ano de venturas para toda esta casa; e os anjos digam amém.

Durante estas palavras, Inesita nem tirara os olhos do bordado, nem mostrava ter-se apercebido da chegada de Joaninha. Quem observasse com atenção a atitude e o aspecto da gentil menina, conheceria que a mágoa havia chegado ao estado de plenitude; bastaria uma gota para fazê-la transbordar em soluço e pranto daquele seio intumescido e daqueles olhos upados. Joaninha tanto conheceu, que mudou logo de tom:

— A dona não tira mais confeitos?... E a doninha, não me compra nada?

— Estou hoje mofina, Joaninha. Nada me apraz.

— Ai, que acertei!... Trouxe hoje uns confeitos milagrosos, que têm a virtude de curar toda pena, assim do corpo que d'alma. Amargores de boca ou de coração, mal de saudades ou displicências, tudo saram estes confeitos, que é uma coisa nunca vista, nem falada. Porém outra maior excelência têm eles, que já passa à maravilha, e é, como se derretem na boca, logo naquele instantinho, pelos efeitos da cor mui alva fazem que a vista de quem os manja se aclare por forma que tudo vê, ainda o que está longe e fora dos olhos; e pelos efeitos da grande doçura tornam a voz tão suave, que muito espaço depois ainda se ouve o canto dela. Sem falar de outras virtudes, por menos celebradas, como um só confeito pequenino matar a fome por um dia inteiro, remoçar a gente, apagar os vapores que sobem à cabeça, e tirar ou dar sono conforme se quiser!...

A garridice e gentileza com que a feiticeira mulatinha tagarelava, acompanhando cada frase de um gesto brejeiro, já haviam ganho de todo as boas disposições de D. Ismênia, que a escutava sorrindo:

— Também fazem os teus confeitos a língua palreita, não é, moça?

— Lembra bem a dona. Esquecia-me essa virtude, que é a ponto de obrigar os mudos a falar. Estes confeitos chamam-se confeitos da fada, porque foi ela que ensinou a receita a uma velha, mui velhinha, da qual passou a outra, e a outra, e a outra, até que a soube minha avó torta, donde me chegou a mim. E o como a fada inventou o confeito encantado, é uma história mui primorosa, que me ensinaram. Quer a dona que lha conte, tal como ma contaram?

— Conta, moça, conta; mas vê que se não for bonita, como dizes, não te comprarei os confeitos.

— Oh! fique a dona descansada. Verá se a engano.

Joaninha de joelhos como estava, sentou-se sobre os pés, deitando o balaio de doces e os abanos em cima da banca posta entre D. Ismênia e a filha. Inesita continuava no fundo recolho; todos os requebros e caídos da mulatinha para excitar-lhe a atenção eram baldados. Seu espírito andava tão absorto e soldado no íntimo, que era difícil trazê-lo aos sentidos.

A menina estava ainda no atordoamento do mesmo golpe, que na véspera esmagara Estácio. Ao recolher do sarau seu pai lhe anunciara que a havia destinado para esposa de D. Fernando de Ataíde, coisa em que nunca ela sonhara. Foi como se lhe espremessem o coração, cheio das primícias de um

puro amor, para enchê-lo de amargores cruéis. Passara, ela também, aquela noite aziaga, em angústias. O sono lhe desertara dos olhos, como o sossego d'alma.
Inesita amava Estácio; amava-o desde o dia em que no fulgor da tempestade que desabara sobre a cidade, ela se mostrara um instante, da gelosia, aos olhos do moço. Até então, e desde o primeiro dia em que o vira de relance na baía, esse menino orgulhoso, tanto como arrojado, apenas lhe causava terror, um terror travado de admiração. Lembrava-se do modo por que três vezes o vira, e na ingenuidade dos verdes anos talvez acreditava que lhe houvessem lançado algum quebranto, para mal dela e dele. Quando o estudante postou-se em frente à sua casa resolvido a não arredar pé sem vê-la, logo que o descobriu foi refugiar-se perto da mãe. Voltou, e achando-o no mesmo lugar, correu ao oratório e implorou à Virgem. Da terceira vez não saiu da porta da recâmera. Por último encostou-se no alizar da gelosia, e seu olhar coando entre as grades, rendeu-se cativo à contemplação do bem querido.
A primeira audácia desse amor foi aquele abrir instantâneo da gelosia. A menina teve dó de Estácio; compreendeu sua insistência, e adivinhou que o único meio de o obrigar a recolher do temporal, era satisfazer-lhe o desejo. Esse arrojo primeiro foi depois resgatado por perto de um ano de timidez, de recato e silêncio. O amor de Inesita cresceu isolado, mas teve um abrigo doce no seio de Elvira, sua amiga e confidente.
Agora que esse coração floria com os raios de sua manhã, era quando sopro mau o vinha murchar de repente, e talvez para sempre finá-lo! A gentil donzela recolhia pois dentro dele e encerrava-se na chaga que lhe haviam aberto.
Como podia ela escutar a garrulice da alfeloeira?

Capítulo IX
De como o alferes foi passado pelo fundo de uma agulha

Joaninha, depois de uma pausa, em que teve os olhos pregados no semblante da menina, começou assim a história dos confeitos encantados:
— "Foi um dia uma princesa, formosa como o sol, e que se chamava..."
Sorriu apontando para a donzela:
"Chamava-se Inesita; mas todos a conheciam por Flor de Beleza.
"El-Rei, seu pai, vendo que ela tinha chegado à idade de tomar esposo, e querendo com justa razão para tão gentil senhora o mais guapo cavalheiro que pelo mundo houvesse, mandou deitar bando, fazendo saber a todos os príncipes das partes d'além, que daria por prêmio de sua valentia a mão da filha àquele que sobre todos se avantajasse nos torneios que para esse fim se haviam de celebrar.
"Começou de chegar gente de todas as partes para assistir aos torneios, e os príncipes mais nobres e formosos da terra para neles pelejarem; porém de todos que já tinham chegado e dos que ainda vinham em caminho, nenhum

era para se comparar com o gentil cavalheiro, que a sorte por aquele tempo, andando ele a correr mundo, levou à cidade.

"Só na véspera dos torneios aí entrou, e tão descuidado de seu coração, que ali mesmo o perdeu, ou lho arrebataram, como é mais certo, umas estrelas do céu. Foi o caso que nessa tarde subindo a princesa ao mirante, para refrescar da calma, e avistando aquele airoso mancebo que vinha ao galope de seu corcel negro, debruçou-se um instante para vê-lo; e então esses olhos assim como arrebataram o coração do cavalheiro, também foram punidos, porque trouxeram um filho, que chamam amores, e é espírito traiçoeiro, que embriaga muito.

"Assim rendidos um do outro, ficaram cuidando ambos, o cavalheiro, quem seria a tão formosa dama, encanto dos olhos e flor de graça; a princesa, se o gentil e galante cavalheiro seria algum dos príncipes que vinham disputá-la. Mas antes é de saber o nome do bravo cavalheiro. Chamava-se ele...

"Chamava-se *Está...*"

Aqui Joaninha interrompeu-se de repente, e voltando-se para as escravas que segredavam, fez gesto de silêncio:

— Psiu!... Assim falando não se pode contar.

— Calem-se daí! disse D. Ismênia muito interessada na história.

— Chamava-se pois Está... nislau!

O engenhoso trocadilho feito pela esperta alfeloeira foi tão habilmente executado na presteza do gesto e na acentuação da palavra, que o nome de Estácio vibrara distintamente primeiro ao ouvido, depois dentro d'alma de Inesita. Joaninha acertara no golpe; o efeito da palavra foi prodigioso. A moça estremeceu, como se despertasse; e erguendo a fronte, fitou os olhos inquietos no rosto brejeiro da alfeloeira. Esta sorriu-lhe; mas que sorrir! Misto indefinível de tantos sentimentos! Consolo e esperança, através do qual filtrava um raio de inteligente malícia. O coração da menina sentiu um bálsamo suave a embeber-se nele, ao mesmo tempo que um fluido desconhecido vazando-lhe dos olhos, comunicava com a sua a alma da rapariga.

Joaninha, sorrindo sempre, e sem tirar os olhos da donzela, prosseguiu sua história:

—"Chamava-se pois Esta...nislau, o cavalheiro que tão depressa se rendera aos encantos da princesa. Como foi dia, e a primeira claridade tingiu as nuvens do céu, ele mais que depressa revestiu as armas, e foi pôr os olhos não dormidos no mirante em que tivera a dita de ver quem por seu mal lá fora; porém a esse tempo estava a princesa toucando os lindos cabelos, para descer ao torneio. Acertou então de passar o arauto que andava pregoando o bando pela cidade, e tão de jeito, que percebendo o cavalheiro ser aquela sua dama a mesma Flor de Beleza de que aí se tratava, correu em busca de seu corcel, que deixara na pousada. Era o famoso corcel negro, mais ligeiro que o vento, mais bravo que um pelouro.

"Já tocam as alvoradas de charamelas e trombetas na entrada da carreira. Os cavalheiros estavam recolhidos às suas tendas. A gente da nobreza nos palanques, a do popular no terreiro. Chegou El-Rei, guiando pela mão a princesa sua filha. Foi um resplendor que alumiou a praça toda, quando Flor de Beleza apareceu. Parecia a rainha das fadas, se não era mais formosa. O vestido que trazia era azul e de muito primor; tinha no toucado tanta pedraria fina que cegava os olhos. A princesa cercou com os olhos a teia, e ficou triste porque não viu em nenhuma flâmula as cores do seu cavalheiro, que eram, escapou-me advertir, azul e branco.

"A um senho de El-Rei travaram-se as justas e pelejas, levando a todos de vencida um príncipe não mal parecido e afortunado de todos os bens. Mas ainda que ele era mui particular amigo e companheiro do irmão de Flor de Beleza, não tivera o dom de tocar-lhe no coração para outro reservado."

— Qual nome tinha esse? perguntou Inesita.

— Tinha nome *Fer... Não!...* D. Cisnando!... D. Cisnando!

Inesita não pôde reprimir o sorriso. Agora escutava ela com sofreguidão a história dos confeitos encantados; pressentiu que sob o disfarce desse conto havia alguma coisa que lhe dizia respeito, a ela e a Estácio também; seu olhar impaciente crivava a mulatinha para apressar o desenlace. Mas esta que tinha de satisfazer a curiosidade da velha e ao mesmo tempo de adormecer a desconfiança das escravas enredeiras, com um gesto imperceptível acenou à menina que esperasse.

—Maldizia-se Flor de Beleza de sua desdita e do mau fado, que lhe pusera ante os olhos aquele gentil cavalheiro do mirante, só para seu maior mal, pois se o não vira e nesse ver não lhe fosse o coração cativo, não sentira agora tão cruel a sorte que a entregava a outro. "Mofina de mim!... Meus olhos vão ser duas fontes; minha boca uma gruta erma; meu peito uma urna de saudades". No meio destas lástimas tão sentidas, e quando já o juiz do campo guiava o vencedor pela escadaria aos joelhos de El-Rei, de quem havia de receber o cumprimento da real promessa, a mão de Flor de Beleza...

"—Suspendei! gritam fora. E o clarim: — Tararara, tran; tararara, tran!... E o povo a correr; e as damas a se debruçarem nos camarins; e os olhos todos voltados para a entrada. Era um cavalheiro à desfilada pela praça adentro; montava corcel negro; eram negras as armas, sobre as cores azul e branco do traje. Flor de Beleza levou a mão ao coração que lhe fugia, e desmaiou de ventura; mas logo voltou a si, que esses desmaios de ventura são assim passageiros como um sopro.

"O cavalheiro estacou na entrada da carreira; e batendo com o conto da lança no chão que estremeceu, proclamou este desafio:

"— Ouvi-me todos. A mão da minha gentil princesa e senhora, celebrada por Flor de Beleza, que El-Rei, seu pai, prometeu dar ao mais valente campeão; essa mão, digo eu bem alto, não pode pertencer mais que a um só cavalheiro no mundo: aquele em quem ela pondo o seu carinho, deu forças para que a todos vencesse!

"— E esse quem seja, dizei-o! gritou D. Cisnando irado.

"— Aqui o tendes presente, para declarar em face, a quem se arroje ao contrário, que é um falso e aleivoso, indigno do nome de cavalheiro e das armas que traz!...
"— Pois digo-o eu, cavalheiro das armas pretas; que refalsado, aleivoso e cobarde, é aquele que ousa alçar os olhos onde não chega o seu ardimento.
"Os cavalheiros tomaram campo; e Flor de Beleza não tinha acabado de dizer Jesus, que já D. Cisnando era atirado de cambalhotas no chão com um só bote de lança, que lhe deu o airoso cavalheiro das armas negras. Declarado este vencedor, foi ajoelhar aos pés de El-Rei; mas no momento em que já recebia o prêmio, o príncipe, que estava mortificado de ver o amigo vencido, adiantou-se para o estrado do pai:
"— Saberá Vossa Real Majestade, que tenho razões de muita gravidade a opor.
"— Diga o príncipe, que o escuta seu rei e pai.
"— É o caso, que se não há duvidar da gentileza o valentia do cavalheiro das armas negras, aqui presente, outro tanto não sucede com a nobreza de raça e nome. Pois não tendo chegado em tempo e nem dado seus apelidos, é de todos desconhecido, e assim como pode ser bem-nascido, segundo penso, pode também não estar na altura de pretender a mão de tão formosa princesa, filha do mais poderoso rei da terra.
"— Discorreis, príncipe, com muito acerto; e folgo de ver que já nessa idade sois homem de conselho.
"Voltando-se para o cavalheiro, perguntou-lhe:
"— Sois de sangue real, cavalheiro, e de que terras?
"O mancebo enfiou com a pergunta, pois sua fidalguia não passava de cavalheiro, embora seus feitos fossem de imperador. O que sabendo El-Rei, o despachou mui descortesmente, declarando-lhe que sua filha não era para ser merecida senão por quem fosse pelo menos filho e neto de rei. Retirou-se então a corte; Flor de Beleza entrou em palácio com o coração cortado; e logo subiu ao mirante, para ver o lugar onde um momento fora feliz.
"Entanto o infante, penado com a derrota do amigo, como era valente, brioso e soberbo, foi-se dali ao Cavalheiro Estanislau, e atirou-lhe um desafio, para desafronta de haver ele, simples aventureiro, alçado a vista para sua irmã Flor de Beleza. Emprazaram-se para o romper da manhã, num sítio próximo da cidade; e o cavalheiro recolheu mui contente de si, ainda que triste do sucesso, todo esperançado no bem querer da princesa, porque ele sabia que amor nada há que não vença. Abalo algum lhe dava o desafio do infante, tão certo estava de que o desarmaria sem ofensa, pois a sua gentileza nas armas era ainda para maiores coisas."
Inesita estremecera outra vez no lance do desafio; e pálida e ansiada, ficara sem respiro, enlevada dos lábios travessos da Joaninha, que vendo este afogo, disfarçara com os balaios, empurrando-os da beira da banca onde se achavam e dizendo como se falasse com eles:
— Sentido daí, senão, senão!...

Advertida, a moça dissimulou, e Joaninha ia continuar, quando na porta fronteira da entrada ouviu-se o sonsonete pausado e pachorrento de uma voz sonora:

— Licença para o capelão da casa!

Encheu o vão da porta o toro nédio e rochonchudo de um frade, abaixo do regular. Pelo bem cevado da papada e cachaço, mais que pelo grosso burel cor de vinho, divulgava o recém-chegado a regra de sua observância; era sem dúvida a melhor amostra do frade bento, tal como o conheceram ainda nossos avós. Fisionomia beática, olhos espertos e folgazões, mansuetude do gesto, palavra insinuante, era o que logo inculcava o aspecto do religioso.

— Entre, Frei Carlos da Luz, nesta sua casa.

Depois de informar-se da saúde espiritual e corporal da dona e filha, e dar sua bênção às escravas, pajens e crias, o religioso acomodou-se numa poltrona ao lado de D. Ismênia, e enterrando o pescoço no gordo toutiço, esperou que advertissem a D. Francisco de Aguilar da sua visita. Entretanto os olhinhos cerrados com o peso das grossas pálpebras, viam pela estreita fresta quanto passava no aposento.

À entrada do frade, Inesita mordera os lábios de despeito, e Joaninha não se pôde conter que não lhe atirasse por detrás um momo, que fez sorrir a D. Ismênia. A dona tinha suas razões para não agasalhar muito o beneditino, que em compensação, protegido pela parte masculina da casa, ia seu caminho sem dar-se por achado. Assim mal respondeu às primeiras saudações, a dona logo voltando-se para a mulatinha, disse-lhe:

— Vai por diante, moça. Gosto da história: já li coisa parecida, que muito me deleitou.

A mulatinha não se fez rogar.

— Onde fiquei eu? perguntou Joaninha.

— No desafio do infante.

— Sim. Era para o romper da manhã, e o cavalheiro estava muito descansado de seu. Mas o Tinhoso as tece a seu jeito. Saberá agora que o infante tinha um feiticeiro...

Neste ponto a travessa mulatinha com um trejeito dos lábios e um esgar dos olhos designou o rochonchudo frade:

— Com que o infante tinha um feiticeiro que era uma bola de gordo e roncava como um porco, cujo feiticeiro corria fama ser forte nas artes da mágica preta. Foi-se a ele o infante, e pediu-lhe que arranjasse modos de sair vencedor do combate com o cavalheiro. Que havia de responder o bruxo?...

"Esse cavalheiro, ilustre infante, tem em si uma grande força que o faz invencíbil, como Sansão; mas essa força não traz ele nos cabelos como o outro, senão dentro do coração. É o contentamento de sentir-se querido de Flor de Beleza."

"Como o infante saía descoroçoado, o bruxo tornou-lhe, que não obstante pelos seus feitiços podia tirar aquele contentamento d'alma do cavalheiro, se lhe desse o infante vinho velho e boa papança. Prometeu o príncipe, e o bruxo tomando a vara de condão, gritou: — "Por artes de berliques e berloques, e por esta vara de condão, mando-te, gênio, que me obedeces, que entres no corpo do Cavalheiro Estanislau, e lhe faças ver o que a mim aprouver." Logo sentiu-se um cheiro de enxofre, e depois uma fumaça que saía pela janela: era o gênio que se foi meter no corpo do mísero cavalheiro, o qual desde aí viveu em sonho.

"E aconteceu que nesse sonho mau ele viu um sarau, e nele Flor de Beleza mui contente e satisfeita a escutar as falas de D. Cisnando; e ouviu muitas vozes que diziam ao seu ouvido que a princesa estava de todo rendida aos afetos do príncipe, e olvidara seu cavalheiro fiel e a prenda com que o prendara."

— Qual prenda? inquiriu D. Ismênia.

— Pois eu não disse que Flor de Beleza na justa atara seu lenço à lança do vencedor? Disse. Ora, quando o sonho passou, o cavalheiro ficou-se crente no que vira e ouvira, como se acordado estivera; e sentiu que a vida se despedia dele com tão cruel desengano.

Nesse ponto da história entrou D. Francisco de Aguilar, que acudia à visita do frade; e logo começaram ali uma prática em meia voz. Inesita pendera a fronte sobre a tela do bordado, e uma lágrima, que a seu pesar estalou dos olhos, rolou como aljôfar pelo cetim verde.

— Anda, rapariga.

— Aguardou o cavalheiro o desafio com tenção feita; e essa foi de pôr sobre o coração a prenda que lhe dera Flor de Beleza, e enfiar-se por aí na espada do infante e cair dela trespassado.

Inesita soltou um grito de horror; mas Joaninha que já contava com ele, estava preparada. De um revés da mão atirara um dos seus balaios de cima da banquinha ao chão, e tal escarcéu fez e tal rumor de susto e risada para apanhá-lo, que ninguém se apercebeu do ânsia e pavor da donzela.

— A pensar assim, foi o cavalheiro lá consigo dizendo: "Morrerei nela, dela e por ela. Nela porque esqueceu este triste; dela porque virá o golpe de quem tão conjunto lhe é; por ela, a fim de não magoá-la com a memória de sua inconstância". E chamou seu pajem e disse-lhe: "Pajem fiel, quando me vires trespassado, levarás esta prenda a Flor de Beleza, e lhe dirás que o sangue de que vai tinto lave-o com as lágrimas que derramaria por seu irmão; pois são o resgate delas."

"Durante que estas coisas passavam, Flor de Beleza, triste sim, mas não suspeita dos perigos que ameaçavam seu gentil cavalheiro, bordava no seu mirante uns lavores mui lindos, que eram um primor de agulha. Quis então sua estrela que aparecesse à porta do palácio uma velha, mui velhinha, com um balaio como este, cheio de confeitos para vender, pedindo que a levassem à presença de Flor de Beleza. Mas era a velha tão horrenda, que não lhe consentiriam, mesmo quando o recato da princesa permitisse ver gente estranha. O mais que fizeram foi levar o balaio dos confeitos à princesa, a ver se agradavam a seu real prazer.

"E sucedeu um caso pelo qual logo se viu que eram encantados os confeitos e foi que o pajem que os levava, de caminho, querendo meter o gadanho para filar alguns, achou-os em brasa; e gritou por tal forma que ali acudiu El-Rei, a rainha e todos os grandes do palácio. Informado o caso, riram do pajem, porque não havia brasas, senão confeitos muito claros na cestinha; porém maior foi o pasmo quando sentiram também chamuscada a ponta dos dedos, assim como quiseram tocar-lhes. Só Flor de Beleza achou-os frios e tão apetitosos, que o mesmo era tocá-los que sentir-lhes o sabor.

"Aí foi o encanto e a maravilha; porque mal que os confeitos se derreteram na linda boca da princesa, logo pelo efeito da cor, seus olhos tornaram-se tão claros que viram além o cavalheiro lastimando-se, e leram o que ele tinha n'alma. Caminhando até a janela, como se chegasse perto dele, soltou mui de mansinho estas falas: "Esposo meu, vivei e nesta fé que ora vos juro, que se vossa não for, de mais ninguém". E pela virtude da doçura grande dos confeitos estas vozes derramaram-se por aí a fora nos ares como uns favos de mel, e foram cair no coração do cavalheiro.

"Assim foi quebrado o encanto do bruxo; porque restituído o cavalheiro ao contentamento de ser querido por Flor de Beleza, e à sua valentia, soube tão bem defender sua vida sem ofensa do infante, que ganhou-lhe a generosidade. E El-Rei a quem foi levado o caso, conhecendo quanto sua filha amava o esforçado cavalheiro e quanta razão tinha para isso, o agasalhou muito na sua corte e com o tempo deu-lhe a mão de Flor de Beleza. Houve grandes festas, e um banquete como nunca se viu. E assim acabou a história, e manda El-Rei, nosso senhor, que me compre a dona os confeitos encantados."

— Dá cá o balaio! disse a dona acenando a Joaninha que lho pusesse ao colo. Quando tornares, hás de contar-me outra bonita como esta. Ouves, moça?

— Dona, sim.

Se a história agradara a D. Ismênia, a Inesita a pusera numa terrível perplexidade. Compreendera perfeitamente o engenhoso disfarce com que a mulatinha lhe dera conta do que era passado e do que podia suceder a Estácio, se o não salvasse ela com uma palavra semelhante à que proferira da janela Flor de Beleza. Tinha a morte n'alma; e por mais esforços que fizesse não acabaria consigo de resolver-se. O amor de uma parte, o respeito filial da outra, sem contar o recato e a timidez, partiam sua vontade.

E o tempo corria; Joaninha debruçada sobre a banquinha esperava debalde uma palavra.

Inesita ia talvez proferi-la, quando seu irmão entrou e veio justamente sentar-se ao lado dela. A menina fez-se lívida, e presa de terror se concentrou tão completamente no bordado, que parecia debuxada com ele.

O alferes encontrando ali, com mostras de tanta entrada na casa e família, a mulatinha, rugara o espesso sobrolho. D. José não era esperto; mas em extremo desconfiado. Ora, uma das coisas que mais o apoquentara na véspera, descobrindo os amores de Estácio com Inesita, era o modo por que nascera esse afeto e crescera. Notara entre ambos os amantes uma certa inteligência, e incapaz de compreender, como de sentir, a sublime delicadeza de um amor puro e elevado, entendera que por força houvera entre eles falas ou recados; isto o admirava, pela educação que recebera sua irmã. Achando ali a mulatinha, logo uma suspeita o assaltou, que fosse ela a mensageira dos ocultos amores; e pôs-se alerta.

Joaninha também de seu lado vendo entrar o alferes, embaçou temendo nada mais conseguir, não tanto por ela, como pelo estado em que ficara a donzela; mas a mulatinha era fértil em recursos, e de uma tenacidade invencível. Seu amor-próprio ali estava empenhado:

— Bem-vindo é o senhor alferes, para mercar um dos meus lindos abanos?... Qual será?...

— Nenhum, respondeu o moço rispidamente. Quando quiser vento, montarei meu cavalo e irei até a Barra, onde o há de sobra. Não careço desse sestro de namorados.

— Ui, gente!... Se fosse algum velho judeu que mercasse os meus abanilhos, aposto que o senhor alferes não enjeitaria, mas como é a pobre da mulatinha que a ninguém tem por si, nem parentes amparados, nem filha formosa!...

— Que dizes tu, alfeloeira? perguntou o alferes voltando-se.

— Nada, senão que inda agorinha, em passando Rua da Palma abaixo para vir aqui, uma doninha mui graciosa que estava à rótula com os olhos no caminho, mercou-me um dos meus abanos.

— Na Rua da Palma?... perguntou o alferes que enrubesceu repuxando os bigodes.

— E mais ela não tinha sestro de namorada. Certo é que muitos não têm o sestro, que lhes têm as manhas; e pelo jeito de umas perguntinhas que eu cá sei...

A mulatinha apontoou esta reticência com um sorriso dos mais brejeiros. O alferes lançou à direita e à esquerda um olhar para ver se alguém o observava; em seguida fez à alfeloeira um gesto que ela traduziu como um emprazamento para continuação da conversa fora da casa, e simulou não compreender.

— Então o senhor alferes não me compra mesmo um abanilho?... Tão lindos que são!

— Para mimo de alguma dama, não digo que não! Mostrai-os cá.

— Nenhum como este, fiai de mim; já pelo bem tecido, já pelo bem combinado dos matizes. Olhe a doninha; não lhe parece muito lindo?

Inesita volveu o olhar, que logo retirou para absorver-se toda no trabalho.

— Pensais então que seja este o que mais agrade a uma dama de bom-gosto?

— Por sem dúvida! Demais este abanilho tem uma virtude!... Um encantamento, o qual é, quando seu dono dele abanar-se nas horas de maior calma, como as três, logo faz aparecer diante dos olhos a pessoa que tiver no pensamento. Veja a doninha como é feiticeiro!...

O alferes sorriu. Inesita estremecera, e a fronte vibrando pareceu acenar uma negativa enérgica. Joaninha mordeu os beiços, resolvida de uma vez a acabar com essa timidez. O ensejo não tardou.

— Tudo acreditara eu de um abano, acudira o alferes chasqueando; menos que servisse de chamar a gente.

— Mas se é sua virtude mágica essa!...

— Embora, a mágica não anda tão avessa do que é, pois sempre ouvi, que para o dinheiro dão as fadas uma bolsa encantada, para a comida uma toalha de mesa, e assim o mais.

— Ora!... fez a mulatinha com um muxoxo. Nas mãos de quem sabe, tudo serve não só para o que é feito, mas para o que se deseja.

A voz de Joaninha tomou um tom vibrante:

— A prata foi feita para gastar-se, e tantos que a aferrolham. O agrado mandou Deus que fosse dado de coração, e não falta quem o merque. E para não ir mais longe, essa espada que aí tendes à cinta, senhor alferes, é ferro de talhar, o que não vos impedirá de amanhã, quem sabe, *coser* a estocadas o peito de vosso inimigo!... Também aquela agulha, que ali tem a doninha, é ferro de bordar, e quem quisesse escreveria com ela. Mas tudo isto é nada, pois com esta palha que aqui vedes, querendo eu, vos farei uma bilha como a que levou Raquel à fonte onde a encontrou Jacó!

O engenho com que a mulatinha meneou o seu jogo era coisa de embasbacar o mais mitrado jesuíta. Depois de algumas palavras alusivas ao amor de Inesita, ela atirou à menina certeiro bote, ameaçando-a com a morte do amante pelo irmão; logo sob o atordoamento dessa ideia, espertou-lhe no espírito embotado pelo desânimo um meio de fazer chegar a Estácio a palavra salvadora; finalmente para evitar que a atenção do alferes se demorasse naquela lembrança da agulha, lançou-lhe o nome, cujo ela sabia ser o efeito mágico.

Nesse instante Fr. Carlos da Luz, deixando a prática de D. Francisco, achegou-se ao alferes e disse-lhe à puridade:

— Gente de terreiro, amigo D. José, nunca se deve deixar que penetre tão dentro das casas de bem!

O alferes fez um sinal de aquiescência, e cedendo ao mesmo tempo a outro pensamento oculto, disse para a mulatinha:

— Bem, alfeloeira; segui vosso caminho; à porta recebereis a paga de vosso abanilho. Mandar-vo-la-ei pelo pajem.

— Senhor, sim!

Então Joaninha, fingindo que arranjava os balaios para sair, começou com D. Ismênia uma tal e tão longa ladainha, que foi um Deus nos acuda. A língua da alfeloeira movia-se com rapidez igual à de suas mãos sutis; ela se erguia e ajoelhava outra vez; cobria e descobria os balaios; parecia realmente mordida de uma tarântula. Nunca se viu uma garrulice semelhante!

Inesita bordava agora com sofreguidão. Seu irmão se erguera, e esperando a saída de Joaninha, abaixara os olhos para o tear:

— Esta é a faixa que me destinais de mimo, D. Inesita? Que lhe pondes aí?

Foi lívida como um lençol e com a voz sumida que a menina respondeu:
— Bordo a tenção!...
— Qual ela é?...
Interveio Joaninha que estava alerta:
— Tendes já o vosso abanilho, senhor alferes? Mas não! Vos enganastes; outro é! Há de estar aqui entre estes.
Assim falando, a mulatinha fez um estenderete de abanos sobre o tear de Inesita; insinuou-se ligeiramente entre a menina e o irmão; e deu de rosto a este que se fosse. Como hesitasse ele, se sairia, a alfeloeira debruçou-se no tear e recolheu de novo os seus abanos, não sem primeiro os passar de uma a outra banda, de modo a cobrir inteiramente o bordado.
Inesita a olhava estática.
Enfim depois de muita mesura, Joaninha saiu; e no corredor escondeu ao seio o escudo de seda verde que Inesita bordava. Com pouco veio o alferes à porta.
— Tende-vos aí um instante, enquanto levo à vossa irmã sua agulha que veio na minha toalha!...
— Deixai que lha darei.
— Deveras! para que digam que me seguistes!
— És fina, alfeloeira!
— Mais sois vós, senhor alferes. Aposto que passaríeis pelo fundo desta agulha! Que o digam as seteiras da Rua da Palma!
— Rapariga, olha esta língua!
Joaninha voltou à casa de jantar, em tão boa hora que D. Francisco conversava com sua mulher e o frade. A pretexto de restituir à moça a agulha, ela pôde segredar-lhe:
— Não lhe mandais nada mais?...
— Estou prometida, por meu pai a D. Fernando, por meu fado à terra fria. Dizei-lhe isto, e acrescentai que lhe rogo viva por mim, já que Deus não quer que o seja para mim.
Murmurou estas palavras com os olhos rasos de pranto. Joaninha sumiu-se temendo que o percebessem.

Capítulo X
Por qual razão maior o P. Molina jantou gordo na sexta-feira

À mesma hora em que Vaz Caminha despertava, erguia-se de seu catre no Mosteiro de Jesus o reverendo P. Gusmão de Molina, ao cabo de um sono curto e agitado.
Depois de curar do asseio de sua pessoa e arranjo da cela, o visitador, que tinha em alto grau o espírito de ordem e método, fez seu exame de consciência. Recapitulando todos os sucessos da véspera e observações que lhe haviam sugerido, traçou na mente a regra para o dia que principiava. Isto fez ele durante a leitura do breviário, para melhor poupar o precioso tempo.

Tomou então de sobre a banca uma correia de chaves, e foi em busca do cartório, onde pouco se demorou. Na volta, trazia sobraçado, mas bem oculto pelo hábito, um grosso volume, digno êmulo do famoso alfarrábio do P. Manuel Soares, a não ser que este tinha uma capa de couro vermelho com o emblema da Companhia em negro sobre o frontispício e uma grande cruz no lombo; de mais guarnecido com fechos de metal amarelo.

O P. Molina escolhendo na correia uma pequena chave de broca, primor do irmão serralheiro, abriu os cadeados e levantou a capa do livro vermelho. No rosto achou o que naturalmente procurava, porque mal demorou o olhar sobre o título escrito em lindos caracteres góticos, o qual dizia assim:

— *Livro grande do assentamento dos irmãos seculares nesta Província do Brasil.*

Já havia o visitador perpassado rapidamente mais de meio volume, quando seus olhos caíram sobre um assentamento que despertou nele a curiosidade; levou o índex da mão esquerda ao lugar da página onde começava a nota, e releu dessa vez com muita lentidão as palavras escritas:

"D. Ismênia de Mascarenhas do Couto Aguilar, esposa de D. Francisco de Aguilar, Senhor de Paripe, dona de jerarquia por descendência, como por aliança. Jurada secretamente aos 15 de novembro de 1599. Enfermou de paralisia que a tem tolhida em uma cadeira, pelo que esmoreceu nas obras, sem contudo arrefecer no zelo, devoção e obediência."

O frade esteve a cogitar algum tempo com a vista pregada na escritura, ou porque lhe despertasse ela uma série de pensamentos, ou porque estivesse a decifrar naquelas palavras seu verdadeiro e cabalístico sentido. O jesuíta, quando fosse obrigado a escrever, ensinava a *Monita Secreta*, que escrevesse o menos possível, só quanto bastasse para ser entendido. Ninguém mais versado nessa cabala do que o P. Molina; pelo que não é de estranhar que inquirisse do escrito o que ficara na tenção do escritor.

— Bom!... murmurou sorrindo. Com tão boa âncora, não haja medo que daquele porto garre a barca de São Pedro!

E continuou a folhear o livro.

Aí bateram devagarinho à porta da cela, e uma voz açucarada enfiou pelo buraco da chave:

— Vênia para o irmão despenseiro?

— Entre, irmão! respondeu o P. Molina depois de ocultar o livro vermelho.

O leigo entrou com muitas reverências e gatimanhos, trazendo uma taça de porcelana:

— *Dominus vobiscum!...*

— *Et cum vobis, amen!*

— O reverendo padre provincial manda trazer a V. Paternidade, e saber como lhe foi o passadio da primeira noite nesta casa de Deus.

— Agradecei por mim ao P. Provincial tanta bondade para com seu humilde

súdito. Que trazeis aí, irmão?
— É um caldinho quente de cana, famoso para fortalecer o peito e muito necessário nesta terra para reparar da grande perda dos suores.
— Deixai!
Ficando só, o religioso voltou ao exame, interrompido a espaço pelos goles de garapa quente, que sorvia da taça. Depois de algum tempo de novo parou a vista sobre segundo assento, concebido neste teor:

"João Fogaça, capitão de mato, jurado aos 10 de setembro de 1607, no sertão, onde passa todo o mais tempo. É homem forte e destemido, importante de sua pessoa e da banda de cem homens que traz a seu mando; grande sabedor das manhas e ardis do gentio; em uma palavra obrador de grandes feitos e capaz de maiores ainda."

Neste assento a demora do religioso foi menor; contudo leu-o duas vezes e depois de dobrar o canto superior da página, fez com a unha uma cruz à margem. Correram as folhas sob o impulso do dedo ágil e impaciente do P. Molina; às vezes paravam enquanto ele firmava sobre algum nome a vista que relanceava do alto ao baixo da página. Afinal encontrou o frade o que sem dúvida procurava, porque respirou como ao cabo da tarefa, e erguendo-se foi espiar pela rótula o lindo painel da baía, achamalotada pela brisa e dourada pelos esplendores do sol americano.
Tornando à mesa, esgotou a taça, e fixando no livro um olhar que parecia, de tão poderoso que era, arrancar da página as palavras ali escritas e gravá-las na memória, leu duas vezes uma sobre outra o pequeno assento; feito o que fechou cuidadosamente o misterioso registro e pô-lo sob chave na arca do canto. Para assegurar-se de sua memória repetiu mentalmente o que tinha decorado e era apenas uma nota deste teor:

"Tibúrcio Estêvão, magarefe no curral do Conselho, para cujas bandas mora. Jurou aos 3 de junho de 1605; ainda não provado. Espírito simples e rudo, mas bem procedido; é mui temente a Deus, e o que lhe for ordenado para seu serviço, certo que o fará, com cegueira de entendimento, mas energia de ânimo."

Nesse momento um leigo cubiculário, que passava pelo fundo do dormitório, ouviu tocar a campainha no cubículo do P. Molina, e acudiu com açodamento à porta.
— Chame o irmão andador que o requer o padre provincial.
Quando o leigo requerido apresentou-se, o P. Molina o tosou da cabeça aos pés, e conheceu que o pobre tonsurado era um bem-aventurado, incapaz do mínimo raciocínio.
— Sabeis onde pousa Tibúrcio Estêvão, cortador de reses? É conhecido vosso?...

— Para as bandas do Curral. É meu conhecido só de o ver e ele a mim.
— Pois ide da parte do padre provincial dizer-lhe que venha falar-me; e o acompanhareis até aqui, ao meu cubículo. Estais entendido? Pois ide rápido.
O leigo desapareceu, cerrando a porta. O visitador recaiu em suas cogitações. Era ele um acérrimo pensador, desses que se afincam a uma ideia, como o vampiro a uma veia, e só a deixam quando saciados.
Ao cabo de alguns instantes murmurou:
— Careço agora um noivo para D. Inês!...
Olhando para a arca onde guardara o livro, acrescentou:
— Mas esse registro nada adiantaria sobre assunto tão delicado. O P. Figueira, que de todos parece mais de sala, informará da mocidade fidalga da Bahia.
Bateram à aldraba; era o provincial, que saudou com respeitosa amabilidade o superior, sem mostra do menor ressentimento. Não era debalde que Fernão Cardim tinha tantos anos de prelatura; avezado ao governo da Companhia, ele possuía ao mesmo tempo a ciência do superior que se faz temido, e do inferior que se faz amável.
— Folgo de ver V. Reverendíssima já refeito das fadigas do mar.
— *Gratia*, padre provincial!... V. Reverência acomode-se para aqui.
— Vênia, P. Visitador. Passei unicamente para saber de V. Reverendíssima, como dormiu e se gosta de caça, porque agora mesmo mandou-nos um amigo e devoto da casa, D. Lopo de Velasco, um veado de sua monteria e dois nambus.
— D. Lopo de Velasco, diz V. Reverência? Vive ele nesta cidade?
— No Recôncavo, cerca de légua e meia da porta do Carmo. No lugar de São Gonçalo.
— Ah! não sabia.
— Conhece-o V. Reverendíssima?
— Vi-o em Lisboa há coisa de ano, quando estava ele a partir para seu desterro do Brasil. Pouco trato tivemos.
— Grande caçador, perante Deus, como Nemrod. V. Reverendíssima julgará.
— Não hoje, que é dia de preceito.
— Mas o abatimento da viagem é razão de dispensa!...
— A regra... a regra antes de tudo, P. Cardim.
Saído que foi o provincial, P. Molina acariciou a barba com um gesto de contente e satisfeito, dizendo entre si:
— Nem feito de encomenda o achara tão próprio. Fidalguia muita, grandes haveres, bem composto sempre e melhor apessoado.
A campainha soou segunda vez no corredor, e o cubiculário acudindo teve ordem de mandar que depois do refeitório selassem uma mula de serviço, pedida a vênia do provincial.
Não cause reparo a sujeição que aparentava o P. Molina; ele continuava a residir no Colégio da Bahia, incógnito como chegara. Embora no capítulo da noite antecedente não fizesse nenhuma recomendação a tal respeito, os

irmãos professos não necessitavam dela para guardar o segredo inviolável, que era um dos preceitos do Instituto; ao contrário, para que divulgassem o que passara no consistório, fora necessário ordem mui positiva. Eis por que se os professos o tratavam com a deferência devida ao seu alto cargo, o resto da comunidade continuou a ver no visitador um irmão venerável pelas suas virtudes e acatado pelos superiores, não suspeitando nem por sombras, do grau que tinha ele no Instituto.

Dispunha-se o P. Molina a descer ao poio onde começava de reunir-se a comunidade, quando o irmão andador apresentou-se à porta, precedendo Tiburcino, cuja pata bovina já se ouvia ressoar no soalho. Sentou-se o visitador de novo, e depois de rápida observação, dirigiu a palavra ao magarefe:

— É chegada a ocasião, Irmão Tibúrcio, de empregar-se no serviço da Companhia, que é o serviço de Deus. Lembra-se que tomando a capa de Jesus, jurou duas coisas, obediência primeiro, depois segredo, o que quer dizer que será cego e mudo.

— Os padres podem fazer de mim o que lhes aprouver, porque assim jurei pela cruz, e uma vez a jura feita, está acabado.

— Tivestes ocasião já de ver um mancebo, estudante aqui das aulas do Colégio, que tem nome Estácio Correia?

Tiburcino estremeceu; e esse movimento não escapou ao frade.

— Não têm conta as vezes que o hei visto.

— Que sentis por ele?

— Não sinto nada!

— O Irmão Tiburcino esquece seu juramento. Não é obediência esconder o pensamento. Confesse que o moço Estácio em alguma coisa o molestou, porque sei eu que não gosta dele!

— Como podeis vós saber, padre-mestre, se não vem de mais longe que ontem à noite?

— Sei-o eu, o isto vos baste, para que não procureis iludir-me. Por penitência mando-vos que declareis a ofensa que recebestes.

— Dispensai-me dessa, padre-mestre, ainda que em troca me ordeneis outra mais dura.

— Obedecei!... disse o visitador severo.

Tiburcino inchou como uma untanha; depois de um grande esforço soltou bufando estas palavras sumidas:

— Uma mulher, reverendo padre-mestre, que por meus pecados enfeitiçou-me, e agora me deixa a mim por...

— Seu nome, dizei-o logo!

— Joaninha, a alfeloeira!

O P. Molina refletiu um instante:

— Vejo que é homem de verdade, Irmão Tibúrcio. Aqui tem pois a incumbência para que foi chamado. Neste momento vá à cata do moço, e siga-o por onde for, dia e noite: não lhe perca a pista. À hora de recolher virá

aqui dar-me conta do que houver feito. Se entrar em qualquer casa, guarde na lembrança; se com alguém falar, procure ouvir o que diz; porém muito cuidado, em que o não perceba ele, nem desconfie. Está bem entendido?
Tiburcino tinha os olhos no chão.
— Mas, padre-mestre, adverti uma coisa. Já agora sabei o resto: desde ontem à noite que fujo de ver o moço, porque tenho medo se o vir... Pode ser mais forte que eu!... Ora assim um dia inteiro e uma noite após, e a tentação comigo... Então se acertar de ir ter com ele a Joaninha...
O magarefe a essa só ideia rangeu os dentes.
— Melhor é, padre-mestre, me dispensardes de uma tal coisa.
O frade sorriu dos lábios, mas o olhar pesado e austero disciplinou o carniceiro:
— Seja pois essa a punição de haverdes pecado. Fareis o que vos disse; ainda mais, defendereis o moço de qualquer perigo que porventura o ameace. De joelhos!... Jurai-o sobre a cruz!... E a maldição do Senhor caia sobre vossa cabeça, se quebrardes ainda que por pensamento este voto.
Tiburcino ajoelhou automaticamente e estendeu a mão sobre a cruz; quando porém o visitador alçando os olhos ao céu e elevando o braço, descarregou sobre a cabeça a tremenda imprecação, tal foi a eloquência sinistra do gesto e a surda entonação da voz, que o mísero carniceiro tombou com a face sobre o pavimento e ali ficou prostrado nas lajes, trêmulo e beijando a fímbria do hábito.
O religioso ajudou-o a erguer e lhe tornou com bondade:
— Vá o Irmão Tibúrcio na paz do Senhor, que sua alma está fortalecida contra a tentação. Seu salário, como não irá esses dias ao curral, o receberá aqui à noite, do Irmão P. Procurador.
Tocava o refeitório.
O P. Gusmão acudiu ao toque; durante e depois da colação teve com o provincial larga conversa a respeito de várias pessoas da cidade e de outros assuntos relativos aos negócios da Província.
Meia hora depois cavalgava o visitador a mula passeira, seguido de um escravo que trotava a pé, segurando a cauda do animal. Desceram pela ladeira chamada dos Padres, por ficar ao lado do Colégio da Companhia, e ganharam a Ribeira. Junto dos trapiches apeou o frade à entrada de uma casa térrea, de insignificante aparência. Veio à janela e espiou pela parte de dentro da rótula, uma senhora velha, que logo acudiu à porta para receber o jesuíta com muitos agasalhos.
Essa era a morada de Estácio; e a velha, sua tia materna, D. Mência Figueiredo. Com ela teve o visitador uma prática extensa, sobre diversos negócios de devoção e também de família.
Repicava meio-dia, quando o jesuíta cavalgando de novo partiu, tomando um caminho que da praia subia ao arrabalde do Carmo e passava pelas abas do Morro do Calvário, onde estava assentado o convento. Aí chegando, atravessou o fosso na ponte e seguiu campo fora pelo Brejo.

Esse caminho ia dar ao lugar de São Gonçalo a cerca de légua e meia da cidade. Era um antigo engenho, agora desmontado, e servindo unicamente de recreio e morada ao dono e seus acostados ou serviçais. A casa de purgar, a tinham transformado em pocilga de cães, e era habitada pela grande matilha de caça; o resto da fábrica foi pequeno para estrebaria e não cabiam todos os cavalos de sela, sem contar os de tráfego.
O edifício principal destinado à habitação do dono dava mostras de grandes posses, pelo ataviado, espaçoso e bem acabado dele. Ao lado, como duas asas, corriam os comuns, ordenados com muita vista e asseio: nos da direita tinham acomodado a cozinha e ucharia; nos da esquerda os cubículos dos pajens e serviçais, a casa de banhos e outros necessários.
Aí nessa propriedade, consumia os últimos anos da mocidade D. Lopo de Velasco, moço fidalgo da casa real, comendador de Cristo, e da melhor nobreza de Portugal; porque pela linha paterna descendia dos Duques de Aveiro, e pela materna dos Condes de Assumar.
Era um cavalheiro de mais bela presença, e casquilho de roupas, se já o houve algum; mas nunca fizera valer aquelas vantagens a damas. O comendador não era homem de salas; só tivera na sua vida uma paixão, e essa tão valente, que o possuíra todo sem deixar presa a outra qualquer: era a caça. Educado por um tio, devoto acérrimo e inveterado de Santo Huberto, chefe das monterias na casa de El-Rei, ele se formara cedo nessa escola; e em tão boa hora a esse gosto e perícia pela monteria deveu a comenda que lhe deixou o velho fidalgo, com preterição, segundo rezavam, de um filho bastardo. Parece que o orgulho do antigo monteiro-mor abafou o sentimento da paternidade; não lhe sofreu que sua bela coutada coubesse a quem dela não saberia usar, podendo ter por senhor o herdeiro de suas glórias cinegéticas.
O sobrinho porém não foi só o continuador do tio; mas o excedeu de muito no culto pela nobre arte venatória. D. Lopo, longe de se contentar com a rotina, leu os autores de melhor lição assim sobre a monteria, como sobre a altaneria; fez uma viagem à Alemanha para consultar alguns famosos barões, caçadores da Floresta Negra, herdeiros em primeira mão das tradições de Santo Huberto; e por fim tendo feito grande cabedal de conhecimentos especiais, tentou com sucesso alguns melhoramentos nas regras então estabelecidas, sendo os principiais, um sobre a maneira de correr o veado, e outro sobre o momento justo em que se devia dar o golpe de misericórdia ao javali acuado.
Ele cultivava a nobre arte, não só com paixão, mas com galanteria. Nenhum cavalheiro enamorado e bem disposto como Velasco, se apontoava com mais alinho e garridice nem com mais finas galas para mostrar-se à sua dama, do que ele para a caçada, que era no fim de contas sua amante. Se as urzes rasgavam-lhe as sedas, se os ramos amarrotavam-lhe as roupas ou a neve as manchava, ele dizia rindo: "Foram as unhadas, os abraços e o choro da minha dama".

Mas não há felicidade que dure. Desfrutava Lopo de Velasco a sua comenda de Santo Ivo caçando na coutada secular, e fruindo os pingues foros, quando um fidalgo, seu vizinho, que também se metia a caçar, talvez despeitado com a fama do comendador, desfez na sua ciência e na sua pessoa. Tudo suportou ele evangelicamente; e a coisa não passaria disso, se o tal fidalgo não levasse um dia a imprudência a ponto de declarar em uma roda formais palavras: *que César era um podão.*

César era o primeiro dos cães das matilhas do comendador, e o melhor, no seu dizer, que havia em Portugal e Castela, o que valia dizer no mundo inteiro. Quando tal soube, logo despachou Lopo o seu monteiro ao fidalgo, pedindo- lhe reparação da injúria atroz. Bateram-se os adversários, e a honra de César foi desafrontada inteiramente: o seu difamador mordeu a terra e veio a custar-lhe a vida aquela palavra, porque o golpe se arruinou e não houve modo de evitar a gangrena.

A consequência do desafio já é conhecida. O fidalgo teve a vida escapa, graças à proteção dos padres, e veio ver terras do Brasil. Partira de Lisboa com destino a São Sebastião; mas no mesmo navio ia o senhor do Engenho de São Gonçalo que desejava apurar seus cabedais para empreender grandes explorações no interior. As terras do engenho eram abundantes de caça; o comendador entusiasmado com as boas notícias que lhe deu o colono, tratou sem mais demora de fechar a avença.

Quando o visitador passou pelas casarias da fábrica, viu muitos serviçais ocupados no asseio e trato dos animais. Os palafreneiros pensavam as cavalgaduras, ou limpavam os arneses de prata; os moços de trela lavavam os cães ou catavam-lhe os bichos que os perseguiam, e afivelavam as correias à coleira.

Ao chegar ao muro descobriu o padre o grande pátio; aí os fâmulos estavam também atarefados, já escovando as librés de caça, já brunindo os instrumentos, como carabinas, arcabuzes, cutelos e cornetas de chifre com guarnições de ouro. Na ucharia chiavam as frigideiras, e o mestre ordenava as peças de assados para o jantar, enquanto os serventes cuidavam dos covilhetes e outras peças de encher.

Avisado o comendador de que o procurava um padre da Companhia, deu-se pressa em recebê-lo com sentimento de muito gosto e mostras de grande cortesia, vindo buscá-lo à porta da entrada; e porque não havia aí muita claridade, ou por infidelidade da memória, não reconheceu ele o seu antigo comensal do colégio de Lisboa.

— Quando pensara eu naquela manhã, em que depois da colação vos acompanhei ao embarque, que ainda nos havíamos de ver neste mundo, e em que paragem!

— P. Gusmão de Molina!... Que contentamento me dá V. Paternidade!...

Depois das efusões naturais nestas circunstâncias, tornou o religioso:

— Então vossa escolha se decidiu pela Bahia!

O fidalgo referiu o acontecido:

— Mas descansai que vossa carta foi entregue em São Sebastião.
— Graças devo a Vossa Mercê. E como lhe tem ido a vida por cá? Por força que havia de estranhar?
— A princípio não digo que não; mas ao cabo de um ano estava de todo acostumado; e já agora, acreditai que se de Portugal me mandassem dizer que podia tornar, duvido que me aproveitasse do favor.
— Tanto vos agrada a terra?
— Vê, Vossa Paternidade aquele serrote coberto de mato? Pois só ali tenho eu monteria, em abundância tal, qual a não têm as coutadas todas de Portugal. E que monteria? Antas, galheiros, caititus, capivaras, pacas, e tal quantidade de alimária de menos vulto, que é de perder-lhe a conta!
— Assim está o senhor comendador em seu paraíso terrestre? disse o P. Molina com um sorriso.
— Bem acertado nome, não vos parece? respondeu também rindo o comendador.
— E não tem medo que lhe venha tentar alguma serpente?
— Oh! que não!... As serpentes desta terra são venenosas; e não há aqui mulher para dar-lhe ouvido, senão for uma negra velha, que mais parece raça de bugio.
— Mas pode vir de repente alguma moça formosa, como são as tentadoras.
— Não haja receio; por aí não me expulsarão do meu paraíso.
O comendador passou a mostrar ao frade os seus domínios. No atravessar para as cavalariças, encontraram um marachão de terra, com um respaldo de alvenaria e sobre este um chifre enorme de galheiro. Ao lado, espetada em uma estaca, uma caveira de onça.
— Vê o P. Gusmão? perguntou o fidalgo com um suspiro que desentranhou do seio.
— Vejo; mas sem saber o que seja.
— Aqui jazem os restos mortais de César, o rei dos cães de caça. Foi vítima da traição de uma onça, que imolei à sua vingança: ali está a caveira. Este chifre que lhe serve de cruz, foi sua primeira façanha nesta terra; duas horas o teve pelo focinho, enquanto a batida ia outro rumo, tendo perdido o rastro. Bravo César, repousa na terra de suas proezas!...
— Deveis escrever-lhe a biografia, Senhor D. Lopo de Velasco.
— Já pensei nisso, P. Gusmão; mais para diante, quando estiver menos fresca a dor de sua perda. Mas não é vossa cavalgadura, aquela que ali está?
— Assim parece, ainda que não reparei muito nela.
— Olá, bilhostre! gritou o fidalgo ao moço das cavalariças. É preciso que vos mande, para tirardes os arneses à mula, e pô-la ao manjedouro?...
— Por tão pouco tempo, não vale a pena.
— Como, por tão pouco tempo? Não o entendo eu assim, que não vos deixo ir, sem provardes da nossa sopa. Justamente é hoje sexta-feira; fareis penitência!
— Bem agradável, se a obrigação mo permitisse; mas pouca é a demora que

tenho nesta cidade, e pois faz-se mister que aproveite os dias e as horas deles.
— Razão de mais, para que não deixe escapar a ocasião. Sabe Deus se nos veremos ainda cá embaixo; a primeira, em que nos conhecemos, juntos almoçamos em Lisboa; a segunda jantaremos aqui na Bahia; talvez ceemos em Cochim ou Angola.
— Tudo pode ser, sem milagre.
— Espero alguns amigos aqui mesmo dos arredores, que muito folgarão com a vossa companhia.
— Depende o ficar do resultado da prática que tiver convosco; pois meu fim, vindo aqui, não foi só fazer-vos minha visita, ainda que esse era de sobra para trazer-me.
— Nesse caso diga depressa V. Paternidade o que posso em seu serviço, para mais breve ter o gosto de satisfazê-lo, e alegrar-me a mim com a certeza de sua companhia.
— Desejo entreter a V. Mercê em particular.
— Vamos até à sala.
Voltaram à casa e entraram em um aposento espaçoso, forrado de lambéis, com cabides de armas nos cantos e troféus pelas paredes. No centro uma banca, coberta de couro com debuxos, e sobre ela aprestos de escrever, três ou quatro livros; um grosso caderno escrito em letras garrafais, com ortografia afonsina, estava aberto quase pelo meio, em posição que mostrava ter-se pouco antes trabalhado nele.
Adiantando ao P. Molina a poltrona, o comendador ainda de pé pôs a mão espalmada sobre o manuscrito:
— Não interrompendo... V. Paternidade veio a propósito para dar-me um aviso, como pessoa tão douta que é!
— Chegando para tanto a minha insuficiência!...
— Oh! que sobra para coisas de maior alcance!... Saberá V. Paternidade, ou talvez não tenha curado destes assuntos profanos, que em Portugal são conhecidas e praticadas da ciência venatória as duas espécies: a monteria, ou caça do monte, e altaneria, ou caça de voo. Ora aqui vim eu achar uma terceira, que muito me agradou pela novidade; é a que à moda do gentio se faz nos rios, em canoas, a qual realmente, deixa as outras muito a perder de vista. Lembrou-me até, por ser arte nova, escrever um tratado dela, e já dei começo como aqui vedes; mas ocorreu-me uma dificuldade, que não é para minhas forças; e foi ela a do melhor nome dessa nova arte, pois nenhum dos outros lhe cabe. Como lhe chamaria V. Paternidade?
— A seguir a derivação das outras devia ser *fluminaria*, de *flumen*, como de monte veio monteria; mas eu a chamara antes *caça aquática*, ou *caça de mergulho*, pois suponho que a grande ciência está em ferir o animal no fundo d'água, e então essa caça seria justamente o oposto extremo da altaneria ou cetraria, ficando a do monte no centro, isto é, na superfície da terra.
— Discorreis como entendido, P. Molina. É excelente o vosso alvitre, e para

que não me escape, vou já aproveitá-lo.

E escreveu no rosto do caderno. — *Tratado da arte nova de caça de mergulho, como se pratica nas terras do Brasil, estudada e reduzida a preceito por ***.*

Feito o que, fechou o manuscrito na gaveta, e sentou-se defronte do P. Molina, disposto a ouvi-lo com a maior atenção. O frade deu à sua fisionomia mais uma camada de amabilidade e novo retoque ao sorriso insinuante:

— Mal cuidais, senhor comendador, que aquela serpente de que ainda agora falamos, que viria tentar-vos em vosso paraíso, é este humilde frade que aqui está em vossa presença!

— Com que então vindes para tentar-me, P. Gusmão? disse o fidalgo rindo.

— Vim para casar-vos, senhor comendador.

— A mim, P. Mestre?

— A vós, D. Lopo de Velasco.

— Estais então conspirando contra a minha paz e sossego de espírito, que assim quereis meter-me em casa a discórdia?...

— Quero pôr-vos no verdadeiro caminho de que andais arredio como ovelha desgarrada. O celibato sem o voto da castidade não é agradável ao Senhor, que vos manda trabalheis na sua vinha como bom cristão; e como fidalgo ilustre vos deveis à vossa descendência, à qual um dia passarão vosso nome e riqueza.

— Confesso que sou um grande pecador, porém maior me faria V. Paternidade, se me obrigasse a receber mulher, que é fonte de malícia.

— Quando a não santifica o sacramento.

— Embora; sempre ficam restos da peçonha. Quanto ao mais não se afadigue Vossa Paternidade, não há de faltar quem se alaparde com a minha comenda e o pouco que sobrar, quando eu fizer a asneira de ir-me desta para melhor.

— Esse mesmo modo de falar com tamanha indiferença do que o homem tem de mais caro, que é sua honra e família, está mostrando a necessidade que há de tomardes estado. Tocais já a extrema da necessidade; é tempo de cuidar nesse ato indispensável, pois é o complemento da criatura. Sem ele sereis velho, e contudo não tereis a experiência da vida.

— Não vos contesto, padre-mestre. Mas eu dispenso a experiência que se compra tão caro a preço da liberdade.

— Fiai-vos em mim, que tenho mais mundo. Um dia, tarde, vos arrependereis. E para que isso não suceda, resolvi empenhar todas as minhas forças em vosso bem. Ele pode tanto na minha amizade, que apenas chegado ontem e sabedor da vossa presença nesta cidade, tomei informações, e achei já coisa que vos convém em todos os pontos.

— Jesus, padre-mestre!... Já a tendes assim de encomenda? Quem sabe se não a trazeis aí na manga do hábito e mais o ritual para nos desposardes aqui mesmo, de supetão?

— Não a trago, mas hoje mesmo a vereis. Sem dúvida que vos é conhecido D. Francisco de Aguilar, Senhor de Paripe? Pois sua filha é, D. Inês.

— Oh! padre-mestre! Se nunca a vi!...
— Vê-la-eis!... É moça de grande formosura.
— São as piores de aturar!... Cheias de dengos e faniquitos.
— D. Inês é donzela de juízo e muita sisudez; rica por seus pais e nobre. Será boa dona de casa e não vos envergonhará se algum dia, como desejo, a apresentardes na corte de Lisboa ou de Madri.
— Será a nata das mulheres, mas a albardará outro que não eu.
— As terras de Paripe são abundantes de caça, por modos que ainda desse lado vos é vantajosa uma tal aliança.
— E seria mais possível a mim caçar, padre-mestre, quando me lembrasse que dentro mesmo de minha casa estava uma língua afiando-se para descoser-me as orelhas?...
— Assim é ponto decidido. Esta tarde mesmo o senhor comendador irá a D. Francisco de Aguilar, pedir-lhe a mão de sua filha D. Inês.
O comendador soltou uma gargalhada estrondosa, erguendo-se:
— Boa pilhéria!... Vai fazer rir a goelas despregadas os meus amigos!... Creio que são eles que chegam.
O frade deixou rir o fidalgo.
— Este hábito que representa o Instituto no qual também jurastes obediência e submissão, não costuma servir de capa a mascaradas e galhofas. Nem sua cor condiz, nem a gravidade do seu ministério o consente.
— Escute, V. Paternidade, respondeu o fidalgo tornando-se sério. A estranheza da nova fez-me pensar que gracejava como se costuma em amizade.
— É em nome da Companhia, que eu aconselho ao irmão D. Lopo de Velasco esse casamento.
O frade carregou na palavra como se fosse a intimativa de uma ordem.
O fidalgo respondeu ríspido:
— O conselho de V. Paternidade é para mim da maior autoridade; mas versa sobre ponto em que a minha resolução é inabalável.
O sorriso voltou aos lábios do frade e a sua voz amaciou outra vez:
— Sendo assim não tratemos mais de tal coisa. Queria me parecer que essa aliança era de grandes proventos para Vossa Mercê, não sendo o menor o de segurar-lhe o futuro. Tudo neste mundo é precário, ainda o que mais sólido se afigura. Assim a comenda que Vossa Mercê herdou de seu tio... É de pública fama que ele deixou um filho bastardo...
— Certo, mesmo em vida não ocultava de ninguém.
— O nascimento não, mas a perfilhação que lhe fez, essa a deixou tão oculta, que poucos tiveram conhecimento, ignorando-a até o próprio a quem mais interessava. A carta queimaram-na; mas o registro anda nas notas públicas em seu respectivo cartório.
— Sabeis disso com certeza, padre-mestre?
— Ouvi dizer em Lisboa; e a ser verdade, se o moço deserdado, que lá vive pobremente, vier a sabê-lo, tratará de querelar do testamento de vosso

respeitável tio.
— Podeis informar-me mais pelo miúdo do mister em que se ocupa ele, e do lugar onde se acha ao certo?
— Em nosso Colégio de Lisboa, onde serve como leigo, por caridade. Os padres ali são todos amigos do peito, com que Vossa Mercê deve contar; mas quem pode evitar que um mal-intencionado desencaminhe o rapaz? E então, se ele achar patronos, que nunca faltam quando a maquia é boa, não sei o que diga!... É certo que Vossa Mercê também os tem e da melhor espécie; contudo deve de estar preparado, e um engenho famoso como o de Paripe, no pior caso, encheria o rombo, que deixasse a comenda de Santo Ivo! Mas Vossa Mercê é tão avesso ao matrimônio!... Fique pois o dito por não dito!...
O frade ergueu-se e foi à janela apreciar a perspectiva do horizonte, acidentado pelas montanhas e florestas, deixando o fidalgo afundar-se mais na meditação em que o deixara já submergido.
Decorreu curto espaço.
— Far-me-eis então a mercê, senhor comendador, de mandar chegar a mula, por que torne à cidade?
— Com perdão de Vossa Paternidade, não consinto nisso, pois prometeu ficar para o jantar.
— Ficaria com sacrifício para ter o gosto de acompanhá-lo à cidade; mas desde que assim não pode ser, vou-me já.
O fidalgo insistiu debalde; conhecendo que o frade não cedia, mandou que trouxessem a cavalgadura. Estavam já nas despedidas, quando o comendador, arrancando-se a si mesmo e à perplexidade em que estava, disse:
— Responda Vossa Paternidade a duas perguntas que lhe quero fazer.
— Quatro que sejam.
— É a primeira: este casamento seria obra meritória para a Companhia?
— Mas decerto, senhor comendador, desde que era em serviço de Deus e bem vosso, que sois filho também, podeis duvidá-lo?
— Outra: qual é vossa autoridade para falar em nome do Santo Instituto?...
— Esta, irmão: a que o Geral me conferiu.
E o frade tirou da manga o pergaminho de sua nomeação. Lopo de Velasco curvou a cabeça.
À uma hora em ponto foi o jantar. Às cinco entrava na cidade do Salvador de guião e em grande comitiva, o comendador, vestido de gala, com toda sua gente de libré mui luzidia e garbosa. O fidalgo montava um cavalo de raça andaluza, com jaezes de ouro e sela de veludo bordada a fio de prata. A seu lado trotava humildemente na mula fradesca o P. Gusmão de Molina.
Ao entrar a porta do Carmo, o jesuíta esgueirou-se por uma rua lateral, e o fidalgo continuou sua marcha triunfal, através da cidade, com grande aplauso e pasmatório dos basbaques da metrópole brasileira. Apesar de ser o fausto e riqueza nessa época mui comuns na Bahia, contudo aquele suntuoso cortejo, de régia pompa, não só pelo número dos escudeiros e

pajens, como pelo custoso adereço das roupas e fino trato da cavalhada, era uma festa para a gente de terreiro.

D. Lopo de Velasco dirigiu-se a Nazaré, onde ia pedir a D. Francisco a mão de sua filha, a muito nobre e formosa Senhora D. Inês de Aguilar.

Capítulo XI
Onde se espreme o soro de um coração de donzela

Chegou véspera de Reis.

Eram sete horas da noite. Já corriam as ruas e praças da cidade os alegres descantes e costumadas serenatas, com que então muito celebrava o povo aquela festa do ano.

Por esse tempo um cavalheiro bem embuçado na capa entrou pela porta de São Bento, e seguiu até o princípio da Rua da Palma. Aí apeou, atirando as rédeas ao pajem com estas palavras:

— Vai-te ao Terreiro esperar!

Continuou a pé e cosido com a parede seu caminho até a casa onde tinha o judeu Samuel banca de dinheiro. A porta estava fechada; abriu-se um postigo que havia por cima, e uma voz doce e maviosa perguntou:

— Quem bate lá?...

O cavalheiro já se tinha afastado dois passos, como se esperasse aquela aparição; e saudou-a debaixo, atirando-lhe um estrepitoso beijo estalado na ponta dos dedos. De cima lhe responderam com um longo suspiro acompanhado de uma flor que veio cair a seus pés; ele depois de a apertar uma e muitas vezes aos lábios, guardou-a no peito do gibão.

— Quando permitireis a um triste, senhora, que vos admire de mais perto, ainda que seja para acabar a vossos pés de dar esta alma?...

— Ela não vos disse?... murmurou a voz maviosa.

— Quem, a Joaninha?

— Sim, ela; não vos disse que sou guardada como monja?

— Quisésseis vós!...

— Ui!...

Este gritozinho de susto foi acompanhado do bater do postigo, que fechavam. Um vulto de maiores dimensões apareceu, e outra voz roufenha e pesada deixou cair estas palavras:

— Andai vosso caminho, senhor cavalheiro. Não é prudente se expor à beirada das casas; as telhas podem cair. Andai.

— Andado o tenho, eu, honrado Samuel, para não dizer honrado ladrão; e bem andado, pois me trouxe ele à vossa espelunca.

Aproveitando uma sonata de remoto descante, que ouvia-se para as bandas da Graça, o cavalheiro entoou baixo o princípio de uma cantiga de reis:

Aqui estou à vossa porta,
Acordai se estais dormindo!

— Longe estava eu de supor que fôsseis vós, Sr. D. José; escusai-me a liberdade. Corro a abrir-vos.

O alferes penetrou na toca do velho judeu.

— Honradíssimo Samuel, o negócio é breve; preciso de quinhentos cruzados esta noite, ou antes, neste momento.

— Trouxestes o vale?...

— Não, mas posso assiná-lo aqui; dai-me com que escrever.

— Raquel! disse o velho.

A voz maviosa respondeu dentro:

— Pai!...

— Buscai-me os óculos.

Pela fresta aberta na parede passou a mão a mais alva e mimosa que é possível imaginar; o alferes aproveitando o momento em que o velho estava ocupado a arranjar a mesa, tomou os óculos, e travando dos dedos que os seguravam, beijou-os sem a menor cerimônia. Ao estalo do beijo e do grito que soou dentro, o judeu voltou-se:

— Não passou da ponta do dedo mindinho, digno usurário. Creio que trazeis este tesouro ainda mais aferrolhado do que o outro.

— Este é minha carne; o outro são apenas os ossos, senhor cavalheiro. Sereis pai um dia para me compreender.

— Mas usurário, não; disso podeis ter certeza.

— Aqui tendes o necessário! Ponde-vos à mesa e fazei vosso bilhete, enquanto vos contarei as moedas.

O cavalheiro sentou-se e escreveu em vez de um, dois bilhetes; o primeiro para o velho judeu, de quinhentos cruzados, o segundo para a filha, dando-lhe um emprazamento à janela na próxima noite. Dobrando ambos na mão, aproximou-se do contador, onde estava o judeu, e apresentou-lhe o primeiro.

O velho judeu calcou os óculos e principiou a leitura; mas logo à primeira linha tornou a dobrar o papel e o restituiu, dizendo:

— Creio que vos enganastes?...

— É certo; este é um papel à toa; o vosso aqui está! acudiu o alferes azoado, pensando ter dado ao judeu a carta destinada a Raquel.

Enquanto Samuel examinava com profunda atenção o outro escrito, o cavalheiro aproveitando o ensejo, jogou pela fresta o bilhete, pensando que o apanharia a donzela. O mercador contou-lhe os quinhentos cruzados em moedas de ouro, e cerrou na gaveta o papel que recebera. Apenas o fidalgo saiu, o velho debruçou-se ao balcão, e disse à filha:

— Raquel, tornai- me cá o escrito do cavalheiro para que o aponte em minhas notas.

Era com efeito o vale, que o alferes passara sorrateiramente à moça pensando ser a carta de namoro. O velho e fino judeu, desconfiado com o negócio da janela e mais do beijo, não perdera de olho o oficial enquanto ele escrevia; viu-o pois fazer dois bilhetes e dobrá-los fechando ambos na palma. Usou então de ardil; ao apresentar-lhe o moço o vale, fingiu haver engano que realmente não havia; desconcertado o alferes, como era natural, mais que depressa arrecadou esse, dando-lhe em troca o recado de namoro, que era quanto desejava o judeu.

Esse então pareceu absorver-se na leitura para dar ocasião ao cavalheiro de fazer a sua estratégia; logo que o vale se achou em segurança na mão da moça, tranquilo a respeito do seu dinheiro como a respeito da filha, consumou a transação.

Entretanto o alferes, depenado na bolsa e logrado nos amores pelo velho judeu, seguia rua acima até a Praça do Palácio, donde quebrando a Travessa da Sé, ganhou a bodega do Brás, ainda nessa noite, como na de Ano-Bom, cheia de alegre freguesia e procurada por toda a casta de gente, desde a mais reles peonagem até a mais famosa fidalguia. O alferes rebuçou-se bem no manto escuro e entrou afoitamente a varanda da taberna; trocado com o judengo um sinal que decerto era concertado, penetrou no interior pelo corredor particular; a última das portas dava para uma câmera pequena, onde havia encravado na parede um grande armário de angelim.

O taberneiro chegou logo após com uma candeia na mão; e reconhecendo o fidalgo pela feição, não mais rebuçada, saudou-o com mostras de muito respeito.

— Estão em número? perguntou o alferes.

— Uma dúzia deles; todos dos melhores.

— Aviai-vos!...

Brás sacou do bolso a chave do armário que abriu; calcando então uma pequena mola oculta no canto, fez volver sobre os gonzos o fundo que era da mesma madeira. Apareceu uma aberta que dava para o vão de um segundo armário embutido na face oposta da parede. Cinco pancadas, divididas por duas pausas, aplicou o taberneiro à divisão, que logo foi franqueada. O alferes passou de um salto deste àquele aposento, e tudo voltou ao estado anterior.

O aposento era espaçoso bastante e situado no centro da casa; não tinha janelas, nem outra porta a não ser a encoberta por detrás do armário. O ar penetrava pelas largas seteiras que davam para um pátio, e pela água-furtada que havia no telhado. No meio da casa via-se uma grande mesa oblonga de jacarandá, em volta da qual estavam grupados dez fidalgos jogando as cartas. D. José foi recebido por eles com ruidosa alegria; todos conchegaram-se para dar-lhe lugar junto a si no banco em que sentavam. O alferes acomodou-se no que mais perto encontrou.

A mestre Brás não satisfaziam unicamente os ganhos da taberna; também tinha casa de jogo ou tavolagem, e explorava mais essa lucrativa indústria apesar das Ordenações do Reino, que a proibiam. O judengo porém era fértil em recursos e achara modos de combinar a segurança de sua pessoa com os acrescentamentos da bolsa. Comprara por intermédio de um mercador judeu a casa que tocava com a sua pelos fundos e construíra aposento apropriado ao fim a que se propunha.

A frente da tal casa era ocupada pela tia Eufrásia, mãe de Anselmo, que aí tinha sua tenda aberta durante o dia; à noite, por uma escada de mão encostada ao muro do pátio, ou ela ou o filho penetravam na sala pela água-furtada, para servir aos jogadores quando careciam de qualquer coisa. Estes entravam pela taberna a título de beber, e ninguém podia suspeitar do fim que realmente os trazia.

Assim, graças à engenhosa combinação, a tavolagem do Brás não o podia comprometer porque não fazia parte de sua casa; a tia Eufrásia e o Anselmo seriam, no caso pouco provável de devassa, os que pagariam as custas; mas em compensação disso, boas contas faziam eles ao taberneiro pelo serviço que lhe prestavam.

D. José deitara sobre a mesa a bolsa pesada dos quinhentos cruzados, e esperou a sua vez de tomar cartas. Seus parceiros eram todos da melhor fidalguia da cidade, moços e cavalheiros, que esbanjavam o patrimônio de seus pais, e também alguns velhos encanecidos no vício.

O taberneiro voltando à varanda, encontrou um mestiço encostado ao balcão e resfolgando como quem trazia longa caminhada:

— Então, Pedro, que novas?...

— Primeiro molhai-me a goela, se quereis que fale, pois a trago esturricada.

— Tomai lá, rapaz, bebei, mas com tino, que não vos vire a bola.

— Não haja medo.

O rapaz esvaziou o canjirão, e chupando os beiços, debruçou ao balcão para falar ao ouvido do judengo.

— O navio é chegado desde tarde, disse ele. De primeiro ninguém o conheceu; vinha-se fazendo na volta de terra, mas logo entrou a noite. Então fez sinal... Sabeis?... As três panelinhas de fogo azul?...

— Sei, sei. Que mais?

— Então deixei lá os outros à espreita e vim dar-vos aviso.

— Bem, Pedro!... Tereis uma boa paga, eu vo-lo prometo. Tornai, que sobre madrugada serei convosco. Cuidado com a guarda-costa, que anda de pulga na orelha!

— Deixai-a comigo, que bem lhe conheço as traças. Agora a ceia enquanto descanso.

— Sim, rapaz! Apre, que nada vos esquece!

— Cuidais?...

O Pedro que sentava-se a uma das mesas, e um cavalheiro rebuçado que parava na porta; depois de um instante de hesitação endireitou para o balcão. O taberneiro emborcou-se todo para falar ao novo hóspede, mas especialmente para sondar-lhe a feição através das dobras do manto.

— Preciso de falar já sem demora a D. José de Aguilar!... disse o recém-chegado com um tom vivo e imperioso.

— Dir-me-eis agora o que é mister que faça, Senhor D. Fernando de Ataíde, para que já me ponha em caminho de obedecer-vos.

Isso foi modulado pelo Brás no seu mais doce sonsonete, entre duas reverências humildes, e adubado por um sorriso, que se desfazia como torrão de açúcar.

— Ide avisá-lo que aqui estou! retrucou o cavalheiro.

— Há muito lá estaria eu correndo, senhor cavalheiro, se soubesse onde encontrá-lo.

— Se ele está em vossa própria casa, taberneiro!...

— Em minha casa, que assim a chamo com permissão de Vossa Mercê!... Em minha casa! Tal não há! Juraria, se preciso fosse!...

— Digo-vos que para aqui veio; aqui deve estar!...

— Desde que vos juro eu, Senhor D. Fernando!... Não me quereis crer; pois se vos praz, podeis correr toda a casa para certificar-vos.

— Taberneiro, já vos adverti que venho apressado; poupai vossas juras e reverências para outros. Segunda vez vos digo que aviseis D. José de lhe querer eu falar com urgência!... Não vos direi terceira.

— Fazei-me em postas, senhor cavalheiro, se tal é o vosso gosto; já que não sei que mais faça para que me acrediteis.

D. Fernando mordeu os beiços de impaciência:

— Peão, tu persistes em negar que D. José está em tua casa?

— Persisto na verdade, senhor cavalheiro.

— Pois, guiai-me à casa da tavolagem.

— Qual tavolagem, Senhor D. Fernando?

— A tua, burlão!...

— Virgem Maria Santíssima! Que heregia, meu fidalgo!... Joaquim Brás, o taberneiro, com casa de tavolagem! Donde chegais, que tal coisa vos meteram na cabeça; pois em toda esta cidade do Salvador e sua redondeza, ninguém tal dissera!

— Mestre Brás, se me conheceis, não ignorais sem dúvida o amigo que eu sou de D. José, para quem não guarda ele segredos. Eu sei que tendes aqui nos fundos de vossa casa uma câmera onde se dão jogos muitas noites!...

— Ai, Céus!... Quem está livre de um falso testemunho!

— E agora lembro mais, por mo dizer uma vez que emprazou-me para acompanhá-lo, que a comunicação se faz por um armário.

— Falai mais baixo por quem sois, senhor cavalheiro! Vejo agora que estais no segredo, que é mais dos vossos amigos, que meu; e só pelo respeito deles é que vos encobria. Portanto me perdoareis, porque outro tanto faria pelo vosso respeito.

— Perdoar-vos-ei, se me guiardes sem mais demora; do contrário amargareis o que já me fizestes esperar.

— Segui este corredor aí à esquerda, que lá no fundo, último cubículo, me achareis.

O cavalheiro executou a recomendação e chegou à casa do jogo pelo mesmo caminho do alferes. A sua entrada causou alguma surpresa, por não ser ele dos camaradas daquela devoção; mas foi aplaudida por quantos ali estavam.

— Oh! D. Fernando!...
— Bravo!... chegou vosso dia!...
— Bem pensava eu que não havia tardar!...
— Todos acabam por aqui! Cedo ou tarde!
— Bem-vindo sejais!...
— E ainda mais bem-vinda e melhor ficada bolsa, que trazeis recheada!...
— Abancai-vos para aqui!...
D. Fernando correspondeu com uma cortesia geral a estas exclamações partidas de todos os lados, e respondeu simplesmente:
— Enganam-se, senhores meus, em pensar que venho tomar parte na tão boa companhia: por honrado me dera; mas outro cuidado me traz, que é falar a D. José de negócio importante e apressado.
O alferes, a quem o jogo tinha por tal forma que não lhe deixava fora dali mais olhos para ver, e mais boca para falar, quase nem se apercebera da chegada do amigo. Ele estava em hora má de fortuna; as moedas do judeu a pouco e pouco escoavam de sua bolsa para engrossar as pilhas de ouro que brilhavam diante de dois ou três parceiros a quem o azar favorecia com uma veia inesgotável. Via-se porém o fidalgo no desprezo com que enchia o páreo, e na sobranceria e calma em que arrostava os lances contrários.
O sorriso cortês não abandonara um instante o seu lábio; o olhar não contava as moedas perdidas, mas só as que restavam, para mais depressa arriscá-las. Pouco lhe importava o ouro, o que o absorvia todo era só a paixão, o vício, o demônio das cartas. As últimas moedas que acabava de atirar sobre a mesa, não lhe recordaram que eram elas o fim de uma grossa quantia, mas sim, que eram talvez a derradeira mão que jogasse; e esse pensamento o incomodou, e o prendeu ainda mais às cartas.
Debalde lhe dirigiu D. Fernando a palavra; não respondeu, nem mesmo voltou para ele o rosto; nesse instante abria as cartas dadas pelo parceiro da direita; correram as vazas, e o alferes perdeu ainda a mão. Fez um gesto de enfado passageiro que mudou em sorriso; e afastou de si o baralho, que lhe tinham passado, por lhe caber dar as cartas.
Fernando aproveitou o ensejo para lhe falar de novo.
— D. José, tenho coisa urgente que comunicar-vos!
— Oh! chegastes a propósito!... respondeu o alferes, como se então somente se apercebesse da presença do cavalheiro.
Reclinando ao ouvido:
— Prestai-me quanto trazeis na bolsa, amigo!...
— De bom grado o faria, se não fosse carecer de conversar-vos, o que o jogo não permitiria.
— Temos tempo!... Só duas mãos para forrar parte do que perdi.
— Mas atendei, amigo, que é grave, e muito, o de que vamos tratar.
— Pois não jogarei mais que uma; depois me tereis todo para quanto vos aprouver, o que agora não sucederá, pois se não me servis, vou ao judeu!...
Ataíde passou a bolsa; e o alferes travando do baralho, chafurdou-se de novo

no vício; correu primeira, segunda, terceira mão; a cada uma o amigo lembrava-lhe o prometido, e avivava a importância e urgência do negócio que o trouxera; mas a nada ele atendia. Afinal D. Fernando inclinou-se e conseguiu meter-lhe ao ouvido estas palavras:

— D. José, trata-se da honra de vossa irmã!

— Já vos falo!...

A má fortuna continuava: o subsídio acrescentado aos quinhentos cruzados fundiu-se rapidamente entre os dedos do jogador; chegou outra vez o momento em que a mesa diante dele achou-se limpa, tendo apenas, como relíquias, as duas bolsas desertas e encolhidas.

— Senhores, recebeis uma parada sobre palavra? perguntou o alferes.

Os outros olharam-se entre si e como atalhados da pergunta, sem proferir palavra. Afinal um resolveu responder, pois já o silêncio passava à descortesia:

— Deveis lembrar-vos, D. José, do que foi aceito por todos que vimos a esta mesa, de em caso algum fazer páreo que não seja com moeda de contado sobre a mesa; e isso pelo motivo de se acabarem com reixas e afrontas que costumam em casos tais, filhas da leveza de uns e desconfiança de outros.

— Bem lembrado estou e por isso vos perguntei antes se queríeis receber?...

— Fazê-lo a um é abrir a porta a todos: e tanto não podemos nós em uma coisa concertada pelo voto geral.

— Basta, senhores. Outra vez em que a sorte me esteja de feição, forrar-me-ei das moedas e do mais!

— Penso que não vos dais por ofendido, alferes!...

— Dar-me-ei, se assim vos apraz, capitão! replicou D. José repuxando o bigode.

O interlocutor, que era Afonso da França, capitão entertenido por El-Rei, ergueu-se pronto, mas os outros meteram o caso à bulha e tanto fizeram que instantes depois riam todos a goelas despregadas, com as facécias de Manuel de Melo. Afinal este foi à parede e bateu nela com a palma da mão; era oco o muro nesse lugar porque o som repercutiu profundamente. Logo apareceu na água-furtada a cabeça arrepelada da tia Eufrásia:

— Que mandam vossas mercês em seu serviço?

— Do melhor da Madeira!...

— A uma por cabeça?

— A duas, megera! Onde já vistes um bom português da Bahia bater-se com um só inimigo!...

Com pouco desceu por uma corda uma cesta cheia de garrafas e copos; correu a primeira saúde a D. José, a segunda ao Capitão Afonso, depois a todos os presentes, às damas, ao amor, à folia e ao jogo. Enfim D. Fernando impaciente, conseguiu arrancar o alferes à tentação; e embuçando-se ambos, saíram à rua pela taberna do mestre Brás.

Os dois amigos caminhavam a par e par sem dizer palavra; o alferes logo que pisara a calçada inquirira do motivo que trouxera D. Fernando à sua busca:

— Em chegando a casa, já agora!
D. José não replicara e encolhendo os ombros continuou a andar, ruminando em seu cérebro esquentado jogo, vinho, amor, tudo de mistura; bem se via que estava de mau humor, pelo ímpeto com que esticava o bigode a ponto de arrancar os pelos. Ao descer a Ladeira da Palma, lobrigou ele que se espremia pela fresta da porta do judeu um vulto, o qual logo que pôs pé na rua, nivelou-se com a parede, de modo a não roçar nem de leve no cavalheiro. O alferes porém não perdeu essa ocasião de descarregar uma pouca da sua raiva; a mão foi direito à gorja do encolhido e o arrancou da parede de um safanão.
— Quem és tu, e que fazes aqui a esta hora, taful!
— Ai! sou eu, Senhor D. José, com vosso respeito!
— Oh! mestre Brás, vós em casa do judeu Samuel, tão tarde da noite?
— Os tempos andam tão maus, senhor alferes!... Vim empenhar umas pratinhas!...
— O judeu ainda está acordado; abrirá ele?...
— A Vossa Mercê, sem dúvida!...
O taberneiro escamou-se; o alferes caminhou para a porta do judeu.
— Quê, D. José?... Ainda pretendeis voltar ao jogo?... Se não vale meu pedido, valha ao menos a fama de vossa irmã, pois vos repito que dela e de sua honra se trata.
O alferes ao tom grave do amigo vexou-se e sem responder-lhe apressou o passo. Chegaram à casa de Ataíde; eram dez horas; a ceia os esperava sobre a mesa; sentando-se, Fernando despediu os fâmulos com um aceno, e tirou do bolso do calção um papel cerrado em carta, e o apresentou aberto a D. José; este leu um escrito assim concebido:
Ao mui nobre Cavalheiro D. Fernando de Ataíde.

Quarta-feira depois de Reis, que se contam 7 deste janeiro, desde o romper d'alva até o toque de meio-dia, estará no sítio da Graça, a um tiro de berço da ermida para as bandas da praia, um cavalheiro que jurou não ter um momento de repouso enquanto não provar que vil e indigno é o fidalgo que pede e aceita a mão forçada de uma dona, sem o coração que ela a outro já deu com seu amor.

Se D. Fernando de Ataíde preza a sua honra e não é um cobarde, venha ao lugar emprazado ouvi-lo dizer em face, e desmenti-lo com a espada na mão. Não o fazendo, será tido por infame, e tratado como tal no lugar mais público onde se faça encontrado.

O alferes acabou a leitura em pé, batendo, com força no pavimento:
— O atrevido a pagará. Deixai-o à minha conta. Esta afronta é primeiro minha; e só depois vossa.
— Sabeis donde vem este cartel?

— Não o soubera eu!... Do tal D. Lopo de Velasco!... Cuida ele com ser comendador que há de caçar também Inesita, como usa com suas alimárias!... Está muito enganado. Verá se aqui na Bahia se aturam tafularias!...
— Mas por que pensais que fosse ele?
— Ora, é boa pergunta! Não há uma semana, que o tal fidalgo veio em procissão à nossa casa pedir a mão de Inesita, e meu pai lha negou redondamente! Ainda duvidais? Pois sabei mais agora, que havendo-lhe meu pai por forma de desculpa dito ter-vos dado sua palavra, e que a não ser esse grave motivo, se regozijaria de seu pedido; logo no dia seguinte escreveu ele dizendo que tinha por aceita e ratificada a promessa condicional, caso qualquer razão maior nos desobrigasse da palavra dada!...
— Ah! essa ignorava eu!...
— Bem sei; não dando a isso importância alguma, esqueceu-me de vos fazer sabedor. Assim descobris agora o seu manejo; desafia-vos para com esse meio destruir o obstáculo único que ele supõe se opor ao seu intento. Mas há de sair-lhe às vessas!...
— Ainda estou longe de concordar convosco. Lembro-me de ter ouvido de D. Francisco, que estranhando ele o improviso de seu pedido, pois acreditava que raras vezes tivesse visto D. Inês, acudiu- lhe o comendador que nunca, mas que o decidira a fama de sua beleza e virtudes.
— Que tem isso?
— Se o comendador não viu D. Inês e menos foi dela visto, como a ama e sabe ser correspondido?
— Não vedes que são iscas para que lhe pegueis no anzol! Quis tocar-vos no fraco!
— Talvez assim seja; mas logo que deitei os olhos a este escrito, atirei a outra parte. Lembrai-vos das justas...
— Quem, o estudante?... Não teria o atrevimento!...
— Não teve ele o de erguer olhos para D. Inês? Por que não o de arriscar tudo para possuí-la? No seu caso eu o faria! Esses ardimentos, crede-me, dá-os o coração, e não há resistir-lhes.
— Fazeis muita honra a esse rapaz, D. Fernando!... Ele deve conhecer-se para que nem um instante se lembre que D. Inês de Aguilar possa distingui-lo no pó!... Mas ainda vos digo, deixai isto por minha conta. Ou D. Lopo, ou quem quer que seja, receberá o castigo de minha mão.
— Não o entendo assim, D. José. Se mostrei-vos esse cartel foi por uma só razão, que estou haveis de aprovar. Aqui se diz que aceitei a mão de uma dama, sem o coração a outro dado; e acrescenta-se que o cavalheiro que tal pratica, é vil e indigno. Sou do mesmo pensar. Portanto acharei justo que eu ouça, sem mais tardar que amanhã, da própria boca de D. Inês o desmentido a essa calúnia, para com a consciência tranquila e a fé na minha causa, punir o refalsado que ousou denegrir a sua e a minha honra.
O alferes impacientou-se.

— É o que me faltava ver!... Que désseis crédito ao que vos escrevem encapotados. Quem sabe se não é isso alguma farsa de amigo nosso?

— Farsa em tal assunto passa a caso sério, pois é objeto com que não se brinca. Minha resolução está tomada; procurei-vos para anunciar a D. Francisco!

— Tal não farei; ocupá-lo com nonadas!...

— Fá-lo-ei então eu próprio, amanhã, com cedo.

Os dois amigos separaram-se frios.

A resolução de Fernando incomodava o alferes, bem como a recusa deste afligia profundamente aquele; e isto se explica pelas relações que havia entre ambos.

D. José de Aguilar, jogador e perdulário, travara conhecimento, dois anos havia, com D. Fernando de Ataíde, rico fidalgo, da casa dos Condes da Castanheira, proprietário de muitos engenhos. Em princípio não passou isso de camaradagem de moços, mas logo o amor que Inesita inspirou a Ataíde o rendeu, como era natural, à amizade do alferes, o qual desde então começou a usar e abusar da bolsa do amigo, a título de empréstimo. Avultavam de dia em dia os empenhos, quando o enamorado cavalheiro animou-se um dia a fazer a confidência de seu afeto ao irmão; este a acolheu favoravelmente e encorajou o amigo prometendo servi-lo.

Esse fato selou o cativeiro de D. Fernando que tornou-se daí em diante propriedade de D. José, ele e seus haveres. Mas o alferes desdenhando falar à irmã acerca dos sentimentos que ela inspirara, contentou-se em agasalhar muito o amigo, a quem facilmente iludia o recato da menina, junto à benevolência devida ao companheiro de seu irmão. Afinal instado pelo cavalheiro resolveu D. José falar de sua pretensão a D. Francisco, empenhando em favor dela todo o seu valimento no coração do pai. O fidalgo castelhano não desaprovou a ideia; mas consultando sua mulher, achou-a de aviso contrário. Contudo um voto mui autorizado, o de Fr. Carlos da Luz, capelão e conselheiro do fidalgo, fez pender a balança em favor de Ataíde, cuja casa fora sempre, de pais e filhos, protetora do Mosteiro de São Bento, desde a sua fundação em 1581. Entretanto para não afligir sua mulher, quis o fidalgo que o projetado casamento ficasse em segredo até o tempo de se efetuar, o que seria quando Inesita completasse os dezoito anos.

Sucedeu porém que no sarau de ano-bom, interrogado pelo governador com mostras de muita benevolência sobre sua família e o futuro de Inesita, D. Francisco julgou-se obrigado pelo respeito a confessar os projetos formados, e assim divulgou-se nas salas a notícia, que fora para Estácio um golpe mortal.

No dia seguinte, que foi o de Reis, D. Fernando, firme na resolução da véspera, procurou em sua casa de Nazaré, a D. Francisco de Aguilar, já a esta hora prevenido pelo alferes. O moço achou reunidos na sala pai e filho e mais o frade bento, chamado a conselho para o caso difícil. Avistando-o, o Senhor de Paripe foi a ele:

— Deixai-me ver o insolente escrito!...
— Aqui o tendes. Já sabeis?...
— Sei tudo. D. José mo referiu.
— Sabeis também o pedido que lhe fiz?
— Depois trataremos disso! Vamos ao que mais importa!...
— Perdoai, D. Francisco. O mais importante para mim é o desmentido dessa calúnia da boca mesmo de vossa filha.
— Ides ouvi-lo, D. Fernando. Antes porém é mister que concertemos sobre o que mais convém à nossa honra e comum interesse.
Tomando conhecimento do cartel, que seus olhos percorreram rapidamente com um gesto iroso, atirou-o amarrotado sobre os joelhos de Fr. Carlos da Luz.
— O primeiro e mais ofendido aqui sou eu, na pessoa de minha filha e fama de minha casa. A mim pois antes de todos compete o direito de castigar o vilão e refalsado, qualquer que ele for.
— Essa é a minha parte, senhor, como filho, como moço e como soldado. A vós o conselho; a mim a espada.
— Vingareis vosso pai, se ele sucumbir, D. José: é essa a vossa parte. Depois poderá D. Fernando castigar a afronta a ele feita.
— Esqueceis, Senhor D. Francisco, que este cartel não vos foi endereçado, e sois suposto ignorar o que nele se contém! O direito de responder-lhe não é de ninguém mais, senão meu; e conto não cedê-lo.
— Pois a mim me parece que todos estão no caminho errado!... disse o frade que adiantou-se com o papel dobrado entre o índice e o polegar da mão esquerda. Antes de tudo, pessoas de nobreza e tão qualificadas, como são os que me fazem a honra de ouvir, não respondem a desafio de um encoberto! Sabeis vós ao menos que casta de homem é o que isto escreveu? E que figura faríeis se lá chegando achásseis um vilão indigno de medir-se convosco?
— Mandá-lo-ia açoutar pelos meus escravos, para lhe castigar o atrevimento!...
— Devíeis então começar por aí, se o mais digno e acertado não fosse lançar ao desprezo estas palavras ao vento.
— Isto não admito eu por forma alguma! exclamou D. José.
— Dado que seja um cavalheiro quem assim se oculta contra todas as regras usadas entre a boa gente, vosso desprezo será compreendido, e ele voltará de rosto descoberto. Então não serei eu quem vos tolha a valente espada, Senhor D. Francisco, ou a de vossos filhos aqui presentes.
A sensatez desse alvitre calou à uma no ânimo dos três fidalgos, os quais embora já rendidos à razão, sentiram ainda os brios alvoroçados que resistiam. Emudeceram, por não acharem argumento com que retrucar.
— O cartel!... disse enfim D. Fernando estendendo a mão ao frade.
— Esse escrito?... Uma vez na minha mão, ordena-me o meu ministério de paz, que o confisque em bem da religião e humanidade. De mais para que vos serviria já agora?

— Sem dúvida, pois que aceitamos o conselho que nos sugeriu a sabedoria do nosso capelão! acudiu D. Francisco.

— E a vossa promessa, senhor!... É preciso que o veja aquela de quem aí se fala, para que o desminta!

— D. José, trazei aqui vossa irmã!

— Com vossa permissão! *Primo*, julgo eu que resolvido se desse ao desprezo este escrito, entende-se todo o conteúdo seu; portanto desapareceu o motivo e a necessidade deste passo, sempre difícil para uma donzela angélica e de tanta pureza como D. Inês. *Secundo*, mostrar-lhe tal papel seria pô-la em ânsias por pessoas que lhe são tão conjuntas, como pai e irmão, e outra que o será em um ano!

— Ponderais bem, Fr. Carlos; mas já que esta ocasião se apresentou, ouça eu o que ainda não ouvi daquela que tem de ser minha esposa, oculte-se-lhe embora todo o ocorrido.

D. José saiu para cumprir a ordem do pai. Achou Inesita na varanda, recostada à penumbra, e olhando tristemente o céu; ao aproximar-se, a menina estremeceu, e seu olhar angustiado caiu-lhe sobre a mão direita, correndo como uma faísca elétrica ao longo da espada. Procurava esse olhar ali o vestígio do sangue de Estácio?

— D. Inês, vosso pai vos chama!

A menina seguiu automaticamente para a porta, depois de ter feito um gesto de assentimento com a fronte.

— D. Fernando de Ataíde deseja ouvir de vossa própria confissão, minha irmã, que respondeis aos sentimentos que lhe soubestes inspirar!...

— E por que o não dissuadistes, meu irmão?... respondeu a donzela voltando-se com uma dignidade serena para o alferes.

— Por quê? replicou o alferes com um mau sorriso. Porque um besouro lhe zumbiu aos ouvidos que sem o consentimento dos vossos tínheis dado a outro o vosso coração. Ora se isso fosse verdade, esse feliz seria hoje mesmo um homem morto! Mas não é verdade!... Tenho disso toda a certeza!

— D. José, mal conheceis vossa irmã se cuidais que ela seja capaz de comprar com uma mentira a vida daquele a quem ama!

E soberba e rainha, na sua altiva resignação, assomou à porta da sala onde a esperava seu pai. O frade adiantou-se como para recebê-la, e ao passo que lhe dava a mão a beijar, murmurou-lhe baixo estas palavras:

— Filha, há segredos que só no confessionário se revelam!

D. Francisco de Aguilar dirigiu-se à filha com certa severidade:

— Vosso pai vos ordena, D. Inês, que em presença de vosso futuro esposo confesseis a verdade dos vossos sentimentos a seu respeito. É de vossa livre vontade que recebereis sua mão e seu nome?

— Ordenais, senhor; devo obedecer-vos sem hesitar. Darei minha vida a quem escolhestes, de minha muito livre vontade, porque a dou a vós, de quem a recebi eu.

— Estais satisfeito, D. Fernando?

— E o vosso coração, mereço-o eu?...
Inesita calou-se:
— Falai! disse o pai.
— Mereceis, Senhor D. Fernando, melhor do que este coração ingrato e desleal, pois se roubou ao seu dever para dar-se a um infeliz como ele!
— Que proferis, D. Inês?
— A verdade, como ordenastes, senhor! Este orgulho podeis ter, que nunca vos mentirá vossa filha!
— Quem foi o sedutor infame?
— Sedutor, se o houve, foi Deus somente...
— Não blasfemeis, D. Inês.
— Deus que nos reuniu quatro vezes, uma para que me salvasse ele, e todas para que lhe pusesse eu a vida em risco, quis que por gratidão e misericórdia o amasse!
— Como se chama?
— Sim, o nome?
Inesita pôs os olhos no céu e entreabriu os lábios para que exalassem o nome querido entranhado no mais profundo de sua alma. Um grande rubor invadiu-lhe súbito as faces, que arderam; refluindo, deixou uma grande lividez impressa nas feições.
Desmaiara.

Capítulo XII
Como naquele tempo se fazia oposição ao governo

Reboava o carrilhão do Colégio.
O povo afluíra em massa à festa de Reis que celebravam os padres no seu mosteiro. As ruas estavam enramadas de palmeiras e florões, e a praça toda apavesada de flâmulas e galhardetes. A artilharia montada na cerca jogava de meia em meia hora; a armação da igreja excedia na riqueza e primor quanto se tinha visto mesmo em Portugal.
O orgulho dos jesuítas não podia consentir que passasse sem protesto o regozijo dos nobres e senhores de engenho pela chegada do novo governador. Aproveitando o pretexto do dia de Reis que vinha logo em seguida, resolveram dar também a sua festa ao povo baiano e eclipsar no suntuoso das galas e ornamentos, bem como na concorrência, a cerimônia religiosa da catedral.
O P. Gusmão de Molina aprovou a ideia e foi em comissão com o provincial e o reitor pedir a D. Diogo de Menezes a honra de sua presença; admirou-se o governador do estranho proceder, que denotava mudança de tática do adversário; e suspeitou que o motivo oculto desse passo era apresentá-lo aos olhos de El-Rei como intolerante, caso não comparecesse ele conforme decerto esperavam. O que porém resolveu D. Diogo a ir foi o lembrar-se da ausência do provincial na Sé em dia de Ano-Bom; tinha por indigno do seu

caráter, como de seu cargo, mostrar que o ofendera semelhante ato, e retorquir por igual modo.
A fidalguia, com exceção dos poucos amigos e devotos da Companhia, não apareceu; em compensação o popular, que uma parte era pelos padres e outra pela festa, apinhava a igreja e o terreiro. Muita gente viera de todo o recôncavo; e muita ainda estava chegando para o fim da cerimônia.
Já a missa cantada havia começado: Fernão Cardim oficiava; o reitor tinha a epístola e o P. Figueira o evangelho. O coro dos noviços e estudantes, regido pelo respeitável Manuel Soares, correspondia à reputação musical de que merecidamente gozava a Casa Provincial do Salvador, desde o tempo do P. Navarro, o Orfeu cristão. Não obstante, o nosso Bartolomeu Pires, de corpulenta memória, mui digno mestre de capela da Sé Catedral, nesse momento ao lado de seu inseparável amigo Vaz Caminha, achava que dizer à execução.
— Ora, vede, senhor licenciado, como agora afrouxam o compasso, para outras vezes esticá-lo que parecem vão a toque de marcha!...
— São invenções de canto moderno, mestre Bartolomeu!... respondia o advogado mansamente.
— Bem sei; mas não me parecem bem na música de igreja; para salas e terreiros, não digo que não!... E as vozes, achais que sejam bem afinadas umas por outras?
— Podiam ser mais, e o seriam, se fossem regidas por certo mestre de capela do meu conhecimento.
— Haveis de dizer-me o seu nome! acudiu o músico expandindo-se como um repolho.
Nesse instante entrou uma dama de preto, coberta de mantilha e véu espesso, que ao passar enviou ao advogado uma ligeira saudação da fronte. Seguindo com os olhos o passo airoso e a ondulação do talhe elegante, o advogado reconheceu através das rendas a sua formosa cliente da Rua de Santa Luzia. Era com efeito D. Dulce que vinha à festa impelida por uma irresistível tentação.
Desde o instante em que vira seu marido sob o hábito negro de Jesus, a infeliz senhora tinha, como confessara ao doutor, momentos terríveis em que sua alma queria revoltar-se contra a religião que lhe arrebatara o objeto de seu amor, a outra metade viva dessa metade morta. Às vezes até blasfemava no delírio de sua paixão desgraçada; e exprobrava ao Senhor ter-lhe tomado o esposo que lhe dera, e quebrado a união que santificara. Depois essa febre passava; a coragem lhe desfalecia; mas ficava no coração um ódio profundo e entranhado contra tudo que pertencia à Ordem de Jesus. Se então ela recebia o padre reitor, era por uma espécie de gozo da vingança, para zombar da argúcia do religioso, e açular nele a cupidez do ouro, que contava frustrar afinal. Deleitava-se em tantalizar o frade.
Outras vezes porém Dulce sentia passar em si uma coisa estranha, revulsão terrível do seu ser. O coração como que inchava, inchava a ponto de estalar; o

amor que espadanava de todos os poros e enchia por tal forma que a raptava a si mesma e à sua razão. Ela via diante de si um vulto humano, trajando hábito negro, e precipitava-se para ele; o enlaçava em seus braços; esmagava-o de beijos e o afogava de delícias. Nesses momentos, como que um mar imenso de amor a inundava, tal era a potência com que sua alma se esparzia. Tudo que lembrava a última aparição do esposo, a igreja da ordem a que ele pertencia, a roupeta que trajava, o nome que trazia, tudo exercia sobre ela uma atração irresistível; a tudo ela amava.
Naquela manhã teve Dulce um desses momentos.
Espertara ela e repassava os amargores da sua vida, quando as vibrações graves do bronze repercutiram no seu coração como ecos de vivas recordações. Lembrou-se do dia que era; conheceu qual sino reboava assim, e levada de um assomo incompreensível toucou-se e adereçou mui ligeira, sem mesmo chamar a velha Brásia. Esta só apareceu quando já estava pronta, e foi pôr os olhos nela e exclamar levando as mãos à cabeça:
— Virgem Maria Santíssima, será verdade o que veem estes olhos!... A dona ataviada para sair!
— Que espanto é esse, Brásia? Iremos à missa do Colégio!...
— Santo Breve da Marca! Com a igreja atopetada de gente como há de estar! Se por estas bandas retiradas anda o povo em pelotões, que não será no terreiro!... E então a dona que não tem costume desses apertos!...
— Pois arranjai-vos logo para que mais cedo cheguemos!...
— Mas atenda a dona. Sempre é bom tomar conselho do reverendo padre reitor!... Não custa; vou lá e torno aqui, em menos de uma *ave*.
— Não careço de conselho para ir à casa do Senhor! Cuidai de preparar-vos para acompanhar-me.
O tom severo destas palavras desconcertou a velha. Ela começou a girar na recâmera toda atarantada, até que descobriu um imperceptível senão no toucado de Dulce; tratando de corrigir esse defeito, tais coisas fez, que a dama foi obrigada a toucar-se de novo. Mas quando chegou a ocasião de trajar-se ela para a festa, só uma paciência de santo a poderia sofrer. Agora faltava a saia preta que as almas lhe tinham carregado; depois o cabeção de sair que o Tinhoso por pirraça lhe sumira; logo eram uns flatos que lhe atacavam a ilharga, ou umas cãibras mesmo na sola do pé, que não lhe deixavam pisar no chão!...
A princípio Dulce acreditou na realidade desses repentinos acidentes; mas o talento com que a velha Brásia os improvisava, foi justamente o que a perdeu, porque a coincidência de tantas contrariedades na mesma hora, despertou a desconfiança da dama; ela reparou na servente e pareceu-lhe que havia ali mais caretas e trejeitos que dores reais:
— Então, Brásia, vindes vós afinal?...
— Bem estou rogando aos meus santos que me valham!... Mas já por duas vezes que acometo de andar e não posso comigo a dar um passo!... Ui! ui! ui!... Cá estão elas, as cãibras, mofinas, que são molhos de alfinetes me

crivando de umas dores finas!...
— Pois fica-te sossegada, que eu me irei acompanhada de Lucas!
E sem mais saiu a senhora da câmera e foi à cozinha para cumprir o seu dito: logo após, a velha Brásia ergueu-se, e pé ante pé a seguiu de longe; quando viu que não havia meio de impedir que a moça fosse ao colégio naquele dia, resignou-se, e tomando seu partido apresentou-se na porta embiocada na mantilha. Para de alguma forma disfarçar a sua rápida e milagrosa cura, manquejava ainda do pé, e trazia do canto de cada olho pendurada uma lágrima.
— Oh! que milagre, dona! Foi agarrar-me com o angélico Santo Antônio, e as dores aplacando, aplacando!...
Fora esse o motivo por que Dulce chegara à igreja depois de começada a cerimônia; ao sentar-se ela no estrado de um dos altares laterais, reparou que Brásia não estava ali junto, e supôs fosse o aperto da gente que a tivesse perdido dela. Enganava-se porém; a velha, veterana de festas e procissões, furou como um mergulhão as ondas do povo, e ganhando a nave, enfiou pela escada do convento acima. Foi-se ao primeiro leigo que encontrou e disse-lhe em grande alvoroço:
— Senhor meu devoto, levai-me já nesta hora ao Rev. P. Molina!...
— Não pode ouvir-vos agora, mulher; pois já está recolhido na câmera do púlpito para o sermão que vai entrar!
— Se foi ele próprio quem mandou-me o buscasse neste agorinha! É mesmo pelo sermão!...
O Irmão Bernardo olhou desconfiado para a velha; mas esta levando a mão ao peito, fez um sinal cabalístico, que dispôs favoravelmente o leigo.
— Vinde, irmã.
O porteiro guiou a velha até defronte de uma portinha de tribuna; às pancadas miúdas e contínuas da Brásia perguntaram de dentro quem batia.
— Uma devota da Rua de Santa Luzia!...
A porta abriu-se logo; dentro do cubículo estavam duas pessoas: o visitador e um frade moço que acompanhava lendo em um rolo de manuscrito a declamação do pregador. Fora o P. Molina quem abrira o postigo, e reconhecendo a velha, saiu fora para ouvi-la. Brásia derrubou-se impetuosamente de joelhos aos pés do jesuíta, batendo nos peitos, lamentando-se, clamando misericórdia, e engrolando com estas lamúrias a narrativa do que era passado.
— Então ela está aqui?... disse o P. Molina com uma voz surda.
— Não houve forças, padre meu, que a despersuadisse de vir.
O visitador refletiu um instante.
— De que lado está ela?... Quero vê-la.
— Deste lado da Epístola, mesmo aos pés do altar do Santíssimo!
O frade serenou.
— Bem; tornai à igreja; e se a virdes muito aflita, fareis que a levem a casa sem tardança.

A velha beijou a manga do sacerdote; e desceu ao corpo da igreja à busca de Dulce. Descarregada a consciência do peso que trazia, Brásia restituída ao seu beatismo, palpitava com a lembrança do próximo sermão.

O P. Molina logo no seguinte dia ao da sua chegada, encontrando-se por tarde com o reitor, comunicou-lhe que tomava ao seu cuidado o negócio da misteriosa dama, de que se tratara na véspera em capítulo.

Assim se explicam as entradas da Brásia com o visitador, que ordenara-lhe empregasse traças para desviar a moça de ir ao colégio naquele dia, especialmente por causa da pregação; como essa devia ser forte em demasia, podia abalar muito a alma da senhora e movê-la ao pranto e lamentação de suas passadas desditas. Ora, a velha servente, condenada a perder o famoso sermão, não cabia em si com o contentamento de o ouvir e comentar com alguma comadre que por ali achasse a jeito.

Varando entre a pinha de devotas, chegava ao lado de Dulce e encolhia-se para acomodar-se no cantinho que lhe fizeram as outras conchegando-se, quando foi ouvido um burburinho que fazia o povo empurrando-se com murmurações descontentes, mas contidas pelo respeito do lugar.

— Já se viu isto?... exclamava toda arrebitada a tia Eufrásia. Vir à igreja como uma emparedada, a tomar largas aos mais!...

— Ela que se esconde, não é boa coisa!... respondia o Anselmo.

— É mesmo!... Já lhe os pecados sem dúvida arrebentaram em lepra pelo corpo.

Adiante, mestre Brás, acochado pelo mulherio, resmungava:

— Quem vem por derradeiro, que fique à porta!... E não incomode os mais!...

Passava a Joaninha, que voltou o rosto zombeteiro:

— Usais isso na vossa bodega, Senhor Brás? Cuido eu que não, pois os que mais tarde chegam, são que mais lá dentro vão!...

— Cuidai mais de vós, rapariga, e menos do próximo, para que deixeis em paz as más línguas!

— Em paz estão elas, sô taberneiro de meia cara, dês que as pondes de molho na vossa espelunca de judeu!

O Brás ia responder quando um soco bem aplicado nas costelas o derreou:

— Cala esta boca de excomungado, mercador de zurrapa!

Esta exclamação e o soco que a precedeu foram obras de misericórdia de Gil; quando o taberneiro voltou a si da dor já o travesso pajem estava longe ao lado de Joaninha, que o encobria com a vasquinha.

Enfim até o mestre Bartolomeu, apesar da atenção que dava ao coro, foi distraído pelo rumor e agitação do povo, e notando a causa, não pôde deixar de dizer para o licenciado:

— Pois tem jeito isto?... Pôr em alvoroto a gente toda por causa de um, e no meio do coro!...

— Alguma dama doente, sem dúvida!

— Na catedral, senhor licenciado, não se veem dessas coisas.

Ora, a causa de todo esse rebuliço era um palanquim fechado

completamente, a não serem as frestas da rótula dourada que formava duas sanefas por banda. Ao chegar à portaria, logo desceu um frade, que depois de algumas palavras em voz submissa trocadas através da persiana, guiou os portadores pela igreja dentro, pedindo aos devotos que se afastassem para deixar passar a dona que chegava, senhora de muito valimento e maior humildade, que assim vinha à festa por virtude de um voto. O palanquim avançava lentamente, e por onde passava ia levantando as protestações que se viram; pior foi quando chegouaonde devia ficar, justamente junto ao altar do Santíssimo.

As devotas que ali estavam tiveram de erguer-se e ceder o lugar. Umas aí mesmo se acomodaram a trouxe-mouxe, e em posição menos decorosa para damas sisudas. Dulce preferiu sair, e ia-se retirando para a porta, quando Vaz Caminha apercebendo-se, acudiu-lhe a ponto. O advogado recorreu aos bons ofícios e aos formidáveis quadris do seu amigo Bartolomeu.

— Não poderíeis, mestre Bartolomeu, acomodar nalgum canto aquela dama, a quem tiraram de seu lugar?

— Por dar-vos gosto, senhor licenciado, o que não farei eu!... Vênia, senhores meus, para uma dama!...

O mestre de capela acompanhou o aviso de um tal sacoteado de ancas, que abriu logo brecha na turbamulta. Achegando-se a Dulce, o advogado ergueu-se na ponta dos pés para murmurar-lhe perto do ouvido.

— Este amigo vai levar-vos a bom posto para gozardes o resto da festa. Segui-o, senhora.

— Deus vos recompensará tanta bondade, doutor! Melhor porém é ir-me a casa, pois sou demais aqui.

— De modo algum, D. Dulce; por minha parte não consentirei nessa descortesia de faltar-se com o devido às damas, e sobretudo em lugar onde elas são recebidas a título de anjos!

A moça meio rendida à fineza do advogado seguiu a trilha que deixava o mestre Bartolomeu, e chegou assim até o último retábulo do lado do Evangelho: aí havia entre as beatas um tocheiro que o Pires tirou para dar lugar à dama, e foi de mão em mão parar junto de Gil. O pajem trepando no pedestal abraçou-se com ele e pôde assim gozar da festa por cima da cabeça de Joaninha, que não tinha onde sentar-se.

— Olha, Gil, quem está ali! dizia a mulatinha.

— Onde, Joaninha?...

— Deste mesmo lado, perto da cadeirinha!

— Ah! Tiburcino?

— Não!... Aqui pelo beque da tia Eufrásia, antes de chegar ao condestável do Santo Alberto!...

— Vejo, vejo, rapariga! O Senhor Estácio?

— Não te parece bem mais contente que estes dias passados?

— Destes contentamentos livre-te Deus, Joaninha!... Riso por fora, e por dentro facadas!

— Ai! amores, amores! Rebentam em flores, o fruto são dores!... disse a mulatinha sorrindo e suspirando ao mesmo tempo.

Nisso o pajem descobriu perto o Brás:

— Olé! Queres ver, Joaninha, um riso gostoso?...

— Aquieta-te de uma vez, Gil!

— Espera um tantinho!... Ele vai chiar como carrapeta.

O menino lesto desceu do tocheiro, e chegando à parede, conseguiu, pondo o pé no plinto da coluna de mármore, suspender-se até a altura da arandela. Aí, com o disfarce de ver melhor, foi torcendo um brandão de modo a pô-lo sobre a cabeça do Brás; feito o que voltou ao seu lugar e esperou o resultado da travessura. Momentos depois os pingos de cera fervendo caíam sobre a mão do taberneiro, que repinicou de dor.

— Arre! casmurro!... Vês, Joaninha, como ele chora pitanga?... Ao menos esta semana, quando aperreares o pobre do Martim, hás de lembrar-te de mim!...

— Arrenego do taberneiro!...

Também outra pessoa já tinha descoberto Estácio; era D. Dulce.

Estácio já não tinha realmente no semblante a tristeza profunda em que o sepultara a nova do casamento de Inesita, e a ideia de perdê-la para sempre; na sua fisionomia, como na sua atitude, o que logo se notava, era a expressão firme e enérgica do homem que tomou uma resolução decisiva, e espera a hora de realizá-la, indiferente a tudo o mais que passa em torno. E a sua alma e vida que dependiam todas daquele acontecimento futuro, derramavam-se às vezes no brilho de seus olhos, no fogo de sua tez, em assomos de esperanças risonhas, que enfloravam então um sorriso nos seus lábios. Outras porém refluíam ao coração, e repassando-se aí de uma melancolia doce e altiva, resignação dos caracteres fortes, vazavam no olhar que dirigia à divina majestade, e no qual punha a seus pés, como em holocausto, a sua vida.

O moço chegara ao terreiro, quando passava-lhe por diante a cadeirinha misteriosa; e como seu caminho era o mesmo, a foi seguindo até a igreja. Embora não lhe desse mais atenção do que qualquer outra pessoa, metendo-se ela naturalmente pelos olhos, viu sair pelas rótulas dois dedos mimosos, como jasmins, que se moveram com extrema vivacidade, a modo de que chamassem alguém. Volveu o moço a vista para conhecer a quem era feito o aceno, e tornando à cadeirinha, os dedinhos que se tinham deixado ficar bem quietos, recomeçaram com a mesma ligeireza; de repente desapareceram arrebatadamente em risco de se magoarem.

Este brusco desaparecimento não escapou a Estácio, que logo o combinou com outras circunstâncias por ele observadas; a de se terem os lindos dedos mostrado da parte ocupada pelo assento de diante, e quase rente com o estrado.

— São duas pessoas, pensou o moço; naturalmente mãe e filha. Foi esta quem passou os dedos às escondidas por entre as dobras da vasquinha, e os recolheu de chofre com medo que a velha se apercebesse!...

Os espíritos do cavalheiro alvoroçaram-se. Viera ele tão descansado da ideia de ver Inesita nessa festa, e tão convencido da impossibilidade de tal acontecimento! Mas eis que um simples gesto gerou em sua alma uma esperança louca. Pareceu- lhe imediatamente provável, o que pouco antes considerava impossível. O mistério do palanquim cerrado, e ainda mais as palavras alusivas à dama enferma que proferira o jesuíta na porta, lhe davam rebates no coração. Resolvido pois a decifrar aquele enigma, acompanhou a cadeira, e colocou-se perto dela no corpo da igreja.

Após ele enfiou Tiburcino, que o seguia de longe, e postou-se de modo a não perdê-lo de vista. O magarefe tinha descoberto a Joaninha, mais longe, no extremo do arco que descrevia naturalmente o seu olhar, o qual começou imediatamente a oscilar da direita para a esquerda, de Estácio à rapariga, com a regularidade de um pêndulo. Assim notou ele quando esta, mostrando a Gil o cavalheiro, lhe reparara atentamente no semblante; os ciúmes acenderam mais violentos n'alma do pobre carniceiro, e afuzilavam nos olhos com um fogo sinistro.

Joaninha voltando então o rosto para ver o seu infeliz enamorado, notou aquele estranho lampejo que saía da pupila do magarefe e parecia mesmo de longe chamuscar a tez delicada do cavalheiro. Acudiu-lhe à mente a noite de ano-bom, e a palavra rouca que o magarefe soltara na praça do palácio; a esta lembrança sentiu correr-lhe um calafrio pelo corpo.

Fez-se nesse momento um grande silêncio no vasto âmbito do templo.

A atenção do povo derramada por tantos assuntos vários recolheu, e pairou na expectativa de um acontecimento importante. Os olhares todos voltaram-se para um só ponto da igreja, enquanto os lábios mudos entreabriam-se, não para a palavra que os desertara, mas para a ansiada respiração.

No quadro do púlpito acabava de aparecer a figura solene e inspirada do pregador. Sobre o busto negro, aquela máscara pálida e ascética ressumbrava severa majestade. Os olhos fugidos pelas órbitas, pareciam submergir-se nas profundezas daquele vasto espírito, para arrancar dali, como das entranhas de um vulcão, a lava incandescente do olhar. Pela abóbada da fronte vasta e proeminente as oscilações dos círios próximos jogavam ondulando, como um reflexo do que passava dentro, onde as ideias deviam pulular assim.

A mão branca, longa e descarnada, surgindo da larga manga do hábito, vibrou o gesto como o raio que se desenvolve da caligem densa de uma nuvem. A voz possante e arrebatada troou pelas abóbadas do templo augusto, onde meio século depois devia ecoar a palavra eloquente de Vieira. Quem sabe? Talvez a essa hora ali estivesse ele, infante ainda no colo materno, escutando seu predecessor e êmulo.

O púlpito era naquela época a única tribuna do povo; e o sermão tinha no lábio de um orador eminente grande importância política: era a voz do povo fundindo-se na voz de Deus.

A liberdade não perece nunca, porque a liberdade é a essência da alma imortal; a todo o tempo e em qualquer região, oprima embora o despotismo a grei humana, depravando a criatura racional e clausurando as nobres aspirações da inteligência; procurai a liberdade nessa treva espessa, que a achareis em alguma parte; se não for na superfície da terra, será foragida nas catacumbas de Roma, ou voando ao céu, a abrigar-se na eternidade, como o espírito dos primeiros cristãos atirados barbaramente em pasto às feras, e a alma dos mártires de 1817 imolados aos últimos paroxismos do despotismo português.

Enquanto ela acha um ponto onde se encarne, não abandona a terra; às vezes é na lança do bárbaro godo ou na ponta da valente espada do cavalheiro da Idade Média; outras no pelouro das comunas, nas dobras da beca do juiz, ou ainda na toga do advogado; algumas já apareceu nas trovas populares, nos motes e chacotas de ruas, nas obras de arte. Ao tempo desta história abrigara-se nos claustros, e trajava a sotaina e o burel. Era a época em que Bossuet admoestava do alto da cadeira sagrada a poderosa majestade de Luís XIV, e Vieira censurava os reis e satirizava os ministros.

O P. Molina, conformando sua prédica com o assunto do dia, tomara um tema vasto, sobre o qual a sua inteligência ousada e brilhante podia discorrer livremente. Foi com uma entonação lenta e grave, que de seus lábios caíram a uma e uma, sobre a multidão submissa, as palavras bíblicas, acompanhadas de um olhar tão estático e fixo no sólio do governador, como se estivessem ali encarnadas na pessoa de D. Diogo todas as realezas do mundo:

— *"Audite ergo, reges, et intelligite, discite, judices finium terrae.* "Ouvide pois, reis, e compreendereis; aprendei, juízes dos confins da terra!" É do Livro da Sabedoria, cap. 6.º, v. 2.º."

Houve uma breve pausa; recolheu o olhar e a severa expressão do semblante nos recessos d'alma: toda sua pessoa parecia convolver-se ao íntimo.

Instante depois a potente organização assim refrangida e socalcada fez explosão: erigiu-se alto o talhe e arfou o peito amplo com o dilatar daquele espírito vigoroso. Os arroubos celestes o transfiguraram de repente em sublime apóstolo; com os olhos em êxtase no retábulo da adoração dos magos que lhe ficava fronteiro, começou:

"Espetáculo majestoso, tão majestoso em aspecto, como em lição profunda, é este que contempla em o dia de hoje a alma do cristão!... Ei-lo, ali, no humilde estábulo, o divino infante recém-nascido. Vileza de condição, pobreza da família e fragilidade do ser. Deus Padre as dispôs, de modo que a maior alteza e poder da terra acurvasse mais baixo ainda e tanto que rojasse no esterco imundo!...

"Vede!... aquelas três frontes altivas derrubadas ante o vil retábulo da manjedoura, mãos no peito, joelhos no chão! Na vária figura significam os três peregrinos as raças de homens disseminados pela face do globo; na coroa que os cinge, a majestade humana prostrada no pó e aniquilada ante a

majestade onipotente daquele que somente é, porque nele e em sua infinita bondade está quanto existe e foi criado.
"Vinde aqui, vós, a quem o Senhor fez reis dos povos, e compreendei!... Vinde também vós, a quem os reis constituíram grandes e primeiros dos seus súditos, para os guiar, e aprendei neste exemplo!...
"Vinde todos vós, nobres, ricos e senhores, que viveis intumescidos das grandezas, mas fofos do espírito da virtude, e humilhai-vos!
"O Senhor vos discrimina; seu olhar vos conta as cabeças erguidas, e sua ira terrível, concitada pela justiça, não tarda vibrar o raio tremendo que há de fulminar-vos em vossa soberba!... Curvai essa fronte ímpia, que desafia a cólera celeste!..."

Estrida súbito pela abóbada um grito vibrante, que atravessa os ecos da voz sonora e cheia do pregador. Uma dama que se erguera convulsa e hirta, caiu fulminada no pavimento, como se lhe estalassem as entranhas naquele grito angustiado, deixando escapar a vida. Era D. Dulce; desde o começo do sermão, Vaz Caminha a vira erguer impetuosamente a cabeça e devorar com os olhos a figura do frade; uma corrente magnética se estabelecera entre ambos, que a atraía irresistivelmente para aquele vulto solene, primeiro a alma, depois o corpo também. Com efeito, sem o sentir, fora se erguendo por uma espécie de orgasmo, e sem o querer achou-se de pé com o corpo inteiriçado e as mãos crispadas.
No momento em que o P. Molina acentuando a sua imprecação, inclinou o rosto para ela, esmagando-a com o peso do gesto e do olhar, sua alma estalara naquele grito estridente que fora ouvido. O advogado seguido do mestre de capela correu em socorro da dama, que acharam desfalecida no colo da velha Brásia e cercada por outras beatas.
O acontecimento desviara um instante a atenção geral do púlpito, e por isso desapercebido ficou o sorriso fulvo que perpassou no rosto lívido do sacerdote, rápido como lampejo de borrasca. Ele recobrou-se logo, e dando à sua fisionomia uma expressão tremenda e augusta, com uma só frase da voz solene, avocou a si todos os espíritos e todos os olhares!
— Grande é o poder de Deus!...
Abaixando para o corpo desfalecido da dama um olhar compungido, continuou com fala dolente:

"Sucumbistes, mísera criatura, minada pela culpa, ao peso do remorso!... Caístes fulminada ao sopro vingador da ira celeste!...
"Deus grande, Deus onipotente, vós que armastes o braço frágil de vosso ministro, e infundistes na sua imprecação uma centelha da vossa ira tremenda, para que tivesse a força de abalar este povo embrutecido no pecado e penetrar o seixo áspero do seu coração: Deus infinito de bondade, deixai cair sobre a mísera pecadora uma lágrima de vossa misericórdia. Graça, Senhor, graça para esta alma, que renascerá pelo arrependimento,

depois de dura expiação.

"Graça para ela, mas punição para os que persistem na culpa, punição tremenda. Assim como esta, caiam fulminados pelo raio todos os réprobos! A sua hora está marcada; eu daqui as vejo, essas cabeças onde o anjo vingador já selou em caracteres invisíveis a sentença do extermínio. Tremei, vermes da terra, tremei. Não ouvides?... Ai, não! O tiritar dos membros e ranger dos dentes não vos deixam escutar... Mas eu ouço já o medonho sussurro que se levanta lá nas portas do céu. É o bulcão que vos há de varrer, miserável argila. Face em terra! Rebolçai-vos no pó. A maldição do Senhor desce sobre vós, como desceram sobre o povo de Israel as chamas do Monte Sinai!"

Levantou-se por todo o âmbito da igreja uma grande lamentação, entrecortada de soluços e prantos; a maior parte das mulheres e muitos homens caíam com a face em terra, rojando pelo chão as frontes, ou batendo fortemente nos peitos com grandes clamores, entre os quais destacavam esses gritos:

— Senhor, misericórdia!...

— Confesso a minha culpa, absolvei-me, padre!

Depois de gozar um instante desse triunfo, o sacerdote aplacou a tempestade que ele próprio concitara.

"Sus!... Erguei as frontes humilhadas e preservai no arrependimento, que a graça do Senhor descerá às vossas almas na bênção de seu indigno servo."

Lançando com um gesto augusto a bênção ao povo reverente, o pregador arrojou-se de novo, soltando os voos à sua eloquência impetuosa. O P. Molina era sobretudo orador de improviso; os cometimentos ousados, as inspirações audaciosas, os rasgos sublimes, debalde os buscara ele no silêncio da cela e na meditação e estudo: onde os achava era no púlpito, quando o arrebatava o entusiasmo apostólico. Aí a ideia lhe caía do céu na mente inspirada, já envolta na palavra eloquente, que às vezes fluía, outras espadanava do lábio arrogante.

O sermão escrito não era pois para o P. Molina mais que um apontamento, ou melhor um ensaio da pregação. Dele só aproveitava de ordinário o introito; e muitas vezes nem isso. Se a inspiração lhe chegava logo, como já havia sucedido, seguia após ela. Nesse dia fora a presença de Dulce que desviara seu discurso do rumo traçado. Logo que aparecera no púlpito, o jesuíta percorrendo a igreja do olhar vasto e eminente com que os grandes oradores tomam posse de seu auditório, viu defronte de si a filha de Ramon e a reconhecera imediatamente apesar dos anos, pela impressão que causou nela seu aspecto.

Ele sabia a lucidez maravilhosa do olhar do coração, do olhar amante, e vira a prova na cena da igreja em Palos; sabia que sua voz tinha vibrações profundíssimas naquela alma assolada pela desgraça. Não o surpreenderam pois os sinais de pungente emoção que logo começaram de manifestar-se na feição e modos da dama. Sua feliz imaginação lhe apresentou o meio de tirar partido desses próprios sintomas que o podiam comprometer, conhecida a causa. Prevendo com uma justeza e alcance admiráveis o que ia acontecer, prevenindo o grito que ele já via soluçar na garganta opressa, formulou de repente aquela imprecação, que o seu gesto lançou justamente sobre a cabeça de Dulce no momento em que ela sucumbia, acabando de reconhecê-lo.

Todos supuseram que o grito e desmaio da dama fora efeito da ameaça, quando ao contrário esta era lançada por ter Dulce reconhecido a seu marido. Depois aproveitou ainda habilmente aquele acidente para um triunfo oratório, que se por um lado lisonjeava seu orgulho, por outro distraía completamente a atenção do acontecimento.

As beatas, chamadas a seus próprios pecados, abandonaram a pobre dama, que entregue unicamente ao advogado, e à velha Brásia, foi em braços para fora da igreja, donde a conduziram a casa em uma cadeirinha que se achava a ponto, como se a tivessem disposto de antemão para tal fim.

O frade, que apontava o rascunho do sermão, não conhecendo o costume do P. Molina, embasbacou quando o percebeu afastar-se da letra; cuidando que o não ouvisse o pregador por falar baixo, foi alteando a fala a ponto que ultimamente mais parecia berro, e começava a obscurecer a voz sonora do orador. Aí o P. Molina que descrevia em traços largos e brilhantes o quadro do nascimento de Jesus Cristo e a adoração dos magos, e não podia conter a sua impetuosa eloquência para mandar uma advertência ao apontador, socorreu-se de um meio engenhoso. Fez aparecer no estábulo os animais que a crença popular pretende que anunciaram o nascimento de Cristo; e mostrando como o zurro do jumento desconcertava da geral harmonia, clamou de repente, voltando-se:

— Silêncio, bruto!

O frade, que recebeu esta apóstrofe à queima-roupa, calou-se; e o pregador continuou sem estorvo. Do assunto religioso passou por uma transição hábil para o assunto político: lembrou que esses reis da terra em adoração ao rei do céu, significavam quanto o trono dependia do altar, e recordava os deveres sagrados que o Senhor havia posto aos seus ungidos. Discorrendo então sobre a missão da realeza na terra, passou a tratar especialmente das coisas do Brasil e sua governança. Censurou o menospreço em que estava a religião nessas partes por culpa dos que dirigiam o povo; aludiu com elogio ao governador atual, D. Diogo de Menezes, a quem louvou a nobreza de caráter, o seu saber e prudência de homem de guerra e de estado, lamentando apenas que tão ilustre capitão arrefecesse no zelo do espiritual. Rematou a oração batendo rijo nos senhores de engenho, vampiros que sugavam o melhor do sangue de tão grande reino, e viviam chafurdados no ouro com grande escândalo da religião, roubando ao grêmio da igreja um povo para o cativar.

No meio de uma peroração eloquente, desapareceu o P. Molina do púlpito como tinha aparecido, de improviso. A multidão de carolas e beatas precipitou para o consistório e ganhou as escadarias para esperar no seu caminho o pregador. Quando ele passou, toda aquela gente acotovelava- se na ânsia de primeiro beijar a borda do hábito do santo homem, ou tocar de perto o seu corpo milagroso. Naquele dia e nos seguintes não se conversou entre a gente miúda outra coisa além do sermão de Reis, e do miraculoso caso da mulher castigada pela praga do santo homem.

Desde então o P. Molina ficou em grande cheiro de santidade; e, como o senador romano nas dobras de sua toga, trazia o frade nas pregas da roupeta a paz ou guerra, para a cidade do Salvador. Quisesse ele, que do alto do púlpito concitaria às armas em favor de uma causa qualquer a arraia-miúda; mas o visitador era muito prudente para tentá-lo; bastava-lhe que essa convicção entrasse no espírito de seus adversários.

Capítulo XIII
O que havia no misterioso palanquim

Na confusão que operou o refluxo dos devotos correndo à sacristia para ver de perto o pregador, rareou a multidão em roda do misterioso palanquim, e ficou-lhe mesmo ao lado um espaço de laje descoberta.

Estácio, que não obstante os acidentes da festa, nunca desviara a atenção da cadeirinha, viu o dedozinho mimoso enfiar outra vez pela rótula, mas dessa vez bem longe de agitar-se, ficou imóvel, como apontando-lhe o lugar vago.

Ele obedeceu, e foi ajoelhar onde lhe ordenavam. Supôs achar-se então bem perto da pessoa que o chamara; e de feito através dos interstícios passava um hálito tépido e perfumado que bafejava-lhe a face esquerda.

Entretanto nada mais adiantava o cavalheiro, e já ia erguer-se, quando começou a ouvir um ligeiro e doce sussurro de rezas proferidas por uma voz maviosa, ainda tão baixo que não se percebiam palavras. Mas logo a fala subiu de tom, e disse claramente estas palavras:

— Esperança nossa... a vós bradamos... a vós suspiramos, gemendo e chorando, neste vale de lágrimas...

Estácio conheceu que a voz misteriosa rezava a Salve-Rainha, e tão compungida que às vezes excedia-se deixando perceber umas frases soltas e destacadas. Aplicando o ouvido para embeber-se daquela voz suave, qual não foi o seu pasmo ouvindo com um termo ainda mais claro e expressivo um trecho da oração assim invertido:

— Eia, pois, *advogado nosso!...*

A terminação das últimas palavras foi tão distinta, que Estácio não podia duvidar. Dela resultou sem dúvida o travar-se dentro da cadeirinha um diálogo, de que o moço só ouviu o murmúrio; depois voltou o silêncio; a doce voz que rezava emudecera.

Cogitando desse caso estranho, e confrontando-o com as circunstâncias anteriores do sinal por duas vezes repetido, e da última de modo tão positivo, o cavalheiro tirou de seus pensamentos esta convicção, que ali naquele misterioso palanquim estava uma moça oprimida de desgostos, a quem guardavam do mundo para mais reduzi-la de um amor condenado. Impedida pela vigilância da mãe de divulgar sua presença àquele a cujos olhos a roubavam, pensando roubá-la ao seu amor, usara do engenhoso expediente de emprestar da oração algumas palavras alusivas à sua posição. Essa moça, quem podia ser, senão Inesita? pensava Estácio palpitante; e acreditava que a Virgem Imaculada, a divina Mãe de Deus, cheia de graça, lá dos céus, de onde a contemplava sorrindo de bondade, perdoara à donzela aquele inocente pecado de seu puro amor, que perseguido na terra se abrigava à sombra de suas asas.

Era então meio-dia.

Terminara a cerimônia religiosa; ficava para a tarde a procissão, que devia rematar a festa da igreja, entrando à noite com as luminárias e vários artifícios de fogo, as danças e músicas de terreiro.

Dois pretos robustos, vestidos ao comum da peonagem, sem libré, suspenderam o palanquim aos ombros e saíram fora, caminho da Sé. Estácio, cada vez mais preso àquele enigma, o foi seguindo à distância, e com disfarce resolvido a ver onde entrava; na portaria, como parasse um instante para ver o lado que tomava, os dedos mimosos, já tão seus conhecidos e amigos, lhe acenaram um chamado, que ele bem compreendeu.

Logo que Estácio se dirigiu ao terreiro, Tiburcino, que não lhe tirava um instante a vista de cima, seguiu após, não diretamente, mas rodeando por longe, ora a uma, ora à outra banda. Esse jogo por mais bem concertado que fosse, não escapou à esperta da Joaninha, a quem não saíra da memória o olhar torvo e mau com que o carniceiro no começo da missa chocava a sua raiva no semblante do gentil cavalheiro. Ora, a mulatinha tinha suas razões para querer a Estácio, e não gostara disso; entretanto ainda supunha que o cenho do magarefe não passasse de vãs abafas, quando o nenhum caso que dela fez na saída, deixando-a para ir na pista do cavalheiro, lhe deu seriamente que pensar.

Voltou-se para Gil que a ladeava, e lhe segredou ao ouvido com açodamento:

— Apanha o cavalheiro quanto antes e avisa-o de que o seguem.

— O seguem a ele?... Mas quem?...

— Tanto basta que saiba, a fim de se ter em guarda.

— Renego eu de cachas!... Desembucha de uma vez, rapariga.

— Vai-te, que o não percas!... acudiu a alfeloeira vendo Estácio dobrar a esquina.

— Não haja cuidado, que em dois saltos o tenho filado!... Mas diz-me tu, Joaninha, quando hás de cumprir o prometido?...

— Qual prometido?

— Pois já te não lembra, da sexta-feira? Prometeste dizer uma coisa...

— Ah! sei já!... Mas para que, Gil, se tu, por meu mal, não a entendes!... É coisa que não se quer ensinada, mas que vem do coração sem a gente o querer, e brota como flor de rosa, que em a cortando mais copa e se enflora! Adivinha lá, se és capaz!...

E a mulatinha sumiu-se numa pirueta.

— Ai, a tonta da rapariga! gritou o pajem rindo às gargalhadas; e correndo na direção seguida por Estácio, passou por Tiburcino que ia adiante; nessa ocasião ouviu que chamavam:

— Psiu!... Psiu!... Tiburcino!... Ó cá!...

Era Joaninha que assim chamava o carniceiro; este reconhecendo-a estremeceu desde as entranhas até a ponta dos cabelos. Lançou ao cavalheiro um último olhar aferrado como arpéu, para a ele pregar-se; mas poder maior o acabava de soldar ao chão, que não havia forças a arredá-lo dali. Em pé, ofegante, olhos em Estácio, ouvido na mulatinha, ali ficou aperreado como um touro ao mourão. Sentia aproximar-se a alfeloeira, e seus músculos de aço afrouxavam como cordas bambas de um mastro roto, açoitando ao vento o madeiro.

Joaninha achegou-se, e com o seu modo mais gentil e a sua voz mais cariciosa falou-lhe:

— Onde ides assim, tão alheio, que não dais com a gente, Tiburcino? É muito mal feito, sabeis?...

— Se não vos tinha visto, Joaninha! respondeu o magarefe achatando-se no gosto de ouvir aquelas palavras. Pois há nada que me alheie em vos vendo!...

— Escusas não são respostas!... Pergunto-vos eu onde ides desse passo?...

— Sem rumo, se não é que algum me dais agora.

— Oh! que sim!... Vinde cá em meu seguimento! disse a mulatinha acenando-lhe com a mão travessa.

O magarefe deitou ainda uma vez os olhos para o fim da rua onde pouco havia que Estácio desaparecera, e arrancando um suspiro roufenho da peitada robusta, com ele se arrancou a si daquele lugar por um esforço grande, a modo que despedaçasse o rijo laço que o cingia ao poste. É que nesse instante lhe surdira na imaginação aquela imagem augusta e tremenda do P. Molina, que ele vira horas antes do alto do púlpito vibrar a cólera celeste. Fervilhou-lhe n'alma um calafrio; mas fechou os olhos e seguiu a mulatinha.

Entretanto Gil tinha alcançado o cavalheiro, e dera-lhe o aviso mandado; mas esse não vendo pessoa no caminho, tornou ao pajem com presteza:

— Quero-me só neste instante!... Ganha o diante àquele palanquim, e vê por onde toma!...

Não se fez repetir a ordem o brejeiro do pajem, que logo atinou com a tenção do amo. Esse continuou a seguir o palanquim; em par do postigo iam agora dois homens por banda, que se lhe juntaram ao passar o Largo da Sé. Tinham eles carapuça de rebuço, que lhes cobria quase o rosto inteiro, e reguingote comprido, por baixo do qual se descobria o jeito das armas, de que vinham forrados.

Quando a comitiva tomou para o lado da porta de São Bento, se alguma sombra de dúvida ainda anuviava a esperança de Estácio, dissipou-se, porque era aquele o caminho da casa de Inesita em Nazaré. Então no céu límpido da sua esperança lhe aparecia já de longe a deliciosa imagem da menina; como isso se fazia, ignorava-o ele, mas tinha fé em Deus e no seu amor. Nessa ocasião porém notou o cavalheiro que os acostados do palanquim se voltavam a miúdo para observá-lo, de certo por terem percebido que ele os seguia com tenção suspeita e não por acaso. Um deles encostara à grade a boca e logo após o ouvido, naturalmente para dizer alguma coisa e receber a resposta da pessoa que ia dentro no assento de honra.

Desse momento em diante parece que tomaram eles seu partido, pois não se voltavam já tão a miúdo como dantes, mas a espaços e com disfarce. Houve porém uma manobra que não passou desapercebida a Estácio; foi destacar-se um homem de cada banda, e ir-se deixando ficar atrás, coisa de duas braças dos outros. Ao mesmo tempo os dedos mimosos passaram pelas grades, e acenaram vivamente que se fosse. O cavalheiro sorriu e continuou sem dar mostra de ocupar-se com quem ia adiante.

Já avistavam a porta de São Bento, quando saiu-lhe da esquina de Santa Luzia o Doutor Vaz Caminha. O advogado vinha da casa de Dulce, mergulhado em profunda meditação; decerto passaria sem dar fé do cavalheiro, se não fosse o risco que correra de ser esbarrado pelo palanquim. Erguendo então a vista, viu a comitiva e mais longe descobriu mal, pela cansada vista, uma figura que lhe pareceu de Estácio. Foi direito e presto a ele.

— Ia mesmo por vós, Estácio? Careço de falar-vos!...

— Depois, mestre!... Agora não o poderei!... Esperai um instante aqui, enquanto torno.

O cavalheiro apressou o passo para desforrar o tempo perdido; o advogado, pressuroso de falar-lhe o mais breve, e conhecendo o que levava o afilhado assim de afogadilho, foi andando após na mesma direção, pensando que mais cedo se encontrariam quando voltasse ele de suas cavalarias amorosas.

O palanquim passara a porta oriental da cidade; ia agora pelo caminho do arrabalde bordado de arvoredo, e quase deserto a essa hora de meio-dia. Os dois acostados que se haviam distanciado pararam, e abrindo os reguingotes levaram mão do punho das espadas, em ordem de quem se prepara para a briga. Bem os compreendeu Estácio que se foi chegando, descuidado de seu, como se a coisa não fosse absolutamente com ele.

— Inda que mal pergunte; morais destas bandas? disse um dos tais.

Não se dando por ouvido, ia o moço avante, quando o taful sacando rápido da espada acrescentou:

— Já que não respondeis àquela língua, é de ver se também esta não na entendeis!

— Querem ver que o homem como perdeu a fala, também lhe afrouxou a

munheca? acudiu o outro espetando no chão a ponta da espada.
Estácio com efeito não se dava muita pressa de desembainhar. Tendo compreendido perfeitamente a manobra dos dois sequazes, que era, ou fazê-lo arripiar caminho, ou entretê-lo enquanto o palanquim se afastava, avaliou da força do obstáculo que se opunha ao seu intento; na ânsia de ver finar-se a esperança que o levava, lançou os olhos cheios d'alma ao misterioso postigo, como um adeus em despedida extrema. Mas que viram eles que assim vivos cintilaram?
Através da grade apareceu um objeto diminutíssimo, cujo não pôde divisar pela distância mais que um ponto alvo e um brilho de ouro; depois de curta demora caiu no chão, sem que o percebessem os homens do palanquim. Curiosos de observarem a briga dos outros, levavam a cabeça constantemente voltada, e passaram além, deixando após o objeto. Alguém mais afora Estácio bispou o acontecido; foi Gil, que a esse tempo ia por dentro do mata-pasto fronteiro ao postigo; e apenas o palanquim afastou-se caiu de salto sobre o objeto e escondeu-o no bolso do calção.
O ato da misteriosa dama do palanquim e o feito de Gil foram tão rápidos, que a ambos bastou o só olhar relanceado por Estácio enquanto ele recuava dois passos, para desembainhar a espada. Houve uma revolução no espírito do mancebo, pois o ferro já quase todo nu, deixou-o de novo cair na bainha, e disse voltando as costas aos mariolas surpresos:
— Ide-vos em paz, pobre gente; ganhastes bem o salário!...
Os tafuis embasbacados não tiveram que retorquir, pelo respeito que naturalmente punha neles aquele tom nobre e superior; viram imóveis o mancebo afastar-se em direção à cidade, e voltaram a reunir-se aos companheiros, não sem reparar se acaso tornava o moço a sua insistência de segui-los. Não viram eles porém que Estácio na primeira curva do caminho ganhara o arvoredo, e virando de rumo, fazia um rodeio para cortar o caminho à comitiva e encontrar-se com Gil, que de longe cantarolava um vilancete de sua invenção para dar-lhe sinal.
De feito a poucos passos apressados, dentre o mata-pasto surdiu o pajem com o riso nos lábios e o misterioso objeto na mão.
— Aí o tendes!... Vou-lhes no encalço!... Depois vos direi.
O cavalheiro, sem parar da batida em que ia, examinou o objeto. Era esse uma figurinha de ouro lavrado, como naquele tempo usavam trazer as damas, muitas e de vária feição, em molhos pendentes do bracelete, quais representavam emblemas de religião, armas e galanterias; quais, vultos de homens ou de animais de todas as castas. Aquele que Estácio examinava era imitação do cálix da Paixão e em torno dele estava atado um pedaço de finíssima holanda.
Que significava tudo isso?...
Era sem dúvida um enigma, que desafiava a perspicácia do inteligente cavalheiro. Desatando e abrindo a estreita tira de holanda, conheceu ele que a tinham rasgado da ponta de um lenço de fina lençaria, e descobriu ali

bordadas duas letras de marca — *E. P.* Que lhe enviava porém Inesita nestas duas iniciais de palavras ocultas, e nesse emblema arrancado ao seu bracelete? Eis o que não podia ele adivinhar, apesar dos esforços de imaginação gastos em fantasiar mil versões, cada uma mais absurda.
Então percebeu pelo estrupido dos pés, que a comitiva se afastava do caminho de Nazaré, tomando para o lado do Brejo. Foi um raio de luz, que fuzilou no espírito. Era Elvira de Paiva quem ali estava encerrada naquele palanquim; suas, as iniciais do lenço; naquele emblema do cálix, ela mostrava a sua aflição por conhecer a sorte de Cristóvão, de quem não sabia se vivo era ou morto. Estácio recordou-se das palavras da Salve-Rainha na igreja; só então compreendeu o seu verdadeiro alcance, e a delicada alusão que lhes dera a moça referindo-se à sua amizade por Cristóvão.
— Como serenar aquele mísero e triste coração?... interrogou o moço ao seu espírito.
E avançou mais rápido ainda. Chegou a tempo em que a comitiva parada à beira do fosso, esperava que abaixassem a ponte. Gil, adiante, no prolongamento do caminho, derrubava um ninho às pedradas.
Beirando o valo, entre o limo e as plantas rasteiras que cobriam a ribanceira, pareceu ao cavalheiro que resvalava ali imperceptivelmente uma forma de serpe, mas de grossura descomunal. Pouco reparo fez porém dessa circunstância: tinha então coisa que mais o preocupava.
Tocava o palanquim o terreiro da casa quando chegou ao cabo da ponte o cavalheiro. Os acostados de D. Luísa, que o viram com espanto aproximar-se, suspenderam a ponte ligeiros, cuidando que o moço queria atravessá-la. Mas outra era a sua tenção; elevando a voz de modo a ser ouvido distintamente, atirou aos mariolas estas palavras:
— Ficais marcados, tredos! Aquele que escapastes de assassinar está salvo e quase são, dos golpes que lhe destes à traição. Breve recebereis a vossa espórtula, miseráveis!
Aqui deu o cavalheiro mais forte entoação à voz:
— Portanto, estai alerta!...
O dedo de Elvira anunciou a Estácio que ela o compreendera. A cadeirinha entrou em casa; após Batista e os companheiros, a porta foi logo fechada; e aquela morada voltou ao encerro e tristeza, que lhe davam aspecto de claustro, ou melhor, de alguma dessas habitações legendárias que a crença popular tinha por mal-assombradas.
O cavalheiro voltou sobre os passos acompanhado pelo pajem:
— Vede, Senhor Estácio, a tamanha coruja!... Safa!... Cada olho que arregala!...
O rapazito apontava para a ramada embastida de uma grande árvore alto-copada. De feito entre a folharada percebia-se um vulto cujas formas não se podiam bem distinguir, já pela sombra que aí reinava, já pelo encolhido e abolado dos vários membros. Sim, viam-se perfeitamente dois redondos olhos negros, esbugalhados como carbúnculos, que luziam a instantes e logo cerravam-se preguiçosamente com a sonolência diurna própria das aves de

rapina.
Da primeira inspeção aquela coruja figurou-se ao cavalheiro irmã da cobra que pouco antes vira deslizar à beira do fosso; e uma, como outra, lhe pareceu suspeita. Mas ele tinha outra coisa em que pensar, e nada havia naquele acidente que lhe excitasse a atenção. Prosseguiu à busca de Vaz Caminha, que devia estar farto de esperar. Encontrou-o logo adiante, ainda no arrabalde, sentado à borda do caminho, num cômoro de relva.
O advogado, com as perninhas cruzadas sobre a cana e o queixo apoiado no polegar, tirava afinal as provas à larga meditação, e ruminava um plano, que o ocupava desde Ano-Bom.
— Aqui me tendes, mestre!... Escusai se vos fiz esperar.
— Nada fez ao caso senão bem, pois destes-me tempo de amadurecer melhor o fruto da cogitação. Fazia de conta ir a vossa casa; mas já que vos encontrei, aproveite-se a ocasião, mesmo porque qualquer demora seria nociva.
— Quereis que fiquemos aqui?
— Busquemos lugar mais descampado e nu de arvoredo, onde se não possam esconder ouças curiosas.
Desviando à direita, acharam sítio conveniente numa crista do outeiro coberta apenas de raro capim; sentaram-se ambos, voltando o rosto ao mar, e discorrendo com os olhos a baía que se desdobrava embaixo como um tapete de veludo azul recamado de estrelas de ouro e flores de prata.
— Antes que tudo, domingo é o dia em que partireis para São Sebastião.
— Domingo?... Por que navio?...
— Agora o sabereis. Essa dificuldade foi a primeira que se me antolhou. Nem podíeis esperar que houvesse embarcação para aquele porto; nem por terra era a viagem para tentar sem grande comitiva e maior demora. Então acudiu-me uma boa ideia, e sobre ela concertei o plano da vossa ida. Falastes-me de um canoeiro por nome Esteves; se me não engano?... É rapaz seguro, em quem se confie?
— Estou que ele fará por meu respeito quanto puder!
— Outro ponto. Tendes à mão um homem decidido, que vos acompanhe nesta empresa?...
— Quanto a isso, ninguém! O único amigo meu, além de não ser para coisa desse jaez, não o poderia agora, pois a enfermidade o tem de cama.
— Para o que é não se carece amigo; basta que seja homem de prol e resoluto. Essa parte deixei ao vosso cuidado, como mais entendido em coisas de esforço e contenda, do que um velho podão que saiu dos cueiros para o enfronharem na garnacha. Buscai o vosso homem; tendes para isso dois dias; o soldo que for convencionado fica à minha conta.
— É o que faltava, privar-vos do vosso em proveito alheio. Não bastam já os cuidados que vos dou?
— Eis o que, se já não é, frisa com a ingratidão, filho. Pois vós, Estácio, me sois alheio, vós que eu trouxe nestes braços nunca abertos a outra alguma

criança!... Que terá então o pobre velho de seu e próprio, se o que mais dentro d'alma tem, assim o renega e se põe fora dele?...

— Basta, basta, mestre, não há fugir à vossa bondade, bem vejo, sem magoar-vos no íntimo. De resto toda a razão está de vossa parte; disponde de mim como de coisa muito vossa!

— Ora bem! Na véspera há de ficar dentro da canoa a porção de mantimentos que eu tenho em casa já ordenada, e foi comprada aos poucos para não dar rebate. Ao domingo, quando forem três da tarde, o Esteves tomando o outro que assoldardes, irá em ares de pescaria postar-se fronteiro à barra.

— Enquanto isso, que farei eu, mestre? Por que me deixais em terra, se é força que parta?...

— Não vos deixo tal, pois muito antes, por manhã, dita a missa da Sé, iremos ambos com mestre Bartolomeu Pires à sua Ilha da Maré, para onde nos convidou com uma peixada, a cujo efeito terá na Ribeira disposto um barco, dos muitos que possui. Uma vez lá, escolhereis entre esses o que melhor vos parecer para a empresa. Quando formos na volta da tarde, que o sol comece a descambar, aventarei a ideia de um passeio sobre a água. Irei eu de companhia com o Bartolomeu em um barco, e vós no tal que escolherdes com vosso pajem. A monção agora é boa, tomareis o leme e...

— O resto compreendo. Faço-me de vela, e vou mar em fora, rumo de São Sebastião. Ao passar por Esteves, tomo-o a ele e ao outro a meu bordo com o mantimento. Se os remeiros resistirem, há à cinta um meio de dobrar as vontades rebeldes. Só um ponto não o entendo eu.

— O como tomareis o mantimento sem logo excitar suspeitas?... O Esteves, bem industriado, vos bradará socorro, por lhe ter aparecido um rombo na canoa.

— É coisa de maior alcance. O barco não nos pertence. É honesto que nos apossemos dele assim?

— Seu dono terá o preço dele logo que fordes partido; e longe de perder, ganhará um barco novo pelo seu usado. Devíeis conhecer-me, Estácio, para saber que não sou homem que vos mande à restauração da honra de vosso pai, fazendo tapete da vossa!

— Pois agora, sou eu que vos digo, mestre, que não tendes autoridade para culpar os melindres da probidade e honra daquele em quem tão cedo as semeastes n'alma! Se não fosse isto e conhecer eu a rigidez com que versais no dever, deixaria que prosseguísseis embora e sem reparo meu.

— Que isso não vos amofine com vosso velho amigo, Estácio. São águas passadas! Assim pois navegareis em barco não alheio, mas vosso, porque do momento em que nele puserdes pé, já terá mestre Bartolomeu na gaveta o seu preço, por ele mesmo estipulado.

— E podeis vós com tão avultados gastos?

— Não vos dê isso cuidado: tenho juntas algumas economias, e veio-me ultimamente um subsídio grosso. Contar-vos-ei tudo na volta. Quando

estiverdes em posses de pagar-me estes avanços, então vos farei as contas.
Estácio travou das mãos do velho e beijou-as com efusão uma e muitas vezes. O advogado sem fazer reparo se recolhera de novo:

— Agora, mais do que nunca, Estácio, é necessária a maior discrição e prudência nesta empresa. Não vos poderei relatar quanto hei cogitado estes dias passados, e quantos pensamentos baralhei na mente; basta que vos dê a suma para vosso governo.

Insensivelmente o advogado baixou a voz como se chegasse ao ponto mais grave.

— Suspeito que vosso segredo já foi sabido em Europa. Perdido o fio ao roteiro das minas de prata, talvez fosse ele de novo achado ao cabo de tantos anos, e acordasse a feroz cobiça que já anteriormente havia acendido.

— Donde sabeis isso? perguntou Estácio em sobressalto.

— Não o sei, não. Suspeito, filho.

— Mas em que fundais vossas suspeitas, mestre?

— Eis o difícil. Perguntai ao galgo que fareja a lebre, por que lhe segue à pista sem a ver e sem a ouvir. Pois o espírito também tem seu faro; vede se o meu é de bom caçador.

— Isso sei-o eu já de outras vezes.

— Atendei. D. Francisco de Sousa, o mesmo que veio com vosso pai trazendo prometido o título de marquês, vem agora provido no governo do Sul, para esse efeito separado, quando há anos o uniam para dá-lo ao mesmo. São já conhecidos os extraordinários poderes que traz, nunca até aqui transmitidos a nenhum outro. Essa notícia, que vos há de lembrar, chegou pouco depois que me mostrastes a carta de D. Diogo; foi o primeiro vento que me veio. No mesmo navio sabeis que chegou um padre das Espanhas.

— O P. Gusmão de Molina, que hoje pregou no Colégio?

— Vistes que homem de engenho é, e podeis avaliar do que não será capaz! Mas uma coisa ignorais, porque ainda sois moço e apenas entrado no mundo. Não há neste século em canto algum da terra empresa grande que a Companhia não cometa ousadamente; nem segredo oculto que ela não fareje. É terrível poder, Estácio, que se insinua por toda a parte, pelos palácios e choupanas, como pelas consciências. Se El-Rei soube da existência do roteiro e mandou para esse fim D. Francisco de Sousa, quase posso assegurar que os jesuítas o souberam.

— Sem dúvida, pois são seus confessores.

— Ora, basta olhar esse P. Molina, para conhecer logo que é ele homem de esfera superior; e quem sabe como na Companhia são certos em aferir o quilate aos homens, juraria que ocupa ele cargo eminente. Foi esse o efeito que produziu em mim, ainda mais pela aparente humildade com que procura disfarçar o real merecimento.

— Também a mim, quando me despedi dos padres, me pareceu de elevada categoria pelo seu aspecto, tanto como pelo respeito que lhe mostravam todos.

— Folgo de vosso juízo combinar com o meu. Que veio fazer ao Brasil este religioso na presente quadra? Para coisa de vulto veio ele, não há duvidar; qual ela seja, suspeito. Além da coincidência de sua partida quase pelo tempo de D. Francisco de Sousa, acrescem duas circunstâncias, que ides ponderar. Sabeis que foi ele a vossa casa na sexta-feira seguinte a Ano-Bom?
— Não, mestre; a que iria ele?
— Vossa tia nada vos disse?
— Nada absolutamente.
— Pois lá foi, que de lá o vi sair eu; e entrando depois, também vossa tia nada me disse, e nem eu lhe perguntei. No outro dia, quando fui ao Colégio pedir vênia ao provincial para vos retirar das aulas, sob o pretexto de vos propordes à milícia, lá estava o P. Molina e não lhe sofreu que não tomasse a mão ao prelado, e esgotou a sua lógica para que vos deixasse cursar as aulas até os vinte anos pelo menos. Era informado, dizia ele, da boa disposição que mostráveis para as letras; e doía-lhe no fundo d'alma ver cortar a flor de tão belo talento. Enfim tais e tantas razões produziu, que me fizeram quase esquecer o vosso segredo.
— Sem dúvida isso mostra que há da parte dele alguma coisa relativa a mim. Esse fato de ir à casa logo no dia seguinte, a prática secreta com minha tia e a insistência para me conservar como estudante da Companhia!...
— Enfim, hoje, Estácio, soube de uma circunstância, que não tendo nenhuma referência ao vosso negócio, foi como uma luz que iluminou meu pensamento. É segredo alheio, não vos posso confiar: também pouco vos importa ele. Guardai somente isto que vos digo: o P. Molina fareja o roteiro das minas.
— Credes então que ele ainda não lhe achou a pista?...
— Sim, porque do contrário iria direito ao Rio de Janeiro, como D. Francisco de Sousa. Salvo se confiado no avanço que traz ao governador, quisesse tocar à Bahia para assegurar-se a vosso respeito. Seja como for, estai de sobreaviso. Escuso prevenir-vos que não vos deis por achado com a sonsa da D. Mência.
O advogado ergueu-se, pondo-se a caminho para a cidade:
— Como vão os cuidados? perguntou ele sorrindo.
— Nada mais, além do que sabeis!... disse o moço enrubescendo. Depois da certeza que tive de ser o meu amor aceito e respondido, apesar de infeliz, não me foi possível mais nada obter.
— E aquela cadeirinha misteriosa! Nada lobrigastes pela rótula?...
— Não era quem pensava.
— Bom; voltareis de São Sebastião com a chave mágica para abrir o palácio encantado de vossa princesa!...
— Se antes outro mais feliz não a tiver aberto com chave de ouro.
— Isso vos asseguro que não! Tendes fé em vosso velho amigo?
— Tenho fé que, eu vivo, D. Fernando de Ataíde não casará com ela!
E o moço desapareceu brusco.

Capítulo XIV
Como a bengala bem manejada pode mais que muitas espadas

Vem rompendo a manhã.

As alvoradas de corneta na guarda de palácio derramam longe pelo silêncio de ermo os clangores estridentes; além responde por todos os pontos da cidade o grito vibrante do galo, saudando os primeiros albores do dia.

A essa hora matutina, rompiam as sombras pardacentas do crepúsculo, com passo ágil, Estácio e seu pajem. Iam eles já no alto de São Bento, quando o primeiro raio da manhã toucou a grimpa dos montes. O céu estava do mais puro azul, o sol, de ouro fino; o mar desdobrava-se aos pés da cidade como a túnica azul da sultana, que a despiu ao deitar-se sobre o divã de suas verdes montanhas.

Uma brisa fresca, saturada de suaves aromas, crepitava pelas palmas dos coqueiros, e coava sussurrante entre a espessa folhagem das jaqueiras em flor. De momento a momento troavam como salvas de canhão em distância, as ondas alterosas que arrebentavam nas areias ao longo da Praia da Vitória. As aves atitavam; e um pescador de Itaparica que madrugara, mandava uns ecos remotos de seu descante matutino.

Súbito atravessou esse concerto o grito vibrante da saracura que repercutiu ao longe. O mancebo não deu nenhuma atenção a esse incidente, muito natural naquelas paragens; se ele estivesse menos preocupado, havia de reparar por certo que o grito era mais forte e sustido do que a ave costuma. Menos ainda reparou ele que o seguia um vulto cauteloso, no qual o nosso esperto Gil cuidou reconhecer a forte corporatura do magarefe Tiburcino; ainda que reparasse porém, não havia nisso motivo para desconfiança, pois o curral e açougue do conselho ficavam para aquelas bandas.

Ao confrontar com o mosteiro, avistaram adiante no caminho o burel de um beneditino, que percebendo-os, aligeirou o passo miúdo. Era decerto algum zeloso frade que ia à cura das almas para aquelas bandas, e bem pressuroso de aproveitar a sua madrugada, pois em breve desapareceu por entre as árvores, deixando livre o caminho.

À direita erguia-se o Forte de São Tiago e mais longe a Igreja da Vitória, a primeira matriz da antiga cidade que assentara Pereira Coutinho na falda sul da montanha. O povo chamava então esse lugar indistintamente ou Vila Velha, ou Povoação do Pereira, em memória do primeiro donatário.

Breve assomou por diante a graciosa Ermida de N. S. da Graça, fundada por Catarina Álvares, e por ela doada aos Beneditinos, que ali tinham seu hospício; à parte, um tanto arredadas, viam-se umas casas da morada de Diogo Álvares, o Caramuru, que aí habitara até o ano de 1557, em que falecera, deixando nobre e numerosa descendência, tronco de muitas das principais famílias da Bahia.

Estácio, revendo aqueles lugares, onde seus olhos penetravam-se das recordações estampadas na face daqueles edifícios, e seu pé revolvia no pó da terra a cinza de um passado morto, sentia que o entrava uma tristeza grande. Também ele, pobre, decaído, proscrito da sua casa, provinha da estirpe ilustre dos primeiros senhores da Bahia; seus pais tinham o sangue de Diogo Álvares, e haviam herdado dos seus muitos haveres uma parte, que sua diligência própria aumentara. Mas tudo, a fatalidade dissipara com um sopro devastador, deixando a Estácio por única herança a vergonha e miséria.

A numerosa descendência do Caramuru povoava a Bahia e o Recôncavo, onde tinham nobres casarias com muitas alfaias e trem de criados e cavalos, e engenhos famosos com grandes fábricas ou granjearias arrendados em mil arrobas de açúcar por ano. Alguns netos seus ocupavam cargos importantes na governança do Estado; e viviam todos à lei da grandeza. Entretanto no meio de tantos de seu sangue, Estácio não tinha parentes, era só e sem mais família do que a tia materna, em companhia de quem morava. Os seus nem o conheciam; uma condenação póstuma quebrara os laços que o prendiam a eles, e o tornara estranho na terra de seus pais.

Lembrou-se o mancebo de Vaz Caminha e Cristóvão.

— Oh! não! murmurou dentro a voz do coração: não devo ser ingrato a Deus! Em troca deu-me ele um pai e um irmão!...

A poética Ermida de Nossa Senhora da Graça já estava aberta; o sacristão varria o pavimento. Pelas altas ogivas mal penetravam algumas tênues réstias da suave claridade da manhã, que batendo contra a parede branca, espargia-se em borrifos de luz pelo âmbito da capela. Estácio viu um frade bento sair de uma vereda lateral e entrar na igreja. Pelo trote miúdo e o rochonchudo do corpo pareceu-lhe o mesmo que encontrara na altura do mosteiro.

— Quando avistares um cavalheiro vindo para estas bandas, avisar-me-ás, Gil.

— O mesmo a quem levei antes de ontem o cartel?

— O mesmo!

Estácio entrou na ermida e foi ajoelhar ao pé do altar. Depois da oração parou em face de uma catacumba principal construída no centro da capela. Aí recostado na espada, com a fronte acurvada ao peso das ideias que turbilhonavam no cérebro, e os olhos fixos na rubrica negra da lousa, ficou imóvel e alheio de si.

O epitáfio, que ainda hoje se lê naquela ermida, rezava assim:

Sepultura de D. Catarina Álvares, senhora desta Capitania da Bahia, a qual ela e seu marido Diogo Álvares Correia, natural de Viana, deram aos Senhores Reis de Portugal.

Fez e deu esta capela ao Patriarca São Bento.

Ano de 1582.

Lendo o epitáfio gravado na lousa, Estácio proferiu estas palavras:
— Vós, nobre e intrépida senhora, que combatíeis com brios de cavalheiro e esforço de homem ao lado do esposo, não renegais vosso sangue, como o renegam os que dele gerastes na terra. Se na mansão dos justos, que habitais, doem à vossa alma bem-aventurada o infortúnio e injustiça que tudo me roubou, fazenda e estado, família e casa, em reparação de quanto perdi, aqui vos peço, virtuosa senhora, uma só mercê: "Intercedei com a vossa divina protetora, Nossa Senhora da Graça, para que da graça sua infinita, derrame uma lágrima sobre este amor ardente que acendeu em mim o mais puro dos seus anjos na terra!..."
O mancebo tirou a espada da bainha e a colocou nua sobre a campa dos progenitores de sua família:
— Sejam pois vossas cinzas que sagrem este ferro, e o abençoem do céu vossos olhos, senhora; ele é virgem de sangue, e eu vos juro que sempre o será de sangue inocente! Nunca o empunharei senão em prol de uma causa justa!
Depois de uma pausa:
— A espada de meu pai, bem sabeis, a despedaçou a mão do algoz sobre as suas cinzas ainda quentes; nem essa herança me deixaram; até um canto deste chão, onde repousasse vosso descendente, lhe recusaram!
O pensamento do cavalheiro depois dessa invocação enleou-se nas ideias que suscitava o próximo combate. A cena que ia representar-se desenhava-se como presente a seus olhos: via D. Fernando em face dele, as espadas cintilando no ar e esgrimindo com fúria; depois o adversário prostrado a seus pés. Então punha-lhe o ferro à gorja, e arrancava-lhe a preço da vida o juramento de renunciar para sempre à mão de Inesita.
Mas se D. Fernando recusasse e preferisse a morte ao juramento, que faria ele? Cravaria o ferro no peito do rival, e estancaria dali com o sangue, o veneno do seu funesto amor pela filha de Aguilar? Deixá-lo-ia, com vida, esperando de sua gratidão o que os brios do cavalheiro recusassem à ameaça?
Estácio sabia já quanto vale a gratidão; mas também essa ideia de matar um homem, embora em combate leal, assim encarada friamente, lhe repugnava:
— Tenho eu o direito de matá-lo, a ele, instrumento apenas daqueles que não se importam de cortar-me em flor a vida?... Se morto, não se realizarem as esperanças minhas, e D. Francisco repelir-me por indigno de sua aliança, esta morte não pesará na minha consciência como um remorso?
O espírito do moço afundou-se na meditação dessa ideia; afinal ergueu a fronte com energia:
— Não!... não o matarei!... As vestes cândidas do santo amor nosso, Inesita, não as borrifarei de sangue, seja ele de um inimigo!... Imaculadas, como vossa alma, servirão de mortalha aos nossos corações, se Deus não permitir que nos sirvam de véus nupciais!

Depois, ofuscada a fronte como nuvem sombria, onde afuzila um raio, murmurou:
— Só o mataria, se... Mas é impossível: Inesita jurou! Dela só lhe pertencerá o despojo terrestre!...
Nesse instante o cavalheiro voltou-se, ouvindo Gil que o chamava da porta; e saiu logo. Ao mesmo tempo a cabeça do frade bento que o estava espreitando do vão de uma porta, sumiu-se dali e foi aparecer à janela da sacristia, donde podia ver o que passava no pátio da igreja. O reverendo estremeceu reconhecendo ao longe, no caminho, D. Fernando de Ataíde que apressado se encaminhava para ali, seguido por um pajem.
Também Estácio saindo fora, reconhecera seu adversário; e deixando-o que chegasse ao terreiro, foi dirigindo-se para as bandas do mar, com passos lentos e medidos de modo que visse o outro a direção que tomava e o seguisse. Conhecendo que fora compreendido, internou-se pelo arvoredo. Havia ali um grupo de aroeiras seculares, que sobrepujavam de muito na altura o outro mato próximo, e por isso facilmente se distinguiam. À sombra das árvores frondosas, o chão era limpo e plano como o de uma sala d'armas; os troncos em conveniente distância não estorvariam os movimentos dos campeões. O cavalheiro circulou com o olhar o recinto fechado em torno pela vegetação, e tirando a espada, experimentou outra vez a flexibilidade da folha:
— Não o viste seguir-me, Gil?
— Oh! se vi! Mas ele que não aparece...
— Talvez se desviasse... Vai encaminhá-lo.
— Ei-lo!
As folhas secas rugiram; mas em vez de D. Fernando de Ataíde, foram cinco soldados da guarda do governador, tendo à sua frente o Capitão Manuel de Melo, que apareceram de repente, saindo do mato. O oficial avançou para o cavalheiro, procurando deitar-lhe a mão:
— De ordem do sr. governador vos prendo e intimo como réu de desafio!
Estácio recuou de um salto, e pondo-se em guarda exclamou:
— Quem me tocar, é homem morto!
— Toda resistência é escusada. Olhai em volta! Rendei-vos antes que ser rendido!
Volvendo o olhar, viu o moço que o capitão dizia a verdade. Atrás surgira outra linha de cinco soldados, que estendendo-se como a primeira em semicírculo, fazia completo o cerco. A resistência de feito era loucura.
— Embora! Morrerei, e comigo alguns dos que aí estão. Antes, porém, em presença de todos vós que me ouvis, soldados valentes, declaro alto e bom som, e vos rogo de repetir por cem bocas, que D. Fernando de Ataíde é três vezes infame!...
O moço encostou-se ao tronco da árvore:
— Agora, senhores, ao vosso dispor.
D. Fernando de Ataíde surgiu nesse instante, pálido de cólera; e após ele a

figura encapuzada do frade bento, que procurava retê-lo pelo manto.
— Esperai um instante, senhores! Este homem acaba de insultar-me em vossa presença; ele me pertence antes que a vós!
— Este homem está preso à ordem do senhor governador e sob minha guarda. Ninguém lhe deitará a mão! acudiu o capitão.
— Eu dou-me em refém e penhor de sua pessoa. Uma hora somente, capitão!
— Impossível, Sr. D. Fernando.
— Não prezais a vossa honra, Sr. Manuel de Melo!
— Provar-vos-ei em outra ocasião; agora defendo a minha honra de soldado; cumpro as ordens.
— Neste caso, senhores, tereis de haver-vos também comigo!
D. Fernando saltando no meio do círculo, postou-se ao lado de Estácio:
— Venho ajudar-vos a salvar a vossa liberdade, para poder dizer-vos então em face que mentistes!
A um sinal do capitão, os soldados iam precipitar-se sobre os dois campeões, quando mais um personagem entrou em cena. Era o nosso estimável amigo João Fogaça, mui digno capitão de mato:
— Alto lá, gente!... disse ele para os soldados, avançando em duas pernadas. Isso não vai assim, como cuidais. Sr. capitão, vosso servo: que estejais muito bom, é o que se quer. Que buscais aqui, homens? Arredai-vos, que não estou agora de veia para aturar-vos. Um pouco de paciência: não vos espinheis! Aqui estão dois cavalheiros decidindo um negócio de honra. Vós pretendeis que o senhor governador reclama por um; aqui entre nós, capitão, não vos parece que a justiça de Deus deve passar antes da justiça de El-Rei!... Andai; abri campo aos adversários, é o que de melhor tendes a fazer!
— Soldados, gritou o capitão, enxotai-me este malandrim!...
João Fogaça soltou então uma gargalhada estrepitosa, que reboou ao longe pelas praias, uma perfeita gargalhada homérica; e mostrou em volta ao capitão a crítica situação em que de repente se achavam os seus soldados. Por trás de cada um, ao som da risada do capitão de mato, surgira um índio que se precipitara sobre, e como uma cadeia de aço arrochara seu homem pelos peitos, tolhendo-lhe o movimento dos braços e do corpo. Pareciam estafermos atados ao poste.
— Enchei agora a boca de vossos soldados, capitão!...
— Sua Senhoria será sabedor!
— Por certo; porque eu mesmo lhe direi, quando levar-lhe presa a palácio a sua guarda, convosco em frente!
— Tomo-vos por testemunhas que cedo à força!
— E eu, ministro da religião e da paz, em nome do meu santo ministério, advirto que esta terra que pertence à N. S. da Graça, quem a ensopar de sangue...
— Calai-vos daí, reverendo! Ide à vossa missa; e vós, capitão, chegai-vos a mim para dar lugar aos campeões. Eia, senhores, em guarda!
Os dois mancebos afastaram-se tomando campo, e cruzaram o ferro; mas

ainda um obstáculo surdiu, com uma nova personagem, que interrompeu a cena. O advogado Vaz Caminha, deitando alma pela boca, chegou a toda a pressa, e erguendo a bengala interpôs-se entre os dois combatentes:

— Que dunguinha é este agora? perguntou o capitão de mato rindo e adiantando-se para safar o advogado.

Mas ante o velho, Estácio abaixara a espada, curvando a fronte com pejo.

— Filho, disse o advogado, em nome de vossa mãe, que dorme aqui perto, e a quem respondo pela vossa felicidade; em nome do amor que vos tenho, e do bem que vos desejo; filho, eu vos ordeno. Entregai-me esta espada!... Rendei-a!...

— Aqui a tendes, mestre; mas eu insultei este homem; ele tem o direito de matar-me.

O velho voltou-se para D. Fernando:

— Eu vos respondo, senhor, pela sua pessoa quando o exigirdes para desafronta vossa.

Fernando ia replicar; eis que de repente surge de entre o mato o vulto do magarefe; arremete ao fidalgo, e fechando-o nos braços robustos, o arrebatou da cena, como um abutre à presa.

O primeiro sentimento causado pelo incidente foi o da surpresa; mas logo voltaram à anterior preocupação.

Vaz Caminha voltou-se para Estácio:

— A espada que me rendeste, filho, rendo-a eu àquele de quem a houveste para defesa da religião e da pátria. A El-Rei por quem a reclama a gente de seu serviço.

Vaz Caminha vendo afastar-se o mancebo de um modo tão ab-rupto, suspeitou que ele escondia-lhe algum segredo, e esquivara-se com receio de denunciar-se.

Qual era o segredo, não podia atinar de repente; porém esperava mais tarde deslindá-lo.

Para saber o projeto que Estácio formara às ocultas de Vaz Caminha, cuja oposição receava, é mister remontarmos ao dia dois de janeiro, que seguiu-se às festas do Ano-Bom.

É de lembrar o que Joaninha fizera na casa de D. Francisco e como de lá voltara sexta-feira. Logo que se pôde desvencilhar do alferes, a faceira mulatinha correu direito à Fonte do Gravatá, para onde emprazara o pajem. Meio-dia era já passado, muito havia; e ela receava que Gil, aborrecido de esperar, se fosse a casa. Mas de longe ainda avistou-o escanchado num galho de cajueiro, a balançar-se.

Ao descobrir a mulatinha tocou a terra num pulo, e achou-se logo junto dela.

— Então, Joaninha!

— Ai, Gil!... Deixai que tome fôlego!... Não vistes em que batida vim eu!

— É que também não me tenho em mim de saber!

— Vinha com medo de já não te encontrar.

— Que dizes, rapariga?... Daqui não arredava pé sem que chegasses, inda que

entrasse a noite!... Mas fala afinal!... Já deves estar descansada.
— Jesus!... Que pressa!... Queres esperar, trapalhão?
— Queres falar, dengosa?... Acaba de uma vez, senão faço-te cócegas.
— És capaz!... disse Joaninha dando para ele um passo provocador.
Gil botou-se a ela, e daí a pouco não se ouviam senão risadinhas e gritos de alegria; afinal cessou o folguedo, e o pajem ameaçou de ir-se zangado se não lhe desse Joaninha as novas para as levar a Estácio. A mulatinha respondeu que as novas eram boas, mas deviam ser levadas por ela própria ao cavalheiro.
— Pois então, um passo adiante, dobrado marcha!... gritou o pajem mandando a manobra e atirando ao ar com entusiasmo o barrete! Viva a doninha! Viva!...
— Alto lá, mestre Gil. E o prometido?
— Ai, começas com histórias! Que prometido?
— De beijares... És assim esquecido?
— Mas é que sim! Pois anda lá, acaba com isto! Onde queres que beije eu?... Se é zombaria, não arrisques!
— É sério!
— Pois dize, que já me está isso aborrecendo!
Joaninha estremeceu; o seu colo flexível chegou a inclinar docemente como a haste de uma flor para debruçar o róseo seio; uma chama sutil subiu do seu peito e envolveu o gracioso semblante. Mas como as flores, que cerram com a chuva, a florescência do seu rosto dissipou-se de repente. O tédio que se pintava no rosto petulante do pajem produzira esse efeito mágico.
— Não, Gil, depois eu te direi!... Ou talvez nunca!... murmurou a mulatinha tragando um suspiro, e caminhando rápida para a cidade.
O pajem, prevendo que seu amo estaria em casa de Mariquinhas, levou-a daquele lado. Estácio ressuscitou para o seu amor, recebendo o que lhe trouxe Joaninha. Era o listão de cetim onde a mão de Inesita tinha alinhavado em ponto de marca as letras desta única palavra: — Vivei. Beijou nessa prenda não só o objeto que tinha tocado as mãos mimosas da menina, como o símbolo de sua salvação.
— O resto, sr. cavalheiro, é triste; mas não vos devo ocultar, acudiu Joaninha.
— Não; é preciso que eu saiba tudo!
— Ela foi prometida por seu pai a D. Fernando.
— Já o sabia desde ontem.
— E vos manda dizer que a vontade do pai se cumprirá, assim como seu fado dela, que já a prometeu à terra fria!...
— Dizeis que é triste?... Maior consolo e alegria não podia mandar aquele anjo do céu às tristezas de minha alma. Deus vos pague, Joaninha, e vos dê em dobro o bem que me fizestes!...
Estácio, ficando só, entrou em si e perscrutou o íntimo de seu coração. Havia ali, desde a conversa que tivera com Vaz Caminha naquela manhã, um pensamento que minava surdamente, cevando-se nas dores e angústias de

que estava ele cheio. Agora com a certeza de que Inesita o amava, quando a luz penetrara de novo nas trevas do seu espírito, aquele pensamento soturno nutrido na dor, longe de se dissipar, tornava-se mais vigoroso e obstinado, a ponto de concentrar em si toda a atenção do cavalheiro.
O moço meditou-o muito esse e os dias seguintes: afinal chegou à resolução sobre que imediatamente conversou com Cristóvão.
— Inesita me ama: bem sei que muitos obstáculos nos separam, mas conto vencê-los com tempo e ânimo. Só um me afronta agora, que é D. Fernando. É preciso afastá-lo ou destruí-lo.
— Eu não hesitaria! disse Cristóvão.
— Essa ideia acudiu-me há dias conversando com meu padrinho e mestre; a certeza de que Inesita me amava a corroborou, contudo não quis levá-lo a efeito sem a ponderar muito. Agora que tenho o vosso aviso, é tempo de obrar.
— Ainda não. Esse casamento não urge; e seria para mim grande pesar não assistir-vos nessa ocasião. Esperai que me possa erguer desta cama malfadada!
— Também a mim, deveis pensar, de quanto conforto e segurança não seria sentir-vos a meu lado em tal circunstância. Mas o negócio urge mais do que supondes; qualquer dia posso ser obrigado a sair da Bahia por motivo que a seu tempo vos direi. Se não quiser que me surpreenda a necessidade!...
— É ela tão forte, essa necessidade de sairdes da Bahia, que a não possais adiar por dois dias?
— Tão imperiosa, que não declinaria dela nem uma hora; menos um dia.
— Já não vos oponho nada; mas fica-me um grande pesar.
— Não menos a mim; crede-me, Cristóvão.
Escreveu então Estácio o cartel de desafio, que nesse mesmo dia recebeu Fernando, sem saber de onde lhe vinha. Gil, incumbido da entrega, o introduzira sorrateiramente na cinta do fidalgo, quando esse montava a cavalo para ir a Nazaré ver Inesita.
O moço esperou tranquilo e resignado a manhã do desafio. Sabia que D. Fernando era homem de brios, e havia de responder dignamente ao repto que lhe era feito. Quanto ao resultado do combate, aguardava-o de ânimo sereno. Se morresse, cumprido estava o seu destino na terra; deixaria o mundo, santificado pelo amor de Inesita, e iria esperar a esposa no céu. Mas ele tinha plena confiança em sua espada e fé robusta no juízo de Deus, para o qual apelara da iniquidade dos homens. Contava infalível a vitória.
Nenhuma ideia fúnebre veio pois associar-se aos seus pensamentos nas horas que precederam o momento decisivo. Ao contrário, com a certeza de que esse primeiro e cruel transe do seu amor ia ter breve uma solução, seus espíritos serenaram, e uma doce esperança perfumou a melancólica expressão de seu semblante. Como sucede às almas de rija têmpera, Estácio sabia esperar.
No dia de Reis, ao deixar Vaz Caminha, o mancebo dirigiu-se para as bandas

da Sé. Na Rua dos Mercadores, quase à esquina, havia uma loja de armeiro, mister de primeira necessidade em qualquer povoado ou vila, quanto mais na cidade capital do Estado do Brasil.

Um homem de forte musculatura, com avental de couro e manopla de camurça, estava ocupado em limpar e polir uma couraça.

— Mantenha-vos Deus, mestre Aleixo Garro!

— Para vos servir, senhor estudante.

— Trouxeram-vos ontem por tarde uma porção d'armas?

— Vinha de vossa parte?... Quatro partasanas, duas couras, um arnês completo, e mais umas pontas de lança...

— Creio que sim.

— Quereis então que vos corrija e guarneça tudo?

— Não, mestre, falta-me moeda para vos pagar! Se mandei-vos essa ferragem velha que lá andava por casa rolando do tempo de meu falecido avô, foi para vos propor um escambo!

— Que haveis de querer em troca?

— A vossa melhor espada, em primeiro lugar.

— Vede, se vos praz, ali daquela banda, na última fileira... Achareis coisa de vosso gosto!

Estácio examinou a linha de armas suspensas à parede, e depois de breve hesitação fixou como entendido a sua escolha.

— Esta me serviria! disse vergando a lâmina bem temperada de uma excelente espada.

— Andai lá! Não sois peco!... Vosso parente, o alcaide-mor, ficou enamorado dela.

— E por que não a feirou ele?

— Ai, Deus! Se D. Álvaro fosse a arrecadar todas as raparigas de que se enamorou em moço e todas as espadas de que se enamora em velho, não tinha nem câmera, nem sala d'armas, que lhe bastasse.

— Nem bolsa, que é o principal! acudiu o estudante sorrindo.

— Então vai a espada. Que mais há de ser?

— Queria... Nem eu mesmo sei!

— Um estoque à francesa!...

— Não!... Uma cinta ou coisa igual para ter unido ao corpo certo objeto que por nada se queria perder!

— Entendo!... Prenda de alguma dama! Bem se vê parente de quem sois.

Estácio corou.

— Acertastes!... É uma prenda querida.

— De qual volume?

— Volume... de minha mão!

O armeiro fincou o queixo no punho e passou lentamente os olhos pela sua loja.

— Já sei!... Tenho ali coisa que não está longe do vosso desejo.

Tirou duma prateleira uma camisa de malha finíssima, forrada de tafetá.

— Vede cá!... Entre o trançado e a seda, fica-vos uma larga bolsa, onde podeis trazer mesmo unidinho ao peito, a vossa prenda; e com mais uma vantagem que a trareis defendida de ferro e tudo!... Essa malha trançada não há punhal buído, nem água, que a atravesse!...

Estácio examinou a camisa que de primeira vista logo lhe agradou:

— Serve mui bem para o fim que é.

— Nada mais?

— Nada!

— Bem; pela espada e a camisa de malha, vos recebo a ferragem, voltando-me vós meia dobla!...

— Já não vos feiro coisa alguma. Se comecei por dizer-vos que não tenho moeda!

— Ora! Está para ver que o senhor alcaide-mor, nem mesmo vosso padrinho, o advogado, vos neguem essa migalha!

— Não negam, não, que lhes não peço eu!

— Pois levai o mercado; pagareis depois!

— Isso não!

— Temeis o ditado — fiado, raivado?

— Só compram assim, os que não pagam, e os que...

— Pois não se dirá que no primeiro negócio fiqueis descontente de mim.

Estácio vestiu a camisa de malha e sob ela colocou a carta de D. Diogo de Mariz, depois cingindo a espada, saudou o armeiro, e encaminhou-se à casa de Álvaro de Carvalho. O valente soldado o recebeu com ruidosa efusão.

— Vinde! Vinde!... que vos estale esses ossos, rapaz! gritou ele apertando a mão ao mancebo. Isso já é destra de cavalheiro!... Pena é que a queiram fazer gadanho de frade!

— Juro-vos que tal não será, Senhor Álvaro!

— Assim espero em Deus!... Mas tenho meus medos que vos não enfeitice o ardiloso do vosso padrinho, o velho garnacha!

— Deixai-o em paz por quem sois!

— É o vosso alfenim!... Não lhe toquem! Admira que vos deixasse ele vir aqui!...

— Não vos apraz já ver-me!...

— Valha-me o diabo com seiscentas bombas, rapaz! Queixo-me eu, mas é de não virdes sempre!

— Virei agora mais vezes, se dais licença!

— Vinde quando vos aprouver; contanto que não vos ouça eu falar em alfarrábios nem sotainas. Aqui em casa de soldado, só se pratica de armas e combates, de justas e torneios.

— Lembrais-me, Senhor Álvaro, que justamente esta manhã merquei uma espada, e queria prová-la com quem é mestre do ofício.

— Pronto, rapaz! Isso é falar!... Dai cá a tal espada, que lhe tome o jeito.

O velho soldado empunhou a espada, brandindo-a com a facilidade e primor de mestre em esgrima.

— Conheço! Boa lâmina! exclamou ele. Vem das forjas de Aleixo Garro!
— E é ferro desta terra!
Fincando no chão a ponta da espada vergou-a por diversas vezes experimentando a elasticidade da folha:
— Tendes espada, rapaz. Seguro-vos eu! Vamos ver como a manejais!
O alcaide saltou no meio da sala com sua impetuosidade costumada, e desembainhando arremeteu sobre o estudante. Estácio sustentou o assalto com a perícia e o sangue-frio que seu mestre já lhe conhecia; a espada correspondeu ao conceito de ambos; ela tinha a flexibilidade da cobra, e umas vibrações magnéticas que imprimiam ao punho do cavalheiro a eletricidade de sua têmpera.
Depois de rijo esgrimir, o alcaide parou alagado em suores; Estácio estava calmo e sereno como se tivesse manejado em vez de espada uma faceira chibata de galã.
— Bom ferro e melhor punho!...
— Julgais que possa fiar de ambos a minha sorte?
— Bofé! Que melhor guarda?
— Mas uma dúvida tenho eu desde que me cingistes uma espada, e agora a sinto crescer!... A espada na mão do cavalheiro é sua guarda e defesa legítima, sem dúvida; mas pode servir para conquistar o que os homens ou a sorte lhe negam?
— Para tudo o que é justo! Bem sabeis: a justiça tem na destra um gládio!
— Falo-vos nisso porque outro dia ouvi discursarem acerca vários cavalheiros... Sustentava um que o cavalheiro bem querido de uma dama podia disputá-la a qualquer que ousasse pretendê-la!
— Por certo!... E o cavalheiro que o não fizesse seria um cobarde!
— Ainda mesmo que fosse necessário matar o seu rival?
— Morra embora, se é preciso.
Estácio sentiu-se aliviado como de um peso; pouco depois, alegre e ligeiro, despediu-se do alcaide, e foi ter com Ávila a quem levava um grande contentamento. Realmente o moço, ainda inquieto sobre Elvira, apesar dos repetidos e sempre baldados esforços de João Fogaça durante cinco dias, recebeu como uma bênção do céu as novas que lhe trazia o amigo e mais a joia da moça.
Toda a tarde gastaram em devaneios amorosos, até à noite, quando apareceu o capitão de mato:
— Tive hoje novas de vossa pessoa, foi dizendo para Estácio.
— O mesmo prazer não tive eu!...
— Vistes na igreja uma cadeirinha fechada, e a seguistes até a casa!
— Já ele me contou! acudiu Cristóvão.
— Como o soubestes?...
— Vi com os *meus olhos!* respondeu o capitão de mato.
— É possível!
— E não foi só isto, quando falastes aos acostados no cabo da ponte, a moça

que ia dentro soltou um gritozinho de beija-flor!
— Isto não me tínheis dito, Estácio?
— Se o não escutei, nem podia...
— Pois ouvi com os *meus ouvidos;* e mais a voz zangada da velha beata que ralhava com a filha!...
— Onde estáveis então que vos não percebi!
— Adivinhai!...
— Ah! lembro-me agora, exclamou Estácio; vi *vossos olhos* pestanejando entre a copa de uma jaqueira, se não me engano; e *vosso ouvido* debaixo dos aguapés na beira do fosso!...
— Acertastes! Mas bom foi saber, para esfregá-los com uma coça que os ensine a esconderem-se melhor.
— De quem falais, João, que vos não entendo? interrompeu Cristóvão.
— De meus caboclos!
— Sois injusto com eles, Senhor João Fogaça; pois dou-vos minha palavra, que sem a nossa conversa, nunca tomaria por corpo de homem o vulto de serpente que resvalava pelo lodo, e o vulto de coruja que dormia no alto da árvore!
— Por vosso respeito, passo-lhes esta!... Mas de vossa parte, que descobristes tão agradável que assim pôs ledo e prazenteiro o semblante de Cristóvão?...
O amante de Elvira referiu o que lhe havia contado Estácio e acabou mostrando-lhe a joia.
Era tarde da noite quando os dois amigos apartaram-se. Cristóvão cingiu Estácio ao coração, e o teve ali por muito tempo; depois vencendo a emoção, murmurou-lhe ao ouvido:
— Deus seja convosco, irmão; como será este coração que bate a compasso do vosso.
— Contava com ambos, e sei que me não hão de desamparar no momento.
Ao retirar-se Estácio, o amigo disse a João Fogaça:
— Estácio tem um desafio amanhã, entre o romper da aurora e o meio-dia, na Graça. Quero que lá estejais, já que não o posso eu, para o acompanhar. Não vos mostreis, pois ele deseja o maior segredo, mas vigiai como por mim o faríeis. Não sei o que receio; sinto uma tristeza imensa de lá não estar.
— Estareis, Cristóvão, na minha pessoa. Dormi descansado até amanhã sol fora. Careceis de repouso.
Eis o que passara até o alvorecer do dia 7 de janeiro, em que Estácio cingindo a virgem espada que comprara na véspera, e acompanhado de seu pajem, partira para o lugar do desafio.

Capítulo XV
Como Vaz Caminha escreveu torto por linhas direitas

Os sucessos que tiveram lugar junto à Ermida de Nossa Senhora da Graça

carecem de explicação.
O matreiro do Fr. Carlos da Luz saindo no dia de Reis da casa de D. Francisco de Aguilar com o cartel de desafio anônimo, fora direito a palácio e solicitara do governador uma audiência para depois da festa, pois tinha a comunicar objeto de importância para o Estado.
D. Diogo de Menezes o recebeu ao sair da igreja. Fr. Carlos apresentou-lhe o cartel de desafio, e abundou depois em largas considerações para demonstrar a inconveniência e perigo que havia em deixar-se à mercê de qualquer espadachim a reputação, sossego e felicidade de uma família principal. Acrescentou que dali podia originar-se um conflito funesto para o Estado, porque os ódios uma vez excitados não teriam mais paradeiro, e a vingança dos parentes roubaria à pátria muitos filhos prestimosos.
— D. Francisco de Aguilar, rematou o frade, é rico e poderoso senhor, de natureza muito altiva e caráter pouco sofredor. Uma vez ofendido em sua pessoa, ou de quem lhe toque de perto, é capaz de tudo.
O frade era homem de paz; além disso o interesse que tinha de ver realizado o casamento de D. Fernando com Inesita, lhe inspirara essa ideia feliz de recorrer ao governador. Afastar o amante da moça, quem quer que ele fosse, até consumar-se a união, era a única medida prudente; e essa com a intervenção da autoridade, que tinha por dever proibir e castigar os duelos, tornava-se de fácil execução. Para mover completamente o ânimo de D. Diogo, que ele sabia ser brioso e portanto mui inclinado aos costumes cavalheirescos, esgotara a sua eloquência demonstrando as consequências funestas, que podiam sair daquele duelo.
D. Diogo, cavalheiro sim, mas rígido observador da lei, não hesitou um momento à vista do cartel de desafio, o qual logo de primeira leitura adivinhou donde vinha, pelo que observara nos jogos do terreiro. Contudo não pôde deixar de dizer ao frade com um sorriso enjoado:
— Vosso amigo, reverendo, é prudente e assisado!...
— Acreditai, senhor governador, que D. Fernando não tem a mínima parte no passo que dei; e para prova vou referir-vos tudo quanto é passado.
Contou de fato o modo por que se achava senhor do cartel; carregando porém mais as cores do painel, quando tratou da ira de D. Francisco e exasperação de D. José. Saído o frade, o governador releu o cartel, e tocando a campainha, mandou que chamassem o capitão de sua guarda.
— Esta madrugada antes que seja dia estareis com os homens precisos no sítio de Nossa Senhora da Graça; prendei da minha parte a um homem que para aí emprazou um desafio, e suponho ser o chamado Estácio Correia! Conheceis-lo?
— Muito, senhor governador!
— Preveni-vos com homens bastantes que possais espalhar por diversos pontos para que vos ele não escape. Ponho o maior empenho nesta diligência.
— Confiai no meu zelo.

Foi assim que se achou Manuel de Melo e seus homens tão a ponto para prender Estácio e impedir o combate.
Fr. Carlos da Luz saíra do mosteiro muito cedo para espiar e ver com seus próprios olhos o efeito da denúncia. Encontrando Estácio na capela, logo suspeitou pelos seus modos que era ele o homem da contenda. Mas surpreendido ficou, reconhecendo D. Fernando de Ataíde a dirigir-se para ali, quando o supunha mui quieto em casa. O frade apesar de esperto não contava com o amor e o ciúme, o que era desculpável, poisnunca os sentira; se fosse negócio de gula, ele leria de cadeira.
Quando Ataíde, descobrindo Estácio, seguiu-lhe as pisadas, o reverendo atravessou-se-lhe adiante, e usou das figuras de retórica mais empregadas nos seus sermões para convencê-lo de que não devia aceitar o desafio de um desconhecido. O moço, que já havia reconhecido Estácio, e à sua vista sentira acender-se um ódio entranhado, não o atendeu. Tudo quanto obteve o reverendo foi demorar seu protegido; mas tanto lhe bastava, pois deu tempo a aparecer Manuel de Melo e prender Estácio. Ouvindo o brado indignado do seu inimigo que o declarava três vezes infame, o fidalgo arrancou e chegou a tempo de responder-lhe dignamente.
Quanto a João Fogaça, cumprindo à risca a recomendação de Cristóvão, partira pela madrugada para a Graça. Ia só, mas bem armado. Ao chegar ao alto de São Bento viu ele passar os homens da guarda do governador embuçados nos reguingotes, e esgueirando-se às ocultas pelas sombras do arvoredo. O capitão de mato desconfiou da coisa, e soltou então o grito da saracura que foi respondido pelos seus índios emboscados nas vizinhanças da casa de D. Luísa de Paiva; estes repetiram o aviso, continuado mais longe e mais até o rancho da sua companhia. O prudente sertanista tinha disposto desde a casa de Mariquinhas até Nazaré um cordão de índios empoleirados nas árvores, e que lhe serviam de telégrafo. Em caso de necessidade, o sinal por ele mandado, passando de árvore em árvore, iria em menos de cinco minutos ao rancho.
Assim sucedeu aquela manhã. Antão Pereira, seu cabo, ouvindo o sinal e conhecendo que ele tinha necessidade de dez homens, despachou-os logo. Estes dirigidos pelo sinal foram direitos aonde os esperava o capitão de mato, que rondando os soldados de longe, os colocou à mão para qualquer emergência. A esse tempo já ele se tinha convencido que a guarda não saíra debalde tão cedo.
Ocupado em espreitar os movimentos dos soldados, não viu João Fogaça a chegada de Estácio à ermida; mas pouco abalo lhe dava já agora o moço, que aliás ele contava encontrar no lugar do desafio. A lembrança de preveni-lo do que se passava, e aconselhar-lhe que fugisse nem bruxuleou na mente do capitão de mato. Era ele dos homens que caminham na vida sempre direito e avante, e só recuam ou desviam quando o rochedo que lhes intercepta o caminho é tal que não pode ser destruído ou acometido. Um desafio fora emprazado; e ele havia de ter lugar, já que o tinham metido naquela dança.

Agora Vaz Caminha.
Na véspera, quando Estácio o deixou bruscamente, o licenciado ficou incomodado com aquela última palavra, que não cessou de virar em todos os sentidos para bem compreendê-la; e acabou convencido de que seu afilhado resolvera bater-se com D. Fernando.
Essa preocupação só o deixou à portaria do Colégio para onde se encaminhou no propósito de gabar aos padres, como merecia, a sua festa de Reis, e dar ao P. Molina seus louvores pelo admirável sermão. É natural que o advogado levasse a intenção oculta de sondar melhor o frade castelhano; mas achou-o impenetrável. De volta a casa, quando embocava na Rua dos Mercadores, viu o doutor na outra ponta seu afilhado, que saía de uma loja. Apressou o passo, para ver se o apanhava; mas debalde; o moço havia desaparecido.
Confronte com a porta donde ele saíra, conheceu sobressaltado o velho que era loja de armeiro; e logo acudiram-lhe as suspeitas e com força nova e maior. Desejoso de tirar a limpo este negócio, entrou na loja sob pretexto de comprar cutelos de mesa, e com a tática e finura que lhe sobravam, veio ao conhecimento de que Estácio mercara poucos instantes havia uma espada em troca de ferragem velha, couras, escudos e adagas.
Apertaram os sustos do velho. Mal engoliu o último bocado do apressado jantar, botou-se para a casa de Estácio. Esperou-o debalde até noite fechada.
— É escusado, Senhor Vaz! O menino depois das festas, não sei que ares o tomaram, que só ao cantar do galo se recolhe; e nem o dia sonha de nascer, já ele anda no mundo grande.
— Rapaziadas, D. Mência. Também nós fomos moços, ainda que já não nos lembra o quando e o como isso foi!...
— E as aulas, Senhor Vaz?... Que contas dará ele de si no caminho em que vai?...
— Deixai isso ao meu cuidado; quando o vejais hoje antes de recolher, dizei-lhe que eu tenho precisão urgente de vê-lo. Em todo o caso virei por ele amanhã ao romper do dia.
De feito no dia seguinte à mesma hora em que Estácio passava a porta de Santa Catarina, o advogado chegava à casa do moço na Ribeira. Soube de D. Mência, por entre a rótula, que o afilhado recolhera muito tarde; mas não obstante ela, que o sentira, se tinha erguido para dar-lhe o recado. Apesar disso, muito antes de haver sinal de dia, já ele estava a caminho acompanhado do pajem.
— Escusai-me de não abrir-vos; mas ainda estou descomposta, Senhor Vaz. Ai, não vos chegueis tanto!...
O advogado, sobressaltado com as circunstâncias que não só confirmavam as suas suspeitas, mas anunciavam a iminência do acontecimento que ele desejava evitar a todo o transe, não atendeu às denguices da velha D. Mência; já ia longe, quando ela acabando de falar e deitando fora da rótula o nariz, como sinal de sua graça, percebeu a evasão do ingrato:

— Sempre é homem de beca! murmurou com desprezo; e bateu o trinco da rótula.

Quanto a Vaz Caminha, ia sem destino, à toa, como homem que deseja dividir-se em muitos para estar ao mesmo tempo em diversas partes. Sabia ele ao menos de que lado tinha Estácio tomado? Quis voltar para indagar da velha; porém logo pareceu-lhe que era arriscar-se a perder tempo sem proveito. Foi andando para onde o levavam as pernas.

Quis o acaso que no Largo da Sé passassem por ele dois vultos, cavalheiro e pajem. No primeiro reconheceu D. Fernando, e sentiu grande alívio. A atitude do fidalgo e seu fâmulo, a fisionomia de ambos e seus passos, tinham um tal aspecto misterioso e ao mesmo tempo decidido, que anunciava empresa oculta e arriscada. O advogado resolveu seguir a pista daquele que sabia ser o adversário de Estácio, e que sem dúvida marchava para o terreno do combate. Após ele passou a porta sul da cidade, e galgou o caminho de São Bento. Aí na bifurcação da vereda que seguia para N. S. da Graça, o advogado já em extremo fatigado, perdeu de vista o cavalheiro; mas foi seguindo a direção por ele tomada. Essa demora deu tempo aos incidentes que passaram.

Falta-nos Tiburcino.

Quanto a este, desde a véspera que o pobre labrego andava arvoado. Arrastado pelo olhar da feiticeira mulatinha, como um touro sob o aguilhão, a fora ele seguindo estupidamente até o meio da Praça do Palácio onde estava então assentado o pelourinho, que mais tarde removeu-se para o Largo do Rosário.

Joaninha voltou-se bruscamente para o carniceiro, e falou-lhe com um tom decidido:

— Tiburcino, veja você em que se mete. Só lhe digo uma coisa. Se algum mal suceder ao Sr. Estácio, sei de onde vem, e o saberá logo o Sr. Ouvidor Brás de Almeida. Portanto, quando ali estiver pendurado, se não for mais alto, não se queixe da risada gostosa que hei de eu dar às caretas que você fizer!...

— Rapariga do demônio!... urrou o magarefe enfurecido, sacando da cinta o manchil. Tomai, e acabai-me aqui a casta de uma vez com este cutelo, antes que estar assim cada dia a picar-me aos pedacinhos!

Joaninha comoveu-se na presença daquela dor de que era a inocente causa. Repelindo com o gesto o ferro, e com o sorriso deitando bálsamo na ferida magoada, tornou compassiva:

— Quem lhe meteu a você na cabeça que ando eu namorada deste ou daquele?

— Não no vi eu a outra noite, e inda agorinha na igreja, com estes olhos que a terra há de comer?...

A mulatinha bateu o pé zangada.

— Mando-lhe eu, sô carniceiro, que não suporto que me andem espreitando! Ouviu? E saiba mais, que em chegando o meu dia de querer a alguém, não será você nem todos os magarefes juntos do mundo inteiro, que me privem

do que for muito de meu gosto e vontade!...
Proferindo estas palavras, as narinas rosadas da mulatinha insuflaram-se, e ao sopro ardente o magarefe dessorava estremecendo, como um tronco de jatobá ao sol que o abrasa.
— E não se ponha você com partes; pois bem pode ser que lhe saiam as coisas ao avesso sucedendo isso mais depressa do que devera!...
— Para que estais aí com coisas, Joaninha? rosnou o carniceiro. Se já lhe rendestes o coração.
— Pois o quereis, assim o tendes. Quero-lhe, ao Sr. Estácio!... Estais ouvindo?... E agora tomara eu ver que tenhais o atrevimento de pensar em lhe fazer mal.
Joaninha deixou o magarefe fulminado sob o peso de sua ameaça, mais tremenda para ele do que a excomunhão do P. Molina. Quando saiu do atonismo, lançou-se à carreira pelos campos, como o touro furioso. À tarde, dando acordo de si, voltou à tarefa; ele sabia já onde encontrar Estácio, a quem perdera de vista desde pela manhã. Foi esperá-lo à casa de Mariquinhas.
Na madrugada seguinte acompanhou o moço até N. S. da Graça. Chegava às aroeiras no momento em que os dois adversários se preparavam para o combate.
Tiburcino lembrou-se da recomendação do P. Molina e estremeceu; mas as palavras de Joaninha também lhe soavam ao ouvido, e ele deixou-se ficar tranquilo. Não sabia o que queria; tremia ao mesmo tempo e palpitava com a ideia de que Estácio pudesse morrer no desafio; Joaninha não lhe poderia imputar a sua morte. Mas com a demora produzida pela chegada de Vaz Caminha sofreu o espírito do carniceiro tal inversão que ele correu sobre D. Fernando e o arrebatou com uma rapidez incrível.
Eis os motivos por que se achavam tão imprevistos no vale de N. S. da Graça os diversos personagens desta história.
São já nove horas passadas.
D. Diogo de Menezes, recolhido em seu gabinete, conversa em particular com o sargento-mor do Brasil, D. Diogo de Campos sobre coisas do Estado e governo das capitanias. Findo o conselho, foi Estácio introduzido à sua presença pelo Capitão Manuel de Melo, que nessa ocasião lhe deu parte do ocorrido; chegando ao ponto relativo à intervenção indébita do capitão de mato, o governador o interrompeu severamente:
— Basta, capitão! João Fogaça disse com acerto que os soldados da minha guarda ao vosso mando hão mister que lhes ensine ele a cumprir minhas ordens. Pena tenho eu de que vos não trouxesse atados pelo meio da cidade, como o prometeu, mas dir-lhe-ei de minha parte, que venha a palácio para lhe agradecer a lição que vos deu!...
O oficial retirou-se. O governador e o moço ficaram sós:
— Estácio Correia, quem escreveu este papel?... interrogou D. Diogo desdobrando o cartel.

— Escrevi-o eu, sr. governador, de meu próprio punho, respondeu o moço erguendo a fronte com altiva serenidade; e ocultei meu nome unicamente pelo receio de comprometer a pessoa de quem aí se trata.

— Sabeis que o desafio é um crime?

— Crimes desses prefiro-os eu à infâmia daquele que para fugir deles os denuncia!... replicou o moço ardendo-lhe as faces de indignação.

— Vosso adversário D. Fernando de Ataíde não procedeu como pensais; deveis fazer-lhe essa justiça.

D. Diogo referiu quanto bastava para afastar do noivo de Inesita a pecha de cobarde; depois adoçando a expressão de rigidez e severidade que asselava sua nobre fisionomia, falou de novo a Estácio:

— O esforço e bravura de que destes em minha presença fazem oito dias, tão brilhantes provas, mancebo, não são para se esperdiçarem em coisas pequenas, como desafios e duelos, quando as empresas grandes, em prol da pátria e para serviço d'El-Rei estão com instância esperando pelos corações de vossa têmpera. Não carecem punição esses primeiros assomos da mocidade vigorosa; basta que sejam encaminhados. Quero pois abrir-vos campo às nobres e generosas aspirações.

Estácio inclinou-se respeitoso e corando aos louvores de pessoa tão venerável.

— Há cerca de oito meses mandei Martim Soares Moreno a fundar um presídio na costa do Rio Ceará, muito infestada de franceses e mais desamparada dos nossos. Foi ele acompanhado de poucos homens e baldo de recursos, mas com promessa que lhe fiz de pronto subsídio. Quando chegastes, tratava com o sargento-mor do Estado sobre este assunto, e buscávamos homem, para a difícil empresa. Quereis ser esse homem, vós que estais na altura dela?...

— Sou cativo da bondade que usa Vossa Senhoria para comigo; e aceitaria reconhecido o cargo, se não fora sobejo demais para as minhas forças.

— Desse ponto não sois o melhor juiz; fio mais do meu aviso. Podeis retirar-vos em liberdade, deixando-me em penhor vossa palavra de como não vos batereis em desafio com D. Fernando ou qualquer outra pessoa; e ordenai vossa partida para daqui a oito dias, enquanto se arranja a expedição que deveis comandar.

Estácio empalideceu de leve ouvindo o governador, mas logo recobrou-se:

— Não poderei dar a Vossa Senhoria uma palavra que não saberia cumprir! Quanto à expedição, um negócio muito particular, do qual depende a minha vida, reclama agora a minha presença nesta cidade. A pátria, a quem pertencerá o resto dessa vida, bem pode dispensar-me tão minguada porção de tempo, quando lhe sobram tantos e mais experimentados servidores. Creio mesmo que se me deve essa compensação, pelo muito que perdi.

D. Diogo longe de irritar-se com a firmeza e o tom da resposta, tornou benévolo:

— Sei ao que aludis, Estácio Correia. Tendes um amor desventurado. Quem não os teve na vossa idade?... São como as primeiras flores das árvores que nunca geram fruto, e murcham de si mesmas. Entrastes agora na juventude; essa primeira decepção longe de vos desanimar, deve alentar novos e maiores arrojos. Subi-vos pelos nobres cometimentos à altura a que deveis chegar e não receeis que daí vos recusem a mão daquela que elegerdes para vossa companheira e sócia de vossa existência!...

— Chegaria tarde. Quando voltasse já não encontraria a quem oferecer o prêmio desses serviços.

— Por que não há de o vosso coração sentir e inspirar outra afeição, mais forte e vigorosa, por isso mesmo que se aproximará da virilidade e robustez do homem?

— Falou Sua Senhoria há um instante das primeiras flores das árvores que não vingam em fruto, mas também tenho eu visto às vezes, discorrendo estes campos nossos, algum arvoredo que não dá mais que uma flor; e depois dessa camada seca e mirra para sempre!

O jovem falou com uma voz que saía do coração. D. Diogo conheceu quanto era violenta e indomável a paixão que assolava aquela vigorosa organização.

— Cerremos aqui esta prática. Ela vos deve convencer do grande interesse que tomo por vossa pessoa, mancebo; pois esqueci-me a ponto de discorrer amores convosco. Não enxergai portanto na medida que vou tomar a vosso respeito, excesso de rigor e dureza, senão zelo temperado por alguma severidade precisa. Confessastes há um instante, que não poderíeis conter os ímpetos da paixão que vos arrastou ao desafio com D. Fernando, e vos arrastaria mais tarde a novas loucuras. Sou obrigado pois, bem a meu pesar, não só para cumprimento da lei, como para vosso próprio benefício, a reter-vos preso e encerrado.

— Como a Vossa Senhoria aprouver, respondeu Estácio sentindo gelar-lhe a medula, mas revoltarem-se os brios.

— A menos, disse o governador com intenção, que não estejais resolvido a partir para o Ceará, e me deis a palavra exigida, pois levo a confiança em vossa honra a ponto de não duvidar do seu cumprimento, uma vez dada.

— É impossível, senhor!... Mandai-me encarcerar.

O governador tocou a campainha, e acudindo o reposteiro, mandou que chamasse o Capitão Manuel de Melo.

— Conduzireis o preso ao Castelo de Santo Alberto, com a ordem que vos será entregue por meu secretário, neste mesmo instante.

Na antessala encontraram o Doutor Vaz Caminha que esperava pela decisão, pensativo e triste, mas resignado. Ao abrir da porta, ergueu-se rápido, e aproximou do mancebo. Estácio, ainda sob a primeira impressão dolorosa do golpe que o atordoava, lembrou-se pondo os olhos em Vaz Caminha, que sem a brusca intervenção do velho doutor, que obstara o duelo, estaria ele àquela hora desassombrado do seu maior cuidado, que era o seu rival, e também livre e solto pelo auxílio de João Fogaça.

— Eis o que fizestes, mestre!... Preso, e sabe Deus por quanto tempo!... disse

o moço com doce exprobração.
— Não é agora ocasião para as recriminações, filho; mas se não me houvésseis ocultado vosso intento, não acontecera isto.
— Eu sabia que não daríeis o vosso consentimento.
— Razão de sobra para discutirmos ambos o assunto, pois dois conselhos aproveitam mais que um.
— Andei errado, confesso; mas já que não tinha remédio, melhor era decidir logo de uma vez... Ou matava-me ele a mim ou arrancava-lhe eu a ferro o juramento de não casar com Inesita. Viesse embora a prisão, que não vinha, vos seguro eu.
— Esse juramento de D. Fernando ainda podereis obtê-lo, Estácio.
— Agora, tolhido da minha liberdade, e sepultado nalguma masmorra?... Nada mais espero, mestre, senão morrer breve nesta terra onde ela vive, misturando os soluços da agonia aos murmúrios das ondas que gemiam quando da primeira vez a vi, exalando meu último suspiro no seio da brisa para que me ela respire em sua alma, de envolta com o ar. Essa morte, prefiro-a eu à vida e liberdade que me ofereciam pouco há, mas longe daqui, longe dela, nos sertões dalém.
O moço ia contar o que passara entre ele e o governador quando apresentou-se o capitão da guarda com a ordem de prisão na cinta. Vaz Caminha teve tempo de lançar ao ouvido de Estácio estas breves palavras:
— Não desespereis!... Até amanhã talvez!...
No começo apenas da luta que ia travar com seu destino adverso, quando ainda não tinha nem as forças provadas, nem o hábito do sucesso que gera a confiança e o arrojo invencível, Estácio ficou nos primeiros momentos acabrunhado sob o peso da fatalidade que pesava sobre ele. Repassando os acontecimentos do dia, refletia nas vicissitudes que sofrera seu plano tão bem concertado até ser afinal e completamente aniquilado.
Parecia-lhe isso uma zombaria cruel da sorte, que podendo acabar com ele de uma vez, o fazia seu joguete e escárnio.
Mas era da melhor e mais fina a têmpera dessa alma; e se agora dava de si e embrandecia com o primeiro fogo, não tardava que saísse mais rija e adamantina dessa primeira prova.
O Forte de Santo Alberto, sito sobre um lajedo ilhado e fronteiro ao ancoradouro das naus, era pela sua posição também conhecido por Castelo do Mar. Ainda hoje ali existe no mesmo lugar, com o mesmo nome, mas na construção inteiramente outro do que era então. Tinha, ao que parece, naquele tempo cárceres fortes e seguros, pois aí eram guardados os cativos de guerra e presos de estado.
Já Estácio e a guarda que o escoltara haviam embarcado em um batel nas tercenas da Ribeira, e estavam em metade da travessia, quando o moço deu por Gil que o acompanhara desde palácio, e agora de pé sobre a lajem da praia, alongava os olhos no seguimento do batel, para despedir-se de seu amo querido, e ao mesmo tempo saber onde o levavam. O menino enxugava

com os dedos as lágrimas que os olhos debulhavam; e tinha desde a manhã um soluço a rouquejar-lhe ao peito.
Avistando-o, o cavalheiro ergueu o braço e apontou para o Castelo do Mar, dizendo ao capitão para disfarçar esse movimento:
— É ali que me levais, capitão?...
— Breve o sabereis! respondeu o oficial que estava de mau humor.
Pouco se deu o moço com a sequidão da resposta. Gil tinha compreendido o seu movimento, pois de repente saltara da lajem e disparara a correr pela ribeira, veloz como um cervo. Onde e a que ia ele desse passo, era o que não podia adivinhar o preso; mas não duvidou um instante que o brusco desaparecimento do pajem anunciasse uma resolução pronta e favorável.
O batel encostou à barbacã do castelo; e enquanto esperava o capitão pelo condestável da homenagem do Santo Alberto para lhe fazer entrega do preso, Estácio encostou-se ao parapeito das baterias. Nessa ocasião ouvia-se do lado das tercenas do Colégio a celeuma de um navio que levantava âncora, e, desfraldando as velas ao fresco terral, singrava barra fora. A atenção do moço foi distraída de seus cuidados por esta cena agradável da vida marítima. Era realmente um belo e soberbo navio, o galeão *Santo Inácio*, pertencente à Companhia, e construído nos seus estaleiros da Bahia, das melhores madeiras do Brasil, sob a direção dos mesmos padres.
Fazendo-se no bordo do mar, o alteroso galeão passou à fala do forte e tão próximo que se via todo o convés. Ali, próximo à habitácula, com a vista derramada pelos horizontes, estava um frade que voltou-se para examinar o Castelo de Santo Alberto no momento em que passava debaixo de suas baterias. Estácio conheceu o P. Gusmão de Molina; e recordou-se das revelações feitas na véspera pelo Doutor Vaz Caminha. Aí estava diante de seus olhos a confirmação de todas as suspeitas do sagaz advogado: o frade, naturalmente depois de haver sondado na cidade do Salvador a existência dele Estácio, partia para o Rio de Janeiro à busca do roteiro.
Era mais uma esperança que se apagava! De seu lado também o visitador reconheceu Estácio no parapeito do castelo; e sorriu. Soubera ele da prisão uma hora depois por Tiburcino, que deixando D. Fernando na sacristia da ermida e fechando-lhe a porta sobre, voltara ao lugar do desafio e de longe acompanhara a guarda até palácio. Mais tranquilo ainda com este acidente, partia pois o astuto jesuíta, qual novo Jasão, à conquista do velocino de prata.
Estácio acompanhava com os olhos a singradura rápida do soberbo galeão, quando apareceu no terrado o condestável. Era um bravo veterano, que pelejara os mouros na Índia e os franceses no Rio de Janeiro; ríspido de maneiras, mas no fundo bom coração:
— Mancebo, Sua Senhoria me ordena que vos tenha em boa guarda! Dai-me a vossa palavra, e tereis todo o castelo de menagem.
— A minha palavra, senhor condestável, me prenderia mais do que os muros da vossa fortaleza.

— Pretendeis então evadir-vos, mancebo?... Cautela comigo!...
Estácio sorriu:
— O que pretendo fazer, e o que será, Deus o sabe!... Tomai vossas cautelas, e dai-vos por avisado!...
— Irra!... Com seiscentas mil bombas e bombardas!... Quereis zombar comigo!... Pois vereis de que espécie são os cárceres de Santo Alberto. Tenho justamente um devoluto e à vossa disposição, pois morreu-lhe hoje o morador!... Irra!...
O condestável bufando e puxando os bigodes deu três gritos que fizeram saltar diante dele o chaveiro. Estácio foi lançado no prometido cárcere. Era uma cava úmida e infeta, construída abaixo do nível do mar, e esclarecida por duas estreitas seteiras abertas no alto da cortina exterior do forte. No momento em que ele aí entrava removiam o corpo de seu finado antecessor. O moço sentiu apertar-se-lhe o coração, pensando que talvez ele também não saísse vivo daquela sepultura, onde o lançavam.
Mas logo que a pesada porta bateu, e que ele sentiu-se amortalhado na umidade que lentejava das paredes, a vida exuberante que se expandia em todo o viço de sua jovem e robusta organização, reagiu fortemente contra o regelo e torpor do cárcere. Pensou que lhe cresceriam as forças como a Sansão, para abater os muros que lhe tolhiam a liberdade, e a abóbada de pedra que lhe esmagava as expansões da mocidade.

Capítulo XVI
No qual o cristão se faz judas

Seriam dez horas da noite. A cidade, muito havia que repousava; não se ouvia nas ruas desertas senão o passo vagaroso e duro dos quadrilheiros que voltavam da ronda noturna depois do toque de recolher, e o piso lesto de algum jogador ou namorado que ao abrigo das trevas buscava a espelunca da tavolagem ou a rótula da amante.
À porta de uma casa da Rua da Palma, que já nos é conhecida, parou um vulto embuçado, que bateu sutilmente, mas com um modo simbólico; o postigo da porta logo abriu, e tornou a fechar mal desapareceu o noturno visitante. Daí a instante outro vulto e outro até contarem-se dez com o primeiro, foram entrando a intervalos e pela mesma forma. Então ouviu-se o baque dos ferrolhos corridos e da tranca apertada contra a porta, sinal de que nenhum mais era esperado.
A casa do mercador Samuel era construída de encontro à encosta oriental da montanha, que serve de assento à cidade; na frente era sobrado e nos fundos casa térrea, ao que parecia ao menos. Havia porém por baixo uma sala subterrânea onde tinha o judeu escondido o seu cofre, e para a qual se entrava por um alçapão. Foi nesse aposento que os dez vultos, sabedores dos escaninhos da casa, se reuniram a um e um.
Na ponta de uma banca longa e rasa, onde se viam o livro sagrado do Antigo

Testamento e outros símbolos da religião judaica, estava sentado o velho Samuel pensativo e cabisbaixo; em face dele uma lâmpada mortiça lhe esclarecia o rosto adunco e hirsuto. Os outros, à medida que entravam, diziam pausadamente a saudação habitual:

— O Deus de Abraão e Jacó vos dê força, venerável rabino.

Depois sentavam-se ao longo da mesa de uma e outra banda mais ou menos afastados conforme o grau de cada um. Quando o número ficou completo, Samuel erguendo a fronte deu o sinal da prece.

As cenas que seguem pelo seu encadeamento com a história não poderiam ser bem compreendidas sem a recordação de certos acontecimentos do tempo.

Continuava entre a Espanha e a Holanda a guerra que havia começado em 1579; porém nesse último país dividia-se a opinião a respeito da conveniência de sua continuação.

O partido da paz ganhava cada dia novas forças, apesar dos grandes esforços de Usselincx. Esse chefe ilustre do partido da guerra, diz Netscher, fixou a atenção sobre o Brasil, donde já exportava a Holanda anualmente o valor de 4.800.000 florins em açúcar, afora madeira de tinturaria, algodão e outras mercadorias. Não obstante a magnífica perspectiva dessa conquista, que se antolhava de fácil execução pelo desamparo em que deixava a Espanha suas colônias de origem portuguesa, preponderou o voto da paz nos Estados-Gerais, e concluiu-se um armistício de doze anos, que não foi respeitado pelos contrabandistas nas colônias.

Ao tempo em que vai correndo esta crônica, nos princípios do ano de 1609, não era ainda chegada ao Brasil a notícia da trégua; e portanto não haviam cessado as hostilidades, como não cessaram mesmo depois, ainda que de um modo mais encoberto. Ora os judeus da cidade do Salvador, como os de todo o Brasil, ameaçados da revogação da lei de 30 de junho de 1601, que lhes permitiu a passagem à colônia, apesar de a haverem comprado por 200.000 cruzados, faziam votos pela continuação da guerra e alimentavam a secreta esperança de ver o Estado do Brasil passar ao domínio da Holanda, a quem na falta da língua e da origem, os ligava o santo e poderoso vínculo da religião.

A esse fim tinham mandado a Haia mestre Brás com a carta dirigida a Usselincx; e era com esse elemento que o ilustre chefe da guerra acenava àquela nação de mercadores e marinheiros para as riquezas fabulosas da terra de Santa Cruz. A mensagem dos judeus tivera o efeito de ativar mais o corso nas costas do Brasil e estender o contrabando; porém a esperada conquista da cidade do Salvador era ainda um projeto, que só mais tarde, em 1624 veio a realizar-se.

Entretanto não perdiam os judeus da Bahia a esperança de sua redenção, e consolavam-se mercando por contrabando com os navios holandeses, que visitavam nossos mares, as novidades da terra, como açúcar, pau-brasil e algodão, em troca dos produtos europeus, adquirindo nesse tráfego avultados capitais, que traziam bem aferrolhados. Servia-lhes de agente nessa empresa arriscada o ardiloso mestre Brás, que além da boa espórtula, também lucrava encartar a sua bisca na carga do navio.

O pescador, que na véspera de Reis entrara na taberna, não era senão o capataz da companhia que ele tinha de espreita ao longe da praia para anunciar-lhe a chegada do barco contrabandista: por meio de um jogo de lanternas de cor azulada, anunciavam os holandeses para a terra a sua chegada. O espia a comunicava ao Brás, que avisava Samuel, e partia a entender-se com o comandante.

Terminada a prece, Samuel tirou do seio da oparlanda um papel dobrado em forma de carta, e dirigiu-se aos outros rabinos.

— Reuni-vos, veneráveis irmãos, para comunicar-vos que é chegado o navio que esperamos. Nosso irmão Brás me deu aviso ontem tarde da noite, e logo partiu a entender-se com o comandante e saber o que nos trazia da Europa. Eis por que só hoje nos achamos aqui juntos para tratar dos nossos interesses. O navio tem pouca demora, e portanto apressai vossas mercadorias.

O rabino calou-se um instante, enquanto os outros pestanejando de alegria, calculavam já os lucros prováveis das futuras operações.

— Outro negócio porém de máxima importância deve hoje prender vossa atenção, veneráveis irmãos. Usselincx nos escreveu; na data de sua carta falava-se muito na paz, e havia receios de que o partido dela venha afinal a triunfar; contudo, fiel às promessas que nos fez, combatia com todas as suas forças tal voto, proclamando a grande vantagem da conquista destas terras; mas temem-se lá das dificuldades da empresa e do receio de ser mal sucedida; pelo que se pudéssemos enviar novo emissário, importante pelo seu estado e autoridade de sua palavra, me parece que isso lhe dera muita força e decidia talvez do resultado.

— Também eu assim penso, murmurou um rabino velho.

— Aqui tendes a carta para que dela tomeis pleno conhecimento. Vereis que no final insta ele pela liberdade dos três oficiais prisioneiros.

Os judeus foram lendo e passando de mão em mão a carta que lhes mandara Usselincx escrever por seu secretário; terminada a leitura esperaram que o velho Samuel saísse de sua meditação.

— Bem avaliais, sem que necessite de vos demonstrar, de quanto mal seria para nós a paz na presente conjuntura. A lei que tão caro resgatamos do primeiro dos Filipes já nos ameaçaram de tirá-la e breve no-la roubarão, para ver se lhe pomos maior preço ainda; pois quando as coisas de governo se mercam, ficam em almoeda a quem mais dá. Portanto devemos abandonar a ideia de novas avenças, que não serão mais do que ocasiões para maiores fintas, com que afinal nos tirarão até a última gota de sangue. E não se conta o desprezo e ódio em que nos tem a raça cristã, cobrindo-nos de baldões e injúrias e tratando-nos de seus cativos.

Um grunhido de dor percorreu a fileira dos rabinos.

— A conquista da terra pelos nossos irmãos flamengos é a nossa única esperança de redenção!
— Falais como o profeta, venerável Samuel; mas se, como nos diz a carta, concluiu-se a paz, ainda não terá fim o nosso cativeiro.
— Tenho pensado; creio que se pudéssemos enviar agora a Haia esses três oficiais flamengos, prisioneiros nesta cidade, pelos quais tanto têm de lá instado conosco; e ainda mais se esses oficiais, gratos ao benefício, levassem com uma nova mensagem as informações precisas para a fácil tomada desta primeira praça aos portugueses, o voto dos Estados havia de ser pela guerra e conquista destas ricas possessões que os cristãos não sabem aproveitar.
— Como podemos nós chegar ao cabo de tamanha empresa, se todos os esforços hão sido baldados? Propuseram o resgate que secretamente nos oferecemos a pagar por eles e foi recusado; tentamos a evasão, que a princípio parecia bem estreada, e esbarrou pela dificuldade que sabeis, da senha.
— É verdade quanto dizeis, respeitável Simeão; porém maiores dificuldades venceram nossos primeiros pais quando deixaram a terra do Egito em busca do país de Canaã. O Deus que guiou Moisés no deserto, iluminou meu espírito. Se aprovais a empresa e julgais que seja coroada de bom resultado, confiai de mim o sacrifício da execução.
— Obrai, venerável Samuel; pomos em vós a nossa salvação.
— Não é justo porém que o sacrifício pese unicamente sobre um; manda o Senhor que o reparta por todos na proporção de suas forças. Vou arriscar por vós minha existência; e portanto haveis de indenizar dela a minha Raquel na soma de vinte mil cruzados, com que contribuireis repartidamente.
— Por tal preço não poderemos!...
— Sem dúvida; antes perca-se tudo.
— Realizai então isso a que me proponho, e vos contarei eu os vinte mil cruzados!
Todos calaram-se curvando a cabeça. Dissolveu-se a sinagoga silenciosa e tranquilamente como se reunira.
No dia seguinte, quando Raquel foi como costumava saudar seu velho pai, o mercador depois que a abraçou, mandou que se sentasse ao seu lado; e dando-lhe o Velho Testamento, disse-lhe com doçura e carinho:
— Filha, abri a Santa Escritura e lede-me o Livro de Ester.
Raquel obedeceu; e sua voz maviosa começou a recitar como um canto os versetes da Bíblia.
— Basta, filha. Lede agora o Livro de Judite.
A moça correndo as folhas, buscou a passagem pedida:

"3 — E ela lavou seu corpo e se perfumou de mirra e ornou o seu cabelo e pôs uma auréola na cabeça, e se adereçou com as vestes de sua alegria e calçou os pés nas sandálias e tomou armilas, lírios, arrecadas, anéis, e cobriu-se de

ornatos."
"4 — O Senhor fez brilhar sua beleza, porque todo esse enfeite não era inspirado por mau desejo, mas por sua virtude; pelo que o Senhor aumentou sua beleza para que ela aparecesse a todas as vistas de um brilho incomparável."

O velho estendeu a mão sobre o livro e tomou-o: depois ficou em êxtase contemplando a filha que lhe sorria:
— Como és formosa, Raquel! tu podias te chamar Noemi, a bela! És mais formosa que a rosa de Jericó ou o lírio de Geslaad.
O velho estacou triste e sombrio:
— Por que vosso semblante se anuvia, pai, como o cimo do Oreb?
— Raquel, a raça de teu pai vai ser expulsa desta terra onde nasceste, talvez para outra de mais duro cativeiro.
— Que proferis, pai?...
— A salvação nossa, a redenção de teus irmãos, o Senhor pôs em tuas mãos, filha!
— É possível!... Dizei o que devo eu fazer!
— Três oficiais flamengos estão presos há cerca de cinco anos no Forte de Santo Alberto. É preciso que eles vão o mais breve possível à sua pátria buscar as coortes que irão libertar-nos, como as falanges de Ciro libertaram nossos pais do cativeiro em Babilônia. Um homem pode tirá-los dos cárceres onde jazem; e esse homem, tu sabes.
Raquel palpitou:
— Quem é ele, pai?
— D. José de Aguilar, o maior amigo do Tenente Bezerra, ajudante do condestável do castelo. Basta que o alferes saiba dele o santo de guarda. Isso é a primeira coisa; outra resta e igualmente fácil: é a cópia de um relatório que fez D. Diogo de Campos, sargento-mor do Estado, ao governador, sobre a fortificação e milícia desta cidade.
O velho pôs então na filha olhos vivos e penetrantes que lhe entraram até o coração.
— Se tu quiseres, Raquel, D. José fará isso sem hesitação.
O rubor vivace que acendeu as faces da donzela apagou-se logo, desbotado por um irônico sorriso.
— Que significam tuas palavras, pai? perguntou a moça.
— Na quarta-feira à noite quando o fidalgo aqui esteve, escreveu-te este bilhete que me caiu nas mãos. Respondei-lhe que venha hoje à meia-noite, e tu lhe falarás aqui nesta sala, enquanto eu estiver embaixo encerrado.
— Mas, pai, sabeis o que exigis de mim? Só com ele, à noite...
— Ester foi só à presença de Assuerus por conselho de seu tio, e Judite à tenda de Holofernes por inspiração divina! Ambas sacrificaram-se pelo seu povo. Terás tu degenerado desse sangue, Raquel?
— Nem Ester, nem Judite, pai, amavam o homem a quem se foram entregar

friamente!... respondeu a moça com uma voz estrangulada.

Os olhos do judeu cintilaram:

— Teu sacrifício, filha, será então mais doce do que foi o delas, respondeu o judeu com um sorriso melífluo através do qual sentia-se a ponta de um estilete.

Raquel ergueu-se com um sublime assomo:

— Seja feita a vossa vontade, pai! Mas vos previno que é uma tentativa inútil!... Ele não aceitará!...

— Não te conheces, Raquel!

— Se me conheço!... Digo-vos eu, e juro que o homem digno do meu amor recusará com asco semelhante infâmia!

— Escreve sempre, Raquel.

A moça sentou-se ao bufete e escreveu simplesmente as seguintes palavras: Esta meia-noite há na Rua da Palma uma pessoa que ansiosamente vos espera.

Sobrescritou a D. José de Aguilar, e entregando ao velho Samuel a carta, retirou-se precipitadamente à sua recâmera. O amor casto e delicado que enchia o seu coração como um lago sereno, acabava de ser toldado por um lodo infeto e negro.

O alferes recebeu o recado escrito de Raquel nessa mesma manhã, poucas horas depois da cena passada em casa do judeu. Imagine-se qual não foi sua alegria, e a vaidade de que encheu-se, por tão famosa conquista. Nesse dia recolheu cedo a casa para ataviar-se com primor; e mal foi tangido o sino de recolher, já ele media de uma à outra ponta a calçada da Palma, como uma sentinela de posto de guarda.

À meia-noite em ponto ouviu afinal abrir-se a rótula do sobrado, e a voz maviosa chamar por ele e perguntar se aí estava. A outro mais observador do que o alferes não passara desapercebido o tom resoluto e o modo desembaraçado com que a menina, tão tímida há dois dias, lhe falava agora, e o convidava a subir por uma escada de cordões de seda presa ao peitoril da janela. Não se fez rogar o namorado cavalheiro, e com a impavidez que lhe era própria, assaltou a escada e em dois arrancos achou-se na sala.

Raquel o esperava, e sem resistência deixou que ajoelhasse a seus pés e lhe beijasse as mãos. Convidando-o a sentar-se perto do coxim de damasco, dirigiu-lhe a palavra fria e melancólica:

— É verdade que me tendes amor, cavalheiro?...

— Duvidais ainda, formosa Raquel?

— Tanto não duvido, que aqui estais agora para mo provar.

— Se for precisa a minha vida para isso, ainda a acho pouca, senhora.

— Será preciso menos ou mais do que ela, conforme vosso pensar. Também eu vos amo, cavalheiro, e vos amei com fogo santo até este instante pelo menos!

— E por que não me amareis sempre, senhora?

— Depende de vós e da maneira por que ides responder à esperança que em vós depositei.
— Falai pois, senhora, e apressai.
Raquel reproduziu então o que lhe havia dito seu pai tanto a respeito do santo para evasão dos prisioneiros, como sobre a memória da fortificação e milícia da cidade do Salvador. O fidalgo ouviu-a todo o tempo em sobressalto, e por várias vezes quis interrompê-la; porém não o deixou a linda judia, que terminou afinal com um sorriso estranho.
— Mas, é uma traição que exigis de mim, senhora! É mais do que a vida, dissestes bem; é a honra.
Os olhos de Raquel cintilaram com um esplêndido fulgor, que lhe ornou a fronte como de uma auréola.
— Sim, disse ela com voz profunda; é a vossa honra, cavalheiro.
Depois, como se uma nuvem cobrisse de repente a luz de seu semblante, continuou com a voz surda e repassada em onda de sarcasmo:
— Mas Samuel pedindo isto a sua filha, lhe disse: "Ao homem que te fizer este sacrifício, nada recusarás, Raquel, como nada te recusarei eu se dele obtiveres o que te peço".
— Nada?... exclamou o alferes, pondo nesta breve palavra um abismo de sensualidade e depravação.
O lábio da judia encrespou com a chama ofegante que lhe exalava do seio, envolta na respiração. Sua pupila grande, negra e aveludada, desviando do semblante do moço, escondeu-se sob as pálpebras a meio cerradas, porque lhe repugnava chafurdar no lodo daquela alma. Mas vencendo esse ímpeto de nojo, a moça procurou no cinto orlado de perlas que lhe ajustava o corpilho, uma pequena chave de ouro, que mais parecia de algum cofre de sândalo ou marfim; era a da sua recâmera virginal, cofre de beleza, inocência e castidade.
— Eis o preço do serviço! Aquele que em dois dias me trouxer a palavra e o papel pedido, será senhor desta chave e de quem ela guarda. Compreendeis agora?
O sangue do alferes ferveu-lhe nas veias.
— E Samuel consente nisso?... disse ele pasmo.
— Samuel tem a alma de Abraão, e sacrifica o amor de sua filha à religião de seus pais!...
— E também à ganância que espera!... Mas outro que o ajude a pilhá-la, não eu!... disse o fidalgo voltando as costas e encaminhando-se à porta.
A bela figura da judia resplandeceu inundada no júbilo imenso que lhe vertia d'alma. Seu peito, de repente acometido por aquela forte emoção, estalou num grito que era de prazer, mas ainda imerso na dor.
— Recusais?...
O alferes tinha feito uma falsa retirada, tática sempre bem sucedida nos seus assaltos amorosos. No meio da surpresa que lhe causara a estranha proposição da moça, viera-lhe uma suspeita sobre a sinceridade de Raquel, e

a parte que o judeu tinha em tudo isso. Ouvindo a exclamação da judia, que ele tomou por um grito de aflição, se voltou sorrindo.
— Ora, formosa Raquel, quem me diz que o espertalhão do vosso pai não faltará ao prometido, no que é useiro e vezeiro!...
— Não me acreditais! disse a moça com soberano desprezo.
Com a mão afilada e mimosa bateu numa espécie de tímpano que havia encravado na parede. O velho Samuel que assistira a toda a cena precedente por detrás de uma porta oculta na tapeçaria, meteu debaixo da oparlanda o longo punhal, e dando volta foi aparecer na porta da sala.
— Pai, disse Raquel vendo-o entrar, repeti-lhe o que prometeste.
O velho erguendo ao céu os olhos extáticos e dando à sua fisionomia veneranda um ar inspirado, proferiu lentamente:
— Pela palavra do profeta juro que se fizerdes o que vos peço, vos entregarei Raquel, como entregou Labão sua filha a Jacó.
— No mesmo instante?...
— No instante mesmo em que me trouxerdes a palavra do santo e a cópia do papel.
O cavalheiro soltou uma gargalhada.
— Aceito, e concluído! Apertai!...
Os dois trocaram um aperto de mão, sinal de ratificação do pacto.
— Então, cavalheiro, disse Raquel, até domingo a esta mesma hora e neste mesmo lugar!
— Aqui estarei a vossos pés, tirana desta alma.
Beijando com galanteria a mão da judia, o alferes acompanhou o judeu até a loja no pavimento térreo. O digno Samuel desejava entrar em maiores explicações a respeito da empresa que iam tentar, pois não contando com a esperteza do alferes, só o empregava como simples instrumento, indispensável para a execução do seu plano:
— De que traça usareis, Senhor D. José, para obter o santo do Tenente Bezerra, sem que ele suspeite de vós?... Isso é essencial.
A pergunta embaraçou o fidalgo; foi como uma rocha que desabasse sobre os castelos de sua imaginação. D. José, soldado e cavalheiro, prezava em alto grau uma coisa que ele chamava sua *honra*: palavra de tão vário sentido entre os homens e os povos de todos os tempos. O que lhe pedia Raquel era no seu modo de pensar uma infame traição à pátria e à religião. Se fosse um homem quem ousasse, não já propor, mas somente falar disso como de uma coisa possível, ele o atravessaria incontinenti com sua espada. Mas era uma dama; e a galanteria tolerava esse brinco.
Entretanto ouvindo de Raquel qual seria a recompensa do serviço por ela reclamado, o alferes, refinado namorador, teve uma feliz lembrança. Ele podia inventar uma palavra de santo; arranjar uma falsa cópia da memória do sargento-mor; e assim sem traição, por uma simples esperteza, lograr a tão cobiçada ventura. Parece que a honra como a entendia o alferes, se acomodava com essa vilania, pois apontando-lhe no espírito um leve

escrúpulo, ele o dissipou com essa judiciosa reflexão.
— No código de amor não passa de um estratagema de guerra!... E deve ganhar indulgência plenária quem enganar um judeu, tão refinado velhaco! Deste ortodoxo pensamento foi eco e aplauso a gargalhada de há pouco. Quando pois lhe fez o judeu a pergunta, ele que não tinha outro plano senão o da sua grosseira invenção, ficou atarantado sem saber que resposta dar; afinal saiu do seu embaraço com esta coarctada:
— Lá isso te toca, digno Samuel, refinado velhaco. Estou pronto a servir-vos; mas não tenho tempo, nem jeito para martelar a cabeça.
— Se permitis, submeterei à vossa aprovação, um meio que me ocorreu, e que parece o melhor pela sua simplicidade.
— Vamos a isso sem detença!...
— A cópia do papel, essa nada custa; podeis fazê-la amanhã durante o dia. Quanto ao santo, se fôsseis por volta da tarde ao Castelo de Santo Alberto convidar vosso amigo para uma ceia divertida em casa do Brás...
— Quem pagará o pato, Samuel?
— Não vos dê isso cuidado; fica por minha conta. Mas se fôsseis, como dizia, por tarde, ao sair, fazendo ele confiança em vós, não duvidaria dar o santo em vossa presença, ou se o não desse, por qualquer outro modo viríeis ao seu conhecimento. Não vos parece?...
— É bem combinado, sem dúvida. Que mais?
— Então chegando à casa do Brás, faríeis modo de meter-lhe dentro algumas canadas de vinho, o que deve estar feito até meia-noite.
— É tempo de sobra. O resto?...
— O resto?... disse o judeu com um suspiro. Já sabeis: enquanto ele lá ficar esborrachado embaixo da mesa, correreis aonde vos esperam.
— Tudo está muito direito, Samuel; mas de uma coisa já vos previno. Não tereis a senha e o papel senão na hora justa... Entendeis?... Mão para lá, mão para cá.
— Sem dúvida; nessa ideia estava eu!...
— Pois mandai preparar a ceia, sem mesquinharia, ouvistes?...
— Oh! uma ceia de príncipe, digna de Vossa Mercê.
D. José ergueu-se para sair; mas parou lembrando-se de alguma coisa.
O judeu que parecia esperar essa volta sorriu:
— Meu senhor, não carece de alguma moeda?
— Já que estou aqui, venerável usurário, aproveito a ocasião. Dai cá um cartucho de vinte moedas, que vou passar-vos o bilhete.
Samuel dobrou uma folha de papel, escreveu bem no alto da dobra um vale, não de vinte, mas de cinquenta moedas, que apresentou ao fidalgo. Este riu e assinou.
O judeu contou o ouro, o alferes o meteu na bolsa, muito ancho de si e convencido de ser um fidalgo incapaz de ação feia, que saía dessa casa levando a honra salva; entretanto emprestava dinheiro do usurário a quem no dia seguinte pretendia enganar vilmente.

— Até amanhã, honrado filho de Judá!...
— Uma palavra ainda, Senhor D. José de Aguilar. Pode bem ser que vos tenha vindo à ideia, a vós, nobre senhor, de zombar de uma pobre moça que vos ama, e de um mísero velho, que nada já espera deste mundo.
O alferes fitou os olhos admirados no judeu, espavorido de ver como ele lia-lhe no coração.
— Como vos veio semelhante ideia, Samuel?
— Ambos aceitamos de nossa livre vontade o pacto. A parte de cada um é igual; honra por honra; ventura por ventura; a vossa na terra, a minha no céu. Eu vos jurei na palavra do profeta; jurai vós pelo nome de vosso Deus.
O alferes apanhado de surpresa empalideceu; e sentindo o peso do olhar cintilante do judeu, balbuciou um tíbio juramento.
— A maldição do Senhor caia sobre a cabeça do desleal e perjuro!...
Atordoado pela solenidade dessa imprecação o moço fidalgo ganhou a porta e desapareceu. Daí a meia hora esquecia ele as suas aventuras amorosas na tavolagem de mestre Brás, onde o esperava uma grande surpresa. A primeira pessoa que viu ao entrar foi D. Fernando, que jogava um jogo de Belzebu, fazendo dançar diante dele as mancheias de moedas de ouro, que vinham umas após outras amontoar-se em pilhas junto à sua bolsa.
— Com a breca, até quando vos quer durar essa veia infernal! exclamava Manuel de Melo.
— Não tem que ver!... Jogador novato é sempre assim.
— O azar protege a inocência!
— Embora! acudiu João d'Afonseca. Vou mais pelo ditado, que ventura em amores traz desventura no jogo!
— Pois aqui vedes o avesso!...
— E isso mesmo é o que me admira!...
D. Fernando teve um sorriso amargo:
— Pois sou eu o modelo de todas as venturas juntas.
Nesse instante sentava-se D. José, que só retirou-se pela madrugada deixando aí o cartucho das cinquenta moedas. Não obstante, o cavalheiro dormiu um sono tranquilo até o outro dia, sol alto; ao erguer recordou-se do que passara na véspera. O juramento que lhe arrancara Samuel estava lhe incomodando um cantinho da consciência, como uma dobra no calcanhar da meia. Nisso ouviu a voz de Fr. Carlos da Luz que fazia a sua visita habitual; serenou-lhe súbito o arrepio da consciência; lembrara-se que o frade o absolveria do pecado.

Capítulo XVII
Em que se cava o passado para enterrar uma esperança

Na manhã do dia antecedente, em que se contavam nove de janeiro, o Doutor Vaz Caminha saiu de casa com destino à morada nobre de D. Fernando de Ataíde.

O gesto e o passo do advogado mostravam muita tristeza e gravidade maior da costumada. Quem o vira assim avançando lentamente havia de conjeturar que ia a alguma visita de pêsames, tal era o ar pesaroso e compungido que tinha sob a garnacha rapada.

No dia da prisão de Estácio e depois que o levaram ao Castelo do Mar, o advogado ficara ainda em palácio, esperando modestamente que chegasse a sua vez de ser admitido à presença do governador para requerer-lhe em prol da soltura de seu afilhado. Nisso entrou impetuosamente pelos paços D. Francisco de Aguilar, acompanhado do filho e do futuro genro. Os fidalgos foram logo introduzidos, como pessoas das mais qualificadas da terra.

O advogado suspeitou do motivo que os trouxera, mas não acertou com o fim a que vinham. Pensava ele que sabedores da prisão do moço, vinham para lhes fazer ainda maior carga, e piorar a sua condição; a verdade era outra. Revoltados os seus brios com o procedimento do frade bento, D. Francisco, apenas lhe referiu Fernando o acontecido, correu a palácio para arredar de si e dos seus a mínima solidariedade naquele ato; e ao mesmo tempo pedir ao governador com instância a soltura do moço. O orgulhoso castelhano não queria dissessem que se temera de um miserável rapazola, a ponto de valer-se para sua segurança da autoridade régia.

— O braço de El-Rei, dizia ele a D. Diogo, nada tem que ver nestas questões de honra.

— É escusado a insistência, Senhor D. Francisco! respondeu o governador enchendo a voz e dando-lhe um tom de inabalável firmeza. O mancebo permanecerá na prisão para onde o acabo de enviar, e pelo tempo que eu julgar conveniente.

O letrado, de junto do reposteiro onde se abancara, ouviu essas palavras e estremeceu. Compreendendo o motivo por que os fidalgos podiam desejar a soltura de Estácio, quase estimou a sua prisão; lembrando-se porém quanto carecia ele da liberdade, e que amargores estava àquela hora curtindo no cárcere, desanimou com a resolução do governador e a energia de que a revestira ele.

— Uma das minhas esperanças que se desvanece! murmurou. Que será das outras?

Retirados os fidalgos, e depois de boa espera, chegou enfim a vez do advogado. Vaz Caminha ia recheado de textos e armado de sua formidável dialética; falou primeiro em nome da lei, depois em nome de seus sentimentos. O governador o ouviu com a deferência devida aos seus créditos e saber: mas a resposta foi cortês e delicada apenas, não favorável.

— Sossegai, Doutor Vaz Caminha. Estimo pelo que valem a energia do caráter e a grande fortaleza de ânimo que descubro em vosso afilhado. Mas é necessário dobrar-lhe o orgulho, que pode eivar tão nobres qualidades. Em um ano vo-lo restituirei melhor do que é.

— Ao menos, me permitirá Sua Senhoria ir vê-lo à prisão?...

— Pesa-me negar-vos; mas há ordem positiva de conservá-lo no maior segredo. Talvez vos pareça nímia severidade; não pensareis assim quando souberdes que ele recusou a menagem do castelo, dizendo que sua palavra o acorrentaria mais que todas as masmorras de El-Rei!

— Oh! eu o reconheço nesse dito!

— Concordais então que procedo com justiça. Crede, doutor, que o voto de pessoa tão avantajada em saber como vós, satisfaz-me em extremo.

D. Diogo prezava as letras; a fineza era sincera. Quanto ao seu rigor para com Estácio, ele explicava-se não só pela altivez do mancebo e sobranceria com que se portara na prisão, como por uma razão oculta. O governador se agradara do jovem cavalheiro; e desejava abrir-lhe uma carreira brilhante; as ponderações de Fr. Carlos sobre as consequências funestas a que podia dar lugar o desafio com D. Fernando, não passaram desapercebidas; veio confirmá-las o açodamento com que o Senhor de Paripe insistia pela soltura do preso. O governador lobrigou em tudo isso a ameaça de uma vingança, que o amor de Inesita e o arrojo de seu amante lhe mostravam infalível; pelo que resolveu proteger a vítima fraca contra os poderosos inimigos. O único meio de que dispunha era a prisão, a qual tornou-se assim castigo ao mesmo tempo que proteção.

Vaz Caminha saiu desanimado de palácio. Começava a recear que tivesse comprometido a sorte de seu afilhado, impedindo pela manhã o duelo e a resistência já operada com a intervenção de João Fogaça. Foi desse passo ter com Álvaro de Carvalho, a quem referiu a prisão do moço.

O velho alcaide esbravejou de ira, e arrancou à força de puxá-los, um molho de pelos ríspidos do grisalho bigode.

— Eis aí em que deram as vossas bugiarias de frades e conventos, Vaz Caminha. Se me deixásseis o rapaz cá a meu modo, não havia de suceder isso. Estaria agora com um olho vazado, ou algum braço decepado, mas preso!... Com a breca juro-vos que não!... Preso!...

Caminha deixou passar a trovoada. Havia entre esses dois homens, de gênios tão diversos e profissões tão encontradas, uma solidariedade de sentimento em relação a Estácio. Tinham-lhe sido ambos pais desde a mais tenra infância: um fora pai do espírito e do coração, outro pai do corpo e dos dotes físicos. Cada um porém sentia não possuir mais que metade dessa criatura, e aspirava ao domínio absoluto; daí cenas tumultuosas que se originavam, intermináveis disputas, em que o velho soldado atirava contra a lógica inflexível do advogado, os pelouros e bombardas de suas juras e imprecações.

O advogado triunfara afinal, e devia, porque a sua força estava no coração; ele amava aquele menino como o filho de sua alma, enquanto que o velho alcaide tinha apenas por ele a afeição da afinidade realçada pela vaidade de se reviver no discípulo. Estácio para ele era a encarnação de sua mocidade; mas para o advogado era a concentração de uma existência inteira de sentimento, a transfusão de sua alma.

— Acabastes afinal, sr. alcaide? perguntou com serenidade o advogado.

— Se acabei!... Um dia inteiro não bastará para tudo quanto vos teria que dizer sobre este assunto. Conseguistes vosso intento; arredastes de mim o rapaz, primeiro para clausurá-lo num ninho de frades, depois para trancafiá-lo na cadeia! Tirai-o agora de lá!
— A esse respeito vim eu falar-vos!
— Ah! já careceis de mim?... Já o soldado velho presta para alguma coisa?... Aviai-vos como puderdes!... Eu não me meto nisso!...
— Mas escutai!...
— Não! não! não!... Trinta mil vezes não!... vociferou o velho com uma voz de bombarda.
— Quem vos diz o contrário? acudiu o advogado com o tom macio. Por dizer que vos vinha falar, não penseis que é para soltar o menino! De modo algum! Se eu estou com o senhor governador que ele precisa de uma lição boa!...
— Heim?... Que estais aí rosnando?... Lição por quê?
— É pouco andar por aí desafiando-se com gente poderosa, por não sei que amores...
— Então parece-vos isso?... disse o velho tremendo a cabeça branca como um camaleão.
— Pois decerto.
— Pois... pois... pois, calai-vos daí que não entendeis dessas coisas! Ide aos vossos alfarrábios. Fez muito bem! E eu vou dar-lhe um abraço.
— Heis de dá-lo!... retorquiu Vaz Caminha escarnecendo.
— E quem me há de impedir?...
O velho soldado precipitou-se pela porta afora, como uma torrente, e com poucos instantes irrompeu pelas escadas do palácio. Lá estava porém o rochedo frio, onde se devia pulverizar a onda dessa cólera impetuosa. O governador habituado àquele caráter indomável, o fez voltar manso como um cordeiro. Do mesmo modo que a riqueza e poderio de D. Francisco, ou a lógica e saber de Vaz Caminha, o arrebatamento de Álvaro de Carvalho nada conseguiu.
O advogado recolheu muito pesaroso e tão alheio de si, que apesar do recendente cheiro de alho que trescalava, deixou esfriar a sopa, com tanto desvelo preparada pela velha Euquéria. Todo esse resto do dia levou o bom velho em incessante cogitação; parecia que dentro dele se travara uma luta entre dois sentimentos, e o triunfo ora pendia para um, ora para outro. Afinal decidiu-se a vitória; o advogado ergueu-se com a energia de sua resolução, e disse:
— Perdoe-me Deus se faço mal!
Abriu a arca dos papéis; procurou em um dos escaninhos de segredo um velho pergaminho lacrado como um testamento, e depois de olhá-lo por muito tempo, sentou-se ao telônio, e cobrindo-o com outra capa, escreveu no rosto:

Declaro, eu Vaz Caminha, doutor pela Universidade de Coimbra e advogado nesta cidade do Salvador, que receando qualquer desgraça que me possa acontecer, deposito este papel no cartório do tabelião Belmude, para ser aberto depois de minha morte.

Na manhã pois desse dia se encaminhava o bom velho para a casa de Fernando de Ataíde. O fidalgo o recebeu de mau humor, com um modo descortês.

— Que quereis de mim, senhor? perguntou-lhe com rispidez. Não vindes por certo cumprir a promessa que fizestes de restituir-me o adversário na hora em que o exigisse eu!...

— Cesse a força maior que lhe impede a liberdade, e vo-lo restituirei ao menor aceno!...

— Bem vistes, pois estáveis em palácio, que nos empenhamos com todas as forças pela sua soltura; haveis de reconhecer quanto a desejava?...

— Oh! sei!... Mas nada conseguistes?...

— Nada, infelizmente.

— Pois, Senhor D. Fernando, disse o advogado usando do remoque em represália, já que tanto vos interessais por esse mancebo, animo-me a confessar o motivo de minha vinda. O que me trouxe foi a intenção de fazer-vos uma súplica em seu favor.

— Quereis divertir-vos à minha custa, senhor doutor? disse o fidalgo arrebatado.

— Não fostes vós quem primeiro lançou o remoque, e sobre uma afeição legítima e sincera?... Avaliai do que havia doer-me pelo vosso desgosto.

— Escusai-me; e se nada tendes mais que dizer-me... atalhou o moço erguendo-se.

— Tenho muito, ao contrário. Disse que venho fazer-vos uma súplica; repito, e crede que vos falo seriamente. Venho suplicar-vos uma graça!...

— Perdeis vosso tempo. Entre mim e esse homem só pode haver de comum, bem sabeis, o ódio e a vingança!...

— Estácio Correia nada quer de vós, e nada pede, Senhor D. Fernando. Não vos falo no seu, mas no meu nome... Ele não sabe, nem saberá nunca do passo que dei!

— Mas enfim, o que pretendeis de mim? Declarai-o de uma feita, senhor.

— Já vos satisfaço, disse o velho calmo e acenando ao fidalgo para sentar-se. D. Fernando resignou-se a ouvir calado, como expediente para concluir mais depressa a prática.

— Os cavalheiros e homens de guerra, como vós, Senhor D. Fernando, costumam decidir seus pleitos e ganhar empresas com as armas na mão, em combate leal. Este que tendes em vossa presença, pobre velho acabado dos anos, é homem de paz, e escolhe para suas contendas armas mais tranquilas. O coração do adversário, que procurais trespassar com a ponta da espada, se esforça ele por tocar somente com a palavra. Não leveis a mal pois que venha eu, por tantas e tão fortes razões estranho aos vossos favores, falar-vos de

objeto mais que muito delicado para ambos.
— Os prólogos são por demais longos!... atalhou o impaciente fidalgo.
— Em chegando ao epílogo talvez não penseis assim, retrucou o advogado.
Vaz Caminha revestiu-se de um ar de nobre franqueza. Uma expressão de sensibilidade derramou-se em sua fisionomia, como se sua alma terna se desdobrasse pelas rugas pálidas do semblante.
— Tenho setenta anos, senhor, e dessa longa existência mais de dois terços foram consumidos no rude labor da profissão. Arrancado cedo à família pelo estudo, sequestrado depois pelo trabalho, não tive tempo nem de amar, nem de ser amado. Deus me reservava essa ventura para consolo da velhice, dando-me um filho espiritual, e encarregando-o órfão aos meus desvelos. Não sabeis, nem avaliais, senhor, do que seja esse amor; é a procriação do espírito; tem ao mesmo tempo de pai e mãe; parece que esse tenro espírito desenvolvido e bafejado por nós saiu das entranhas de nossa alma; parece que o nosso pensamento lhe gera as graças infantis, depois as prendas da juventude, afinal as virtudes da idade viril. É a felicidade desse filho querido, única família minha, que vos peço de joelhos, senhor!... São estas cãs humilhadas a vossos pés, estas rugas surcadas pelas lágrimas, as minhas armas! Rendei-me o nobre coração, D. Fernando!...
As lágrimas corriam ao longo das faces do velho ajoelhado; e o moço sorria de desdém, sem fazer o mínimo gesto para erguê-lo.
— Sois moço, fidalgo, rico de bens e nobres prendas. O caminho da vida se abre para vós semeado de flores; basta-vos estender a mão para colher a mais formosa e mais altiva. Ele, moço como vós, mas deserdado dos bens da fortuna, descido do que foram seus pais outrora, órfão e infeliz, de tanto que vos sobra, nada lhe coube em partilha. Um amor grande, que ele não buscou, mas lhe foi do céu enviado, é toda sua riqueza e ventura. Deixai-lhe esse óbolo ao menos, e Deus abençoará vossa caridade tornando-vos em abundância essa esmola feita ao pobre velho e pai!...
D. Fernando que ouvira até então pasmo da estranheza do pedido, disparou em um riso sardônico.
— Oh!... Vosso pupilo, afilhado, ou o quer que seja, não está todo soberbo de ser amado e querido?... Que lhe posso eu dar, eu desprezado e escarnecido?...
— Não zombeis dos amores contrariados, que talvez breve os panteeis e bem amargamente! disse o velho com o tom profético.
— Tendes usado e abusado da minha paciência, meu velho. Não vos parece que já é tempo de terminar a farsa?...
— Deveis-me uma resposta, senhor: a cortesia pede que a deis, boa ou má, porém comedida e urbana.
— Quereis uma resposta?... Eu vou dar-vo-la, e tal que há de satisfazer-vos.
O fidalgo aproximou-se do velho rangendo os dentes:
— Entre mim e este homem, já vos disse, só há, só pode haver ódio. Não vos coloqueis entre nós, velho; a espada que há de traspassar-lhe o coração bem pode de um revés aparar-vos as orelhas, que não cabem no barrete.

A fisionomia austera do advogado cobriu-se de luto e dó; ergueu os olhos ao céu, invocando talvez a assistência divina, e logo após abaixou- os sobre o fidalgo, duros e severos como olhos de juiz supremo que condena.
— Eu vos agradeço, senhor, por me haverdes falado a linguagem do rancor e da maldade. Destes-me a força, que eu não teria talvez, se vos achasse a alma boa e bem intencionada. Destes-me a força de punir-vos a soberba!
— Estais louco, velho?... gritou Fernando.
— Sentai-vos e ouvi-me. Eu vo-lo ordeno em nome daquele de quem trazeis o nome.
— De meu pai?... acudiu o moço escarnecendo.
— E com a autoridade que me dá o seu testamento!
Essa última palavra foi de efeito mágico; o fidalgo demudou-se inteiramente; da mofa e escárnio passou à ansiedade.
— Naturalmente vos disseram, quando chegastes à maioridade, que vosso pai declarara na hora da morte ter feito seu testamento; mas que esse não foi encontrado.
— Como se acha ele em vossas mãos? E por que até agora o não apresentastes?...
— Breve o sabereis; e então julgareis melhor da falsidade de certo boato que naquele tempo correu!
— Qual boato? murmurou Fernando trêmulo.
— De vos haver vosso pai deserdado!...
— Restituí-me esse papel! Onde está ele?...
— Paciência, nobre senhor. Antes de desempenhar o encargo que me foi cometido, devo referir-vos uma história que foi passada há bem anos. Ouvi-me sem interromper, por mais estranhos que vos pareçam tais sucessos à vossa pessoa: a explicação virá depois.
O velho arrastou a cadeira para se chegar do fidalgo e começou de narrar com a voz surda, como se temesse acordar os ecos adormecidos nos recantos daquela habitação.

— *Vivia nesta cidade no ano de 1586 uma donzela de nobre linhagem, ainda que pouco favorecida da fortuna; mas tão avessa lhe fora a sorte em bens, como pródiga se mostrou a natureza em prendas e graças. De todos os mancebos de então era a qual mais lhe admirasse a formosura e lhe gabasse a gentileza, mas só um teve a dita de cativar-lhe o coração, e bem o merecia. A gente o chamava o* Donzel *pela nobreza de seu parecer e gentileza de suas ações; ninguém o conhecia que o não prezasse.*
"Mas era pobre, como a donzela; o que não impedia que se quisessem ternamente e se jurassem em segredo eterna fé e amor. Ricos das esperanças e afetos que lhes enchiam os corações, com esse tesouro desafiavam o futuro e volviam os dias sorrindo e cada vez mais embebendo-se um em outro, de modo que já não eram duas, mas uma só alma repartida por dois corpos.
"Não sabiam os pais desses afetos e nem por sombra os suspeitavam. Como

seu maior desejo era a felicidade da filha, e cuidavam que essa era a da riqueza e estado, mal chegou aos dezessete anos trataram de achar-lhe marido nessas condições. Facilmente o tiveram; para tão formosa dama e tão prendada não era preciso buscar, senão escolher, pois se apresentavam a cada instante dos melhores. Escolheram um fidalgo de avultadas riquezas e nome ilustre, mas a quem já os anos haviam crestado a flor da idade. Não souberam a que açor iam entregar a tímida e inocente rola.

"Quis morrer a donzela quando lhe anunciaram os pais as próximas bodas; lágrimas, soluços, súplicas e rogos, tudo foi baldado: a palavra estava empenhada; a honra exigia. O Donzel *não disse palavra; não sorriu mais; encontravam-no às vezes pelos ermos cruzando a passos lentos, e murmurando palavras surdas e entrecortadas. Chegou o dia do noivado; a festa foi suntuosa; levaram a donzela quase de rastos ao altar, lívida e exânime como uma virgem finada.*

"O Donzel *assistiu a toda cerimônia, embuçado, metido num canto escuro da igreja; e dizem que seus dentes rangiam mordendo as carnes do braço, enquanto os ossos da mão estalavam apertando o cabo da adaga.*

"De volta da igreja estiveram os desposados no sarau até tarde da noite, em que recolheram às casas preparadas para os receber. Vinha a noiva de palanquim, pelo respeito de sua extrema fraqueza; o noivo montava um fogoso ginete de batalha, que ele manejava com destreza. Mas no dobrar a rua o animal empinou de repente, e arremessando longe o cavalheiro de encontro à parede, disparou pela rua afora como um raio. Houve grande confusão; baralhou-se o cortejo; apagaram-se as tochas, e durante algum tempo ninguém se entendeu com a balborda. Falavam todos à uma do acidente; no dizer de alguns fora um vulto embuçado, que surgira por davante, a causa da disparada do ginete; outros atribuíam aos fachos o espanto do animal.

"Enquanto isto passava, o corpo fraturado e sangrento do noivo era levado à casa em andas de braços; e trás ele, seguiu o palanquim e o cortejo, que mais parecia agora saimento fúnebre, do que companhia de bodas. Os pajens contavam no dia seguinte, benzendo-se, que na estrada tinham visto cruzar a porta e sumir-se pelos corredores o mesmo vulto embuçado de negro, à vista do qual se espantara o ginete; e inventaram a tal respeito não sei que conto de almas do outro mundo.

"Aplicavam os físicos o primeiro aparelho ao enfermo esposo, prostrado em leito de dor, quando do outro lado do edifício, em vasta recâmera, a linda esposa conchegava-se nas vestes nupciais trêmula ainda e palpitante, como a avezinha escapa às garras do gavião se encolhe no ninho ofegante e arrufada de susto. Coitada dela! Hesitava se devia agradecer a Deus a desgraça que retardara a sua desventura; e ao menor rumor de fora estremecia cuidando ver assomar-lhe por diante a figura sangrenta e lívida de seu marido que viesse tomar possessão dela.

"Nisto ouviu passos cautelosos; o coração congelou-se; as pálpebras caíram desfalecidas.

"A porta se abrira silenciosamente; e à frouxa luz da lâmpada velada surgiu um vulto negro e sinistro. Mas caindo o manto no instante em que os olhos da senhora descerravam, reconheceu ela seu namorado. Grito de alegria travado de pavor, escapou-lhe do seio; sufocou-o nos lábios a mão rápida e prudente do cavalheiro:

"— Juraste ser minha, Violante.

"— E fui e sou tua! Mas roubaram-me a ti para dar a outrem!...

"— Tu me pertences na vida e na morte! respondeu o cavalheiro.

"O silêncio da noite sepultou no mesmo antro os gemidos da dor e os suspiros da ventura. No dia seguinte havia mais uma pecadora que não pudera, na frase do Cristo, atirar a pedra à mulher adúltera. Ela enterrara nessa noite fatal três coisas: sua virgindade de donzela, sua honra de esposa, e sua legitimidade de mãe.

"Três meses levou o esposo enganado a restabelecer-se; três meses durou a felicidade dos dois amantes. Eles não tinham outro confidente mais que a treva da noite; a desoras uma escada de corda descia do balcão; um vulto subia ligeiro como sombra fugace; a janela cerrava-se e o anjo dos puros amores batia as asas e voava ao céu gemendo.

"Uma noite o cavalheiro não viu descer a escada, e ficou até a madrugada imóvel, olhando o balcão solitário. Outra noite, e outra, e outra, e muitas mais seguiram pelo mesmo teor. Era já passado cerca de um mês, quando ausentando-se o marido, ele tornou a penetrar ainda uma vez na câmera nupcial profanada. Vinha taciturno e sombrio; esteve muito tempo de pé sem proferir palavra, nem levantar os olhos. Afinal arrancou do seio a voz angustiada e ao mesmo tempo o punhal da bainha:

"— Mulher, tu vais morrer. Cumpra-se o juramento, que traíste. Serás minha na morte, já que o não podes mais ser em vida! Este punhal nos reunirá no céu!...

"A amante pôs nele os olhos serenos e doces:

"— E nosso filho?...

"Tudo compreendeu ele! O juramento que lhe dera de nunca pertencer ao marido, e morrer se fosse preciso para escapar-lhe, não tivera ela ânimo de cumpri-lo sentindo nas entranhas o filho do amor adúltero.

"O cavalheiro enterneceu-se e chorou; seu lábio procurou o lábio dela; não achou mais do que um soluço e esta palavra acre:

"— Não me toques, que já não sou digna de ti!

"Ele ergueu-se; abençoou-lhe o ventre e partiu sem mais palavra. Ninguém soube nunca onde foi, pois não houve mais na cidade novas dele.

"Meses passados, o marido da dama empreendeu uma exploração. Durante essa ausência nasceu o filho, de modo que a mãe pôde encobrir a época exata do nascimento. O fidalgo não concebeu a mínima suspeita; e na volta foi para ele um júbilo apertar aos braços o gentil infante.

"Decorreram anos; o menino cresceu em tamanho e prendas. O marido da dama sentia por ele mais que amor, adoração. Por esse filho dera quanto tinha

e o mundo inteiro, se o tivera; agradecia a Deus não lhe conceder mais prole, para não ser obrigado a repartir com ela seu imenso amor de pai. A maior dor que já sentira fora a de separar-se dele, quando fazia a viagem do sertão, que costumava no meado de cada ano.

"Sucedeu que uma vez, tornando dessa viagem, chegasse à casa sem ser apercebido. Deixara atrás a comitiva; escoteiro apressava o passo ao cavalo para surpreender a esposa que o não esperava tão breve, e mais cedo abraçar o filho. Apeou no pátio; subiu aos saltos a escadaria, e foi direito aos aposentos da dama. Lá estava ela sentada numa camilha forrada de damasco, com o braço apoiado no reclinatório, e a mão espalmada na face mimosa. Seu filho brincava no chão com as figuras do tapete.

"Esteve o fidalgo da porta a rever-se um instante nesse quadro formoso de sua felicidade conjugal; ia já lançar-se para envolver esposa e filho num só abraço, quando um projetil impelido com força da parte de fora, veio cair no meio da sala. O menino soltou um grito, a dama ergueu a fronte espavorida e precipitou para o escrito; mas descobrindo com esse movimento a figura lívida e estática do marido, recaiu exânime sobre a camilha.

"O fidalgo fez-se medonho: o semblante fulo da atrabílis que a ira derramava; os olhos fundos e enterrados pela tumescência grande das faces; o riso mau da hiena; tal era o aspecto temeroso do esposo traído. Ele avançou e o passo era tão hirto, que lhe estalavam as juntas; chegando em face da dama apresentou-lhe o escrito aberto ante os olhos pasmos. Não o leu ela que a vista se lhe escurecia; deixou-se cair aos joelhos do marido, murmurando.

"— É chegada a minha hora, senhor. Ouviu a confissão desta infeliz.

"Enquanto o menino continuava a folgar a um canto, balbuciava a esposa trêmula ao ouvido do fidalgo a narrativa de tudo quanto passara. O esposo a ouvia com a cabeça vergada e a barba fincada no peito, imóvel, e embotada a consciência ao sentimento da tremenda verdade.

"— A escada de corda?... Onde está?... perguntou o marido.

"Passaram à recâmera. A dama abriu um cofre de charão, onde ficara intato desde a noite da separação, aquele instrumento de sua vergonha. Já então caíra a noite sombria; o fidalgo fechou as portas, foi ao balcão e deixando pender a escada, recolheu à sala. Com pouco assomou à janela um vulto embuçado, que saltou no aposento. Era o Donzel.

"Violante assistira a toda a cena, com uma serenidade de mártir; foi com um sorriso já celeste e imortal que saudou seu amante.

"Este mostrara surpresa encontrando ali um homem e reconhecendo nele o marido que desonrava. Ambos meteram mão da espada a um tempo: do terceiro bote a justiça de Deus punira o amor adúltero; entretanto poucos eram os cavalheiros capazes de resistir ao primeiro ímpeto do Donzel *no combate. Quando o coração desfalece, afrouxa o mais valente punho.*

"A dama atirou-se com uma velocidade espantosa sobre o cadáver do amante, e colheu-lhe nos lábios o último suspiro. Depois, com a boca tinta no

sangue querido, voltou-se para dizer ao esposo:
"— Agora a mim!...
"Rangeram de sanha os dentes ao fidalgo; um instante ele tripudiou no frenesi da raiva; travando dos longos e finos cabelos da formosa senhora, que fazia girar em torno, com o punhal suspenso na outra mão sobre o níveo colo, ele ansiava ferir e hesitava lembrando que a frágil criatura não tinha mais que uma vida, e lhe eram precisas mil para o rancor tamanho que sentia dentro de si.
"De repente passou-lhe de relance no pensamento uma ideia horrível que o fez rir, um riso de carrasco.
"— Tu hás de viver!...
"Atirou a um canto o corpo da esposa, e fechando por fora as portas, despediu os lacaios a vários lugares para os afastar durante a noite, proibindo aos criados subir ao sobrado. Feito o que embuçou-se e saiu apressado, caminho da ribeira; chegou às tercenas onde desembarcam os negros das costas da Mina e Guiné; apesar da hora obteve que lhe mercassem um que pagou a peso de ouro. Escolheu o mais boçal; disforme arremedo de gente, imundo, comido de lepra e infeccionado da cruel enfermidade do escorbuto, que trazem de África.
"Segredou o fidalgo com o língua algumas palavras que o fizeram arregalar os olhos de espanto:
"— É uma aposta que fizemos, alguns cavalheiros e eu!... Queremos rir à vontade!
"O língua parece que compreendeu, pois nada mais observou; e voltando para o escravo começou de falar-lhe no dialeto africano. O negro arregaçou os lábios mostrando os dentes, num sorriso que parecia grunhir. Seguiu com o trote miúdo do cão o fidalgo que estugava o passo; breve chegaram ambos à porta da casa, que entraram silenciosos e desapercebidos. Já eram dez horas; a cidade dormia.
"Chegados à porta da recâmera, o fidalgo empurrou o monstro e fechou a porta. O que se passou dentro daquela recâmera onde jazia a dama inanimada, ninguém o soube; deve de ter sido uma coisa horrível. O marido correra como louco até a porta da rua; e de lá voltara ainda mais rápido e delirante. Quis entrar; caíra-lhe a chave no corredor escuro. Então bateu como um furioso com o crânio e o peito de encontro à porta, até que a despedaçou. A dama estava inanimada sobre o tapete; o cadáver estendido do outro lado; e o negro acocorado a um canto como um cão de guarda.
"A um gesto do fidalgo, ele tomou o espojo do cavalheiro e desceram ambos ao horto. Cavaram toda a noite; a cova recebeu dois cadáveres, o do cavalheiro morto e o do africano vivo. No dia seguinte, da cena lúgubre, que se representara nessa casa, não apareciam vestígios.
"A dama perdera a razão; meses depois a recuperou com a consciência de uma dor maior, se é possível, de que sofrera. Sentiu que um ente vivia em suas entranhas; e recordando a noite fatal e o sonho horrível que a

precipitara na demência, só o heroísmo da maternidade pôde jungi-la à vida ignominiosa que lhe fizera a brutal e espantosa vingança do marido. Viveu para esse novo filho do ódio, como dantes vivera para o filho do amor. E, como são impenetráveis os arcanos do coração!... Essa criatura, fruto de uma quase bestialidade feroz, ela a adorou com extremos de ternura, ainda antes de nascer! Quando o instante do livramento aproximou-se, suspeitando que o marido quisesse ainda estender sua insaciável vingança à mísera criatura, com o auxílio de uma escrava dedicada a enjeitou.

"O fidalgo rugiu de cólera com o desaparecimento; porque essa criança contava ele que fosse o instrumento de sua atroz vingança, recordando vivamente à mãe a cada instante a infâmia a que ela fora arrastada. Foi então que assolado pelas paixões odientas, consumido pela contínua tortura e sentindo aproximar-se sua última hora, concebeu esse homem rancoroso a ideia de prolongar à vítima o suplício, e estender além-túmulo a tremenda punição que infligira à esposa adúltera, castigando-a até na geração espúria.

"Escreveu no seu testamento a história que ora vos refiro sem nada omitir; e concluiu deserdando aquele que passava por filho seu de todos os títulos e haveres, transmitindo-os para esse enjeitado, fruto da união brutal; porque dizia ele: "Esse, meu filho é, filho da minha vingança. Gerou-o o ódio meu". Mas o requinte da crueldade se revela mais ainda nas circunstâncias que acompanharam essa disposição de última vontade. Quis ele que seu testamento só fosse aberto quando o deserdado chegasse à maioridade; nessa ocasião se convocariam os parentes e pessoas principais, e em presença de todos se faria a leitura solene. Pensava ele que assim já moço e afeito ao fausto e esplendor da vida fidalga, sentiria mais o deserdado o golpe, do que se o recebera na infância.

"Ao mesmo tempo anunciou à mísera mulher a feitura desse testamento horrível, não esquecendo advertir-lhe que o deixava como o espectro de sua vingança, que a seguiria na vida, podendo aparecer a cada instante, e torturando-a sob essa constante ameaça. Para esse efeito ficaria depositada em mão segura, ignorada por todos. Essa foi a do seu letrado, de quem fiou tão horrível depósito.

"Quando estava a decidir, pediu que lhe chamassem o letrado; então lhe prescreveu que guardasse em seu poder o testamento até que fosse chegado o momento de proceder à sua abertura; e caso executasse fielmente a incumbência, seria recompensado com uma avultada quantia, legada em codicilo. Suspeitou o advogado desse mistério, e exigiu para encarregar-se do mandato as razões do estranho proceder.

"— Vou confiar-vos este terrível segredo, respondeu o fidalgo; tanto mais quanto é necessário que vos compenetreis de minha vontade para bem representá-la na terra, quando nela já não estiver. Este testamento é minha alma que vou abrir aos vossos olhos.

"Mostrou então uma cópia do horrível testamento, que o letrado leu horrorizado.

"— Rasgai, senhor, rasgai este abominável parto de vossa estulta vingança. Julgais estar falando a um algoz, ou a um homem da lei e advogado da justiça?...
"— Por isso mesmo que sois advogado da justiça, não permitireis, que logre o filho adúltero o nome e a fazenda do esposo traído!...
"— Este direito tendes de deserdá-lo; mas invocai a lei, não a infâmia.
"— Invoco a verdade que devo a Deus e aos homens. Se fiz mal, vou ser punido. Quanto a vós, sois depositário do meu testamento, e eu virei do outro mundo tomar-vos conta do modo por que o heis de cumprir.
"Debalde o letrado esgotou razões e conselhos; tudo foi baldado; correu a casa em busca do papel; já o enfermo tinha expirado sem quitá-lo do tremendo depósito. Mas se o guardou inviolável, condenou-o logo a eterno silêncio. Talvez teve a viúva alguma suspeita, porque várias vezes procurou-o para falar-lhe do assunto; mas sem trair o segredo de que era depositário, conseguiu dar-lhe consolo e ânimo para educar seu filho, e deixá-lo feliz e estimado."

Acabou assim o doutor a história. Diante dele, esmagado pela tremenda revelação, D. Fernando estava inerte e estúpido. A princípio, quando o advogado começara a narração, a sua ansiedade crescera até que a luz se fizera em seu espírito; e veio a prostração e o aniquilamento.
— Sabeis quais foram as figuras dessa lúgubre tragédia? perguntou o velho.
O cavalheiro mordia nos lábios o soluço rebelde: a sua pungente atitude respondia por ele.
— A cena foi nesta mesma casa. Aquela porta é a da câmera nupcial; desta janela vê-se o horto...
— Calai-vos, demônio!... gritou o moço com os cabelos erriçados.

Capítulo XVIII
Como cede a glosa ao enigma

O aposento onde se achavam os dois personagens era uma vasta sala, sombria e triste, pelo desenho fantástico dos lambéis que forravam o alto das paredes, e as almofadas de jacarandá negro que cingiam a volta das cadeiras. Carregava esse tom severo a pouca luz que entrava pelas persianas dos balcões, a essa hora próxima da noite.
D. Fernando ergueu-se ameaçador, e caminhou para Vaz Caminha:
— Qual é vossa tenção, senhor? perguntou com a voz trêmula.
— Já que Deus pôs em minha mão esta arma terrível, usarei dela para castigar o vosso coração mau, e assegurar a felicidade de um mancebo virtuoso e bom.
— Então o que outrora vos pareceu indigno da vossa profissão, por ser mister de algoz, não vos repugna praticar agora?...
— Outrora vossa mãe vivia e éreis vós uma inocente criança; hoje a mísera

senhora faleceu, e vos tornastes um mau homem, soberbo e vão. Também eu mudei; como advogado e homem de lei, recusei o mandato; como instrumento, inda que humilde, de que serviu-se a Providência para recompensar a virtude e punir o vício, não me posso eximir a um dever sagrado. Corrigirei a obra de ódio e vingança tornando-a em lição de justiça e verdade, tirando-lhe a solenidade do escândalo. Se não renunciardes para sempre à mão de D. Inês, seu pai saberá a história do vosso nascimento. Eis, senhor, a minha tenção!...

— Pois deveras pensaste, velho estulto, que eu deixaria o meu destino à tua discrição, quando te posso esmagar aqui como um verme abjeto que és?... Restituí-me já o testamento de meu pai, ou acabarás à ponta deste punhal!

— O testamento que tenho em depósito é de D. João de Ataíde, não de vosso pai!... respondeu o velho sem alterar-se.

— Não escarnecei da minha cólera, velho!

— Como posso, se dela hei dó e compaixão!

— O testamento?...

— Em vindo aqui, deixei-o lacrado dentro do meu e confiado a pessoa segura, para ser aberto quando conste o meu passamento. Portanto se quereis vê-lo, matai-me depressa!...

O moço patinhou de raiva; afinal caiu sucumbido sobre a cadeira; o punhal escapou-lhe dos frouxos dedos e rolou no tapete. Depois de uma pausa, o advogado ergueu-se:

— Agora me dirá o muito alto e poderoso Senhor D. Fernando de Ataíde, se ainda pretende oferecer a D. Inês de Aguilar, com a mão assassina que não duvidará ferir um velho inerme, o nome que traz do matador de seu pai?

— Que queres tu de mim, Satanás? Ordena, já que me tens em tuas garras!

O velho teve dó desse desespero:

— Perdoai-me, senhor, a grande dor que vos fiz passar. Deus me é testemunha, que se não fosse a vossa cruel zombaria, nunca teria a coragem de apelar para o terrível segredo, devesse eu tragar as lágrimas que a vossa recusa me arrancaria. Mas sepultemos isso no passado donde não devia surgir nunca; esquecei este mau sonho. Nada pois vos ordeno, nem tenho esse direito; sim renovo a minha súplica: renunciai ao casamento...

— Dou-vos minha palavra!...

— Deus vos recompensará deste sacrifício. Mas aquele a quem vossa palavra deve restituir a esperança perdida, não a pode ouvir de vossa boca nem da minha... Sabeis que há coisas tão melindrosas que não se transmitem sem alterar-lhes a essência. Fazei a graça completa dando-me vossa palavra escrita!

— Para que ele suspeite do mistério horrível que me fez vosso escravo?... murmurou o fidalgo amargamente.

— Se eu quisesse que Estácio Correia concebesse a mais leve suspeita a esse respeito, não carecia de pedir a vossa palavra, bastava que lhe assegurasse sob minha fé, que pelos motivos de mim conhecidos e que em tempo

revelaria, vossa aliança com a casa de Aguilar era impossível. Não me conheceis, Senhor D. Fernando; este homem que vistes há pouco implacável para arrancar-vos a felicidade de seu filho, leva daqui uma dor acerba, a de ter perturbado a calma de vosso espírito; ele não quererá agravar o mal sem necessidade.
D. Fernando serenado por essa palavra insinuante e suasiva, que o penetrava como bálsamo espargido nas chagas vivas, sentou-se à banca e escreveu:

"Por minha honra neste mundo..."

— Posso eu escrever ainda esta palavra? perguntou ao advogado com um sorriso acerbo.
— Escrevei-a sem hesitar; sois apenas desgraçado. Perante Deus só há uma qualidade de honra, é a virtude.

"Por minha honra neste mundo e minha salvação no outro, juro que em caso algum me desposarei com a Senhora D. Inês de Aguilar, filha de D. Francisco de Aguilar; e se por desgraça e vileza
minha o fizesse, o que espero em Deus que não, dou à pessoa, em cujo poder esta minha declaração se ache, o direito de com ela açoitar-me as faces, e proclamar-me o infame dos infames."

Depois de escrito, entregou ao advogado o papel.
— Acho-o por demais severo!...
— Punge-me a consciência do passado, doutor. Essa lepra nada há já que a possa arrancar d'alma em que vai lastrando!...
— Mísero senhor!... exclamou Vaz Caminha enxugando duas lágrimas.
D. Fernando carecia da solidão.
— Que mais desejais de mim? perguntou o moço.
— Ainda tenho dois pedidos que fazer-vos. É o primeiro, que não comuniqueis a vossa resolução a D. Francisco, senão quando vos eu advertir!...
— Oh! não! Deixai romper de uma vez esses laços!...
— É impossível, Senhor D. Fernando. Sem essa cláusula a vossa desistência fora inútil.
— Compreendo agora, suspirou o mancebo com azedume; é preciso que eu fique guardando o lugar até que chegue a vez do mais ditoso!...
— E pesa-vos concorrer para a felicidade de dois entes dignos dela?... Estou que não; deveis essa reparação à memória de vossa boa mãe!...
— Qual é o outro pedido vosso?...
— Esse quase o dispensava, pois creio que o objeto dele já está em vosso pensamento. Heis de proteger a pobre criatura enjeitada...
— Sabeis onde ela existe e qual seja? perguntou o fidalgo estremecendo.
— Nada sei de positivo; mas o Senhor D. João de Ataíde tinha suspeitas, que

não chegou a tirar a limpo. Conheceis uma rapariga que vive de ser alfeloeira?...

— Mora para as bandas de São Francisco?

— Justo! gente da rua a chama a Enjeitada da Parteira!...

— A Joaninha?...

— Se as conjeturas de D. João de Ataíde não erraram, deve de ser ela.

O moço escondeu o rosto nas mãos, para ocultar à luz do dia o rubor da vergonha e humilhação.

E agora sabe-se a razão por que no dia seguinte jogava D. Fernando na taberna do Brás um jogo do inferno.

Vaz Caminha deixou-o afinal e foi-se em direção da casa de Estácio.

O velho caminhava ligeiro como quem ia leve de cuidados; mas eram ao contrário os impetuosos pensamentos a encapelarem no cérebro, que o impeliam com tamanha força para o alvo. Dando trégua à tristeza que lhe deixara a cena passada em casa de Ataíde para entregar-se exclusivamente à tarefa que tomara a si de assegurar a felicidade do seu filho adotivo, o doutor ruminava ainda uma vez o plano concertado em sua mente.

Desde que perdeu a esperança da soltura do moço, o advogado resolvera partir para São Sebastião e na qualidade de mandatário do filho de Robério Dias, receber de D. Diogo de Mariz o roteiro das minas de prata. Essa resolução ainda mais se firmara em seu ânimo, quando soubera da súbita partida do P. Gusmão de Molina, a qual viera como asselar as suspeitas, comunicadas na véspera a Estácio. Não podia o advogado porém cometer a empresa da viagem sem levar procuração do afilhado, e deixar-lhe a esperança que o fortificasse para resistir à prisão. Na incerteza do casamento de Inesita, temia o velho pela vida do mancebo.

O mais difícil para a execução desse plano era pôr- se em comunicação com Estácio. Sabia Vaz Caminha que ele estava no Castelo de Santo Alberto e incomunicável, pois lho dissera o governador; mas o meio de chegar ao cavalheiro através dos grossos muros de cantaria batidos pelas ondas e das espessas abóbadas guardadas dia e noite pelos mosqueteiros, era o que não sabia o velho.

— Deus ajudará!... dizia ele consigo. Tenho por onde começar, já não é pouco!...

O astuto velho assentara que o primeiro passo a dar era saber ao certo o cárcere onde tinham metido o moço, e sua posição no castelo. Ele partia desse axioma de geometria que não se pode tirar uma linha sem conhecer os dois pontos extremos. Era pois à solução desse problema da situação de Estácio que descia o advogado aos saltinhos a ladeira na direção da Ribeira, em busca da casa de D. Mência.

Os solavancos que lhe fazia dar o íngreme e ab-rupto da ladeira resistindo ao seu passo leve demais, o levavam tão desconcertado pela montanha abaixo, que ia-lhe sucedendo um desastre. Foi de peitos contra a testa de uma pessoinha que vinha subindo à corrida cega. Felizmente quitou-se do perigo pelo susto; caiu sentado, com o causador do acidente embrulhado ao colo. Abaixando os olhos para ver aquele improvisado nenê, deu o advogado com o rosto brejeiro e petulante de Gil.

— Oh! oh!... maganão!... disse o advogado rindo e beliscando a orelha ao pajem. Andas à tuna!...

O menino já estava de pé, sacudindo a terra da garnacha do advogado.

— Sua mercê me escuse!... A pressa com que vinha!... murmurou o pajem sofreando o riso.

— Vieste muito a propósito: pois que ia mesmo à tua procura para me levares aonde mora um tal Esteves, pescador.

— Ui!... Que quer dele o senhor licenciado?...

— Naturalmente encomendar-lhe peixe. Para que serve um pescador?... Vamos; segue adiante.

Gil não gostou dessa incumbência, e sem o respeito que tinha ao mestre e padrinho de seu querido amo, ali plantaria o velho a olhar para o tempo, e sumir-se-ia num pestanejar. Foi pois resmungando lá consigo e de muito mau modo que obedeceu à ordem, e desceu a ladeira.

O Esteves morava num casebre fora de portas à beira da praia que se estendia para a barra, mas a pequena distância dos antigos muros da cidade. Para lá ir atravessou Gil a colina onde está hoje situado o passeio público. Ao chegar à aba da colina, avistaram o pescador que arrastava em seco a canoa cheia de peixe.

— Lá o tendes, senhor licenciado. Não vedes que puxa a canoa?...

— Sim; vejo, aquele rapagão forte!...

— Boa estopa de gente, como dizem os companheiros dele!...

— Pois vai-te, que já não careço de ti. A esta hora estarão chamando por teu nome.

— Quem me chamaria, lá não está!... disse o pajem suspirando.

— Embora, vai sempre!... disse o advogado dando-lhe um piparote no nariz.

Gil não se moveu; mas vendo que o advogado se voltara para olhá-lo, tomou seu partido, e disparou à carreira para a cidade. Vaz Caminha então endireitou para o canoeiro, que lhe ficava ainda a tiro de berço.

— Sois vós o Esteves, pescador?

— Para vos servir, senhor meu!...

— Não me conheceis?... Eu sou o padrinho de Estácio!...

— Ai, senhor! Que novas me dais do pobre moço?... Pois é certo que o prenderam?...

— Certíssimo! Mas isso que vos aflige tanto, é porque o estimais?...

— A igual de pai ou irmão, ou de um com outro!...

— Por bem dele, seríeis capaz de arriscar a vossa vida?

— Mas sem dúvida! Não fazia senão o que ele já fez por mim!...

— Quando isso?...

— Uma tarde que andávamos no mar, veio uma chalupa que nos pôs a canoa em frangalhos e atirou-nos de catrâmbias pelos ares. A terra nos ficava três tantos como daqui à Vitória. Pois o moço não empurrou para mim o uru que ele tinha agarrado, e começou a nadar valente atrás da chalupa?...

— Ah! ocultou-me essa circunstância!... murmurou o advogado enternecido. Voltando-se para o mar onde se erguia o castelo, mandou seu pensamento beijar a fronte do mancebo por aquele ato de abnegação, como pela modéstia e nobreza com que o calara, narrando a história de seus amores.

— Felizmente também salvou-se por um milagre!... acrescentou o pescador.

— Pois, Esteves, careço de saber hoje mesmo com segurança em qual dos cárceres do castelo puseram Estácio, e se é possível fazer chegar-lhe às mãos um papel! Lembrei-me de vós para isso, por saber quanto lhe sois dedicado!...

— Fazei de mim, senhor meu, como for de vosso contento e agrado, desde que é para bem dele!

— Despejai a vossa canoa, enquanto vos eu explico!...

Uma vozinha flautada soou pela nuca do advogado.

— Se é para saber onde está o cavalheiro, não é preciso!...

— Olé! o Gil?... Onde estavas, rapaz?

— Ah! brejeiro, que me lograste!... disse o advogado reconhecendo o pajem. Mas que dizes tu?... Sabes onde está ele?...

— Não soubera! acudiu Gil vaidoso. Se eu não descansei enquanto não consegui. Em antes de ontem quando o prenderam, vim seguindo para ver onde o levavam. Do mar ele me mostrou o castelo; e então corri de um fôlego só de lá aqui; saltei na canoa de Esteves, que andava apregoando seu peixe por essas ruas, e toca a remar. Ele está ali dentro, disse eu fazendo as minhas contas, e há de me ouvir e dar algum sinal. Pus-me a cantar umas trovas que ele me ensinou, rodeando por bem perto do castelo, como quem não queria a coisa, mas com o olho vivo e o sentido alerta!... Vai senão quando eu bispo uma coisa, assim a modo de farinha, caindo na canoa; olho para cima: eram uns torrões de caliça que atiravam de dentro por uma fresta estreitinha que não é capaz de caber esta mão fechada!... Então eu vi que era ali que ele estava!...

— Só por isso?... perguntou o advogado abanando a cabeça.

— Não vê que eu havia de deixar as coisas em dúvida; para me certificar bem, calei a boca, não cantei mais; as bolinhas também pararam. Torno eu a cantar por baixo da fresta, e não só a caliça a cair, mas um assobio que não me engana, ainda que quase se não ouvia pelo marulho forte!...

— Agora sim! Mas, pirralho, se tu soubeste isto há dois dias, por que não me foste logo dizer?...

O pajem fitou no velho um olhar petulante:

— Pois se Sua Mercê foi causa de o meterem lá dentro!... Fui dizer a quem o quis livrar da guarda lá na Graça, e o há de livrar da prisão.

— Quem é esse?...

— O maior amigo dele, o Sr. Cristóvão, que foi quem mandou o Capitão de Mato João Fogaça, homem cá do meu peito, esse tal!... Capaz de ir no inferno

buscar o Tinhoso pelas orelhas!...
— Pois agora trabalharemos todos juntos esse impossível a ver se o conseguimos.
— Agora mesmo quando topei com o sr. licenciado ia eu para lá, porque o Sr. Cristóvão me disse que estivesse de espreita e logo que aparecesse alguma coisa de novo lhe fosse levar. Ora inda agorinha mesmo vi eu lá na fresta uma tira de pano branco assim pestanejando como bandeirola!... Quem sabe o que é?...
— É ele que te chama sem dúvida para dizer alguma coisa. Vai sem detença ver.
Acabava Esteves de esvaziar a canoa e pô-la a nado; Gil saltou dentro, e a remo teso vogaram pela baía afora em direção ao castelo. Aproximando-se do rochedo submarinho, fronteiro à seteira designada pelo pajem, parou o barquinho, e os dois, um na popa, outro na proa, começaram a pescar a anzol. Gil soltou o seu descante.
A bandeirola branca de que falara apareceu outra vez na seteira; solta ao vento, adejou pelos ares, e foi cair longe sobre as ondas. A canoa singrou rápida como um peixe naquela direção; com espanto de ambos o pano boiava sobre a água, e só lentamente e depois de algum tempo foi-se afundando; mas Esteves atirou-se ao mar, e mergulhando foi agarrá-lo quando ele ia já sumindo-se da zona esclarecida das vagas.
De posse do objeto tornaram os dois à praia, onde os esperava o advogado, que de longe acompanhara com a vista toda a manobra. O curioso Gil tratou logo de examinar a bandeirola para saber o que desejava Estácio; porém por mais que virou e revirou a tira de pano branco, nada viu que pudesse orientá-lo. Afinal cansado de procurar, dobrou-a e meteu na algibeira:
— O que manda ele? perguntou Esteves.
— Sei cá!... respondeu Gil despeitado. Isso é lá gíria dele! Só o velho a pode entender!...
Vaz Caminha recebendo o misterioso objeto das mãos de Gil, esticou-o entre os dedos, e esteve observando-o por algum tempo com séria atenção.
Ele sabia que um homem inteligente como Estácio, na posição difícil em que se achava, era capaz de transformar o mais insignificante objeto em um instrumento de sua vontade; e pois procurava ler naquele fragmento de lençaria como em uma esfinge.
Afinal seus olhinhos cintilaram:
— Já sei!... já sei!... murmurou. À noite lhe levareis o que ele pede, Esteves!... Aqui estarei ao escurecer!...
— Mas o que pede ele, senhor licenciado?...
— Depois vos direi. Vinde!...
Vaz Caminha e o pajem voltaram à cidade; em meio do caminho interrompeu o velho a sua meditação para perguntar ao menino:
— Gil, tu viste de perto e por duas vezes a seteira do cárcere; podes tu dar-me com certeza a largura dela?...

— Esperai, senhor licenciado!...

— Caberá esta cana?

— Até o castão, duvido, tão estreita é!... respondeu o pajem apalpando a bengala.

— Mas a ponta?

— Essa com certeza!...

— Está bem; podes ir-te a casa. Não é preciso que refiras o que é passado a mais ninguém; quando for necessário, eu mesmo recorrerei ao Senhor Cristóvão de Garcia!... Entendeste, pequeno? Olha, não faças mal a teu amo, querendo fazer-lhe o bem!...

— Ai, não; eu vos prometo nada dizer; mas ao menos dai-me alguma esperança que me sossegue!...

— Breve beijarás a mão a teu cavalheiro, e o verás satisfeito e feliz!... Estás contente?

— Deus vos ajude, senhor licenciado!... Que contentamento terei!

Vaz Caminha entrou na primeira loja aberta que encontrou para descansar da longa caminhada, e mercar alguns objetos de que tinha necessidade.

Capítulo XIX
Uma pena por um punhal

Eram duas horas da tarde.

A esse tempo Estácio sentado no úmido chão do cárcere, seguia com o olhar ansiado a réstia de luz que penetrava pela seteira e ia a pouco e pouco desmaiando. O ouvido alerta procurava discriminar no surdo rumor que penetrava naquele antro, algum som amigo.

Desde o momento em que o lançaram na masmorra, o espírito do cavalheiro trabalhava incessante; a inércia física parecia centuplicar a velocidade do pensamento. Com a sua vontade isolada rompia aqueles muros de rocha, ou zombaria da vigilância contínua de seus guardas?... Era o problema insolúvel que provocava a sua poderosa imaginação.

Ouvindo poucas horas depois de achar-se no cárcere a voz de Gil a cantar, o cavalheiro ergueu-se de sobressalto. Percebendo pelo som que o canto vinha de perto, e ia circulando o castelo, imediatamente compreendera o movimento do pajem quando deitara a correr pela praia; conjeturou que o menino fora buscar a canoa para se aproximar dele e talvez pôr-se em comunicação, caso fosse possível. Seu primeiro impulso pois foi lançar-se para a seteira; entre essa e o chão estavam dispostas na muralha como degraus um buraco e um prego, que o cavalheiro suspeitou ser indústria de seu antecessor; graças a esse auxílio pôde galgar a seteira; mas teve uma decepção; porque não conseguiu ver senão uma nesga do céu: a fresta era talhada em diagonal de fora para dentro.

Contudo pôde Estácio ouvir melhor; e conhecendo que a voz de Gil se aproximava do cárcere, atirou-lhe com os torrões de caliça que a sua mão no subir arrancara da alvenaria; depois arriscou o assobio, que não escapou ao esperto pajem. Este incidente fortificou a coragem do cavalheiro; porque lhe mostrou a possibilidade de uma comunicação com seus amigos.

Quebrado de fadiga pelas emoções desse dia, e acalmada a excitação do espírito pelo bafejo da esperança, o moço recostou-se de encontro à parede do cárcere, e entregou-se ao sono que o ganhava. Dormiu algumas horas; quando despertou era noite fechada; o cárcere estava sepultado em profunda escuridão. Evocando as suas recordações para saber onde se achava, foi distraído por um sussurro estranho que parecia vir de dentro do muro. Aplicando o ouvido, reconheceu o som de vozes humanas, e distinguiu mesmo as articulações das palavras apesar de abafadas pela espessura da parede; mas não pôde compreender coisa alguma porque falavam em língua estranha.

— São meus vizinhos encarcerados, pensou ele.

A mão maquinalmente estendida topou com um objeto frio e liso ao tato, e às apalpadelas descobriu outro áspero e leve. Era um canjirão d'água com uma broa por tampo. Naturalmente o carcereiro viera enquanto ele dormia e lhe deixara a ração diária. Estácio não tomara alimento algum naquele dia; devorou pois com avidez a broa e bebeu meio canjirão d'água. Feito o que recostou-se de novo na muralha para reatar o sono interrompido.

O murmúrio de vozes que já escutara chegou-lhe de novo ao ouvido. Dessa vez Estácio, já livre do torpor do sono, notou que o som vinha de baixo, e não do lado, como lhe parecera em princípio.

— Talvez haja outro cárcere por baixo deste!

Mas não acabara essa reflexão, quando a razão lhe mostrava a inverossimilhança dela. De feito; além de não ser provável que existissem cárceres abaixo do nível do mar em uma fortaleza construída sobre rocha viva, acrescia que a espessura da abóbada não permitiria ouvir a voz de quem falasse nessa masmorra subterrânea. Ocupou-se por algum tempo o mancebo a cogitar sobre a singularidade acústica do cárcere; porém logo deu trégua a esse assunto para ocupar-se do outro mais importante da sua evasão.

Ele estava mais do que nunca decidido a readquirir a sua liberdade para disputar Inesita a D. Fernando, e o roteiro ao P. Gusmão de Molina. Acudiu-lhe então o velho meio tão usado desde que se inventaram as prisões: atirar-se ao carcereiro quando viesse à sua visita habitual, e subjugá-lo amordaçando-o; trocadas com ele as vestes, passar assim disfarçado entre as sentinelas, ganhar as ameias e fugir a nado.

Esse projeto arriscado tinha contra uma circunstância que o moço ignorava: nas extremidades do corredor circular que cingia os cárceres, havia duas sentinelas constantemente dia e noite; e tal era o rigor da disciplina e cautela, que o próprio carcereiro não podia passar por elas uma só vez sem trocar o santo. Aí portanto, de encontro à alabarda das sentinelas, devia esbarrar-se o insensato arrojo do mancebo; mas ele, ignaro e descuidoso do risco de sua empresa para só embalar-se na esperança do sucesso, continuava a cogitar nos meios de levá-la ao cabo.

— O carcereiro, segundo presumo, visita os cárceres duas vezes por dia; a primeira por manhã, a segunda pouco antes de escurecer... Quando o sono me tomou, já era sol baixo; e não é natural que venha noite fechada!... É justamente a hora que convém; já não se vê; e não é ainda noite alta, em que de ordinário se dobra a vigilância! Mas sem uma arma nada posso fazer!...

O mancebo fez uma pausa na sua meditação, e repassou de novo o projeto:

— Como poderei eu ter um punhal?...

Na solução desse problema, trabalhou a noite inteira o espírito do mancebo; até que afinal a fadiga o venceu de novo e sopitou. Foi acordado pelo carcereiro, que passava a sua primeira inspeção. Estácio abriu os olhos e esteve-o medindo com eles. Era homem forte e robusto, que acusava um vigor formidável. O moço depois de estudá-lo com atenção e calma suspirou dizendo consigo:

— Não tenho remédio senão matá-lo! Um homem destes não é para minhas forças subjugá-lo.

Tendo assim na mente condenado à morte o pobre carcereiro, voltou-se para não vê-lo mais; nem respondeu palavra às consolações triviais que lhe dirigiu ele. A essa alma jovem, ainda não poluída pelas paixões e vícios, parecia uma deslealdade e perfídia o menor trato com o indivíduo, que ele decidira imolar como holocausto, necessário à sua liberdade. O carcereiro tomando o silêncio obstinado do preso pelo amuo e desespero mudo dos primeiros dias, não insistiu, nem se zangou: renovou a ração d'água e de comida, juntando dessa vez à broa um caldo de ervas.

— Aí fica a vossa ração. Às trindades quando voltar, espero achar-vos mais resignado com a sorte. No fim de contas o diabo não é tão feio como se pinta!...

Estácio, embora voltado, não perdeu um dos movimentos do carcereiro; observou sobretudo qual das chaves da correia era a do cárcere, a fim de não excitar desconfiança experimentando outras. Apenas a porta foi de novo fechada, correu a ela e aplicando o ouvido à fresta da soleira ouviu as passadas do carcereiro que se afastavam para a direita; e logo depois o ranger da chave na fechadura de um cárcere vizinho. Alguns instantes decorridos, voltaram os passos pesados, repassaram junto à porta, e afastando para a esquerda, foram subindo até de todo se apagarem.

— Pela esquerda!... É o que eu pensava!...

Então o moço concentrando as ideias que refletira durante a noite, sacou do corpo o gibão, para arrancar fora a manga da camisa da qual rasgou uma tira estreita, que deitou na seteira; lá a deixou com o auxílio do prego à guisa de bandeirola. Gil sabia que ele ali estava, e naturalmente seu primeiro cuidado seria olhar naquela direção; vendo a bandeirola, compreenderia que seu amo o chamava.

Estácio fiava demais da perspicácia do menino; mas felizmente Vaz Caminha

chegara a propósito para compreender por ele.
Dado o sinal ao pajem, faltava ainda o essencial: o recado para seus amigos. Mas também a esse ponto já tinha a imaginação arguta provido, como ao outro, por um meio engenhoso e simbólico. Cortando da manga da camisa uma segunda tira larga, Estácio conseguiu servindo-se ora dos dentes, ora das unhas ou do prego, cortar no pano o esboço tosco e imperfeito da figura de um punhal. Terminada a sua obra e estendendo-a na laje para melhor a examinar, murmurou sorrindo:
— Parece mais cruz do que adaga!... Mas eles bem podem ver logo de qual tenho eu necessidade nesta masmorra!...
Então com a ponta do prego enferrujado procurou aperfeiçoar o traço das formas que não pudera o corte bem delinear. Nisso ocorreu-lhe que o pano embebendo rapidamente a água do mar, corria risco de afundar antes que Gil o pudesse apanhar onde o vento o levasse; não sucederia assim estando o pano impregnado de matéria oleosa, essa associação de ideias lembrou-lhe o caldo, que tendo já esfriado, coalhara na tona o gordo unto. Como foi o hieróglifo de pano atirado à mercê das ondas e chegara às mãos de Vaz Caminha, já é sabido.
Entretanto ficara o moço em cruel impaciência, esperando o resultado de seu engenhoso expediente. Teria Cristóvão ou Vaz Caminha compreendido o que ele pedia? Conseguiriam passar-lhe pela seteira, ou enviar-lhe por outro qualquer modo, a arma de que ele necessitava para empreender a obra de sua liberdade?
A princípio tudo lhe parecera fácil; mas à medida que decorria o tempo, seu pensamento aprofundava as dificuldades, que em começo se lhe antolhavam mínimas, e agora apareciam como insuperáveis; a esperança fugia, fugia, a perder-se no horizonte imenso de suas elucubrações; mas daí tornava e vinha de novo adejar-lhe n'alma. Às vezes deitava-se a conjeturar os meios que seus amigos empregariam para satisfazer o desejo; e nenhum lhe ocorria.
— Eles proverão!... disse afinal. Têm mais calma de espírito e meios de ação do que eu sepultado vivo nesta tumba.
Correram as horas; o sol transmontou e foi descambando; pouco restava do dia, e esse torvo e anuviado. A tarde estava calmosa; as baforadas de ar pesado e tépido que entravam pela seteira anunciavam borrasca. De feito ao anoitecer os relâmpagos amiudaram; e o mar começou a mugir açoitando as abas do castelo. Estácio perdera a esperança de receber resposta de seus amigos antes da noite; escutando porém o bramido da tempestade que rugia sobre a cidade, ele disse consigo:
— Excelente ocasião! A perderão eles?...
Fechou-se a noite; de repente ouviram-se gritos de angústia, que atravessavam o frêmito das ondas, depois brado de socorro. Era um sinistro no mar. Uma canoa de pescador que barlaventeava a tiro de berço do Forte de Santo Alberto, tomada de través pelo vento antes que pudesse o

barqueiro cassar a escota, soçobrara. O mísero náufrago deitou-se a nado para o castelo, onde a salvação lhe aparecia mais próxima; as ondas encapeladas umas sobre outras o assoberbavam, esmagando sob as montanhas d'água; mas o intrépido nadador, um instante submergido, surdia avante.

Afinal chegou à laje onde estava assentado o forte e tentou debalde agarrar-se às anfractuosidades da rocha. Exausto de forças, vendo-se perdido, levantou novo brado de socorro:

— Uma corda!... Lançai-me uma corda, por Deus, Nosso Senhor!...

A esse tempo já os mosqueteiros e mais gente da guarnição do forte, debruçados sobre as ameias, seguiam com ansiedade as ânsias do náufrago debatendo-se contra as vagas; mas como de ordinário sucede à multidão no primeiro instante de um acontecimento inesperado, faltava a cada um a iniciativa que todos esperavam para obrar. Essa, deu-lhes o grito pungente que soltara o náufrago; imediatamente a adriça da bandeira foi retirada do mastro, e lançada. O pescador prontamente travou dela, e sentindo-a segura, sem esperar que o içassem, foi subindo. No meio do trajeto ou porque o pescador escorregasse ou porque se sentisse fatigado, parou agarrando da mão a borda de uma seteira aberta no muro; mas foi coisa de instantes; continuou a subir sem tropeço e galgou lesto o colo de um falcão.

No grito que bradara pela corda reconhecera Estácio a voz de Esteves, partindo mesmo debaixo da aba exterior do seu cárcere; estremecendo de susto pela sorte do pobre rapaz, o mancebo sentia como uma esperança a palpitar sob esses tremores do coração. Quem sabe se o pescador não vinha da parte de seus amigos, e acoberto por aquela noite tormentosa?...

Nisso passou-lhe pelo rosto, como um sopro, uma palavra antes resfolegada, que proferida; e ao mesmo tempo um objeto qualquer deslizando pela fenda, veio bater-lhe no peito:

— À meia-noite!...

Estácio travou do objeto que lhe enviavam pela mão amiga do pescador; e prostrando-se de joelho sobre a laje, rendeu graças à Providência. Tanto quanto podia julgar pelo tato, era uma lâmina longa e fina, envolta em papel, e toda enleada a fio. O papel servira para encobrir o ferro; o barbante para abafar o tinido metálico do estilete e evitar que não se embotasse o gume batendo na pedra.

Encontrando um nó sob os dedos, o desfez o preso, e foi desfiando cuidadosamente o cordel, com receio de ferir-se; pareceu-lhe então que a lâmina nem tinha rijeza de ferro, nem a coesão de uma folha inteiriça; ao contrário apresentava duas soluções de continuidade. Retirado o envoltório de papel lacrado, diversos objetos soltos caíram nas mãos, e um mais pesado escorregando tiniu e faiscou na laje.

Era um fuzil, fácil de se conhecer, não só pela forma, como pela pedra e isca unidas a ele; guiado por essa descoberta buscou entre os outros objetos o complemento necessário para obter luz; e não custou a achar. Viera também cerca de um palmo dessa vela de cera conhecida com o nome de rolo, cujo uso era muito comum naquela época, e hoje ainda se vê nos acendedores de tochas das igrejas. Tendo fixado o toco no chão, Estácio bateu o fuzil, e tirou luz. Então começou o inventário das coisas que lhe trouxera de um modo tão singular o canoeiro Esteves.

Três vários papéis enrolados estreitamente um dentro do outro para ocupar o menor espaço, e uma pena de ganso aparada, tendo o gomo cheio de tinta e arrolhado hermeticamente com cera da terra, formavam com os preparos de tirar fogo, todo o conteúdo do pacote.

O moço admirado em extremo e não compreendendo ainda o enigma, desenrolou as folhas de papel e correu a primeira de um relance. O que produziu nele grande choque e aumentou ainda o seu pasmo, era o juramento escrito de Ataíde. Passou a segunda folha à cata da explicação por que ansiava, e achou apenas uma carta sem assinatura dirigida a D. Diogo de Mariz para o fim de autorizá-lo a entregar a seu padrinho e mestre Vaz Caminha o papel pertencente a Robério Dias. Finalmente na terceira folha estava a palavra do enigma no recado que escrevera a seu afilhado o infatigável e dedicado velho:

Compreendo vosso pedido, filho amado, e a razão dele. Tolhido em vossa liberdade no momento justo, em que mais dela careceis, vosso ânimo válido e resoluto que a força adversa longe de abater, tempera ao contrário, revoltou-se contra a tirania e decidiu postergá-la. Apenas entrado no cárcere, concebestes com o engenho pronto e rápido que vos coube em dom, um plano de evasão;

e concertadas todas as eventualidades e acidentes, sentistes a necessidade de uma arma para levar ao cabo a empresa; de uma arma ligeira para melhor ocultar-se; muda para ferir silenciosamente. Empunhada por vossa mão destra, ela tornar-se-ia formidável, e podia num instante de surpresa varar o coração do incauto carcereiro ou da sentinela fatigada de rudo labor. Então trocadas as vestes com o cadáver, à mercê das trevas, a evasão fora fácil a um lutador destemido e intrépido nadador; poucos instantes depois eu teria o sumo gosto de abraçar-vos contra o peito que por vós anseia.

Mas, filho, antes de executar esse plano tão ousado, quanto injusto e desonesto, ouvi a palavra sempre amiga e sempre leal deste velho pai espiritual, que vos deixou Deus em lugar de outro natural, tão cedo roubado a vosso amor e minha amizade.

Duas razões falam alto contra a ação que intentais: vossa virtude e honra primeiro; vosso bem e interesse em segundo. Com que direito sacrificareis a vosso livramento de uma prisão mesmo bárbara e iníqua a vida de inocentes a quem só podereis imputar a fidelidade no desempenho
do dever? E sois vós o competente para julgar se a prisão que sofreis é ou

não justa, quando é ela decretada em virtude da lei pelo juiz posto por El-Rei?

Eu vos conheço, Estácio, e estou vendo-vos repelir com horror a liberdade comprada a título de assassino e rebelde. Antes mil vezes o cárcere e torturas da iniquidade, que esse dom nefasto. Nem ele vos aproveitaria assim conseguido; pois se no pleno gozo de vossa pessoa careceis de uma atividade imensa para levar ao cabo a magna empresa que sabeis, certo nada conseguiria quem, fugitivo, tivesse além disso a prover nos meios de segurança e modos de escapar às pesquisas das justiças.

Não arrisqueis por um passo imprudente vossa bem parada posição. Em um dos papéis que vos envio achareis a coragem necessária para sofrer a dureza da prisão, e a esperança que já tínheis por perdida. Não cansai o espírito em perscrutar o modo por que isso consegui; Deus fez o coração humano bom; os homens foram que o transtornaram; baste-vos essa explicação. No segundo papel achareis o texto de uma carta que deveis assinar; ela me dará pleno poder para
apresentar-me em vosso nome e receber o objeto que sabeis.

À meia-noite lançareis a resposta pela seteira, presa ao fio; o resto fica por conta do intrépido nadador.

Esperai, filho, esperai tranquilo, que vossos amigos velam. Assim vos tenha o Senhor em sua santa guarda.

V.C.

Estácio, terminando a leitura, amarrotou com desespero a carta; depois, passado o assomo, abriu-a de novo, e beijou as iniciais de seu velho padrinho e amigo.

Capítulo XX
Onde o alferes vai buscar lã e sai tosquiado

Esse dia de domingo fora o determinado pela filha de Samuel para o cumprimento da promessa de D. José de Aguilar.
Desde o amanhecer a cozinha do Brás andava em alvoroto com os arranjos da lauta ceia encomendada pelo venerável rabino para regalo do alferes e seus convidados. O taberneiro dando suas ordens à cozinheira, lhe dissera com um riso pachorrento esperramado nas bochechas:
— Olha lá, rapariga, não te esqueça o robalo à framenga!
— Com a capela de salsa e a cebola cravejada...
— Justo!... E molho de manteiga, vinho branco e uma mancheia de farinha

corada. Sobretudo que fique bem reduzido!... É o sainete do prato!
E o taberneiro riu com alarve.
Da cozinha passou ele à sala onde devia ser posta a mesa da ceia, a ver se a estavam lavando e basculhando conforme determinara. De caminho passou pela varanda a fim de espreitar o caboclinho; e como o achasse a cochilar sobre o balcão, ferrou-lhe de passagem um carolo.
— Hã, sô traste!... Assim é que tu guardas a porta, cachorro!
No meio dessa inspeção dos aprestos caseiros veio achá-lo o velho judeu da Rua da Palma.
— É vindo o moço? perguntou Samuel à puridade.
— O Beltrão?... Não tarda aí!
— Estais bem certo que ele venha?
— Se não viria, o birbante!... Pois foi avisado! Não visse ele o cunho ao vosso dinheiro, quanto mais que já o apalpou bem apalpado, o sorna!
— Heis de avaliar do meu cuidado, que não vindo ele, estava tudo perdido.
— Sempre havia de se dar volta... Mas sossegai, que a esta hora já está ele de caminho para cá!
O rabino acomodou-se a um canto da taberna meditabundo e grave. O judengo tornou à tarefa.
Com pouco entrou de carreira na taberna um labrego sujo e mal enroupado, verdadeiro tipo do bicho de cozinha. Ao vê-lo ergueu-se com vivacidade o velho Samuel e deu um passo para ele; o próprio mestre Brás, apesar de sua habitual filosofia, soltou uma exclamação de alegria:
— Olé, és tu, rapaz!... Estavas tardando!
— Pois tardava!... Inda por cima de vir de arrancada dês a praia té qui!... Uff!... Que me estão saindo os bofes!...
— Há de ser de secura; aí tens com que molhá-los, homem!
Mestre Brás encheu um pichel de vinho que o sujeito enxugou como uma esponja, estendendo novamente a taça com um gesto significativo, enquanto os olhos meio cerrados em doce beatitude e os lábios entreabertos esperavam a nova dose do generoso licor, que devia continuar tão suave êxtase.
— Depois, Beltrão, depois! Não vai a matar! Descansai por agora as goelas, que tendes que fazer com as ouças. Ali está o respeitável Samuel impaciente por te conversar a respeito de certo negócio que bem sabes!... Hem!... Já te espetam as orelhas com o tinir das brancas, calaceiro!
A impaciência do velho rabino e a importância atribuída por ele ao miserável bicho de cozinha, se explica por certas circunstâncias que é tempo de conhecer.
Cinco anos havia que estavam presos no Castelo do Mar três flamengos, resto da maruja e guarnição de um navio capturado na Ilha de Tinharé por Diogo de Campos. Um deles, Staed, homem audaz, concebera o projeto de evadir-se, cavando por baixo do cárcere uma mina, que fosse ter ao mar; depois de muitos meses de incessante labor, conseguira arrancar uma laje

do pavês, e abrir um fosso subterrâneo bastante largo para passar o seu corpo, e profundo assaz para não abater com o peso da construção.

Seus dois companheiros, Hugo Antônio e Dick, eram vizinhos de cárcere; as masmorras de ambos formavam com a de Staed três partes de um quadrado; a mina partindo do canto desta, cortava em diagonal o chão daquelas, e devia portanto atravessar o alicerce da muralha de divisão. Quando trabalhava o marujo para aluir esse alicerce, os seus compatriotas ouviram o surdo rumor da escavação, e acompanhando o eco do trabalho subterrâneo, pressentiram o que era passado.

Cobraram esperança. Cada um de seu lado resolveu ir ao encontro do companheiro, e meteu logo mãos à obra. Ao cabo de muitos e longos dias, as três minas se tocavam no ponto de interseção, como três raios.

Foi uma véspera de liberdade o dia em que se abraçaram os três infelizes; e contudo o do livramento ainda estava bem longe. Depois das primeiras expansões, cada um comunicou à associação seu pecúlio de força e ideia; a obra prosseguia com vigor e celeridade.

Chegaram afinal à muralha exterior, e aluída essa, quando já viam brilhar a luz do céu aos seus olhos cansados da estreiteza de uma masmorra escura, reconheceram com dor que a base do castelo pela parte exterior era revestida de rocha viva, impossível de cortar para quem não dispunha de mais instrumentos que um prego, uma colher de ferro, um prato de estanho e uma casca de ostra.

Tiveram conselho os três presos; e reconheceram que a evasão por aquele lado demandava muitos anos de trabalho, e cinco havia já que estavam ali sepultados.

Abandonado pois esse projeto, cogitaram novo: foi esse, dirigir a mina para a galeria, ou corredor de comunicação, e uma vez aí, por força ou por ardil ganhariam os altos e fugiriam a nado. Recobraram com essa esperança o perdido alento, e outra vez meteram ombros à empresa.

A galeria que passava em frente às masmorras era lôbrega bastante apesar das seteiras praticadas à distância no muro exterior; uma extremidade porém, onde estava o cárcere de Hugo, era completamente escura: nenhuma luz ali penetrava. Para aí justamente dirigiram os presos a mina; e quando a tinham concluído, esperaram a noite alta para levantar a laje.

Logo que se acharam com a comunicação aberta para a galeria, Dick foi de voto que tentassem a evasão imediatamente, ainda mesmo com risco de vida. Opôs-se Staed com a autoridade que lhe davam os anos, o posto, e a primazia na empresa; o prudente oficial não queria perder em uma hora de precipitação o fruto de tantos anos de trabalho. Hugo encostou-se à sua opinião, que prevaleceu.

Era mister conhecer a localidade e outras circunstâncias antes de concertar a evasão. Todas as noites pois suspendia-se a laje, e um dos três saía fora e rondava a galeria, aproximando-se o mais possível da sentinela. Apareceu logo um embaraço: apenas escurecia, um labrego espojava-se ali no mais

escuro do corredor, cosido com a parede, a roncar como um porco; e tinha o desazado, no meio da sua modorra, tão leve o sono, que ao menor rumor estava só a resmungar e bater com as chancas:
— Sape, gato!...
No fim de uma semana, Staed, que era decididamente a cabeça da associação, ideou modo de tirar partido do próprio obstáculo, transformando-o em instrumento de sua próxima evasão.
Tocava-lhe a vez de rondar a galeria; recomendou aos companheiros que tivessem a laje suspensa, e sumindo-se nas trevas achegou-se ao labrego adormecido. Agarrou-lhe de chofre a cabeça que abafou contra o peito, para o impedir de gritar, e arrastou-o para o cárcere.
Chegou o pobre-diabo mais morto que vivo, não tanto dos apertos e empurrões, como do terror; supunha ele que era Satanás quem o arrastava para as profundas do inferno, e juraria ter sentido um cheiro forte de enxofre. Enquanto jazia por terra, com a boca tapada e o corpo a tiritar, praticavam os três em flamengo. Staed comunicava aos outros seu plano, e encarregava a Hugo Antônio de servir-lhe de intérprete.
Era esse Hugo Antônio judeu de origem alemã, porém nascido em Portugal. Filho de um mercador principal de Lisboa, fora obrigado a fugir com sua família à perseguição do Santo Ofício, abandonando seu avultado patrimônio. Refugiados na Holanda, o rapaz sequioso de vingança sentara praça na guerra, e foi um dos mais cruéis inimigos dos portugueses.
— Não resistas, nem grites, se não queres morrer!
O labrego, passado o primeiro susto, não pôde deixar de fazer lá com seu bestunto esta reflexão filológica:
— Ui! o diabo fala língua de gente!...
— Como te chamas?
— Beltrão, Senhor Satanás, servo de Vossa Senhoria.
— Que fazes tu aqui?
— Sei-lo eu?... Se Vossa Senhoria foi quem me trouxe, e sem dizer para quê!
— Pergunto-te em que te ocupas no castelo?
— Ai!... No castelo... sim... eu era, como quem diz, ajudante de cozinha.
— Vais tu alguma vez à cidade?
— Todos os dias com o mestre da cozinha para as compras!
Houve entre os três um sussurro de satisfação.
— Conheces tu um mercador judeu de nome Samuel, que mora na Rua da Palma?
— Senhor, não. Nunca lo vi!...
— Pois irás por ele amanhã quando chegares à terra.
— Irei! Oh! se irei!...
— E lhe dirás... Ouve bem e guarda... Lhe dirás à parte que os três flamengos presos no Castelo de Santo Alberto pedem sua assistência e a de seus irmãos israelitas.
O labrego começava a compreender que o negócio não era com Satanás; e

isso lhe restituía a coragem. Já ele estava pensando no modo por que se havia de safar dessa entaladela.

— Cumprido o que te é ordenado, terás as mãos cheias de brancas e louras; senão, coitado de ti.

— Juro; senhor, por todos os santos, que farei!

— Melhor para nós e para ti. Se o não fizeres e fores dar com a língua nos dentes, todos nós, que somos três, havemos de declarar ao condestável que nos vieste propor um meio de fugirmos; e para prova aqui ficamos com a tua carapuça, a qual será o sinal de teres estado conosco.

Beltrão foi outra vez arrastado pelo buraco até a galeria, onde o deixaram mais morto que vivo, estendido sobre as lajes. No dia seguinte, chegando à feira, achou um pretexto para separar-se do mestre cozinheiro, e correr à Rua da Palma, onde com facilidade encontrou a casa de Samuel.

Desde então puseram-se os presos em comunicação com os rabinos da Bahia, por intermédio de Beltrão. Samuel em nome de seus confrades prometera aos flamengos todo o auxílio possível; e essa promessa era tanto mais sincera, quanto os judeus da cidade do Salvador não eram nessa empresa estimulados unicamente pela fraternidade religiosa, mas por graves interesses próprios.

Só esperava pois a conspiração a oportunidade favorável, quando Staed enfermou perigosamente de um mal que o levou havia três dias; assim não pôde ele ver o resultado de seus esforços, e gozar das auras da liberdade por que tanto ansiava. Este triste sucesso afervorou o zelo de Samuel; pensou que a morte podia arrebatar-lhe os outros dois flamengos em quem depositava as maiores esperanças.

Foi pois concebido o plano que já estava em execução; mas era necessário que os presos fossem advertidos em tempo, e esse era o motivo da impaciência de Samuel enquanto não chegava o bicho de cozinha. Brás tinha-se encarregado de mandá-lo avisar de véspera para que no domingo cedo estivesse na taberna.

Beltrão às palavras do taberneiro voltou-se, e viu sentado à mesa o respeitável ancião, que lhe fez sinal de aproximar-se. Obedeceu o moço, saltando na pontinha dos pés; e por muito tempo agachado aos pés do rabino escutou o que lhe ele dizia com a atitude de um vaso que se coloca embaixo da bica a fim de aparar os pingos do azeite. Afinal ergueram-se ambos; o bicho partiu a correr para as bandas da ribeira, e o rabino seguiu em direção a casa.

O taberneiro por seu lado também se pôs ao andar da rua, a desempenhar certa incumbência relativa à ceia: era essa de convidar a parte feminina do bródio, no que era ele mais que ninguém esperto e ladino, apesar da disposição mui terminante da ord. do liv. 5.°, letra morta como tantas outras leis passadas, presentes e futuras que se intrometam a moralizar costumes por meio de castigos.

Depois de correr a coxia, por becos e ruelas, chegou afinal o judengo a uma baiuca lá para as bandas da vila velha, conhecida do vulgacho por Casa da Bruxa. Entrando, achou dormitando a um canto escuro, de companhia com um gato preto e uma galinha, a decrépita feiticeira, que mal se podia arrastar sobre a enxerga.

— Onde está Zana? perguntou o Brás.

A velha abriu uma nesga das pálpebras, e recaiu na modorra; mas o gato miou, a galinha cacarejou, e a este sinal apareceu a mulher que já vimos no dia de Ano-Bom, a mesma a quem buscava o taberneiro.

— A ceia é para esta noite! disse ele.

— Já sabia antes que viesses.

— Sim, pois que és bruxa!... O teu homem é o ajudante, o Bezerra, não esqueças. Conheces-lo tu?

— Nada me é oculto, querendo eu, bem o sabes!...

— Guarda lá para ti as tuas artes de berliques e berloques que ninguém agora carece delas; do que se carece é da tua casquilharia, rapariga, que nisso de embeiçar um homem e pô-lo mesmo a babar, és mestra aprovada. Isso sei-o eu!...

As palavras do taberneiro pareciam uma zombaria amarga a quem contemplasse a figura hedionda e o rosto repulsivo da feiticeira; ela própria ouvindo o elogio de sua torpeza cobriu-se de um sorriso lutuoso:

— Fizeram-me assim!

— Então logo ao escurecer lá te espero.

— Lá serei!

— O que tens a fazer pouco é. Carece-se cá para certa brincadeira das roupas do ajudante, e que o homem não se lembre delas antes de meia-noite. Entre mulher e botelha isto é nada! Que dizes?

— Tudo será à medida dos teus desejos.

Entretanto o herói da festa para quem a grande ceia se aprestava, D. José de Aguilar, passara o dia na tão natural impaciência de quem esperava o bocado régio no banquete do amor, para ele preparado pelo velho Samuel. Da perfídia de que pretendia servir-se, nem mais cuidou; sua consciência, já não a toldava a falsa jura que dera, que o arrependimento prévio lavava-lhe a mácula de tão leve pecado; tinha a mente cheia unicamente das lucubrações eróticas e das delícias voluptuosas de que fruía a antegosto.

Seriam cerca de quatro horas, no pino da sesta, quando o oficial descendo à ribeira, afretou ali um barco para o conduzir ao Castelo de Santo Alberto. O Tenente Bezerra que o não esperava, foi alegremente surpreendido, e mais ainda quando soube o fim da visita. Não deixou ele de fazer o mesmo reparo que todos os outros convidados sobre o imprevisto e descostumado da ceia. O alferes era pouco dado a essa casta de prodigalidade; seu dinheiro todo era pouco para o imenso sorvedouro do jogo. Mas afinal de contas um dia não são dias; e nada mais natural do que um fidalgo rico divertir-se em companhia de seus amigos.

— Pois lá me tereis em sendo noite, D. José! respondeu o ajudante ao convite.

— Iremos juntos, visto que o batel em que vim já o despachei, retorquiu sorrindo o alferes, e estou não me quereis pôr a nado para a terra.

— Bofé que não; sobretudo hoje que tanto careceis de forças e calor!

— Descansai, maganão, que muito vos deixarei ainda para fazer!...

— Em que vamos nós passar este resto de tarde? perguntou o ajudante. Praz-vos uma partida de tábulas?

— O jogo sempre me praz, ou de tábulas, ou de cartas, ou de dados; é a minha paixão! Não conheço outra!

— Andai lá! E a vossa judia da Rua da Palma?

— Passatempo, e nada mais!

Os dois amigos recolheram ao camarim do ajudante e começaram a partida de damas. Já a tarde ia-se anuviando, e os primeiros relâmpagos lambiam longe a face túmida e bronzeada das nuvens acasteladas no horizonte. O sol rubro e incandescente afogueava o céu e os mares das bandas do poente. Com pouco o vento levantou, e foi alastrando pelo azul do firmamento o manto da tempestade; toldaram-se os ares; o trovão rugiu no bojo da borrasca, e o eco respondeu na profundeza dos mares.

— Excelente noite que vamos ter!... exclamou Bezerra tirando os olhos do tabuleiro para levá-los ao horizonte.

— É verdade!... Nem feita de encomenda a teríamos melhor! respondeu o alferes.

— Poucas coisas me prazem tanto neste mundo como uma festa no meio de uma tormenta. É quando o homem se mostra verdadeiro homem. Se eu fora rei ou príncipe, nunca dera outras.

No jogo assim adubado pela amistosa palestra foi decorrendo o tempo até escurecer; a corneta da guarnição tocou Ave-Marias; rendeu-se o quarto das sentinelas, e terminada a lida diurna entrou a faina da noite. O sargento de dia apresentou-se à porta do camarim, como costumava, para receber o santo que devia servir durante a noite.

— Vindes pelo santo, sargento?

— Às ordens, sr. ajudante.

— Vá em honra de vossa visita, D. José! disse o tenente. Achegai-vos sargento.

O inferior avançou dois passos medidos e cadenciados, e introduziu a cabeça entre os rostos dos dois jogadores para receber no ouvido a senha esperada. O tenente soprou-lha ao ouvido, mas de modo que o amigo pudesse ouvir distintamente a frase:

— São José nos guarde!...

Meia hora passada, o escaler do castelo largava para a ribeira tirado a seis remos de voga e levando a seu bordo os dois amigos; a tempestade corria já sobre a cidade, e a travessia foi difícil e trabalhosa; mas afinal venceram os vagalhões e abicaram à praia. D. José e seu convidado encaminharam-se dali à taberna do Brás, onde acharam reunidos e esperando os mais

companheiros do bródio. Enquanto não chegava a hora da ceia marcada para o toque de recolher, deviam encher o tempo no jogo.
Ao entrarem todos para a casa da tavolagem, chamou mestre Brás ao alferes de parte, e apresentou- lhe uma bolsa ricamente bordada a fio de ouro, cravejada de pérolas, e além de tudo tão recheada de dobrões e pistolas, que as malhas de repuxadas quase deixavam escapar as moedas.
— Tive incumbência de entregar-vos em mão da parte que sabeis, e bem assim de enchê-la todas as vezes que se esvaziar esta noite!...
D. José ficou atalhado, já da generosidade do judeu usurário, já de ver o Brás até certo ponto na confidência do pacto secreto feito por intermédio de Raquel; mas como ele tinha a alma bastante elástica para conter mais esse pecadilho de jogar à custa do usurário, a quem ia enganar, levou as coisas de risota e chalaça.
— Já vejo que é a bolsa encantada que me enviam!...
— Acertastes; pois foram dedos de fada que a bordaram!
— E o gadanho de Satanás que a encheu!... concluiu o alferes rindo à vontade, e seguindo a reunir-se aos amigos.
D. José jogava como príncipe, e perdia como o Grão-Turco. Três vezes a bolsa encantada foi virada ao avesso cuspindo a última moeda, e outras tantas apareceu, como por milagre e de relance, novamente recheada de ouro. O alferes nadava em prazer; um desgosto porém teve ele, e foi de não poder ir até a décima ou vigésima bolsa, pois apenas estava a quarta em meio, parou o jogo e deu-se princípio à ceia.
Só nesse momento notou o irmão de Inesita a falta de D. Fernando de Ataíde entre os convivas; a alguém que lhe pediu novas dele e o motivo por que ali não estava, respondeu galhardamente:
— Penitência de noivo!... Deixá-lo!...
Invadiram os convivas a sala da ceia, onde acharam ordenado pelo gênio inventivo de mestre Brás um coro de lindas dançarinas, que depois de graciosos volteios vieram cada uma cingir com a cadeia dos braços torneados o colo do escolhido cavalheiro, e levá-lo assim, como Vênus levou Anquises, ao lugar do festim que lhe estava destinado.
Tangiam na Sé o sino de recolher.
O taberneiro, que tinha recebido de Samuel os competentes avisos, apressou por tal forma o bródio, e fez jorrar com tanta profusão o vinho do Reino e das Canárias, bem como os licores finos de Jamaica e Madagáscar, que não eram ainda as dez, e já todos os convivas de ambos os sexos flutuavam nos intermundos vaporosos dos sonhos báquicos, sazonados pelos êxtases amorosos. O próprio D. José não obstante a tenção em que viera, se deixara arrastar pelo exemplo sempre contagioso; e se o abandonassem ao seu moto próprio, é quase certo que ali se deixara ficar engolfado nas delícias presentes libadas no copo que empunhava e nos lábios que lhe sorriam. Se a lembrança de Raquel despontasse alguma vez na sua memória, o torpor que o invadia, sem dúvida apagaria a mimosa recordação.

Mas mestre Brás velava; e mais do que ele o velho Samuel, embuçado em amplo e negro manto, e oculto desde muito no vão de uma porta fronteira à taberna. A um aceno seu o taberneiro que pela rótula da janela não o perdia de vista, curvou-se e atirou uma palavra ao ouvido do alferes:

— São horas!...

— Hemm!... bocejou o fidalgo. Quais horas?...

— Raquel!...

— Ah!... sim!... Raquel!...

O taberneiro, sabido e perito na arte da bebedice compreendeu que o fidalgo chegara ao estado do copo d'água que uma só gota faz trasbordar; mais uma taça e caía em completa embriaguez. Era preciso fazê-lo erguer imediatamente da mesa, senão ficaria todo o trabalho perdido. Juntando a ação à palavra, o judengo agarrou o fidalgo pelo braço, como se o ajudasse a levantar, mas realmente forçando-o a isso.

— Aí estão à vossa procura para coisa urgente!... Se não me engano, gente de vossa casa!

Tomado de surpresa pela brusca ação, o alferes só deu acordo de si quando o vento frio do temporal refrescou-lhe a fronte, apagando os vapores alcoólicos. Recordou então o ajuste feito; reconheceu no vulto embuçado o velho Samuel, e apresentou-se logo ao espírito a imagem de Raquel; então todo o lêvedo sensual que o vinho e os beijos da cortesã haviam levantado no cérebro e derramado nas veias, voltou-se para a esplêndida beleza da judia. D. José seguiu silenciosamente a par de Samuel para a Rua da Palma; as lufadas da borrasca e o exercício restituíram a lucidez ao espírito do oficial, sem arrefecer contudo o fogo intenso do álcool, apenas concentrado, que lastrava surdamente.

O alferes repassou na mente o seu plano simples; trazia na memória duas senhas; a verdadeira que ouvira do ajudante, e a falsa por ele inventada na travessia do castelo para a ribeira; nos bolsos trazia igualmente dois papéis, no do calção o original da nota do sargento-mor, e no do gibão uma paráfrase por ele adrede escrita e decorada com o título de cópia.

Por que motivo tinha o alferes no peito do gibão o importante documento de que o velho Samuel desejava uma cópia para seus fins secretos? Não era uma imprudência arriscá-lo consigo em ocasião tão melindrosa, quando ia em própria pessoa entregar-se nas mãos de inimigos?

O alferes não primava pela prudência e tino. Valente e fanfarrão, como era, tinha para si que não havia mais segura guarda de um tesouro do que fosse o seu peito defendido pela terrível espada; de resto professava pela raça judaica tão profundo desprezo, que nem por sonho admitira a possibilidade de erguer um desses réprobos a mão ousada sobre um fidalgo do seu sangue, e um oficial de El-Rei. De feito um caso desses importaria a expulsão dos judeus não só das colônias, mas talvez dos reinos unidos de Espanha e Portugal.

Ora, pela manhã quando lia o memorial de Diogo de Campos para ajeitar a falsa cópia acudiu-lhe uma ideia. Samuel que tanto insistia por esse documento tinha vistas largas; com a tenacidade e persistência peculiar à sua raça era natural que empregasse para obter o papel, todos os meios ao seu alcance, recorrendo talvez a mais de uma pessoa. Decerto seria esse o meio que tinha para verificar a fidelidade no cumprimento dessa parte da promessa.

— Nada, por segurança ponho-lhe o sequestro! disse consigo D. José.

E escondeu no peito do gibão o memorial, que ainda ali estava; desse modo acautelava duas coisas: a traição de outrem menos honrado que ele, e a prova que porventura pudesse ter o judeu de seu embuste com alguma cópia verdadeira do documento. Dessa forma, o venerável Samuel não tinha remédio senão acreditar na sua palavra, e deixar-se embaçar como um palerma para felicidade de sua filha Raquel e prazer de um honesto fidalgo.

Chegaram à casa da Rua da Palma, e subiram ao sobrado. Samuel, tomando o moço pelo braço, guiou-o pelos largos e escuros corredores; ouviam-se ressoar docemente uns ternos arpejos de gusla, que afinavam para a doce melodia. Parando em face de uma porta, oculta por espesso e custoso reposte, mostrou o judeu aos olhos deslumbrados do mancebo e através dos lavores da madeira, um painel arrebatador.

A gentil e formosa judia descansava à moda das orientais sobre o coxim de damasco. O gracioso movimento do braço arqueando para dedilhar a gusla, acusava o rijo e palpitante contorno do seio esquerdo, prestes a escapar do decote, como um pombo da mão que o tem cativo. A ponta do pé, calçada em sandália de cetim, batia o compasso na banquinha de nácar ali posta, com a alâmpada de prata e a clepsidra dourada. Todo o mimoso talhe ondulava voluptuosamente com o fluxo e o refluxo do inquieto sentimento. Conhecia-se no sorriso vivace de seu lábio e no fogo surdo da pupila negra, que ela esperava com veemência um prazer já muito ansiado, um prazer soberano, digno de deusas.

A voz do judeu murmurou:

— Ela vos aguarda!...

D. José sentira a vista escurecer-se com os deslumbramentos daquele quadro. O sangue ardente e impetuoso que o vento arrefecera, precipitou-o para aquele aposento resguardado pela porta de arabescos. Samuel o conteve, travando-lhe do braço:

— Um instante, senhor meu. Permiti a vosso servo lembrar-vos que ainda não cumpristes vosso juramento!...

— Cumpri-lo-ei já neste instante!

— Aqui não; em lugar mais seguro. O prazer esperado, dizem que é como vinho guardado, replicou o judeu com um riso de Judas.

— Não faço cabedal de anexins, respeitável Samuel. São dez horas; mão para lá, mão para cá, vós o dissestes.

Proferindo estas palavras, D. José tirou da cinta a chave de ouro que lhe dera Raquel, e tateou para acertar com a fechadura.

— Ainda não são dez, retorquiu o judeu apontando para a clepsidra; e por isso ainda a fechadura não recebe a chave que vos deram.
De feito o relógio d'água, atrasado pelo judeu, marcava de menos um quarto; e a fechadura estava coberta por uma mola interiormente movida.
— Segui então, e aviemos, enquanto não me arrependo.
Samuel levou o moço a seu gabinete; e entrou para dentro da grade que à semelhança de uma gaiola de arame fechava o balcão. Inclinando-se diante do fidalgo, cruzou os braços ao peito, enquanto com o pé ia sorrateiramente cerrando o postigo da grade:
— Meu senhor pode agora, que estamos em lugar seguro, falar a seu servo; pois ele renova aqui seu juramento de entregar-lhe essa mesma noite sua filha Raquel, única alegria de sua velhice, em troca do que lhe prometeu meu senhor.
— É depressa feito! disse o alferes resolutamente. O papel aqui o tendes; o santo ei-lo: *São Brás te valha!*
O alferes, isto dizendo, sacou a mentira escrita do bolso do gibão, como lançara da boca a mentira falada; depois encaminhou-se para a porta.
Samuel que tivera tempo de lançar os olhos ao papel, atalhou-lhe a saída:
— Perdoe meu senhor a ousadia de seu servo; mas nem este papel é a cópia do memorial, nem foi o santo dado esta tarde o mesmo referido.
D. José ficou estúpido, e titubeou um instante; mas logo recuperando a sua arrogância, exclamou:
— Atreves-te, miserável judeu, a duvidar da minha palavra?...
— Somos nós tão vil ralé aos olhos dos cristãos, que não podem eles ter escrúpulo de embair-nos e faltar ao prometido. Pode acaso um cão se queixar porque lhe chama o senhor com afagos para de perto e melhor castigá-lo?... Não estranhe pois meu senhor, se seu servo se precaveu contra o engano.
D. José estava sobre brasas, desesperado de se ver escarnecido pelo judeu. Teve gana de desancar o mísero velho a panos de bainha de espada, e tomar Raquel de assalto, já que a não pudera tomar por manha.
— Meu senhor está irado contra seu servo, e sem razão, pois foi ele quem faltou à jura e pecou contra seu Deus; e para que meu senhor não ceda à tentação de maior pecado ofendendo o inocente, vou pôr entre nós ambos uma barreira forte.
De um movimento Samuel bateu o postigo da grade de ferro, que o separava do alferes. Este tomou depressa sua resolução; era partida completamente perdida; nada mais restava senão baralhar as cartas e recomeçar nova:
— Pois nesse caso, venerável rabino, já que sois tão precatado e não depositais fé no que diz um cavalheiro, ficai-vos na vossa espelunca e vou-me na santa paz.
— Não pode ser assim, meu senhor; já é tarde demais para arrepender-vos do pacto que jurastes.
— Tarde, por quê?...

— Porque não só seu servo, mas outros irmãos seus e o taberneiro mestre Brás sabem o que meu senhor prometeu fazer em nosso favor.
— Por que lhes dissestes, infame Judas?
— Sem dúvida: vosso servo sabe que são precisos pelo menos os juramentos contestes de cinco infiéis para criar uma suspeita mínima contra um fidalgo!
— Enganastes-vos, miserável; a minha palavra só basta para aniquilar quantos mil juramentos fizesse a tua raça inteira, presente, passada e futura!...
— Diz bem, meu senhor, e seu servo o não contraria. Mas se além do juramento do judeu aparecesse a assinatura do fidalgo?
— A minha assinatura?
— Leia, meu senhor.
O judeu tomou a bugia, e alumiou de perto uma estante de cavalete onde estava estendida uma folha de papel; o alferes leu espavorido estas palavras escritas sobre a sua assinatura:

Havendo eu, D. José de Aguilar, alferes de a cavalos do regimento desta Capitania da Bahia, feito um ajuste com Samuel Levi, mercador judeu, de lhe entregar domingo que se contarão 18 de janeiro, uma cópia fiel do memorial apresentado ao senhor governador pelo Sargento-Mor Diogo de Campos, sobre as fortificações da cidade do Salvador, e bem assim de revelar ao mesmo mercador o santo que for dado para a noite daquele mencionado dia, no Castelo do Mar, para cujo efeito o dito mercador ordenará em a taberna de mestre Brás uma ceia à qual convidarei o Tenente Bezerra, ajudante do condestável do forte; e tudo isto mediante a cessão que me faz o referido Samuel Levi de sua filha Raquel, para dela usar e dispor como coisa a mim pertencente; por assim termos acordado, passamos este que assinamos ambos sem testemunhas por o caso não comportar, mas firmamos com o nosso juramento; e quando por qualquer acidente não cumpra eu com aquilo a que me obrigo;

Eu, D. José de Aguilar, declaro que contarei à vista deste a Samuel Levi, mercador judeu, a soma de cinquenta
moedas, de que me confesso seu devedor. Na Bahia, aos 17 de janeiro de 1609.

D. José de Aguilar.
Samuel Levi.

— Este escrito é falso! bradou o fidalgo abalando a grade. Por ele te levarei à forca.
— Não reconhece meu senhor sua firma, que ele mesmo pôs nesse papel em a noite de sábado?...
— Neste não, digo-te eu; o que assinei foi um vale.

— Ninguém tem culpa de que meu senhor não desdobrasse o escrito para lê-lo de princípio! disse o judeu dobrando o papel ao meio e apresentando-o tal como na noite da assinatura.
— Ah! cão!... vociferou o oficial. Tu me pagarás...
Continuou o moço a vociferar, cuspindo injúrias ao judeu; esse impassível esperava que passasse a tormenta. Realmente foi ela amainando pouco a pouco, e de todo esvaneceu-se com os ecos de uma voz maviosa que descantava ao som da gusla. O alferes esqueceu a sua situação para escutar enlevado.
— É sua voz que chama, meu senhor!... São dez horas!...
Uma alucinação passou pelo cérebro do alferes; ele tornou a ver o painel que desvendara o reposteiro aos seus olhos pasmos; o sangue bramiu: pareceu-lhe ouvir o gargalhar de uma voz satânica que lhe vazava n'alma esta palavra:
— Leve a breca a honra!...
Atirou ao judeu através da grade o memorial e o santo; o velho precipitou-se sobre o papel, que desta vez era mais do que ousara esperar, pois era o próprio original de Diogo de Campos. Da verdade do papel inferiu a verdade da senha; pois seria uma necedade do fidalgo deixar incompleta a sua traição, especialmente quando existia uma assinatura sua que o podia perder.
— Cumpri o meu juramento; cumpre o teu, miserável judeu!...
— Meu senhor tem a chave de ouro que guarda o cofre da mais fina joia; sua escrava só espera o aceno de seu senhor.

Capítulo XXI
Como o lírio se transforma em cardo

O fidalgo ganhou a porta do corredor; mal ele desaparecia, o rabino correu à câmera vizinha, abriu o postigo do balcão onde estava acocorado um vulto, e repetiu baixo a senha. O desconhecido saltou na rua com o auxílio de uma corda e deitou a correr para as bandas da ribeira, onde chegou esbaforido. Um bote ali o esperava de leva remos; mal pôs-lhe o pé na borda já singrava o barco as ondas da baía à voga arrancada.
Fechado o postigo, Samuel bateu o gongo que reboando pela casa repercutiu no camarim de Raquel. Era o sinal convencionado para anunciar à filha que D. José havia desempenhado sua palavra. A judia sobressaltou-se como uma gazela nos desertos de areia sentindo o sopro abrasador do simum, e de um salto se arrojou à porta e correu a mola interior. O fidalgo introduziu a chave de ouro na fechadura; logo após entrou no suntuoso camarim. Raquel já tinha voltado à sua primeira posição.
O rabino depois de tocar o gongo, escorregou pelo escuro corredor como uma sombra; pelo arrendado da porta assistiu mudo e estático à profanação do aposento virginal de sua filha. Ganhou então o próximo gabinete, e

colocando o ouvido a um canto da tapeçaria, onde existia uma porta falsa, empunhou com gesto de ferocidade um longo cutelo que trazia oculto no seio da oparlanda.

— Jurei que lhe entregaria Raquel, e meu juramento está cumprido, Deus de Abraão e de Jacó! Mas também, Senhor, eu jurei em vosso nome muito antes, que traspassaria o coração do primeiro homem cujo lábio impuro maculasse a flor de meu cândido lírio!...

A essa hora estavam ocorrendo no Forte de Santo Alberto acontecimentos que têm íntima ligação com este drama.

O bicho da cozinha, Beltrão, na forma do costume, se estirou no canto escuro da galeria, onde todas as noites refocilava o cansado corpo; desta vez porém estava ele bem esperto, e repetia no bestunto as palavras que pela manhã ouvira da boca do venerável Samuel. Pouco havia que ali estava estirado, quando se ouviu o tris de uma pedra roçando na outra: era ele que levantava a laje da mina.

Soou o murmúrio de uma prática surda e subterrânea, porque o Beltrão de um lado e Hugo do outro falavam com meio corpo mergulhado no fosso.

— Alvíssaras!...

— Por quê?

— Boa-nova vos trago.

— Qual?

— É para hoje... para esta noite... Não tarda mais nem um instante.

— Mas o que, labrego dos seiscentos demônios? Desembrulha esta língua duma feita!

— O quê... O que havia de ser mais senão o por que piançais! Pois ainda não vos bateu a titela? Ora, se bateu! Aí estais já vos espojando e lambendo como boi solto!

— Vistes hoje Samuel?

— Se vi!... Pois ele foi que mandou-me a dizer-vos que estejais pronto ao primeiro sinal... como quem diz, ao frigir dos ovos.

— Prontos já cansamos de o estar.

— Ora descansareis.

— Que sinal é esse de que falas tu, casmurro?

— Sim!... Esta noite, em pendendo lá para as dez, há de vir por aqui um certo sujeitinho, que o velho lá sabe. Entonces o dito cujo fará arte de embetesgar por este corredor, e passando rente cá com a pessoinha do Beltrão, lhe resmungará o santo!... Entendeis agora?...

— E depois?... Acaba, sandeu!

— Depois?... Pernas para que te quero?... Sape!... Um depois do outro até o camarim do ajudante!

— Do ajudante?...

— É o que disse o velho! Lá encontrareis com o dito cujo, e do mais não sei eu. Estais correntes com a história?

— Esperai!... Às dez horas o santo... daí a pouco tu adiante, e nós em seguida

até o camarim do ajudante... lá, o sujeito.
— Pa, pa, Santa Justa!...
— Que horas cuidas tu que sejam?
— As ditas não tardam.
Cessou o murmúrio.
Instantes depois ouviu-se o som dos remos cortando as águas; um batel se aproximava, que em três arrancos tocou as abas do Forte São Marcelo.
— Quem vem lá? gritou a vigia do alto da guarita.
— Do castelo! responderam.
Já toda a guarnição do forte estava recolhida. As sentinelas supuseram com razão que era o ajudante que se recolhia, e com ele trocaram o santo sem a menor suspeita; entretanto o Tenente Bezerra estava a essa hora ébrio de vinho e amor na taberna do Brás. O misterioso personagem que o representava tinha seu porte, e trazia vestidas suas roupas. Subindo a escada de pedra, dirigiu-se ao camarim, e com a chave que tirou do bolso abriu a porta. Em vez de entrar porém contentou-se com empurrá-la, e prosseguindo a marcha fez volta ao castelo, descendo afinal ao pavimento inferior.
Zeloso no cumprimento de seus deveres, embora fraldeiro, o ajudante não recolhia noite alguma sem passar ele próprio a ronda para assegurar-se de estar cada um em seu posto e alerta. O passo do desconhecido não causou pois o mínimo reparo, como coisa usual que era. A cada alabarda calada aos peitos, murmurava o santo com autoridade, e a arma abaixava respeitosa para deixá-lo passar. No corredor que dividia os cárceres, a espada do oficial arrastou no chão, e ao som produzido escorregou uma sombra da parede.
— És tu, casmurro?
— Sou eu, senhor, sim.
— Ouve bem. *São José nos guarde!* respondeu o oficial em voz submissa.
Adiante encontrou o pseudoajudante uma sentinela:
— Quando aqui passarem três mosqueteiros, dizei-lhes que apressem.
— Entendido, sr. ajudante.
De volta ao camarim o desconhecido esperou alguns instantes até que se apresentaram dois soldados guiados por Beltrão. Despedido o bicho de cozinha, entraram os três e fecharam por dentro a porta, tendo o cuidado de tirar-lhe a chave.
— Dois somente?
— Somente.
— E o terceiro?
— Não sabeis?... É finado há três dias!
— Ah! não me disseram. Como vos chamais vós?
— Dick.
— E vós?
— Hugo Antônio.
— Pois, camaradas, eu venho da parte de Samuel; já fiz o que prometi; o

resto depende de vós e da sorte. Há muito tempo vos não banhais decerto?... Pois à água!

O Anselmo foi tratando de despir as roupas do ajudante em que se enfronhara; os dois presos fizeram o mesmo às fardas de mosqueteiros com que se disfarçavam.

De tudo arranjaram uma trouxa e pela janela do camarim a atiraram aos marujos do batel, que esticaram os remos, afastando-o lentamente do forte.

A vigia viu da guarita o barco vogar para terra e não lhe deu atenção, nem reparou que a algumas braças do castelo estacara sobre as águas, apesar de continuar o jogo dos remos.

Os três haviam ficado completamente nus; então o salteador desenrolando a longa corda que trazia à cinta, atou uma das pontas ao gonzo da janela, deixando a outra escorregar pela muralha abaixo. Passar ao pescoço a correia da chave do camarim, galgar a ombreira e escorregar pela corda foi para ele negócio de um minuto:

— Este é o caminho, gente!...

Os companheiros, um após outro, foram-lhe na esteira. Ouviu-se o marulho das ondas quando tragam alguma presa, e logo a esfrol da espuma que argenteava ao longe em três pontos sucessivos, como se algum peixe folgasse à tona d'água. O barco recuara silenciosamente para mais depressa receber os fugitivos que o buscavam a nado; conseguido o que rompeu a voga arrancada para terra.

Na ocasião em que passava a cena anterior, um vulto ligeiro e cauteloso aproximou-se da porta do camarim, e conhecendo pelo toque que ela estava fechada interiormente, dobrou o ângulo do aposento, e achegou-se à linha das ameias. Debruçando para ver o que passava exteriormente, sua mão apalpou um corpo, que pelo calor lhe pareceu animado e pelo estofo das roupas de criatura humana. O vulto recuou de espanto; mas vendo imóvel o indivíduo suspeito, serenou, acreditando-o adormecido. Realmente a posição em que se achava era indicadora do sono profundo de quem estivesse morto de fadiga.

Entanto abicava o batel à Ribeira. Durante a travessia os dois fugitivos tinham vestido de novo as fardas de mosqueteiros; e o Anselmo o seu traje costumeiro, deixando sempre em trouxa as roupas do ajudante. Ao saltar em terra o salteador dissera ao patrão da chalupa:

— Ao toque d'alvorada cá estaremos, Pedro!

— Não tendes mais que dar o sinal! Heis de nos ver daqui amarrados à boia.

— Manda comigo um dos remeiros para trazer-te com que passar o tempo até lá.

— Bem lembrado, Anselmo. Leva o Inácio!

O filho da Eufrásia pôs-se a caminho para a cidade ladeado pelos dois falsos mosqueteiros e seguido pelo remeiro; quando galgavam a Ladeira dos Padres, pareceu-lhes ouvir o som de passos atrás, e voltando-se para conhecer se eram seguidos, lobrigaram na sombra um vulto que desapareceu rapidamente, deixando-os em dúvida sobre sua natureza. Na posição em que se achavam tudo era para temer; e apesar de bem armados prosseguiram suspeitosos, investigando a cada instante com olhares inquietos as trevas que os envolviam.

Mais adiante tiveram ainda novo motivo de susto. Uma sombra passara ligeiramente pelo lado oposto da rua e tão rente da parede que só a perceberam quando ia já adiante; os movimentos eram de gato, mas o tamanho do corpo fazia acreditar antes que fosse algum cão. Um dos escapos ainda bateu com o pé na calçada soltando uma exclamação para afugentar o animal, que desapareceu subitamente.

Chegados perto à taverna do Brás, o Anselmo deixou à esquina os dois flamengos e o remeiro; e só, adiantou-se para a espelunca. Arranhou com a unha a folha da janela que logo a abriram, aparecendo a cabeça de fuinha do mestre Brás:

— Então, Anselmo, como vos correu a embrechada?...

— À maravilha!... Cá estão na esquina; não os vedes daqui?...

— Bravo!... És um tunante, Anselmo!... Depois me contareis tudo pelo miúdo; agora não há tempo a perder.

— É mesmo!... Aqui tendes as roupas do ajudante e mais a chave.

— Ainda lá está roncando que nem porco... A Zana é uma matreira!... Como o arranjou... Hem!...

— Cá me vou ao velho barbaça!... Ai! vem aí um remeiro para levar algum petisco e a competente pinga à gente!

— Pois ainda mais do que já receberam, Anselmo?

— Quem trabalha precisa, Brás. Cuidas que remar uma noite inteira é cochilar ao balcão surrupiando os cobres aos fregueses?...

— Para te engordar a ti, ruim besta!

O Anselmo não ouviu bem a fineza; pois no passo em que ia já estava com os companheiros parados na esquina à sua espera.

— Inácio, vai ao Brás que te chama; e olho vivo!

Dali seguiram os três para a Rua da Palma.

Na casa do mercador judeu dava-se então a peripécia da cena que deixamos em jogo.

D. José de Aguilar, penetrando no camarim de Raquel, correu a ela, e sentando-se ao lado no divã de seda, quis cingir-lhe a cintura com o braço. A moça furtou sutilmente o corpo a essa carícia grosseira, voltando para o oficial um rosto onde o sorriso orvalhava a mais soberba indignação. Logo porém velando essa expressão de sua alma, disse com um tom de voz doce e trêmulo:

— Escute meu senhor, o que sua serva lhe pede.

— Senhora minha e não serva, sois vós, formosa Raquel! Ordenai pois a este cativo vosso.

— Jurei que vos havia de pertencer...

— Esta noite e não mais tarde!

— Neste mesmo instante!... Mas esperava eu e ainda espero que meu senhor fizesse à sua serva menos duro o sacrifício, de modo a não parecer a prova que lhe ela dá de seu amor, pura mercê e salário de feio tráfico!
— Que quereis dizer, formosa Raquel? Explicai-vos melhor.
— Lembre-se meu senhor, que até este instante ainda não lhe ouvi as falas de amor, que tão doces dizem ser!
— Não é minha a culpa, decerto, pois nunca me destes a ocasião.
— Agora que a tendes, dai-me este gosto. Esta que deve em pouco pertencer-vos de corpo e alma, antes quer-se conquistada e rendida ao encanto de vossa palavra, do que vencida à força de seu juramento. Tereis ânimo de negar-lhe tão pequena graça?
— Seja como quereis!
O alferes começou então a desfiar o longo rosário de protestos e juramentos inventados para uso dos namorados; apesar de pouco prático em aventuras galantes, não lhe esqueceram as comparações mitológicas, muito em voga ainda naquela época do amor clássico. Raquel o ouvia com as pálpebras meio cerradas, e um sorriso inexprimível a borboletear nos lábios soabertos. Samuel, testemunha oculta da cena, apertava entre os dedos hirtos o cabo do cutelo, enquanto a outra mão calcava a mola da porta falsa.
A um lado do aposento tinham posto um bufete carregado de doces, frutas e vinhos. A formosa judia, como enlevada pelas falas do amante, travou-lhe da mão e o levou até a mesa; sentaram-se ambos. Ela ergueu um frasco de vinho da Madeira e encheu a taça do alferes; partindo depois entre os dedos um figo passado, cujas migalhas babujava com os lábios purpurinos, continuou a ouvir as futilidades que o fidalgo enfiava umas sobre outras. Muitas vezes D. José parava, julgando ter dito bastante, e dava mostras de passar à realidade de suas esperanças; mas a judia repelindo a mão afoita com gesto decidido, suplicava-lhe ao mesmo tempo com o olhar e a palavra que continuasse:
— Mais!... Ainda mais!... Acabai de render-me! Fazei-me vossa d'alma, antes que o seja do corpo.
E o fidalgo, apesar de sua impaciência, sentia prurir-lhe a vaidade do namorado, e continuava nos seus ridículos protestos de amor.
Afinal a clepsidra colocada sobre a mesa deu sinal que uma hora era passada desde a entrada do alferes. Vendo a última gota do róseo líquido, que escoava da ampulheta superior, Raquel ergueu a fronte com uma expressão singular. Havia nessa vibração da cabeça alguma coisa do colear da serpe quando se enrista para lançar o bote.
— Basta, disse ela, já vos ouvi de sobra... Ouvi-me vós agora!
— Com o maior prazer, formosa Raquel!
— Sabei, cavalheiro, que eu vos quis desde o primeiro instante em que vossos olhos se puseram em mim. Não sei ainda hoje como isto foi; somente sei, que vendo-vos pareceu-me reconhecer-vos por aquele que meu coração esperava desde menino, e com quem se habituara a sonhar e folgar.

— Outro tanto me aconteceu!
— Mísera judia, saída embora de gente mesquinha e desprezada, eu pagava em admiração o desprezo em que vossos irmãos têm os meus. Nobreza, honra, valor, generosidade, todas essas virtudes que eu julgava terem nascido com a raça cristã, todas amei-as em vossa pessoa. Fostes para mim o tipo dos heróis da cavalaria, que desde a infância me acostumei a adorar, enlevada na história de suas façanhas e brios.
— Igual vos amo eu, formosa Raquel! Para mim sois a imagem da beleza...
— Deixai que prossiga: é agora a minha vez. Sim, adorei em vós a flor de meus sonhos, o lírio de minha alma! Imaginai qual deva ter sido meu martírio reconhecendo no amado de meu coração um indigno de sê-lo!
— Indigno, dizes?...
— Julgai-o!... Amava em vós a honra, e falistes dela, traindo a pátria vossa e os votos a ela jurados.
— Donzela, calai-vos!... disse o alferes rangendo os dentes.
— O valor de que me orgulhava não o conheceis, pois tremestes e descorastes ante a ameaça de um velho. Nobreza e generosidade, não as tem decerto, quem se rebaixa a torpeza tal, que envergonharia o mais vil.
— Não vos está bem a vós, Raquel, por quem tudo esqueci, lembrar-me e tão duramente quanto me custa o amor que vos tenho!
— E quem melhor, senão aquela que deve medir pela grandeza do sacrifício a grandeza do afeto, a fim de o recompensar dignamente?
— Nesse ponto tendes razão... E assaz de palavras: é mais que tempo de cumprirdes o vosso juramento, o meu há muito já o foi!
Raquel erigiu a bela estatura, arqueando levemente o busto como o colo do cisne quando rompe a onda límpida; cravados então os olhos no alferes, seu lábio frisado pela cólera trinou uma risada de escárnio, que salpicou o semblante de D. José como um borrifo de fel.
— Meu juramento?...
— Rides?
— Se o caso é de rir!... Quem somos nós para que entre ambos se fale de juramentos e empenhos de honra?... Vós um traidor infame, eu uma vil barregã... ao menos por tal me julgais!...
— Não inventeis à minha conta pretextos para vossa aleivosia!
— Mentistes então quando dissestes que me tínheis amor?... De qualquer outra mulher poderíeis supor que vos sacrificasse a virtude para benefício de seus irmãos... Da mulher amada, nunca; tal sacrifício fora impossível a mim fazê-lo e a vós aceitá-lo!... Como pois crer e esperar que cumprisse semelhante promessa outra mulher que não uma como há pouco deixastes, abandonada de todo o pudor e vergonha!...
— Que nome tem esse embuste que empregastes para enganar-me?... Dizei-o, vós que pareceis tão entendida em pontos de honra.
— Fostes vós mesmo, não eu, que vos enganastes!... Devíeis ter visto nos meus olhos, sentido em minha voz e em toda a minha pessoa, o desprezo

que me inspirastes! Se apesar disto acreditastes nas palavras que ouvistes, a culpa é vossa, ou do vosso destino que vos engana. Que fé traz um juramento que importa o sacrifício da honra?

— Em todo o caso vos aproveitastes da minha credulidade para obterdes o que desejáveis, vós e o velho casmurro de vosso pai?

— Tive, é verdade, este escrúpulo; mas desvaneceu-se lembrando-me que aos homens de vossa estofa paga-se em dinheiro. Dizei-me quanto ainda vos restamos?

— Ah!... rugiu o oficial sacando o punhal. Não esperes burlar-me, judia. A tua vida e de teu pai me respondem pelo cumprimento da promessa.

— Também vos posso pagar nesta moeda, de tão vil preço para mim como a outra. Aqui tendes esta vida que antes de vosso buído punhal já trespassou vossa infâmia!

Isto dizendo, a donzela ofereceu ao golpe a branca e formosa gorja, que ondulou como um colo de garça.

— Não me entendes! rugiu o alferes. O punhal é para teu pai se opuser-se a meu intento. Para ti bastam-me as mãos... Tu me pertences; comprei-te com a minha traição; já que não te queres entregar de vontade, te constrangerei a isto!... É o meu direito.

— Desafio-vos a que dês um passo para mim!...

D. José de Aguilar fincando as mãos no bufete, ergueu-se a custo, e com o passo trôpego dirigiu-se para onde estava a donzela. Por detrás dele a porta falsa abriu-se de repente, e apareceu no escuro a figura sinistra do velho Samuel, brandindo o cutelo com um gesto feroz.

Raquel sorriu.

— Não é preciso ferro, pai!... O Senhor e sua força são comigo!

Com efeito o fidalgo apenas promovera dois passos pelo aposento, sentiu faltar-lhe as pernas, e caiu por terra; ainda esforçou para erguer-se, mas um torpor geral invadiu-lhe o corpo e o estendeu num pesado letargo. O mancebo havia nessa noite bebido demais, é certo; porém o desfalecimento de forças que o prostrara não tinha visos de embriaguez unicamente; parecia mais natural que a ação do álcool fosse ajudada por alguma droga.

Era justamente na ocasião em que dava-se esse desfecho, que chegaram à Rua da Palma o Anselmo e os dois flamengos. Ao ressoar das pancadas convencionadas, o rabino arrancou-se às emoções que ainda o dominavam, e cerrando a porta do camarim, correu a abrir. Os vindiços entraram, e a porta foi de novo fechada.

— Esperai aqui! dissera o rabino a Anselmo no topo da escada.

Guiou então os fugitivos ao aposento próximo do camarim da filha, e ofereceu-lhes vinho, que ambos aceitaram:

— O tempo nos é contado, senhores; só podemos dispor de duas horas, pois é necessário que antes de alvorada estejais com vossos irmãos, que vos esperam para dar a vela. Para que vossa atenção chegue a tudo que a reclama, força é que se divida; enquanto um de vós aqui estiver para ouvir o que nossos irmãos desta Bahia vos incumbem de levar a Amsterdam, o outro conduzido por guia esperto, o mesmo que vos trouxe, correrá à cidade a fim de tomar dela uma notícia exata que complete o plano e memória de que sereis portador, cujo vos confiaremos o próprio original que obtivemos.

— Irei eu, que menos entendo vossa língua, e mais prática tenho de assédios que este amigo Hugo Antônio.

— Parti então quanto antes.

Pouco depois abria-se a porta, e Dick guiado por Anselmo perdia-se nas trevas da noite, seguindo na direção de São Bento. Aí, fora de portas, num tejupar, acharam cavalgaduras preparadas adrede pelo judeu. Samuel entanto guiava Hugo Antônio ao recôndito aposento, onde estava reunido o sinédrio dos rabinos; deixando-o aí por um instante em companhia dos veneráveis irmãos, tornou ao camarim da filha.

Raquel, depois do desfecho da cena anterior, ficara reclinada sobre o coxim, imersa em tristes cogitações. Afinal, porém, espancando o torpor que lhe incutia o pesar, ergueu-se resoluta, e recolhendo nas gavetas do trumó suas joias, fechou-as em um pequeno cofre de filigrana de prata, obra da Índia. Nesta ocupação a veio encontrar o pai.

— Filha, que faremos do cadáver deste perro cristão?

— Vivo é, pai; está apenas adormecido!

— Ah! exclamou o judeu.

— Para que matar tão infame criatura? Seu maior castigo é a vida miserável e ignóbil que vai viver!

— Para nosso mal!

Raquel ergueu os ombros com indiferença.

— Tomai este corpo, pai, e alijai-o lá na lama da rua. Amanhã a gente que passar, e o vir assim espojado, cuidará que ao recolher do bródio ali caiu ébrio!

O velho judeu envergou aos ombros o corpo adormecido do fidalgo, e saiu com ele para cumprir a recomendação da filha. D. José de Aguilar foi atirado ao chão no fim da Rua da Palma. Raquel da janela acompanhou com os olhos o rabino, até que ele tornou ao camarim:

— A empresa foi bem sucedida, pai?

— À medida dos nossos desejos e esperanças.

— Então os flamengos estão livres?

— Da prisão já; mas não do perigo. Enquanto permanecerem na cidade tremo pela sua segurança.

— Quando partirão eles?

— À uma da madrugada.

— Iremos em sua companhia.

— Para onde, filha?

— Para Holanda!... Depois do que é passado, nem Samuel, nem sua filha, podem mais viver nesta terra!

— Mas é a terra de tua criação, Raquel!

— E amanhã seria a do nosso suplício e túmulo! Não! basta já que nela fique sepultado meu coração!
— Pensais que o traidor cristão ouse denunciar de nós?
— A vingança do vil e o punhal do assassino ousam tudo, pai! Neste cofre estão as minhas joias; forra-te de ouro, tanto quanto te for possível levar, e à uma hora, partiremos. Vai; fico te esperando.
O rabino voltou ao sinédrio.
Raquel embuçando-se em ampla e rica peliça, abriu as adufas da persiana, e recostando a face no umbral da janela, engolfou os olhos no azul recamado de estrelas. As lágrimas em fio deslizavam mansamente e rolavam como pérolas pela face polida da seda.
Essas lágrimas eram o degelo de uma alma que o desengano invadira súbito; eram pesadas como os caramelos que os primeiros calores do sol despregam dos galhos das árvores. Quando a última lágrima tombou, o coração estava estanco de amor; apenas lá ficou a corrosão de um sentimento que se derranca e azeda, como o vinho em vinagre.

Capítulo XXII
Os três sentidos de João Fogaça

À hora em que a tempestade amainava da sua primeira fúria, Mariquinhas dos Cachos levantava-se do canto da janela onde estivera a rezar, e punha a ceia na mesa. A seu chamado acudiram João Fogaça e Cristóvão, que estavam praticando na varanda. O capitão de mato dava ao amigo um abraço em que este já quase restabelecido se apoiava apenas por comprazer.
Sentaram-se à mesa. João Fogaça comeu com o apetite valente dos homens cuja vida é o movimento constante; a moça com o desembaraço e a singeleza da gente do povo; Cristóvão devorou uma juriti que a sua hóspeda cuidadosa mandara assar de espeto para desenfastiar o doente. Sobre essa refeição consentiu o capitão de mato que bebesse dois dedos de vinho generoso.
Terminada a ceia, a viúva guardou os arranjos, e puxando a candeia para a outra extremidade da mesa, começou a fiar, enquanto na cabeceira os dois amigos continuavam numa dúbia claridade a prática interrompida.
— A verdade é, João, que fazem hoje quinze dias; e ainda não descobristes modos de passar a Elvira um recado meu!...
O sertanejo pôs-se a assobiar entre dentes, o que era nele indício de mau humor.
— Se não fora Estácio, a esta hora nem saberia se ela me tinha em lembrança, ou já de todo me esquecera!... acrescentou Cristóvão com um suspiro.
— Bem vos propus um meio! Não aceitastes!...
— Qual foi esse?
— Cercar a casa uma noite, arrombar as portas, e trazer-vos aqui a dama dos vossos pensamentos!

— Isso é coisa que se faça, João? no outro dia, em que conceito haviam de ter na cidade uma donzela raptada a sua mãe?... Sem falar do perigo que haveria em uma tal empresa, para vós sobretudo!...
— Pois recusais os meios que me lembram, não lhe vejo mais jeito. É como para o livramento do amigo Estácio: chamo-o meu também, pois é vosso. Se deixásseis as coisas à minha vontade, assaltava uma noite o castelo com os meus cinquenta caboclos, e havia de o desenterrar de lá, ou não seria mais gente!
— Entendeis que tudo se leva à força neste mundo.
— Tudo, não; ainda que afinal tudo vem dar aí. Mas se vos confesso minha pouquidade, Cristovinho! Cá essa vossa gíria de cidade, não me entendo com ela. Falai-me de seguir o rasto a alguém no escuro da mata, alta noite ou fazer espera e descobrir as manhas de qualquer animal de dois e quatro pés: aqui tendes homem para tanto. Mas embaçar os outros de palavreado e inventar artimanhas, não nasci para isso!
Cristóvão escutava distraído; parecia aplicado a uma ideia que lhe trabalhava o espírito. Em vez de responder ergueu-se resoluto e ágil:
— Pois quero eu ver se sou mais feliz!
— Que é isto?... Aonde vos botais?
— Vamos à casa de Elvira. Talvez o amor me inspire melhor do que a amizade a vós, João.
— Está para ver que eu consinta nesta imprudência; mal vos ergueis da cama e já vos quereis meter em cavalarias altas!...
— Desejo somente ver de longe a casa onde ela respira. Essa vista me curará mais depressa do que as vossas mezinhas.
— Não contesto a virtude dela; mas a experimentareis quando vos puderdes ter sobre as pernas!
— Ora, sinto-me forte, sobretudo depois que ceei!
— Nada! nada!... Basta já o susto que rapei por vossa causa.
— Repito: não há o menor risco! Sinto-me restabelecido de todo!... — Ainda eu não vos dei alta; portanto sois meu enfermo, e como tal me haveis de obedecer.
Cristóvão riu-se, e passou a mão ao chapéu do capitão de mato:
— Pois estais despedido de meu médico!... Entendei; se me não quiserdes acompanhar, irei sozinho.
Fazendo da espada bengala, o fidalgo se encaminhou à porta. Fogaça acompanhou-o resmungando.
— Eis o que procurastes, disse Fogaça amuado.
— Não é nada; um esmorecimento que já passou. O exercício me fará bem; há tantos dias que não ando...
O capitão de mato trançou-lhe o braço e quis voltar a casa. Cristóvão resistiu e com tal resolução, que o amigo não ousou contrariá-lo mais. Continuaram na direção em que iam, até trinta passos da casa de D. Luísa; procurando uma aberta entre as árvores, por onde se pudesse ver perfeitamente o

edifício, Fogaça obrigou o mancebo a sentar-se ali para repousar, enquanto praticavam no assunto que os trouxera.

A habitação e os arredores, sepultados no silêncio e obscuridade, dormiam; mas uma luz baça velava no fundo de uma recâmera da habitação, e palejava a fresta oval da última janela. Cristóvão embebendo os olhos naquele mortiço clarão, como se fora o reflexo melancólico e lívido da alma de sua amante, suspirou:

— É a janela de Elvira!

— Vede a grade que a guarnece; a outra da frente pelo mesmo teor. As portas constantemente fechadas e dobradas de trancas de ferro; o menor rumor que ouvem dentro, logo o tal que vos quis despedir põe a cabeça fora do postigo para espreitar. A casa está cheia de escravos negros e gente armada!... E quereis que se entre lá sem torcer uma orelha!...

Cristóvão já não o escutava; via a imagem de sua Elvira na ideia e trocava com ela as queixas mútuas de tantos dias passados em cruel aflição.

O capitão de mato ergueu-se de um salto:

— Alguém nos espia!...

Com efeito ouviram-se as folhas estalarem sob um passo sutil e ligeiro; o vulto esbelto de um homem surgiu na penumbra, e assomando em face dos dois amigos, abraçou Ávila.

— Estácio!... exclamou Cristóvão não podendo crer no que viam seus olhos.

— O governador consentiu afinal soltar-vos? perguntou João Fogaça.

— Não: mas soltei-me eu!

— Bravo!...

— Contai-nos isso!...

— Depois, Senhor Fogaça; agora urge negócio de maior importância, para o qual não me sobra tempo.

— Podemos nós ao menos ajudar-vos nele? perguntou Cristóvão. — Decerto; para isso corri até aqui em busca vossa. O acaso fez-me senhor de um segredo de Estado, Cristóvão, deparando-me a ocasião de prestar o maior serviço a El-Rei e a esta capitania. Se o consigo, irei ao governador, e remirei por tal preço e com honra a minha liberdade. Esta posição de fugitivo e escapo de uma prisão me rebaixa a meus olhos!...

— É desagradável, sem dúvida. Mas que contais então fazer?

— Preciso de armas, e de alguns homens resolutos que me acompanhem esta noite, dentro de uma hora, decididos a morrer ou levar ao cabo a façanha em que me empenhei. Esses homens, onde os iria eu buscar, de repente tão tarde da noite, fugitivo e sem recursos?... Lembrei-me que vós mos podíeis obter do Senhor João Fogaça...

— São vossos quantos quiserdes, dos cem da minha companhia, seu capitão inclusive.

— Obrigado! respondeu Estácio apertando a mão calosa do forasteiro. Bastam-me dez.

— Em meia hora os tereis.

— Se alguns já foram embarcadiços, prefiro esses, porque o negócio é no mar. — Bom; tenho justamente um contramestre para a lancha! É o meu capataz. Esperai-me um instante, enquanto me arredo para chamá-los; aqui estamos muito perto da casa.
João Fogaça afastou-se pelo matagal afora; e os dois amigos ficaram sós. Nesse instante a frouxa luz que esclarecia a janela oscilou como se a mudassem de lugar. Cristóvão estremeceu como a chama, pensando que ela se extinguia deixando em trevas sua alma e o aposento que iluminava. Esse movimento lembrou a Estácio o lugar onde estava e a situação de Cristóvão.
— Ainda não conseguistes vê-la? perguntou com terno interesse.
— Vê-la, a minha Elvira?... Não pedi tanto a Deus, Estácio, nem tanto ousei esperar!... Por feliz me dera se lhe pudesse mandar uma palavra minha!...
Cristóvão tirou do peito do gibão a página que escrevera na véspera.
— Que sejam tão impenetráveis aqueles muros, que apesar da dedicação de amigos e vigilância dos espias, não possa ali penetrar de mim nem esta delgada folha!...
O mancebo arrancou estas palavras do coração com um suspiro pungente. Estácio sentiu-se comovido desta mágoa, que o tédio da recente enfermidade exacerbava; e correu o olhar do papel que o amigo tinha na mão, à janela esclarecida. Da confrontação desses dois objetos ressaltou-lhe no espírito a ideia de aproximá-los realmente, e abrir a um passagem pelo outro.
— Dai-me este recado, Cristóvão.
Nesse instante ouvia-se o grito da saracura vibrar nos ares, e logo após o canto da ave. Era o sinal do capitão de mato chamando o capataz e dez homens.
Estácio apalpava o papel e experimentava nos dedos a ver se enrolava-o com facilidade: achou-o rijo por causa do dobrado.
— Não podeis abri-lo?
— Que pretendeis fazer, Estácio?
— João Fogaça não tarda. Em chegando ele vereis.
— Ei-lo aqui à vossa disposição! disse o forasteiro avançando.
— Ainda estão por aqui perto os olhos de coruja e o lombo de cobra que eu vi há quatro dias?...
— Por força. Cada um no seu posto! — Então temos o que é necessário. Onde há um índio, há um arco.
— Precisais de um arco?
— Justamente!
Fogaça assobiou. As folhas rumorejaram, e o capim estaliu. Instantes passados uma bola despenhou-se do cimo de uma das árvores; um vulto saltou do lado; e uma sombra surgiu da terra. Eram os três sentidos do capitão de mato, o qual arrancando da mão de um deles o arco, deu-o a Estácio.
— Uma faca!... disse este.

— Serve esta?...
— Perfeitamente.
O mancebo diminuiu o tamanho da flecha por metade, e abriu junto à farpa uma racha bastante para aí passar o papel, que enrolou na seta. Cristóvão acompanhava em silêncio os movimentos do amigo; tendo já compreendido a sua intenção, esperava em ânsias o resultado da ideia, que aliás parecia-lhe impraticável. Também o capitão de mato inclinava-se a este parecer.
— Agora é preciso que nos aproximemos!... disse Estácio experimentando a corda do arco.
João Fogaça o deteve:
— Esperai!... Aqui é pouca toda a cautela. Que estão eles fazendo agora na casa? perguntou aos índios.
— Ainda estão acordados, disse Olho, porque há luz embaixo da porta.
— Estão batendo pratos! disse Ouvido.
— Estão comendo! acrescentou Faro. Comendo peixe...
— Em qual parte da casa?...
— Na varanda de baixo; as vozes dizem.
— Não há ninguém no terreiro que nos veja?
— Ninguém.
— Então acheguemo-nos!...
— Conseguirás tu, Estácio? perguntou Cristóvão sentindo o coração palpitar-lhe.
— Esperemos em Deus, Cristóvão!
Aproximaram-se cautelosamente, com receio de espertar a atenção no interior da casa, até a borda do valado que duas semanas antes impedira o passo ao capitão de mato acorrido para salvar seu colaço. A janela de Elvira ficava na distância de três braças, e a fresta esclarecida na altura de vinte pés.
Estácio examinou de novo a perspectiva da casa, e voltou-se para João Fogaça:
— Onde estão os vossos *olhos?* O capitão de mato segurou a cabeça do índio, como quem apanha um coco, e apresentou-a ao estudante.
— Vês tu, lá na fresta da janela, umas sombras delgadas?
— Olho não vê sombra; mas os ferros da grade que está por detrás do pau.
— Quantos ferros são?
— Dois, um que vai da cabeça ao pé, outro do ombro ao ombro.
— Em forma de cruz!... É, justamente o que me parecia. Agora sobe a esta árvore, e olha para dentro por todos os lados.
O índio grimpou pelo tronco acima como um macaco, e subiu até as ramas da árvore; daí viu ele uma nesga do soalho coberto com tapete, e o canto de um bufete onde havia uma bilha d'água, e uma pada intata sobre escudela de pau. Logo desceu para comunicar a Estácio essa observação, que arrancou um gemido a Cristóvão.
— Isto já sabia eu, mas vos não queria dizer para não afligir-vos!...

murmurou João Fogaça.
O índio passara aos ramos opostos da árvore, donde podia enxergar de través um dos cantos do aposento. Ali viu refletida no espelho do trumó a imagem graciosa de Elvira, ajoelhada ao genuflexório na cabeceira do leito. A formosa donzela, desfeita do lindo parecer, com a melancolia esmaltada no rosto mimoso, rezava; mas de repente turbava-se o recolhimento e compunção de sua atitude devota; e uma ideia veemente arrancava-lhe um gesto de enérgico desespero. Sua mão arrebatava do seio, onde o tinha oculto, um papel, e esmagando-o entre os dedos convulsos, o erguia para o crucifixo com as mãos ambas estendidas, implorando a misericórdia divina.
Quando o índio deu conta pelo miúdo do que vira, Cristóvão apertou o braço do amigo:
— Esse papel é para mim, Estácio!
— Sem dúvida!
— E ela não tem um meio de mo enviar.
— Nós lho daremos!...
— Como, meu Deus?
Estácio tirou do bolso onde o guardara, o fio que lhe mandara Vaz Caminha, e começou a medir-lhe as braças; tinha dez, cerca do dobro da distância em que estavam da janela:
— Para onde está olhando a virgem branca?
— Para lá! respondeu o índio.
— Não tires os olhos dela. Feita essa recomendação o mancebo galgou a árvore por sua vez, até pôr-se ao nível do óculo esclarecido da janela. Aí amarrou uma das pontas do fio no meio da flecha e segurando a outra nos dentes, esticou a corda do arco. Ouviu-se um sibilo nos ares; e no mesmo instante a luz mortiça do aposento escureceu. Cristóvão sufocava com as mãos ambas os palpites violentos do coração; João Fogaça admirava com a franqueza e sinceridade dos homens fortes e superiores.
— Lá está!... murmurou Estácio sentindo a resistência no fio.
Ouvido ergueu-se de um salto, e colando a boca à orelha de João Fogaça soprou-lhe:
— Levantaram-se da mesa! Há gente na janela da frente!...
No mesmo instante saltava Faro à outra orelha do capitão de mato:
— Negro está no terreiro espiando. Vem para cá.
João Fogaça deu aviso aos companheiros, e estendeu-se no chão, com Cristóvão e os dois índios. Estácio e Olho ficaram imóveis sobre os ramos da árvore. Todos retinham a respiração, que os poderia trair, se o espia se aproximasse da borda do fosso. O negro veio rondando o terreiro, exa minou a janela de Elvira e todo o espaço que o separava do valo; afinal desapareceu, dobrando o canto para dar volta à casa.
Então Olho pendurando-se pelos pés aos ramos superiores, de cabeça para baixo, como um caju suspenso pelo talo, encostou os beiços ao ouvido de Estácio. Este julgou que o índio ia-lhe dizer que nada vira porque a luz se

apagara; mas ignorava a força pasmosa dessa pupila.
— A virgem branca assustou-se e saltou em pé no meio da casa olhando a frecha.
— A luz não se apagou?
— Não; escureceu, porque ela pôs-se diante! Agora descobriu!
Com efeito a fresta clareara de novo. O índio recobrando a anterior posição, examinava outra vez.
Elvira, no primeiro assomo da surpresa se erguera de chofre e ficara estática e aterrada, ouvindo o sibilo da frecha e vendo o projétil cravar-se na parede do aposento; mais calma agora divisara o fio e o papel enrolado no colo da seta. Precipitou para o lugar; subindo ao bufete despregou a arma com violência e desdobrou ansiada o papel. Caiu de joelhos lendo o nome de Cristóvão, e foi nessa posição que continuou a leitura da carta de seu amante. A carta era longa, e os olhos da donzela foram a cada instante nublados pelas lágrimas; essas, enxugadas pelos beijos, iam apagando as letras, e tornando-as invisíveis à luz baça da lâmpada.
Estácio, corrente do que se passava, receando de um lado qualquer rebate, e do outro pressuroso pela sua empresa, advertiu Elvira. A donzela vendo a frecha levemente arrastada pelo tapete, não fez reparo nisso, embebida, como estava nas palavras do amante; supôs talvez que fosse o seu próprio vestido que produzisse aquele movimento. Mas afinal, como a frecha fugisse subindo pela janela, recordou-se da linha a que estava presa; substituiu-a pelo papel que tinha no seio, e imprimiu ao fio condutor uma vibração para indicar que podiam retirá-lo.
O mancebo compreendeu, e recolhendo rápido a linha, teve o prazer de sentir em pouco o perfume do bilhete de Elvira. Cristóvão correu a recebê-lo das mãos do amigo, que lho estendia do alto da árvore.
No momento em que o extremoso amante devorava de beijos o papel, em pé na borda do fosso, os dois índios pularam outra vez do chão aos ouvidos do capitão de mato.
— Está cheirando a pólvora!... rosnou um.
— Barulho de espingarda!... soprou o outro.
Mal acabavam, Olho despenhou-se do alto da árvore, e embrulhando-se como uma serpente pelo corpo de Cristóvão, arremessou-se com ele na moita vizinha. Era tempo; uma centelha fuzilara no terreiro da casa, e a bala do arcabuz passara zunindo na direção ocupada um segundo antes pelo amante de Elvira.
João Fogaça ergueu-se com a sua costumada pachorra, sacudindo o pó das bragas.
— Desta vez me pagam o novo e o velho! disse ele sondando as trevas com o olhar.
— Por Deus, João, acomodai-vos. Não pioreis o caso com as vossas estraladas! exclamou Cristóvão travando-lhe do braço.
— Decerto! acudiu Estácio. Já que fomos bem sucedidos, não convém excitar

ainda mais as suspeitas. Tenho para mim que nada perceberam!
— Então vamo-nos, enquanto não me aperta a tentação! disse o forasteiro afastando-se. Cristóvão deu um passo; mas recuou tomado de uma ideia terrível:
— E Elvira que talvez me supõe morto!...
— É isso que vos inquieta! respondeu Fogaça. Pronto é o remédio.
E o capitão de mato soltou uma de suas estrepitosas gargalhadas, que reboou ao longe enchendo o silêncio do ermo.
— É o danado do capitão de mato!... resmungou uma voz da outra banda.
— Ele mesmo, biltre!... Vai juntando no teu canhenho! Eu te farei as contas um dia.
Ditas estas palavras, seguiu os outros, que já iam adiante. Cristóvão ardia de impaciência por devorar as letras de Elvira. Estácio ansiava por ver-se a caminho de sua empresa.
— Que horas serão?
— Passa de meia-noite, respondeu o capitão de mato olhando as estrelas. A gente aí está.
Ouvido tinha dado sinal. Por algum tempo nada se percebeu; depois começou um ligeiro estalido, até que os vultos dos dez índios com o capataz Antão Gonçalo à frente, surgiram do mato. João Fogaça arengou assim os caboclos:
— Ides acompanhar este cavalheiro, o Sr. Estácio, onde ele vos quiser levar, e para o que ele ordenar, ainda que seja para vos atirar ao fogo e esfolar-vos vivos. Estais entendidos?... Ora bem; pé leve, olho vivo e ouvido alerta! Marcha!...
Voltando-se para o capataz:
— Heis de gostar da dança, Antão Gonçalo! É negócio de embarcar.
Estácio abraçou Cristóvão, apertou a mão a Fogaça e desapareceu nas sombras.
Cristóvão tornou apressado da impaciência de ler a carta de sua amada; e correria se não fora retê-lo o prudente capitão de mato, que o levava pelo braço.
Elvira escrevera estas palavras:

Bem meu.

Desde o instante cruel em que vos arrebataram a meus braços, tenho desvivido em contínuo martírio. A princípio foi com a nova terrível de vosso passamento que tentaram envenenar-me aos poucos; ainda que eu vos sentia vivo
no fundo de minha alma, não sabia se era, porque já transida deste mundo, me fora reunir convosco em outro melhor. Usaram depois rogos e ameaças no vão intento de me alhearem de vós. Bem viram logo que, mais longe vos afastassem de meus olhos, mais dentro vos metiam de meu coração.
Houvera no traçar da carta uma interrupção, como indicava o final.

Que ouvi agora, Santo Deus! Tremo de horror lembrando! Nem ouso escrevê-lo.

Cristóvão, esperança única desta minha alma aflita, vinde amparar-me, se não quereis que me fine amaldiçoando a vida.

Pensava eu que não houvesse mal para me abalar enquanto me fortalecesse a fé de nosso amor. Que podiam fazer? Matar-me uma vez em minha pessoa? Iria esperar-vos no céu. Matar-me duas vezes, roubando-vos a existência? Seríamos logo reunidos na eternidade.

Mas por desgraça nossa enganei-me, esposo meu. Querem separar-nos para sempre na terra e no céu! Vinde; é forçoso que vos veja e fale. Vinde salvar-me da eterna perdição!
A alma de Cristóvão acudindo a esse reclamo ansiosa, arrojou-se; mas o corpo debilitado pela enfermidade, apenas erguido, recaiu inerte e frouxo.

FIM DA SEGUNDA PARTE

Also available from JiaHu Books:

O Guarani – José de Alencar
Iracema – José de Alencar
Ubirajara – José de Alencar
Mensagem – Fernando Pessoa
Livro do Desassossego – Bernardo Soares
Eurico, o Presbítero - Alexandre Herculano
Os Maias (Livro Primeiro e Segundo) - José Maria de Eça de Queirós
Os Lusíadas - Luís Vaz de Camões
Cantares gallegos - Rosalía de Castro
Canigó - Jacint Verdaguer
Terra baixa - Àngel Guimerà
L' Atlàntida - Jacint Verdaguer
Il Principe - The Prince - Italian/English Bilingual Text - Niccolo Machiavelli
The Social Contract (French-English Text) - Jean-Jacques Rousseau
Lettres persanes/Persian Letters (French-English Bilingual Text) - Charles-Louis de Secondat Montesquieu
What is Property? - French/English Bilingual Text - Pierre-Joseph Proudhon

www.ingramcontent.com/pod-product-compliance
Lightning Source LLC
LaVergne TN
LVHW050926080826
845145LV00001B/229

* 9 7 8 1 7 8 4 3 5 1 5 4 0 *